HEYNE <

D1927364

Das Buch

Im Sommer des Jahres 1118 – wenige Jahre nach der Eroberung Jerusalems durch die Kreuzfahrer – strömen Gläubige aus dem gesamten Abendland in die französische Grafschaft Champagne. Dort schließen sie sich einem Pilgerzug ins Heilige Land an, der von neun adeligen Herren geleitet wird. In Wahrheit verfolgen diese neun ein gänzlich unfrommes Ansinnen: Sie sind auf der Jagd nach Salomons Schrein, der seinem Besitzer zu göttlicher Einsicht und Weisheit verhelfen soll. Doch sie haben nicht mit Cosimo Gui und dem Mann ohne Hände und ohne Gesicht gerechnet, die ebenfalls den Schrein für sich alleine beanspruchen wollen.

»Spannung und Action – das Resultat ist Unterhaltung pur.«
Elle

Der Autor

Romain Sardou (geb. 1974) gelang mit *Das dreizehnte Dorf* auf Anhieb ein Bestseller. Von seinem Vater Michel Sardou, dem Großmeister des Chansons, erbte er das musikalische Talent, das ihn zur Oper hinzog. Doch schon als Schüler träumte er davon, einen großen historischen Roman zu schreiben. Nach wertvollen Lehrjahren in der Filmindustrie von Los Angeles kehrte Romain Sardou nach Paris zurück und erfüllte sich seinen Traum auf eine Weise, die nicht nur in Frankreich Begeisterung auslöste.

Lieferbare Titel

Das dreizehnte Dorf

ROMAIN
SARDOU

SALOMONS SCHREIN

Aus dem Französischen
von Karin Meddekis

WILHELM HEYNE VERLAG
MÜNCHEN

Die Originalausgabe L'ÉCLAT DE DIEU erschien 2004 bei XO Éditions, Paris

FSC
Mix
Produktgruppe aus vorbildlich bewirtschafteten Wäldern und anderen kontrollierten Herkünften
Zert.-Nr. SGS-COC-1940
www.fsc.org
© 1996 Forest Stewardship Council

Verlagsgruppe Random House
FSC-DEU-0100
Das FSC-zertifizierte Papier *München Super* für Taschenbücher aus dem Heyne Verlag liefert Mochenwangen Papier.

Redaktion: Uta Dahnke

Vollständige Deutsche Erstausgabe 07/2006

Printed in Germany 2006
Umschlagillustration: © Jean Victor Schnetz (1787–1870)/
Schloss Versailles, Frankreich, Giraudon/Bridgeman Art Library
Umschlaggestaltung: Nele Schütz Design, München
Satz: Greiner & Reichel, Köln
Druck und Bindung: GGP Media GmbH, Pößneck
ISBN-10: 3-453-01427-8
ISBN-13: 978-3-453-01427-5

http://www.heyne.de

Für Jean-Pierre

Raum und Zeit sind Modi unseres Denkens, und nicht Bedingungen unserer Existenz. Die Zeit, die wir mittels Uhren und Kalender messen, ist eine Erfindung, die nur den Menschen und seine Interpretation der Welt betrifft. Einstein

Wenn wir die Zeit über die Rotation der Sonne definieren, dann ist das, als ob wir, weil wir nicht zeigen können, was Bewegung an sich ist, da sie sich der Definition entzieht, festlegen, dass sie durch die zurückgelegte Strecke gemessen wird. Plotin

Ich war, ich bin, ich werde sein: Das ist eine Frage der Grammatik und nicht der Existenz. Das Schicksal – als zeitlich begrenzter Karneval – eignet sich für eine Konjugation, aber seiner Masken beraubt, wird offenbar, dass es so starr und nackt ist wie eine Grabinschrift. Cioran

Öffnen Sie Ihr Fenster: Sie sehen die Unendlichkeit, nicht wahr? Sie spüren, dass der Himmel grenzenlos ist, nicht wahr? Das sagt Ihnen Ihr Verstand, nicht wahr? Und dennoch: Begreifen Sie die Unendlichkeit wirklich? Als Mensch, der gestern geboren wurde und morgen sterben wird, wollen Sie sich eine Sache ohne Ende vorstellen können? Musset

Es gibt Geheimnisse, die nicht verraten werden sollten. Menschen sterben nachts in ihren Betten, umklammern die Hände der Gespenster, die ihnen die Beichte abnehmen und ihnen mitleidig in die Augen sehen. Menschen sterben mit Hoffnungslosigkeit im Herzen und zugeschnürter Kehle, weil sie Angst vor den Mysterien haben, die nicht enthüllt werden sollten. Poe

Prolog

O Ihr, die Ihr auf Eure Kraft und die Dauer Eurer Existenz vertraut, wisset, dass niemand für immer auf dieser Welt bleibt. Wenn unendlicher Reichtum, große Heere, die Wissenschaft und Kraft allein es einem Menschen ermöglichen könnten, für immer auf dieser Welt zu bleiben, wäre Salomon, der Sohn Davids, niemals gestorben.

TABARI, Annalen

Die Suche

Es war ein so prunkvolles Grab, dass ich fürchte, es nicht richtig zu beschreiben, und daher werde ich es gar nicht erst versuchen.

ANONYM, Die gefährliche Feuerstelle
(Der Friedhof der großen Gefahr)

Der unförmige Lichtschein einer Harzfackel wanderte langsam über die Mauern des unterirdischen Gewölbes. Der Gang, der über zehn Meter unter der Erdoberfläche in die Erde gehauen worden war, war grau und von einer Staubschicht bedeckt. Er verschluckte das Licht, ohne es auch nur irgendwo zu reflektieren.

Ein alter, einsamer Mann in abgetragenen Sandalen und mit einer Leinentasche trug die Fackel. Er war groß und in die Lumpen eines Karawanenführers gehüllt. Ein nachlässig gebundener Turban fiel bis auf seine Schultern. Seine Lippen waren schmal und farblos, seine Stirn von tiefen Falten durchzogen; das Kinn schloss mit einem kurzen weißen Bart ab. In dieser Aufmachung erinnerte er fast an einen Grabschänder oder einen Abenteurer. Nur ein Ring an seiner linken Hand, auf den ein Vers aus dem Koran und ein geheimnisvoller Stempel geprägt waren, wies auf eine würdigere Stellung hin.

Der Mann war ein Gelehrter der ehemaligen Bibliothek von Tripolis, Dar-el-îlm.

Als er dem abschüssigen Weg folgte, schien er bei jedem Schritt besorgt zu zögern, sich argwöhnisch zu fragen, was er wohl finden oder was ihn wohl erwarten würde. Die Fackel in der einen Hand und eine Schriftrolle in der anderen, schritt er an verlassenen Räumen vorbei, die durch schmale Gänge miteinander verbunden waren. Ab und zu blieb er stehen und schaute auf seine Schriftrolle, ging ein Stück zurück und drang dann wieder weiter in das Gewölbe ein. Ringsherum herrschte Schweigen. Die milde Luft wurde langsam dünner, und es wurde immer kühler.

Vor einer Mauer, in die in Kniehöhe ein achtzackiger Stern gemeißelt war, blieb er stehen. Gegen diese Wand presste er eine Hand, worauf sie sich trotz ihres Gewichtes und des Sandes, der den Mechanismus seit langer Zeit hätte blockieren müssen, mühelos drehte.

Der Mann schritt hindurch.

Ein runder Raum mit verschiedenen bogenförmigen Ausgängen tat sich vor ihm auf. Jeder Bogen war mit einem Namen versehen, der in arabischer Schrift in den Stein gemeißelt war: *der Berg Qâf, Djâboulsâ, Magog, das Königreich der Vögel, die Mauer von Dsou'l-Qarnaïn, Djâboulqâ, die Insel der Smaragde.* Der Mann betrachtete die Ausgänge, die schwarz waren wie Schlünde, und ging auf den letzten Ausgang zu. Trotz seiner sorgenvollen Miene wusste er ganz genau, wohin er ging.

Viele Schüler von Aleppo bis Damaskus hätten in der Tat nicht schlecht gestaunt, wenn man ihnen berichtet hätte, dass ihr Meister wie ein Grabschänder in unberührte unterirdische Gewölbe eindrang. Sein zögernder Gang hatte indes nichts mit Aberglauben zu tun. Er fürchtete nicht das plötzliche Erscheinen eines Teufels, sondern vielmehr, dass er sich geirrt haben könnte und nicht den richtigen Tunnel finden würde. Sein ganzes Leben hatte er seinen Erkenntnissen gewidmet, immerzu Widersprüche aufgelöst und falsche Pfade, die geschickt im Heiligen Land angelegt worden waren, um Gebildete seines Schlages in die Irre zu führen, aufgedeckt. Bei jedem Hinweis, der ihm heute bewies, dass er auf dem richtigen Weg war, machte er eine kurze Pause und fragte sich besorgt, ob der nächste Anhaltspunkt ihn nicht enttäuschen und ihn wieder an den Beginn seiner ungeheueren Aufgabe, die er sich selbst auferlegt hatte, zurückwerfen würde.

Sein Name war Hincmar Ibn Jobaïr.

Er drang in einen niedrigen Gang ein und überquerte auf einer verfallenen Steinbrücke eine Schlucht, die ein Wasserlauf gegraben hatte. Schließlich stieg er eine Treppe hinauf, deren Stufen so kurz waren wie Kinderfüße. Seine Sandalen glitten über die kleinen Steine, die sich in den Staub gegraben hatten.

Er gelangte in einen größeren viereckigen Raum, der in der Mitte von zwei Pfeilern gestützt wurde. An diesem Ort herrschte ein unbeschreibliches Durcheinander. Die Mauern, die Decke und die Pfeiler waren wie Siebe durchlöchert. Die Bodenplatten waren eingesunken; Pfähle und Klingen hingen an Ketten, die von Spinnweben überzogen waren; ein mit Nägeln beschlagenes Holzgitter lag auf einem Haufen zerbrochener Pfeile. Dies waren die Überreste von Verteidigungsmechanismen, die jene zurückhalten sollten, die es wagten, diesen Gang zu betreten. Doch die Anlage stellte nun keine Gefahr mehr dar. Hincmar sah keine menschlichen Gebeine – weder auf dem Boden noch auf den Pfählen aufgespießt.

»Jene, die vor mir hier waren, wussten genau Bescheid«, dachte er.

Er schritt weiter, noch langsamer nun, da er fürchtete, sich durch eine noch gespannte Zange den Fuß zu brechen.

Der Saal mit den Fallen sollte den Zugang zu einem zweiten, runden Raum verhindern. Hier wies nichts auf Türen oder Öffnungen hin. Nur ein paar Nischen mit Statuen schmückten den ansonsten leeren Raum. Der Gelehrte machte ein mürrisches Gesicht. Hier würde sich alles entscheiden. Keiner der unterirdischen Gänge führte über diesen Raum hinaus. Da waren auch die nächsten, sorgfältig auf seiner Schriftrolle verzeichneten Hinweise wenig hilfreich: Er gelangte immer wieder in diese Sackgasse.

Der alte Mann trocknete seine Stirn.

Er ging auf die Statuen in den Nischen zu.

Hincmar Ibn Jobaïr war einer der rätselhaftesten Männer des Islam des 11. Jahrhunderts. 1038 in Jordanien geboren, verdankte er seinen geheimnisvollen Ruf zwei Sachverhalten: Zum einen lehrte er Kosmogonie und die Wissenschaft der Edelsteine in Aleppo; zum anderen betrieb er Nachforschungen, von denen kein Mensch etwas ahnte. Der Tag gehörte seinen Schülern, die Nacht seinen Recherchen, und der Schlaf wurde größtenteils auf ein anderes Leben verschoben. Es war bekannt, dass er dieses strenge Leben seit fast drei Jahrzehnten führte: einerseits der von seinen Auftraggebern großzügig entlohnte Unterricht, andererseits lange, einsame Reisen für seine Studien.

Doch dann, im März 1096, wurde sein »geheimer Garten« plötzlich Gegenstand seiner ganzen Sorge. Er stellte seinen Unterricht und die Beratung der Prinzen ein. Es kursierte ein Gerücht über eine gewaltige Menschenmasse aus Frankreich, die sich auf Konstantinopel zu bewegte. Es handelte sich dabei aber um kein richtiges Heer. Die von den Mohammedanern ausgeschickten Späher bestätigten, mehr Frauen, Kinder und zerlumpte Alte gesehen zu haben als für einen Krieg gerüstete Soldaten. Die mächtigen Familien hatten daher nicht vor, sich wegen dieser mit Holzstöcken bewaffneten Christen große Sorgen zu machen. Hincmar hingegen war vollkommen niedergeschmettert.

»... Und wenn sie unser Land widerrechtlich an sich reißen?«

Seine Erschütterung ging den mächtigen Kadis auf die Nerven wie sonst die kleinen Leute den Krämern. Niemals würden Ungläubige sich auf islamischen Boden wagen, denn diese Torheit würden sie alle mit dem Leben bezahlen. Diese Meinung teilte Hincmar nicht. Er verkroch sich in seine kleine Schreibstube, da ihn der Gedanke verfolgte, sein Werk könne nicht rechtzeitig gelingen – rechtzeitig, bevor diese Franzosen den Boden entweihten und die Autorität des Propheten Mohammed untergruben.

»Auch sie verfügen über weise Gelehrte«, sagte er in Bezug auf die Christen. »Sehr weise Gelehrte ...«

Er begann, Tag und Nacht zu arbeiten, und vernachlässigte alle Verbindungen, die er zu Aleppo unterhielt. Seine Schüler machten sich Sorgen. Einige stellten Körbe mit Früchten und Säften auf seine Schwelle. Jene, denen es gelang, einzutreten, verharrten in tiefem Schweigen. Wenn sie Fragen stellten, erhielten sie keine Antworten. Hincmar knurrte, schrieb, machte ungeduldige Gesten und lief vor den langen Regalen seiner Bibliothek von einem Codex zum anderen.

Obwohl ihn eine so starke Erschöpfung quälte, als würde er bereits im Sterben liegen, verließ er eines Morgens mit einer kleinen Tasche seine Wohnstatt. Zum Erstaunen aller machte er sich allein auf den Weg nach Süden, dorthin, wo die Wüste lag.

Viele Wochen zogen ins Land, ohne dass ihn jemand zurückkehren sah.

Jetzt schüttelte Hincmar in den unterirdischen Gewölben seine Fackel, um sie stärker zu entzünden, und schwenkte sie dann vor den Statuen von einer Seite zur anderen. Die Steinsilhouetten tanzten in dem schwachen Lichtschein von links nach rechts. Einige schienen ihn mit ihren hohlen Augen zu verfolgen, andere zeigten eine Andeutung beunruhigt geschürzter Lippen. Überall wich die Reglosigkeit einem trügerischen Leben. Ein Skorpion verwandelte sich in einen Geier, der Kopf einer Schlange in einen Wolf, eine Hermesfigur mit spitzen Ohren in Anubis. Die Zeit und die Feuchtigkeit, die hier unten stärker zu spüren war, hatten den Skulpturen arg zugesetzt.

Allen – außer einer.

Erstaunt blieb Hincmar stehen. Ihre Form war gut erhalten, und sie war mit einer dicken Staubschicht bedeckt. Der Gelehrte beugte sich erneut über seine Pergamentrolle. Sie war auf Leinen aufgezogen und wurde durch einen roten Lederköcher geschützt. Er konsultierte einen mit einer schönen, geschwungenen Handschrift geschriebenen Abschnitt nach dem anderen, ohne einen einzigen Hinweis auf dieses Indiz zu finden. Seine Pläne deuteten auf einen abschüssigen Durchgang, jedoch nicht auf eine Statue hin.

Er trat näher an die Statue heran und blies auf den Staub. Staubkörner wirbelten durch die Luft, und Bronze wurde sichtbar. Ein vierseitiger Ring am Ringfinger der Statue wies unstrittig auf die Person hin: Es war eine Statue Salomons mit ernster Stirn und geballter Faust. Zu seiner Rechten stand ein Wiedehopf; eine Ameise nagte an seinem Zepter. Zwei in die Nische gemeißelte Geier spannten ihre Flügel, um den Herrscher vor Sonnenstrahlen zu schützen. Unter dem Thron waren dicke Bücher dargestellt, die wie aus einem hastig gebauten Versteck hervorragten.

Der Forscher blies den Staub nun weiter von der Statue und enthüllte nach und nach noch mehr Details. Fingerabdrücke wurden sichtbar. Eine Hand. Eine Hand, die auf Salomons rechter Schulter lag. Sie war weder eingeprägt noch mitgegossen worden, sondern hatte sich in dem Staub abgebildet wie die Spur eines Herumtreibers im Sand. Vor wie vielen Jahrzehnten, wie vielen Generationen hatte Hincmars Vorgänger die Spur hinterlassen? Eine Person aus ferner Vergangenheit, die zweifellos ebenso viel Mühe und Entbehrungen auf sich genommen hatte wie er, um hierher zu gelangen.

Hincmar legte seine linke Hand genau auf diese Stelle. Ein nervöses Zucken ging durch seinen Körper. Seine Finger waren feucht. Auch sie würden auf der alten Statue einen Abdruck hinterlassen. Er übte einen leichten Druck aus. Augenblicklich senkte sich Salomons Arm, worauf aus dem Boden der Nische ein Grollen aufstieg.

Die Statue verschwand in einer so dicken Wolke aus Asche, dass Hincmar zuerst glaubte, sein Atem habe die Flamme der Fackel gelöscht. Doch das Licht kehrte allmählich zurück und mit ihm die Stille.

An der Stelle, an der Salomons Statue gestanden hatte, war eine Lücke entstanden, die groß genug war, um Hincmar den Durchgang zu erlauben. Mit klopfendem Herzen bemühte er sich um einen klaren Verstand. Er trat über die Schwelle und senkte unter den Greifvögeln, die die Statue beschützten, den Kopf.

»Der neue Hinweis bedeutet keine sichere Erkenntnis«, sagte er sich. »Ich muss warten. Noch ein wenig warten …«

Die Treppe war so eng, dass er sich beinahe den Bart an der Fackel versengt hätte oder durch den Rauch der Fackel erblindet wäre. Er stieg unendlich viele Stufen hinab, die geradewegs in die Tiefe führten. Ein fernes Grollen über seinem Kopf deutete darauf hin, dass die Statue ihren Platz wieder eingenommen hatte.

»Fürwahr ein schöner Sanduhrmechanismus«, dachte er.

Plötzlich berührten seine Sandalen kalten Schlamm; die Kälte kroch seine Beine von den Füßen bis zu den Knien hinauf. Hincmar stieg ein unangenehmer Geruch in die Nase, den er nicht sofort einordnen konnte. Er hob seine Fackel in die Höhe. Er war in einem anderen Raum angelangt. Hier waren die Steine und die Erde schwärzer. Schwere, ölige Perlen tropften langsam auf die konkaven Wände. Der Raum glich einer riesigen, umgedrehten Kuppel. Als ein Luftzug durch das Gewölbe strich, knisterte die Flamme. Auf dem Boden waren regenbogenfarbene Pfützen. In der Mitte des Raums erhob sich ein großes, dunkles Gebilde, das die Form und die Ausmaße eines Menschengrabes hatte.

»Wahrhaftig!«

Seine Stimme erzeugte keinen Widerhall.

Trotz seines fortgeschrittenen Alters und der jahrelangen Lektüre bei spärlichem Licht hatte Hincmar sich scharfe Augen bewahrt, die wie ein Achat schimmerten.

Niemals hatten sie so gestrahlt.

Er schritt weiter.

Ein roher, mit einer Kohlenschicht überzogener Gesteinsblock trat in sein Blickfeld. Man hätte ihn für einen Feuerstein, einen Meteoriten oder ein Vulkangestein halten können. Doch Hincmar war sicher, unter der schwarzen Asche einen Smaragd zu finden. Seine Texte und sein großes Wissen über Edelsteine ließen keine Zweifel zu. Es war ein Smaragdfelsen. Ein Edelstein, der größer war als das Mausoleum eines Barbaren.

Langsamen Schrittes trat der alte Mann näher heran.

Instinktiv wandte er den Blick nach links.

Dort an der Mauer entdeckte er zwei Gestalten.

Zwei Männer.

Sie saßen nebeneinander.

Es waren Skelette, schwarz und erstarrt, als hätte der Blitz sie getroffen. Auf ihren verkohlten Knochen hafteten Überreste ihrer ehemaligen Kleidung. Hincmar erkannte einen ägyptischen Ringkragen an dem einen und einen römischen Helm an dem anderen.

Dem Smaragd so nahe, wandte der Professor seinen Blick wieder dem Stein zu und entdeckte eine Öffnung von sechs Zoll, die in die Tiefe zu führen schien. Ohne zu zögern, zog er aus seiner Tasche einen in ein Tuch eingeschlagenen Gegenstand hervor. In seiner Hand lag eine kreisrunde Kugel. Sie war ebenfalls aus Smaragd gearbeitet und auf der gesamten Oberfläche mit Riffeln versehen.

Mit gekrümmten Fingern führte Hincmar die Kugel unterhalb der oberen Kante ein. Die Kugel passte genau in die Öffnung. Als sie in das Loch eindrang, entstand ein leises Geräusch, das an das Surren eines Insekts erinnerte.

Sie verschwand.

Wieder trat Stille ein.

Hincmar schloss die Augen.

Nichts geschah.

Er öffnete die Augen. Der Smaragdblock war unverändert.

Er umkreiste ihn, um zu verstehen, was geschehen war, oder vielmehr das, was nicht geschehen war. Als er die andere Seite des Smaragdschreins beleuchtete, verdunkelte sich das Gesicht des Muselmanen. Er entdeckte zwei neue Löcher, die dem ersten ähnelten.

Benommen trat er zurück an seinen Ausgangspunkt und entdeckte eine vierte Öffnung, links von der ersten, in die er seine Kugel eingeführt hatte. Drei weitere Zugänge. Drei zusätzliche Kugeln! Er erblasste. Seine gesamten Nachforschungen wurden durch diesen unverzeihlichen Fehler zunichte gemacht. Seine Kugel, die er in jahrelanger, mühseliger Arbeit neben seinen Studien angefertigt hatte, reichte nicht aus. Er benötigte drei zusätzliche Schlüssel, um den Smaragdschrein zu öffnen. Vier Kugeln, um den legendären Born, »das Licht Gottes«, zu befreien.

Diese neue Aufgabe überstieg seine Kräfte. Es würde ihm nicht gelingen, die Kugeln rechtzeitig zu formen.

Seine Knie gaben nach. Hincmar bekam kaum Luft. Er ließ die Fackel sinken; die Tasche entglitt seinen Händen. Er blickte sich mit einem Schimmer in den Augen um, als erwartete er ein Wort oder eine Geste der Unterstützung. Doch er sah überall nur den Widerschein seines Lichtes in der Dunkelheit. Die beiden versteinerten Skelette des Ägypters und des Römers hatten Arme und Fäuste auf ihre Oberkörper gepresst, als hielten sie etwas fest.

In dem Raum wehte nicht mehr die geringste Brise.

Ohne irgendeine Gefühlsregung betrachtete Hincmar sein Gesicht in einer Pfütze. Ein blaurotes Spiegelbild tanzte auf der Oberfläche. Der Geruch war noch immer sehr stark. Der Gelehrte wollte sprechen, doch kein Ton drang über seine Lippen. Er öffnete seine Hand. Die Fackel entglitt ihm und fiel mitten in die schmierige Pfütze.

Die Flamme erlosch nicht, wie man es beim Kontakt mit Wasser hätte erwarten können. Ganz im Gegenteil. Der Raum verwandelte sich in einen riesigen Feuerball und verschlang alles, was sich hier befand. Kein Schrei ertönte. Die Feuersbrunst dauerte nur wenige Sekunden und wütete mit unbeschreiblicher Gewalt. Dann traten in dem heiligen Gewölbe wieder absolute Stille und Dunkelheit ein.

Die Kammer mit dem wertvollsten und begehrtesten Smaragd der Welt war am Ende eines unterirdischen Gewölbes im Turm des Salomon in eine mit Erdöl vermischte Lehmschicht gehauen worden. Die wenigen Menschen, denen es je gelang, den Grabesfrieden zu schänden, gerieten stets in diese Falle, worauf unweigerlich ihr Untergang folgte.

An diesem Morgen im Jahre 1097 des Herrn gesellte sich Hincmar Ibn Jobaïr zu den verkohlten Überresten von Anhour, Priester des Amon im 7. Jahrhundert vor Jesus Christus, und dem Zenturio Tarquinius, dem kaiserlichen Diener von Mark Aurel.

Kurz nach dem Zusammenbruch des Professors wehte der mysteriöse Luftzug wieder. Der Rauch zog in kürzester Zeit ab.

Bis zum heutigen Tage blieb der Born unberührt.

Die erste Reise des Hugo de Payns

Je größer das Wissen des Menschen ist, desto klarer erkennt er die Unendlichkeit der Natur, und angesichts der Natur erkennt er seine eigene Bedeutungslosigkeit und seine Ohnmacht. Aus dieser Erkenntnis folgt nicht etwa, dass er aufhört, an die Fähigkeiten göttlicher oder übernatürlicher Wesen zu glauben, die seiner Vorstellung nach das Universum bevölkern. Er stellt sich ihre Allmacht vielmehr noch größer vor.

J. G. FRAZIER, The Golden Bough

Hincmars Befürchtungen in Bezug auf die Franzosen waren damals nicht unbegründet gewesen. Kurz nachdem er sein Leben in den unterirdischen Gewölben ausgehaucht hatte, fielen Christenheere auf islamisches Territorium ein. Die zerlumpten Gestalten, die mohammedanische Kundschafter einige Monate zuvor erspäht hatten, waren nur die chaotische Vorhut des ersten Kreuzzugs, die »Armen« ohne Disziplin, die sich vor dem Aufruf des Heiligen Vaters und den Heeren der Adeligen auf den Weg gemacht hatten. Doch die eigentlichen Soldaten des Kreuzzugs ließen nicht lange auf sich warten, und das Feuer der Christen ging in weniger als zwei Jahren auf alle Mohammedaner nieder. Im Februar des Jahres 1099 glaubte man, Jerusalem würde im Sommer befreit werden.

In der Heiligen Stadt bereiteten die Autoritäten sich bereits auf eine Belagerung vor. Die Christen wurden vertrieben und die Bewohner bewaffnet. In den Lagern wurden Vorräte angehäuft und die Schutzwälle mit Steinen und Sand erhöht, um die Angriffsstürme abwehren zu können. Jerusalem verschanzte sich. Selbst eine Ratte wäre bei dem Versuch, die Stadtmauer zu durchdringen, von den Bogenschützen erschossen worden.

Dennoch schritten am 3. Februar 1099, als das erste Morgenlicht soeben die Berge erhellte, vier Christen, die zudem Kreuzritter waren und die zur Tarnung Bettlerlumpen trugen, durch die verlassenen Gassen in der Nähe des Tempelbergs. Obwohl sie sich durch ihre Anwesenheit an diesem Ort der Gefahr aussetzten, einen schrecklichen Tod zu erleiden, hatten sie Jerusalem in der Nacht mit Hilfe eines blinden Juden betreten, der ihnen den Zugang in der Nähe des St. Stephanstores ermöglicht hatte.

Der erste der vier Franzosen hieß Hugues de Champagne. Er war einer der mächtigsten Grafen des Königreiches Frankreich. Es hieß, dass der Wert seiner Ländereien das Vermögen des Königs um das Fünffache überstieg. Er gehörte zu den Lehnsherren, denen es erlaubt war, eigene Gesetze zu erlassen, in den Krieg zu ziehen und Münzen mit ihrem Ebenbild zu prägen. Viele von ihnen hatten sich den »Gottespilgern« angeschlossen, um Ruhm und Seelenheil oder auch beides zu erlangen. Hugues hatte dies insgeheim als einfacher Soldat getan. Alle Welt glaubte, er habe sich in die Nähe von Provins zurückgezogen. Er war zweiundzwanzig Jahre alt und hatte einen Körper wie die Lanzenreiter in den Turnieren. Wie ein richtiger Herr schritt er weit und selbstsicher aus. Er war jung und scheute vor keinem Abenteuer zurück.

Der Mann, der dicht hinter ihm folgte, hieß Hugo de Payns, sein hoch geschätzter Vasall. Er war sieben Jahre älter als der Graf, ein großer Kenner der Kriegskunst und ein großartiger Organisator. Voller Tatendrang und dabei doch besonnen, wanderte sein Blick von links nach rechts, während sein Herr geradeaus blickte. Schon dies allein zeigte, wie gut die beiden Männer sich ergänzten.

Der Gang des dritten Mannes, der ein wenig hinter den anderen zurückblieb, war nicht so kriegerisch. Er hieß Ismale Gui. Er war dreißig Jahre alt und seines Zeichens Baumeister. Die großen Eingeweihten, zu denen er gehörte, überzogen das dunkle Abendland mit einem weißen Teppich aus Kathedralen. Die Baukunst war die Kunst der Künste geworden, das Zentrum allen Strebens, das produktivste kreative Werkzeug. Sie verband das Spirituelle und das Materielle, das auf die Koordinaten eines Bauplans übertragene Universum. Unter den Baumeistern war Ismale Gui derjenige, der über das größte Talent verfügte. Seine Pläne waren streng geheim, und seine Symbole galten als die undurchdringlichsten überhaupt. Ihn umgab die Aura eines großen Alchimisten. Er befehligte die Gilde von Tabor, eine herausragende Baumeisterzunft, mit eiserner Hand. Als deren Führer hatte er sich dem Kreuzzug angeschlossen, denn er war überzeugt, dass der Orient seine göttlichen Geheimnisse ebenfalls in seinen Baudenkmälern zum Ausdruck brachte und dass es in dieser Hinsicht noch vieles zu entdecken gab.

Der vierte Mann der Gruppe war sein Bruder, Abel Gui. Jünger, aber von kräftigerer Gestalt, wich er Ismale – seinem Bruder und Herrn – niemals von der Seite.

Der Blinde ging den vier Eindringlingen, denen er den Zugang ermöglicht hatte, voraus. Er sprach kein einziges Wort. Sein hageres Gesicht war von Runzeln durchzogen. Er war in ein abgewetztes Gewand gehüllt und trug eine gelbe Mütze auf dem Kopf. Seine knochige Gestalt war sicherlich nicht nur die Folge seines Alters, sondern auch des Fastens. Trotz seiner blinden Augen führte er die Männer mit der Sicherheit eines Karawanenführers ans Ziel.

Außer diesen fünf Männern regte sich nichts in den ruhigen Straßen. Der Muezzin hatte noch nicht zum Morgengebet gerufen. Der Blinde schritt auf ein großes, zweistöckiges Haus mit Fenstern zu, die mit Lehm und Tüchern zugestopft waren.

»Wir sind am Ziel«, sagte er.

Ismale Gui betrachtete die verfallene Fassade.

»Was redest du? Wir haben nicht verlangt, hierher geführt zu werden.«

»Bei den Gesetzestafeln schwöre ich, dass es hier ist. Folgt mir.«

Er zog einen Schlüssel unter seinem Umhang hervor und steckte ihn mühelos ins Schloss. Die ungeheuer wuchtige Tür war mit dicken, eisernen Nägeln beschlagen.

Der Charakter dieser Christen ließ sich jeweils durch einen einzigen Wesenszug beschreiben: Hugues war ungeduldig, Ismale ein Zweifler; für Hugo de Payns ging die Sicherheit über alles, und Abel war stets zu einem Kampf bereit.

Sie traten ein.

Das Innere des Hauses erinnerte in keiner Weise an eine gewöhnliche Wohnstatt. Genau in der Mitte erhob sich ein runder Turm, der das ganze Haus ausfüllte. Der Turm bestand aus uralten Steinen. Ein Relikt einer vergangenen Zeit, das aus dem Boden herausragte. Das Haus verbarg ihn wie der Deckel einer Truhe.

Die Franzosen blieben stumm.

»Ist dies der Turm?«, fragte Graf Hugues schließlich.

Der Baumeister bejahte die Frage mit einem leichten Nicken des Kopfes. Er trat näher heran und strich mit der Hand über die graue Mauer des Bauwerks.

»Er ist es«, sagte er.

»Salomons Turm!«, rief Hugo de Payns.

»Ich verstehe nicht«, sagte der Graf. »Das ist kein Turm. Das ist kaum so hoch wie das Zwischengeschoss einer baufälligen Festung!«

»Das ist ein Turm, Monseigneur«, widersprach der Baumeister. »Er wurde vor vielen Jahrtausenden erbaut. Ehemals war er acht oder neun Meter höher. Vielleicht sogar noch mehr. Der Rest liegt unter unseren Füßen begraben. Aber er ist es.«

Hugues betrachtete noch immer den Turm. Schließlich stellte er sich im Geiste die Spitze eines schmalen Turms vor.

Reglos und schweigend stand der Blinde neben ihm.

»Tretet näher«, rief Hugo de Payns, der ein Stück abseits stand und den Ort besichtigte. Seine Hand lag auf dem Schwert, das er unter seinen Bettlerlumpen versteckt hielt.

Die Gruppe umkreiste das Bauwerk und entdeckte mit Payns' Hilfe eine Lücke in dem Mauerwerk. Auf dem Lehmboden lagen Steinbrocken und Steinsplitter.

»Diese Spuren sind frisch«, sagte Ismale und steckte seinen Kopf in die Lücke. »Durch diesen Durchgang gelangt man zur Treppe des Turms.«

Er zog seinen Kopf wieder zurück, kniete nieder und ergriff einen Steinbrocken, den er beeindruckt untersuchte.

»Treten wir ein?«, fragte Hugues, der immer in Eile war.

Ismale nickte und verschwand durch die Lücke. Hugo de Payns und sein Herr folgten ihm mit dem jungen Abel. Keiner kümmerte sich mehr um den Blinden, der sie hierher geführt hatte. Dieser kehrte nach einem Moment des Schweigens um und stellte sich reglos vor die Tür, die er verriegelt hatte.

Die vier Männer stiegen die engen, verstaubten Stufen hinauf.

»Unglaublich«, sagte der Baumeister zu sich selbst.

Die vier Christen befanden sich nun oben auf dem Turm, auf einer ebenen Fläche, die nicht weit von der Decke des Hauses entfernt war.

»Zur Zeit Salomons«, erklärte Ismale, »war dieser Turm die höchste Erhebung der Zitadelle. Alles, was auf dieser Plattform geschah, blieb vor den Blicken der Einwohner verborgen. Der Fuß des Turms wurde von Schildwachen und Hunden streng bewacht.«

Der Baumeister zog unter seiner Robe eine Pergamentrolle in einem roten Lederköcher hervor und rollte sie auf dem Steinboden aus. Sie enthielt einen Text in arabischer Sprache.

»Nach seinen Worten muss …«

Ismale hielt inne.

»Wartet.«

Er schaute auf den Boden und drehte sich im Kreis. Mit dem Finger zeigte er auf Kerben, die an verschiedenen Stellen der Plattform in den Felsen geritzt worden waren.

»Hincmar Ibn Jobaïr hat ganz allein die symbolische Gestaltung des Turms rekonstruiert. Gott weiß, wie er das geschafft hat! Ein ungewöhnlicher Mann!«

»Und dann?«, fragte Hugues.

»Dann … dann ist der Eingang da. Unter unseren Füßen.« Ismale schaute wieder auf das Pergament und entzifferte eine lange Folge von Symbolen und Skizzen.

Als Hugues de Champagne und seine Begleiter vor einem Monat die belagerte Stadt Aleppo betreten hatten, hatte Ismale Gui – wie es bei jeder neuen Eroberung der Franzosen Brauch war – sich bei der Bevölkerung nach Gelehrten erkundigt, die noch in der Stadt wohnten. Alle waren geflohen, doch ein ehemaliger Schüler von Hincmar erwähnte die verlassene Wohnstatt seines früheren Meisters. Dorthin begab Ismale sich, der das Arabische perfekt beherrschte. In dem doppelten Boden der Bibliothek des Professors entdeckte er vier dicke Manuskripte und Aufzeichnungen, die ihn in Erstaunen versetzten. Diesen Fund zeigte er dem Grafen und Payns. Der unerschrockene Hugues beschloss umgehend, dem Kreuzzug den Rücken zu kehren, dessen er bereits überdrüssig geworden war, und allen voran nach Jerusalem zu eilen, um die Vermutungen dieses »verrückten« Jobaïr zu überprüfen.

Ismale stellte sich auf der Plattform vor die durch achtzackige Sterne markierten Stellen. Dann orientierte der Baumeister sich an den von Hincmar gezeichneten Kerben und drehte die Sterne wie Schlüssel. Dies dauerte eine ganze Weile. Die anderen Christen beobachteten ihn. Anschließend stellte Ismale sich genau in die Mitte des Platzes. Von seinem Gürtel löste er einen Holzstock, der mit Tüchern, auf denen Zunder haftete, umwickelt war, und fuhr mit einem Feuerstein darüber. Die Fackel begann zu brennen. Jetzt wartete er. Seine Begleiter musterten ihn mit unsicheren Blicken. Doch dann vernahmen sie ein Klicken. Die Stelle, an der der Baumeister soeben noch gestanden hatte, senkte sich ab, als hätte sein Gewicht sie in die Tiefe gedrückt. Ismale Gui verschwand.

Die drei Männer traten näher heran. Sie sahen ihren Baumeister unten am Ende der Öffnung stehen. Er lächelte wie ein Kind, dem ein Zauberer einen Trick vorgeführt hatte. Die Platte, auf der er stand, senkte sich weiter bis zu einem Treppenabsatz hinab. In die Wand waren Stufen gehauen worden bis zu einem Sternen-Mechanismus, der es erlaubte, den Zugang von innen wieder zu öffnen.

»Kommt herunter«, sagte Ismale. »Es geht weiter.«

Die Gefährten fanden sich auf seiner Ebene ein, und in dem trüben Schein der Fackel entdeckten sie eine Treppe, die in die Tiefen des Turmes hinabführte.

»Erinnert Ihr Euch an den Sinnspruch des Königs David, den der brillante Hincmar in Aleppo über seiner Tür in die Wand graviert hatte?«, fragte Ismale. »›*Kehre dich ab von den Orten, an die jene eilen, die glauben, sie würden finden. Wenn sie in die Dunkelheit starren, schaue du gen Himmel. Wenn sie im Innern der Welt graben, steige du die Treppen hinauf, die in die Wolken führen.*‹ Salomon, der Sohn Davids, hat seine Lektion gut gelernt. Um in seine tiefsten und geheimsten Gewölbe einzudringen, muss man nicht in den Katakomben suchen, sondern an den höchsten Punkt der Zitadelle steigen. Denn genau das ist der mysteriöse Turm des Salomon: der Eingang ins unterirdische Gewölbe, wo der König den Born versteckt hat!«

»Den Born«, wiederholte der Graf und presste die Kiefer aufeinander. »Wenn er existiert …«

»Heute werden wir es erfahren«, freute der Baumeister sich. »Wenn alles stimmt, was Hincmar diesbezüglich aufgeschrieben hat, werden wir dort die größte Entdeckung machen, die ein Mensch je machen kann.«

»In den christlichen Heeren gibt es Schwärmer, die sich rühmen, Reliquien ausgegraben zu haben, aber das …«

»Der Born ist keine Reliquie«, widersprach Ismale. »Hincmars Forschungen nach erlangt derjenige, der ihn besitzt, unvergleichliches Wissen und hat dadurch das Schicksal der Welt und aller Menschen in seiner Hand.«

»Das Schicksal der Welt in der Hand?«, murmelte der junge Hugues de Champagne.

»Wenn er so wertvoll ist, wird er hartnäckig bewacht sein«, meinte Abel plötzlich.

Die Männer wechselten Blicke. Ismales Bruder hatte Recht. Aber Hugues brach schnell die peinliche Stille.

»Gehen wir!«

Die Kreuzritter stiegen Stufe für Stufe hinab und verschwanden in der Dunkelheit.

Die Steinplatte schob sich wieder an die alte Stelle und versperrte erneut den Zugang.

Der Blinde draußen vor dem Tor wartete noch immer geduldig. Er schien zu erahnen, dass seine Schützlinge das gefunden hatten, was sie suchten. Er lächelte so eisig wie eine Wachsmaske. Der Tag begann. Er schlich sich davon. Die ersten Passanten tauchten in den Straßen auf. Ohne die geringste Bewegung auszuführen oder den geringsten Lufthauch zu verursachen oder ein Wort zu sprechen, verschwand der blinde Jude. Vollständig. Er betrat keinen Geheimgang und benutzte keinen Trick. Wie der Teufel verschwand er spurlos und so geschwind, wie man es sonst nur in Träumen erlebt.

Allein die Spuren seiner Sandalen in dem feinen Staub ließen seine einstige Anwesenheit erahnen.

Erstes Buch

Osvaldo Ferrari: *Welches sind die wichtigsten Unterschiede zwischen realistischer und fantastischer Literatur?*

Jorge Luis Borges: *Da wir nicht wissen, ob das Universum dem realistischen oder fantastischen Genre angehört, muss der Unterschied vor allem in der Lektüre und in der Intention des Autors zu finden sein. Aber dennoch ist nach den Vorstellungen des Idealismus alles fantastisch oder alles real. Was auf dasselbe herauskommt.*

BORGES, Fantastische Literatur und Science-Fiction, aus den Unveröffentlichten Dialogen

I

Die Rückkehr des verlorenen Sohnes

Dieser junge Mann betrat die Welt, ohne die geringste Angst vor den Gefahren zu zeigen, die auf allen Straßen lauern.

WALTER SCOTT, Quentin Durward

Der Weltraum war von unendlich vielen Sternen übersät, von denen einige die Größe eines Stecknadelkopfes hatten. Von Zeit zu Zeit wiesen rote und blaue Schimmer auf Nebel oder andere Galaxien hin. Das klare Band der Milchstraße war nicht ganz so weit entfernt.

Den Bruchteil einer Sekunde blitzte plötzlich ein Punkt in der Nacht auf. Ein Raumschiff traf ein.

Die Maschine verließ die Langstreckenflugbahn, um auf eine Ankunftsstation zuzusteuern, die auf der Umlaufbahn des Planeten Tabor lag.

Es war ein kleiner, unglaublich schneller Kreuzer, der lange Strecken zurücklegen, aber nur einen einzigen Raumfahrer beherbergen konnte. Dieser hielt sich an die automatische Voreinstellung zum Anlegen der Raumfähre. Langsam steuerte er auf einen Hebelarm zu, der ihn zu einem Kai brachte. Dort durfte der Pilot nach sorgfältigen technischen Inspektionen seine Kabine verlassen und die Dekontaminationsschleuse passieren.

Es war ein junger Mann. An seinen Gesichtszügen war zu erkennen, dass er noch keine zwanzig Jahre alt war. Seine helle Haut wies auf einen Menschen hin, der viel reiste und die meiste Zeit künstlichem Licht ausgesetzt war. Er war hellblond, mit einer breiten Stirn und grünen Augen. Der silbern glänzende Chromanzug passte gut zu seiner großen, feingliedrigen Gestalt. Er begab sich zur Kontrollstation, um sich auszuweisen. Der Raum war groß und hell und beherbergte zahlreiche Schalter.

»Guten Tag. Wir freuen uns, Euch wiederzusehen«, sagte einer der Andreiden, der am Empfang arbeitete. »Es ist eine große Überraschung für uns. Ihr seid auf keiner unserer Ankunftspläne verzeichnet.«

Der Besucher hieß Cosimo Gui. Er war der Neffe des berühmten Baumeisters Ismale Gui, des Gründers der Kolonie der Gilde von Tabor, die auf diesem Planeten lebte.

»Ich habe diese Reise in aller Eile angetreten«, erwiderte Cosimo. »Lasst Euch das vom Rat bestätigen.«

»Das werden wir selbstverständlich tun. Gute Rückkehr zur Gilde.«

Die Raumstation von Tabor richtete sich nach dem galaktischen Protokoll: Kein Raumschiff war befugt, auf der Oberfläche eines Gestirns aufzusetzen. Selbst die Raumschiffe der Regierung nicht. Die Reisenden mussten eine Basis passieren, ihre Kreuzer parken und auf eine automatisch gesteuerte Raumfähre warten, um auf dem Planeten landen zu können. Und genau das tat Cosimo Gui. Ermüdet durch die Reise, setzte er sich in die Fähre. Während seines Flugs betrachtete er den Himmel von Tabor, der an seinem Bullauge vorbeizog.

Der Planet Tabor, der über keine Ebenen und Ozeane verfügte, war der einzige registrierte Planet, der nur aus Bergen bestand. Von Wäldern überwuchert und mit Berggipfeln, die wie Silber funkelten, glaubte man lange Zeit, Tabor sei für eine Ansiedlung nicht geeignet. Vor sechzehn Jahren hatten Pioniere einen Gipfel buchstäblich »enthauptet«, um den Zügen mit Baumaterial den Weg zu ebnen.

Die Fähre des Cosimo Gui landete auf dem Raumflughafen. Als er ausstieg, weigerte er sich, den vorschriftsmäßigen Zug zur Zitadelle zu nehmen. Er war ihm zu langsam. Stattdessen bestieg er mit seinen beiden Umhängetaschen auf den Schultern einen Düsenantrieb und steuerte das Gerät über die Baumwipfel. Ein leichter Nebel lag über den Wäldern. Er durchdrang die Wolken und ließ hinter sich eine lange Spur zurück.

Tabor war der galaktische Sitz der berühmtesten Baumeister-Gilde, der »Bauherren des Weltraums«. Allein die Mitglieder durften diesen feindlichen Planeten betreten. Es war ihnen gelungen, hier eine Zitadelle zu errichten, deren prachtvolle Bauweise und deren Verteidigungsanlagen in der ganzen Galaxis gerühmt wurden. Sie war der einzige Lebensraum auf diesem Planeten.

In dieser Zeit des zwölften Jahrhunderts der Welt wurde die Baukunst wieder als die höchste Kunst angesehen. Sie hatte in dem Augenblick, als die Menschen zum ersten Mal einen Fuß auf fremde Planeten ihres Sonnensystems gesetzt hatten, erneut den Vorrang vor anderen Disziplinen erlangt. Die Gesetze der Baukunst, die auf der Erde unveränderlich galten, hatten keinen Wert mehr, sobald die planetarische Umgebung sich veränderte: Die Veränderung der Masse, der Rotationsgeschwindigkeit, der Schwerkraft und der Sonneneinstrahlung reichten aus, um alle Regeln neu definieren zu müssen. Um Türme zu errichten, Städte und unterirdische Siedlungen zu bauen und permanenten Lebensraum für den Menschen zu erschaffen, musste man sich den Bedingungen jeder Welt unterordnen. Kein Gesetz konnte von einem System aufs andere übertragen werden. Daher wurde die Baukunst wieder die Kunst der Künste, diejenige, die die meisten Kenntnisse und den höchsten Grad an Inspiration erforderte.

Auf Tabor wachte die Gilde hartnäckig über das Wissen der Künstler. Ihre Fertigungsprinzipien und ihre Weltraumkenntnisse wurden vor Laien und Konkurrenten geheim gehalten. Die riesige, auf dem Gipfel eines Berges gelegene Festung überragte ein Band aus engen Pässen und Schluchten.

Der junge Mann erreichte das Eingangsportal. Vor ihm ragten zwei helle Holzflügel gen Himmel. Gefechtstürme von zwanzig Klaftern hätten diesen Eingang passieren können. Ohne dass er ein Zeichen gegeben oder sich vor einem Wächter ausgewiesen hätte, öffnete sich das Tor, wobei es leicht in den Angeln knarrte. Der Reisende führte seinen Düsenantrieb bei sich, als er eintrat.

Im selben Augenblick leuchtete der Name Cosimo Gui auf allen Kontrollmonitoren der Gilde auf.

Cosimo wunderte sich, niemanden anzutreffen. Keinen einzigen Menschen. Nur ein wachhabender Andreide nahm ihm den Düsenantrieb ab.

Cosimo wartete.

»Da ist man sechs Jahre lang fort und wird so empfangen«, dachte er.

Er zuckte mit den Schultern und ging zielstrebig auf den höchsten Punkt der Stadt zu.

Das Herz der Zitadelle erinnerte an ein Dorf aus alter

Zeit. Enge Gassen und zweistöckige Häuser schmiegten sich an die Berghänge. Alles war aus dem Schiefergestein gebaut, das man auf Tabor fand und das der Stadt eine irritierende Einheitlichkeit verlieh. Das war eher selten. Es war auch keine richtige Stadt, sondern vielmehr eine Schule. Innerhalb von drei Jahren bildete die Gilde hinter ihren Mauern ihre jüngsten Schüler aus. Sie trugen weite Roben, an deren Farben ihr Leistungsniveau und ihr jeweiliges Fachgebiet zu erkennen waren. Cosimo ging an den Gebäuden der verschiedenen Klassen vorbei: Zeichnen, Geschichte, Geologie, Engineering und Materialkunde. Als er durch die Fenster schaute, sah er Polyeder, Winkelmesser, Richtschnüre, Kugeln und Kompasse. Zu seinem großen Erstaunen herrschte jedoch überall eine ungewöhnliche Stille.

Er stieg zum höchsten Punkt der Zitadelle hinauf und blieb vor einem Gebäude mit einem Spitzgiebel stehen, das kleiner war als die anderen. Er betrachtete die Fassade. Die Fensterläden waren von innen verriegelt. Das Haus seines Onkels war verschlossen und unbelebt. Vor der Eingangstür wurde der junge Mann ebenso wie vor dem großen Tor von einem Stoffwechsel-Scanner erfasst. Sobald seine Identität erkannt worden war, öffnete sich eine Druckausgleichstür.

Im Inneren herrschte Dunkelheit. Die Bewegungsmelder waren ausgeschaltet; kein einziges Licht begleitete die Schritte des Besuchers. Cosimo stellte seine Taschen ab, trat an das erste Fenster und öffnete einen Fensterladen.

Alles war reglos und still. Nirgendwo lag etwas herum. Auf den Schränken und Schubladen der Kommode klebten Wachssiegel. Irritiert stieg Cosimo ins nächste Stockwerk hinauf, wo es ebenfalls dunkel war, aber der junge Mann kannte die Örtlichkeiten. Er stieß eine Tür auf und betrat ein

Zimmer. Wie im Erdgeschoss öffnete er das Fenster. Das Haus überragte die Zitadelle und ermöglichte den Blick über die Befestigungsmauer hinaus. Der junge Mann stützte sich mit den Ellbogen auf dem Geländer auf und starrte nachdenklich in die Ferne.

»Warum haben sie mich aufgefordert, so schnell zurückzukehren? Was ist geschehen? Niemand eilt zu mir, um es mir zu erklären …«

Er richtete sich auf und spürte, dass seine Kräfte ihn verließen. Die lange Reise hatte ihn erschöpft. Er drehte sich zu dem Bett um. Ohne seine Kleidung abzulegen, streckte er sich auf dem Lager aus und schlief sofort ein.

Als der junge Mann nach einem tiefen Schlaf erwachte, fand er den Raum in einem vertrauteren Zustand vor. Das Fenster war geschlossen, die biolumineszierenden Lampen schienen schwach; seine Taschen waren aus dem Erdgeschoss hinaufgebracht und neben das Bett gestellt worden. Der junge Mann richtete sich auf. Neben seinem Kopfkissen lag ein Zettel.

Die Autoritäten der Gilde von Tabor erwarteten ihn in der Kommandozentrale.

Cosimo zog das helle Gewand der Schüler an und verließ das Haus, um die unterirdische Stadt zu betreten. Dort befanden sich die wichtigsten Ämter der Gilde, mehrere Hundert Meter unter der Oberfläche. In der Stadt verfügte jedes Haus über eine Rampe, die tief ins Innere der Berge führte. In riesigen Aufzügen erreichte man die unterschiedlichen Ebenen des Stadtkerns, ein autonomes, unauffindbares Universum, in dem Tausende arbeiteten. Als Cosimo auf der untersten Ebene ankam, erkannte er das vertraute Rattern der Berechnungsgeräte, die Skizzen der Planeten und der Raumschiffe. Er lief auf ein Büro mit Glasscheiben zu.

Es war ein riesiger Saal. In der Mitte stand ein schwarzer Tisch, den acht Sessel umringten. Einige niedrige Möbelstücke standen an den durchsichtigen Wänden.

Der junge Mann hörte Schritte.

»Guten Tag, Cosimo.«

Es war eine sanfte, ein wenig bebende Stimme. Er drehte sich um und erblickte einen Taboriten in fortgeschrittenem Alter, in einer langen marineblauen Robe, der Farbe der Professoren der Abschlussklasse. Der Mann hatte einen kurzen Bart und einen glatt rasierten Schädel. Er lächelte. Sein Name war Ruysdael. Er war der treue Assistent von Ismale Gui, dem Großmeister der Baukunst der Gilde und Cosimos Onkel.

»Hattest du eine gute Reise?«, fragte er, als er das Büro betrat.

»Ja, danke. Aber die Fahrt ist immer sehr beschwerlich.«

Der alte Mann setzte sich in einen Sessel.

»Wir hielten es für besser, wenn du dich nach der Reise zuerst ausruhst, bevor wir mit dir sprechen«, sagte er. »Du warst lange fort.«

»Sechs Jahre.«

»Richtig. Sechs Jahre. Ich habe das Bild eines Kindes in Erinnerung und treffe nun auf einen Mann. Daran werde ich mich erst gewöhnen müssen.«

Er sprach in väterlichem Ton. Ruysdael hatte sich dem jungen Cosimo gegenüber immer sehr wohlwollend gezeigt.

Drei weitere Personen betraten den Raum. Sie trugen alle die schwarze Robe des Rates von Tabor. Mit kühlen Mienen und fragenden Blicken stellten sie sich vor. Es handelte sich um den obersten Ratgeber, den würdigen Politiker, der neben dem Meister der Baukunst das höchste Amt auf Tabor innehatte, und um seine beiden Stellvertreter. Das seriöse Auftreten der betagten Männer, deren dünne Haut die Knochen umspannte, bildete einen krassen Gegensatz zu der entspannten Haltung Cosimos. Dadurch entstand augenblicklich eine leichte Missstimmung. Der junge Mann schaute durch die Fenster des Büros und zählte die Blicke, die auf das Treffen gerichtet waren.

»Man interessiert sich für meine Rückkehr in die Gilde.«

Ruysdael drückte auf einen Knopf, worauf die Wände lichtundurchlässig wurden.

»In der Tat.«

Sie nahmen alle Platz.

Ein Andreide betrat den Raum und stellte vor jede Person eine Karaffe Wasser sowie ein Glas und vor Ruysdael eine Schatulle. Er verschwand und schloss die Schleuse. Eine vollkommene, fast unterseeische Stille breitete sich in dem Büro aus.

Die Ratgeber musterten den jungen Mann. Cosimo war für sein Alter sehr kräftig, mit einer breiten Stirn über durchdringenden, intelligenten Augen. Auch wenn er noch immer jugendliche Züge hatte, schien der junge Mann sich nicht so schnell beeindrucken zu lassen. Man spürte, dass seine Studien, die Meditation und die Wissenschaft ihm schon eine gewisse Selbstsicherheit verliehen hatten.

Ruysdael sagte: »Dies Interesse an deiner Rückkehr ist verständlich. In einigen Tagen werden wir den neuen Großmeister der Baukunst der Gilde wählen.«

Der junge Mann schaute ihn ungerührt an.

»Habt Ihr mich aus diesem Grunde gebeten zurückzukehren? Ist etwas geschehen? Ist Ismale zurückgetreten?«

»Nein.«

»Ist er krank?«

»Cosimo …«

»Wurde er des Amtes enthoben?«

»Nein, er ist tot, Cosimo«, sagte der oberste Ratgeber. »Ermordet.«

Der junge Mann erblasste. Es herrschte Schweigen.

»Was ist geschehen? Wer ist der Mörder?«

»Das … das ist im Augenblick noch schwierig zu sagen«, erwiderte Ruysdael.

Er drückte auf einen zweiten Knopf. Die Lichter im Büro erloschen, bis vollkommene Dunkelheit eintrat. Die Mattglaswände verwandelten sich in einen riesigen biolumineszierenden Bildschirm. Verschiedene Zahlencodes wurden angezeigt. Cosimo schaute verwirrt auf die Wände und entzifferte mühelos die Codes. Es handelte sich um eine Botschaft, die vor einer Woche übertragen worden war. Die Zahlencodes wichen einem Bild, das sich soeben zusammensetzte.

»Dies ist die letzte Nachricht, die wir von deinem Onkel erhalten haben«, sagte Ruysdael.

Die Qualität der Projektion war so gut, dass die Zuschauer sich vollkommen in das aufgezeichnete Ereignis hineinversetzen konnten. Cosimo, Ruysdael und die Ratgeber betrachteten den sie umgebenden Bildschirm.

Ein Mann tauchte auf.

Trotz seiner strengen Kleidung, die an einen Richter oder Bischof erinnerte, erkannte Cosimo den Mann sofort: Es war sein Onkel.

Ismale Gui, der mittlerweile fünfzig Jahre alt war, hatte kurzes ergrautes Haar, und sein Gesicht war von Falten durchzogen. In den Händen hielt er einen kleinen Monitor, auf dem die Oberfläche des Planeten dargestellt wurde, den er im Augenblick der Aufzeichnung zum ersten Mal betreten hatte.

»Ich verstehe nicht«, sagte Cosimo. »Was hat das zu bedeuten?«

Er erhielt keine Antwort. Der oberste Ratgeber gab ihm ein Zeichen, seine Aufmerksamkeit der Aufzeichnung zuzuwenden.

Das Zischen und die schrillen Klagelaute der konvergierenden Winde über Ismales Kopf waren zu hören. In regelmäßigen Abständen durchzog eine Leuchtspur den Himmel. Das war die Spur seiner eigenen Raumkapsel, die er in der Umlaufbahn zurückgelassen hatte. Der Boden hatte eine schwarze, glasige Farbe. Seit Millionen von Jahren hatten stürmische Winde die Planetenkruste abgetragen, die jetzt vollkommen eben war. Im Süden enthüllte ein grünlich schimmernder Ozean die runde Form des kleinen Planeten. Ismale schaute sich aufmerksam um. Dieser Boden war unberührt und feindlich. Keine Pflanze, kein einziges Samenkorn hatte hier Wurzeln geschlagen. Davon träumte ein jeder Baumeister. In so einer Welt war alles möglich. Es war das Ziel der großen Erbauer, zu denen Ismale gehörte, an die Stelle der Evolution der Lebewesen zu treten. Viele Hundert Baustellen waren unter seinem Befehl entstanden. Millionen von Menschen lebten heute in Kolonien, die nach Ismale Guis Baukunst gebaut worden waren.

In der Regel wurde der Baumeister von Schülern und Spezialisten begleitet, aber an jenem Tag war er allein.

»Der Planet, den er hier studiert«, erklärte der oberste Ratgeber, »untersteht keinem offiziellen Befehl.«

Ismale hatte diesen unberührten Planeten allein ausgewählt. Er trug den Namen Draguan.

Draguan. Dieser Name war dem Neffen des Baumeisters nicht unbekannt. Es war eine kleine, abseits gelegene Welt in einem Sternsystem, das selbst extrem abgelegen lag. Es gehörte zu den Besonderheiten des Planeten, dass er niemandem gehörte. Und das traf nur auf wenige Planeten der zu jener Zeit bekannten Sternsysteme zu. Kein Königreich, kein Herr, keine wissenschaftliche Gruppe wollte für das Recht bezahlen, sich diese Basis anzueignen. Draguan besaß keine wertvollen Erze und war weder von strategischem noch militärischem Interesse. Daher hatte Ismale Gui den Planeten zu einem bescheidenen Preis bei den galaktischen Kartographen erwerben können.

Auf den leuchtenden Bildschirmwänden verfolgte Cosimo jede Bewegung seines Onkels, als dieser den Planeten erkundete. Ismale speicherte die Analyse der Daten vor Ort und machte sich Notizen für die Arbeiter auf Tabor. Die architektonischen Codes erschienen in schneller Folge. Seine Finger waren beweglich wie die eines Malers, der ein Werk vollendete, das er zu lange hinausgeschoben hatte und das in der Zwischenzeit herangereift war. Hinter den nüchternen geometrischen Berechnungen trat Ismales Vorstellung von einer Stadt mit kreisförmigen Straßen, einer Kirche mit doppeltem Boden und dreizehn kleinen, auf dem gesamten Planeten verteilten Lebenspunkten hervor, deren Standorte sorgfältig ausgewählt werden sollten. Diese Ornamente sollten mit jenen verbunden und bestimmte Materialien mühsam auf den Planeten gebracht werden.

Doch plötzlich hielt Ismale inne und starrte in die Ferne.

Er kannte Draguan. Seit ein paar Wochen hatte er Kartographie-Sonden in die Umlaufbahn geschickt. Ihre Daten waren eindeutig: Es gab kein Leben auf diesem Planeten und auch keine Vorstufe irgendeiner Lebensform auf dem Boden von Draguan. Das Urmeer hatte sich alles einverleibt.

Und doch sah er auf dem Kontrollbild seines tragbaren Monitors zwei rote Alarmlichter aufleuchten. Zwei Wesen. Lebewesen. Ein Warnsignal begleitete sie. Die Punkte bewegten sich symmetrisch. Sie bewegten sich schnell. Sehr schnell.

Geradewegs auf ihn zu.

Cosimo drehte sich zu Ruysdael und den Ratgebern um. Keiner der Männer erwiderte seinen Blick.

Der junge Mann sah, dass sein Onkel zu seiner Raumfähre lief. Es war eine durchsichtige Kapsel, mit der er auf Draguan gelandet war. Er suchte eine Verteidigungswaffe. Für einen eventuellen Notfall. Er fand jedoch nichts. Welchen Grund hätte er auch haben sollen, sich für den Besuch auf einem so armen Planeten wie Draguan zu bewaffnen?

Ihm blieb nicht mehr die Zeit, abzuheben und sein Raumschiff zu erreichen. Die beiden fremden Wesen näherten sich.

Ihre Raumfähren hielten etwa fünfzig Meter von ihm entfernt an. Es folgte eine lange Zeit des Wartens und der Stille. Dann öffneten sich die schwarzen, runden Kapseln, und zwei Wesen stiegen aus. Ismale runzelte die Stirn.

Als Cosimo die Szene verfolgte, tat er es ihm gleich.

Die Männer waren von Kopf bis Fuß in schwarze, glänzende Anzüge gehüllt, wie sie die Söldner im Süden trugen. Sie schritten in aller Ruhe auf den Baumeister zu, ohne ein einziges Wort zu sprechen. Ihre Gesichtszüge lagen unter Kapuzen verborgen.

Ismale löste mittels seines tragbaren Sensors Alarm aus. Alle bislang über Draguan aufgezeichneten Daten waren nun an einem sicheren Ort hinterlegt. Es waren die Daten, die in diesem Augenblick auf Ruysdaels Rundumbildschirm gezeigt wurden.

Zwischen den Männern wurde kein Wort gewechselt. Über ihren Köpfen heulte noch immer der Wind. Die Fremden zogen ihre Waffen.

Ismale wich zwei Schritte zurück, doch ein blendender Doppelstrahl schoss aus den Mündungen der Waffen und traf ihn mit voller Wucht. Die Strahlen störten einen Augenblick lang die Übertragung. Als das Bild wiederhergestellt war, lag der Videosensor auf der Erde. Die letzte Aufnahme zeigte den Stiefel eines der Mörder, der das Gerät zertrampelte. Je heftiger die Tritte wurden, desto unschärfer wurde das Bild. Dann wurde es dunkel in dem Büro.

Allmählich ging das Licht wieder an. Niemand wagte es, ein Wort zu sprechen.

»Niemand hier kann sich den Mord erklären«, sagte Ruysdael schließlich.

Cosimo hatte den Film mit ungerührter Miene verfolgt. Er war erschüttert, doch sein Gesicht verriet seine Gefühle nicht. Der Rat wusste, dass das Verhältnis zwischen Onkel und Neffen sich seit einigen Jahren stark abgekühlt hatte. Dennoch bewunderten sie den jungen Mann, der in dieser Situation stolz die Fassung bewahrte.

»Gibt es schon Hinweise auf das Verbrechen?«, fragte er.

»Keine«, antwortete das oberste Ratsmitglied. »Wir haben auf Draguan nur seinen Schutzanzug, seinen Sensor und seine Fähre gefunden. Wir haben die Formel des Waffenstrahls untersucht: Es handelt sich um Verfallpartikel. Ismale hat sich sofort aufgelöst.«

»Wohin führen die Flugspuren der beiden Söldner?«

»Das Raumschiff des Meisters hat ihre Koordinaten zweifellos aufgezeichnet, aber um zu landen, musste Ismale es auf eine niedrige Umlaufbahn bringen. Der Flugkörper ist wenige Stunden nach dem Attentat mit allen Daten auf Draguan zerschellt, und zwar bevor der Alarmruf uns erreichte und wir seine Flugbahn umleiten konnten. Andere Informationen liegen uns nicht vor. Der Planet Draguan liegt viel zu isoliert, als dass er von einer Regierung oder einem benachbarten Staatenbund überwacht werden würde. Dein Onkel hatte ihn gerade wegen dieser Vorzüge ausgewählt. Das wurde ihm nun zum Verhängnis. Wir haben keine einzige Spur der Mörder.«

»Keine Aufnahmen des Weltraums, keine Zeugen. Der perfekte Mord in gewisser Hinsicht. Wer weiß, dass er in diesem Sektor gearbeitet hat?«

»Alle Welt«, sagte Ruysdael. »Die Tatsache, dass die Gilde als Käufer eines neuen Planeten auftrat, löste großen Wirbel aus. Aber Ismale hielt seine Vorhaben streng geheim. Er hat das Unternehmen allein geleitet. Das war zwar ungewöhnlich, aber nicht erstaunlich. Seit einiger Zeit hatte er sich stark verändert.«

Ruysdael drehte sich zu dem obersten Ratgeber um, der fortfuhr: »Wir glauben, dass dein Onkel etwas vorbereitete. Eine Art Reise.«

»Eine Reise? Für die Gilde?«

»Nein. Eine private Reise.«

»Er hat uns nie in seine Pläne eingeweiht«, fügte Ruysdael

zögernd hinzu. »Aber wir haben mitbekommen, dass er Vorbereitungen traf. Und dann kamen Männer nach Tabor.«

»Männer?«

»Ritter. Wir hatten solche Männer niemals zuvor in der Gesellschaft des Meisters gesehen. Krieger nehmen seine Dienste selten in Anspruch, denn die militärische Baukunst interessiert ihn nicht. Aber sie waren hier. Acht oder neun Ritter. Ihre Gespräche wurden in seinem Haus hinter verschlossenen Türen geführt.«

Ruysdael sprach kurz über diese Männer, die der Meister mit ungewohntem Wohlwollen empfangen hatte. Bis dahin hatten selbst Würdenträger oder reiche Kunden, die nach Tabor kamen, nicht die Aufmerksamkeit des Meisters gewinnen können. Einige dieser Ritter kamen auch noch ein zweites Mal vorbei. Aber niemand erfuhr, über welche Baustelle oder welches Projekt sie sprachen.

»Und die Reisevorbereitungen?«, fragte Cosimo.

»In erster Linie schien er auf- und umzuräumen, so zum Beispiel Schriften und Arbeitsproben. Er ordnete seine Bücher und übergab einige aktuelle Angelegenheiten an andere. Einige Dinge verbrannte er auch. Ich habe gesehen, dass er Manuskripte und Skizzen vernichtet hat.«

»Außerdem haben viele Pakete Tabor verlassen«, sagte der oberste Ratgeber. »Er hat sie selbst gepackt und sie unter seiner Aufsicht zum Weltraumflughafen gebracht.«

»Pakete?«

»Größtenteils Bücher. Gespeicherte Daten und alte Manuskripte. Wir sind sicher, dass er sie keiner Bibliothek oder Universität vermacht hat. Sie waren in seinen Augen zu selten und zu wertvoll, als dass er sich davon getrennt hätte. Wir vermuten, dass er sie zu seiner Startrampe geschickt hat.«

»Wann hat all das begonnen?«

»Vor knapp einem Jahr«, sagte der oberste Ratgeber.

Cosimo überlegte. In diesem Jahr hatte sein Onkel nicht ein einziges Mal seine Vorbereitungen erwähnt.

»In letzter Zeit lehnte Ismale alle neuen Baustellen ab, die ihm angeboten wurden«, erklärte Ruysdael. »Er überließ sie seinen Schülern. Als ich ihn danach befragte, wich er der Frage aus. Offensichtlich aus einem Grund, den nur er selbst und vielleicht diese Ritter kannten, hatte er vor, seine Arbeiten über Draguan zu beenden und Tabor und die Gilde zu verlassen. Für lange Zeit.«

Es herrschte erneut Schweigen.

»Es ist unnötig, hier eine Spur zu suchen«, sagte der oberste Ratgeber. »Jeder hat ihn gemocht und respektiert. Einen Grund für seine Ermordung können wir nur in seiner Reise, seinen Treffen und seinem rätselhaftes Verhalten suchen.«

»Was weiß man heute über diese angebliche Reise?«, fragte Cosimo.

Ruysdael öffnete die Schatulle, die der Andreide vor ihm auf den Tisch gestellt hatte. Sie enthielt eine Pergamentrolle in einem roten Lederköcher und ein paar lose Blätter. Ruysdael nahm alles heraus und breitete es vor Cosimo aus.

Auf der Pergamentrolle befanden sich geografische Karten und mysteriöse Zeichnungen von Kugeln.

Als der junge Mann die Karten las, zeigte er zum ersten Mal während dieses Gesprächs ein erstauntes Gesicht.

»Wie bitte? Eine Pilgerfahrt?«, rief er. »Er wollte eine Pilgerreise machen?«

Ruysdael schüttelte den Kopf. Auch ihn hatten die Reisepläne überrascht. Ismale war kein emsiger Gläubiger. In seiner Jugend hatte er sich nur an seine eigenen Glaubensbekenntnisse gehalten, die größtenteils mit König Salomon in Verbindung standen und die ihn alle enttäuscht hatten. Es war bekannt, dass er sich vor zwanzig Jahren, zur Zeit des großen Kreuzzugs, an der Seite des Grafen Hugues in das Heilige Land begeben hatte, aber nichts wies auf seine Absicht hin, dorthin zurückzukehren.

»Sind diese Unterlagen echt?«, fragte Cosimo.

»Ja, das sind sie. Ich habe die vergangenen vier Tage damit zugebracht, den Weg der anderen Pakete zu verfolgen, die Tabor verlassen haben. Sie haben das Gefolge eines gewissen Hugo de Payns erreicht, der auf dem Weg zum Planeten des Ursprungs ist. Payns ist Ritter. Vielleicht gehörte er zu der Gruppe, die Ismale hier aufgesucht hat.«

»Und diese Dokumente?«

Cosimo zeigte auf das Kästchen.

»Wir haben sie aufgespürt, als sie gerade, einen Monat vor dem Beginn der geplanten Pilgerreise, nach Troyes befördert wurden. Das war die letzte Sendung, die Ismale verschickt hat, und zwar an dem Tag, als er nach Draguan geflogen ist. Aber unsere Männer mussten kämpfen, um die Dokumente in ihren Besitz zu bringen. Unbekannte wollten sie ebenfalls an sich reißen. Vermutlich Straßenräuber. Schließlich hat die Gilde gesiegt.«

»Was enthalten die Dokumente genau?«

»Es sind Pläne unterirdischer Gewölbe mit arabischen Anmerkungen und Zeichnungen von Kugeln. Sie gehören nicht zum registrierten Bestand der Bibliothek des Meisters.«

Auf dem roten Leder sah Cosimo eine Überschrift auf Arabisch, und darunter erkannte er in der Schrift seines Onkels den Namen von Hincmar Ibn Jobaïr. Der Name war ihm unbekannt. Er wusste auch nicht, dass Ismale des Arabischen mächtig gewesen war.

»Was denkt Alp Malecorne darüber?«, fragte Cosimo. »Er müsste auf dem Laufenden sein. Ihn müssen wir zuerst befragen.« Alp war Ismales Lieblingsschüler. Zweifellos der Mann, der Ismale am besten kannte.

Ruysdael schüttelte den Kopf. Die drei Ratgeber wechselten verlegene Blicke.

»Alp weilt nicht mehr unter uns. Dein Onkel hat ihn vor einem Jahr aus der Gilde ausgeschlossen. Ganz unerwartet. Wir haben ihn nicht wiedergesehen.«

»Das wusste ich nicht. Warum hat er das getan?«

Der alte Mann zuckte mit den Schultern.

»Alp ist abgereist und niemals wieder zurückgekehrt. Mehr wissen wir nicht.«

»Aber Ihr wisst doch, wo er sich aufhält?«, beharrte Cosimo.

»Wir haben Nachforschungen eingeleitet. Alp gehörte zu unseren Hauptverdächtigen. André de Montbard müsste bald bei uns eintreffen. Er hat den Auftrag, Licht in Ismales Ermordung zu bringen. Seine gute Spürnase ist bekannt. Er wird dir mehr sagen können.«

Die Ratgeber stellten Cosimo noch verschiedene Fragen zu familiären Belangen, doch Cosimo konnte nichts beitragen, was die Sache erhellt hätte.

»Meine Gespräche mit Ismale beschränkten sich auf meine Ausbildung.«

Außer ein paar Dingen, die die Taboriten bereits wussten, erfuhren sie nichts von ihm.

»Was hast du für Pläne?«, fragte der oberste Ratgeber. »Hast du vor, auf Tabor zu bleiben?«

»Ich weiß es nicht mehr. Im Augenblick bin ich ganz verwirrt. Ich muss darüber nachdenken. Wann wird der neue Großmeister gewählt?«

»In zehn Tagen. Am Ende der Trauerzeit.«

»Dann werdet Ihr vor diesem Tag meine Antwort erhalten.«

»Gut.«

Die Stellvertreter des obersten Ratgebers ließen sich von Cosimo einige Formulare unterschreiben, ehe die drei Mitglieder des Rats das Büro verließen.

Zwischen Cosimo und Ruysdael herrschte einen Moment Schweigen.

»Es tut mir Leid«, sagte Letzterer. »Wirklich.«

»Es ist seltsam.«

Der junge Mann bat, sich noch einmal die Aufzeichnung des Meuchelmordes ansehen zu dürfen, worauf Ruysdael ihm den Film zum zweiten Mal zeigte. Cosimo nahm begierig alle Informationen über den Planeten und seinen Onkel auf.

II

Die Heilige Familie

Zur Zeit Noahs und zur Zeit Abrahams
Und zur Zeit Davids, den Gott so sehr geliebt hat,
War die Welt gut; niemals wird sie mehr so unverzagt sein.
Sie ist alt und gebrechlich, und alles ist im Schwinden begriffen:
So hat sich alles verschlimmert, und alles Gute wird aufhören.

THIBAUT DE VERNON,
Das Leben des heiligen Alexius

In dieser Nacht des Jahres 1118 legte ein kleines Fischerboot aus Irland an einer Küste der Grafschaft Bretagne an. Es waren sechs Personen an Bord. Vier von ihnen betraten den Strand: ein Mann, eine Frau und zwei Kinder. Sie trugen alle ein Bündel sowie einen Pilgerstab bei sich und bogen auf einen Pfad ein, der die vorspringende Steilküste hinaufführte.

Obwohl das kleine Boot durch das Salzwasser und die Stürme arg gelitten hatte, fuhr es, ohne zu verweilen, wieder aufs Meer hinaus.

Seit ein paar Wochen legten Tag und Nacht an verschiedenen Stellen der Küste Boote an. Arme Engländer und Iren, die ihre Überfahrt auf den offiziellen Schiffen nicht bezahlen konnten, bestiegen diese kleinen Boote, um auf den Kontinent zu gelangen. Einige gingen sogar so weit, dass sie sich ihre eigene Schaluppe bauten. Andere, die mehr Glück hatten, übernahmen einen Platz von Sündern, die als blinde Passagiere reisten.

Der Grund für diese Überfahrten war die Ankündigung der großen Pilgerreise von Troyes nach Jerusalem. In ganz Europa hatte sich Graf Hugues de Champagnes Aufruf herumgesprochen, dem die Gläubigen entzückt folgten. Jeder Büßer, aus welchem Land er auch immer stammte, bemühte sich, die Stadt rechtzeitig vor dem großen Aufbruch zu erreichen.

Das war auch das Ziel dieser irischen Familie, deren Boot mehrmals von mannshohen Wellen überschwemmt worden war und viermal beinahe gekentert wäre. Die Familie trug den Namen Columban und stammte aus einer Gemeinde auf der Halbinsel Corca Duibhne. Das Familienoberhaupt, ein Bauer, war kräftig gebaut, sein Gesicht von Sommersprossen übersät, das Haar leuchtend rot. Er hieß Létald. Seine Frau, Rowena, und seine beiden Kinder begleiteten ihn. Tescelin, der Junge, war elf Jahre alt und Anx, seine ältere Schwester, vierzehn. Die beiden Kinder hatten das blonde Haar und die feine, helle Haut ihrer Mutter geerbt. Tescelin hatte ein pausbäckiges, kindliches Gesicht. Anx wies bereits alle Eigenschaften einer Frau auf. Sie hatte eine zarte, wohlgeformte Gestalt und sich die makellose Anmut einer Jungfrau bewahrt. Wenn man sie sah, spürte man ihren unbeschreiblichen Charme, doch hatte sie den verträumten Blick eines Kindes bereits verloren. Ihr Gang und ihre Haltung verrieten eine frühreife Intelligenz, und es kam vor, dass ihre Augen plötzlich einen starren, zweifelnden Ausdruck annahmen.

Die Familie Columban führte ein Leben, das die Priester erfreute, die auf der Kanzel ein Beispiel für eine untadelige Familie suchten. Diese Christen strebten einzig und allein nach ihrem Seelenheil. Sie hatten alles aufgegeben, um dem Aufruf zur Pilgerreise ins Heilige Land zu folgen.

Wie Tausende Brüder und Schwestern waren sie zu Fuß von Land zu Land, von Gut zu Gut und von einem Wald zum anderen gelaufen. Je weiter sie sich der Champagne und der Stadt Troyes näherten, desto mehr Männer und Frauen, die an ihren langen Rosenkränzen zu erkennen waren, bevölkerten die Straßen. Einige schoben Karren mit Kindern und Großeltern. Es herrschte eine vergnügliche Stimmung unter den Pilgern, die immer ein Gebet auf den Lippen hatten.

Und trotz dieser Menschenmenge befand sich die Familie Columban, die immer früh aufstand und sich spät zur Ruhe bettete, oft allein auf den Straßen. Als sie eines Abends über einen Waldpfad marschierten, sahen sie fünf Fremde auf Eseln, die ihnen entgegenkamen. Sie hatten mit den Büßern, die sie bisher getroffen hatten, nichts gemein. Diese Fremden mit den entschlossenen Mienen waren verdreckt. Das Leder ihrer Beinkleider war mit Blut befleckt und durch das ständige Tragen der Waffen abgewetzt.

Der kräftigste unter ihnen ergriff das Wort mit dem trockenen Ton eines kleinen Anführers. Nur er allein ritt einen eigenen Esel. Die vier anderen teilten sich jeweils zwei kurzbeinige Reittiere.

»Gehört Ihr zu den Gläubigen, die ins Heilige Land pilgern?«, fragte er. »Zeigt uns Eure Kreuze.«

Létald ballte die Faust. Er wusste ganz genau, was diese Räuber suchten. Es handelte sich um Kreuze aus Tuch, die von den Bischöfen gesegnet und mit Siegeln bestickt waren, die den Besitzern einen bestimmten Platz in den offiziellen Zügen der Pilgerreise zuwiesen. Die Gläubigen trugen diese Kreuze gottesfürchtig auf dem Herzen, unter ihrer Wäsche. Sie wurden von Räubern begehrt, die sie für viel Geld an jene verkauften, die sich in Troyes, wo die Pilgerreise begann, keinen Platz sichern konnten.

»Macht schon und zwingt uns nicht, Euch die Weste vom Leib zu reißen.«

»Dann nehmen wir vielleicht nicht nur die Kreuze«, fügte ein zweiter Räuber hinzu und schielte auf Anx und ihre Mutter.

Létald trat zur Seite und hob seinen Pilgerstab. Auf ein Zeichen des Anführers stiegen die fünf Männer von den Eseln. Sie zogen ihre Waffen. Tescelin schmiegte sich an Rowena, die ihre weißen Hände auf seine Augen legte. Anx presste die Lippen zusammen und starrte die Plünderer an, die sich näherten.

»He, spielt nicht den Dickköpfigen«, sagte der Dicke. »Du bist nicht stark, und wir kennen kein Erbarmen. Wenn du dich nicht fügst, wirst du dich gleich in zwei Teilen wiederfinden. Übrigens sind auch wir auf dem Weg nach Jerusalem. Wir wollen uns doch unter Büßern nicht gegenseitig verstümmeln!«

Létald schüttelte verächtlich den Kopf.

»Was bekümmert dich?«, rief der Räuber. »Dass wir Christen sind, die plündern und töten? Es wird verlangt, dass man das Heilige Land mit einer Seele, so rein wie Quellwasser, betritt. Aber über den Zustand der Seele beim Aufbruch wurde nichts gesagt. Neun Monate auf Reisen, da haben wir noch ein paar Wochen Zeit, bevor wir die erste Reue zeigen müssen.«

Er näherte sich Rowenas Brüsten, doch ein rascher Hieb mit dem Stock des Iren verpasste nur knapp sein Gesicht. Er wich zurück. Im selben Augenblick schwang die junge Anx ihren eigenen Pilgerstab, der auf dem Kreuz des Fremden landete. Die ganze Aktion dauerte nur wenige Sekunden. Der Mann brach schreiend zusammen. Seine Kameraden stürzten sich wütend auf die beiden Iren, als im selben Augenblick das rhythmische Geräusch dröhnender Hufe, das Knacken von Zweigen und das Schnaufen von Tieren über den Weg hallten. Die schrägen Strahlen des Abendlichts schienen früher als sonst in den Wald zu dringen, und die Schatten wurden ungewöhnlich rasch länger. Die vier Räuber erstarrten.

Am Ende des Weges tauchte eine Gestalt auf und kam auf sie zu. Auf den ersten Blick war nicht zu erkennen, ob es sich um einen einzelnen Mann handelte oder ob er begleitet wurde.

»Was ist das?«, fragte einer der Räuber.

Die Gestalt näherte sich.

Es war ein Mann zu Pferde.

»Das möchte ich gar nicht wissen«, sagte der Anführer, der sah, dass die Baumwipfel über seinem Kopf wie bei einem Sturm rauschten, obwohl nicht die geringste Brise wehte. »Steht nicht da herum. Das riecht nach dem Teufel! Helft mir hoch.«

Die Kameraden halfen ihm, sich in den Sattel zu setzen, und dann machte sich die Gruppe fluchend davon.

Die Columbans hatten von dem, was geschehen war, nichts mitbekommen. Ringsherum war wieder friedliche Stille eingetreten. Das Licht war so klar wie nach einem Unwetter. Die Gestalt näherte sich. Es war ein alter Mann, der auf einem grauen Pferd im Sattel saß. Ein blinder Mann. Ein asketisches Gesicht mit hohlen Wangen, verblüht, wie vergilbter Gips und von kleinen Runzeln durchzogen. Das Pferd blieb vor den Columbans stehen, die ihm unfreiwillig den Weg versperrten.

»Wer auch immer Ihr seid, könntet Ihr mir wohl Platz machen?«, fragte der Blinde höflich. »Mein Pferd führt mich, und es möchte keine Fremden verletzen.«

Létald bedeutete seiner Frau und seinen Kindern zur Seite zu treten, worauf das Pferd seinen Weg fortsetzte.

»Danke«, sagte der Mann.

Mit diesem Wort ritt er mit demselben Gleichmut, mit dem er aufgetaucht war, weiter, und bald verblasste seine Gestalt im Dämmerlicht des Abends.

»Rätselhaft«, murmelte Rowena. »Vielleicht ein Heiliger? Und der Räuber sprach vom Teufel!«

»Danken wir dem Himmel, dass uns nichts geschehen ist«, sagte Létald. »Wir sollten nicht zu verstehen versuchen, was nicht für uns bestimmt ist.«

Er warf dem Mädchen einen strengen Blick zu, der zeigte, dass er dessen Einmischung in den Kampf nicht guthieß. Anx senkte den Kopf.

»Tu das um Gottes willen nie wieder«, sagte er. »Ich verbiete dir, dich während unserer Reise hervorzutun. Hast du mich verstanden? Du darfst dich nicht in den Vordergrund drängen. Das ist zu gefährlich.«

»Vater!«, widersprach Anx.

»Niemals!«

Das Mädchen senkte den Blick.

Die Gruppe kniete nieder, sprach einen Psalm, bekreuzigte sich und presste eine Hand auf das Herz, wo die gesegneten Stoffkreuze saßen. Dann setzten sie ihren langen Marsch nach Troyes und Jerusalem fort.

Als die Familie ein paar Tage später fünfzehn Meilen von der Stadt Bar entfernt anhielt, stieg Anx am frühen Morgen zu dem großen See der Dole-Quelle hinab. Die anderen schliefen auf dem einfachen Lager, das sie sich für die Nacht hergerichtet hatten. Normalerweise nahm das junge Mädchen sein Bad mit der Mutter, aber heute erwachte es sehr früh, und es war niemand zu sehen. Die Columbans wurden nicht von anderen Pilgern begleitet. Das Ufer war in Rufweite, falls es zu einem unerwarteten Zwischenfall kommen sollte. Sorglos lief Anx ans Wasser.

Der See lag friedlich da. Der Horizont erhellte sich zögernd. Nebelschwaden verschleierten auf Höhe von Anx' Brust die klare, glatte Wasseroberfläche. Anx, die sicher war, allein zu sein, zog ihren Bliaud und ihre Wäsche aus und sprang nackt ins kalte Nass. Sie erschauderte, wich aber nicht etwa zurück. Das Wasser in diesem Land war angenehm im Vergleich zu den eiskalten Seen in dem Dorf in Irland, in dem sie aufgewachsen war. Anx schaute sich ein letztes Mal um. Niemand würde sie in dem Nebel entdecken. Sie tauchte ins Wasser und schwamm eine Weile durch den See.

Allmählich erwachte der Tag.

Etwa fünfzig Armlängen vom Ufer entfernt ließ das junge Mädchen sich auf dem Wasser treiben. Nur sein leises Keuchen und ein sanftes Plätschern waren zu hören. Doch plötzlich krümmte Anx sich zusammen. Der Nebel hatte sich vollständig aufgelöst. Sie erkannte eine Gestalt. Jemand schritt auf der anderen Seite des Sees langsam umher. Das Gesicht zur Hälfte ins Wasser getaucht, hielt Anx den Atem an. Bald erkannte sie die Umrisse eines Pferdes, das am See Wasser trank. Vielleicht folgte ein ganzes Bataillon. Anx wollte sich gerade davonschleichen, um nicht entdeckt zu werden, als ihr Blick auf das Fell des Pferdes fiel. Es war ein großes, graues Pferd, das dem des geheimnisvollen Blinden ähnelte, der sie vor den Räubern gerettet hatte.

Anstatt sich davonzustehlen, beschloss das Mädchen, den See zu durchqueren und mehr über die rätselhafte Person herauszufinden. Anx redete sich ein, dass ein einsamer, blinder Mann einem Mädchen, das blitzschnell durch den See schwimmen konnte, nichts anhaben konnte. Selbst ein Soldat, den seine Klingen und der schwere Mantel behinderten, könnte sie nicht einholen. Sie näherte sich geräuschlos.

Dieses ungestüme Temperament war keine Laune des Augenblicks. Létald und Rowena hatten schon oft unter dem Charakter ihrer Tochter gelitten. Als Anx neun Jahre alt war, erfuhr sie eines Tages von ihrem Vater, dass ein Schaf der Herde verschwunden war. Nachdem die Erwachsenen ihre Suche aufgegeben hatten, brach die Kleine in der Dämmerung allein auf, um das Schaf einzufangen. Nachdem die Menschen zuerst das Schaf gesucht hatten, machten sie sich nun auf die Suche nach dem Mädchen. Es blieb ebenfalls unauffindbar. Erst am dritten Tag tauchte es mit dem Tier wieder auf, lachend und quicklebendig und ein wenig stolz auf den Streich, den es den Menschen gespielt hatte. Ein anderes Mal, als Anx zwölf Jahre alt war, hörte sie von dem geisterhaften Auftauchen eines alten irischen Mönchs, der seit einem Jahrhundert tot war, auf einem Hügel in der Gegend. Ohne zu zögern, brach sie auf, um sich von der Wahrheit der Geschichte zu überzeugen. Sie musste eine Woche lang laufen, um den Hügel zu erreichen. Nach der Reise kehrte sie erschöpft, aber unversehrt nach Hause zurück. Sie erklärte, dass diese Geschichte eine Erfindung sei und dass ein Mönch, der aus dem Jenseits aufgetaucht wäre, einen besseren Ort ausgewählt hätte als diesen armseligen Hügel, wo selbst das Gras vor Langeweile verwelkte …

Langsam legte Anx die Entfernung zurück, die sie von dem Pferd trennte. Sie schwamm quer durch den See, um das Ufer ein Stück von der Stelle entfernt zu erreichen, wo der Blinde sich niedergelassen haben musste. Zuerst wollte sie sich vergewissern, dass er allein war. Vorsichtig setzte sie einen Fuß aufs schlammige Ufer, senkte den Kopf und bereitete sich darauf vor, bei der geringsten Gefahr wieder ins Wasser zu tauchen. Im Schutze eines Gebüsches machte sie drei Schritte. Das Wasser tropfte von ihrer Haut; ihr goldblondes Haar, das nach dem Bad einen dunkleren Ton angenommen hatte, ähnelte nun nassem Stroh.

In der Nähe des Pferdes war das Ufer verlassen. Nur ein kleines Feuer knisterte, worüber Anx sich wunderte. Sie sah keine Zweige und kein Holz, das verbrannte. Ein Haufen Asche schien die roten und blauen Flammen zu nähren. Fußspuren wiesen auf die Anwesenheit eines Mannes hin. Schließlich hörte Anx einen Wortwechsel. Wenn der Blinde hier war, so war er nicht allein.

»Ich brauche keine Hilfe«, sagte eine Stimme, die Anx als die eines alten Mannes erkannte.

»Wohin reist Ihr, mein Freund?«

Diese Stimme war tiefer und musste die eines Mannes in der Blüte seines Lebens sein.

»Ich gehe dorthin, wohin mein Pferd mich trägt. Ich habe kein bestimmtes Ziel.«

In diesem Augenblick sah Anx die beiden Männer, die auf

das Feuer zuschritten. Auf Anhieb erkannte sie das marmorne Gesicht des Blinden, der sie aus dem Hinterhalt gerettet hatte. An seiner Seite ging ein Mann von etwa fünfzig Jahren und stützte seinen Arm. Er hatte einen dicken Bart und ein so erhabenes Gesicht wie der andere. Er trug ungewöhnliche Kleidung, teils soldatisch, teils wie die Lumpen eines Bettlers oder eines Einsiedlers. Hinter ihm hörte man das Schnaufen eines kräftigen Pferdes.

Dieser Mann war Hugo de Payns. Er war nun achtundvierzig Jahre alt und stand noch immer im Dienste seines Herrn, des Grafen Hugues de Champagne. Dieser hatte ihm befohlen, heimlich das Tal Clairvaux aufzusuchen, wo ein neuer Abt sein Amt versah. Auf dem Weg dorthin hatte er den Blinden getroffen und angehalten, um ihm zu helfen.

»Um ehrlich zu sein«, sagte der Blinde, »suche ich meinen Frieden. Die Straßen sind derzeit mit Pilgern und Wanderern bevölkert. Für einen alten, kranken Mann wie mich ist dieser Zustand unerträglich. Daher reite ich abseits der Wege. Ich suche ein stilles Plätzchen, wo ich mich erholen kann.«

»Dann tut es mir Leid, dass ich Euch gestört habe«, sagte Hugo und wandte sich zum Gehen.

»Ich rieche an dem starken Schweißgeruch Eures Pferdes, dass Ihr die ganze Nacht geritten seid. Es wäre für mich eine Beleidigung, wenn Ihr mich so verlasst. Esst einen Kleiefladen mit mir. Vagabunden wie mir obliegt wie jedem anderen die Pflicht der Gastfreundschaft. Es würde mich kränken, diesen Brauch zu verletzen.«

»Ich danke Euch, aber ich habe alles, was ich brauche.«

Der Blinde ging auf ihn zu, als hätte er nichts gehört. Hugo sah die Sonne am Himmel aufsteigen und beschloss, sich ans

Feuer zu setzen. Die beiden Männer hockten sich hin. Anx war ihnen so nahe, dass sie nicht mehr das geringste Geräusch verursachen durfte, wenn sie nicht entdeckt werden wollte. Unruhe stieg in ihr auf, und sie begann zu frösteln.

»Am Schritt Eures Pferdes«, sagte der Blinde, als er dem Gast ein Stück Brot reichte, »errate ich, dass Ihr den Weg der Klageweiber eingeschlagen habt.«

»Den Weg der Klageweiber?«

»Das ist der Weg, dem Ihr durch den Wald bis hierher gefolgt seid und der an diesem See entlangführt, ehe er nach Süden abbiegt.«

»Ich wusste nicht, dass der Weg diesen Namen trägt.«

»Der Name wurde ihm erst kürzlich verliehen. Wenn Ihr diesem Weg folgt, führt er Euch vor das Tor einer kleinen Abtei, die vor kurzem erbaut wurde.«

»Ach ja?«

»Vor diesem frommen Ort fürchten die Menschen sich in der Gegend sehr, vor allem Frauen. Es wird berichtet, dass ein junger Abt dort sein Amt verrichtet und dass alle Männer, die seinen feurigen Reden lauschen, im Laufe des Tages anderen Sinnes werden. Sie kehren der Welt den Rücken und schließen sich seinem Orden an. Seine Worte sind so eindrucksvoll, dass die Mütter ihren Söhnen verbieten, in diesem Gebiet zu jagen; die Ehefrauen halten ihre Ehemänner und ihre Geliebten zurück; Schwestern fürchten um ihre Brüder, Töchter um ihre Väter.«

»Ich reise in der Tat zu der neuen Abtei in Clairvaux«, erklärte der Ritter. »Aber ich habe nicht den Wunsch, mich von dem Abt Bernard betören zu lassen, auch wenn er noch so redegewandt sein mag. Ich habe andere Pläne. Ich gehöre zu der Masse der Pilger, die Euch so lästig sind.«

»Dann ist Euer Ziel auch Jerusalem?«

Der Blinde malte mit der Spitze seines Stocks geometrische Figuren auf die Erde.

»Wenn Ihr Euch wie andere vor Euch dem Wahn hingebt, von Bernard de Clairvaux den Segen für Eure Reise zu empfangen«, fuhr der Blinde fort, »werdet Ihr von dort mit der Befriedigung zurückkehren, einen großen Mann getroffen zu haben, der Euch aber nichts überlassen hat als die hohe Meinung von seiner Person.«

»Kennt Ihr ihn?«

Der Blinde nickte.

»Seine Familie ist in der Gegend bekannt. Gute Krieger, mutige Frauen. Wisst Ihr, in meinem Alter reicht es aus, sich an den Vater und Großvater zu erinnern, um das Leben und den Charakter des letzten Sprösslings in groben Zügen zu beschreiben. Die menschliche Nachkommenschaft zeichnet sich selten durch Besonderheiten aus. Bestenfalls begnügt sie sich damit, nicht zu entarten.«

Der Blinde hob den Kopf. Anx fürchtete einen Moment, seine trüben Augen könnten auf sie gerichtet sein.

»Ihr pilgert also nach Jerusalem«, fuhr der Blinde fort. »Dann müsst Ihr in Eile sein. Jetzt tut es mir Leid, dass ich Euch aufgehalten habe. Ich werde meinen Weg fortsetzen.«

»Wie schafft Ihr es, Euch zu orientieren?«

»Das Schicksal hat mir das gänzliche Eintauchen in die Dunkelheit erspart. Mir ist genug Sehkraft geblieben, um dem Weg des Lichts zu folgen. Mein Pferd kennt die Wege des Landes. Oft erreiche ich meine Ziele vor jüngeren Reitern, die sich häufig durch Bagatellen aufhalten lassen, weil sie die Augen offen halten. Die Sehkraft ist nicht immer der beste Verbündete des Geistes.«

Der Ritter erhob sich.

»Ich werde an Euren Rat denken. Wie ist Euer Name?«

»Clinamen.«

»Clinamen? Den Namen vergisst man nicht. Ich danke Euch für Eure Mühe. Kann ich Euch ruhigen Gewissens allein lassen?«

Der Alte nickte.

»Da Ihr es für richtig haltet, Euch nicht vorzustellen«, sagte er, »nehme ich an, dass Ihr ein großer Herr seid, der ohne seinen Hof heimlich reist. Ich kenne die Menschen. Ihr könnt mich allein lassen. Solltet Ihr aber eines Tages hören, dass der gute Clinamen in Schwierigkeiten steckt, eilt ihm zu Hilfe. So könnt Ihr Euch erkenntlich zeigen.«

Hugo de Payns lächelte.

»Kompliment«, sagte er. »Ihr seid scharfsinnig wie ein Chaldäer.«

»Ein Hellseher? Nein, nein, ein Mann wie jeder andere. Es genügt, zuzuhören. Das ist eine Gabe, die den Blinden in Hülle und Fülle gegeben ist. Wir hören nicht nur zu, sondern wir verstehen auch das, was wir hören. Übrigens, mein Herr, wenn Ihr Euch nach Clairvaux begebt, würde ich an Eurer Stelle den Weg der Klageweiber verlassen. Ich würde Gyé nicht passieren, sondern einen Umweg über Bar machen.«

»Aber das ist doppelt so weit!«

»Nicht der Weg ist wichtig, sondern das Ziel. Es ist nur ein Rat. Ihr seid frei, das zu tun, was Euch beliebt.«

»Ich bin nicht so abergläubisch, um wegen eines Orakels in Sorge zu geraten. Sagt mir, was Ihr gehört habt, dann ist es für mich verständlicher.«

»Nein, nein. Es liegt an Euch, Euren Weg zu wählen. Gute Reise, mein Freund.«

Er wandte sich ab, beachtete Payns nicht mehr und berührte mit dem Stock die Erde.

Der Ritter folgte ihm mit den Blicken. Der Blinde erinnerte ihn an den alten Juden, der ihm vor zwanzig Jahren den Zugang in die Stadt Jerusalem ermöglicht hatte. Dieselbe geistesabwesende, rätselhafte Art. Dieselben Augen. Es war ein sonderbares Gefühl. Er stieg in den Sattel.

»Möge Gott Euch beschützen«, sagte er.

Als der Blinde nichts erwiderte, zuckte er die Schultern, bedeckte sein Gesicht mit einer verstaubten Reisemaske und gab seinem Pferd die Sporen. Bald darauf war er verschwunden. Nur die Pferdehufe hallten noch durch den Wald.

Der Blinde streckte die Arme aus, erhob sich und schritt ans Ufer des Sees. Er tätschelte den Hals seines Pferdes und wiederholte den Satz des Ritters in dessen Brustton der Überzeugung. »*So abergläubisch bin ich nicht. So abergläubisch bin ich nicht*. Wir werden sehen.«

Als der Blinde zurücktrat, überlegte Anx, ob die Gelegenheit für eine Flucht günstig sei. Sie schaute auf den Weg, den der Ritter eingeschlagen hatte, und richtete ihren Blick dann wieder auf den Alten, um eine Entscheidung zu treffen.

Aber der Blinde war verschwunden.

Mit seinem Pferd.

Das Feuer war erloschen. Es hatte nicht die geringsten Spuren hinterlassen. Es war keine Asche zu sehen. Blitzschnell tauchte das verwirrte Mädchen in den See und schwamm ans andere Ufer, wo es sich in aller Eile anzog. Das helle Licht des Tages hatte die ganze Landschaft verändert. Anx glaubte, aus einem Traum zu erwachen.

Ihrer Familie erzählte sie nichts von dem Abenteuer. Sie befürchtete, sich alles vielleicht nur eingebildet zu haben.

Während die Erinnerung an den Morgen verblasste und sie mit ihren Angehörigen am Rande von Gyé ankam, erfuhr sie, dass eine Bande von sechs Söldnern in schwarzer Kleidung und mit Kapuzen, die ihre Gesichtszüge verdeckten, einen wie einen Bettler gekleideten Ritter mit einem dicken Bart suchten. Sie nahmen einen jeden unter die Lupe, der auch nur im Entferntesten dieser Beschreibung ähnelte. Einem wurde beinahe die Kehle durchgeschnitten. Als die Nacht hereinbrach und sie niemanden kommen sahen, gaben sie auf. Anx sagte sich, dass der Fremde, der zu Vater Bernard de Clairvaux und seiner neuen Abtei ritt, vermutlich niemals erfahren würde, dass er dem sonderbaren Rat eines alten Mannes, der sich einfach in Luft aufgelöst hatte, seine Freiheit, wenn nicht gar sein Leben zu verdanken hatte.

Das junge Mädchen war entzückt. Gottes Wege hielten, was sie versprachen. Anx wusste, dass die Reise nach Jerusalem noch fantastischere Abenteuer bereithalten würde als die Episode mit dem Blinden. Sie war davon überzeugt, dass eine Pilgerreise nur aus einer Aneinanderreihung von Wundern bestehen konnte.

In dieser Nacht betete sie mit mehr Inbrunst als je zuvor und beschwor Engel und Heilige, nichts von ihrer Macht und ihrem Eifer vor ihr zu verbergen.

III

Die Bestrafung des Dschinns

Immer nur einen einzigen, starken Wunsch zu haben, das ist das Zeichen des Weisen. Unbeständigkeit der Wünsche ist der Beweis schlimmster Torheit. Ich wiederhole immer wieder Senecas Worte: »Für jene, die nicht wissen, welchen Hafen sie ansteuern, gibt es keine günstigen Winde.«

PETRARCA, Das einsame Leben

In der Zitadelle von Tabor herrschte vor der Wahl des neuen Großmeisters der Baukunst große Betriebsamkeit. Aus allen Winkeln der Galaxie waren die Baumeister gerufen worden, um an den Wahlen teilzunehmen. Allerorts waren die Gespräche über Ismales Ermordung Spekulationen über seinen Nachfolger gewichen.

Cosimo nahm an den Wahlen nicht teil. Überwiegend hielt er sich im Hause seines Onkels, auf dem Gipfel der Stadt, auf. Er grübelte, welche Antwort er dem Rat bezüglich seiner Zukunft geben sollte, und er dachte über den Mord an seinem Onkel nach. Außerdem kam er seinen Verpflichtungen nach, die aus Ismale Guis Erbschaft erwuchsen.

Cosimo war sein letzter noch lebender Angehöriger. Der junge Mann war der einzige Sohn des Bruders des Baumeisters, Abel Gui. Während des großen Kreuzzugs im Heiligen

Land erblickte der Junge das Licht der Welt. Seine Eltern lernte er niemals kennen. Sie kamen wenige Tage nach seiner Geburt in einem Hinterhalt der Mohammedaner ums Leben. Das Kind wurde in Ismales Obhut gegeben, der es wie sein eigenes aufzog. Der Meister selbst hatte zeit seines Lebens niemals eine Frau oder andere Erben. Der Onkel und der Neffe verstanden sich bestens. Der große Baumeister nahm den Jungen mit auf seine Baustellen und zeigte ihm Modelle und Prototypen der Gilde. Cosimo verehrte diesen Mann, der den Grund aller Dinge zu kennen schien, aber dennoch stets neugierig und wissbegierig blieb. Cosimos Intelligenz veranlasste Ismale, dem Jungen folgenden Rat zu geben: »Einen regen Verstand beweist nicht der, der alles weiß, sondern der, der jene zum Sprechen bringt, die wissen. Lerne nicht, sondern beobachte und frage.« Cosimo verstand die Worte. Sein Onkel meldete ihn an einer hervorragenden Akademie an. Ehe Cosimo das erforderliche Alter erreicht hatte, konnte er seinen Platz an der Schule einnehmen. Dort verbrachte er die letzten sechs Jahre. Doch aufgrund dieser Trennung verschlechterte sich die Beziehung zwischen dem Onkel und dem Neffen. Der junge Mann kehrte in der Zwischenzeit nicht nach Tabor zurück. Sie schrieben sich, sahen sich jedoch nie. Diese plötzliche Gleichgültigkeit erstaunte jene, die die beiden kannten.

Wenn Cosimo auch rechtmäßig die Besitztümer seines Onkels erbte, so erbte er nicht dessen Stellung. Der junge Mann hatte die Baukunst niemals studiert. Sehr früh hatte der Meister das Interesse des Neffen auf die Kosmogonie gelenkt, eine Wissenschaft, die zu jener Zeit als zweitrangig eingestuft wurde: »Seit wir die Raumtheorien der Galaxie beherrschen, sind die Menschen überzeugt, alle Geheimnisse durchdrungen zu haben«, klagte er. »Dummes Geschwätz! Verbirgt sich hinter einem Gesetz der Physik nicht systematisch ein anderes?« Er gab die Vorliebe für diese Disziplin an seinen Neffen weiter, der an der Universität Cori Occlo zugelassen wurde, der letzten akademischen Zuflucht, wo man noch die Vergangenheit der Wissenschaften lehrte. Doch gleichzeitig beschloss Cosimo, in der Kriegskunst und in den Gesetzen des Rittertums unterwiesen zu werden. Dieser fanatische Wunsch war der Beginn des »Bruches« mit Ismale. Der Baumeister sah Cosimos Begeisterung für Waffen nicht gern. Aber der junge Mann ließ nicht von seinen beiden Interessen ab und wurde Kosmologe und ein hervorragender Fechter. Er hatte soeben seinen Abschluss gemacht, als er Ruysdaels Ruf nach der Bluttat auf Draguan erhielt.

Dieser kleine, schicksalhafte Planet bildete übrigens den größten Teil von Ismales Erbe. Der Baumeister hatte den Planeten ohne Hilfe der Gilde erworben. Draguan gehörte ihm allein. Der junge Mann wusste nicht, wie er sich diesbezüglich entscheiden sollte. Doch wenige Tage nach seiner Ankunft erhielt er unerwarteten Besuch und eine Antwort auf diese Frage.

Auf der Schwelle seines Hauses standen sieben Männer in hellen Roben ohne Insignien, was auf Tabor verwunderlich war. Nur der älteste Mann war Cosimo bekannt. Groß und kräftig gebaut, mit einem dunklen, dicken Bart und Augen, die ihn bereits in der Zeit, als er in der Gilde aufwuchs, beeindruckt hatten. Dieser Mann hieß Balthéus. Er war der Anführer einer kleinen Gruppe religiöser Baumeister, die auf Tabor die »Sekte« genannt wurde. Jedes Gebäude, jeder Plan, jede Kolonie sollte für sie ein Ausdruck von Gottes Macht sein. Die anderen Mitglieder der Gilde standen ihrem ehrgeizigen Streben und ihren spirituellen Klagen kritisch gegenüber. Balthéus hatte sich Ismale Guis Weisungen mitunter heftig widersetzt.

Balthéus trat vor.

»Guten Tag, Cosimo.«

Der junge Mann antwortete mit einem leichten Nicken des Kopfes.

»Ich verstehe deinen Kummer, und daher fasse ich mich kurz: Wir wollen Draguan bebauen.«

»Draguan?«

»Mit einigen anderen Baumeistern der Gilde konnten wir Ismales Projekt für diesen Planeten überprüfen: eine Kirche, eine Diözese mit dreizehn Gemeinden. Diese Welt ist arm und abgelegen. Sie passt ausgezeichnet zum Geist unserer Gemeinschaft. Wir könnten fern von den anderen leben und diesen neuen Planeten bevölkern. Sonst würde sich niemand darum kümmern, glaube ich. Er ist zu elendig. Draguan fällt als Ismales Erbe an dich. Daher kannst nur du allein uns erlauben, uns dort anzusiedeln.«

Cosimo überraschte diese direkte Bitte.

»Ihr verlasst Tabor?«

»Hier hält uns nichts. Unsere Überzeugungen werden von unseren Brüdern von Tag zu Tag weniger verstanden. Wer auch immer der nächste Großmeister der Gilde sein wird, es wird immer einer der Männer sein, die sich mehr der Form als dem Wesentlichen beugen. Für uns ist es besser, wenn wir jetzt gehen und eine Welt nach unseren Prinzipien erschaffen.«

Nachdem Balthéus' tiefe Stimme verklungen war, herrschte Schweigen.

»Wir dürfen nicht zulassen, dass dieser Planet verloren

geht«, fuhr er fort. »Wir würden Ismales Andenken ehren, wenn wir sein letztes Vorhaben verwirklichen, findest du nicht? Wir geloben, seine Pläne genauestens zu beachten.«

Cosimo hatte bereits über Draguan nachgedacht und zwischen der Entscheidung, den Planeten zu verkaufen oder ihn einfach Tabor zu überlassen, geschwankt. Bei seinen Überlegungen war er davon ausgegangen, dass der Planet unbewohnt blieb. Er hatte keinen besonderen Wert. Bestenfalls hätte die Gilde für die Errichtung eines Denkmals gestimmt, um an den tragischen Tod des Baumeisters zu erinnern.

»Du könntest dich uns anschließen«, fügte Balthéus hinzu. »Du bist jung. Es ist ein ehrenwertes Projekt. Wir könnten dort Leben begründen. Eine neue Welt ...«

Cosimos Blick wanderte über die vor ihm stehenden Männer. Er fand die Idee verlockend. Ob Ismale die Idee gefallen hätte, sein Projekt in den Händen der Sekte zu wissen, wusste er nicht, aber er sah mehr Vorteile als Nachteile, sich auf diese Weise von seinem Erbe zu trennen.

»Ich begleite Euch nicht«, sagte er schließlich, »aber ich stelle es Euch frei, Euch auf den Planeten zu begeben und ihn zu bevölkern. Sobald die Formalitäten abgeschlossen sind, könnt Ihr aufbrechen.«

Balthéus bedankte sich.

Das Schicksal von Draguan war besiegelt.

In den folgenden Tagen war Cosimo bemüht, neue Erkenntnisse über Ismales Vorbereitungen seiner heimlichen Reise zu gewinnen.

Seine Ermordung war ein großes Rätsel. Auf den ersten Blick gab es kein Motiv. Der Neffe versuchte, sich die Feinde des Onkels in Erinnerung zu rufen, aber es waren sehr wenige. Sicher, ihm fiel diese Reise in den Orient ein, als Ismale von einem Trupp Mohammedaner eingekerkert worden war. Christen, die das Gebiet durchquerten, befreiten ihn. Doch er nahm Kultobjekte mit, die seinen Entführern gehörten. Lange Zeit sprach er darüber, dass diese Leute die Objekte suchten. Seit dem Vorfall waren jedoch viele Jahre vergangen, und auch die Zugehörigkeit zu dem sonderbaren Kult des Königs Salomon lag lange zurück. Er hatte sie aufgegeben, ohne weiteren Kontakt zu seiner ehemaligen Gemeinschaft unterhalten zu wollen. Zu jener Zeit hatte Ismale alle Dokumente vernichten lassen, die einen Bezug zu seinem ehemaligen Glauben hatten, und nur ein paar Schmuckgegenstände behalten.

»Der Tresor!«, rief Cosimo plötzlich.

Als er sich an das Geheimfach erinnerte, das sein Onkel selbst in seinem Arbeitszimmer eingebaut hatte, um diese Heiligtümer aufzubewahren, verließ er das Haus. Cosimo erinnerte sich auch daran, dass niemand außer ihm in der Gilde etwas davon wusste.

Er stieg an den tiefsten Punkt des Berges hinab, wo das Arbeitszimmer des einstigen Baumeisters von Tabor lag. Dort wurde er von einem Wächter zurückgewiesen. Alle Angelegenheiten von Ismale, die einen Bezug zur Gilde aufwiesen, waren bis zur Ankunft von André de Montbard aufgeschoben worden. Alle hofften auf die Ankunft des Ermittlungsbeamten vor dem Tag der Wahl, damit der Mord auf Draguan aufgeklärt wurde.

Cosimo musste sich beugen. Er lief zum Arbeitszimmer des guten Ruysdael.

Der alte Mann war allein.

»Ich freue mich, dich zu sehen«, sagte er. »Weißt du schon, was du in Zukunft machen möchtest?«

»Wartet der Rat ungeduldig auf meine Entscheidung?«

»Nein. Aber er würde gern erfahren …«

»Zunächst bitte ich nur um Einlass in das Arbeitszimmer meines Onkels.«

Ruysdael geriet in Verlegenheit. Cosimo beharrte darauf.

»In dem Arbeitszimmer liegen Dinge, die mir gehören. Da ich sicherlich abreisen werde, möchte ich sie holen.«

»Wir müssen warten, bis Montbard eingetroffen ist …«

Cosimo ließ nicht locker.

»Die Ermittlungen betreffen mich nicht. Es gibt keinen Grund, mich zu verdächtigen oder anzunehmen, ich wolle seine Arbeit behindern. Ich bin der einzige lebende Verwandte von Ismale. Ich denke, ich habe einige Rechte.«

Ruysdael machte ein mürrisches Gesicht. Er wusste weder, wie er die Bitte ablehnen, noch wie er sie erfüllen sollte.

»Ich kann den obersten Ratgeber um keinen Gefallen bitten«, sagte er. »Er wird ablehnen und sich Fragen zu deiner Person stellen. Er könnte dir auch verbieten abzureisen.«

»Er muss es nicht erfahren. Es dauert nicht lange.«

Schließlich ließ der alte Mann sich überreden. Als enger Mitarbeiter Ismales besaß er die Schlüssel des Arbeitszimmers. Nun musste er noch den Wachposten überlisten.

»Ich handele heute auf dringende Nachfragen des Ermittlungsbeamten hin«, sagte er zu ihm. »Cosimo braucht Informationen, die hier zu finden sind. Aber du sprichst mit niemandem darüber. Verstanden?«

Der Wächter war im Beisein von Ruysdael ausgewählt worden, und er gehorchte.

Cosimo betrat das Büro.

Der Alte blieb mit dem Soldaten auf der Schwelle stehen, um bösen Überraschungen vorzubeugen.

Das Arbeitszimmer lag unter einem weißen Kreuzgewölbe, und die Kapitelle waren mit verschiedenen Siegeln der zur Gilde gehörenden Handwerker versehen. Ruysdaels Information, dass Ismale einige seiner Unterlagen geordnet und aussortiert hatte, entsprach der Wahrheit. Der junge Mann fand hier nichts von der künstlerischen Unordnung wieder, inmitten deren er als Kind gespielt hatte. Alles war sorgfältig weggeschafft oder vernichtet worden. Cosimo sah überall die gleichen Wachssiegel wie in dem Haus.

Der junge Mann lief sofort auf die Wand zu, in der er über dem Kamin Ismales Geheimfach, hinter einem Gemälde versteckt, vermutete. Dieses stellte eine Szene der legendären Bilderserie des Königs Salomon dar: Die Verurteilung des Dschinns. Der Legende zufolge hatte dieser Teufel sich den Platz des Königs widerrechtlich angeeignet, indem er ihm seinen heiligen Ring stibitzte. Kurz bevor er von Salomon bestraft wurde, gelang es ihm, in vier Büchern die Geheimnisse und magischen Mysterien niederzuschreiben, die der König dank seines Rings kannte, und diesen Schatz in aller Eile im Sockel des königlichen Throns zu verstecken. Es hieß, das ganze Wissen der Welt liege in diesen vier Büchern verborgen, die niemand wiedergefunden hatte. Der Dschinn wurde zu lebenslanger Verdammnis verurteilt und in ein riesiges ehernes Gefäß gesperrt. Cosimo betrachtete das Gemälde. Auf dem Thron waren die Einbände der Manuskripte durch einen Goldfaden hervorgehoben. Der junge Mann wusste, wie das Geheimfach geöffnet wurde. Er strich mit den Fingerkuppen darüber, bis er eine Unebenheit spürte. Auf diese drückte er, worauf sich das Bild teilte.

In der Vertiefung erblickte er eine Schärpe und ein rotes Siegel der salomonischen Sekte. Er fand auch einen kleinen Stein in einem Kupferkästchen. Es war ein Bruchstück eines sehr alten Felsens, den Ismale von seiner Reise ins Heilige Land mitgebracht hatte. Er hatte diesem Fragment einen ziemlich hohen Wert beigemessen. Nach seinen Worten handelte es sich um einen Stein aus dem sagenumwobenen Turm Salomons. Daneben entdeckte Cosimo ein Paket Briefe. Er nahm sie an sich und setzte sich an den Tisch, um sie durchzusehen. Er war davon überzeugt, dass niemand von der Existenz der Briefe wusste.

Die einzelnen Briefe waren alle mit demselben Namen signiert: Hugo de Payns. Cosimo hatte gehört, dass sein Onkel den Namen erwähnt hatte, aber er hatte den Herrn niemals kennen gelernt.

Er beschloss, die Briefe unter sein weißes Gewand zu stecken. Dann nahm er den Fetischstein seines Onkels, schloss das Bild wieder, auf dem Salomon den Dschinn zu ewiger Verdammnis verurteilte, und verließ das Arbeitszimmer. Ruysdael und dem Wächter sagte er, er habe nichts gefunden.

Cosimo schloss sich in das Haus ein, um in aller Ruhe Payns' Briefe zu lesen.

Der junge Mann brauchte eine Weile, bis er das Thema der Briefe erfasst hatte. Schließlich bekamen die wenigen mit Ruysdael und dem Rat angesprochenen Punkte einen ganz neuen Klang. Ismale Gui hatte tatsächlich vorgehabt, eine Pilgerreise in das Ursprungsland zu machen, zu dem heiligen Planeten, der vor zwanzig Jahren während des großen Kreuzzugs befreit worden war. Aber er hatte nicht als einfacher Pilger dorthin zurückkehren wollen. Er hatte sich mit anderen Kreuzrittern zusammengeschlossen, um den Pilgerzügen Schutz zu gewähren. Seltsamerweise schrieb Hugo jedoch:

»Nun ist die Zeit reif, Ismale, nach zwanzig Jahren! Wir wissen jetzt, was Hincmar Ibn Jobaïr wusste, und heute vermögen wir das zu tun, was er vermochte. Wir dürfen keinen Moment zögern. Niemand kann uns den Born streitig machen. Denk nur, nach all den Jahren der Vorbereitungen werden wir wieder in Jerusalem sein!«

Der »Born«? Was bedeutete das Wort? Was hatte dieser Born mit der Pilgerreise zu tun? Und Hincmar? Cosimo dachte an die Texte, die Ruysdaels Männer gefunden hatten und die mit demselben Namen unterschrieben waren.

Hugo de Payns' Briefe beschränkten sich nicht auf dieses Thema. Sie bezogen sich auch auf die Pilgerzüge und spielten immer wieder auf einen Verräter an, der die Projekte der neuen Bruderschaft gefährdete.

»Die Abtei, in der der Bibliothekar Flodoard arbeitet, wurde in der vergangenen Nacht gestürmt. Verschiedene unentbehrliche Werke fehlen uns. Wer wusste von ihrer Existenz? (...)Wir haben uns gemeinsam in dieses Abenteuer gestürzt, und nun ist es an uns, dafür zu sorgen, dass es nicht durch die Schuld eines Einzelnen scheitert. Wir sind neun. Der Schuldige muss auf oberster Ebene gesucht werden. Entweder handelt es sich um einen von uns, oder es ist einer, der uns nahe steht. Wir müssen einen jeden sorgfältig überprüfen, und zwar noch vor unserer Abreise.«

Hugo und Ismale vereinten ihre Kräfte. In diesem Fall könne jeder verdächtigt werden, wiederholte Payns. Den aktuelleren Briefen war zu entnehmen, dass die beiden Freunde der Wahrheit näher kamen.

»Die Fakten, die sich abzeichnen, sind so beunruhigend, dass sie dich sicherlich ebenso wie mich bestürzen. Wir sollten auf weitere Bestätigungen warten, ehe wir einen Plan aufstellen. (...) Die ersten Pilger erreichen Troyes.«

Der letzte Brief, der zwei Tage vor Ismales Ermordung auf Draguan geschrieben worden war, kündigte die nahe bevorstehende Enthüllung an. Hugo de Payns lobte Guis Anstrengungen bei der Ermittlung.

Cosimo dachte nach. Ein Verräter. Ein Komplott. Auch wenn beides im Augenblick undurchdringlich erschien, so schimmerten die Motive allmählich durch. Ismale war der Wahrheit sicherlich sehr nahe gekommen. Hatte er dieses Wissen mit dem Leben bezahlt?

»Der Verräter des Bündnisses«, dachte er. »Jerusalem? Unentbehrliche Werke? Beunruhigende Fakten?«

Der »Born«?

Das war nicht alles. Hugo de Payns machte sich Sorgen wegen Informationen, die er über Mohammedaner erhalten hatte, die noch immer durch das Ursprungsland zogen. Diese Horden verschiedener zerstrittener Sippen, die den einbrechenden Heeren der Kreuzritter zwei Jahrzehnte zuvor nicht hatten standhalten können, schlossen sich nun zusammen, nachdem ein offenbar charismatischer Mann sie dazu aufgerufen hatte. Er trug einen rätselhaften Namen: Der Mann ohne Hände und ohne Gesicht.

»Dieser Name kehrt oft wieder. Weißt du etwas über ihn? Könnte es ein Mythos sein? Können deine Spitzel uns helfen, ihn aufzuspüren? Stellt er eine Gefahr für unseren Orden dar? Weiß er von der Existenz des Borns? Müssen wir ihn neutralisieren? (...) Ich verlasse Troyes, um die Unterstützung von Bernard de Clairvaux zu fordern. König Balduin erwartet uns im Heiligen Land. Der Mann ist gut, und er ist über alles im Bilde. Wir müssen das Haus des Blinden und die Pferdeställe des Tempels bewachen. Carl und Saint-Amant sind eingetroffen. Alles ist bereit. Übernimmst du gemeinsam mit Saint-Amant die Führung eines Pilgerzuges, wie wir es vereinbart haben?«

Das war der letzte Brief.

Zwei Tage später war Ismale ermordet worden.

Cosimo beendete seine Lektüre. Er war verwirrt. Die Antworten seines Onkels fehlten ihm, um sich ein genaues Bild machen zu können. Der junge Mann hatte nirgendwo den Namen des Verräters gelesen, den die beiden Männer entlarvt hatten. Aber er hatte den Namen eines Feindes erfahren: Der Mann ohne Hände und ohne Gesicht. Er dachte wieder an die Entlassung von Alp Malecorne, dem Schüler, den Ismale einst so geschätzt hatte. Und dieser Satz von Payns ging ihm nicht mehr aus dem Sinn: »In diesem Fall muss jeder verdächtigt werden.« Wenn diese Geheimnisse zu dem Mord auf Draguan geführt hatten, war es ein langer Weg für den, der die Knoten entwirren wollte. Was wollten Hugo und Ismale gemeinsam in Jerusalem »wiederfinden«? Worüber war der König von Jerusalem im Bilde? Warum war es gefährlich, wenn der Mann ohne Hände und ohne Gesicht von der Existenz des Borns wusste?

Nachdem Cosimo die ganze Nacht nachgedacht hatte, trat er vor den obersten Ratgeber.

»Vor meiner Rückkehr in die Gilde hatte ich eine Entscheidung getroffen«, sagte er. »Ich habe beschlossen, trotz der Ereignisse an ihr festzuhalten. Ich reise nach Eerl. Das ist ein kleiner Mond in der letzten Spirale der Galaxie.«

»Ich kenne Eerl«, sagte der oberste Ratgeber. »Der Mond der Denker. Das ist eine sehr strenge Welt.«

»Aus diesem Grunde ist es genau der richtige Ort für mich. Ich werde weiterhin lernen und an meinen Kosmologie-Recherchen über die Schwerkraft arbeiten. In aller Ruhe. Ich möchte weder in einem Kloster dahinvegetieren noch versuchen, die Welt zu verändern und ihr meinen Stempel aufzuprägen. Ich ziehe den Rückzug in die Bücher vor. Auf Eerl verbringe ich ein Leben fern der Reibereien der Galaxie, und ich werde arbeiten. Und was Ismales Tod betrifft, so befahl er mir einst, niemals zu verstehen zu versuchen, was meinen Eltern im Heiligen Land zugestoßen ist. Er hatte Recht. Ich bezweifle nicht, dass die Ermittlung schließlich Licht ins Dunkel bringen wird. Ich überlasse es jenen, die die Aufgabe haben, dieses Rätsel zu lösen. Ihr haltet mich über die Ergebnisse auf dem Laufenden. Ich reise nach Eerl ab.«

»Gedulde dich bis zur Ankunft von André de Montbard. Er hat gebeten, dich befragen zu dürfen.«

»Einverstanden.«

Als Cosimo den obersten Ratgeber verließ, traf er Ruysdael und berichtete ihm von der Unterredung. Der alte Mann schien enttäuscht zu sein.

»Ich dachte, du würdest versuchen, mehr über den Mord an deinem Onkel und seine Pilgerreise herauszufinden. Nur jemand, der ihn gut kannte, kann seine heimlichen Absichten durchschauen. Wer könnte diese Aufgabe besser lösen als du?«

»Ist das der geheime Wunsch des Rates?«, fragte Cosimo.

»Es ist mein Wunsch ... Wir werden hier bald einen neuen Großmeister haben; es sind Umwälzungen zu erwarten. Ismale wird schnell vergessen sein.«

»Ich weiß. Aber ein junger Mann wie ich kann in einer solchen Angelegenheit bestimmt nichts ausrichten …«

»Vielleicht hast du Recht.«

Ehe sie sich trennten, fragte Cosimo: »Hast du jemals von einem Objekt namens Born gehört?«

»Ein Born? Nein. Niemals. Ich wüsste nicht, was das sein sollte.«

Wie angekündigt, traf André de Montbard zwei Tage später in der Gilde ein. Der berühmte Ermittlungsbeamte übernahm es persönlich, Cosimo zu befragen. Dieser hatte sich einen schwächlichen Mann mit blasiertem Gehabe vorgestellt, dessen Sehkraft durch das Lesen der Verhörprotokolle gelitten hatte. Stattdessen sah er einen Riesen vor sich mit den Gesichtszügen eines Herrn, den Fäusten eines Kämpfers und der Haltung eines Ritters. Montbard hatte einen graumelierten Bart und halblanges Haar. Er war etwa fünfzig Jahre alt, kräftig und von beeindruckender Gestalt.

»Ismale Gui war ein großer Künstler«, sagte er einleitend. »Ich kannte ihn nur flüchtig, aber sein Ruf eilte ihm voraus.«

Das Gespräch fand im Didascalion, einem der Auditorien der Akademie für Baukunst, statt. Die Tribünen waren leer. Nur Cosimo und Montbard hielten sich dort mit einem Gerichtsschreiber auf, der an einem Tisch saß und das Gespräch protokollierte. Vor seinen Füßen stand eine Kiste mit Akten, auf der der Name des Baumeisters verzeichnet war. Der Schreiber reichte Montbard eine Akte, die er überflog, als er auf Cosimo zuging.

»Ich sehe, dass Ihr im Heiligen Land geboren seid«, sagte er.

»Ja.«

»Euer Vater Abel war während seiner Reise nach Jerusalem mit Ismale zusammen. Dort lernte er Eure Mutter, eine Christin aus Damaskus, kennen. Ein Jahr später erblicktet Ihr das Licht der Welt. Doch Eure Eltern wurden in einem Hinterhalt der Widerstandskämpfer auf der Straße nach Hebron ermordet. Stimmt das so?«

»Ja.«

Montbard blätterte zur nächsten Seite.

»Ismale nahm Euch auf«, fuhr er fort. »Er hat Tabor bebaut, wo Ihr aufgewachsen seid. Mit dreizehn Jahren seid Ihr nach Cori Occlo aufgebrochen. Was habt Ihr dort studiert?«

»Die Geschichte der Wissenschaften. Im letzten Studienjahr habe ich mich auf das Studium der Kraftfelder spezialisiert. Besonders auf die Schwere.«

»Die Schwere?«

»Das ist ein Thema, das seit Jahrhunderten nicht behandelt wurde. Auf diesem Gebiet gibt es noch vieles zu entdecken.«

»Zweifellos. Ich kenne mich in dieser Materie nicht aus.«

Montbard blätterte zur nächsten Seite.

»Ihr seid sechs Jahre lang nicht nach Tabor zurückgekehrt«, las er vor. »Hattet Ihr keinen persönlichen Kontakt mehr zu Ismale?«

»Meine Ausbildung führte zu einem Zerwürfnis. Ich absolvierte eine Waffenausbildung, die sein Missfallen erregte.«

»Ich habe erfahren, dass Ihr dieses Studienfach mit besonders guten Noten abgeschlossen habt.«

Er hob den Blick und schaute Cosimo an.

»Ein Gelehrter und ein Soldat. Das ist ziemlich selten. Ihr seid jung und könntet zahlreichen Bruderschaften oder Generälen von Nutzen sein. Wissen und Stärke. Und das alles, um Euch auf dem Mond Eerl zu verkriechen, wie ich heute Morgen vom Rat erfuhr? Das ist Verschwendung, finde ich.«

»Ich will nur mir selbst nützlich sein«, erwiderte Cosimo in trockenem Ton.

»Ich verstehe«, sagte Montbard. »Jung und schon so selbstbewusst. Ihr seid ein schöner Mann, Cosimo. Ihr werdet den Frauen gefallen. Auf dem Mond der Denker werdet Ihr keine Frau treffen.«

»Das ist nicht mein oberstes Ziel.«

»In Eurem Alter?«

»Es wird sich zur rechten Zeit ergeben.«

Montbard runzelte die Stirn. Das selbstgefällige Gebaren des jungen Mannes verärgerte ihn. Er warf die Blätter auf den Tisch des Schreibers.

»Gut«, sagte er in dem Ton eines Mannes, der nun auf den wichtigsten Punkt zu sprechen kommt. »Kennt Ihr Alp Malecorne?«

»Ja. Er kam ein Jahr vor meiner Abreise nach Tabor. Ein sehr begabter Schüler. Ich war erstaunt, als ich hörte, dass er der Schule verwiesen worden war.«

»Euer Onkel ertappte ihn dabei, Geheimnisse der Gilde an mohammedanische Spitzel zu verraten, die im Heiligen Land christliche Kolonien angreifen wollten. Daher verwies er ihn der Schule.«

»Glaubt Ihr, dass er in Ismales Ermordung verwickelt sein könnte?«, fragte Cosimo.

»Davon bin ich sogar überzeugt. Vielleicht wollte er sich rächen. Die Spur des Mannes ist ungeheuer schwer zu verfolgen. Er reist sehr viel. Wir wissen nicht genau, wo er sich in diesem Augenblick aufhält. Zudem hat sich sein Aussehen verändert. Einem Bericht ist zu entnehmen, dass sich eine

Narbe mitten durch sein Gesicht zieht, die ihn unkenntlich macht.«

»Eine Narbe?«

Montbard nickte.

»Außer einer möglichen Rache eines ehemaligen Schülers sehen wir kein Motiv für Ismales Ermordung. Und Ihr?«

»Nein«, sagte Cosimo, der an die Briefe von Hugo de Payns und an die Anspielungen auf den Verräter der Ritter dachte.

»Macht Euch keine Sorgen. Wir werden Malecorne früher oder später finden. Unsere Ermittlungen gehen dem Ende zu. Schnelle, problemlose Ermittlungen.«

Cosimo warf einen Blick auf die unzähligen Akten in der Kiste zu Füßen des Schreibers. Er wunderte sich über den gewaltigen Aktenberg, den diese *kleine* Ermittlung verursacht hatte.

»Und Ismales Pilgerreise?«, fragte der junge Mann. »Interessiert Ihr Euch nicht dafür?«

Montbard zuckte mit den Schultern.

»In der Reise erkennen wir kein Motiv für den Mord. Alp gilt als unser einziger *und* Hauptverdächtiger.«

Dennoch kam der Ermittler später noch einmal auf die Reise zu sprechen.

»Wisst Ihr, warum Ismale sich zu dieser Pilgerreise von Troyes angemeldet hat?«

»Er hat nie mit mir darüber gesprochen.«

»Niemals?«

»Nein. Ich weiß nicht mehr als jeder andere.«

»Gut.«

Kurz darauf ging das Verhör mit der Unterzeichnung der Aussagen zu Ende.

André de Montbard ließ sich Ismales Arbeitszimmer

aufschließen, fand jedoch nichts. Er konnte lediglich ein paar Informationen über die sechs Jahre, die Alp in der Gilde verbracht hatte, sammeln, und dann verließ er den Planeten.

Alp Malecorne wurde offiziell die Verantwortung für den Mord auf Draguan zugeschrieben.

Ehe Cosimo die Zitadelle verließ, schenkte er Ismales Haus den Waisenkindern von Tabor. Er nahm nur das Geld mit, das ihm vom Erbe blieb. In seine Reisetasche steckte er die Briefe von Hugo de Payns, den Steinsplitter des Turms, eine Waffe und zwei Gürtel. Hierbei handelte es sich um Prototypen seiner Arbeit über die Schwerkraft. Er trennte sich niemals von ihnen.

Cosimo reiste ab, ehe die Stimmen für den neuen Großmeister ausgezählt worden waren.

Als er auf dem Raumflughafen ankam, senkte sich tiefe Nacht auf die Berge. Der junge Mann hatte die Obrigkeiten informiert: Eine Pendelfähre wartete auf ihn. Er lud seine Reisetaschen ein und setzte sich ins Cockpit. Auf dem Instrumentenbrett stellte er die automatische Rückkehr zur Raumstation ein. Es folgte ein ruhiger, schneller Flug. Cosimo warf einen letzten Blick auf den Planeten. Zwei Punkte blinkten in der Nacht: Der Raumflughafen und die von Ismale Gui entworfene Zitadelle.

Cosimo wusste, dass er niemals nach Tabor zurückkehren würde.

Wenige Minuten später hatte er das Kommando über seinen Kreuzer übernommen. Die Fluggenehmigung wurde ihm erteilt. Er gab die Koordinaten des Mondes Eerl und die erforderlichen Flugetappen ein. Nachdem er gestartet war, fuhr er die Düsentriebwerke hoch und steuerte auf die Langstreckenflugbahn zu.

Kurz darauf war Tabor nur noch ein winziger Punkt in der Nacht. Doch der junge Pilot wartete noch ein paar Stunden, ehe er in die Hypersphäre eindrang. Er verfasste drei verschlüsselte Nachrichten, die an anonyme Empfänger gerichtet waren. Diese verschickte er und wartete auf die Bestätigung der Sendung. Dann überprüfte er, dass seine Position jenseits der Reichweite der Spürjäger von Tabor lag. Als er sich seiner Immunität sicher war, wich er von seiner Route ab und schlug eine andere Richtung ein. Das war ein Verstoß gegen die Vorschriften, die jedem Raumschiff untersagten, den Langstreckenkorridor zu verlassen, und verlangten, auf Sicht zu reisen.

Cosimo Gui drang in die Hypersphäre ein. Die kalte Dunkelheit verschluckte ihn. Sein Raumschiff blinkte kurz – ein Funke im Kosmos – und verschwand …

IV

Der Mann ohne Hände und ohne Gesicht

Pythagoras erklärt, dass »man über alles diskutieren könne und es immer gleichwertige Argumente für und gegen eine Sache gebe. Und man könne sogar darüber diskutieren, ob es möglich sei, über alles gleichermaßen zu diskutieren.« … Sokrates sagte: »Ich weiß nur, dass ich nichts weiß.« Ein sehr bescheidenes Bekenntnis der Unwissenheit, dem Arcesilas jedoch Kühnheit vorwarf und dem er entgegenhielt, dass man nicht einmal wissen könne, dass man nichts weiß.

PETRARCA, Mein Unwissen und das vieler anderer

Ein tausend Meter langes Flaggschiff landete auf der Sternenbasis Hâschem.

In einem der Empfangssäle, der den Gästen zur Verfügung gestellt worden war, warteten ein Mann und eine Frau. Der Mann war überdurchschnittlich groß und trug einen grauen Anzug. Er hatte durchscheinende Haut; flachsblonde Strähnen fielen auf seine Stirn; die Nase war abgeschlagen und hatte eine abstoßende Narbe hinterlassen. Unruhig trat er von einem Fuß auf den anderen und warf seiner Begleiterin besorgte Blicke zu.

Der Mann hieß Alp Malecorne.

Die Frau an seiner rechten Seite war groß und trug ein dunkles Kleid, das wie Seide schimmerte. Sie hatte sich besser in der Gewalt als der Mann. Ihr schwarzes Haar, das sie mit arabischen Ölen geglättet hatte, fiel bis auf ihre Hüften. Ein gerader Pony – das Kennzeichen der Kurtisanen – bedeckte stolz ihre Stirn bis zu den Augenbrauen. Ihre himmlischen, mandelförmigen Augen waren tiefschwarz; ihr Mund war klein und dunkelrot. Um den Hals trug sie ein hauchdünnes Bändchen. Ihre Blässe, die Finger, die bis auf die bemalten Nägeln weiß waren, ihre Brüste, alles an ihr offenbarte eine unbeschreibliche Schönheit, die sie den Männern wie einen Köder vorwarf, um sie zu betören und einzuschüchtern.

Sie trug den Namen einer Hexe: Erichtô.

Gemeinsam verfolgten sie auf einem Monitor die Fähre, die in das Innere der Station eindrang. Die Spannung zwischen ihnen stieg zusehends. Den Reisenden erwartete ein Thron aus Elfenbein, der mit Arabesken verziert war. Die ungewöhnliche Größe des Throns ließ auf die Wichtigkeit der Person schließen, auf die sie warteten. In dem Raum stand nur dieser Thron; alle anderen Möbel waren entfernt worden. Die Wände waren schwarz. Der Raum wurde durch leuchtende Bodenfliesen erhellt.

Mit einem erstickten Grollen öffneten sich die schweren Schiebetüren. Die Gestalt eines Riesen, die sich am Ende des Ganges abzeichnete, wurde größer – wie ein auf einen Parkettboden geworfener Schatten.

Der Reisende trat ein.

Er ähnelte in keiner Weise einem Menschen. Er war fast drei Meter groß und in ein weites, schwarzes Gewand ohne Schussfäden gehüllt. Seine Schultern hatten die Ausmaße eines Rinderjochs. Eine tiefe Kapuze verbarg seine Gesichtszüge; die langen Ärmel fielen weit über die Arme hinab, sodass keine Hände zu sehen waren. Der Saum des Gewandes glitt über den Boden und verhüllte seine Schritte.

Es war eine beeindruckende Erscheinung. Nur wenige Gläubige hatten dieses Wesen bisher erblickt, aber alle sprachen über ihn. Der Mann war grob, gewalttätig und unnachgiebig in Bezug auf den Glauben und den Propheten. Er verkörperte für das Volk den Einiger, der der Gemeinschaft des Islam, die durch familiäre Querelen und die Invasion der Franzosen erschüttert worden war, seine Einheit verlieh. Es wurde erzählt, dass er die Zukunft vorhersagen könne, die Stimme der Vögel verstehe, die Gedanken eines jeden durch den Geruch der Körper errate. Es hieß, er habe einst die ersten Kreuzfahrer bekämpft und verberge seine Hände, weil die Christen sie ihm abgehakt hätten, nur um zu sehen, wie er sein Blut verlor. Eines Tages tauchte seine schwarze Gestalt am Fuße eines Berges auf, als eine Händlerkarawane dort vorbeizog. Seitdem hatte niemand mehr auch nur einen einzigen Blick auf sein Gesicht oder seinen Körper werfen können. Sein Name war ebenso geheim wie das wahre Datum des Jüngsten Gerichts. Für die Gläubigen, die gern Legenden schufen, wurde er der Mann, aber auch der Emir, der General, der Gigant, der Helfer Gottes, der Mahdi, der Triumphator, der Beschützer der Menschen, die Hoheit des Landes, der Unterstützer der Sultane, die verdienstvolle Sonne, der Riese der Schatten.

Seine Gegner nannten ihn nur den »Mann ohne Hände und ohne Gesicht«.

Wie ein leuchtender Stern stieg er in der Mitte der mohammedanischen Gemeinschaft auf. Seinen letzten großen

Auftritt hatte er in der Fastenzeit gehabt. Vor einer Versammlung der Kalifen und Professoren des Glaubens hatte der Mann zwei der fünf Fastengebote verletzt, indem er das obligatorische Gebet verweigert und die Enthaltsamkeit am Tage missachtet hatte. Die Provokation rief große Unruhe hervor. Es kam zu heftigem Protest, und man stand nahe davor, ihn zu verhaften oder tätlich anzugreifen. Der Mann aber erwiderte in donnerndem Ton: »Was wollt ihr von mir, ihr Kleingläubigen?«

Auf der Stelle trat Stille ein. Aller Blicke richteten sich auf ihn.

»Was seid ihr für Gläubige, dass ihr glaubt, euch auf diese Weise ereifern zu können? Ihr regt euch auf wie Weiber, weil einer von euch es wagt, die Fastenzeit zu unterbrechen und ein Gebet zu missachten? Und dabei ist diese Sünde doch vergleichbar mit jenen, die seit langer Zeit in eurem Namen begangen werden, ohne dass einer von euch die Stimme erhoben hätte.«

Niemand regte sich.

»Ihr tobt wegen eines Gläubigen, der das Gebet versäumt? Ihr wollt ihn vor Gericht zerren und ihn steinigen? Wie urteilt ihr über eure eigene Gleichgültigkeit, die ihr seit vielen Jahren beweist und die unseren Gott beleidigt? Seit zwanzig Jahren fallen die Franzosen in unser Heiliges Land ein. Seit zwanzig Jahren vermehren und bereichern sie sich.«

Er breitete seine riesigen Arme aus.

»Wo versteckt sich eure Wut, wenn ihr hört, dass diese Ungläubigen immer weiter in unser Land vordringen und nach ihren Vorstellungen Königreiche errichten? Wo bleibt eure gekränkte Ehre, wenn Tausende von Mohammedanern bei den Kreuzzügen niedergemetzelt werden und noch nicht ein Einziger gerächt wurde? Wo bleiben eure Schreie der Empörung, wenn die Menschen aus dem Abendland sich hier ansiedeln und unsere Frauen und unsere Herden an sich reißen? Wo bleibt eure grenzenlose Ungeduld, wenn die Gräber unserer Väter geschändet werden und wenn der Schatz unserer Wissenschaft in die Hände der Ungläubigen gerät? Durch eure unheilbare Dummheit und eure Unfähigkeit, die ihr immer wieder beweist, lasst ihr die Beleidigungen auf unseren Glauben niedergehen, und weil ein Gläubiger zwei eurer Gesetze bricht, glaubt ihr, euch wichtig machen zu müssen? Was soll er von euch halten, ihr scheinheiliges Pack?«

Diese Rede hatte einen durchschlagenden Erfolg. Dank einiger feuriger Ermahnungen stand dieser Mann seither an der Spitze einer Menschenmasse, die sich die Verteidigung des Islam und die Rückeroberung des verlorenen Landes zum Ziel gesetzt hatte. Die Zustimmung der Menge war viel größer als ihre Wut, die sich schnell legte. Es war ein geschickter Schachzug gewesen. Die Meinungsverschiedenheiten der Sippen wurden beigelegt. Die Menschen hatten einen einzigartigen spirituellen Befehlshaber gefunden, der sie auf dem Weg zur Rückeroberung ihres Landes anführte.

Der Mann ohne Hände und ohne Gesicht war keine Legende, kein wirres Bild mehr, das die Phantasie des Volkes anregte. Er war eine Stimme und ein bewaffneter Arm geworden.

Als er in der Station Hâschem erschien, verneigten Alp und Erichtô sich bis zum Boden. Der Mann setzte sich auf den Thron. Alp schritt auf ihn zu.

»Sollen wir den Sarg aus dem Raumschiff holen?«, fragte er.

Der Mann duldete in seiner Gegenwart keinen übertriebenen Gehorsam und keine überflüssige Etikette.

»Nein, es ist noch nicht so weit«, antwortete die dunkle Stimme.

Er wandte sich der Kurtisane zu und streckte die Arme aus. Erichtô runzelte die Stirn. Die verdeckten Hände des Meisters waren fast ebenso berühmt und umstritten wie sein verhülltes Gesicht. Erichtô zwang sich zu einer unbewegten Miene, als ihre Finger in die dunklen Ärmel des Riesen eindrangen und ihre Arme bis zum Ellbogen darin verschwanden. Als sie die Hände wieder herauszog, entdeckte sie in einer ihrer Handflächen einen kleinen, schwarzen Stein, der kalt wie ein Wassertropfen war und an einer Goldkette hing. Sie atmete erleichtert aus.

»Danke, Meister.«

Mit klopfendem Herzen trat sie zurück. Der Mann wandte sich Alp zu. Dieser befahl umgehend, eine Tür zu öffnen. Zwei Männer tauchten im Türrahmen auf. Sie trugen schwarze, leuchtende Druckausgleichsanzüge mit Kapuzen und eine Waffe am Gürtel. Sie schritten geradewegs auf den Thron zu. Diese beiden Söldner gehörten zu der von Malecorne befehligten Truppe. Sie traten für keine bestimmte Sache ein, weder die der Christen noch die der Mohammedaner. Sie waren Mörder, die sich an den großzügigsten oder grausamsten Anführer verkauften und geheime Missionen für den Mann ausführten. Als sie vor ihm knieten, zogen sie ihre Kapuzen vom Kopf. Die Schädel der beiden waren rasiert, ihre Haut war bleich.

Diese beiden Männer waren die Mörder von Ismale Gui.

»Ihr habt gute Arbeit geleistet«, sagte der Mann zu ihnen. »Was ihr auf dem Planeten Draguan vollbracht habt, war nach dem Glauben richtig und gerecht.«

Die beiden Männer verneigten sich.

Der Mann gab Alp ein Zeichen, worauf dieser die Privilegien und Belohnungen aufzählte, die den beiden Mördern zufielen. Sie bekamen einen Haufen Gold, Silber, Rubine, Topase, Aloeholz, Chayzar-Pferde und unzählige militärische Auszeichnungen. Anschließend sagte der Mann: »Freut euch, denn ich schwöre beim Propheten, dass ihr all das erhalten werdet.«

Dann gab er Erichtô ein Zeichen. Sie trat zu den beiden Söldnern.

»Geht in Frieden«, sagte der Mann.

Die beiden Männer salutierten und schritten, von der Kurtisane begleitet und mit auf den Thron gerichteten Blicken, rückwärts auf die Tür zu. Die Tür öffnete sich wieder. In der Schleuse entdeckten sie ein bezauberndes, in ein hauchzartes Gewand gehülltes Wesen mit einem verführerischen Dekolletee und einem unwiderstehlichen Blick. Die junge Frau hieß Lÿs. Sie war das niederträchtigste Geschöpf unter den Neuzugängen Erichtôs, unter deren Befehl eine Gruppe von Schönheiten stand. Die Söldner trauten ihren Augen nicht.

Die Tür zum Thronsaal schloss sich hinter ihnen, als sie sich von den beiden Frauen betören ließen.

Kurz darauf öffnete die Tür sich erneut, und Erichtô kehrte zurück. Hinter ihr lagen die Leichen der beiden Söldner. Erichtôs und Lÿs' Fäuste hatten ihre Kehlen zerschmettert. Arme und Brüste der beiden Schönheiten waren blutüberströmt. Sie atmeten schwer wie Schlachtrösser. Die Tür schloss sich vor Lÿs und den beiden Toten.

»Wenn deine Schützlinge alle so gut sind wie diese«, sagte der Mann ohne Hände und ohne Gesicht, »werden sie ausgezeichnete christliche Pilgerinnen abgeben. Ich hoffe, Erichtô, dass sie während der Reise ins Heilige Land ebenso erfolgreich sein werden.«

»Das werden sie, Meister«, versprach die Frau.

»Wie viele sind es?«

»Vierundzwanzig. Ich befehlige sie persönlich.«

»Gut.«

Alp trat vor seinen Meister.

»Es gibt weiter keine Zeugen des Mordes an Ismale Gui, und diese beiden Söldner nehmen ihr Wissen mit ins Grab.«

»Wie versprochen, soll ihr Hab und Gut an ihre Familien übergeben werden«, sagte der Mann.

Alp senkte den Kopf, um zu bestätigen, dass er den Befehl unverzüglich ausführen würde.

»Ich bin zufrieden«, sagte der Riese. »Diese Operation auf Draguan war sehr wohl durchdacht. Wir mussten in diesem Fall eine überstürzte Entscheidung treffen. Es war eine einmalige Gelegenheit. Und die habe ich dir zu verdanken, Alp. Ich werde es nicht vergessen. Wir haben zugeschlagen, wie es unsere Pflicht war. Ismale ist tot, und die Miliz wird sich nicht davon erholen.«

»Unglücklicherweise«, sagte Alp, »konnte die letzte Sendung von Ismale Gui, die zum Tross von Hugo de Payns geschickt wurde, nicht von meinen Männern abgefangen werden. Ruysdael, sein Stellvertreter auf Tabor, hat die Sendung verfolgt und den Männern der Gilde befohlen, sie in ihren Besitz zu bringen. Meine Männer kamen zu spät. Sie haben versucht, die Dokumente an sich zu reißen, aber ohne Erfolg.«

Er warf Erichtô einen betretenen Blick zu und fuhr, an seinen Meister gewandt, in leisem Ton fort.

»Wisst Ihr, es ist möglich, dass das Manuskript von Hincmar Ibn Jobaïr, das in Ismales Besitz war, zu dieser letzten Sendung gehörte …«

»Dann müsste es nun bei Ruysdael auf Tabor sein.«

»Ich vermute es.«

Der Mann zögerte einen Moment, ehe er befahl: »Kehre in die Baumeistergilde zurück. Dann kannst du nach den langen Monaten der Abwesenheit deine alte Heimat einmal wieder sehen. Du hast freie Hand.«

»Ja, Herr«, sagte der ehemalige Schüler von Ismale Gui mit einem niederträchtigen Grinsen auf dem vernarbten Gesicht.

»Ihr reist beide umgehend ab«, sagte der Mann. »Alp reist nach Tabor, und du, Erichtô, nach Troyes. Ich erwarte deine Berichte über die Pilgerreise. Ich will über alle Etappen und alle Änderungen der Route auf dem Laufenden gehalten werden. Deine Mädchen sollen ihren Charme spielen lassen, um die notwendigen Informationen zu erhalten.«

»Ja, Meister. So wird es geschehen.«

Die beiden Handlanger schritten auf den Ausgang zu.

»Ehe ihr aufbrecht«, fügte der Meister hinzu, »informiert den Befehlshaber der Station, dass ich auf den Planeten Kirk reisen möchte. Und der Sarg in meinem Raumschiff soll nicht angerührt werden.«

»Sollen wir den Herrn von Kirk über Eure Ankunft informieren?«, fragte Alp.

»Nein. Ich möchte ihn überraschen.«

Alp und Erichtô verließen den Saal.

Der Mann blieb allein zurück und verharrte einen Moment reglos auf dem Thron.

»Da die Mohammedaner nun unter meinem Befehl stehen«, dachte er, »und sich meine Spione mitten unter die christlichen Pilger mischen, habe ich nichts anderes zu tun, als abzuwarten. Und schon bald brauche ich nur noch zuzugreifen, und dann gehört der Born mir. Welch eine Ironie. Die größte Macht des ganzen Universums fällt mir wie eine reife Frucht in den Schoß …«

V

Der Orden der Soldaten-Mönche

Es werden nie oder doch sehr selten Neuerungen eingeführt, ohne große Gefahren heraufzubeschwören.

JACQUES DE MOLAY

Die kleine Raumfähre des Hugo de Payns setzte in der Orbitalstation des Planeten Clairvaux auf. Er war den Ratschlägen des Blinden, den er am Ufer des Sees getroffen hatte, schließlich gefolgt und über den Mond Bar gereist. Kaum angekommen, passierte er die Dekontaminationsschleuse und stieg in die Abtei hinunter.

In dem Kapitelsaal, in dem Besucher empfangen wurden, hielt sich nur der junge Abt Bernard auf. In den Händen hielt er ein Blatt, auf dem in einer alten Schrift eine feierliche Verkündung geschrieben stand. Seine Abtei war zwar erst vor knapp drei Jahren erbaut worden, erfreute sich aber dennoch eines unglaublichen Erfolgs. Der Abt hatte bereits die Gründung der beiden ersten »Schwesterabteien von Clairvaux« auf den Gestirnen in der Nähe von Fontenay und Les Trois-Fontaines in die Wege geleitet.

Ein Diakon öffnete die Doppeltür, die zum Kreuzgang führte. Hugo de Payns trat ein und schritt geradewegs auf den Geistlichen zu, der auf einem wuchtigen Stuhl aus schlichtem Holz thronte. Sobald der Diakon den Raum verlassen hatte, begann der Abt nach einer kurzen Begrüßung das Gespräch mit folgenden Worten: »Hugo de Payns, Ihr sollt ein Mann offener, klarer Worte sein, und ich bitte Euch, Eurem Ruf in Euren Antworten gerecht zu werden.«

Welchen Rang seine Besucher auch immer bekleideten, Bernard de Clairvaux sprach sie stets so an, als hätte er sie persönlich vorgeladen, was heute nicht der Fall war.

»Mir liegt eine von Eurem Orden herausgegebene Erklärung vor, die Aufschluss über Eure Dienste erteilt«, sagte er und zeigte auf das Blatt.

Er las vor: *»Während nach der Befreiung des Heiligen Landes aus allen Teilen der Welt Reiche und Arme, junge Männer und junge Mädchen herbeieilen, um die heiligen Orte zu besuchen, geloben wir – gefällige und gottergebene Ritter, von Nächstenliebe erfüllt und von der Welt abgekehrt –, kraft unseres Glaubensbekenntnisses und feierlicher Gelübde, die Pilgerzüge gegen Plünderbanden und Mörder zu verteidigen, die die Weltraumstraßen unsicher machen. Wir geloben, zu kämpfen und zugleich wie richtige Mönche – gehorsam, keusch und mittellos – zu leben.«*

Der Abt verstummte. Trotz seiner achtundzwanzig Jahre war er bereits verbraucht und krank. Die Arbeit und die Entbehrungen, die er sich auferlegte, hatten seine Gesundheit ruiniert und Falten in seine gelblichen Züge gegraben.

»Wie habe ich das zu verstehen?«, fragte er mit einer Stimme, die nichts von der Kraft seiner jungen Jahre eingebüßt hatte.

Hugo spürte, dass das Gespräch nicht sogleich die von ihm erhoffte Richtung einschlug.

Bernard de Clairvaux' Stimme hallte durch den großen, leeren Saal.

In jener Zeit, als die Baukunst die Mehrheit der Menschen ansprach und die Seele der Gläubigen mehr als alle anderen Kunstformen durchdrang, hatte Bernard entschieden, seine Vorstellungen im Baustil seiner Abtei zu verwirklichen. In Clairvaux gab es keine bunten Kirchenfenster, keine verzierten Kreuze, keine Jungfrauen mit Heiligenschein. Der Pracht unzähliger Kirchen jener Zeit stellte Bernard eine kühle, strenge Zurückhaltung gegenüber. Die Gläubigen staunten über die weißen Mauern, die nur einige helle Holzkruzifixe und hin und wieder orangerote Tünche zierten. Hier verstand der Gläubige nach dem ersten Schritt alles: Bernard hatte beim Bau seiner Abtei eine Beschränkung auf das Wesentliche befohlen. Dadurch stellte er sich anderen religiösen Orden und zahlreichen Eitelkeiten der Kirche entgegen. Seine Verteidigung des bescheidenen Kultes gegen die Übertreibungen jener Zeit hatten ihm ein einzigartiges rebellisches Format verliehen, eine Aura, die bereits die des Papstes in den Schatten stellte.

»Ich höre«, wiederholte Bernard. »Was soll ich von dieser Erklärung halten?«

Hugo de Payns schüttelte den Kopf.

»Ihr solltet nicht versuchen, Dinge zwischen den Zeilen zu lesen, die dort nicht stehen, Vater. Ihr kennt die Gefahren, denen die Pilger heute ausgesetzt sind. Seit die großen Kreuzritter das Heilige Land befreit haben, erhöht sich von Jahr zu Jahr die Anzahl der Büßer, die in das Land des Ursprungs pilgern, um die heiligen Stätten zu besuchen. Diese unzähligen, sich selbst überlassenen Gläubigen sind Ziel von Räubern und Ungläubigen, die sie ausplündern oder niedermetzeln, ehe die Pilger ihr Ziel erreichen.«

»So wird es berichtet.«

»Unsere Erklärung ist einzigartig: Uns geht es nur darum, die Verteidigung der Pilger sicherzustellen.«

»Das weiß ich … Nicht dieses Engagement, auch wenn es ein noch so frommes Werk ist, ist der Anlass meiner Frage. Ich möchte vielmehr verstehen, aus welchem Grunde Ihr Euch verpflichtet seht, einen ›Orden‹ zu gründen. Wie ich gehört habe, handelt es ich genau darum: Die Miliz Christi, ein neuer militärischer Orden, der sich um die Sicherheit der Straßen bemüht.«

»Ja, Vater.«

»Meines Wissens existieren zahlreiche Bündnisse, die sich seit dem großen Kreuzzug um das Wohl der Pilger und den Schutz der heiligen Stätten im Heiligen Land bemühen. Wir haben die Hospitaliter, den Orden des Heiligen Grabes, den Orden der ewigen Entsagung und viele andere. Einige würden zustimmen, Euch in ihren Reihen aufzunehmen. Warum wollt Ihr unbedingt einen neuen Orden gründen? Und das, ehe Ihr Eure Mission begonnen habt?«

Bernard nahm den Text wieder zur Hand.

»Gefällig und gottergeben«, las er vor, *»wie richtige Mönche – gehorsam, keusch und mittellos – leben.* Für Ritter, Soldaten, die die Gottespilger verteidigen sollen, ist dies eine seltsame Erklärung. Es ist eigentlich das Gelübde eines Mönchs, mein Sohn, und kein Schwur eines Kriegers.«

Hugo de Payns nickte.

»Wir, von Nächstenliebe erfüllt und von der Welt abgekehrt«, fuhr der Abt fort, *»geloben zu kämpfen.* Wenn man Eure Worte liest, mein Sohn, könnte man glauben, Ihr und Eure Freunde wolltet eine sonderbare Verbindung zwischen dem Status eines Mönchs und dem eines Soldaten knüpfen. Eine Verbindung ›gegen die Natur‹, könnte man fast meinen. Wenn

man Euch zuhört, stellt sich die Frage, was dies für ein Krieger sein soll, der einem Menschen den Kopf abschlagen und gleichzeitig kurz darauf Gottes Wort verkünden kann. Was dies für ein Mönch sein soll, der mit einer Hand das Leben beenden und mit der anderen eine Bestattung segnen kann.«

»Genau das möchten wir aber tun«, erklärte Hugo kühn. »Die Sanftheit eines Mönchs und die Tapferkeit eines Kriegers verbinden innere Anschauung und Stärke. Aber wir streben nicht nach Ruhm oder Macht, sondern es sind vielmehr die Zeiten, die unser Handeln erfordern. Die Notwendigkeit zwingt zur Schaffung dieses *neuen* Mannes.«

»In der Tat? Diese ›Notwendigkeit‹ ist meiner Aufmerksamkeit entgangen. Und man hält mich für einen sehr aufgeschlossenen Abt.«

»Um es Euch besser verständlich zu machen, kann ich Euch ein Beispiel nennen. Nehmen wir das Grab unseres Erlösers im Heiligen Land. Auf wen würdet Ihr Euch verlassen, um seinen Schutz und seine Unversehrtheit zu gewährleisten? Eine Bruderschaft der Mönche? Zweifellos sind diese reinen, dem Gebet ergebenen Männer am besten geeignet, um einen so heiligen Ort zu schützen. Und dennoch würden sie von der erstbesten gut organisierten Plünderbande massakriert werden. Würdet Ihr Euch auf eine Kompanie Soldaten verlassen? Zweifellos würden sie das Heilige Grab gegen alle Angriffe verteidigen, aber da sie von Natur aus liederlich und ungezügelt sind, würden sie es bald allein durch ihre Anwesenheit besudeln oder es wegen eines besseren Soldes eines Tages verlassen. Wünscht Ihr, dass diese beiden Gruppen sich vereinen, damit das Heilige Grab besser beschützt wird? Die eine Gruppe würde immer versuchen, die andere zu übertrumpfen, und ein verhängnisvoller Ausgang wäre unausweichlich. Welche Wahl Ihr auch treffen mögt, nichts würde Euren Ansprüchen genügen.«

»Hm, und wenn die Kirche diese neuen Männer in ihre Dienste aufnimmt, die ›die Sanftheit eines Mönchs und die Tapferkeit eines Kriegers‹ in sich vereinen?«

»Ich habe es Euch gesagt: Es ist eine Notwendigkeit. Der Kreuzzug hat die alte Ordnung erschüttert. Wir können die Zeit nicht zurückdrehen. Heute sind wir neun Ritter, neun Männer, die sich entschlossen haben, diese Mission zum Schutze der Pilger zu übernehmen. Jeder von uns hat seinem Vermögen, seinem Besitz und seiner Familie abgeschworen. Wir leben nach sehr strengen Vorschriften ...«

»Wer hat sie geschrieben?«, fragte der Abt plötzlich. »Eure Vorschriften?«

»Sie wurden noch nicht aufgeschrieben, Vater, aber von den Mitgliedern unserer Miliz gegenseitig anerkannt. Wir wollen sie erproben, ehe wir sie niederschreiben.«

»Das ist sehr weise. Fahrt fort.«

»Wir sind neun Ritter, die bereit sind aufzubrechen, um die Sicherheit der Gläubigen zu gewährleisten, die sich in diesem Augenblick auf Troyes vereinen. Unser Vorhaben wird von den Büßern freudig begrüßt.«

»Aber es kostet viel Geld und erfordert die Unterstützung angesehener Männer, damit die Spendenbereitschaft angefacht wird. Und das scheint mir der wahre Grund Eurer Reise zu mir in meine kleine Abtei zu sein.«

Bernard drückte auf eine Taste in dem Arm seines Sessels. Im selben Augenblick leuchtete eine riesige virtuelle Karte in der Mitte des Raumes auf. Die Simulation zeigte die Systeme und Sterngruppen in einem großen Teil der Galaxie. Alles bewegte sich langsam. Der Abt erhob sich.

»Wenn ich es richtig verstehe, werdet Ihr hier aufbrechen«, sagte er und zeigte auf einen kleinen Planeten, »um dorthin zu reisen.«

Er umkreiste Hugo und ging auf einen anderen Planeten zu, der viel größer war und in einem isolierten System lag. Die Erde.

»Zwischen diesen beiden Punkten liegen überall Königreiche und verfeindete Völker, und die Versorgung ist gefährlich. Ich kenne wenige Menschen, die so wagemutig sind, dass sie sich auf ein dermaßen unsicheres Abenteuer einlassen würden. Es gibt natürlich Gläubige, die überzeugt sind, darin ihr Seelenheil zu finden. Es gibt auch Schurken, die darin eine Möglichkeit sehen, sich freizukaufen oder ihren Schulden zu entfliehen. Dahingegen sind die Gründe, die die anderen Menschen antreiben, viel undurchsichtiger.«

Bernard schaute Payns in die Augen.

»Es gibt andere, die aufbrechen, um Gold zu finden, aber die zählen nicht wirklich. Diese Menschen gibt es immer, mit und ohne Pilgerreise. Es gibt auch jene, die überzeugt sind, Schätze zu finden, die die Erde seit ewigen Zeiten verbirgt. Was hat man von diesen Expeditionen nicht schon alles gehört! Sie brechen auf, um die Bundeslade zu erobern, das Kreuz unseres Erlösers, den Gral, die Schriften des Hermes Trismegistos, das erste Molekül. Mir würde sicherlich noch mehr einfallen. Aber Ihr brecht *einzig und allein* auf, weil Ihr für den Schutz unserer armen Büßer sorgen wollt.«

Bernard nahm wieder Platz. Er drückte auf eine Taste, worauf die virtuelle Karte verschwand.

»Wie viele Pilger werden es sein?«

»Wir rechnen mit einer Million. Die ersten Kolonnen sind bereits auf dem Planeten Troyes angekommen. Sie warten auf die Verbände aus dem Norden, ehe alle Pilger gemeinsam aufbrechen werden. Aber die Anzahl der Pilger vergrößert sich von Tag zu Tag.«

»Ja, das spüre ich. Troyes liegt ganz in der Nähe. Ich sehe immer mehr Pilgerzüge vorbeiziehen.«

»Ein Pilger zieht praktisch immer zwei nach sich. Das funktioniert ähnlich wie bei einer Ansteckung. Die Reise wird fast neun Monate dauern, und wir wissen nicht, wie viele Gläubige sich im Laufe der Pilgerreise noch anschließen werden.«

»Und wie viele die Pilgerreise aufgeben oder unterwegs zu Tode kommen!«

Der Abt nahm ein zweites Blatt in die Hand.

»Ihr seid neun. Pierre de Montdidier, Étienne de Saint-Amant, Robert de Craon, Godefroy de Bisol, Benoît Clerc, Jean du Grand-Cellier, Ismale Gui, Carl de Ruy und Ihr selbst. Das sind nicht viele Männer für eine Mission dieses Ausmaßes.«

»Wir stehen alle an der Spitze ausgezeichneter Regimenter. Die Begleitung der Pilger wird nichts zu wünschen übrig lassen.«

Bernards Miene verdunkelte sich wie zu Beginn der Unterredung.

»Dann sollte ich«, sagte er, »abgesehen von einigen Bedenken in Bezug auf Euren Status eines Mönchs und eines Soldaten, die, sobald Ihr Euere Regeln niedergeschrieben habt, vielleicht ausgeräumt werden können, keinen Grund sehen, Euch meine Unterstützung zu verweigern, nicht wahr?«

Hugo de Payns wusste nicht, was er auf diese scharfe Bemerkung erwidern sollte.

»Es sei denn«, dröhnte plötzlich die Stimme des Abtes, »es sei denn, Ihr hättet mir nicht alles gesagt!«

Bernard warf die Liste der neun Ritter auf den Boden.

»Auch wenn meine Abtei in einer abgelegenen Gegend liegt und ich damit beschäftigt bin, eine Bibliothek zu gründen und den Alltag für meine Brüder angenehmer zu gestalten, höre ich, was in der Welt geschieht. Ich erhalte Post aus der ganzen Galaxie. Ich weiß zum Beispiel, dass diese Expedition, die Ihr mir heute vorschlagt, als hätten jüngste Angriffe auf die Pilger diese notwendig gemacht, in Wahrheit bis ins kleinste Detail geplant wurde – und das seit zwanzig Jahren!«

Hugo zuckte nicht mit der Wimper.

»Ihr hattet nicht die Güte, mir zu sagen, dass sich eine große Anzahl an Gelehrten und Übersetzern eingefunden hat, die Euch begleiten sollen. Ihr nehmt eine Bibliothek mit! Ihr verheimlicht mir, dass diese Gelehrten sich mit Werken beschäftigen, die Ihr und Hugues de Champagne von Eurer ersten Reise ins Heilige Land vor zwanzig Jahren mitgebracht habt, und dass die Entschlüsselung dieser Werke die Begierde anderer entfacht. Es wird ein Komplott gegen Euch geschmiedet, und zwar in den Reihen Eurer Ritter. Es sind schon Männer gestorben. War Euer Baumeister Ismale Gui, der so wichtig erschien, dass er zu den neun Gründern gehörte, nicht einer der letzten? Warum bittet Ihr mich um meine Unterstützung und verheimlicht mir all das, Hugo?«

Hugo de Payns verschränkte die Hände hinter dem Rücken.

»Wir sind gottergebene Ritter, Vater, und haben feierlich geschworen, uns der Verteidigung der Pilger auf der Straße ins Heilige Land zu widmen. Alles andere sind Erfindungen. Wenn ich heute um Eure Unterstützung bitte, dann allein, damit wir die unentbehrlichen Spenden erhalten, die wir brauchen, um unsere Mission erfüllen, die Gläubigen ernähren und unsere Truppen bezahlen zu können.«

»Wirklich, Ihr lasst mir keine Gerechtigkeit widerfahren«, sagte Bernard. »Ihr kommt zu mir, weil Ihr wollt, dass ich meinen Namen für Eure Mission hergebe. Gut. Ihr glaubt, mir Eure wahren Gründe nicht verraten zu müssen, um mich zu überzeugen. Das ist Euer gutes Recht. Ich habe also gar nichts in der Hand, und Ihr nehmt von Clairvaux heute nichts mit. Nicht einmal eine Messe. Und ich bleibe bei dieser Einstellung, solange ich Eure wahren Motive nicht verstanden habe. Ich hoffe, ich habe mich in Bezug auf Eure ›Miliz Christi‹ geirrt, aber ich glaube es kaum.«

Bernard de Clairvaux erhob sich und ging auf Hugo zu. In leisem Ton fuhr er fort: »Ihr solltet mir die Wahrheit sagen, Payns. Ihr wisst, dass ich über gute Quellen verfüge. Verratet mir Euer geheimes Ziel, und ich werde Euch unterstützen.«

Hugo sah dem Abt in die Augen – und schwieg.

Die Wangen des Abtes färbten sich rot.

»Ihr könnt gehen …«

Hugo salutierte. Als er sich an der Tür noch einmal umdrehte, vernahm er die letzte wütende Bemerkung des Abtes.

»Vergesst niemals, dass Gottes Hand immer über Euch wacht, wie tief Ihr auch sinken mögt!«

Hugo de Payns kehrte zu seiner Raumfähre zurück. Als er die Abtei verließ, begegnete er Gläubigen, die ihn erkannten und die um seine Fürsprache baten, damit sie sich einer beschützten Pilgerkolonne anschließen konnten. Aber Hugo verließ, in Gedanken versunken, den Kloster-Planeten Clairvaux, ohne jemandem etwas zu versprechen. Als er im Weltraum in Richtung des Systems Troyes verschwand, überholte er unzählige Raumfähren, die ebenfalls zu dem Planeten des großen Aufbruchs unterwegs waren.

VI

Die Kreuzfelder

Noch bis zum Jahre 1000, als das Volk sich seine Heiligen und seine Legenden schafft, ist das tägliche Leben nicht uninteressant für die Menschen. Ihre nächtlichen Sabbate sind nur ein Relikt des Heidentums. Sie verehren und fürchten den Mond, der die Ernte beeinflusst. Am St. Johannestag wird der Ziegenbock Pirapus-Bacchus getötet, um die Sabbasien zu feiern. Das ist keine Gotteslästerung, sondern ein unschuldiger Karneval der Leibeigenen.
Doch um das Jahr 1000 ist die Kirche dem Volk durch die unterschiedlichen Sprachen fast verschlossen. Um 1100 sind die Messen für die Menschen vollkommen unverständlich. Von den Mysterienspielen, die vor den Kirchenportalen aufgeführt werden, prägt sich das Volk vor allem die komische Seite ein, den Ochsen und den Esel usw.
Diese wurden dann in die Gestaltung des Weihnachtsfestes mit einbezogen.

MICHELET, Die Hexe

Nach einem langen Marsch kam die Familie Columban schließlich in das Land des Hugues de Champagne, des Gastgebers der Pilgerreise. Seine ausgedehnten Ländereien, auf die die Augustsonne heißer als gewöhnlich schien, ähnelten heute orientalischen Provinzen. Überall stieg der Geruch von Gewürzen, von ägyptischem Palmwein und Muskatnüssen in die Luft. Baumwollballen türmten sich zwischen Webarbeiten aus Antiochia und Glaswaren aus Tyros. Diese Exotik hatte nichts mit einem Jahrmarkt oder einem Volksfest zu tun. Die Organisatoren der großen Pilgerreise hatten beschlossen, vor ihren »Abreisenden« die Pracht auszubreiten, die sie am Ende ihrer Pilgerreise in Jerusalem erwartete. Es sollten möglichst viele Menschen betört werden. Zwanzig Jahre nach dem Kreuzzug beschränkte sich der Orient nicht mehr auf seine heiligen Denkmäler, sondern es ging vor allem darum, Land zu bewirtschaften, Städte zu vergrößern, Kolonien zu befestigen. Es ging nicht mehr darum, das Heilige Land zu befreien, sondern es neu zu bevölkern.

Es war fast ein Jahr her, dass der Aufruf zur Pilgerreise in der gesamten Christenheit verbreitet worden war. Wenn die Menschen diesmal eifriger auf den Aufruf geantwortet hatten als auf die vorhergehenden, so gab es dafür einen Grund: Es wurde nämlich allerorts berichtet, dass die Kolonnen unter dem Schutz tapferer Ritter stehen würden. Die Pilger, die sich dank der Miliz in Sicherheit wiegten, strömten herbei. Die Stadt Troyes befand sich seit Beginn des Sommers im Zustand einer Belagerung. Ganze Gemeinden, Großfamilien, Junker, Unglückliche und Kranke trafen scharenweise in Troyes ein und eilten dem Zielort immer schneller und immer zahlreicher entgegen.

Außerhalb von Troyes hatten sich die meisten Menschen

am Turm-See versammelt, der diesen Namen seit der ersten Reise des Grafen Hugues ins Heilige Land trug. Dort hatten die »Gottesreisenden« ihre Lager aufgeschlagen und warteten auf den Aufbruch. Alle wussten, dass die Anführer der Pilgerreise auf die Verbände aus dem Norden warteten und vor allem auf eine bedeutende Menschenmasse aus dem Königreich Boulogne. Anschließend sollten sich die vereinten Züge in Bewegung setzen.

Am See ergriff jeden Tag ein Mann namens Marcabru das Wort, der immer auf einer Bühne aus Fässern stand. Dieser Mann schwang Reden, um die Menschen bei Laune zu halten, wenn ihnen das Warten zu lang wurde und sie in Versuchung gerieten, auf die Pilgerreise zu verzichten. Marcabru trug sonderbare Kleidung. Nichts an seinem Äußeren erinnerte an einen Christen oder an einen Menschen aus dem Abendland. Er hatte einen dicken Bauch, eine platte Nase und langes, glänzendes Haar. Fettiger Puder hatte seine Haut dunkel getönt. Er trug ein Gewand mit spitzer Kapuze und klingende Armreifen an den Handgelenken. Aus einer schwarzen Holzpfeife aus Anatolien nahm er lange Züge. Mit seinem großspurigen Auftreten und seiner Stimme zog er die Neuankömmlinge in seinen Bann. Über seine Reden staunte selbst er. Sie unterschieden sich in jeder Beziehung von denen Geistlicher.

»Menschen aus dem Abendland, schaut sie euch an«, sagte er, wobei er sich auf einige Franzosen bezog, die aus Syrien oder Antiochia zurückgekehrt waren. *»Jetzt sind sie aus dem Orient zurückgekehrt. Dort unten besitzt der eine ein Haus und Dienerschaft. Der andere hat bereits eine Frau aus Syrien oder Armenien geheiratet und wohnt bei seiner Schwiegerfamilie. Jeden Tag kommen Verwandte und Freunde aus dem Abendland zu ihnen.*

Sie zögern nicht, alles aufzugeben, was sie besitzen. Derjenige, der in Frankreich arm war, lebt dort im Überfluss; derjenige, der nur wenige Heller hatte, besitzt dort ein Vermögen. Warum sollten wir noch einen Tag länger hier bleiben?«

Wenn die Zuhörerschaft es erlaubte, zögerte Marcabru nicht, die wunderschönen Bordelle in Tyros zu erwähnen und Kuriositäten über Mohammed und den Islam zu verbreiten. Er rühmte sogar den fruchtbaren Boden dieser Länder, die keinen Winter kannten und wo doch tatsächlich überall von Brombeersträuchern Honig und Marmelade gewonnen wurde.

Seine Reden trafen nicht bei allen Zuhörern auf Zustimmung. An diesem 6. August 1118, als Marcabru besonders in Fahrt war, löste sich die Familie Columban, die soeben angekommen war, aus der Gruppe der Gläubigen, die ihn umringten. Sie hatten ihre Heimat nicht mit dem Ziel verlassen, im Schweiße ihres Angesichts bis zum Grab Christi zu marschieren, um nun unflätigen Worten zu lauschen.

Die vier Iren hatten das Ufer des Turm-Sees erreicht. Das Ausmaß, die Fremdheit, die Masse der Pilger erstaunten sie. Mit einem derartigen Chaos hatten sie nicht gerechnet. Da traf man auf einen Mönch in Ekstase, der seine Tränen unterdrückte, und zwei Schritte entfernt pinkelte ein Cidresäufer pfeifend in einen Fluss. Überall flatterten Kreuze – auf geweihten Taschen, auf Schulterstücken und an ausgestreckten Armen, oder sie waren nachlässig auf die Erde geworfen worden. Gutes und Schlechtes waren eng miteinander verbunden. All diese Dinge beobachteten die Columbans erstaunt, als sie ihr Lager suchten.

Auf einer tiefer gelegenen Straße sah Anx eine beeindruckende mit Planen bedeckte Wagenkolonne, die von bewaffneten Männern bewacht wurde. Ein Hauptmann, der eine Gestalt wie Herkules hatte, schüttelte sich fluchend und ließ seine Gerte durch die Luft sausen. Anx wunderte sich über die ungeheuren Vorsichtsmaßnahmen und folgte mit den Blicken der Straße, die die Wagen eingeschlagen hatten. Sie schlängelte sich um eine große, viereckige Festung herum und mündete dann in einen Waldweg.

Doch plötzlich erklangen Schreie, und gleichzeitig hörte man Holz knacken. Der dicke Hauptmann hatte gebrüllt, und eine Wagenachse war durchgebrochen. Der Wagen kippte um, und die Fracht rutschte auf die Erde. Der Unfall erregte die Aufmerksamkeit der Menge am Straßenrand. Anx konnte noch soeben erkennen, dass der Wagen mit Büchern beladen war. Bände lagen im Dreck, und junge Schreiber in blauen Gewändern eilten herbei, um sie einzusammeln. Mehr konnte Anx nicht beobachten, denn ihr Vater wollte die Aufregung nutzen, um sich durch die Menge der Schaulustigen zu drängen.

Wie alle Pilger, die in ihren heimatlichen Gemeinden registriert worden waren, irrten die Columbans zwischen den Menschentrauben und Wagen hindurch und suchten die Fahne, die mit dem Siegel auf ihren »Stoffen« übereinstimmte. Schließlich fanden sie den Abt Soffrey, einen offenen, angenehmen Menschen, Ire wie sie, der aus einer Region weiter nördlich stammte. Das Dorf, in dem er sein Amt versah, hatte das Land verlassen, um mit ihm aufzubrechen. Verschiedene Diözesen im Abendland hatten dasselbe Schicksal erlitten. Lehnsherren blieben hilflos mit ihren Feldern zurück, die abgeerntet werden mussten. Soffrey begrüßte die Familie Columban herzlich.

»Schlagt euer Lager auf«, sagte er. »Wir haben euch erwartet. Wir wissen noch nicht, wann wir aufbrechen, aber es wird nicht mehr lange dauern. Unser Zug steht unter dem Schutz der Ritter Ruy und de Craon. Diese gottesfürchtigen Männer führen uns nach Jerusalem.«

Soffreys Lager lag in der Nähe der Hauptstraße, die nach Troyes führte. Am Rande dieser Straße verbrachten Anx, ihre Eltern und ihr Bruder die erste Nacht in Gesellschaft der anderen Pilger.

Am nächsten Tag erwachten die Reisenden von Troyes in strömendem Regen, dem ersten Niederschlag seit mehreren Wochen. Das unerwartete Unwetter brachte sintflutartige Regengüsse mit sich und zwang die im Freien lagernden Pilger, sich rasch einen Unterschlupf zu suchen. Zuerst wurde der Wetterumschwung zwar jubelnd begrüßt, aber schon bald war die gesamte Champagne überschwemmt und die Erde aufgeweicht. Da die Menschen alle gleichzeitig aufbrachen, war kaum ein Fortkommen möglich. In dem Bezirk des Abtes Soffrey herrschte die größte Hektik. Bei ihrer Ankunft vor einem Monat hatte die irische Gemeinschaft beschlossen, sich die Zeit durch die Anfertigung einer Bronzeglocke zu vertreiben, in die die Namen der Heiligen ihrer Heimat graviert werden sollten. Soffrey hatte angekündigt, dass diese Glocke zum ersten Mal bei der Messe beim großen Aufbruch in Troyes und dann erst wieder bei der Ankunft in Jerusalem läuten solle, um das Ende der Pilgerreise zu verkünden. Daher bereiteten die Iren Tag für Tag den Guss der Glocke vor, wobei sie von Handwerkern und zahlreichen Glöcknern aus Troyes unterstützt wurden. Dieser Regentag drohte den Zeitpunkt des Gusses zu gefährden. Alle vor einer Woche aufgestellten Kessel und entzündeten Feuer drohten zu erlöschen. Kräftige Männer wurden ausgewählt, um die Feuer zu bewachen und die an Holzstöcken hängenden, glühenden Schmelztiegel zu versetzen. Als einige umkippten, wurden Schreie laut.

Aufgrund der emsigen Arbeit achtete keiner auf zwei Gestalten, die sich aus dem Lager davonschlichen. Es waren Anx und ihr Bruder Tescelin, die der Aufsicht ihrer Eltern entwischten.

Als sie außer Sichtweite waren, lief das Mädchen über die erlaubte Grenze hinaus. Laut schimpfend, folgte ihr jüngerer Bruder.

»Es gibt bestimmt ein Donnerwetter, wenn Vater erfährt, dass wir uns so weit vom Lager entfernt haben«, sagte er.

»Ich zwinge dich nicht, mich zu begleiten. Du bist mir aus freien Stücken gefolgt.«

»Man weiß nie …«

Der jüngere Bruder sah es als Pflicht an, seine ältere Schwester zu beschützen, obwohl sie es immer war, die die Geschwister verteidigte.

Die beiden Kinder erreichten die Hauptstraße, die in einer Richtung nach Troyes und in der anderen zu der großen Burg führte, die sie am Vortag gesehen hatten. Von einer Anhöhe, die zum Teil durch Holundersträucher und Büsche verdeckt war, konnten sie den Aufmarsch zu ihren Füßen beobachten. Wagen, die denen vom Vortag ähnelten, fuhren durch den strömenden Regen. Das Unwetter hatte nicht nur in den Reihen der Iren Hektik ausgelöst, sondern auch die Edelfrauen und die Edelmänner waren bemüht, schnell zur Burg zu kommen. Andere Pilger, die im gleichen Gebiet lagerten wie die Columbans, genossen das Spektakel. Bäuerinnen freuten sich, schöne Stoffe und hübsch geharnischte Pferde zu sehen. Doch die Panik, die das Unwetter ausgelöst hatte, verlieh diesen Edlen etwas Lächerliches, und das entging den Gaffern nicht. Die Edelfrauen, die über keine geschlossene Sänfte verfügten, um den spöttischen Bemerkungen zu entfliehen, mussten diese Komplimente und den Regenguss über sich ergehen lassen.

»Diese feinen Damen sind doch alle Dummerchen«, brummte Anx, die sich von den prächtigen Kleidern und den schönen Hauben nicht beeindrucken ließ.

Sie interessierte sich mehr für die mit Planen verdeckten Wagen, die von Soldaten bewacht wurden, die große Mühe hatten, auf den aufgeweichten Wegen vorwärts zu kommen. Die Räder sanken immer tiefer in den Schlamm.

»Sie sind noch nicht am Ziel«, murmelte Anx.

Tescelin schüttelte den Kopf.

»Stimmt. Es geht weiter. Du hast doch jetzt alles gesehen, da können wir doch umkehren. Ich bin nass bis auf die Knochen.«

Doch Anx regte sich nicht. Sie wartete, dass die Gruppe Pilger zu ihrer Linken sich entfernte.

Plötzlich …

»Bleib du hier«, sagte sie zu ihrem Bruder.

Mit einem Sprung lief sie durch die Büsche und den Hügel zu der Kolonne hinunter, geradewegs auf die Soldaten und die Wagen zu. Durch die Eile herrschte eine gewisse Verwirrung. Anx nutzte das Chaos, um auf die andere Straßenseite zu wechseln. Dort klammerte sie sich an einen Wagen und versuchte, einen Blick ins Innere zu werfen, doch es war zu dunkel, um etwas erkennen zu können.

Dank ihrer schlanken Gestalt gelang es ihr, sich an der Stelle, wo sich zwei Planen überlappten, in den Wagen zu zwängen.

Der Regen hämmerte auf die Wagenplane, und einige Tropfen landeten auf der Stirn des jungen Mädchens. Der Wagen war mit hellen Holzkisten beladen, die fest verschlossen und alle mit einem schwarzen Christusmonogramm versehen waren.

Anx zog unter ihrem Bliaud ein kleines Messer hervor. Es hatte eine sehr scharfe Klinge und war dick genug, um die Kisten damit aufzubrechen. Sie waren neu und kürzlich erst verschlossen worden. Sie ließen sich mühelos öffnen. In den Kisten lagen sorgfältig sortierte Bücher. Sie ähnelten den Büchern, die Anx am Vortag bei dem Unfall gesehen hatte, und waren neu gebunden. Die Schnitte trugen das Wappen des Grafen der Champagne.

Anx entzifferte einige Aufschriften, die mit Mennige oder Blattgold hervorgehoben waren.

»*Die rückläufige Bewegung der Planeten* von al-Kindi, *Die Theorie des Atoms* von Ali ben Soulaiman, *Das Königsbuch* von al-Abbas. Wer waren diese Männer?«

Die Namen und die Titel klangen wie Märchen.

»Ich habe Vater niemals über diese Werke sprechen hören.«

Sie öffnete einen zweiten Deckel. Zwanzig dicke Bände. *Das Al-haouri* von Ar-Rasi. Aufs Geratewohl entfernte sie ein paar Klammern. Diese Texte mit persisch oder arabisch klingenden Titeln waren in ein reines Latein übersetzt worden. Die sauberen Buchstaben und die Beschaffenheit der Seiten bewiesen, dass die Texte erst vor kurzem übersetzt oder abgeschrieben worden waren.

Anx schlug *Das Buch der Könige* von Firdusi auf. Die drei Zoll großen Miniaturen schienen den Wagen, der durch das Unwetter fuhr, mit Licht zu überfluten. Voller Begeisterung überflog das Mädchen die sauberen, schmalen Schriftspalten.

Plötzlich blieb ein Rad stecken. Der Wagen stand still. Ringsherum hörte Anx eilige Schritte. Schreie erklangen und befahlen, den Wagen aus dem Dreck zu ziehen.

»Beeilung! Wir haben keine Zeit! Wir müssen die letzten Wagen ins Trockene bringen, bevor wir bis zum Hals im Schlamm versinken!«

Die Stimme ähnelte der des Hauptmanns vom Vortag. Nachdem die Wachen den Wagen angeschoben hatten, setzte sich die Kolonne langsam wieder in Bewegung. Anx riskierte einen Blick hinaus: Jetzt umringten Soldaten die Wagenräder.

Unsicher wandte sie sich wieder den Büchern zu und wartete eine Weile. Als sie die Deckel schließen wollte, fand sie eine kleine Ausgabe der *Annalen* von Tabari. Nur dieses eine Buch war so klein, dass sie es problemlos mitnehmen konnte. Ohne zu zögern, steckte sie es unter ihr Kleid. Dann kroch sie zu der Plane und blickte wieder hinaus. Die Situation hatte sich zugespitzt. Hier kannte sie sich nicht mehr aus. Das laute Rattern verriet Anx, dass die Räder über Holz fuhren, und sie vermutete über ihrem Kopf den Rundbogen eines Torzwingers. Sie gelangten in den Innenhof der Burg. Es war ein runder Platz, den Soldaten und Schreiber in blauen Roben umringten. Anx fiel auf den ersten Blick auf, dass sich keine Frau unter ihnen befand. In der Nähe der Ställe standen zahlreiche Wagen.

Das Rattern der Räder auf den Pflastersteinen verstummte jäh. Die dröhnende Stimme, die sie vorhin gehört hatte, gab zahlreiche Befehle. Anx wusste nicht, was sie machen sollte. Sie umklammerte ihr Messer.

Plötzlich wurde die hintere Plane aufgeschlagen. Drei junge Schreiber sprangen hinein. Einer hatte ein großes Register in der Hand. Er hieß Erich und war der erste Assistent von Flodoard, dem Bibliothekar des Grafen Hugues.

»Die Kisten sind ganz nass!«, sagte einer der Schreiber. »Wohin sollen wir sie bringen?«

»Diese hier sind für Flodoard«, erwiderte Erich. »Sie sollen zunächst zu den anderen Frachtgütern des Herrn de Payns gebracht werden.«

Doch keiner seiner Kameraden antwortete ihm. Sie standen reglos da, als hätte der Schlag sie getroffen. Der Schreiber hob den Kopf und entdeckte das junge Mädchen mit den goldblonden Locken, das zwischen den Kisten stand. Es war umwerfend schön. Wie eine Fee. Nachdem er sich von dem ersten Schock erholt hatte, schrie er: »Hauptmann!«

Doch Anx wartete nicht, bis der Hauptmann auftauchte. Sie zerschnitt die Plane an der linken Seite und sprang auf den nächsten Wagen. Einen Augenblick später hatte sie sich den Weg auf dieselbe Weise zum dritten und dann zum vierten Wagen gebahnt. Die wütenden Schreie der Soldaten folgten ihr. Anx sprang auf einen fünften Wagen, der ebenfalls mit Bücherkisten beladen war. Dort traf sie auf einen Mann, der vorgebeugt auf einer Kiste saß und die Werke mit einer Lupe überprüfte. Langsam hob er den Blick. Er war vielleicht vierzig Jahre alt und in ein dunkles Gewand mit Kapuze gehüllt. Sein Haar war an der Stirn wie zur Zeit der ersten Priester kreisförmig rasiert. Er betrachtete das Mädchen, ohne Verwunderung zu zeigen. Anx blickte den Mann an, der sich offenbar mit den Kisten und Büchern beschäftigte, die am Vortag Schaden genommen hatten.

Ohne zu zögern, verschwand sie hinter der nächsten Plane. Der Mann regte sich nicht. Es war Flodoard, der Bibliothekar. Er sah die hünenhafte Gestalt des Gardehauptmanns auftauchen. Die Statur des Soldaten glich der eines Riesen. Als er den Wagen betrat, bemerkte er sofort, dass auch diese Plane mit einem Messer aufgeschlitzt worden war. Er knurrte, und nachdem er Flodoard kurz begrüßt hatte, nahm er die Verfolgung auf – ungeschickt, wie er war. Der Hauptmann war zu dick, um diese Aneinanderreihung von Sprüngen zu bewältigen. Sobald er sich auf eine Kiste stellte, brach der Deckel entzwei, und seine Sohle blieb zwischen den zerbrochenen Holzlatten stecken. Er fluchte, ehe es ihm jeweils gelang, den Schuh wieder herauszuziehen.

Außer Atem erreichte Anx das Ende der Wagenkolonne. Der letzte Wagen stand neben einer Mauer. Am Ende einiger Stufen entdeckte sie eine Ausfallpforte. Das Mädchen wollte schon dort Zuflucht suchen, änderte aber schnell seine Meinung. Mit einem Sprung klammerte Anx sich unten an eine Schießscharte, die nur von dem Wagen aus erreichbar war. Sie drehte sich und ließ sich hinter der Wagenkolonne vor einem Verschlag fallen, der an die Pferdeställe grenzte.

Keuchend näherte sich der Hauptmann. Ohne nachzudenken, schlug er die kleine Tür ein, drängte sich hindurch und rief seine Männer.

Im selben Augenblick sprang Anx auf einen Wagen, der die Festung verließ.

Wenige Minuten später traf sie ihren Bruder wieder. Gemeinsam liefen sie durch das überschwemmte Land zurück zum Lager.

»Du bist verrückt«, sagte Tescelin im Laufen. »Verrückt!«

Das Mädchen blieb stehen und zog unter ihrem Bliaud

den kleinen Band von Tabari hervor. Das Büchlein hatte durch das Abenteuer nicht allzu arg gelitten. Anx wischte ein paar Regentropfen vom Einband, lächelte insgeheim und lief weiter. Ohne es zu ahnen, kreuzte sie unterwegs den Weg eines jungen Ritters, der in gestrecktem Galopp die Richtung des Turm-Sees einschlug …

VII

Das erste Paradoxon

Noch immer gehen ihm zahlreiche Gedanken durch den Kopf, wie es bei großen Unternehmungen gewöhnlich der Fall ist.

KARDINAL RETZ, Die Verschwörung des Fiesque

Der Ritter war Cosimo Gui. An den Hals seines Pferdes gepresst, war er zwei Wochen im Galopp geritten, um die Hauptstadt des Grafen der Champagne zu erreichen. Und dabei glaubte alle Welt, er sei auf dem Weg in die Einsiedelei auf dem Berg Eerl. Die Abgeschiedenheit der Festung der Baumeister, die in den Alpen versteckt auf dem Berg Tabor lag, hatte ihn gezwungen, beschwerliche Wege zu nehmen. Fast jeden Abend drohte sein Pferd unter ihm zusammenzubrechen. Cosimo war erschöpft, nachdem er stundenlang im Regen durch die Gegend geirrt war, um ein Lager zu suchen, wo er sich ausruhen und sein Pferd striegeln konnte. Doch die Herbergen in Troyes und der Umgebung wurden alle von den Pilgern in Beschlag genommen. Cosimo wurde an allen Schaltern der Züge zurückgewiesen. Er gehörte zu keiner Gemeinde und stand nicht unter dem Schutz eines Herrn. Daher wurde er wie die Landstreicher behandelt, die mit ihm um ein Lager baten. Bisher besaß Cosimo noch keine Informationen über die Organisation der Pilgerreise. In der Herberge zum Schnabel, der größten in Troyes, lachte ihm der Gastwirt ins Gesicht. Dennoch nannte er ihm einen Weiler in der Nähe des Sees, wo er vielleicht Glück haben und ein freies Bett finden könnte. Cosimo hinterließ eine Nachricht und schlug die angegebene Richtung ein.

Unterwegs ritt er an den Lagerplätzen der Iren vorbei und traf Anx und ihren Bruder, die von der Festung zurückkehrten. Kurz darauf ritt er geradewegs auf einen Fußgänger zu. Das war Marcabru in seinem Kostüm. Der Orientale sprang im letzten Augenblick zur Seite und fiel in den Schlamm. Cosimo entschuldigte sich und fragte dann: »Mir wurde gesagt, in dieser Gegend gäbe es eine Herberge. Wisst Ihr vielleicht wo?«

»Früher gab es einmal ein Wirtshaus in einer der Straßen, die um den Platz der Quelle herumführen«, antwortete Marcabru mit dem Akzent der Region und stand auf. »Aber es hat schon lange niemand mehr das Schild dort aufgehängt.«

Er ging davon, um sein verdrecktes Kostüm zu trocknen. Cosimo beschloss, das Dorf zu suchen. Als er davonritt, hörte er Marcabru unter einem Vorzelt mit Männern der Gegend laut lachen. Trotz seiner Hast begriff Cosimo, dass er es mit einem Spaßmacher zu tun hatte. Und damit hatte er vollkommen Recht. Sobald Roger Marcabru keine einstudierten Reden mehr hielt und seine Schminke entfernt hatte, verwandelte er sich wieder in den guten Mann aus der Champagne, der seiner Stadt Troyes mit Herz und Seele verbunden war. Noch nie in seinem Leben hatte er das Land hinter der Seine betreten. Aber seine Fähigkeiten als Phrasendrescher hatten die Obrigkeiten begeistert, und nun warb er auf Befehl seines Bistums für das Heilige Land.

Cosimo setzte seinen Weg fort und überquerte ein kleines

Feld, dann die Dorfstraßen, die trotz des Schlammes und des Wassers überfüllt waren. Zwischen den Mäulern der Packtiere, den fliegenden Händlern, den langen, für die Greise gezimmerten Karren, den Schmugglern, den Barbieren und Stallburschen sah er zu seinem großen Erstaunen auch Wachen, die sich an Ochsengespannen zu schaffen machten. Die Fracht der Wagen war für eine Pilgerreise recht sonderbar: Teile von Katapulten und beweglichen Panzertürmen, Enterhaken, Mauerbrecher, Tauwerk, Leitern. Diese Gegenstände wurden zu der Burg gefahren, zu der den Pilgern der Zutritt verboten war.

Diese Richtung schlug Cosimo nicht ein, beobachtete aber verwirrt einen jungen Schreiber, der mit einer Schildwache diskutierte, damit das Fallgatter der Festung angehoben wurde, das zu drei Vierteln gesenkt war. Der Schreiber hatte ein ovales Gesicht und blondes Haar, das in der Mitte des Schädels eine Tonsur aufwies. Unter einem Tuch trug er einen Gegenstand bei sich, den er an die Brust presste. Cosimo wartete das Ende der Diskussion nicht ab und ritt davon. An dem von Marcabru bezeichneten Ort erblickte er das neu gezimmerte Giebeldreieck einer Herberge, deren Sockelleisten und Stürze frisch gestrichen waren. Sie ähnelte keineswegs der miesen Kaschemme, die man ihm beschrieben hatte. Der junge Mann band sein Pferd an einem Eisenring fest und trat ein.

Die Wirtsstube war groß, hell und einladend. Im Gegensatz zu dem Tumult auf den Straßen herrschte hier angenehme Stille. Cosimo sah ungefähr ein Dutzend Pilger an den Tischen sitzen. Er wagte einen kurzen, höflichen Gruß, der nicht beantwortet wurde. Dann schritt er auf den Kamin zu, in dem ein offener Kessel und eine Pfanne dampften. Darüber befanden sich Regale, auf denen mit Asche gefüllte Gefäße standen, die alle mit Namen versehen waren. Cosimo las die ersten: Ur, Myus, Sumer, Korinth, Sagunt, Karthago, Troja und noch zehn weitere, die alle zerstörten Städten aus vergangenen Zeiten gehörten.

»Ein schlechter Scherz«, dachte er.

Im selben Augenblick wurde eine Tür geöffnet. Der Gastwirt trat ein. Er war ein kleiner rundlicher Mann mit einer Schürze. Die Ankunft eines neuen Gastes ließ seine Augen strahlen.

»Guten Tag. Ich bin Maître Roman. Willkommen in meiner Herberge.«

Cosimo stellte sich vor, nannte aber nur seinen Vornamen. Der Gastwirt ergriff einen Krug mit Eiermilch und eine Schüssel mit einem Eintopf aus Schweinefleisch und Gemüse, der sich von den abscheulichen Suppen in den Umspannstellen erheblich unterschied. Der Wirt stellte beides auf einen blank polierten Holztisch. Der junge Mann freute sich über den Zufall, der ihn an einen so trefflichen Ort geführt hatte, und begann zu essen. Die Zurückhaltung des Gastwirtes, der ihn weder mit Fragen noch mit Bemerkungen belästigte, erleichterte ihn.

»Es liegt noch viel vor mir«, dachte Cosimo. »Ich konnte noch vor dem Aufbruch zu den Pilgern stoßen, aber ich kenne niemanden und weiß nichts über die Reise. Wenn es nicht zu dem Drama auf Draguan gekommen wäre, wäre Ismale Gui hier in Troyes und würde mit den Pilgern aufbrechen. Ich muss der ersten Spur folgen, die sich bietet. Und Augen und Ohren offen halten.«

Nach dem Essen stieg er die Treppe hinauf zu dem Zimmer, das er mit zwei Männern teilen musste. Maître Roman erklärte ihm, dass sein Gepäck bei ihm sicher aufgehoben sei.

»Und mein Pferd?«, fragte Cosimo.

»Ich habe Anweisungen erteilt, es in den Stall zu bringen. Eurem Pferd wird es an nichts fehlen.«

Der junge Mann bedankte sich.

Durch ein kleines rundes Fenster, das auf die Straße hinter der Herberge ging, fiel Licht in das Zimmer. Hier herrschte viel größeres Treiben als auf der Vorderseite.

»Macht Euch keine Sorgen«, sagte Maître Roman. »Die Nächte in diesem Weiler sind ruhig.«

Cosimo schaute hinaus. Pilger und Einwohner der Champagne drängten sich scharenweise im Regen auf der Straße, doch sie benahmen sich höflich und tauschten christliche Wünsche, wo es normalerweise Flüche gehagelt hätte. Eine Person in dieser Menge erregte seine Aufmerksamkeit. Cosimo erkannte den Mann an der Kleidung und dem blonden Haar. Es war der junge Schreiber, den er unterwegs am Eingang der Festung mit der Schildwache hatte diskutieren sehen. Er ging an den Mauern entlang und wich den Stößen des einen und anderen aus, um sein Paket zu schützen. In dem Treiben achtete niemand auf ihn, doch er beobachtete alles ganz genau.

»Danke, Maître Roman«, sagte Cosimo. »Ich kehre vor Einbruch der Nacht zurück.«

Hastig stieg er die Treppe hinunter, trat hinaus und lief zu der Stelle, an der er den jungen Schreiber gesehen hatte. Als er sich auf eine Tränke stellte, erkannte er von weitem den Rücken des jungen Mannes. Cosimo nahm dessen Verfolgung auf und war bemüht, sich nicht zu verraten.

»Mit irgendetwas muss ich beginnen«, sagte er sich.

Der Schreiber bog in eine Seitenstraße ein. Er schien kein Geheimnis daraus zu machen, wohin er ging. Seine einzige

Sorge galt dem Paket. Wenn sein Leben von dem Schutz des Paketes abgehangen hätte, wäre er nicht aufmerksamer gewesen. Cosimo folgte ihm bis zu einem Platz in der Nähe des Waldes, der das Dorf umschloss. Ohne anzuklopfen, betrat der Schreiber ein kleines, niedriges Haus. Cosimo ging um das Haus herum. Auf der rechten Seite entdeckte er einen zweiten Eingang. Da niemand in der Nähe war, ging er durch die geöffnete Tür, als wäre er ein Freund des Hauses.

In dem Raum hielt sich niemand auf. An Balken hingen gegerbte Häute bis zum Boden hinunter. Auf Werkbänken sah Cosimo Töpfe mit Pigmenten, die zur Färbung der Tinten dienten. Schablonen für Miniaturmalereien lehnten an drehbaren Tischen.

»Eine Schreibstube?«

Cosimo war überrascht, in einem Dorf in der Champagne eine solche zu finden. Normalerweise fanden sich diese seltenen und teuren Schreibstuben nur in reichen Klöstern. Warum hatte man hier außerhalb der Kirche eine eingerichtet? Cosimo schritt weiter in den Raum hinein. Er hörte zwei Stimmen. Schnell versteckte er sich zwischen zwei fünf Fuß langen, genähten Pergamenten. Auf einem erkannte Cosimo eine mit Tinte angefertigte Zeichnung, die sich über den ganzen Bogen erstreckte. Er wusste, dass es sich um eine Sternenkarte handelte, doch er fand keinen der Punkte oder der Sternbilder wieder, mit denen er sich während seiner Studien an der Universität Cori Occlo beschäftigt hatte. Wenn dieser Himmel irgendwo existierte, dann war es seines Wissens nicht der der Menschen.

Neben der Tür blieb er stehen und lauschte dem Gespräch des jungen Schreibers, dem er gefolgt war.

»Erich«, sagte eine leicht verärgerte Stimme. »Erstens habe

ich nicht die Zeit, Hincmars Karte fertig zu stellen. Selbst wenn ich jede Nacht daran arbeiten würde. Zweitens habe ich Euch bereits erklärt, dass ich keine Lust mehr habe, mich mit diesen ketzerischen Schriften zu beschäftigen. Ich bin ein echter Christ, und ich fürchte um mein Seelenheil.«

Der Name Hincmar war Cosimo bereits bekannt.

»Ihr habt Recht, Garguesalle«, sagte der Schreiber in trockenem Ton. »Aber seht, das Werk wurde stark beschädigt. Ein Wagen ist umgekippt. Meister Flodoard ist unnachgiebig. Vor dem Aufbruch braucht er es in bestem Zustand. Wie Ihr wisst, werdet Ihr großzügig entlohnt.«

»Eure Bitte ist einfach …«

»Reicht es Euch nicht, dass man Euch erlaubt hat, aus dem Orden auszutreten und zu heiraten? Was würde Eure junge Ehefrau dazu sagen, wenn Ihr Eure Mönchskutte wieder anzieht und in ein Kloster in einem fernen Land eintretet? Strengt Euch an, es ist unser letzter Auftrag. Wir brechen bald auf. Dann könnt Ihr zu Eurem Liebchen zurückkehren und werdet nichts mehr von uns hören.«

»Ich kann es nicht versprechen. Die Zeit ist zu knapp. Dieses Buch … Es sind mindestens zwanzig Seiten auszubessern. Der ins Lateinische übersetzte Teil macht mir keine Angst, aber die arabischen Zeichen, das sind Zeichen des Teufels! Ich erblinde, wenn ich dieses Gekrakel abschreiben muss.«

»Jetzt habt Ihr genug geschwätzt! Macht Euch an die Arbeit.«

»Wann brechen die Pilger auf?«

»In einer knappen Woche.«

»Das sagt Ihr schon lange.«

»Aber diesmal ist es wahr.«

Cosimo hörte Schritte, die sich entfernten. Er trat hinaus und sah den Schreiber auf der Straße. Er folgte ihm. Erich kehrte auf die Burg zurück.

Cosimo stand lange dort und betrachtete die hohen Mauern und das rastlose Treiben, das dort herrschte. Es regnete nicht mehr; das Unwetter hatte sich verzogen. Einige adelige Pilger traten vor das Tor. Die Edelfrauen verteilten Almosen an die Armen, was einen unbeschreiblichen Lärm auslöste.

Cosimo gesellte sich zu einem älteren Mann, der ebenfalls die Burg betrachtete.

»Sagt mir, wer hier wohnt.«

»Nun ja, vornehme Menschen, Reiche und Mächtige. Aber vor allem die neun tapferen Ritter, die uns zum Grab Christi führen.«

Cosimo erwiderte nichts. Seine Gedanken überschlugen sich.

»Ritter ... Wie erfahre ich, wer sie sind und in welcher Verbindung sie zu Ismale, Hugo de Payns und diesem Born stehen? Wollte jemand verhindern, dass Ismale diese Reise antritt? Warum? Im Westen finden häufig Pilgerreisen statt. Warum hatte er sich ausgerechnet dieser angeschlossen?«

Langsam lief Cosimo zurück ins Dorf.

»Dieser Garguesalle scheint gut Bescheid zu wissen«, dachte er. »Er könnte mir dienen, wenn ich es geschickt anstelle.«

Er kehrte in die Herberge des Maître Roman zurück.

In den nächsten vier Tagen versuchte Cosimo, das Vertrauen des ehemaligen Mönchs zu erringen. Garguesalle war zunächst misstrauisch, als der Unbekannte in sein Haus schneite und ihm seine Schreibdienste anbot. Doch Cosimos Hartnäckigkeit und der Beweis seiner Schreibtalente überzeugten den Mann, der eine zusätzliche Hand gut gebrauchen konnte, damit die Arbeit schneller voranging.

»Wo hast du das Schreiben gelernt?«, fragte er.

»Ich war einige Zeit Oblate in der Nähe von Occlo. Mein Superior brauchte einen Gehilfen.«

»Woher wusstest du, dass ich eine Schreibstube habe? Niemand hier weiß davon.«

Cosimo lächelte.

»Ihr gerbt Eure Häute mit Alaun. Der Geruch hat Euch verraten.«

Garguesalle schüttelte den Kopf, und damit war die Sache erledigt.

Der junge Mann schrieb Schriftstücke von Behörden ab, die der Meister der Werkstatt allein nicht fertig stellen konnte, wenn er Erichs Erwartungen erfüllen wollte. Cosimo gelang es nie, sich dem Pult des Kopisten zu nähern, um seine Originale zu betrachten. Da sie aber in demselben Raum arbeiteten, bestand die Möglichkeit, Bekanntschaft mit dem Kopisten zu knüpfen und ihre jeweiligen Meinungen über die Pilgerfahrt auszutauschen. Cosimo erfuhr eine Menge von Garguesalle. Der Kopist hatte ein einfaches Gemüt. Er war unbeugsam in Bezug auf seine Anordnungen und die Aufgaben, aber kaum misstrauisch.

Eines Abends kam ein Pilger mit maskiertem Gesicht in die Werkstatt, um ein Buch mit Illustrationen abzuholen. Cosimo wusste, dass es Miniaturen von erotischen römischen Fresken enthielt. Der Mann bezahlte sein Exemplar, von dem niemand etwas erfahren sollte, und verschwand.

Doch am nächsten Tag kehrte er zurück und verlangte eine letzte Überarbeitung einer Bankettszene. Diesmal konnte

Cosimo sein Gesicht sehen. Es war rund, mit erschlafften Wangen und einem fliehenden Blick. Garguesalle erklärte ihm höflich, dass es die Zeit ihm nicht erlaube, weiterhin an dem Werk zu arbeiten. Der Mann ging davon, ohne zu beharren.

»Einer von denen, die nach Jerusalem aufbrechen!«, brummte der ehemalige Mönch. »Das ist mir ein schöner Geistlicher …«

Cosimo gelang es später, den Namen des Mannes mit dem Buch zu erfahren: Oberon de Saintyves. Dank Garguesalle erfuhr er auch, wie man sich für die Reise einschreiben konnte und dass die Pilger sich zu den Häfen von Venedig, Pisa oder Genua begeben mussten.

»Die Pilger reisen heute nicht mehr zu Fuß ins Heilige Land«, sagte Garguesalle. »Durch die Überfahrt auf Schiffen sparen sie wertvolle Zeit. Aber es ist auch gefährlich.«

Cosimo beschloss, diese Information nicht zu vergessen.

In seiner freien Zeit lief er durch die Gegend und versuchte, neue Hinweise zu erhalten. Abends hielt er sich in seinem Gastzimmer auf und dachte darüber nach, wie er am besten mit den Ermittlungen beginnen könnte.

Eines Nachts schreckte er aus dem Schlaf auf, da zwei Hände seine Schultern umklammerten. Kurz darauf fand er sich in der Gaststube der Herberge wieder. Eine Kerze erhellte den Raum; Schatten tänzelten zwischen den Aschenurnen umher. Cosimo saß mit den beiden neuen Gästen an einem Tisch.

Der erste Junge hieß Croitendieu. Er war mittelgroß und hatte trotz seiner zwanzig Jahre bereits eine hohe Stirn. Seine Augen funkelten gewitzt. Sein grünes Leinenhemd verlieh ihm ein kindliches, verträumtes Aussehen.

Der zweite junge Mann hieß Roland. Groß, blond, mit ausdrucksvollem Blick und einem muskulösen Körper, hatte er eine ernstere Miene als sein Kamerad, aber dasselbe Alter.

Diese Jungen waren die besten Freunde von Cosimo. Er hatte sie im ersten Studienjahr an der Universität Cori Occlo kennen gelernt. Alle drei verband etwas: Ihre Väter waren keine Ritter. Mit einem vierten Freund namens Jason waren sie die Einzigen an der Akademie gewesen, die kein Vermögen besaßen und die die Gewohnheiten und die Sprache der Ritter nicht kannten. Aus diesem Grunde waren sie zahlreichen Spötteleien ausgesetzt gewesen, doch das hatte ihre Freundschaft nur gefestigt, die bald nichts mehr erschüttern konnte.

»Ich bin froh, dass ihr gekommen seid«, sagte Cosimo. »Ich wusste nicht, ob meine Nachrichten euch rechtzeitig erreichen.«

»Wir sind zusammen in Troyes angekommen«, sagte Croitendieu.

»Wir haben die größte Herberge der Stadt gefunden, wo du deine Nachricht hinterlassen hast. Und da sind wir.«

»Und Jason?«, fragte Cosimo. »Wisst ihr, ob er meine Anweisungen erhalten hat?«

»Ja«, erwiderte Croitendieu. »Er hat sich zur Einsiedelei von Eerl begeben. Er ist unter deinem Namen dort eingetroffen und hat den Posten übernommen, den du für ihn reserviert hast. Alle halten ihn für Cosimo Gui. Der Betrug funktioniert hervorragend.«

Cosimo war erleichtert.

»Fragt mich nicht, für wen die Täuschung gedacht ist«, sagte er. »Ich weiß es selbst noch nicht. Ich halte es aber für besser, dass einige Menschen glauben, ich sei fern von hier an einem anderen Ort und mit etwas beschäftigt, was nichts mit dieser Reise nach Jerusalem zu tun hat.«

Cosimo erzählte seinen Freunden leise von seiner Rückkehr in die Gilde auf Tabor und der Ermordung seines Onkels. Er ließ nichts aus und betonte die Tatsache, dass Ismale sich vorbereitet hatte, die Pilger von Troyes ins Heilige Land zu begleiten, und dass seine Ermordung nur mit diesem überraschenden Engagement zu erklären sei.

»Dies ist eine besondere Pilgerreise«, fuhr Cosimo fort. »Von einem ehemaligen Mönch, dem ich als Schreiber diene, habe ich erfahren, dass die Berufung der Gottespilger keine Rolle mehr spielt, seitdem angekündigt wurde, dass die Pilgerreise unter dem Schutz von Rittern steht, die einen Schwur geleistet haben.«

Er zeigte den Freunden Payns' Briefe, die er in dem Arbeitszimmer seines Onkels gefunden hatte.

»Es steht fest, dass der Verräter, den er erwähnt, auf die eine oder andere Weise mit Ismales Tod zu tun haben muss. Hugo warnt Ismale in seinen Briefen, niemandem zu vertrauen. Und daran habe ich mich gehalten. Sogar dem alten Ruysdael gegenüber. Ich habe alle Spuren verwischt, die zu mir führen könnten. Diese Briefe habe ich behalten, um einen Vorsprung vor anderen Ermittlern zu haben – wer auch immer sie sein mögen. Jetzt muss ich schnell handeln. Hugo de Payns glaubt, dass der Verräter einer der Ritter sein muss, die den Schutz der Pilger übernehmen. Oder dass es zumindest jemand ist, der ihnen nahe steht. Ich muss sie alle ausfindig machen und herausfinden, in welcher Beziehung sie zu Ismale standen.«

»Warum?«, fragte Roland. »Warum willst du dich mit einer so undurchsichtigen Affäre beschäftigen, von der du fast nichts weißt?«

»Mein Onkel hielt zeit seines Lebens sein Handwerk und seine Gilde in Ehren – mehr als alles andere auf der Welt«, erwiderte Cosimo. »Er liebte die Arbeit, der er sich seit vielen Jahren widmete. Warum soll er beschlossen haben, alles aufzugeben und ins Heilige Land zu reisen? Wenn es in dieser Welt einen Grund gäbe, der ihn veranlasst haben könnte, Tabor zu verlassen, und dieser Grund zu seinem Tod geführt hat, will ich den Grund wissen. Was bedeutet dieser ›Born‹, diese Rückkehr ›nach zwanzig Jahren‹? Ich muss es wissen. Wer auch immer ihn auf Draguan ermordet hat, wichtig ist, das *Ziel* der Mörder zu erfahren. Und der Grund liegt hier verborgen, bei den Rittern und ihrer Miliz. Aber ich kann mich den Pilgern nicht ohne Unterstützung anschließen. Die Sicherheit bei dieser Reise wird beispiellos sein. Die gesamte Pilgerschar wird in vier große Züge aufgeteilt, die jeweils von zwei Rittern begleitet werden. Die Pilgerfahrt steht unter Beobachtung, und jeder wurde aufgefordert, seinen ursprünglichen Platz nicht zu verlassen. Während der Reise muss ich von einem Zug in den anderen wechseln können. Wenn ihr einwilligt, mir zu helfen, könntet ihr vor mir in dem jeweiligen Zug mitreisen, um das Terrain für mich abzustecken und herauszufinden, wer welche Befehle gibt und welche Angewohnheiten und welches Gemüt jene haben, deren Geheimnisse ich aufdecken muss.«

»Das ist riskant«, meinte Croitendieu. »Warum triffst du dich nicht einfach mit Hugo de Payns? Du bist Ismales Neffe. Er würde es sicherlich verstehen. Außerdem scheint er eine Menge über den Verräter zu wissen, den dein Onkel und er …«

»Darüber habe ich nachgedacht«, unterbrach Cosimo ihn. »Aber ehe ich Payns treffe, will ich mehr über diesen Born erfahren. Wenn ich mich nicht irre, hat alles damit zu tun. Und wer weiß, ob Payns nicht selbst zum Kreis der Verdächtigen zählt?«

»Und wie stellen wir es an?«, fragte Roland.

»Die Aufnahme in die Pilgerzüge erfolgt über Spenden. Ich habe Geld bei mir, das ich von Ismales Erbe von Tabor mitgebracht habe. Ich kann für uns alle drei Plätze bezahlen. Aber wir müssen uns unter verschiedenen Namen einschreiben, damit wir hin und her wechseln können, ohne zu viel Aufmerksamkeit zu erregen. Und selbst dann gibt es keine Garantie. Ich sage es euch noch einmal: Dies ist eine besondere Pilgerreise. Die Sicherheit der Pilger ist ein ganz neuer Anspruch, und niemand weiß genau, wie viel Wert im Endeffekt wirklich darauf gelegt wird.«

»Wir müssen improvisieren«, sagte Croitendieu. »Sonst wüsste ich nicht, wie wir es anstellen sollen.«

Cosimo lächelte. Er fragte seine Freunde, wie es ihnen ergangen war, seitdem sie Occlo verlassen hatten.

»Ah!«, rief Croitendieu. »Für mich kam deine Bitte gerade zur rechten Zeit!«

Er erzählte, dass sein Vater ihn bei seiner Rückkehr in sein Heimatdorf im Süden des Herzogtums Normandie mit einer arrangierten Ehe empfangen habe, deren Dringlichkeit für alle – von seinem Vater abgesehen – eine Überraschung war.

»Ich kehrte mit der Hoffnung zurück, meine schöne Isée wiederzusehen«, sagte er. »Stattdessen stand ich einer Witwe gegenüber, die am Tag meiner Geburt schon ihren zwanzigsten Geburtstag gefeiert hatte. Und außerdem hatte sie einen sehr fragwürdigen Charakter.«

»Was ist aus deiner Isée geworden, von der du uns so oft erzählt hast?«, fragte Cosimo.

»Sie hat einen verwirrten Blick wie eine alte Eule, einen ziemlich idiotischen Mann und zwei vollkommen schwachsinnige Kinder. Das reichte mir. Als ich deine Nachricht erhalten habe, bin ich noch an dem Abend abgereist.«

»Was hast du deinem Vater und der Witwe gesagt?«

Croitendieu warf ihm einen viel sagenden Blick zu.

»Nichts. Die Hochzeit sollte heute Morgen stattfinden. Um diese Uhrzeit werden sie wohl kaum noch damit rechnen, dass ich auftauche.«

Die drei Freunde lachten.

»Und du, Roland?«

»Von Cori Occlo kehrte ich zu meinem Onkel zurück, der Prior in Verdun ist«, sagte er in ernstem Ton. »Ich trieb mich im Wald des Toten Herzens herum. Dort, wo der Eremit Frédéric lebt, der sich einmal geweigert hatte, mich in seine Geheimnisse einzuweihen. Ein paar Tage habe ich nichts gegessen und nicht geschlafen, ehe er die Güte hatte, zu mir zu kommen und mit mir zu sprechen.«

»Was hat er gesagt?«, fragte Croitendieu.

»Ich solle nach Hause zurückkehren. Meine Zeit sei noch nicht gekommen.«

»Er war es doch, der dir damals riet, dich ins Rittertum einführen zu lassen, oder?«

»Ja.«

»Und sonst hat er nichts gesagt?«

Roland schüttelte den Kopf.

»Als ich nach Verdun zurückkehrte, gab mein Onkel mir deine Nachricht. Sie klang wichtig und dringend. Ich bin sofort aufgebrochen. Und haben wir vier einschließlich Jason uns nicht alle geschworen, uns sofort zu Hilfe zu eilen, wenn einer die anderen darum bittet? Ich habe mich nur an unseren Schwur gehalten.«

»Da sind wir«, fügte Croitendieu hinzu. »Bereit, dir zu helfen.«

»Das heißt also, ihr werdet mich begleiten?«, fragte Cosimo.

»Selbst wenn der Teufel dir Flammen und Pech ins Gesicht blasen würde, würdest du nicht von deinem Plan abweichen«, sagte Roland. »Darum sind wir hier, um dich zu unterstützen. Und wer hat nicht schon davon geträumt, eines Tages einen Fuß ins Heilige Land zu setzen?«

»Was auch passieren mag, auf jeden Fall liegt eine schöne Reise vor uns«, meinte Croitendieu.

VIII

Die Miliz Christi

Wenn uns von einem Geheimbund berichtet wird, ist es so, als würde man uns sagen, das Nichts habe sich verbündet. Zweifellos können diese finsteren Verschwörungen im Verborgenen arbeiten, das Fundament eines Staates ins Wanken bringen und Tage des Untergangs vorbereiten. Aber es wird ihnen niemals gelingen, das geregelte öffentliche Leben zu erschüttern.

LACORDAIRE, Gedanken

Hugo de Payns drang auf den Hof der Burg bei Troyes ein und ritt beinahe in die Wachen hinein, die ihn nicht hatten kommen sehen. Der Ritter trug eine Reisemaske, die er nun abnahm. Sein blasses Gesicht, das ergraute Haar, die wachsamen Augen und der dicke Bart kamen zum Vorschein.

Als er aus dem Sattel stieg, eilte ein Mann auf ihn zu. Es war Flodoard, der Bibliothekar. Er trug seine lange braune Robe, die er niemals ablegte, und das Haar an der Stirn altmodisch geschoren.

»Guten Tag, Herr«, sagte der Bibliothekar. »Der Graf erwartet Euch.«

Sie betraten den Teil der Burg des Hugues de Champagne, der dazu diente, würdige Pilger zu empfangen. Hugo de

Payns und Flodoard schritten unter den Gewölben einiger Räume, in denen sich Barone mit ihren Reisetruhen drängten, hindurch, bis sie den Fechtsaal erreichten, in dem Hugues immer trainierte. Die Größe des Raumes war beeindruckend. Die Fenster gaben den Blick auf einen zweiten Hof mit kunstvoll gestalteten Blumenbeeten frei.

Hugues de Champagne reizte einen herrlichen Raubvogel, der reglos auf seiner rechten Faust saß. Eine Lederkappe mit einem Federbusch verdeckte die Augen des Vogels. Payns schritt auf seinen Herrn zu.

»Ah! Da bist du ja, Hugo!«, rief der Herr.

Hugues war jetzt einundvierzig Jahre alt. Der junge Graf, der einst allen Gefahren während des Kreuzzugs getrotzt hatte und als erster Christ in das noch belagerte Jerusalem eingedrungen war, hatte sich in einen Herrn mit kraftvollem Körper und einem markanten Gesicht verwandelt, auf dem sich das bewegte Leben, das er geführt hatte, spiegelte.

»Ich kehre soeben aus Clairvaux zurück«, sagte Hugo de Payns.

»Ich weiß … und du hattest sicherlich kein Glück. Bernard verweigert uns seine Unterstützung?«

»Ich habe nichts erreicht.«

»Egal. Wir haben während deiner Abwesenheit Vorkehrungen getroffen. Ismale wird in der Miliz durch André de Montbard ersetzt. Wie du weißt, ist er ein ergebener, skrupelloser Mann und hat das Verdienst, mütterlicherseits aus der Familie des großen Bernard abzustammen. Dieses Vorgehen ist ein bisschen schändlich, aber die Zeit drängt. Seine Abstammung reicht aus, um den Eindruck zu erwecken, dass Bernard insgeheim unser eifriger Unterstützer ist. Die Spenden werden nicht auf sich warten lassen.«

Hugo de Payns nickte zustimmend, obwohl es ihm nicht gefiel, dass ein neuer Ritter in den neu gegründeten Orden aufgenommen worden war, ohne dass man auf seine Rückkehr oder seine Meinung gewartet hätte. Hugues erkannte Hugos Verdruss, wollte sich aber mit seinem ältesten Freund nicht auf eine Diskussion einlassen.

»Wie findest du meinen neuen Vogel?«, fragte er und zeigte Hugo seinen Greifvogel. »Ein Gerfalke, der aus der Gegend von Norwegen stammt.«

Payns schüttelte den Kopf. Er liebte die Jagd nicht.

»Dieses Geschenk wird unseren König von Jerusalem entzücken«, sagte der Graf. »Mit diesem Vogel wird Balduin alle Jagden in seinem Königreich gewinnen. Eine größere Freude können wir ihm nicht machen, nicht wahr?«

Hugues wartete nicht auf die Antwort und gab dem Falkner auf der anderen Seite des Saales ein Zeichen. Dieser näherte sich und nahm den Vogel entgegen.

»Wie schade, dass ich nicht mit euch nach Jerusalem reisen kann. Ich hätte zu gern gesehen, was Balduin aus diesem Raubvogel herausholt.«

Der Falkner verließ mit dem Gerfalken den Saal.

»Endlich … Nicht jeder hat das Glück, so eine verständnisvolle Ehefrau wie du zu haben«, sagte der Graf zu Payns.

Um zu den ersten neun Rittern der Miliz gehören zu können, hatten Payns und seine Freunde auf ihre Adelstitel und ihr Familienerbe verzichten und alle Verbindungen des Herzens und des Blutes aufgeben müssen, die sie mit dem Abendland verbanden. Payns hatte seine Landgüter geopfert und den Gewinn den Armen und der Miliz gespendet. Er hatte seine Frau überzeugen können, in ein Kloster einzutreten, um ihn auf diese Weise vom Bund der Ehe zu befreien.

Dieses Verhalten gefiel nicht allen und schon gar nicht der Gattin des Grafen der Champagne. Élisabeth weigerte sich hartnäckig, in ein Kloster zu gehen oder die Burg zu verlassen. Sie betonte, dass Hugues der Garant einer gräflichen Linie war, über die er nicht so einfach bestimmen konnte wie ein Payns, ein Ruy oder ein Craon. Hugues de Champagne sah ein, dass er die Regeln, die er für die Ritter der Miliz Christi aufgestellt hatte und die Keuschheit, Armut und Zugehörigkeit zum Ritterstand verlangten, nicht erfüllen konnte, ohne im ganzen Land und sogar im Königshaus für Aufregung zu sorgen.

»Ich darf keine Niederlage riskieren«, sagte Hugues.

»Sorgt Euch nicht, Herr«, erwiderte Payns. »Es wird keine Niederlage geben. Wir bringen den Born hierher, sobald er transportiert werden kann. Wir werden seine Überführung sorgfältig vorbereiten.«

Seit ein paar Monaten ließ Hugues de Champagne in seinen weiten Wäldern ein unterirdisches Gewölbe bauen, das dem, das er mit Payns und Gui vor zwanzig Jahren entdeckt hatte, ähnelte.

Hugues runzelte die Stirn.

»Mich nicht sorgen? Ihr müsst nicht nur dort ankommen, sondern Ihr müsst auf jeden Fall die Ersten sein.«

Payns und Flodoard schauten sich verständnislos an.

Der Herr zog unter seinem Wams eine zusammengeknüllte Schriftrolle hervor. Diese Geste und sein trockener Ton kündigten einen nahenden Wutausbruch an.

»Dieser treulose Hund«, sagte der Graf, »dem, wie es scheint, die Hände und das Gesicht fehlen, dieser Hund wird noch von sich reden machen!«

Er hielt Flodoard das Schriftstück unter die Nase.

»Diese Nachricht habe ich von dem letzten venezianischen Schiff erhalten, das aus dem Orient zurückgekehrt ist. Seitdem sind vierzehn Pferde krepiert, damit mich die Nachricht heute erreicht.«

»Und was steht darin?«

»Entsetzliches! Anders kann man es nicht sagen. Es sieht so aus, als hätte der Mann ohne Hände und ohne Gesicht unserem Verbündeten auf Kirk einen Überraschungsbesuch abgestattet und ihn mit fast allen seinen Angehörigen niedergemetzelt. Ein wahres Blutbad.«

»Hat das Volk sich nicht erhoben? Ihr sagtet oft, wie sehr es seinem Herrn verbunden sei.«

»Ich habe nicht gelogen. Doch ich hatte nicht damit gerechnet, wie gerissen dieser Mann ist! Dieser stinkende Hund hat an alles gedacht! Noch in der Stunde nach den Morden nahm er die Tochter des Königs zur ersten Frau, damit seine Erben aus diesem Volk hervorgehen. Dann präsentierte er der Menge eine riesige Truhe. Zuerst glaubten sie, diese sei mit Gold gefüllt, das er verteilen wolle, um die Aufsässigen auf seine Seite zu bringen. Doch er hatte eine viel bessere Idee! Der Mann ohne Hände und ohne Gesicht hatte den Sarg mit den sterblichen Überresten seines Vaters mitgebracht! Er befahl, den Leichnam nun auf Kirk beizusetzen, um seine Verbundenheit mit dem Grund und Boden zu beweisen. Dank dieses geschickten Schachzugs hat er die Herzen des ganzen Volkes für sich gewonnen. Wirklich unglaublich!«

»Fürwahr ein guter Schachzug!«

»Besonders heikel ist die Lage für uns, weil der Mann jetzt an der Spitze von zwanzigtausend aufgebrachten Menschen steht. Es kommt noch schlimmer! Hört, was man mir geschrieben hat: Die Reden des Mannes haben sich geändert. Er hetzt die Menge nicht nur gegen die Christen auf, sondern jetzt verherrlicht er auch noch das mohammedanische Volk und rühmt seine Geschichte und seine Kultur. Er beschuldigt die Franzosen, ihnen ihre Schätze und ihr Wissen zu stehlen. Er rühmt die Erinnerung an Wâzil Athir und an Hincmar Ibn Jobaïr! Versteht ihr? Er ruft sie auf, die Entdeckungen ihrer Gelehrten, die Gefahr laufen, in unsere Hände zu fallen, zu schützen.«

Hugues de Champagne knüllte das Blatt zusammen.

»Zwanzig Jahre! Zwanzig lange Jahre, in denen wir ohne Unterlass gearbeitet haben! Und das haben wir nicht getan, damit dieser Mann mit dem ellenlangen Namen sich uns in den Weg stellt! Weiß er überhaupt, worüber er spricht?«

Payns und Flodoard schwiegen.

»Seit der Entdeckung des Heiligtums des Borns haben wir unermüdlich daran gearbeitet, Hincmars Schriften richtig zu deuten. Endlich wissen wir, wie wir den Born aus seinem Schrein befreien können. Endlich kennen wir das grenzenlose Wissen, das er birgt, und seine Macht! Das haben wir nicht getan, um ihn nun zu verlieren, weil Ungläubige eine Revolte anzetteln!«

Nachdem der Graf noch eine Weile gewettert hatte, beruhigte er sich ein wenig.

»Wir müssen schnell handeln«, sagte er zu Payns. »Wir müssen Jerusalem erreichen, bevor die feindlichen Truppen das Land Christi angreifen. Da der Mann ohne Hände und ohne Gesicht nun bewaffnet ist und zweifellos mehr Männer unter seinem Befehl stehen, als König Balduin in seinen gesamten Truppen zählt, wird er nicht zögern, auf die Heilige Stadt zu marschieren.«

»Steht der Turm des Salomon immer noch unter dem Schutz des Königs?«, fragte Flodoard.

»Ja, Balduin ist unser bester Verbündeter«, erwiderte Hugues. »Er beschützt auch die Pferdeställe des Tempels, die in unmittelbarer Nähe des Heiligtums des Borns liegen. Mit ihm gehen wir kein Risiko ein. Er ist ganz im Gegenteil unser einziger verlässlicher Partner. Da hier nun alles vorbereitet ist, solltet ihr bereits unterwegs sein! Worauf wartet ihr, verdammt! Sobald der Born befreit ist, bringt ihr ihn nach Troyes.«

»Die Pilger aus der Boulogne sind noch nicht eingetroffen«, warf der Bibliothekar ein. »An ihrer Spitze steht Eustache. Das ist der Bruder des Königs von Jerusalem. Wir müssen auf ihn warten, um seine Sicherheit zu gewährleisten.«

»Pah! Das weiß ich. So ein Idiot«, knurrte Hugues.

Der Graf verstummte und starrte Payns verwundert an.

»Und? Hat es dir die Sprache verschlagen? Warum stehst du da wie ein Ölgötze?«

»Ich denke an Bernard de Clairvaux«, sagte Payns. »Er hält mit seinem Wunsch nicht hinter dem Berg, den wahren Grund unserer Reise zu erfahren.«

»Bernard interessiert sich für uns? Das ist ja fabelhaft! Er ist nicht der Einzige! Was glaubt er, was wir suchen? Den Gral? Die Bundeslade? Er wird es nicht erraten.«

Hugues klatschte in die Hände.

»Jetzt aber Beeilung! Die Pilgerreise muss nicht nur ohne Zwischenfälle verlaufen, sondern wir müssen sie auch möglichst schnell hinter uns bringen. Das ist ein Befehl!«

»Wir haben eine große Fracht zu transportieren«, klagte Flodoard.

»Dann ladet einen Teil der Fracht ab! Verzichtet auf die Platz raubenden Dokumente. Reist über Konstantinopel und lasst einen Teil der Bücher in meinem Palast zurück! Befördert das unentbehrliche Gerät auf den Schiffen. Das geht schneller! Nehmt nur das unbedingt Notwendige mit. Ist das möglich? Beeilung! Beeilung!«

»Das ist möglich«, erwiderte Flodoard. »Aber es ist riskant.«

»Alles ist riskant, Flodoard«, sagte Hugues. »Jammert nicht wie ein Weib. Alles ist riskant.«

Mit diesen Worten ließ der Graf seine beiden Kameraden stehen.

»Wir müssen unsere Reiseroute noch einmal überprüfen«, sagte Hugo de Payns nur.

IX

Die Rache des Baumeisters

Die Baumeister des Mittelalters waren ihrem Glauben und der Bescheidenheit verpflichtet. Als unbekannte Urheber reiner Meisterwerke bauten sie für die Wahrheit, für die Bestätigung ihres Ideals, für die Verbreitung und die Erhabenheit ihrer Wissenschaft. Die Baumeister der Renaissance, vor allem um ihre Persönlichkeit besorgt und eifersüchtig auf ihr Ansehen bedacht, bauten für das Fortleben ihres Namens. Das Mittelalter verdankte seinen Glanz der Originalität seiner Werke. Die Renaissance verdankte ihre Beliebtheit der unterwürfigen Treue ihrer Nachahmungen. Hier ein Gedanke, dort eine Mode. Auf der einen Seite das Genie, auf der anderen das Talent. Im gotischen Werk bleibt das Bauwerk der Idee unterworfen. Im Werk der Renaissance herrscht das Bauwerk vor und löscht die Idee aus. Das eine Bauwerk spricht zum Herzen, zum Geist, zur Seele: Das ist der Sieg des Geistes. Das andere Werk wendet sich an die Sinne: Das ist die Verherrlichung der Materie. Die Meister des Mittelalters konnten einfachen Kalkstein beleben. Die Künstler der Renaissance ließen den Marmor unbelebt und kalt zurück.

FULCANELLI, Das Mysterium der Kathedralen

Die Baumeister-Festung der Gilde von Tabor stand auf einem Gipfel in den Zentralalpen. Ismale Gui hatte alles getan, damit die Geheimnisse der Bruderschaft vor Neugierigen und Rivalen geschützt wurden. Um die Festung zu erreichen, musste man tagelang über schmale Waldpfade reiten. Es war unvorstellbar, das Belagerungsgerät, das zur Einnahme einer Festung notwendig war, über die beschwerlichen Wege zu transportieren. Tabor war die am besten geschützte Gilde, die es gab.

Dennoch gelang es an diesem Augusttag 1118 acht Männern, die Festung zu erobern.

Alp Malecorne erreichte auf seinem Pferd das Ende einer Serpentine, als er zum ersten Mal einen Blick auf die ganze Zitadelle werfen konnte. Es war ein wunderschöner Tag. Sieben Söldner folgten ihm.

Alp kannte alle geheimen Gänge und Eingänge der Festung. Sechs Jahre hatte er im Dienste von Ismale Gui hinter diesen Mauern gelebt. Beim Bau seiner Festung hatte der Baumeister alle Angriffsmöglichkeiten berücksichtigt, nur die eine nicht, die jetzt allergrößte Bedeutung gewann: den Verrat.

Nach und nach versperrte Alp mit seinen Männern alle versteckten Notausgänge der Zitadelle für die Baumeister, die in unterirdischen Gewölben arbeiteten. Innerhalb weniger Minuten legten sie an allen strategisch wichtigen Punkten Feuer und schnitten dadurch alle Fluchtwege ab. Ohne es zu wissen, waren die Taboriten gefangen und unfähig, sich zu verteidigen oder sich zu vereinen. Ihre Verteidigungsanlagen richteten sich nun gegen sie. Alp und seine Söldner brauchten nur ein paar Stunden, um den Rat und den alten Ruysdael aufzustöbern. Malecorne verhörte sie, durchsuchte ein paar Häuser und stellte im Hause seines ehemaligen Meisters alles auf den Kopf. Aufgrund der Narbe, die sich quer über sein Gesicht zog, erkannten seine ehemaligen Mitschüler ihn nicht.

Alp betrat Ismales Arbeitszimmer. Ohne zu zögern, schritt er auf das Gemälde zu, das Salomons Verurteilung des Dschinns darstellte, und öffnete den Geheimtresor. Wütend durchsuchte er ihn, fand aber nichts von dem, was er suchte. Seine Wut steigerte sich, und schließlich ließ er sie an den jungen Schülern aus. Alp wollte wissen, was in den letzten Tagen auf Tabor geschehen war. Einem Jungen nach dem anderen schnitt er die Kehle durch, bis endlich einer sprach. Das war der Wächter, der vor Ismales Tür gestellt worden war, um die Siegel zu bewachen. Er gestand, dass Cosimo Gui das Arbeitszimmer betreten hatte.

»Doch als er es verließ«, stammelte er, »sagte er, er habe nichts gefunden.«

Alp schnaubte vor Wut, als er auf Ruysdael zuging und sein langes Schwert auf die Stirn des alten Mannes richtete, der sich jammernd auf die Knie warf.

»Sprich! Wo sind Ismales Dokumente, die du abgefangen hast? Ein Wächter hat gestanden, dass Cosimo in der Zitadelle war. Du hast ihn allein ins Arbeitszimmer gehen lassen. Sind die Dokumente in seinem Besitz? Wo ist er? Cosimo Gui? Ich will wissen, wo er ist.«

Bestürzt und von Todesängsten gequält, starrte Ruysdael in Alps Gesicht.

»Ich weiß, wer du bist«, murmelte er. »Diese Stimme … Malecorne?«

»Antworte! Wo ist Ismales Neffe?«

Alp gab seinen Söldnern ein Zeichen. Vor Ruysdaels Augen schlugen sie dem obersten Ratgeber und seinen beiden Vertretern eiskalt die Köpfe ab. Das Blut der drei Alten floss über die Steinplatten bis zur Robe des Professors.

»Ich frage dich ein letztes Mal«, sagte Alp. »Wo ist der Junge?«

Alp drehte die Spitze der Klinge auf Ruysdaels Stirn.

»Auf Eerl … in der Einsiedelei auf Eerl«, stammelte Ruysdael in Tränen aufgelöst.

Alp lächelte.

»Gut.«

Er verlagerte sein ganzes Gewicht auf die Klinge, bis das Eisen nach und nach in den Schädel eindrang. Der alte Mann zuckte zusammen, und dann legte sich ein Ausdruck des Grauens auf sein Gesicht.

Kurz darauf machte sich Alp mit seinen Männern daran, die Zitadelle zu zerstören und ihre Einwohner zu töten. Sie ließen nichts als Asche hinter sich zurück.

Ihr nächstes Ziel war Eerl, der Mond der Denker.

X

Die Glocke der irischen Söhne

Es ist gut, die Quellen des Entzückens zu erneuern, sagt der Philosoph. Interstellare Reisen haben uns wieder zu Kindern gemacht.

RAY BRADBURY, Mars-Chroniken

Schließlich erreichte der Zug der eintausendfünfhundert Pilger, die Eustache de Boulogne anführte, Troyes. Nach seiner Ankunft nahte der Aufbruch. Er wurde für den Morgen des übernächsten Tages festgelegt. Es war beschlossen worden, zuvor eine feierliche Messe zu halten, an der die Abertausende von Pilgern in der Region teilnehmen sollten.

An dem besagten Tag zogen dunkle Wolken über das Lager hinweg, und es regnete wieder in Strömen. Nur die Privilegierten und die Geschicktesten hatten es geschafft, einen Platz in den Kirchen von Troyes zu ergattern. Die anderen versammelten sich unter freiem Himmel. Reglos standen sie im strömenden Regen und versanken bis zu den Beinkleidern im Schlamm.

Auf der Gemeindewiese war ein Podest errichtet worden, um die Ritter und den Grafen Hugues de Champagne zu empfangen. Zum ersten Mal traten sie gemeinsam vor die Pilger. Sie betrachteten es als ihrer unwürdig, sich im Schutze einer Kathedrale zu präsentieren. Dort im Freien konnten sie sich der größten Pilgerschar und den einfachen Leuten zeigen.

Die Messe begann um sechs Uhr. Normalerweise war es um diese Zeit bereits hell, doch der verhangene Himmel erweckte an diesem Tag den unerfreulichen Eindruck ewiger Nacht. Der streng religiöse Teil der Messe wich bald den Anweisungen, die vor dem allgemeinen Aufbruch erteilt wurden. Die Worte der Priester dienten vor allem dazu, die Aufteilung der einzelnen Züge zu erklären und um den Schutz des Himmels zu bitten. Überdies, so sagten sie, habe jeder während der neunmonatigen Reise Zeit zu beten.

Hugues de Champagne hielt auf der großen Bühne eine Rede. Für die Pilger, die zu weit entfernt standen, wurden seine Worte von Priestern verlesen. Zuerst zeigte er der Menge ein in weiße Tücher gewickeltes Neugeborenes. Eine Pilgerreise erhielt ihre Berechtigung erst durch die Offenbarung eines wohlwollenden Zeichens des Himmels. Nach den Worten des Grafen war diese Bedingung durch die Geburt des Kindes erfüllt. Es war in der vergangenen Nacht auf dem Vorplatz der Kathedrale von Troyes gefunden worden und trug einen kreuzförmigen Fleck auf dem Herzen.

Dies war ein eindeutiges Zeichen, das die erhoffte Zustimmung erhielt. Die Freude verwandelte sich in Entzücken, und die Christen lauschten noch aufmerksamer den Worten ihrer Beschützer.

Der Graf setzte seine Rede fort und erklärte, dass er Hugo de Payns den *abacus* überließ, einen Stock, dessen Ende ein flacher Knauf mit einem goldenen Rand zierte, in den ein Kreuz graviert war. Durch diese Geste zeigte er, dass sein Vasall der Herr der Pilgerreise war. Payns ergriff den Stab mit einer Hand und stellte mit der anderen eine schwarz-weiße

Fahne auf, das Wahrzeichen des neu gegründeten Ordens. Die schwarze Farbe symbolisierte, dass die neun Ritter Ungläubigen und Räubern gegenüber hart und unerbittlich vorgehen würden. Die weiße Farbe symbolisierte ihre nachgiebige, wohlwollende Haltung den Pilgern gegenüber.

Während der Zeremonie ließ Cosimo die Ritter, die sich um Hugues de Champagne versammelt hatten, nicht aus den Augen. Er prägte sich ihre Gesichtszüge, ihre Kleidung und ihre Unterscheidungsmerkmale ein. Pierre de Montdidier, Étienne de Saint-Amant, Robert de Craon, Godefroy de Bisol, Benoît Clerc, Jean du Grand-Cellier. Zu seiner großen Verwunderung erkannte er den Ermittler André de Montbard wieder, den er auf Tabor getroffen hatte; dieser ersetzte Ismale Gui. Doch er bemerkte, dass einer fehlte: Carl de Ruy. Cosimo befragte die Leute in seiner Nähe. Ruy war in der Tat abwesend. Und niemand hatte ihn in Troyes oder in der Umgebung gesehen.

Um sieben Uhr war die Messe beendet. Die neue Glocke der Iren wurde neben dem Podest an einem Holzpfahl aufgehängt. Der Abt Soffrey hatte zwei unschuldige Seelen ausgewählt, die die Glocke läuten sollten: die Kinder von Létald und Rowena Columban. Ein wenig schüchtern schritt Anx mit ihrem Bruder an der Hand auf den freien Platz, auf dem die Glocke hing. Auf dem Podium der Ritter erkannte sie das Gesicht des unbekannten Reisenden, der sich mit dem Blinden an der Dole-Quelle unterhalten hatte: Das war Hugo de Payns. Der Herr der Pilgerreise!

Anx stand vor der Glocke und schlug mit der rechten Hand die sieben Stunden des Tages.

Der erste Glockenschlag erklang.

Anx' Blick glitt über die betende Menge. Regentropfen rannen über ihre Wangen. Ihr Herzschlag beschleunigte sich. Obwohl Anx schon eine lange Reise hinter sich hatte, spürte sie, dass das Abenteuer erst jetzt richtig begann.

Der zweite Glockenschlag erklang.

Cosimo musterte die Ritter. Sie beteten nicht. Er fragte sich, was die sonderbare Anwesenheit von Montbard zu bedeuten hatte. Neben ihm warteten Roland und Croitendieu mit ihren Taschen. Sie wussten, dass sie sich bald trennen mussten.

Der dritte Glockenschlag erklang.

Flodoard war mit seinem ersten Assistenten, dem Schreiber Erich, in der Burgkapelle. Sie waren diejenigen, die sich die größten Sorgen um die Zukunft machten. Auch sie beteten nicht.

Der vierte Glockenschlag erklang.

Seit dem Beginn der Messe zogen in Troyes junge Nonnen die Blicke der Männer auf sich und riefen missbilligendes Gemurmel in den Reihen der Frauen und Äbte hervor. Es waren ehemalige Prostituierte, die ihr entsetzliches Gewerbe aufgegeben hatten und nach Jerusalem pilgerten, um dort um Vergebung zu bitten. In der Mitte der Gruppe thronte ihre Herrin. Sie war so schön wie ihre Schützlinge. Das war Erichtô. Zu ihrer Rechten stand Lÿs und schaute auf die Menge. Sie betete widerwillig.

Der fünfte Glockenschlag erklang.

Roger Marcabru kniete auf der Erde. Über sein Gesicht rannen Tränen und Regentropfen. Die Lieder der Messe rührten sein Herz. Heute hatte er sein Gehabe eines Komödianten abgelegt. Durch den Schutz der Miliz ermutigt, hatte dieser wackere Mann, der sich noch nie von den Ufern der

Seine entfernt hatte, sich schließlich zu der Pilgerreise entschlossen. Sich der Größe des Ereignisses bewusst, vertiefte er sich ins Gebet.

Der sechste Glockenschlag erklang.

Am Ende der Messe traf ein Unbekannter ein, als hätte er genau diese Stunde gewählt. Er ritt ein stattliches graues Pferd; das Alter hatte Falten in seine Haut gegraben. Auf dem Leib trug er nur ein paar vom Regen durchnässte Lumpen. Die Gläubigen bebten, als sie den Blinden mit dem aschgrauen Gesicht und den weißen, glanzlosen Augen erblickten, die denen toter Fische ähnelten. Das war der blinde Clinamen. Wortlos mischte er sich unter die Pilger – ebenfalls zum Aufbruch bereit.

Die Glocke läutete ein letztes Mal.

Es war die siebte Tagesstunde.

Tausende von Pilgern erhoben sich. In der ganzen Champagne war die Messe gesprochen worden.

Dies war die Stunde des Aufbruchs.

Nach der Messe gingen die neun Ritter getrennte Wege, um die Führung ihrer jeweiligen Pilgerzüge zu übernehmen. Am Himmel des kleinen Planeten Troyes flogen die mit Pilgern überladenen Pendelfähren ohne Unterlass zwischen dem Boden und den Langstrecken-Raumschiffen, die in der Umlaufbahn warteten, hin und her.

Flodoard überwachte persönlich den Abflug seiner letzten Fracht, die hauptsächlich aus Büchern und Datenträgern bestand. Sein Schreiber Erich hatte ihm das Exemplar gebracht, das bei dem Unfall in der Nähe der Festung Schaden genommen und das Garguesalle noch einmal vollständig wiederhergestellt hatte.

Cosimo, Roland und Croitendieu trennten sich. Sie hatten alle eine Bordkarte. Es handelte sich um eine graue Plakette, auf der alle Informationen über den Passagier vermerkt waren. Unter dem Pseudonym »Chaucer« hatte Cosimo seinen Platz in dem Pilgerzug des Robert de Craon und des Carl de Ruy erworben. Seine Freunde bestiegen die Raumschiffe von Grand-Cellier und Montdidier. Auch sie hatten falsche Namen angenommen. In den letzten Tagen hatten sie sich an den Schaltern der vier großen Pilgerzüge angestellt, damit sie überall registriert wurden. Dank Cosimos Geldes waren die drei als ein Dutzend verschiedener Pilger erfasst.

»Passt auf«, sagte Cosimo. »Sobald ich kann, komme ich zu euch. Es wird nicht lange dauern. Zunächst geht es nur darum, Informationen zu sammeln.«

Sie umarmten sich.

»Wie finden wir uns in unseren Pilgerzügen?«, fragte Croitendieu.

Cosimo überlegte.

»Ab in einer Woche ist unser täglicher Treffpunkt zur Mittagsstunde im Überwinterungssaal des Raumschiffes, wo mein Name registriert sein muss. Dort halte ich nach euch Ausschau.«

»In einer Woche.«

»Und vergesst nicht, dass uns alles, was auch nur im Entferntesten mit dem Born zu tun hat, am meisten interessiert.«

Die Freunde trennten sich.

Vor der Bordschleuse der Pendelfähre legte Cosimo wie alle Reisenden seine Karte vor und konnte problemlos passieren. Er überprüfte nur, dass sein eigener kleiner Kreuzer eingeschifft worden war. Früher oder später würde er ihn bestimmt brauchen.

Die Raumschiffe, die als Transportmittel für die Tausende von Pilgern dienten, warteten in der Umlaufbahn rund um Troyes. Es waren Raumschiffe des Typs Asimo 5. Leistungsfähig und schnell, galten sie als die besten galaktischen Kreuzer. Zu der Flotte gehörten vier Raumschiffe, und jedes verfügte über ein System und ein Biotop, das dem eines künstlichen Mondes ähnelte. Sie drehten sich langsam um sich selbst, um eine beständige Schwerkraft zu erzeugen. Cosimo war entzückt, diese Raumschiffe zu besteigen. Er kannte sie gut. Die vorhergehende Generation, der Asimo 4, war vor ein paar Jahren von den Baumeistern auf Tabor entworfen worden. Cosimo konnte sich an viele ihrer Besonderheiten, die er in der Gilde beobachtet hatte, erinnern. Die Asimos 5 waren größer, aber rein äußerlich schien sich grundlegend nichts verändert zu haben.

Im Gegensatz zu vielen Pilgern, die nach ihrem Ausstieg aus den Pendelfähren ratlos umherirrten, fand Cosimo problemlos seinen Wohnbereich und seine Kabine.

Als Cosimo eintrat, sah er zwei Betten in seiner Kabine. Ihm wäre es lieber gewesen, garantiert ohne einen Begleiter zu reisen, der ihm hinderlich sein und jeden seiner Schritte verfolgen könnte. Doch mit ein wenig Glück reiste er ja tatsächlich allein.

Der Raum war klein. Nur die Betten, ein kleiner Schreibtisch mit Lampe, ein Hocker und eine Kommode. Ein einziges Bullauge.

Cosimo legte seine Sachen ab und wählte das Bett neben dem Bullauge. Er streckte sich auf dem Lager aus und schob die Tasche mit seiner Waffe, den Gürteln und Dokumenten unters Kopfkissen.

In Gedanken versunken, bemerkte er kaum die ungeheure

Verpuffung, die den galaktischen Riesen in den Weltraum schleuderte. In der gesamten Flotte erhoben sich Abertausende von Gebeten und übertönten auf den Gängen des Raumschiffes das Surren der Turbinen.

Die Pilgerreise begann.

Eine Million Büßer flogen durch die Galaxie in das Land des Ursprungs.

Die Pilgerreise begann.

Vierundzwanzigtausend Büßer machten sich auf den langen Weg ins Heilige Land.

Zweites Buch

Bei den Menschen findet man das trostlose Phänomen der meditativen Geister, die in der Entwicklung der Gesellschaften einen Sinn und in der fortschreitenden Intelligenz Gesetzmäßigkeiten erkennen wollen. Wie schlimm eine Sache und wie großartig ein öffentlich bezeugtes Wunder auch immer sein mögen – falls es überhaupt übernatürliche Dinge geben kann –, das Aufflackern dieser Begebenheit, das Staunen über dieses Wunder versinkt in dem moralischen Meer, dessen durch eine kurze Aufwallung kaum aufgewühlte Oberfläche sich sofort darauf wieder glättet.

BALZAC

I

Polybus' Epos

Hier haben wir nun die Herrschaft der Arroganz und der Schmach, die Zeit des Umbruchs und den Ausbruch der Wut. Nun liegt es an euch, meine Kinder, mit Eifer für das Gesetz einzutreten und eure Leben für das Bündnis unserer Väter zu geben.

Buch der Makkabäer 1, 49

Sicher gibt es etwas Schlimmeres in der Geschichte als den Untergang der Weltreiche, und zwar das Aussterben der Religionen. Aufgrund der Skepsis unserer Zeit erbebt man mitunter, dass sich so viele dunkle Türen ins Nichts öffnen.

NERVAL, Quintus Aucler

Cosimo war eingeschlafen. Als er erwachte, war der Stern Troyes bereits hinter den Raumschiffen verblasst. Er schaute aus dem Bullauge. In einiger Entfernung konnte er die Feuerspur der Düsentriebwerke eines anderen Asimos erkennen, der denselben Kurs eingeschlagen hatte. Ringsum trieben die Sternbilder langsam ab.

Plötzlich hörte Cosimo das Kratzen einer Feder auf Papier. Er drehte sich um und erblickte den Rücken einer Gestalt, die an dem Tisch saß. Ein schräger Lichtstrahl spendete schwaches Licht. Das Gesicht des Unbekannten konnte er nicht erkennen. Beim Schreiben waren dessen Schultern nach vorn gebeugt, und die Arme lagen auf dem Papier. Cosimo seufzte. Er musste sich damit abfinden, dass er die Kabine mit einem Reisebegleiter teilte. Auf dem zweiten Bett lagen zwei große Taschen. Der Unbekannte hatte die Kabine leise betreten. Cosimo überprüfte, ob seine Sachen noch unter dem Kopfkissen lagen. Nachdem er sich davon überzeugt hatte, erhob er sich und schaltete seine Nachttischlampe ein. Der Unbekannte war so in seine Arbeit vertieft, dass er nichts bemerkte. Cosimo musterte ihn. Der junge Mann war klein und hatte ebenso blondes Haar wie er selbst. Er trug eines der langen ungebleichten Hemden, die an die ärmsten Pilger verteilt worden waren.

Cosimo stellte sich unter seinem Decknamen vor.

»Guten Tag. Mein Name ist Chaucer«, sagte er.

Kaum hatte er zwei Silben ausgesprochen, da fuhr der Neuankömmling hoch. Als er stand, sammelte er schnell die Blätter ein. Cosimo belächelte insgeheim die Angst des Jungen. Dieser war kaum fünfzehn Jahre alt. Er hatte ein ovales, blasses Gesicht, schmale Lippen, kleine Augen und eine Nase, die für die runde Brille eines Gelehrten wie geschaffen war. Der Junge errötete.

»Verzeiht«, stammelte er. »Ich war in meine Arbeit vertieft, und ich dachte, Ihr schlaft ...«

Cosimo sah auf dem Tisch drei Tintenfässer, abgenutzte Federkiele und eine kleine Gipsbüste von Homer.

»Wie heißt du?«, fragte Cosimo.

»Mein Name? Ich heiße Polybus.«

»Zu welcher Pilgergruppe gehörst du?«

Er schien die Frage nicht zu verstehen.

»Ich reise allein«, erwiderte er.

»Allein?«

Cosimo musterte den Jungen. Er hatte eine ehrliche, harmlose Miene, aber hinter seiner schüchternen Art verbarg sich ein Blick, dem nichts entging und der alles aufnahm.

»Warum unternimmt ein junger Mann wie du allein ein solches Abenteuer?«, fragte er.

Der Junge schaute ihn gekränkt an. Er presste die Blätter, die mit gedrungener, nervöser Schrift beschrieben und auf denen zahlreiche Stellen ausgestrichen waren, an seine Brust.

»Fragt man einen Pilger, warum er geht?«

Cosimo nickte zustimmend. Er wollte seinen Reisebegleiter nicht verstimmen und die Chance, ihn näher kennen zu lernen, nicht gefährden. Um sein Vertrauen zu erringen, erzählte er von seinem Leben als Chaucer, einem Knappen ohne Herrn, der sich aufgrund seines Glaubens zu der Pilgerreise entschlossen hatte. Die ganze Geschichte war erfunden. Cosimo beobachtete Polybus' Reaktion, die sich in dessen Gesichtszügen spielte. Er betonte die Dinge, die den Jungen am stärksten zu rühren schienen und vor allem die Tatsache, dass er »ohne Familie und ohne Freunde auf diesem Raumschiff« sei. Diese Einsamkeit ging dem Jungen zu Herzen.

»Ich glaube, wir werden viel Zeit miteinander verbringen«, sagte er nach einer Weile.

Laut zischend, flogen hinter dem Bullauge zwei Kampfkreuzer vorbei. Polybus stürzte ans Fenster, um sich das Schauspiel anzusehen. Das war die Garde der Miliz, die die Raumschiffe patrouillierte.

»Unglaublich!«, rief er mit strahlenden Augen.

»Wir sind in guten Händen«, meinte Cosimo.

»Das glaube ich auch.«

Polybus kehrte an den Tisch zurück.

»Seltsam. Wir teilen dasselbe Schicksal. Du reist allein, und ich bin ein Waise.«

»Offenbar wurde die Entscheidung über die Belegung der Kabinen mit Bedacht getroffen.«

»Vermutlich.«

»Woher stammst du?«

Nach einem kurzen Zögern erzählte Polybus schließlich seinerseits seine Geschichte.

»Ich bin in Utrecht geboren. Zumindest wurde ich auf diesem Mond wenige Tage nach meiner Geburt aufgenommen. Ein Kunstschmiedpaar zog mich groß. Neun Jahre habe ich bei ihnen gelebt. Erinnerungen an eine ziemlich unruhige Familie. Eines Tages setzte der Vater mich im Nebel irgendwo in der Fremde ohne Erklärung und ohne ein Stück Brot aus. Da sie mir absichtlich nichts beigebracht hatten, verstand ich nicht einmal die Sprache des Landes. Ich wäre verendet, wenn der Witwer Hammerfest nicht vorbeigekommen wäre und mich hätte weinen hören. Er war ein ehemaliger Professor, der sich auf die antiken Historiker spezialisiert hatte und ein großer Freund von Thukydides und Polybios war. Letzterem verdanke ich meinen Namen.«

Der alte Mann lebte allein. Seine Kinder hatten ihn verlassen, um als Soldaten oder Diplomaten Karriere zu machen. Er brachte dem Kind das Lesen und Schreiben bei. Da er allmählich erblindete, übernahm Polybus in den letzten Lebensjahren des Witwers die Rolle seines kleinen Sekretärs.

»Ich verdanke ihm alles, was ich weiß«, sagte der Junge. »Nach seinem Tod kehrten die Söhne zurück, um das Erbe an sich zu reißen. Sie warfen mich aus dem Haus. Wieder war ich allein und hatte niemanden, an den ich mich wenden konnte. Und ich hatte kein Geld. Da hörte ich, dass die Pilger sich in Troyes versammeln und nach Palästina pilgern. ›Wenn man kein Ziel hat, ist der fernste Horizont der beste‹, hat mein Herr gesagt. Und da bin ich nun, fest entschlossen, mein Schicksal in die Hand zu nehmen. Ich bin gekommen, um Ruhm zu ernten.«

Mit dieser kühnen Behauptung, die keinen Widerspruch duldete, beendete er seine Geschichte.

»Ruhm?«, fragte Cosimo dennoch. »Das überrascht mich. Die Pilgerreisen dienen dazu, Seelen zu retten, und nicht dazu, Menschen zu einem berühmten Namen zu verhelfen. Wie willst du das anstellen?«

Polybus legte seine Blätter auf den Tisch.

»Ich habe die Erkenntnisse der großen Historiker beherzigt: Für eine Geschichte braucht man eine Handlung, einen Schauplatz und beispielhafte Gestalten. Unsere Pilgerreise erfüllt alle Kriterien. Ich will der erste Chronist der Pilgerreise sein und alle Ereignisse niederschreiben, sodass die nachfolgenden Generationen sich von uns inspirieren lassen wie von einer heroischen Zeit …«

»Und vor allem sollen sie den Namen Polybus in Erinnerung behalten.«

Der Junge lächelte. »Vor allem soll mein Manuskript in ein oder zwei Jahren«, fuhr er fort, »so weit fortgeschritten sein, dass ich gelungene Auszüge aus meinem Werk verkaufen und vom Schreiben leben kann. Anschließend werde ich fleißig arbeiten, um es zu vervollkommnen.«

Cosimo lächelte nun auch und amüsierte sich, dass er auf einen Pilger gestoßen war, der die Geschehnisse der Pilgerreise vielleicht ebenso aufmerksam verfolgen würde wie er.

»Ist dir schon etwas Besonderes aufgefallen?«, fragte er.

»Wenig«, erwiderte Polybus. »Aber das ist nicht wichtig. Wenn nichts passiert, lasse ich meiner Phantasie freien Lauf.«

»Darf ich mal sehen?«, fragte Cosimo und zeigte auf Polybus' Blätter.

Der Junge errötete.

»Nein. Ich habe meine Notizen noch nicht in Versform übertragen. Und zudem ... spreche ich in erster Linie über mich und rufe die Musen an.«

»Ich verstehe.«

Cosimo stand auf und reichte Polybus die Hand.

»Ich freue mich, eine Kabine mit einem zweiten Vergil zu teilen.«

»Hm ... ja ... für diese Behauptung ist es wohl noch etwas zu früh«, scherzte der Junge.

Cosimo kam spontan der Gedanke, dass es sicherlich angebracht sei, dem Jungen zu misstrauen. Er musste aufpassen, was dieser sah, und Acht geben, was er aufschrieb. Ein solch »wissbegieriger« Autor könnte seinen Untergang bedeuten.

Heute war sein erstes Ziel herauszufinden, wo die beiden Herren dieses Pilgerzuges, Robert de Craon und Carl de Ruy, untergebracht waren. Die Ritter und ihre Mannschaften konnten überall in dem Raumschiff sein. Er musste die Aufteilung des Raumschiffes, die Befehlshierarchie und die heiklen Orte ausfindig machen.

Cosimo zog seine Tasche unter dem Kopfkissen hervor und sagte zu dem Jungen: »Tausche eine Weile deine Höhen gegen alltägliche Dinge. Komm, wir gehen einen Happen essen.«

Er steuerte auf die Tür zu.

»Essen?«, sagte Polybus. »Wenn ich aus dir einen richtigen Helden machen soll, werde ich dich niemals beim Essen darstellen. Das macht man nicht. Ein Held verhält sich nicht wie ein gewöhnlicher Mensch. Er isst nicht, macht kein Mittagsschläfchen und läuft nicht zu den Abortgräben. Was machen Achill, Diomedes und Odysseus, wenn sie nichts für die Geschichte tun? Nun, sie hören ganz einfach auf zu existieren.«

»Auch sie müssen bei Kräften bleiben, um bis zum Untergang von Troja durchzuhalten.«

Cosimo öffnete die Tür der Kabine und ging hinaus.

»Da hast du auch wieder Recht«, erwiderte Polybus und folgte ihm.

Sie gingen in den nächstgelegenen Speisesaal. Der Eingang war abgeriegelt. Man musste seine Bordkarte in einen Schlitz einführen, um eintreten zu können. Cosimo sah über seinem Kopf eine Kamera und etwas weiter zwei bewaffnete Andreiden. Hier konnte man offenbar keinen Schritt machen, ohne überwacht zu werden. Cosimo und Polybus steckten ihre Karten in den Schlitz und traten ein.

Der Speisesaal war riesengroß. Cosimo war überrascht. Er erinnerte sich an die Pläne luxuriöser Säle, die die Baumeister von Tabor gezeichnet hatten. Dies war ein schlichter, rein zweckdienlicher Ort. Lieblos aneinander gereihte Tische und Stühle, weiße Wände. Nur lange Glasfenster, die den Blick auf den Weltraum freigaben, verliehen dem Raum eine gewisse Erhabenheit. Trotz der zahlreichen Pilger herrschte hier Ruhe. An einigen Tischen war es vollkommen still. Nur ein Geistlicher auf einem erhöhten Platz las mit lauter Stimme Seiten aus der Heiligen Schrift vor. Die Strenge und die von der Miliz Christi verlangte Frömmigkeit waren überall zu spüren.

Die Gesichtszüge der Gläubigen verrieten, dass sie aus allen Winkeln der Galaxie stammten. Ein kleines Heft und einen Stift in der Hand, schritt Polybus mit verdutzter Miene zwischen den Tischreihen hindurch.

Cosimo, der seit seiner Ankunft auf Troyes mit dem Beginn seiner Ermittlung beschäftigt war, hatte sich bisher noch keine Vorstellung von dem Ausmaß der Pilgerreise gemacht. Von überallher waren die Menschen herbeigeströmt, um das Land des Ursprungs zu entdecken.

Jetzt mussten sie sich einen freien Platz suchen.

»Ich kümmere mich darum«, bot Polybus an.

Cosimo beobachtete die Soldaten, die in dem Saal verteilt waren, und die Andreiden, die Essensrationen zu den Tischen brachten.

Mit fröhlicher Miene kehrte Polybus zurück.

»Ich habe einen guten Platz gefunden und eine Person, die mir von Nutzen sein könnte.«

Sie schritten auf die Fensterfront zu. Abseits der Menge war ein Tisch für vier Personen dürftig gedeckt. Dort saß ein einziger Pilger: Ein alter Mann mit einem faltigen Gesicht und zahlreichen Narben.

»Dieser Mann hat ein interessantes Gesicht«, sagte Polybus. »Die Gesichtzüge sind manchmal mehr wert als tausend Worte. Begegnungen mit Menschen sind oft das einzig Brauchbare für jene, die die Wahrheit erfahren wollen.«

Cosimo widersprach ihm nicht.

Sie gingen auf den alten Mann zu und zogen sich zwei Stühle heran. Doch der alte Mann warf ihnen einen unfreundlichen Blick zu. Er legte die Stirn in Falten, zuckte mit seinen breiten Schultern und knurrte, ohne aufzuhören zu kauen. Dann stand er jäh auf. Für sein Alter hatte er eine große, beeindruckende Gestalt. Ein wahrer Riese. Weder Polybus noch Cosimo blieb die Zeit, ihn zurückzuhalten. Der Mann ging davon und setzte sich an einen anderen freien Tisch.

»Ein Eigenbrötler«, knurrte Polybus enttäuscht. »Pech für ihn.«

Dennoch schlug er sein Heft auf und schrieb etwas hinein.

»Ich mache mir Notizen zu seinem Gesicht. Die Beschreibung könnte mir für einen anderen Fall dienlich sein. Ein Gesicht bietet immer die Möglichkeit zu Abschweifungen. Ich könnte über den Verdruss des alten Mannes schreiben, die bedrückenden Erinnerungen, die ihn in seiner Einsamkeit quälen, und die Hoffnung, durch die Pilgerreise davon befreit zu werden. Ich habe einen guten Blick für Persönlichkeiten. Und das ist eine.«

Ein Andreide brachte ihnen zwei Tabletts mit Essen: einen Salat, ein Glas Wasser und verschiedene Pillen.

»Vergiss einen Moment dein Werk und iss«, sagte Cosimo.

Er faltete die Hände, um wie alle Pilger das Gebet zu sprechen, doch Polybus machte sich sofort über den Salat her.

»Er ist frisch«, sagte er. »Unglaublich, welche Vorräte an Nahrungsmitteln für die Pilgerreise gebraucht werden, nicht wahr? Stell dir einmal vor, wie viel Zeit und Energie notwendig waren, um die Pilgerreise zu organisieren. Und das Geld! Ich frage mich, wann Hugues de Champagne und seine Miliz mit der Vorbereitung begonnen haben. In ein paar Monaten kann man so etwas nicht auf die Beine stellen.«

Cosimo nickte und aß schweigend.

Kurz darauf schaute Polybus ihn mit aufgerissenen Augen

an und gab ihm mit dem Kopf Zeichen. Cosimo drehte sich um. Ein bewaffneter Offizier trat mit mehreren Andreiden vom Sicherheitsdienst ein. Sie teilten sich auf und überprüften noch einmal die Identität eines jeden Gläubigen in dem Speisesaal.

»Merkwürdig«, meinte Cosimo.

»Die Gerüchte über die Sicherheit waren keine Erfindung, wie es einige vor dem Aufbruch behauptet haben«, erwiderte Polybus. »Es fehlt nicht viel, und es gäbe mehr Soldaten als Priester bei dieser Pilgerreise.«

Ohne die Aufmerksamkeit auf sich zu lenken, wartete Cosimo, bis er an der Reihe war. Der Anführer der Truppe stellte sich mit vier Soldaten an den Tisch. Wortlos überprüften sie die Karten der beiden Reisenden. Anschließend reichten sie ihnen die Karten zurück und musterten die beiden jungen Männer lange. Das war nicht ungewöhnlich, denn sie richteten ihre strengen Blicke auf jeden Pilger. Die bewaffnete Gruppe setzte ihren Rundgang fort.

»Alles verläuft vollkommen normal«, beruhigte Cosimo sich in Gedanken.

Doch plötzlich hörte er jemanden, der hinter ihnen saß, erregt und mit Nachdruck sprechen.

»Das ist unnötig! Habt Ihr nichts Besseres zu tun?«

Der alte Mann, der vor ihnen geflohen war, wetterte gegen die strengen Kontrollen.

»Ihr vergeudet Eure Zeit«, knurrte er. »Wie viele Überprüfungen wollt Ihr noch durchführen? Und warum? Was fürchtet Ihr?«

Die Menschen in seiner Nähe drehten sich um, als sie die laute Stimme hörten. Der Anführer der Truppe ließ sich nicht aus der Ruhe bringen. Er nahm die Karte des Mannes entgegen. Der Alte wollte aufstehen, doch zwei Soldaten zwangen ihn, sitzen zu bleiben.

»Ich habe mich vorschriftsmäßig eingeschrieben. Ihr habt kein Recht dazu.«

»Das werden wir sehen«, sagte der Anführer nur.

Er gab seinen Männern ein Zeichen. Sie setzten ihren Rundgang fort, ohne dem Pilger seine Karte zurückzugeben.

»Eine Miliz, also wirklich!«, knurrte er. »Das ist verrückt!«

Cosimo war irritiert; die anderen Pilger senkten verlegen die Köpfe; Polybus schwebte im siebten Himmel.

»Unglaublich!«, sagte er. »Dieser Mann inspiriert mich in weit größerem Maße, als ich vermutet hatte. Man muss schon verdammt selbstbewusst sein, um den Soldaten von Hugo de Payns die Stirn zu bieten. Eine aufregende Sache.«

Er wollte aufstehen, doch Cosimo hielt ihn zurück.

»Warte, bis die Soldaten den Saal verlassen haben.«

Er zeigte auf die Wachen. Polybus willigte ein und geduldete sich, bis er freie Bahn hatte. Sobald die Andreiden und ihre Anführer verschwunden waren, stürzte er auf den Tisch des alten Mannes zu, der seine böse Miene nicht abgelegt hatte.

Cosimo war vorsichtiger. Er zählte die Überwachungskameras, die sich auf Polybus richten könnten, doch deren Einstellung änderte sich nicht. Daher beschloss er, sein Essen zu beenden und dann in aller Ruhe zu dem Fremden zu schlendern.

Der Alte herrschte den jungen Autor an. Polybus konnte sich kaum verständlich machen. Cosimo, der mehr Erfahrung hatte, sagte zu dem Mann: »Ihr hattet ganz Recht. Diese Kontrollen sind unverständlich und unzumutbar.«

Der Alte beruhigte sich auf der Stelle. Er gehörte zu den

Menschen, deren Wut sich sofort legte, sobald ein dritter ihre Meinung teilte.

Cosimo fuhr fort: »Das ist übertrieben. All die Wachen … Warum eigentlich? Was fürchten wir denn?«

»Ihr stellt Euch die richtigen Fragen, junger Mann«, murmelte der Fremde.

»Ich heiße Chaucer«, sagte Cosimo.

Der Alte bot ihm einen Platz an.

»Ich bin Fabre«, sagte er.

»Das ist Polybus«, stellte Cosimo den jungen Autor vor, der die Gelegenheit ergriff und sofort an dem Tisch Platz nahm.

Fabre hatte eine dunkle, vernarbte Haut, schwarzes, für sein Alter recht dickes Haar und einen offenen Blick. Sein Gesicht ähnelte denen der Freibeuter in Romanen.

»Ohne Eure Bordkarte könnt Ihr Euch nicht mehr frei bewegen«, sagte Cosimo.

»Hm … Sind wir Pilger oder Geiseln?«

»Es geht nur um unsere Sicherheit, nicht wahr?«, meinte Cosimo.

Fabre lächelte.

»Glaubt Ihr? Schaut Euch um. Der ganze Westen ist mit Kind und Kegel aufgebrochen, um ins Land des Ursprungs zu pilgern. Beim Aufbruch in Troyes gab es ein Gerangel wie auf einem Volksfest. Hugues de Champagnes Pilgerreise ist ein großer Erfolg! Darüber freuen sich viele. Andere sehen ein furchtbares Ende voraus. Und dazu gehöre ich auch.«

»Was? Ein furchtbares Ende?«, wiederholte Polybus und sprang auf.

Er schlug eine neue Seite seines Notizheftes auf und beschloss, sich während des Gesprächs eifrig Notizen zu machen.

»Ich bin schon in Jerusalem gewesen«, sagte Fabre. »Zweimal habe ich eine solche Pilgerreise mitgemacht. Wenn Ihr mich fragt, ist es eine Lüge, dass Straßenräuber massenhaft Pilger niedergemetzelt haben. Und eben das ist der einzige Grund, den die Ritter der Miliz anführen, um ihre Anwesenheit und ihre Vorrechte zu rechtfertigen ...«

»Aber«, unterbrach Polybus ihn, »es ist doch keine schlechte Idee, dass Soldaten die Pilger begleiten.«

»Ehemalige Pilger werden dir antworten, dass Soldaten, auch wenn sie gut bewaffnet sind, nichts gegen Ermüdung, Hunger, Durst und Krankheiten, die wahren Übel der Pilgerreise, ausrichten können. Plündererhorden und Konflikte bedrohen die Pilger nicht von außen, sondern sie selbst töten einander schließlich im Streit um Vorräte und Vieh. Wenn die Mohammedaner uns angreifen, gibt es bereits nichts mehr zu plündern. Was verteidigen unsere Soldaten, wenn ihre Truppen beginnen, sich aufzulösen? Oder wenn sie beginnen, ihre Pferde zu braten, damit sie ein Stück Fleisch zu essen haben? Warum proklamiert die Miliz so raffiniert ihren Willen, uns zu verteidigen? Wenn diese Ritter bereits im Heiligen Land waren, wissen sie, dass das eine Farce ist.«

Einen Moment herrschte Schweigen. Dann fügte Fabre hinzu:

»Und darum gehen mir diese unnötigen Kontrollen gehörig auf die Nerven. Ich verstehe es nicht. Da stimmt etwas nicht.«

Die Miliz, nur *Augenwischerei?*

Polybus machte sich eifrig Notizen. Cosimo dachte an Payns' Briefe, die er auf Tabor gefunden hatte: »Nach zwanzig Jahren kehren wir gemeinsam nach Jerusalem zurück.« »Der Born.« »Unsere Bibliothek wurde überfallen.« All das hatte mit einer Pilgerreise nicht das Geringste zu tun.

»Habt Ihr mit den Rittern oder ihren Truppen darüber gesprochen?«, fragte Cosimo. »Habt Ihr sie befragt?«

Fabre schüttelte den Kopf.

»Ich hatte nicht die Zeit dazu. Als die Pilgerreise im letzten Jahr offiziell angekündigt wurde, bin ich nach Troyes geeilt, um meine Dienste anzubieten. Ich kenne die Straßen von Hebron und Jaffa und bot an, meine Kenntnisse mit ihnen zu teilen. Aber sie wollten meine Dienste nicht. Es war auch unmöglich, die gewählten Routen zu erfahren. Weiß überhaupt irgendjemand, auf welchem Weg wir ins Heilige Land pilgern? Ein Geheimnis … Diese Männer sagen nicht alles.«

In leisem Ton fügte er hinzu: »Wenn ich erzählen würde, was sich während einer neunmonatigen Reise wie der unseren wirklich zuträgt, würden die Menschen sich auf die Notausgänge stürzen. Das verspreche ich Euch.«

Die Notausgänge? Cosimo dachte darüber nach. Das war eine Möglichkeit, den Aufenthaltsort von Craon und Ruy herauszufinden.

»Aber vielleicht«, gab Polybus nun zu bedenken, »haben sie ihre Sache gut organisiert, und Ihr werdet im Vergleich zu den früheren Pilgerreisen überrascht sein? Was meint Ihr?«

Der Alte stand auf.

»Glaubt, was Ihr wollt. Die Zeit wird mir Recht geben oder nicht. Wir werden es wissen, bevor wir das Heilige Land erreicht haben.«

Er verabschiedete sich und ging auf den Ausgang des Speisesaales zu.

»Du hast ihn verärgert«, sagte Cosimo.

Verlegen folgte Polybus dem Fremden mit den Augen.

»Wenn du willst, dass ein Mensch mit dir spricht«, fügte

Cosimo hinzu, »musst du denken wie er. Du darfst ihn in seiner Meinung nicht erschüttern. Die letzte Frage hättest du nicht stellen dürfen. Sie deutete an, dass seine Beurteilung der Lage falsch sein könnte, und das hat ihn beunruhigt. Er hätte uns bestimmt noch mehr anvertraut.«

Der Junge schüttelte den Kopf.

»Du hast Recht«, sagte er. »Was soll's! Ich sorge dafür, dass er in meiner Geschichte redseliger ist und uns mehr anvertraut.«

Damit würde der Autor sich vermutlich zufrieden geben, nicht aber Cosimo.

Polybus zwinkerte ihm zufrieden zu.

»Habe ich dir nicht gesagt, dass dieser Brummbär eine interessante Persönlichkeit ist? Eine Miliz, die ihre wahren Absichten verbirgt? Ehemalige Pilger, die an den Worten der Ritter zweifeln? Mehr brauche ich für heute nicht. Wir müssen schnell in unsere Kabine zurückkehren, damit ich alles ins Reine schreiben kann.«

Ein geheimes Ziel? Cosimo wusste, dass es keinen Grund gab, den Worten des alten Mannes Glauben zu schenken. Wenn es jedoch wirklich ein geheimes Ziel gab, verlieh dieses der Pilgerreise eine Dimension, die besser zum Temperament seines Onkels passte. Ins Heilige Land aufzubrechen, um die Pilger vor Räubern und Ungläubigen zu beschützen? Das passte nicht so recht zu Ismale Gui.

Die beiden jungen Männer kehrten in die Kabine zurück. Polybus riss die Aufzeichnungen hervor, lief zum Tisch und gestand, dass er die meisterhaft ausgefeilten Distichen schon im Ohr hatte. Cosimo legte sich aufs Bett. Nachdem er eine Weile nachgedacht hatte, kam er erneut zu dem Schluss, dass er herausfinden musste, welchen Charakter die neun Ritter hatten, damit er ihrem gemeinsamen Ziel auf die Spur kam. Er wollte ihr gemeinsames Ziel verstehen, um das Geheimnis um Ismales Ermordung zu lüften.

Cosimo ging allein los und fand eine öffentliche Informationssäule. Es handelte sich um einen Touchscreen, der die notwendigen Daten für die Passagiere enthielt: Restauration, Erste-Hilfe-Station, Altäre, Bibliotheken usw. Cosimo führte seine Bordkarte ein, um das Programm zu starten. Dann begann er eine Suche nach den »Notausgängen«.

Auf dem Bildschirm war ein Grundriss des Raumschiffs abgebildet. Das gesamte Flugobjekt wurde mit seinen Gängen dargestellt, die zu den Rettungsfähren führten, mit den Öffnungen und den Zugangsrampen. Cosimo wusste, dass dieser Plan auf gar keinen Fall die Orte des Schiffes berücksichtigte, zu denen die Passagiere keinen Zugang hatten, wie zum Beispiel die Maschinenräume und das Cockpit, um etwaigen Entermanövern und Sabotageakten vorzubeugen. Wie erwartet, waren die Maschinenräume und das Cockpit auf dem Plan grau schraffiert. Und das traf auf zwei andere Sektoren des Asimos ebenfalls zu. Nicht bezeichnete Sektoren. Einer im Bug und einer an Backbord. Vermutlich die Quartiere von Robert de Craon und Carl de Ruy.

Cosimo druckte den gesamten Plan des Raumschiffes aus und ging weiter.

Eine Stunde später hatte er den Bug des Raumschiffes erreicht. Die auf der Pendelfähre belauschten Gespräche ließen keinen Zweifel daran, dass Robert de Craon und seine Mannschaft hier untergebracht waren. Es dauerte nicht lange, bis Cosimo der Weg versperrt wurde. In diesem Sektor wurde jeder einzelne Schritt überwacht. Auf den Gängen waren überall Bewegungsmelder angebracht, und an jedem Ausgang standen Andreiden.

»Es ist verwunderlich, dass die Männer, die uns beschützen sollen, so ungeheure Sicherheitsvorkehrungen zu ihrem eigenen Schutz treffen«, dachte Cosimo.

Er sah Identitätsüberprüfungsstellen, an denen Menschen die Kontrollen durchführten. Man durfte nur mit einer besonderen Genehmigung passieren. Und trotzdem sah Cosimo Soldaten, die mehrmals noch zusätzliche Bestätigungen verlangten.

»Ich muss eine Möglichkeit finden«, sagte Cosimo sich. »Vor allem muss ich *jemanden* finden, mit dessen Hilfe ich hier eintreten kann. Einen Mann mit einem bedeutenden Namen.«

Auf dem Rückweg blieb er in der Nähe des ersten Kontrollpostens vor der St.-Juda-Kirche stehen. Cosimo sprach einen Bettler an, der vor der ersten Säule saß. Er warf eine Münze in seine Schale und fragte ihn, ob der Ritter de Craon manchmal zur Messe in diese Kirche ging.

»Craon, nein. Den habe ich noch nicht gesehen. Aber einige seiner Männer kommen zum Beten hierher. Ich muss gestehen, dass sie mir reichlich Gaben spenden.«

»Craons Männer?«

Für diese Information schenkte Cosimo dem Bettler eine zusätzliche Münze, ehe er zu dem zweiten grau schraffierten Sektor auf seinem Plan ging, der sich an Backbord befand.

Je näher er seinem Ziel kam, desto verlassener wirkte die Sektion. Das war seltsam. Er traf keinen einzigen Menschen mehr. In einem leeren Transporter erreichte Cosimo einen unvorstellbar öden Ort. Weiß, kahl und ohne eine einzige

Überwachungskamera. Selbst Andreiden waren hier nicht zu sehen.

Cosimo bog auf einen der Gänge ein. Keine Türen. Das grelle Licht verlieh allem einen eisigen, irrealen Schimmer. Keine Geräusche. Obwohl Cosimo alles noch einmal genau überprüfte, entdeckte er keine Überwachungskameras. Die weiße Farbe verstärkte sein unangenehmes Gefühl, an einem Ort der Verdammnis zu sein. Plötzlich blieb er stehen. Ein bewaffneter, wachhabender Andreide versperrte ihm den Weg. Er war wie aus dem Nichts aufgetaucht.

»Was macht Ihr hier?«, fragte er. »Stellt Euch vor.«

Cosimo reichte ihm seine Karte. Schon tauchten zwei weitere Andreiden auf. Der erste überprüfte seine Identität.

»Ihr bewegt Euch nicht in Eurem Sektor, Chaucer.«

»Das ist richtig. Ich habe mich verirrt. Ich habe den Transporter in eine falsche Richtung genommen.«

»Ihr müsst diesen Ort sofort verlassen«, befahl der Andreide und reichte ihm seine Karte zurück.

»Führt mich bitte, sonst finde ich den Weg nicht.«

Die drei Wachen begleiteten ihn zur Einstiegsplattform und verließen ihn erst, nachdem er eingestiegen war.

Cosimo befragte die ersten Reisenden, die in seinen Transporter einstiegen. Einer von ihnen bestätigte, dass Carl de Ruy *vielleicht* in diesem Sektor des Raumschiffes untergebracht sei.

»Ein Nachbar, der in meinem Sektor wohnt«, sagte er, »gehörte zu den Technikern, die das Raumschiff gewartet haben, ehe die Pilger an Bord gegangen sind. Von ihm habe ich erfahren, dass der Zugang zu diesem Bereich bereits bei seiner Ankunft verboten war. Ich glaube, Carl de Ruy lebt seit ein paar Wochen dort, und er war überhaupt nicht auf Troyes.«

Cosimo erinnerte sich, dass Carl tatsächlich bei der großen Messe vor dem Aufbruch gefehlt hatte.

»Dieser Techniker hat hier nie jemanden gesehen«, fügte der Reisende hinzu. »Ruys Gefolge ist so unsichtbar wie der Ritter selbst.«

Diese langen, in Kreisen verlaufenden Gänge. Wurde dadurch eine Pufferzone geschaffen, um einen bestimmten Sektor besser bewachen zu können?

»Um etwas oder jemanden bewachen zu können?«, dachte Cosimo. »Warum hat Carl de Ruy dafür gesorgt, in diesem Maße unerreichbar zu sein? Und aus welchem Grund hat er das Raumschiff lange vor den anderen bestiegen?«

Cosimo verwarf seine Strategie, herauszufinden, welche Charakterzüge die einzelnen Ritter auszeichneten, ebenso wie die Möglichkeit, durch die Vermittlung eines ihrer Männer Zugang zu ihnen zu bekommen. Wenn Carl wirklich dort untergebracht war und niemand sein Quartier verließ, würde es schwierig werden, sich ihm zu nähern.

Ehe Cosimo in seine Kabine zurückkehrte, überlegte er, was er Polybus sagen sollte. Beim Mittagessen hatte der Chronist auf ihn nicht den Eindruck eines überzeugten Christen gemacht. Daher beschloss Cosimo, dem Jungen vorzugaukeln, dass »Chaucer« die Ausübung seiner religiösen Pflichten sehr ernst nahm und viel Zeit in den Kapellen des Raumschiffes verbrachte. Dieser Vorwand würde ihm sicherlich für eine gewisse Zeit die notwendige Handlungsfreiheit einräumen. Er würde sich so ungezwungen und unauffällig wie möglich benehmen: Informationen sammeln, plausible Entschuldigungen für seine Abwesenheiten erfinden und diesen Pilgerzug so schnell wie möglich verlassen.

Auf jeden Fall hatte er durch seine heutigen Entdeckungen

wertvolle Erkenntnisse über das Raumschiff gewonnen: Außer der Größe und drei zusätzlichen Sektoren für Passagiere schien sich seit dem Bau des Asimos 4 nichts verändert zu haben. In der Kabine zog er den Ausdruck der Informationssäule aus der Tasche und beschloss, seine Erinnerungen aufzufrischen. Vor den Blicken seines Reisebegleiters geschützt, begann Cosimo in aller Ruhe, das gesamte Raumschiff zu zeichnen. Sein Plan berücksichtigte nicht mehr die für die Pilger reservierten Sektoren, sondern die Gänge und die Maschinendecks, die während der Bauphasen benutzt worden waren. Dort hatte er als Kind auf Tabor gespielt. Und außerdem gab es diesen riesigen Schlund, den großen, leeren Tunnel, der die ganze Mitte des Raumschiffes wie eine Luftwirbelsäule ausfüllte, um die künstliche Schwere zu erzeugen.

Am nächsten Tag nahm Cosimo sich die Zeit, seinen Plan auf einen kleinen Computer zu übertragen, und anschließend überprüfte er ein paar Dinge vor Ort. Alles stimmte überein.

Kurz darauf betrat Polybus aufgeregt die Kabine.

»Neuigkeiten!«, rief er. »Robert de Craon soll heute die Kranken des Zuges und die Leprastation besuchen. Bisher weiß es noch niemand. Komm!«

Die Leprastation und die Ambulanz des Asimos 5 befanden sich im Heck. Die Pilgerreise von Troyes hatte auf sich aufmerksam gemacht, weil alle Pilger, einschließlich Leprakranker, Sterbender und Waisen, aufgenommen worden waren. Außer Ketzern und Exkommunizierten wurde niemand zurückgewiesen. Diese christliche Entscheidung fand allgemeine Anerkennung.

Zur Leprastation gab es nur einen Weg: durch die riesigen Gärten, die dem Kreuzer als Lungen dienten.

Als Polybus und Cosimo dort ankamen, hatte sich schon

eine Menschenmenge gebildet. Viele Pilger freuten sich über die Gelegenheit, den Ritter endlich einmal zu Gesicht zu bekommen. Die Menschen waren sehr erregt. Die Passagiere tauschten schon die ersten Gerüchte aus, die ersten Legenden über Craon und seine Brüder der Miliz Christi.

»Die Ritter sind Heilige!«, rief ein alter Mann.

»Es heißt, sie können wie ein Priester den Segen spenden, und einige sollen die Kräfte eines Heilers besitzen«, murmelte eine junge Mutter.

»Sie laufen auf dem Wasser und durchs Feuer, heißt es. Hugo de Payns kann einen Menschen mit seinen Blicken töten.«

»Wenn sie schlafen, strahlen ihre Körper ein schwaches, helles Licht aus. Jemand hat es gesehen!«

»Bis zu unserer Ankunft im Heiligen Land wollen sie alle Heiden ausgerottet haben. Sie ebnen den Weg für die Rückkehr Christi!«

Polybus entging nichts. Zu Cosimo sagte er: »Besser hätte ich es nicht erfinden können. Verstehst du, was hier passiert? Wir bezeugen die Entstehung eines Mythos.«

Doch die Aufregung, die in diesem Augenblick herrschte, erklärte sich nicht nur durch die Ungeduld, einen der beiden Herren des Asimos zu erblicken. In den Gärten wartete auch Erichtôs Truppe der ehemaligen Freudenmädchen auf Craon und sorgte für Unruhe. Obwohl sie ausgesprochen schicklich gekleidet waren, die Blicke stets senkten und Psalmen rezitierten, riefen diese Büßerinnen Neugier und Verlangen hervor. Ihre teuflische Vergangenheit, ihre Jugend, ihre harmonischen Gesichtszüge, ihre Brüste, die unter den weißen Kleidern der Katechismusschülerinnen nackt zu sein schienen, und schließlich ihr Duft …

»Es wird Unheil über uns hereinbrechen«, klagte eine Alte, die die jungen Frauen beobachtete. »Wenn man einmal mit diesem Gewerbe sein Brot verdient hat, bleibt man, was man ist.«

An Erichtôs stolzer, gelassener Haltung änderte sich trotz dieser bösen Bemerkungen nichts.

Schließlich erschien Robert de Craon mit seinem Gefolge. Die Gespräche verstummten. Alle kämpften um die besten Plätze, und aller Blicke richteten sich auf den Ritter. Der junge Polybus sprang mehrmals in die Höhe, um den Ritter besser sehen zu können.

Cosimos Blick verweilte nicht auf dem Ritter. Er beobachtete vielmehr aufmerksam die Personen, die ihn begleiteten. Dabei handelte es sich größtenteils um Edelleute und Geistliche. Sie waren ernst und zurückhaltend wie ihr Herr. Die Gruppe schritt schnell voran.

In der Menge erkannte Cosimo plötzlich einen Mann, den er in der Nähe von Troyes gesehen hatte: Oberon de Saintyves! Der Priester, der in Garguesalles Werkstatt gekommen war, um ein Buch mit Illustrationen abzuholen. Cosimo hatte seine erschlafften Wangen und seinen fliehenden Blick nicht vergessen. Er ließ ihn nicht aus den Augen. Als die Gruppe die Gärten durchquerte, war Saintyves der Einzige, den der Anblick der Schönheiten, die Erichtô umringten, offensichtlich stark bewegte. Er drehte sich sogar um, damit er die Reumütigen besser betrachten konnte. Außer Cosimo achtete niemand darauf. Saintyves zögerte kurz, ehe er seinem Herrn zu den Kranken folgte.

Im selben Augenblick trat Polybus wieder an Cosimos Seite.

»Hast du die Mädchen in der Menge gesehen?«, fragte er.

»Scheinbar wollen sie ihre Sünden durch die Pilgerreise sühnen. Ehemalige Prostituierte?«

»Das sagen die Leute.«

Doch Cosimo dachte an Saintyves. Es dürfte nicht schwierig sein, diesen sinnlichen Mann zu unsittlichem Gebaren zu verleiten. Wenn er das Risiko eingegangen war, ein frivoles Buch in Troyes abschreiben zu lassen und es mitzunehmen, würde er sicher verlockenderen Versuchungen erliegen. Und Oberon gehörte zum Gefolge von Robert de Craon. Er musste einen wichtigen Posten bekleiden.

Cosimo hatte gesehen, dass die Mädchen von Erichtô in den Gärten verschwunden waren. Er begann die Suche nach ihnen unter dem Vorwand, Polybus' Neugier zu befriedigen.

Seine erste Aufgabe würde es sein, eine von ihnen aus der Gruppe zu isolieren und sie in ihr ehemaliges Gewerbe zurückzudrängen. Von diesen zur Buße bereiten Huren wusste er nur das, was die Gerüchte über sie verbreiteten, und dem stimmte er zum Teil zu: Diese Mädchen konnten nicht alle ohne Fehl und Tadel sein. Zumindest eine von ihnen müsste weniger rein und weniger zur Buße motiviert sein als die anderen. Eine reichte aus. Anschließend würde er ein Treffen zwischen dieser ehemaligen Hure und Saintyves arrangieren. Und dann kam es ganz darauf an, wie der Geistliche reagierte. Entweder würde aus ihm Saintyves' heimlicher Verbündeter oder sein Erpresser werden. In beiden Fällen würde Cosimo Informationen über Craon und die Miliz erhalten.

In der Nähe eines Teichs gesellte er sich zu der Gruppe, die im Chor Kirchenlieder sang. Die Pilger beteten. Die Mädchen hatten die Blicke gesenkt. Ihre Gesichter waren durch den Saum einer feinen, weißen Kapuze verschleiert und ihre Hände gefaltet. Ihre klaren Stimmen drangen in die Luft.

Cosimo zählte vierundzwanzig Büßerinnen. Nach dem Gesang erhoben sich die Mädchen und ihre Herrin zögernd. Erichtô befahl ihnen, sich unter die Pilger zu mischen, um Almosen für die Waisen und Kranken zu sammeln.

Cosimo betrachtete ihre Gesichter. Sie erröteten schnell und senkten die Köpfe. Er wartete, bis eine von ihnen ihre Prüderie ablegte. Lange musste er sich nicht gedulden. Plötzlich erwiderte eine Büßerin seinen starren Blick. Dieser Augenkontakt währte nur einen winzigen Moment, doch Cosimo war fest entschlossen. Die junge Frau lächelte verhalten und schritt dann mit ihrer Schale geradewegs auf ihn zu. Sie senkte ihren Kopf nur leicht, sodass Cosimo die weiße Haut, die mandelförmigen, blauen Augen, die langen Wimpern und die natürlich roten, hübsch geschwungenen Lippen sehen konnte. Er zog eine Münze aus der Tasche und reichte sie ihr.

»Danke«, sagte sie. »Ich bin sicher, beim nächsten Mal wird Eure Spende großzügiger ausfallen.«

»Beim nächsten Mal?«

Doch das Mädchen hatte sich schon abgewandt und war verschwunden.

Cosimo versuchte herauszufinden, wie Erichtôs Mädchen ihre Zeit verbrachten. Von jungen Pilgern erfuhr er, dass sie an der Messe am Altar 42 teilnahmen. Zum nächsten Angelus begab er sich dorthin. Cosimo nahm in der kleinen Kirche Platz und sah die Büßerinnen, getrennt von den Männern, auf die Empore treten. Das Mädchen, das er suchte, sah er nicht. Selbst wenn er Mühe hatte, die Büßerinnen zu beobachten, war er sicher, dass sie alles und jeden sahen. Er war in der Menge gut zu erkennen.

Nach der Messe wartete er neben dem Eingang. Die

Gruppe ging vorüber. Kein Zeichen. Kein Blick. Unauffällig folgte er ihnen. Bis er bemerkte, dass es nur dreiundzwanzig waren!

Cosimo kehrte zum Altar zurück und stieg die für die Frauen reservierte Empore hinauf. Sie war leer. Doch hinter einer Säule am Eingang erkannte Cosimo die kleine Almosenschale und einen Zipfel des weißen Schleiers.

»Ihr habt Euch verspätet«, sagte das Mädchen mit sanfter Stimme.

Rasch öffnete die junge Frau eine im Schatten liegende Tür, die sie hinter die Kirche führte.

Im Schutz der Dunkelheit zog sie nun die Kapuze vom Kopf und schaute Cosimo in die Augen.

»Du bist ein Intrigant«, sagte sie. Sie war sofort zum Du übergegangen.

Cosimo zögerte. Dieses Mädchen war sehr selbstsicher. Vielleicht ein wenig zu selbstsicher.

»Du bist nicht schüchtern«, erwiderte er.

Sie musterte den blonden Jungen.

»Dein Name?«

»Chaucer. Und deiner?«

»Lÿs.«

Lÿs war die fürchterliche Auserwählte Erichtôs, die die beiden Söldner des Mannes ohne Hände und ohne Gesicht erwürgt hatte.

»Nun, so wurde ich früher jedenfalls genannt«, fügte sie hinzu.

»Früher?«

»Heute müsste ich einen passenderen Namen tragen, wie zum Beispiel Maria oder Blanche. Ich muss meine Vergangenheit vergessen, verstehst du?«

»Ein lobenswertes Vorhaben.«

»Aus diesem Grunde pilgern wir ins Heilige Land. Du wirst es schon wissen.«

»Ihr pilgert, um eure Sünden zu sühnen. Daran kann euch nichts hindern. Es ist richtig, dass die Miliz euch in unseren Reihen akzeptiert hat. Aber ich glaube, bei der Ankunft wird es Probleme geben.«

»Bei der Ankunft?«

Cosimo ließ seinen Blick schweifen, um sich zu vergewissern, dass sie nicht beobachtet wurden. Er hatte lange nachgedacht, welcher Strategie er sich bedienen und was er der jungen Frau sagen sollte, damit sie seinen Anweisungen folgte.

»Auf welches Schicksal hofft ihr nach eurer Ankunft im Heiligen Land?«

»Gute Frage! Das weiß ich noch nicht. Weißt du es?«

»Ich weiß jedenfalls«, sagte er, »dass es in Tyros viele Freudenhäuser gibt. Wenn die Wirte erfahren, wer ihr seid, werden einige nicht zögern, euch in ihren Häusern einzusperren. Um das zu verhindern, müsst ihr euch gute ›Protektoren‹ sichern.«

»Protektoren?«

»Das Beste, was euch im Heiligen Land widerfahren könnte, wäre die Aufnahme in ein Kloster. Schlimmstenfalls eine Steinigung oder eine Verschickung nach Tyros. Außerdem seid ihr zu viele. Es ist undenkbar, dass ihr dort alle in religiöse Orden aufgenommen werdet. Es gibt kaum welche.«

»Das heißt?«

»Nun, es ist wichtig, trotz der begrenzten Anzahl zu den Auserwählten zu gehören, und daher wäre es nicht unbesonnen, sofort um Unterstützung nachzusuchen.«

»Bei dir zum Beispiel?«

Lÿs strich mit dem Handrücken über Cosimos Wange.

»Nein, ich kann nichts für euch tun.«

Er schob ihren Arm behutsam zurück.

»Aber ich kenne einflussreiche Leute, die dir einen guten Platz im Heiligen Land sichern könnten. Ein Wort von ihnen, und die Äbtissinnen im Morgenland werden dich mit Kusshand aufnehmen. Ohne die Unterstützung einer dieser Persönlichkeiten kannst du dich nur auf deine Gebete und deine Tränen verlassen, um die Welt zu überzeugen.«

Ohne zu erröten oder mit der Wimper zu zucken, musterte Lÿs den jungen Mann. Sie wusste ganz genau, was er andeutete. Cosimo spürte, dass sein Plan aufging.

»Was soll ich tun?«, fragte sie. »Wer ist der Mann?«

»Wenn ich mich auf dich verlassen kann«, erwiderte Cosimo, »nehme ich wieder Kontakt zu dir auf, um dir die Details mitzuteilen.«

»Wie?«

Cosimo schaute auf die Rückseite der Kirche.

»Hier«, sagte er. »Ich hinterlasse dir schriftliche Anweisungen. Wenn du den Mann, den ich dir benennen werde, so erfreust, wie du es verstehst, wirst du dein Los verbessern. Wird es dir gelingen, der Wachsamkeit deiner Herrin zu entwischen?«

Lÿs lächelte.

»Darauf kannst du dich verlassen.«

Mit diesen Worten trennten sie sich.

Cosimo hatte den Eindruck, dass das Mädchen schnell nachgegeben hatte, doch er schob dies auf ihre schlechten Sitten, ohne zu ahnen, dass sie nur den Befehlen des Mannes ohne Hände und Gesicht folgte.

Am Tag nach diesem Gespräch nahm Cosimo seine Tasche und suchte sich eine versteckte Ecke im Asimo, wo er seine Waffe, seine Gürtel und die Dokumente verbarg, die er von Tabor mitgebracht hatte. Anschließend begab er sich in die St.-Juda-Kirche, in der Craons Männer beteten, und zeigte sich dort mehrere Tage hintereinander. Er versäumte keinen Gottesdienst, damit er sich ein Bild von den Gewohnheiten der im Dienste des Ritters stehenden Männer und vor allem von denen des Oberon de Saintyves machen konnte. Der Geistliche erschien schon am ersten Abend in der Kirche. Oberon besuchte täglich eine Messe, immer zur selben Zeit. Er saß immer in derselben Reihe, ein wenig abseits von seinen Brüdern. Cosimo sah, dass er intensiv betete. Mitunter schimmerten Tränen in seinen Augen, und wenn er das heilige Sakrament entgegennahm, erblasste er vor Angst.

Nachdem Cosimo den Mann acht Tage hintereinander beobachtet hatte, schritt er zur Tat. Er nahm in der Reihe hinter Oberon Platz. Dieser kniete mit gefalteten Händen und hochgezogenen Schultern. Die Messe nahm ihren Lauf. Cosimo hatte zwei Nachrichten verfasst. Er zog die erste aus der Tasche. Als der Geistliche seinen Psalter aufnehmen wollte, sah er das Papier auf dem Einband liegen. Die Überraschung lenkte ihn vom Gebet ab. Die Nachricht verkündete ihm, dass eine von Erichtôs Büßerinnen um seinen Schutz bat und ihn anflehte, ihr die Ehre eines Gesprächs zu erweisen. In dieser Formulierung war die Bitte viel versprechend, ohne ein Risiko zu bedeuten. Saintyves drehte sich um. Cosimo betete. Er hob den Kopf. Sie schauten sich an. Cosimo hatte gesehen, dass Saintyves sein Gesicht beim Besuch in der Schreibstube hinter einer Maske versteckt hatte. Er hatte gesehen, dass er beim Anblick der Mädchen im Garten errötet war und während der Messe wie eine gequälte Seele geweint hatte. Jetzt sah er, dass Saintyves zwischen Angst und Neugier hin und her gerissen war. Und er verhielt sich genau so, wie Cosimo es erwartet hatte. Dieser Mann wusste nicht, was er tun sollte. Er drehte sich mit klopfendem Herzen um und war unfähig, eine Entscheidung zu treffen. Da zog Cosimo die zweite Mitteilung aus der Tasche und legte sie ihm hin. Er nahm den Psalter von Saintyves, stand auf und verließ die Kirche mitten im Gesang. Als er durch die Reihe schritt, musterte er verstohlen die Soldaten, die die Messe bewachten, und befürchtete, dass sie sich auf ihn stürzen würden. Aber nichts geschah. Er verschwand, ohne belästigt zu werden.

Der Trick war ihm gelungen.

In der zweiten Mitteilung nannte »Chaucer« seinen Namen, die Nummern seiner Kabine und seiner Karte und deutete an, dass er Oberon in seinem Quartier aufsuchen werde, um ihm seinen Psalter »zurückzugeben«. Sollte er sich weigern, ihn zu empfangen, würde er dies als Absage an seinen Vorschlag ansehen und für immer aus seinem Leben verschwinden.

Als Polybus und Cosimo am nächsten Tag nach dem Essen in die Kabine zurückkehrten, herrschte dort ein heilloses Durcheinander. Cosimo hatte geahnt, dass Oberon seine Kabine inspizieren lassen würde. Ein Mann aus Craons Gefolge konnte keine Entscheidung treffen, ohne zuvor Erkundigungen einzuziehen. Polybus war nicht so glücklich wie sein Reisebegleiter, der den Psalter bei sich getragen und seine Besitztümer in Sicherheit gebracht hatte. Das Manuskript des jungen Autors war verschwunden! Er war vollkommen am Boden zerstört.

»Jetzt ist alles verloren«, jammerte er.

Cosimo fragte sich, was Saintyves' Männer wohl in Polybus' Aufzeichnungen über seine Person finden würden.

Er wartete noch einen Tag, bis er in einem Büßerhemd, das mit einer Hanfkordel umschlungen war, und einem kleinen Leinenbeutel, in dem der Psalter steckte, zu den Quartieren von Robert de Craon aufbrach.

Cosimos Plan funktionierte, wie er gehofft hatte. Der Psalter und der Name von Oberon de Saintyves genügten, um ihm alle Türen zu öffnen. Ein Wächter verlangte eine Bestätigung bei den Bediensteten von Saintyves. Dieser ließ ausrichten, dass er »Chaucer« erwartete.

Ein in eine braune Mönchskutte gehüllter Ordensbruder holte ihn sogar ab und begleitete ihn.

Vor ihnen öffnete sich eine Tür, und Cosimo erblickte einen riesigen Saal mit Soldaten, die vor Monitoren und Konsolen saßen. Zwei große Fensterfronten lagen sich auf den beiden Querseiten des Raumes gegenüber. Über den Männern und Andreiden schwebten Lichter. Cosimo und sein Führer überquerten die gesamte Plattform. Einige Minuten später befanden sie sich auf einem schmalen Gang und trafen auf mehrere Schleusen, die sich erst öffneten, nachdem der Mönch eine an einer Schnur hängende Plakette in die Höhe gehoben hatte.

»Wir haben unsere Sicherheitsvorschriften«, erklärte er.

»Ich verstehe.«

»Es ist seltsam, aber Pater Saintyves schien ganz vergessen zu haben, dass er Euch eingeladen hat.«

»Tatsächlich? Ich möchte ihn nicht stören. Er hat sicher etwas Besseres zu tun, als mich zu empfangen. Soll ich wieder gehen?«

»Nein, nein«, unterbrach ihn der Geistliche. »Ganz im Gegenteil. Als er sich an Euch erinnerte, löste er sofort seine Sitzung auf, um Euch unverzüglich zu empfangen.«

Der Geistliche schritt durch eine Seitentür, die von zwei Andreiden bewacht wurde. Cosimo betrat das Privatquartier von Oberon de Saintyves. In dem Raum arbeiteten fünf weitere künstliche Menschen an Computern. Sie begrüßten den Besucher. Der Mönch öffnete den Zugang zum Arbeitszimmer des Geistlichen und ließ den jungen Mann eintreten.

»Er kommt gleich zu Euch. Macht es Euch bequem. Ich lasse Euch allein.«

Er schloss die Tür.

Jetzt bekam Cosimo Angst. Was, wenn Oberon nicht allein kam? Wenn er sich selbst eine Falle gestellt hatte?

Es war ein nüchternes, klösterliches Büro ohne Dekoration. Cosimo sah Kasteiungswerkzeuge, unter anderem eine Geißel und ein Büßerhemd sowie ein Kasteiungsbuch. Aber er sah keine Kultobjekte, kein Kreuz, keine Heiligenbilder. Er stellte sich an das große Fenster, das den Blick in den Weltraum freigab. Die Sterne bewegten sich von unten nach oben wie ein Manuskript, das auseinander gerollt wurde. Das war normal beim Asimo, der sich um seine Achse drehte. In regelmäßigen Abständen konnte man in der Ferne einen Mond neben einem roten Planeten erahnen: Das war das Sternsystem Tonnerre, wo der erste Zwischenstopp der Pilgerreise stattfinden sollte.

Eine Tür wurde geöffnet. Oberon de Saintyves trat ein.

Er war allein.

Der Mönch war ungefähr fünfzig Jahre alt. Mit kahlem Schädel, einer platten Nase und Wangen, die so schlaff waren wie sein Bauch. Er war beleibt und blass. Dunkle Schatten unter den Augen verliehen ihm ein kränkliches Aussehen. Seine Unterlippe war dick, aber farblos.

Oberon de Saintyves bemühte sich, seinen Gast herzlich zu empfangen, ohne dass es ihm gelang. Er war freundlich, aber wachsam und ein wenig verlegen.

»Guten Tag, Vater«, sagte Cosimo. »Ich bringe Euch den Psalter zurück, wie wir es vereinbart haben.«

»Ich verstehe. Das ist gut. Sehr gut. Seid Ihr allein?«

Cosimo nickte.

»Ist Euch niemand gefolgt? Wurden Euch keine Fragen gestellt?«

»Mir ist nichts Ungewöhnliches aufgefallen.«

»Gut.«

Saintyves schritt zur Eingangstür und überprüfte, ob sie verschlossen war. Dann gab er Cosimo ein Zeichen, ihm in den hintersten Winkel seines Quartiers zu folgen, und bat ihn, leise zu sprechen.

»Ich weiß nicht, wie es Euch gelungen ist, hierher zu kommen, doch die Sache muss unter uns bleiben. Woher kennt Ihr mich? Wer hat über mich gesprochen?«

»Niemand, Vater. Ich verdanke unsere Begegnung dem Zufall. Es genügte, ein guter Beobachter zu sein. Ihr verratet Euch sehr leicht, wenn ich so sagen darf.«

»Das ist mein Unglück. Ich weiß es nur zu gut.«

Saintyves trocknete seine Stirn.

»Wenn ich Euch meine bescheidene Hilfe anbieten darf«, sagte Cosimo.

»Hilfe? Glaubt Ihr, es sei gut, mir zu helfen? Ich bin zu bedauern.«

Der Mönch wich Cosimos Blick hartnäckig aus.

»Ich an Eurer Stelle«, sagte er, »wäre nicht stolz auf das, was Ihr tut.«

Cosimo senkte den Kopf.

»Noch kann ich gehen«, erwiderte er. »Wenn Ihr mich nicht braucht, verschwinde ich, und Ihr werdet mich nicht wieder sehen.«

»Nein, wartet. Das habe ich nicht gesagt. Bleibt.«

Der Geistliche stampfte mit dem Fuß auf und mied noch immer den Blick seines Besuchers. Schließlich fragte er: »Ist das Mädchen einverstanden?«

Cosimo setzte eine ernste Miene auf.

»Wie ich Euch geschrieben habe, bittet sie um Euren Schutz. Sie wird keine Schwierigkeiten machen. Es liegt an Euch, die von Euch gewünschte Verbindung herzustellen.«

Jetzt zeichnete sich ein Lächeln auf dem Gesicht des Geistlichen ab, das er jedoch sofort zu verdrängen verstand.

»Wie heißt die Kleine?«

»Lÿs.«

»Lÿs. Reizend! Sie gehört zu den Mädchen, die ihre Vergangenheit bereuen?«

»Richtig.«

»Dennoch ist sie damit einverstanden? Hm … Ihr wisst schon, was ich meine.«

Cosimo freute sich, dass seine Mitteilung ihre Wirkung nicht verfehlt hatte. Oberon zog überhaupt nicht in Erwägung, dass das von dem Mädchen gewünschte Treffen auch seriöser Natur sein könnte.

»Ich habe ihr zu verstehen gegeben, dass sie sich ihrem Seelenheil ein beachtliches Stück nähert, wenn sie einem Geistlichen, wie Ihr es seid, unvoreingenommen gegenübertritt.«

»Und dieser Formulierung hat sie zugestimmt?«

»Ich glaube, wenn Ihr sie durch Euren Segen und nicht mit Geld bezahlt, wird sie von Kummer und Freuden, die sie durch Euch erleben wird, befreit sein.«

»Oh! Das heilige Kind!«

Cosimo schüttelte den Kopf. Der Begriff der Heiligkeit schien ihm in diesem Fall ein wenig übertrieben zu sein.

»Wie geht die Sache vonstatten?«, fragte Saintyves.

»Das Treffen findet hinter der Kirche 42 statt.«

»Wirklich?«

»Ihr werdet rechtzeitig benachrichtigt. Macht Euch keine Sorgen. Dieses Mädchen ist listiger, als wir es sind.«

»Solche Weiber sind mit allen Wassern gewaschen. Es ist also ganz einfach. Aber die Sache muss geheim bleiben. Treibt kein Spiel mit mir, denn ich verfüge über eine gewisse Macht, und ich weiß, wer Ihr seid.«

»Was hätte ich davon, Euch ins Verderben zu reißen?«

Cosimo verabschiedete sich und wandte sich zum Gehen. Oberon hielt ihn auf.

»Wartet. Ganz recht. Was verlangt Ihr für diesen Dienst von mir?«

»Das weiß ich nicht, Vater. Wenn Ihr mir eine Freude machen wollt, bittet Eure Männer, meinem Reisebegleiter das Manuskript zurückzugeben. Er ist ein harmloser Autor, und seine Arbeiten haben für Euch keinen Wert.«

»Ich denke darüber nach.«

»Über meine eigene Belohnung könnt Ihr selbst entscheiden. Wenn das Treffen zustande gekommen ist, sagt Ihr mir, was Ihr für einen armen Pilger wie mich tun könnt.«

»Gut. Ich denke darüber nach. Ich denke darüber nach. Aber setzt Euch nicht mit mir in Verbindung. Das nächste

Mal komme ich zu Euch. Lasst mir Zeit. Man sollte uns nicht zu oft zusammen sehen.«

»Wie Ihr wünscht.«

Saintyves rief den Mönch, der Cosimo ins Quartier von Oberon begleitet hatte.

»Bringt meinen ›Freund‹ Chaucer zurück«, befahl er mit einem gekünstelten Lächeln.

Cosimo verließ das Quartier von Robert de Craon.

Er hatte seinen ersten »Kontakt« hergestellt.

Als er Polybus in der Kabine traf, jammerte der junge Mann noch immer über den Verlust seines Manuskriptes. Cosimo bereitete die Anweisungen vor, die er Lÿs zukommen lassen würde.

Nachdem das Treffen zwei Tage später stattgefunden hatte, fand Polybus wie durch ein Wunder sein unversehrtes Manuskript auf seinem Bett wieder.

»Fantastisch!«, rief er. »Gott sei gelobt! Jetzt kann es weitergehen.«

Und Cosimo wartete auf ein Zeichen von Saintyves.

II

Anx und Tabaris Welten

Glaubst du, du, *dessen Sinne von oben erhellt sind,*
dass die Schöpfung, die sich langsam und stufenweise
zum Licht erhebt und auf ihrem ganzen Weg
mehr Klarheit leuchten lässt und weniger Materie
und dem schwindenden Monster mehr Instinkte verleiht,
glaubst du, dass dieses unfassbare Leben,
das das Laub rauschen lässt
und dem Kopf Einsicht verleiht,
die sich vom Felsen zum Baum und vom Baum zum Tier
und vom Stein bis zu dir wandelt, unmerklich steigt
und an der Kluft zum Menschen, dem steilen Anstieg,
aufhört?

Nein, sie schreitet fort, unbezwingbar, wunderbar,
dringt ein in das Unsichtbare und Unberechenbare
und entschwindet dir dort, schändliches Fleisch,
überschwemmt den blauen Himmel
einer strahlenden Welt, Spiegel der finsteren Welt,
dem Menschen ähnlicher Wesen und anderer Wesen,
die sich von ihm entfernen,
reiner Geister, Hellseher, durch ihre Pracht bezeugt,
der Engel, die aus Strahlen bestehen
wie der Mensch aus Instinkten …

VICTOR HUGO, Was der Schattenmund sagt

Anx fuhr im Schutz eines Wagens, in dem Frauen und Kinder der irischen Gemeinschaft transportiert wurden. Ringsherum hörte sie die langsamen Schritte und die Gebete der Pilger, die sich der Gemeinde Tonnerre näherten. Dort war eine dreitägige Pause vorgesehen.

Seit dem Aufbruch in Troyes herrschten Zucht und Ordnung: Die Wachleute der Ritter achteten auf die strikte Einhaltung der zugewiesenen Plätze, und sie verboten unnötiges Anhalten sowie unerlaubte Gruppenbildungen. Die Miliz benahm sich so, als marschierten die Pilger durch feindliches Territorium. Die Männer liefen an der Spitze und am Ende der Kolonne. Sogar Familien wurden während der Tagesmärsche getrennt. Versammlungen jeder Art waren verboten. Die Beschützer befürchteten Ausschreitungen in den Reihen der Pilger selbst und Probleme, die sich auf bestimmten Wegstrecken ergeben könnten, wenn die Pilger sich dazu hinreißen ließen, Einwohner zu tyrannisieren, die sich weigerten, Almosen zu spenden.

Als Anx an diesem Tag eingezwängt zwischen Frauen, deren Kindern und einem Alten saß, der soeben einschlummerte, und das Schaukeln des Wagens sie wiegte, schlug sie heimlich die *Annalen* von Tabari auf, die sie in Troyes stibitzt hatte. Dieses kleine, aus dem Arabischen übersetzte Bändchen enthielt Auszüge aus einer *Chronik der Propheten und Könige*, die die Geschichte der Menschheit seit der Genesis bis zum Tod des Propheten Mohammed umfasste. Als das junge Mädchen die ersten Seiten las, traute es seinen Augen nicht: Die ganze Bibel war neu geschrieben worden! Die beiden Testamente waren zusammengefasst und verlängert worden. Die Personen wie auch die Wunder wurden präziser, besser lesbar und lebhafter geschildert. Unerwartete Gestalten traten in

Erscheinung. Dazu gehörte auch Alexander der Große, der hier ebenso aufmerksam behandelt wurde wie König David oder die Mutter Jesu. Moses wurde in denselben Rang erhoben wie Christus. Zu ihrer großen Verwunderung entdeckte die junge Irin einen Islam, der geschickt in seine jüdischen und christlichen Ursprünge integriert worden war.

Ein einziger Satz von Tabari genügte, um uralte Unklarheiten zu beseitigen: »*Das Erste, was Allah schuf, war die Feder*«, schrieb er, »*und alles, was er erschaffen wollte, diktierte er diesem Instrument. Als die Feder zu schreiben begann, schuf Allah den Himmel, die Erde, die Sonne, den Mond und die Sterne, und die Erdkugel begann sich zu drehen.*« Dieses Symbol des Schreibens war ein verständlicherer Ausdruck als die rigorose Behauptung des Heiligen Johannes: »Am Anfang war das Wort«. Anx war fasziniert.

Doch es dauerte nicht lange, bis sie ihre Lektüre jäh beendete. In dem Wagen war nicht viel Platz, und sie spürte die Blicke der anderen auf sich ruhen. Ihre gebeugte Haltung weckte die Neugier der Pilger, die nicht schliefen. In jener Zeit schickte es sich für ein Bauernmädchen nicht, lesen zu können.

Um diesbezügliche Bemerkungen zu vermeiden, beschloss Anx, aus dem Wagen zu steigen und zu Fuß zu gehen.

Ihre Familie hatte Anx den Spitznamen »Sokratine« verliehen. Trotz aller Vorbehalte gegen das schwache Geschlecht hatte Létald Columban beschlossen, seine Tochter wie einen Jungen zu erziehen. Anx sprach mehrere Sprachen und hatte alle Bücher, die auf der heimatlichen Halbinsel zu finden waren, gelesen. Doch diese Ausbildung wurde im Verborgenen vollzogen. Es war nicht ungefährlich für ein Mädchen, sich vor anderen Leuten mit der Geschichte oder der Theologie zu beschäftigen, vor allem vor Pilgern, Priestern oder Schreibern. Létald schimpfte mit seiner Tochter, sobald sie den Drang verspürte, zu viel zu erzählen. Allein die Tatsache, dass Anx sich in einem korrekten Latein auszudrücken verstand und über gute Umgangsformen verfügte, machten sie verdächtig. Indem sie Tabari las, begab sie sich in Gefahr.

Nachdem sie ausgestiegen war, setzte sie ihren Weg allein fort. Ihre Mutter und ihr Bruder liefen weiter hinten im Zug. In der Nähe des jungen Mädchens tauschten die Gläubigen ihre üblichen Verleumdungen über die Mohammedaner und ihren Propheten aus. Sie bezichtigten sie der Homosexualität, schworen, dass die Wollust und die Grausamkeit die einzigen Qualitäten seien, die Gott diesem ketzerischen Volk zugestanden habe.

Alle lüsternen, gottlosen und dummen Klischees wurden durch Wortspiele ausgeschmückt, die in der Menge lautes Gelächter und missbilligendes Knurren hervorriefen.

Bei den Männern, die demselben Zugabschnitt wie Anx zugeteilt waren, handelte es sich um die schwächsten Pilger und Invaliden, denen die Miliz aus Sicherheitsgründen verbot, an der Spitze oder am Ende der Kolonne zu laufen. Aufgrund ihrer Behinderungen und ihrer Hässlichkeit hörten sich ihre Worte noch schändlicher an. Die verträumte Anx hatte erwartet, in einem triumphalen Zug zu marschieren, den Engel begleiteten und Männer, die Heiligen ähnelten. Der harte Alltag holte sie in die Realität zurück. Hier ging es allein um die Organisation der »Abortgräben«, die Flöhe, den Hunger der Pilger und das harte Durchgreifen der Wachen. Wo hatte Gott sich versteckt? Kein majestätisches Zeichen erlaubte, diese gewaltige Pilgerschar von fliehenden Barbaren zu unterscheiden.

Am Abend erreichte der Zug Tonnerre. Drei riesige Wiesen dienten den Pilgern als Lagerplatz. In der Nähe lag keine große Stadt, die die Reisenden hätte in Versuchung führen können. Alles war gut durchdacht.

Gleich nach der Ankunft machte Anx sich auf die Suche nach ihren Eltern. Sie hatten die Glocke der Iren als Treffpunkt vereinbart. In dem Gedränge erblickte Anx einen großen Mann mit strahlenden Augen in einem bescheidenen, abgetragenen Gewand unter dem Brustharnisch eines Soldaten: Robert de Craon. Gelassen und mit wachsamem Auge rückte er mit seinem Gefolge vor, antwortete auf Bitten, segnete und beruhigte seine Truppen.

Plötzlich blieb Anx stehen. Soeben hatte sie den Hauptmann erkannt, den sie in Troyes gesehen und der sie von Wagen zu Wagen verfolgt hatte. Auch er inspizierte das Lager. Sein Schreiber Erich, der sie zwischen den Bücherkisten erwischt hatte, folgte ihm. Erich erkannte Anx und zeigte mit dem Finger auf sie. Anx machte sich sofort aus dem Staub. Der Hauptmann rief ein Dutzend Soldaten zu sich, denen der Schreiber eine genaue Beschreibung des Mädchens gab. Als die Soldaten ihre Verfolgung aufnahmen, hatte Anx sich inmitten der letzten Pilgerschar versteckt, die das Lager noch nicht erreicht hatte.

An einem der Weiher von Tonnerre fand Anx Zuflucht im Unterholz. Sie war allein. Vom anderen Ufer erhob sich der heitere Gesang von über zwanzig jungen Frauen, die ihrer Freude über den glücklichen Verlauf der ersten Etappe der Pilgerreise Ausdruck verliehen. Das waren Erichtôs Büßerinnen, die kommunizierten. Anx beschloss, sich zu gedulden und sich erst bei Einbruch der Nacht zu ihrer Familie zu gesellen. Und da sie sicher war, inmitten der Büsche nicht entdeckt zu werden, schlug sie die *Annalen* von Tabari wieder auf.

Das lange Kapitel der »Genesis« des arabischen Chronisten stimmte nicht mit den Worten der Bibel überein. Der Autor fasste hier systematisch zahlreiche Berichte zusammen, die schilderten, wie die arabische, persische, hebräische, griechische und christliche Kultur sich das Entstehen der Welt erklärten. Nach und nach trat die Welt aus dem Chaos hervor, aus einem Ei, einem Wassertropfen, einer Flamme, einem Atomregen, einer Kugel, einer Zahl usw. Es war nicht wichtig, wie Gott dies angestellt hatte, sondern man sollte sich mitreißen lassen und die Größe seines Schaffens anerkennen. Tabari wandte dieses Verfahren auf die gesamte Menschheitsgeschichte an: Die unterschiedlichen Sichtweisen der Propheten, Historiker und Poeten jeder Epoche dienten als Grundlage für die anschaulichen Schilderungen der Ereignisse. Dadurch war der Autor in der Wahl seines Stils unabhängiger und konnte zahlreiche Details hinzufügen.

Auf den nächsten Seiten erfuhr Anx, dass der Allmächtige nach Tabaris Worten nicht eine einzige Welt, sondern *Welten* erschaffen hatte. Es gab Volksstämme, Menschheiten, die zur selben Zeit erschaffen wurden wie die unsere, mit denen uns jedoch nichts verband. Fremde Generationen, die nicht von Adam abstammten, die die Aufeinanderfolge von Tag und Nacht falsch deuteten und die unsere Sonne nicht kannten.

»Was sagt ein Bischof zu solch kühnen Behauptungen?«, fragte sich das junge Mädchen. »Könnte man sich vorstellen, die Bibel hätte diese Gedanken aufgegriffen? Andere Welten? Andere Menschen? Wir sind nicht die ›Krone‹ der göttlichen Schöpfung?«

Anx schloss die Augen und versuchte sich vorzustellen,

womit diese anderen Universen Ähnlichkeit haben könnten, die der Schöpfer neben der Welt erschaffen hatte. Doch sie verzichtete auf Bilder: »Das ist unmöglich. Ich verändere nur das, was ich bereits kenne. Wie soll ich andere Geschöpfe erfinden, deren Wesenheit nicht der meinen entspricht? Selbst die zügelloseste Phantasie erfindet nichts: Sie verändert das, was sie gelernt hat.«

Doch schon brach die Dunkelheit herein. Anx schlug das Buch zu, bevor sie mit dem Kapitel, das »die Tränen Adams« behandelte, begann.

Auf der Suche nach ihren Eltern zog sie es vor, hinter den Wagen zu laufen, damit sie niemand sah. In der Nähe der Glocke forderte Soffrey von allen Hilfe beim Aufschlagen des Lagers. Die Iren hatten ein Feuer entzündet, um das die Frauen und Kinder trotz ihrer Erschöpfung mit glücklichen Mienen herumtanzten, während die Männer arbeiteten. Anx näherte sich dem Feuer so weit, dass sie die Wärme genießen konnte, blieb aber dennoch ein Stück abseits. Sie sah ihren Vater bei der Arbeit, ihre Mutter am Feuer und ihren Bruder Tescelin vor einem behelfsmäßigen Zelt stehen.

Anx verschwand mit ihrem Bruder im Zelt.

»Wo warst du?«, fragte der Junge.

»Dort hinten. Ich habe mich ausgeruht.«

»Hier schleichen ziemlich viele Leute herum.«

»Was denn für Leute?«

»Soldaten. Sie suchen ein junges Mädchen, das so aussieht wie du. Deine Beschreibung wurde in den Reihen der Pilger bekannt gegeben.«

»Tatsächlich?«, fragte Anx, scheinbar ohne sich Sorgen zu machen. »Das muss ein Mädchen sein, das mir ähnelt.«

»Hast du das Buch noch?«

»Ja.«

»Du solltest dich davon trennen. Du bringst uns alle in Gefahr.«

Létald und Rowena überzeugten sich von der Rückkehr ihrer Tochter. Nach dem Essen schliefen alle vor Erschöpfung sofort ein. Über den Pilgerzug legte sich Stille, aber Anx war noch wach und dachte über ihre Lektüre nach. Sie streckte ihren Kopf durch das Zelt und betrachtete den blauen Himmel. Es war eine klare, milde Nacht.

Versteckt in den Falten ihres Bliauds, schlug sie das kleine Büchlein auf und überflog im matten Schein des Mondes Tabaris Schilderung des Sündenfalls des ersten Menschen.

Nachdem Adam und Eva den Apfel vom Baum der Erkenntnis gegessen hatten, bestrafte Gott sie wie in der Bibel der Hebräer, indem er sie aus dem Paradies verbannte. Aber Tabari fügte hinzu, dass der Mann und die Frau auch »ihres Panzers beraubt« wurden. Das war eine harte, schützende Haut, die Gott an jenem Tag von den Menschen abfallen ließ und von der uns heute nur noch die Nägel an den Fingern geblieben waren. Gott machte unsere Körper empfindlich, damit wir stärker unter unseren Schmerzen und Todesqualen litten. Ein widerstandsfähiger Panzer? Anx wusste nicht mehr, ob sie ein heiliges Buch oder ein schönes Märchen las. Doch Adams Reaktion nach dem Sündenfall war bemerkenswert: von der Frau getrennt, einsam in einer feindlichen Welt, begann er zu schluchzen. Er weinte über seinen Fehltritt. Anx zweifelte daran: In der Genesis der Bibel konnte man doch nirgendwo lesen, dass Adam seinen Ungehorsam seinem Schöpfer gegenüber bereute, oder? Stand dort überhaupt geschrieben, dass er jammerte, weil er seinen Platz im Garten der Glückseligkeit verloren hatte?

Nachdem Adam aus dem Paradies verstoßen worden war, wurde er auf den Kontinent geschickt, wo heute Hindustan lag. Im Stil orientalischer Poesie erklärte Tabari, dass die ersten Tränen, die Adam auf der Erde vergoss, die Heilpflanzen auf unserem Planeten zum Keimen brachten, die Kräuter für Heilsalben, die später dazu dienten, die Schmerzen seiner Nachfahren zu lindern.

Anx dachte an ihren Vater, der ihr erklärt hatte, dass die besten Heilmittel aus diesem fernen Indien stammten, wo einst auch die griechischen Ärzte all ihr Wissen und Können erworben hatten.

»Von dieser Erde, die ›von Adams ersten Tränen benetzt‹ worden war«, dachte das junge Mädchen.

Diese Übereinstimmung zwischen der Legende und der Wirklichkeit vermittelte Anx ein schönes Gefühl, und darüber schlief sie ein.

Am nächsten Tag wurden die Pilger von Novizen geweckt, die durch die Reihen liefen und Glöckchen läuteten. Létald Columban war schon seit einer Stunde auf den Beinen und hatte für seine Familie ein Brot und einen Napf Milch organisiert. Die Familie sprach ihr erstes Gebet. Sie aßen schweigend, und ein jeder dankte Gott mit seinen eigenen Worten. Ringsherum regten sich die anderen Pilger. Anx widmete sich ihrem Gebet heute weniger eifrig als gewöhnlich und ließ stattdessen ihren Blick schweifen. Ein Trupp Wächter schritt unweit vorüber und befragte die Pilger. Anx fragte sich, ob der Hauptmann sie noch immer suchen ließ. Sie senkte den Kopf. Die Soldaten setzten ihren Gang in eine andere Richtung fort.

Bei Sonnenaufgang erhielt der Abt Soffrey die Anweisungen für den Tag und verbreitete sie in seiner irischen Gemeinde. Der Aufenthalt in Tonnerre wurde verkürzt, ohne dass die Ritter einen Grund nannten. Der Marsch wurde noch an diesem Tag fortgesetzt! Und abgesehen von den Invaliden wurde niemandem mehr erlaubt, in den Wagen zu reisen. Die kleinen Kinder mussten auf den Armen getragen werden. Einige glaubten, dieser übereilte Aufbruch habe das Ziel, Zeit zu gewinnen, weil steinige und steile Wege zu erwarten seien. Andere meinten, die Ordnungshüter der Miliz hätten Angst, die Übung zu verlieren. Doch alle wetterten gegen die Streichung der Ruhetage.

Létald wiederholte seine Anweisungen: »Anx, du bleibst bei den Frauen deiner Gruppe und gibst niemandem Widerworte. Tescelin, du entfernst dich unter keinem Vorwand von deiner Mutter.«

Létald gefielen die Verhaltensmaßregeln der Miliz nicht, die ihn von seiner Familie trennten. Er musste mit den Männern am Anfang des Zuges marschieren. Anx beschloss, andere Kleidung anzuziehen und sich von ihrer Mutter einen Mantel mit Kapuze zu borgen, die sie sich auf den Kopf setzen konnte. Nachdem sie ihre Eltern und ihren Bruder umarmt hatte, nahm sie ihren Platz in dem Zug ein. Sobald ein Soldat in ihrer Nähe auftauchte, senkte sie den Kopf. Die neuen Befehle lösten in den Reihen der Pilger eine leichte Panik und Unzufriedenheit aus. Es entstand ein wenig Lärm, als einige ein Gebrechen oder zu starke Müdigkeit vortäuschten und auf diese Weise versuchten, einen Platz in einem Wagen zu ergattern.

Anx spürte unter ihrem Bliaud das Bändchen von Tabari. Nachdem sie nun mit dem Lesen begonnen hatte, fragte sie sich schon, wie sie ihre Lektüre heute fortsetzen konnte. Von den Geschichten bezaubert, hatte sie beschlossen, das Buch nicht mehr herzugeben, bis sie alles gelesen und verstanden hatte, welche Gefahren dies auch immer mit sich bringen würde.

Eingezwängt in der Menschenmenge, wartete sie auf das Läuten zum Aufbruch. Plötzlich erkannte sie hinter sich eine vertraute Gestalt, worüber sie maßlos staunte.

Das war der Blinde, den sie am See der Dole-Quelle gesehen hatte!

Er nahm an der Pilgerreise teil. Es war das zweite Mal, dass dieser Blinde ihren Weg kreuzte, nachdem die Familie mit den Räubern zusammengestoßen war. Anx zögerte. Sollte sie zurückweichen, sich ihm nähern, ihn befragen? Doch jetzt läutete die Glocke zum Aufbruch. Im Augenblick konnte sie nichts tun.

Anx erinnerte sich an die Begegnung mit Hugo de Payns. Der blinde Alte hatte den Herrn der Pilgerreise vor einem Hinterhalt gerettet. Wusste er das? Sie hatte also doch nicht geträumt. Und sein jähes Verschwinden?

Plötzlich spürte sie rechts neben sich heißen Atem, der sie aus ihren Träumen riss. Und Hufschläge. Der Blinde war vorgerückt und ritt direkt an ihrer Seite. Er saß gerade im Sattel. Sein faltiges Gesicht war vollkommen reglos, die glasigen Augen waren auf den Horizont gerichtet. Eingeschüchtert durch dieses Gesicht, waren die Pilger rings um Anx zur Seite getreten. Das junge Mädchen verlangsamte seinen Schritt nicht. Es war beeindruckt. Das Pferd folgte Anx auf dem Fuße, ohne sie zu überholen. Sie sah, dass der Alte seine knochigen Hände auf die Knie gelegt hatte und dass das Pferd weder Zaum noch Zügel trug. Anx' Herz klopfte laut.

Sie wollte sich die Gelegenheit nicht entgehen lassen, mehr über den blinden Mann zu erfahren. Der Blinde hatte Payns seinen Namen genannt, und Anx hatte ihn nicht vergessen: Clinamen. Sie wollte gerade etwas sagen, als sich Soldaten der Miliz näherten. Sie musterten die jungen Mädchen. Anx zog ihre Kapuze ins Gesicht, senkte den Blick und presste das Buch auf ihren Bauch. Zwei Wächter näherten sich dem Blinden von rechts. Im selben Augenblick fiel neben Anx eine Leine herunter und streifte ihre Hand. Sie sah zu dem Blinden auf, der, ohne eine Miene zu verziehen, mit dem Finger auf die Leine zeigte, die an seinem Sattel hing. Anx verstand zwar nicht, was er meinte, ergriff aber dennoch das Seil.

»Was sucht Ihr, Soldaten?«, fragte er die Wächter, die sich über seine Frage wunderten.

»Woher weißt du, dass wir hier sind?«

»Bewaffnete Männer machen unverkennbare Geräusche. Und ihre Klingen haben einen bestimmten Geruch. Wie kann ich Euch helfen?«

»Wir suchen ein junges Mädchen.«

Clinamen drehte den Kopf.

»An meiner linken Seite geht ein junges Mädchen, das seit unserer Ankunft in Troyes nicht von meiner Seite gewichen ist.«

Die Soldaten warfen Anx einen Blick zu, die den Kopf vorsichtshalber senkte.

»Das Mädchen weicht nie von Eurer Seite?«

»Wie sollte ich mich ohne die Kleine in dem Zug zurechtfinden?«

Anx umklammerte das Seil.

Die Antwort des Blinden schien die Soldaten zufrieden zu stellen.

»Gut. Gott behüte Euch«, sagten sie und gingen davon.

Der Blinde nahm das Seil wieder an sich.

»Aber ...«, murmelte Anx, ohne zu begreifen.

Clinamen bedeutete ihr, sich zu gedulden. Ohne dass er das Pferd im Geringsten angetrieben hätte, beschleunigte dieses den Schritt und überholte das junge Mädchen.

Der Blinde hatte sie zum zweiten Mal gerettet.

Am Nachmittag ritt Tudebode, der dicke Hauptmann, neben Erich, dem ersten Schreiber des Bibliothekars, an der Spitze des Zuges. Der Marsch wurde in einem schnellen Tempo fortgesetzt. Hugo de Payns und seine Männer hatten am Morgen beschlossen, auf die dreitägige Pause zu verzichten, da die Reise seit dem Aufbruch in Troyes zu ihrer vollen Zufriedenheit verlief. Alle waren entzückt, nur Tudebode nicht. Er fuchtelte schimpfend mit den Armen durch die Luft.

»Ich habe wirklich wichtigere Dinge zu tun!«

»Aber Flodoard hat strikte Anweisungen erteilt«, erwiderte Erich.

Der Schreiber schaute sich um. Er wollte sich vergewissern, dass die Pilger das Gespräch nicht belauschten.

»Euch obliegt die Sicherheit der Materialwagen«, sagte er. »Was werden Eure Herren sagen, wenn Ihr nicht in der Lage seid, ein Kind einzufangen?«

»Darum geht es doch gar nicht. Sie nimmt sich in Acht. So viel steht fest. Ich möchte Euch mal sehen. Sie kann sich überall verstecken. In dem Alter reitet sie der Teufel.«

Erich hielt sein Pferd an.

»Aus genau diesem Grunde bin ich gekommen«, fuhr er leise fort. »Wir werden bekannt geben, dass während der Reise eine öffentliche Lesung stattfindet.«

»Eine Lesung? Was für eine Idee!« Tudebode zuckte mit den Schultern.

»Wisst Ihr, wo Marcabru steckt?«, fragte Erich.

»Der Komödiant aus Troyes? Er läuft im letzten Zug.«

»Ihr bringt ihn zu Flodoard. Er gibt ihm ein bekanntes Werk, aus dem er vorlesen wird. Offiziell, um den Pilgern Abwechslung zu bieten; inoffiziell, um die Wogen der Unzufriedenheit über den heutigen Aufbruch zu glätten und um dieses Mädchen einzufangen.«

»Ach ja? Und wie wollt Ihr das anstellen?«

»Durch ihre *Neugier*, Tudebode. Ihre Neugier! Wenn das Mädchen so geartet ist, wie wir vermuten, wird es nicht widerstehen können.«

»Pah, ziemlich viel Mühe, um eine kleine Diebin zu fangen. Sie hätte Vorräte oder Decken klauen können, und wir finden sie bei den Büchern! Ein klarer Fall. Wenn ich sie schnappe, werde ich ihr das Buch abnehmen, glaubt mir. Während einer Pilgerreise stiehlt man nicht. Die Vorschriften sehen exemplarische Bestrafungen vor.«

»Nein, Tudebode. Die Befehle haben sich in Bezug auf die Kleine geändert. Ihr sollt die Diebin nur bewachen, bis Flodoard sie befragt. Habt Ihr mich verstanden? Keine Gewalt.«

Der Hauptmann zuckte mit den Schultern. Es empörte ihn, so einen Wirbel wegen eines Bauernkindes zu veranstalten.

Noch am selben Tag wurde Roger Marcabru in Flodoards Wohnwagen geführt. Der Bibliothekar reichte ihm eine Fassung der *Beichten* des Heiligen Augustinus in derber Sprache. Dieses Werk entsprach ganz dem Geschmack der Pilger. Vor allem die Abschnitte, die sich mit der lasterhaften Jugend des

Heiligen und seiner Rückkehr auf den rechten Weg beschäftigten.

Da es den Pilgern verboten war, die ihnen zugewiesenen Plätze zu verlassen, wurde beschlossen, dass Marcabru stündlich von einer Gruppe zur anderen gebracht würde, sodass am Ende des Tages alle die Worte des Augustinus gehört hätten. Die öffentliche Lesung wurde auf dem Dach eines Wagens abgehalten, damit möglichst viele ihn hören konnten. Seine Stimme hatte einen meisterhaften Klang.

Das Haus meiner Seele ist eng und klein; es zerfällt in Ruinen. Dort gibt es Dinge, die die Augen beleidigen können. Ich sage es und beichte es, aber wer kann meine Seele läutern als du allein, und an wen kann ich mich wenden als an dich allein, mein Herr und Gott?

»Zum Glück hat sein Bischof ihm das Lesen beigebracht«, dachte Erich. »Er ist ein hervorragendes Werkzeug.«

Erich hielt sich in der Nähe von Marcabru auf. Zwei als Pilger verkleidete Wächter von Tudebode begleiteten ihn. Die Menge reagierte sehr positiv auf die Lesung und verfolgte gebannt die erschütternden Beichten des Heiligen. Das Tempo des Marsches wurde nicht beeinträchtigt. In den Reihen der Pilger herrschten Stille und Frieden.

Anx hatte niemals etwas von Augustinus gelesen, aber ihr Vater hatte ihr von ihm erzählt. Kühn drängte sie sich vor, damit ihr nichts von Marcabrus Worten entging. Wendig wie ein Wiesel glitt sie durch die Menge, um im Laufe des Tages dieselben Passagen der *Beichten* mehrmals hören zu können.

Wie sehr ich dich liebe, Herr, und wie sehr ich dir danke, Herr, und wie sehr ich deine grenzenlose Herrlichkeit segne, dass es dir gefallen hat, mir zu vergeben, der ich so viele Ungerechtigkeiten und Verbrechen begangen habe.

Die Vertrautheit Augustinus' mit Gott, seine Demut und seine Redegewandtheit entzückten Anx. Sie hätte Marcabru das Werk am liebsten aus den Händen gerissen, um neue Seiten zu entdecken. Der Redner wich niemals von den von Flodoard ausgewählten Passagen ab. Anx kannte sie schon auswendig: *Als ich in tiefster Betrübnis bittere Tränen vergoss, hörte ich die Stimme eines Jungen oder eines Mädchens, die immer wieder singend wiederholte: Nimm und lies. Nimm und lies. Ich nahm das Buch des Heiligen Paulus. Ich schlug es auf, und an der ersten Stelle, die ich fand, las ich leise diese Worte …* Doch Erich und die beiden Wächter stürzten sich auf das Mädchen, knebelten es und nahmen es gefangen.

… Und mehr wollte ich nicht lesen. Und es war auch gar nicht notwendig, denn ich hatte erst wenige Zeilen gelesen, als sie sich in meinem Herzen ausbreiteten wie ein Licht, das dort große Ruhe verströmte und all meine dunklen Zweifel zerstreute.

III

Nachforschungen

Am Eingang des Kolosseums steht der Brunnen, an den die Gladiatoren, dem altem Brauch getreu, nach ihrem Kampf traten, um dort ihre Wunden zu waschen. Der Stein dieses Brunnens war zugleich der erste militärische Grenzstein des Reiches: Alle Wege des römischen Reiches gingen von diesem Denkmal der Sklaverei und des Todes aus.

MICHELET, Römische Geschichte

In dem von Robert de Craon und Carl de Ruy geführten Raumschiff wartete Cosimo Gui noch immer, dass Pater Saintyves nach seinem geheimen Treffen mit Lÿs Kontakt zu ihm aufnahm. Während des verkürzten Aufenthaltes auf dem Mond Tonnerre hatte er sich nicht gezeigt.

Heute hielt sich Cosimo gemeinsam mit Polybus in einer der Bibliotheken des Raumschiffes auf. Dort gab es auch einen kleinen Lesesaal mit etwa dreißig Monitoren. Über Archive verfügte die Bibliothek nicht. Die Informationen stammten von den auf den Raumstationen aufgestellten Servern oder den besuchten Planeten.

Er war mit Polybus, einem Konservator und einem Techniker allein. Sein Zimmergenosse setzte seine Verskunst fort. Er suchte Zitate von Homer, um sein Epos auszuschmücken.

Cosimo saß vor einem Farbmonitor und hatte sich in die *Encyclopædia Galactica* eingeloggt. Er gab ein: BORN.

Der junge Mann machte sich keine allzu großen Hoffnungen. Er wollte lediglich seine Vermutungen bestätigt sehen.

BORN.

Nachdem Cosimo die Etymologien konsultiert hatte, die keine neuen Erkenntnisse lieferten, suchte er Artikel über Markierungssteine in den römischen Stadien, Meilensteine, den »Goldenen Meilenstein«, den von Kaiser Konstantin aufgestellten Grenzstein, der für ihn das Zentrum des Universums bedeutete. Das galt auch für den Grenzstein des Kolosseums. Schließlich fand Cosimo eine Interpretation, die sein Interesse weckte. Der »Born« als Bezeichnung eines Menschentyps, einer Persönlichkeit. Der als »Born« bezeichnete Mensch war ein Wesen mit grenzenlosem Wissen und einer Weisheit, die als verbindlich galt. Er war »ein Mittelpunkt der Gewissheit, um den herum sich das Denken der weniger wissenden Menschen drehte«. Der Artikel gab an, dass diese Gestalt des Weisen eine der wenigen war, die die Griechen und Asiaten der Antike teilten. Doch der Mythos des als »Born« bezeichneten Menschen war schnell in der Geschichte des Glaubens untergegangen.

»Ein Denker, der als verbindliche Quelle galt?«, fragte sich Cosimo. »Ein Weiser? Diese Ritter reisen bestimmt nicht nach Jerusalem, um einen Menschen zu treffen. Wenn man an den ungeheuren Aufwand und die enormen Sicherheitsvorkehrungen denkt, ergibt das keinen Sinn.«

Er setzte seine Suche nun mit präziseren Stichwörtern fort. Doch er fand nichts Neues, nichts Unerwartetes. Anschließend startete Cosimo eine Suche nach den Mysterien und verborgenen biblischen Schätzen, die es in Jerusalem gab oder geben sollte. Er musste nicht lange suchen. Es wurden einundvierzigtausend Einträge angegeben. Eine Überfülle von Theorien, von Augenzeugenberichten und Hinweisen auf Talismane, heilige Reliquien, die dort zu finden waren. Der Einfallsreichtum der Geistlichen, Abenteurer und Poeten hatte zu einer unglaublichen Anhäufung von Angaben zu diesem Thema geführt. Das Land des Ursprungs regte zu grenzenlosen Phantastereien an. Es war unmöglich, alle im Laufe der Jahrhunderte aufgelisteten Hirngespinste zu erfassen, wobei der Felsen Abrahams, die Bundeslade und der Gral nur die Spitze des Eisberges darstellten.

Wie befürchtet, kam Cosimo nicht weiter. Er zuckte mit den Schultern und beschloss, den Lesesaal zu verlassen, doch im letzten Moment änderte er seine Meinung.

Er setzte sich wieder vor die Tastatur und gab »Ruy« ein.

Die Einträge der Enzyklopädie waren sachbezogen und historisch. Cosimo wusste, dass es keine Verbindung zu lebenden Personen gab. Da er über die neun Ritter im Augenblick nichts aus erster Hand erfahren konnte, startete er dennoch eine Suche nach ihren Landgütern. Bisher wusste er nichts über Carl de Ruy, den unsichtbaren Ritter der Miliz.

Er erhielt zwei Kategorien von Antworten zu »Ruy«: Eine bezog sich auf einen Bereich der Naturwissenschaften, die andere auf die Geografie. Erstere erklärte, dass »Ruy« der wissenschaftliche Terminus eines in der Traumatologie beobachteten Phänomens sei. Ein gewaltiger Schock – ob körperlich oder psychisch – löste bei bestimmten Personen ein sonderbares Verhalten aus, das häufig mit parapsychischen Wahrnehmungen einherging. Die unter dem Syndrom »Ruy« leidenden Patienten wiesen Talente des *Hellsehens* auf. Sie sagten die Zukunft voraus, konnten entfernte Gegenstände verlegen und mit nicht stofflichen Wesen in Kontakt treten. Auswirkungen und Traumata wurden genau beschrieben. Als Cosimo seine Suche jedoch vertiefen und erfahren wollte, wann dieses Syndrom entdeckt worden war, musste er feststellen, dass die gewünschte Seite, die in der Inhaltsübersicht enthalten war, gelöscht worden war. Obwohl er verschiedene Suchen startete, war kein Zugang zu dem Thema möglich.

Der zweite Eintrag zu »Ruy« gab die geografische Lage des einzigen Landgutes an, das im Atlas diesen Namen trug.

Ruys Landgut lag auf einem blauen Planeten in einem Doppelsternsystem, mehrere Parsec von der gegenwärtigen Route der Pilgerreise entfernt. Der Artikel lieferte technische Daten und Informationen zur Lage des Sterns, aber weder die geringste Verbindung zu dem vorhergehenden wissenschaftlichen Thema noch zum Ritter Carl de Ruy.

Cosimo gab die Namen der acht anderen Ritter ein und erhielt ähnliche Antworten: Landgüter, Burgen, Monde und Daten ohne großen Wert.

»Nur über Carl de Ruy liegt ein interessanter Eintrag vor. Das Syndrom des Hellsehens«, dachte Cosimo.

Er schaltete den Monitor aus und ließ Polybus mit seinen Qualen des Reimschmiedens allein zurück.

Er machte sich auf den Weg zu seiner Kabine. Unterwegs dachte er an Roland und Croitendieu, die in dem folgenden Zug mitreisten. Seine Freunde machten sich sicherlich schon Sorgen, weil er nicht wie verabredet nach einer Woche zu ihnen gestoßen war. Cosimo hielt es für das Beste, diesen Zug bald zu verlassen, ohne auf ein Zeichen von Saintyves zu warten. Die junge Lÿs hatte ihm mit bedeutungsvoller Miene versichert, dass das Treffen mit Oberon wie vereinbart verlaufen sei. Doch die Tage verstrichen. Er beschloss nachzusehen, in welchem Zustand sein in Troyes eingeschiffter Kreuzer war. Die Maschine stand in einem Hangar am unteren Heck des Raumschiffes. Cosimo traf den Techniker der Instandhaltung und bat ihn, den Kreuzer für seine baldige Abreise vorzubereiten.

»Ihr braucht eine Genehmigung der Miliz, um den Asimo zu verlassen«, sagte der Mann.

»Ich weiß.«

Als Cosimo auf seine Kabine zusteuerte, wurde er Zeuge einer brutalen Szene der Ordnungshüter. Die Wächter der Miliz nahmen drei Pilger fest. Einer von ihnen war Fabre, der alte Mann, den er am ersten Tag der Reise kennen gelernt hatte und der aus seiner feindseligen Haltung gegenüber der Miliz keinen Hehl machte.

»Was wollt Ihr noch von mir?«, schrie er. »Ihr habt nicht das Recht!«

»Befehl der Miliz«, sagte der Soldat.

»Was für Befehle? Warum?«

Fabre erhielt keine Antwort. Er wurde auf der Stelle von der Pilgerreise ausgeschlossen.

Niemand protestierte. Seit dem Aufbruch von Troyes hatten sich die anfänglichen Gerüchte über das strenge Durchgreifen der Ordnungshüter in den Pilgerzügen bewahrheitet. Cosimo spürte immer stärker die Gefahren, die ihn bedrohten, falls ihm ein Fehler unterlief.

Er kehrte in seine Kabine zurück.

Auf dem Bett fand er eine Nachricht vor. Sie stammte von Oberon de Saintyves' Bediensteten. Eine Einladung zu einem Empfang, den der Herrscher des Mondes Augustodunum zu Ehren der Miliz gab. Ein Treffen.

Augustodunum war die nächste Zwischenstation der Reise, ein alter Meteorit, der in eine Fabrik umgewandelt worden war und in dessen unteren Bodenschichten das für die Turbinen der Raumschiffe unentbehrliche Erz gefunden wurde.

Um die Ritter der Miliz zu empfangen, hatte der Herrscher des Meteoriten eine Zeremonie in seinem Prunkturm organisiert. Cosimo alias Chaucer begab sich mit seiner Einladung von Saintyves dorthin. Er passierte die Kontrollposten entlang der Brücken, die im Weltraum zwischen dem Meteoriten und den Asimos 5 installiert worden waren.

Schließlich erreichte er den Empfangssaal. Die einheimischen Adeligen, die es durch die Förderung der Erze zu großem Wohlstand gebracht hatten, trugen ihre kostbarsten Gewänder. Die wenigen anwesenden Ritter in ihrer Mitte bildeten einen starken Gegensatz zu ihnen. Die Einwohner waren überrascht, sie wie Arme gekleidet zu sehen, die widerwillig aßen. Den Gastgebern war es sichtlich peinlich, in ihrem Festtagsstaat derart hervorzustechen. Daher regte sich während des Empfangs plötzlich Misstrauen.

»Sind diese ehemaligen Herren mit ihren Einsiedlermienen nicht ein wenig provokant?«, murmelten die Leute. »Wollen sie uns eine Lehre erteilen?«

»Sie führen den Befehl über Soldaten und Priester, wurde mir gesagt. Das ist ein beunruhigendes Privileg.«

»Sie wollen die Straßen verteidigen, nicht wahr?«

»Wer die Straßen hat, hat das Königreich. Das ist bekannt. Wenn ihr Unternehmen gelingt, werden sie mehr Macht über das Heilige Land haben als der König von Jerusalem.«

»Es ist nicht weise, das zuzulassen.«

»Habt Ihr einen Legaten des Papstes bei ihnen gesehen?«

»Nein. Das ist sicher ein Versäumnis.«

»Oder sie haben ihn abgelehnt. Wir müssen wachsam sein.«

Aufmerksam lauschte Cosimo den Gesprächen. Vor allem die Bemerkung über die Straßen im Heiligen Land weckte sein Interesse.

Die bedeutendsten Männer drängten sich um die Ritter und den Herrscher von Augustodunum. Wenige Schritte von diesem entfernt erblickte Cosimo Oberon de Saintyves. Ein kurzer Blickkontakt genügte. An den Festsaal grenzten kleinere Besprechungsräume. Sie wurden im Augenblick nicht genutzt. Saintyves suchte einen dieser Räume auf, und ein paar Minuten später gesellte sich Cosimo zu ihm.

»Wir müssen uns beeilen«, sagte der Geistliche zu ihm. »Ich kann der Feier nicht lange fern bleiben.«

»Danke für die Einladung, Vater.«

»Ich wollte vermeiden, dass man Euch noch einmal in meinem Quartier sieht. Hier ist es diskreter. Es geht um unser beider Sicherheit.«

»Ich verstehe. Wie ist das Treffen verlaufen?«

»Verlaufen? Mein Gott! Zauberhaft! Wirklich zauberhaft!«

Das Treffen zwischen dem Abt und der ehemaligen Prostituierten hatte wie vereinbart nachts in der Nähe der Kirche 42 stattgefunden. Es wurden nicht viele Worte gewechselt. Lÿs erschien in einem hauchzarten Spitzenschleier, der ihr sofort von den Schultern glitt, als sie den Schutz der Dunkelheit erreicht hatten. Wie benommen berichtete Saintyves detailliert über ihr Auftreten. Langsam und regelmäßig schlug das Herz unter ihrem Busen. Diese Hure war keine Anfängerin.

»Aber ich bin wirklich zu bedauern«, beklagte er sich bei Cosimo. »Ich habe diese Wonnen mit furchtbaren Peitschenhieben bezahlt. Dieses Mädchen ist ein Teufel. Der Duft seines Atems haftet noch an meiner Haut.«

Doch der Ausdruck des Entsetzens wich sogleich aus seinem Blick.

»Glaubt Ihr, ich könnte sie wiedersehen?«

»Das ist nicht ganz ungefährlich.«

Oberon runzelte die Stirn. Er beharrte nicht darauf und wechselte das Thema. Er sprach sehr schnell.

»Ich habe oft an Euch gedacht, wisst Ihr. Ja, sehr oft. Ihr habt mich gebeten, darüber nachzusinnen, was ich Euch als Gegenleistung anbieten könnte. Doch ich kann während dieser Reise wirklich nichts für Euch tun. Ich habe daran gedacht, Euch in meine Gefolgschaft aufzunehmen, aber falls Euch jemand mit Erichtôs Mädchen gesehen hat, würde ich in große Gefahr geraten. Nein, das ist zu gefährlich. Ihr müsst das verstehen und Euch gedulden. Hier kann ich nichts für Euch tun. Ich bin nur Craons Beichtvater, doch in Jerusalem, ja, das ist etwas anderes.«

Craons Beichtvater?

»Jerusalem?«, wiederholte Cosimo.

Oberon errötete und hielt inne. Cosimo spürte, dass er problemlos die Kontrolle über diesen Priester gewinnen könnte, wenn er es geschickt anstellte. Er sagte: »Wie Ihr Euch auch immer entscheidet, ich bin entschlossen, Euch zu helfen.«

»Ja, das weiß ich. Entschlossen, das seid Ihr! Mein Herr wird bald Männer wie Euch brauchen.«

Er begann, in dem Raum umherzuwandern, als hätte er Angst vor dem, was er sagen könnte.

Wie auch alle anderen hatte Cosimo erfahren, dass Robert de Craon offiziell der Verwalter des »Schatzes« der Pilgerreise war. Es handelte sich um das Geld, das in besonderen Wagen transportiert wurde, damit Nahrungsmittel und der Sold der von der Miliz rekrutierten Garde bezahlt werden konnten. Er fragte: »Craon wird Männer brauchen, die die Gelder des Ordens bei unserer Ankunft im Heiligen Land bewachen, nicht wahr?«

Oberon schüttelte den Kopf.

»Keineswegs. Es ist viel komplizierter. Wie soll ich sagen ... es ... es bahnt sich eine Revolution an!«, stieß er plötzlich hervor. »Selbstverständlich werden wie bei jedem Ereignis dieser Größenordnung mutige Wachen benötigt, die sie niederschlagen.«

Cosimo zögerte. Eine *Revolution?* Er verbarg seine Verwunderung und tat so, als würde er es verstehen.

»Eine Revolution. Ja, natürlich. Die Pilger sprechen darüber. Sie sagen Wunder und Erscheinungen von Engeln bei unserer Ankunft im Heiligen Land voraus. Am häufigsten wird über die Rückkehr Christi gesprochen.«

Oberon blieb stehen.

»Die Rückkehr Christi? Ihr macht Scherze!«

Der harsche Ton dieser Bemerkung hätte jedem Gläubigen das Blut in den Adern gefrieren lassen.

»Hört«, fuhr er fort. »Viel kann ich Euch zu dieser Sache nicht sagen, denn ich habe nur bruchstückhafte Kenntnisse darüber. Aber wir müssen uns von der Welt, wie wir sie kennen, ein vollkommen neues Bild machen. Und von Christus und allen Göttern des Himmels ebenfalls! Die ›große Wahrheit‹ wird zutage treten. Der Mensch wird die Welt endlich so sehen, wie sie wirklich ist. Sein Geist wird befreit sein und seine Grenzen überschreiten. Wir müssen unbeirrbare Gläubige finden, die diese neue Offenbarung an jenem Tag verteidigen. Wie immer werden sich viele auflehnen, sich verweigern und die neue Wahrheit bekämpfen. Dann kann ich mich für Euch einsetzen. Ich werde Euch nicht vergessen, glaubt mir. Ihr werdet in unsere Reihen aufgenommen.«

Eine Revolution? Eine *neue Offenbarung?* Unzählige Fragen schossen Cosimo durch den Kopf.

»Was soll ich in der Zwischenzeit tun?«, fragte er.

»Wenn Ihr meinem Rat traut«, erwiderte Oberon, »verhaltet Euch bis zu unserer Ankunft im Heiligen Land ruhig. Fallt nicht auf. Die Miliz ist wachsam. Wenn sie Euch verhaftet, kann ich nichts mehr für Euch tun. Und Ihr werdet alles verpassen!«

Cosimo lächelte und sagte: »Wie Ihr, Vater, wenn man Euch mit der schönen Lÿs erwischt.«

Oberon setzte sich neben Cosimo.

»Schon beim letzten Mal musste ich mein Verschwinden in der Nacht durch tausend Ausreden rechtfertigen. Craon ist ein unnachgiebiger, misstrauischer Mann. Wenn er es wüsste, würde er furchtbar wütend werden. *Er* ganz besonders. Er ist ein guter, gläubiger Mann, aber er ist unnachgiebig in Bezug auf die Frauen, denen er mehr misstraut als sonst jemandem.«

»Ich habe ihn aber in Gesellschaft von Lÿs' Herrin Erichtô gesehen«, sagte Cosimo.

Der Abt zuckte mit den Schultern.

»Craon kümmert sich um seine Büßerinnen. Das ist alles. Erichtô hat es mit ihrem Wunsch, die Heiligkeit ihrer Mädchen anerkannt zu sehen, sehr eilig. Aber bei meinem Herrn erreicht sie nichts.«

Cosimo hakte sofort nach: »Warum wendet sie sich nicht eher an Carl de Ruy?«

Oberon schien diese Frage zu überraschen.

»Niemand trifft Carl de Ruy«, antwortete er, als wäre das die normalste Sache der Welt. »In dieser Miliz hat jeder seinen Platz, und jeder tut das, was er muss. Aber bei ihm verhält es sich anders.«

Oberon stand auf.

»Im Augenblick kann ich nichts für Euch tun. Welche Belohnung? Seid geduldig, und ich werde mein Bestes tun. Ich bin nicht undankbar.«

Cosimo nickte.

»Es ist also abgemacht«, sagte Oberon.

Er ging auf die Tür zu, doch Cosimo fügte hinzu: »Nehmt Euch dennoch vor Lÿs in Acht. Ich weiß ebenso wenig wie Ihr, wer sie wirklich ist.«

Der Abt lächelte resigniert und kehrte in den Festsaal zurück.

Cosimo blieb nachdenklich zurück.

Er wusste, dass Oberon in diesem Gespräch keine gefährlichen Fakten preisgegeben hatte. Eine *Revolution* bei der Ankunft in Jerusalem? Eine neue *Offenbarung* im Heiligen Land? Das waren Vermutungen, die fast jeder Pilger im Laufe des Tages von sich gab.

»In dieser Miliz hat jeder seinen Platz und tut das, was er muss«, wiederholte Cosimo. »Eine Sache hatte Saintyves letztendlich doch preisgegeben: Robert de Craon ist der Soldat, der bewaffnete Arm. Die Verwaltung der Gelder ist nicht seine wahre Aufgabe. Ich weiß nicht, was er in Jerusalem verteidigen muss, aber ich muss die ›Mission‹ der acht Ritter aufdecken. Jeder tut das, was er muss? Ich muss wissen, wovon jeder das Meiste *versteht*. Ismale war Baumeister. Die Miliz brauchte seine Talente. Um ein neues Denkmal zu errichten oder um die Geheimnisse eines alten Bauwerks zu entschlüsseln? Ismale. Craon. Ein Baumeister. Ein Soldat.«

Cosimo kehrte in den Festsaal zurück. Zwischen den noch anwesenden Rittern der Miliz erblickte er André de Montbard. Das war der Einzige, der ihn wiedererkennen konnte. Cosimo machte sich schnell aus dem Staub.

André de Montbard, der Ermittler. Der Ersatzmann für Ismale.

Cosimo kehrte in seine Kabine zurück. Polybus bestürmte ihn mit Fragen über das Fest, zu dem er nicht eingeladen worden war. Cosimo beantwortete seine Fragen, doch die Beharrlichkeit des Autors ermüdete ihn. Er berichtete über die unterschiedlichen Reaktionen der Adeligen auf Augustodunum und verkündete plötzlich seine Entscheidung, die Pilgerreise abzubrechen! Polybus war bestürzt.

»Du kannst mich doch nicht einfach allein lassen?«

Cosimo verzichtete darauf, seine Recherchen über Carl de Ruy fortzusetzen. Er wollte seine beiden Freunde treffen, um zu erfahren, was sie über Jean du Grand-Cellier und Pierre de Montdidier herausgefunden hatten. Seine Abreise schob er auf eine mystische Krise. Polybus war traurig. Er wünschte ihm viel Glück und versprach, ihn in seinem zukünftigen Werk nicht zu vergessen.

Sie verabschiedeten sich.

Cosimo holte seine Sachen und begab sich an den Schalter seines Raumschiffes. Die Abreise des Pilgers Chaucer wurde vermerkt. Seine Bordkarte wurde vernichtet und sein Name von der Passagierliste des Asimos gestrichen. Der wachhabende Andreide erklärte ihm, dass die Miliz jedem Pilger, der ausschied, die Rückkehr verbot. Die Türen der Pilgerreise blieben ihm für immer verschlossen. Cosimo erkannte die

Bedingungen an und beharrte auf seiner Entscheidung. Er erhielt die Erlaubnis, seinen Kreuzer abzuholen und aufzubrechen.

Im Weltraum steuerte Cosimo Épinac an, den dritten Planeten des Sternsystems von Augustodunum. Es war ein von einer Eisschicht bedecktes ungastliches Terrain. Dort gab es nur ein Dutzend kleiner Kolonien. Cosimo landete dort nicht. Er blieb in der Raumstation. Viel Zeit blieb ihm nicht. Da der Code seines Kreuzers registriert worden war, musste er sich von ihm trennen und ein anderes Transportmittel finden, um die Züge der Miliz inkognito zu erreichen. Er musste mit den lokalen Wachen verhandeln, um seine Maschine gegen ein älteres, weniger leistungsfähiges Raumschiff zu tauschen. Cosimo hatte keine andere Wahl.

Anschließend steuerte er auf den Asimo 5 von Jean du Grand-Cellier und Pierre de Montdidier zu. Am Empfangsschalter schrieb er sich unter seinem Pseudonym ein, das er bereits in Troyes angegeben hatte. Der Eintritt von »Timoléon Fournier« bereitete keine Probleme.

Cosimo bekam eine neue Bordkarte.

IV

Die Begegnung

Was sagte der Heilige Augustinus? Wenn der Geist dem Körper befiehlt, gehorcht er, aber wenn er sich selbst befiehlt, trifft er auf Widerstand? *Ja ... seit einiger Zeit treffe ich auf größeren Widerstand ...*

FRANK HERBERT, Düne

Auf Augustodunum erreichte der Bibliothekar das Kloster, das die Ritter der Miliz während ihres Aufenthaltes in Beschlag genommen hatten. Er betrat den großen Kapitelsaal, wo Hugo de Payns wartete. Der Herr saß allein an einem großen, halbrunden Tisch. Er begrüßte Flodoard mit erschöpfter Miene.

»Ihr habt mich rufen lassen, Herr?«, fragte der Bibliothekar.

»Ja. Nimm Platz und sieh dir das an.«

Hugo bewegte einen Cursor, worauf sich ein großer Bildschirm von der Decke herabsenkte. Die Lichter erloschen. Verwundert drehte Flodoard sich zu dem ersten Bild um, das erschien: Die ägyptische Wüste.

Der Sand wurde von der Sonne überflutet, die zu einem Drittel den Horizont überragte. Es war früh am Morgen. Die Dünen warfen lange Schatten, die allmählich kleiner wurden. Neben dem Brunnen für die Karawanen war im Hintergrund ein Lager aus bunten Zelten zu sehen. Ein Dutzend Schlachtrösser erwachten stehend; Männer in Kriegeruniformen beendeten ihre Runden; einige löschten die Feuer der Nacht.

Plötzlich sprengte ganz in der Nähe ein kräftiger Reiter mit einem üppigen Bart und feurigem Blick zwischen den Dünen hervor. Die Schlachten in der Wüste hatten seine Haut kupferrot gefärbt. Seine Brust war ebenso wie die seines Pferdes durch einen Panzer aus Leder und Eisen geschützt.

Flodoard erkannte den Mann sofort: Das war Balduin. Der Gründer. Der erste christliche König von Jerusalem.

Dieser Herrscher war die wichtigste Stütze von Hugues de Champagne und seiner Miliz.

Er war allein und ein gutes Stück vom Lager entfernt. Auf seiner linken Faust saß ein Falke. Der König war ein Meister im Abrichten von Raubvögeln. Jeden Morgen arbeitete er mit seinen Falken und verließ seine Garde, um das Spiel seiner Vögel zu genießen.

Er streckte den Arm aus und ließ den Raubvogel fliegen – geradewegs auf die Sonne zu. Balduin liebte die Wüste. Seine Raubvögel kreisten nervös und aufgebracht durch die Lüfte, weil sie auf diesem hellen Sand nicht die geringste Beute fanden. Balduin gefiel es, wenn sie zurück auf seine Faust flogen – die Eitelkeit verletzt, aber gehorsam.

Der Falke flog direkt auf die Wolken zu.

Flodoard verfolgte aufmerksam die Szene.

Jetzt sah er auf einer fernen Düne ein Licht blinken. Sofort darauf traf den königlichen Falken ein Laserstrahl. Er fiel zerfetzt zu Boden.

Als der donnernde Schuss ertönte, bäumte das Pferd sich auf; der Herrscher konnte sich nur mühsam im Sattel halten. Er zog sein Schwert. Fünf Laserstrahlen trafen ihn im selben Augenblick und durchbohrten ihn wie eine Stoffpuppe. Balduin von Jerusalem fiel vom Pferd und brach auf der noch kühlen Erde zusammen – sein Körper verstümmelt und von Blut überschwemmt.

Der Thron von Jerusalem war wieder frei.

Die Männer aus dem Lager liefen herbei.

Auch sie fielen einem Feuerhagel aus den Dünen zum Opfer.

Kurz darauf trafen Söldner am Tatort ein und begutachteten ihr Werk. Eine hünenhafte Gestalt führte die Männer an. Das war der Mann ohne Hände und ohne Gesicht. Er blieb neben dem Leichnam des Königs von Jerusalem stehen und betrachtete ihn anscheinend. Einer seiner Männer stieß einen blutüberströmten Leutnant vor sich her. Er wollte ihm den Kopf abschlagen, doch sein Herr ließ Milde walten. Er befahl, diesen Soldaten am Leben zu lassen, damit er detailliert erzählen konnte, was geschehen war. Die anderen Männer des Lagers wurden systematisch niedergemetzelt.

Es war der Augenzeugenbericht dieses Leutnants, der Hugo de Payns und Flodoard nun als Filmdokument vorlag.

Der Herr unterbrach die Übertragung und schaltete das Licht wieder ein.

»Das sind für uns keine guten Nachrichten«, knurrte er. »Der Tod des Königs von Jerusalem folgt auf den des Papstes und den des Kaisers von Byzanz im letzten Jahr und den von Ismale. All diese Unglücksfälle in Abständen weniger Monate. Nach und nach verlieren wir unsere gesamte Unterstützung. Woher wusste der Mann ohne Hände und ohne Gesicht, wo der König sich aufhielt?«

»Ist unsere Expedition in Gefahr?«

»Das hängt vom Nachfolger Balduins ab. Und von der Zeit, die ihm bleibt, um den Vormarsch auf Jerusalem abzuwehren, den der Mann mit Sicherheit plant.«

»Wer wird sein Nachfolger?«

Payns zuckte mit den Schultern.

»Vielleicht einer aus unseren Reihen. Du weißt, dass Balduins Bruder, Eustache de Boulogne, uns seit Troyes begleitet. Er ist der erste Thronprätendent. Aber Eustache ist ein Dummkopf. Wenn er herrscht, wird es uns niemals gelingen, ihm unsere Angelegenheit zu erklären. Eine falsche Entscheidung von seiner Seite könnte die christlichen Kolonien und uns vernichten.«

»Nein, Herr. Es ist eine Sache, das Versteck des Borns zu kennen, und eine andere, ihn zu befreien und heimlich aus Jerusalem herauszuschmuggeln. Nichts von dem, was Eustache so erfahren könnte, bringt uns wirklich in Gefahr. Wir sollten ihm nur nichts anvertrauen. Wenn er nichts weiß, ist es für uns am sichersten.«

»Sobald er im Heiligen Land ankommt, wird einer von Balduins Vertrauten ihn über unsere Vorrechte in den vergangenen Jahren unterrichten, um sich bei ihm einzuschmeicheln.«

»Und wenn Eustache nicht zum König gesalbt wird?«

»Auch das birgt ein Risiko. Vielleicht ist mir ein Idiot, den wir kennen, lieber als ein Thronprätendent, von dem wir nichts wissen. Wenn die Krone auf eine andere Familie übergeht, könnte sie in noch entschlossenere Hände geraten. Wir sollten Eustache vielmehr über die Ermordung des Königs unterrichten und unsere Position bei ihm stärken. Je besser wir ihn kennen, desto besser können wir uns schützen. Ist der Born noch immer in Sicherheit?«

Flodoard lächelte.

»Er kann sich selbst verteidigen. Dazu braucht er uns nicht. Die von Balduin eingesetzten Wachen in Salomons Turm haben sicherlich ihren Posten verlassen, aber was soll's. Außer uns ist niemand in der Lage, das Geheimnis des Schreins zu lüften. Er leistet seit Jahrhunderten Widerstand und wird noch ein paar Monate durchhalten. Es hilft uns nicht, wenn wir nun die Nerven verlieren. Wir haben einen Plan, und daran halten wir fest. Aber was ist mit dem Mann ohne Hände und ohne Gesicht? Sollen wir etwas gegen ihn unternehmen?«

Hugo zögerte.

»Wir wissen nicht, was er wirklich weiß. Der Graf der Champagne hat Recht: Das Wichtigste ist, dass wir als Erste dort ankommen!«

Hugo erhob sich.

»Es könnte sein, dass der Mann Getreue in unsere Reihen eingeschmuggelt hat. Ich möchte, dass du die Pilgerreise früher als vorgesehen mit deinen Büchern und Geräten verlässt. Wie vereinbart, reist du nach Konstantinopel.«

Der Bibliothekar erblasste.

»Heute?«

»Sobald du jene ausgewählt hast, die dich begleiten sollen. Nimm dich in Acht! Wähle sie sorgfältig aus.«

»Aber die aus Byzanz gesandten Soldaten sind noch nicht bei mir eingetroffen. Und …«

»Das spielt keine Rolle. Ihr trefft euch wie vereinbart in Aquileia.«

Diese Aufspaltung in zwei Gruppen war vor der Abreise in Troyes vereinbart worden, aber sie sollte ursprünglich später stattfinden. Die Ritter würden die Pilger zu den Schiffen in Venedig führen, während Flodoard, seine Schreiber und alle Wagen, in denen heimlich Bücher und Geräte transportiert wurden, nach Konstantinopel aufbrachen, ehe sie Jerusalem auf dem Landweg erreichten. Sie wollten das Risiko vermeiden, dass die wertvolle Fracht im Meer versinken könnte.

»Die Todesfälle, die Morde«, murmelte Hugo. »Niemand weiß, was noch alles geschehen kann. Ich will dich so schnell wie möglich in Sicherheit wissen. Bei der Auswahl deiner Männer darf dir kein Fehler unterlaufen. Ein weiterer Verrat, und wir sind verloren. Ich werde an alle Züge den Befehl erteilen, dass sie in einem Abstand von mehreren Tagesmärschen reisen. Niemand darf mehr von einem Zug in den anderen wechseln.«

»Es wird schwierig sein, das durchzusetzen.«

»Dafür haben wir die Miliz. Wenn es Verräter in unseren Reihen gibt, will ich verhindern, dass sie von einem Zug in den anderen wechseln. Außerdem sollte die Nachricht, dass möglicherweise der neue König von Jerusalem an der Pilgerreise teilnimmt, nicht verbreitet werden. Dadurch könnte die Stimmung der Pilgerreise umschlagen. Je weniger politisch wir uns geben, desto weniger geraten wir in Verdacht. Außerdem will ich sicher sein, dass ich das Heilige Land vor Eustache de Boulogne erreiche. Ich werde ihn um ›seiner eigenen Sicherheit‹ willen in den letzten Zug verbannen.«

»Ich verstehe, aber …«

»Was?«

»Mich beunruhigt die Wahl meiner Mannschaft. Es fällt mir schwer, mich meinen Schreibern gegenüber zu öffnen.

Diese Vorahnung, wir könnten verraten und beobachtet werden … Ich weiß nicht mehr, wem ich mein Vertrauen schenken kann. Ich befürchte, überwacht zu werden. Ich kontrolliere alles, und damit bin ich überlastet.«

»Wir müssen die Sache zu Ende bringen, Flodoard. Suche einen neuen Vertrauten. Jemanden, der untadelig ist.«

Er kehrte an den großen Tisch zurück.

Beunruhigt verließ Flodoard den Raum.

Der Bibliothekar kehrte in sein Quartier zurück. Sein Büro war in einem überdachten Wohnwagen untergebracht, der von drei Pferden gezogen wurde. Das Innere lag hinter den Seitenwänden verborgen. Durch ein Rohr entwich von Zeit zu Zeit eine dünne, schwarze Rauchsäule. Vier Stufen führten zu der kleinen Tür hinauf.

Die Besprechung mit Payns hatte mitten in der Nacht stattgefunden, unmittelbar nachdem die Augenzeugenberichte über den Tod Balduins eingetroffen waren. Rund um Flodoard schliefen alle, nur der Wächter nicht. Ehe der Bibliothekar in sein Büro zurückkehrte, ließ er dem Hauptmann Tudebode einen Befehl zukommen.

Dieser wunderte sich, geweckt zu werden, gehorchte aber und ließ Anx Columban wenige Minuten später aus ihrem Gefängnis holen. Seit ihrer Verhaftung vor drei Tagen war das junge Mädchen ohne Erklärung in einer Kiste gefangen gehalten worden, in die nur durch ein paar Löcher Luft drang. Während der Gefangenschaft hatte niemand mit ihr gesprochen. Niemand hatte sie verhört, und niemand hatte sie nach ihrem Namen gefragt. Es hatte sich auch keiner die Mühe einer Leibesvisitation gemacht. Anx trug das Bändchen von Tabari noch immer an ihrem Busen.

Der Hauptmann führte sie in den Wohnwagen des Bibliothekars.

Auf den ersten Blick fiel Anx auf, dass dieser sonderbar eingerichtet war. An allen Wänden standen lange Bücherregale. Der mit Papieren übersäte Schreibtisch ließ nur wenig Platz für ein bescheidenes Ruhelager. Die erstaunlichste Entdeckung war für Anx jedoch der Kamin, in dem ein schönes, knisterndes Feuer brannte. Nie zuvor hatte sie ein aus Holz bestehendes Gefährt mit einer vergleichbaren Einrichtung gesehen.

Flodoard, der hinter seinem Schreibtisch saß, hob den Blick und musterte das junge Mädchen.

»Das ist die Göre, die wir einfangen sollten«, sagte Tudebode.

»Ich weiß.«

Plötzlich tauchte der Schreiber Erich im Türrahmen auf. Er war geweckt und informiert worden.

»Lasst mich allein«, sagte Flodoard.

Tudebode stieg aus dem Wohnwagen. Er ärgerte sich, dass er kein Lob für seine Tat erhalten hatte. Erich wollte eintreten und die Tür hinter sich schließen.

»Du auch, Erich.«

Der Junge wunderte sich.

»Ich komme allein zurecht. Es besteht keine Gefahr. Leg dich wieder schlafen. Morgen ist ein langer Tag.«

Erich, der seine Enttäuschung nur schwer verbergen konnte, warf dem Mädchen schnell einen Blick zu, ehe er dem Befehl nachkam und die Tür hinter sich schloss.

Flodoard streckte seine Hand zum Docht einer Lampe aus und vergrößerte die Flamme. Anx erkannte das Gesicht des Mannes wieder, den sie während ihrer Verfolgung in der

Festung von Troyes in einem der Bücherwagen kurz gesehen hatte. Er hatte diese sonderbar rasierte Stirn, die an die Zeit der Druiden erinnerte und die man in versteckten Winkeln Irlands noch heute fand.

»Setz dich«, sagte der Bibliothekar.

Anx nahm Platz.

»Es betrübt mich, dass unser Treffen unter diesen Umständen stattfindet. Ich habe dem Hauptmann Tudebode befohlen, dich zu suchen, und nicht, dich einzusperren. Er ist ein guter Soldat, aber er hat einen einfachen Geist. Daher gehorcht er prompt, denkt aber langsam.«

Anx musterte den Bibliothekar und erkannte die müden, besorgten Züge des Mannes.

Dieser verschränkte die Arme.

»Ich bin entzückt zu erfahren, dass du dich für den Heiligen Augustinus interessierst.«

»Wer seid Ihr?«, fragte Anx kühl und mit stolz erhobenem Kinn.

Flodoard lächelte.

»Ich bin der erste Bibliothekar von Hugues de Champagne. Mein Name ist Flodoard. Ich trage die Verantwortung für die Bücher, die du neulich in den Kisten in Troyes gesehen hast. Ich habe sie von meinen Schreibern übersetzen und abschreiben lassen. Der Hauptmann Tudebode ist überzeugt, dass du an dem Tag, als er dich erwischt hat, wertvolle Stoffe oder Vorräte stehlen wolltest, um sie an die Büßer zu verkaufen. Er hält dich für eine ganz gewöhnliche Diebin.«

Anx zuckte mit den Schultern.

»Ihr nicht?«, fragte sie.

»Nein. Wenn du eine gewöhnliche Pilgerin auf der Suche nach Beute wärest, was angesichts der fragwürdigen Zusammensetzung dieser Pilgerschar gut vorstellbar wäre, müsste ich mich nicht fragen, warum mir von den dreitausend Werken, die ich mitgenommen habe, eines seit dem Tag fehlt, als du in den Wagen erwischt wurdest.«

Der Mann ließ nicht locker.

»Ein Buch. Ein einziges. Was hat ein Kind wie du davon, mir ins Lateinische übersetzte mohammedanische Annalen zu stehlen? Ich kenne den Inhalt meiner Kisten ganz genau. Meine Register sind fehlerlos. Der Tabari ist verschwunden. Und du hast ihn, nicht wahr?«

Anx antwortete ihm nicht.

»Komm«, sagte Flodoard. »Ich will dir nichts Böses, sondern ich möchte nur das zurückhaben, was mir gehört. Wenn du das Bändchen hast, musst du es mir zurückgeben. Ich beteuere, dass dir nichts geschieht.«

Das Mädchen regte sich nicht.

»Was erhoffst du dir von dem Buch? Kannst du lesen? Hast du es zufällig ausgewählt? Wegen seiner Größe? Wegen seiner Schönheit? Hast du gehofft, es verkaufen zu können? Es ist nicht viel wert, verstehst du? Du hättest eine bessere Wahl treffen können.«

Diese letzte Bemerkung verletzte Anx' Eitelkeit. Sie erwiderte in trockenem, stolzem Ton, dass sie sehr wohl des Lesens mächtig sei und dass sie allein Neugier angetrieben habe: Sie verstehe nicht, warum so viele Bücher mitgenommen wurden und warum die Pilgerreise sich mit einer unnötigen Fracht belaste, wo doch lange, schwierige Wege zu erwarten und Wasser und Tiere nützlicher seien.

Flodoard bewunderte ihre kühne Antwort. Doch ihn überraschte weniger die Richtigkeit dessen, was sie gesagt hatte, als ihre Ausdrucksweise. Der gute Sprachgebrauch und die fehlerlose Grammatik waren für ein Mädchen ihres Standes erstaunlich.

»Deine Antwort zeigt, dass du Verstand hast«, sagte er. »Wer hat dir beigebracht, dich so gut auszudrücken? Wer hat dich das Sprechen und Lesen gelehrt? Vielleicht sogar das Schreiben?«

»Mein Vater. Und die Mönche, die in der Nähe unseres Dorfes in Irland leben.«

Flodoard rutschte auf seinem Stuhl hin und her.

»Interessant. Kannst du mir mehr dazu sagen?«

»Nein.«

»Nein?«

»Mein Vater hat es mir verboten.«

Der Bibliothekar strich mit der Hand über seine rasierte Stirn.

»Ich verstehe. Hast du Brüder und Schwestern?«

»Einen Bruder.«

»Ist er jünger als du?«

»Ja.«

Flodoard überlegte.

»Das erinnert mich an eine alte Geschichte«, sagte er. »Eine dieser Geschichten, die man nur hinter vorgehaltener Hand erzählt. In einer Familie, die ich einst kannte, hatte der Vater seine Tochter auch unterrichtet. Sie war ein paar Jahre älter als ihr Bruder. Doch die Eltern hatten so große Mühe gehabt, das Kind zu empfangen, dass sie bei ihrer Geburt glaubten, niemals weitere Kinder zu bekommen. Der Vater, der fürchtete, sein Wissen und seine Kenntnisse könnten mit ihm verloren gehen, beschloss, seine Tochter so zu erziehen, als wäre sie sein Erbe.«

Das Mädchen riss die Augen auf.

»Etwa so hat es sich bei euch zugetragen, nicht wahr?«, fragte Flodoard.

Anx gab dem Bibliothekar zwar keine Antwort, aber ihre Miene bestätigte seine Vermutung.

»Dieser Praxis bin ich nur in einer einzigen Gemeinde begegnet«, sagte Flodoard. »Und niemals bei den Christen.«

»Den Christen?«

Flodoard nickte langsam. Dann rezitierte er plötzlich einen klassischen, lateinischen Vers.

»›Der ich meinen Gesang einst auf einer Flöte modulierte …‹ Wie geht es weiter?«

Anx lächelte.

»… ›und jetzt singe ich von dem Entsetzen der Waffen des Mars.‹«

Sie hatte das Zitat in lateinischer Sprache beendet.

Das war der erste Gesang der *Aeneis*.

Der Bibliothekar lobte Anx und fuhr dann auf Griechisch fort: »›Singe den Zorn, o Göttin, des Peleiaden Achilleus …‹«

Ohne zu zögern, setzte das Mädchen den Vers in derselben Sprache fort: »›… abscheulicher Zorn, der den Achäern unendliches Leid zufügt.‹«

Das war der erste Vers der *Ilias*.

Flodoard strich über sein Kinn. Die guten Kenntnisse des jungen Mädchens machten ihn stutzig. Er stützte seine Arme auf dem Schreibtisch auf, schob seinen Kopf vor und probierte es mit einem dritten Zitat, das viel gewagter war.

Leise zitierte er auf Hebräisch: »›Und David baute daselbst dem Herrn einen Altar und opferte Brandopfer und Dankopfer …‹«

Einen Augenblick herrschte Schweigen. Die beiden beäugten sich. Sie wussten beide, was ein solcher Satz bedeutete.

Anx überlegte, ehe sie den Satz beendete – ebenfalls auf Hebräisch.

»›Und der Herr ward dem Land versöhnt, und die Plage wich von dem Volk Israel.‹«

Das war der letzte Satz des Buches Samuel.

Wieder herrschte Schweigen – bedrückend wie nach einem Donnerschlag.

»Ich habe es geahnt«, sagte der Bibliothekar.

Anx erblasste, als sie begriff, was sie soeben indirekt gestanden hatte.

»Hab keine Angst. Du kannst offen mit mir sprechen. Was mich betrifft, so ist mein richtiger Name nicht Flodoard. Auch ich musste mich in einen ›Christen verwandeln‹, um meine Freiheit nicht einzubüßen.«

»Aber wir sind keine Juden«, sagte Anx, ohne wirklich zu widersprechen. »Mein Vater wurde von einem bekehrten Paar erzogen. Sie wollten ihm die beiden Religionen vermitteln. Und das setzte er in meiner Erziehung fort.«

»Beide Religionen?«, wiederholte Flodoard lächelnd. »Die Christen, die heute in das Heilige Land aufbrechen, wissen nicht das, was die Juden über die Geschichte dieses Landes wissen. Für Juden hat die Reise nach Jerusalem, die Rückkehr in das Land des Ursprungs, eine viel, viel tiefere Bedeutung als für einen Getauften. Sie sind die wahren Pilger. Wie alt bist du?«

»Vierzehn.«

Flodoard ergriff einen Federkiel und ein Blatt und schrieb mit nervöser Schrift schnell eine Nachricht.

»Diesen Zettel gibst du deinem Vater«, sagte er. »Ich

möchte, dass du in meine Dienste trittst. Die Ausbildung, die er dir zukommen lässt, könnte unserem Niveau hier nie entsprechen. Zudem könntest du mir eine große Hilfe sein.«

»Ich? Aber Ihr seid doch von Schreibern umgeben, die viel mehr wissen als ich. Und ich bin nur ein Mädchen.«

»Das spielt keine Rolle. Wir schneiden dein Haar ab und stecken dich in ein weites Gewand, sodass es niemand merken wird. Und eines Tages wirst du verstehen, was meinen Schreibern fehlt, damit sie mir so dienen können, wie ich es gern hätte. Ich vertraue ihnen nicht. Aber zuerst musst du deinen Vater überzeugen.«

Anx zögerte.

»Ich weiß im Voraus, dass er es nicht erlauben wird.«

Flodoard nahm das Blatt noch einmal an sich und fügte unten auf der Seite einen Satz hinzu. Diesmal schrieb er auf Hebräisch.

»Lass dich nicht mit dem Zettel erwischen, sonst geraten wir beide in große Schwierigkeiten. Es ist nicht gut, als Jude an dieser Pilgerreise teilzunehmen. Du siehst, dass ich dir mein Vertrauen schenke.«

Anx stand auf. Sie überlegte kurz, ehe sie das Bändchen von Tabari unter ihrem Bliaud hervorzog und es auf den Tisch des Bibliothekars legte.

»Und ich schenke Euch das meine«, sagte sie.

Sie stieg aus dem Wohnwagen. Die Wachen wollten sie ergreifen, doch Flodoards Stimme gebot ihnen Einhalt.

Verwirrt durch das, was sie soeben erlebt hatte, lief Anx durch die dunkle Nacht zurück zu ihren Eltern.

V

Das erste Gesetz

Das erstaunlichste Objekt der Betrachtung der Heiligen ist der Mensch. Sie interessieren sich noch für unser Leiden und unsere Freuden. Sie hören sich unsere Wünsche an. Sie beten für uns. Sie sind unsere Beschützer und unsere Ratgeber. Sie freuen sich sieben Mal, wenn ein Sünder in den Schoß der Familie zurückkehrt. (...) Aber wenn sie das Wechselspiel unserer Leidenschaften beobachten, wissen sie gleichwohl nicht, durch welchen Kunstgriff so viele gegensätzliche Elemente in unserem Busen vermischt sind: Gott, der den Seligen erlaubt, die Gesetze des Universums zu erforschen, hat das größte Geheimnis für sich behalten: das Herz der Menschen.

CHATEAUBRIAND, Die Märtyrer

Im Weltraum traf Cosimo seine beiden Freunde im Asimo 5, über den die Ritter Jean du Grand-Cellier und Pierre de Montdidier den Befehl führten. Er begab sich in einen der Überwinterungssäle des Raumschiffs. Dort standen Hunderte gläserner Schlafkapseln nebeneinander. Die meisten waren frei. Diese Schlafstätten dienten dazu, die »Brücken der Hypersphäre« zu überwinden, eine unentbehrliche

Einrichtung, um das ferne Sternsystem der Erde zu erreichen.

Cosimo, der unter seinem Pseudonym »Fournier« eintrat, suchte das Lager mit seinem Decknamen. Genau dort warteten Roland und Croitendieu auf ihn.

Sie umarmten sich herzlich.

»Ich bin froh, dich zu sehen«, sagte Croitendieu. »Es hat lange gedauert. Roland hatte ernsthaft vor, in deinen Zug zu wechseln, weil er Angst hatte, dir könne etwas zugestoßen sein.«

»Die ersten Recherchen waren schwierig«, erwiderte Cosimo.

Er erklärte seinen Freunden, was er unternommen hatte, um etwas über Robert de Craon und Carl de Ruy herauszubekommen. Die Maschinen in der Nähe der drei jungen Männer machten genug Lärm, sodass Cosimos Bericht nicht belauscht oder durch ein Empfangsgerät aufgenommen werden konnte. Er fuhr fort:

»Ich habe einiges erfahren. Erstens wurde mein Verdacht bestätigt, der durch Payns' Briefe, die ich auf Tabor gefunden hatte, geweckt worden war: Die Verteidigung der Pilger bis Jerusalem könnte nur vorgeschoben sein, eine Deckung der Miliz. Ein erfahrener Pilger versicherte mir, dass die Gefahren auf den Straßen übertrieben dargestellt werden, ohne dass diese näher erläutert werden. Dadurch können jedenfalls das ungeheuere Aufgebot an Waffen, das harte Durchgreifen der Miliz, gegen das niemand protestiert, und die strenge Ordnung in den Zügen gerechtfertigt werden. Auf Augustodunum ließ ein Mann durchblicken, dass diese Verteidigungsmission das Ziel verschleiern solle, die Macht im Heiligen Land zu ergreifen, und dass der Orden, der die Straßen des Königreiches kontrollieren wird, unbesiegbar sein wird. Ob das stimmt? Ein politischer Plan? Das passt nicht zu dem, was ich über meinen Onkel weiß. Er hätte sich nicht durch eine schändliche Staatsangelegenheit in Gefahr begeben. Zweitens habe ich dank des Beichtvaters von Craon, Pater Oberon de Saintyves, erfahren, dass jeder der neun Ritter eine ganz bestimmte Aufgabe übernommen hat. Da kein Zweifel daran besteht, dass Ismale wegen seiner Kenntnisse und seiner Talente im Bereich der Baukunst engagiert worden war, müsste Robert de Craon der Soldat, der bewaffnete Arm der Miliz sein. Jetzt muss ich in Erfahrung bringen, welche Aufgaben die anderen übernommen haben. Wenn wir ihre Fähigkeiten kennen, werden wir schließlich das Ziel dieser Expedition erfahren. Saintyves sind in meiner Gegenwart Äußerungen entschlüpft über das, was uns im Heiligen Land erwartet: eine Offenbarung, eine Revolution! Seine Worte waren verworren. Den Born habe ich nicht erwähnt. Das wäre zu riskant gewesen. Aber ich bin sicher, dass wir immer öfter auf diese Bezeichnung stoßen werden. Die Spur führt von der Ermordung Ismales zu einer größeren Affäre, als ich gedacht habe. Fast hatte ich es befürchtet.«

»Ist es weise, unsere Ermittlungen fortzusetzen?«, fragte Croitendieu.

»Ich will unbedingt begreifen, was hier ausgeheckt wurde«, erwiderte Cosimo. »Diesmal werde ich mir nicht wie im Mordfall meiner Eltern die Gelegenheit entgehen lassen, den Mord aufzuklären. Ob ich es will oder nicht, ich bin in dieses Rätsel verstrickt, und ich werde diesen Weg bis zum Ende gehen.«

Cosimo berichtete über seinen vergeblichen Versuch, etwas über Carl de Ruy zu erfahren.

»Es ist unmöglich, ihn zu Gesicht zu bekommen oder sich einem seiner Gefolgsleute zu nähern. Es ist mir unerklärlich. Ich habe über ihn nichts herausgefunden außer einer vagen Verbindung zu einer Krankheit oder einer besonderen Fähigkeit. Ich weiß es nicht ... Und ihr? Was habt ihr herausgefunden?«

»Nach dem Aufbruch von Troyes«, begann Croitendieu, »hat sich jeder von uns an die Fersen eines Herrn des Zuges geheftet. Ich habe Jean du Grand-Cellier nicht aus den Augen gelassen.«

Aus seinem Raumanzug zog er einen kleinen Monitor und rief die Gestalt des Ritters im Programm auf: Jean war ein großer Mann mit wachsamem Blick, der durch seinen dichten Bart noch betont wurde. Sein Haar war lang und gelockt, die Haut weiß, seine Nase wohl geformt. Er war gekleidet wie die Brüder des Ordens, die Strenge eines Soldaten mit der Demut eines Mönchs verknüpft.

»Der Mann macht kein Geheimnis aus seinem Leben«, sagte Croitendieu. »Ich kann über alle Episoden, die ihn betreffen, berichten. Jean entstammt keinem Herrschergeschlecht: Er hat seinen Titel gekauft.«

»Gekauft?«

»Dieses Verfahren ist nicht unrechtmäßig. Es ist nicht sehr verbreitet, aber zulässig, wenn man seit zwei Generationen Besitzer eines großen Landgutes ist.«

»Und dann?«

»Er vergrößerte sein Schloss in Morvilliers mit Hilfe des Vermögens, das ihm blieb, um seinem Titel mehr Gewicht zu verleihen. Es dauerte nicht lange, bis er dank seiner Pferdezucht wieder ein unglaubliches Vermögen angespart hatte. Dieser Mann ist sehr geschickt. Auf seinem Grund und Boden erbaute er riesige Pferdeställe, wie es sie nur im Orient gibt. Dort züchtete er viel kraftvollere Pferde, als die bislang in unseren Kriegen und Turnieren eingesetzten, und ritt sie zu. Er bot Pferde zum Verkauf an, die genauso gut durch die Bourgogne galoppieren können wie über arabische Sanddünen. Eine Rasse, die jedes Klima verträgt. Die Adeligen des Königreiches stürzten sich förmlich auf seine außergewöhnlichen Reitpferde. Innerhalb weniger Monate erlebten sein Schicksal und sein Ansehen eine ungeheuere Wende.«

»Warum nimmt er an dieser Pilgerreise teil?«

»Aufgrund einer anderen Pilgerreise. Um sich für die ihm zugestandene Güte bei unserem Herrgott zu bedanken, beschloss Jean vor zwanzig Jahren, nach Compostela aufzubrechen. Unterwegs traf er Hugues de Champagne und Hugo de Payns, die ihrerseits aus Jerusalem zurückkehrten. Niemand weiß, worüber sie sprachen, aber Jean kehrte um und schloss sich ihnen an. Kurze Zeit später überließ er seinem jüngeren Bruder seinen Besitz. Sein Geld floss an die Miliz, und heute gehört er zu den neun Weisen, die die Pilgerreise anführen.«

»Keine Geheimnisse?«, fragte Cosimo.

»Ein einziges. Jean hat sein Erbe für die Miliz nicht etwa in Gold oder Silber umgetauscht. Einer seiner Männer vertraute mir an, dass er für sein gesamtes Vermögen Edelsteine gekauft habe. Smaragde. Er ließ im ganzen Abendland danach suchen. Der Mann, von dem ich dies erfahren habe, will gesehen haben, dass riesige Steinberge das Land des Hugues de Champagne in bewachten Kolonnen erreicht haben.«

»Niemand weiß, was aus diesen Edelsteinen geworden ist?«

»Es wird gemunkelt, dass Jean sie in diesem Augenblick

nach Jerusalem bringt. Und tatsächlich haben einige seiner Gefolgsleute die Aufgabe, einen Sektor des Raumschiffs streng zu bewachen.«

»Ist es sicher, dass die Smaragde sich dort befinden?«

»Nein«, antwortete Croitendieu. »Aber irgendwo müssen sie stecken.«

»Und vor allem müssen sie von ungeheurem Nutzen sein, wenn er sie im ganzen Land gekauft hat«, murmelte Cosimo. »Weißt du, wo dieser streng bewachte Sektor liegt?«

»Mehr oder weniger. Aber es ist unmöglich, diesen Sektor zu betreten.«

»Wir werden sehen.«

Cosimo drehte sich zu Roland um.

»Ich habe nicht so viele Geschichten über meinen Ritter zu erzählen«, sagte dieser. »Pierre de Montdidier ist ein zugänglicher Mann, über den keinerlei Geheimnisse verbreitet werden. Er ist Soldat. Ein ausgezeichneter Krieger. Ihm obliegt die logistische Organisation der Miliz. Während des Tages ist er damit beschäftigt, Soldaten zu rekrutieren. Er lebt, schläft und isst bei seinen Soldaten. Seine Frömmigkeit fällt ins Auge. Es kann in jeder Situation vorkommen, dass er plötzlich erstarrt und zu beten beginnt.«

»Hast du dich ihm genähert?«

»Nicht nur das, sondern ich habe dir sogar eine Gelegenheit verschafft, ihn kennen zu lernen. Ich habe mich mit einem seiner wichtigsten Werber angefreundet und mache bei einer nächtlichen Operation mit, die bald durchgeführt wird.«

»Eine Operation?«

»Vermutlich geht es nur darum, die Ordnung sicherzustellen. Den eigentlichen Zweck der Operation kenne ich nicht.

Vielleicht ist es nur eine Übung. Auf jeden Fall sind wir fünfzehn Männer, die Montdidier an einen Ort begleiten werden, den er uns noch nennen wird. Ich habe versprochen, an dem besagten Tag einen ausgezeichneten Mann mitzubringen. Der Werber hat Respekt vor mir und vertraut daher meinem Urteil.«

»Gut«, sagte Cosimo. »Genau das habe ich von euch erwartet.«

Am nächsten Tag liefen Cosimo und Croitendieu über die Maschinendecks des Asimos 5, an den Gängen entlang, zu denen die Passagiere keinen Zugang hatten. Diese Gänge konnte man unmöglich ausfindig machen, und für die Ingenieure waren sie häufig unzugänglich. Croitendieu wunderte sich über die guten Kenntnisse, die sein Freund über den Aufbau des Raumschiffs besaß. Cosimo, der seine Reisetasche auf der Schulter trug, richtete sich nach den Angaben seines kleinen Monitors, auf den er die Skizze kopiert hatte.

»Woher kennst den richtigen Weg?«, fragte Croitendieu. »Wer hat dich über die Lage dieser Zwischendecks informiert?«

Cosimo zeigte auf seinen Monitor.

»Die Serie der Asimos 4 wurde von den Baumeistern meines Onkels auf Tabor entwickelt.«

Vor einem Gitter blieb Cosimo stehen. Er zog einen Seitenschneider aus der Tasche und schob ihn zwischen die Maschen, um die Stromzufuhr zu unterbrechen. Als er das Gitter abgeschraubt hatte, wurde ein Durchgang zu einer Treppe sichtbar, die in einer langen Röhre senkrecht nach oben führte.

»Dort entlang«, sagte Cosimo. »Das ist normalerweise eine

Rolltreppe, aber ich kann sie nicht ans Stromnetz anschließen. Daher müssen wir zu Fuß gehen. Es ist ein langer Weg.«

Er zog sich als Erster hoch.

Der Durchgang war so eng und tief, dass man das Ende nicht sehen konnte. Es war stockdunkel. Der Aufstieg schien sich endlos in die Länge zu ziehen, und die wenigen Abzweigungen, die sie passierten, waren entweder versperrt, oder sie interessierten Cosimo nicht. Arme und Oberschenkel der beiden Männer ermüdeten. Croitendieu schwitzte stark.

Ehe sie das Ende der Treppe erreicht hatten, blieb Cosimo stehen. Er machte einen Schritt zur Seite und kroch mit den Füßen voran in eine breitere Röhre, die horizontal verlief. Cosimo forderte Croitendieu auf, mit dem Oberkörper voran in die Röhre zu steigen. Aufgeregt folgte sein Freund ihm.

Ein helles Licht stieg aus der Tiefe des Raumschiffes auf und schien schwach durch die Verbindungsstellen. Cosimo rückte etwa fünfzig Meter weiter vor, ehe er anhielt. Seine Tasche befand sich in Kopfhöhe. Er zog ein Schneidgerät heraus, bedeutete Croitendieu zurückzuweichen und begann, ein Stück aus dem Boden, auf dem sie sich befanden, auszuschneiden. Die Öffnung, die er vormarkierte, betrug etwa dreißig Zoll. Croitendieu musterte ihn bestürzt. Der Boden neigte sich langsam, ehe er sich verbog und zu vibrieren begann. Eine Kraft zog ihn nach unten. Cosimo konnte sein Werk nicht vollenden. Der Kreis wurde mit einem ungeheuren blechernen Knall herausgerissen, sodass zwischen den beiden Freunden eine gähnende Leere entstand.

Croitendieu stieß einen Schrei aus. Er klammerte sich mit aller Kraft fest und schloss die Augen. Ein wahrer Tornado rauschte durch das Rohr.

Cosimo beugte sich hinunter. Unterhalb des Kreises blickte er auf eine riesige Leere, die Millionen von Lichtern erhellten und die mehrere Hundert Meter breit war. Ein beständiges Dröhnen erschütterte den ›Abgrund‹.

Das war die gigantische Leere, die den Bauch des Asimos ausfüllte.

Croitendieu stand Todesängste aus.

»Komm«, schrie Cosimo so laut, dass sein Freund ihn verstehen konnte. »Öffne die Augen.«

Croitendieu krallte seine Fingernägel förmlich in das Blech. Von Schwindel erfasst, starrte er verzweifelt in die Tiefe. Cosimo zog aus seiner Tasche einen der blauen Gürtel, an denen er an der Universität Cori Occlo gearbeitet hatte. Schlagartig legte der Wind sich; das Beben und der Lärm hörten ebenfalls auf. Cosimo und Croitendieu befanden sich mitten in dem Rohr im Zustand der Schwerelosigkeit – von allen Zwängen befreit.

Cosimo zog den zweiten Gürtel aus der Tasche und reichte ihn Croitendieu.

»Denk nach«, sagte er in der einsetzenden Stille. »Wo sind wir? In einem galaktischen Raumschiff mitten im Weltraum. Hier umgibt uns keine natürliche Schwerkraft. Diese wird durch eine Rotation des Raumschiffes um seine eigene Achse simuliert. Alle Bezugsgrößen sind verfälscht. Es sind die Funktionen deines Gehirns, die dir die Vorstellung der dich umgebenden Welt vermitteln. Und jetzt täuschen sie dich.«

»Aber …«

»Ich beschäftige mich seit über einem Jahr mit diesen Gürteln. Seitdem es mir gelungen ist, die Wirkung der Schwerkraft auszuschalten. Mein Verfahren hebt die Wirkung der Schwerkraft *und* die der meisten anderen Kräfte auf.«

Cosimo band seinen Gürtel um seine Taille, sodass sein Freund sah, wie er ihn befestigen musste. Croitendieu wusste, dass Cosimo sich eifrig mit dem Studium der Schwerkraft beschäftigt hatte, aber er hatte nie mit ihm über seine Prototypen gesprochen.

»Im Augenblick spürst du den Einfluss der Schwerelosigkeit, die mein Gürtel dir verleiht«, erklärte Cosimo ihm.

Mit diesen Worten drückte er mit einem Finger auf eine Scheibe in der Mitte von Croitendieus Gürtel, die aufleuchtete.

»... und jetzt kannst du dich frei im ›Abgrund‹ bewegen.«

Croitendieu schaute in die Tiefe. Zuerst hatte er das Gefühl, sich in einer seitlichen Position zu befinden, dann in einer senkrechten. Es drohte keine Gefahr mehr. Seit er den Zustand der Schwerelosigkeit erreicht hatte, hatte sich sein Schwindel gelegt. Er konnte aber nicht mehr klar denken.

»Komm, wir müssen weiter«, sagte Cosimo.

Er drängte sich in die Öffnung und *stieg* den riesigen Tunnel *hinauf*. Croitendieu folgte ihm.

»Warum haben wir die Gürtel nicht benutzt, als wir die Treppe hinaufgestiegen sind?«, fragte er. »Dann hätten wir unsere Kräfte schonen können.«

»Die Gürtel haben eine begrenzte Kapazität. Uns bleibt nur eine Stunde, und wir müssen noch zum Ausgang zurückkehren.«

Ein Metallstück flog mit hoher Geschwindigkeit an ihnen vorbei.

»Der ›Abgrund‹ dient einerseits dazu, die normale Schwerkraft herzustellen, und andrerseits dazu, die Abfälle aufzusaugen«, erklärte Cosimo. »Er ist sozusagen der Müllschlucker des Raumschiffes.«

»Die normale Schwerkraft herzustellen?«, fragte Croitendieu.

»Große Raumschiffe wie die Asimos müssen die Möglichkeit haben, die gewünschte Geschwindigkeit und ihre Masse je nach den Sternsystemen, die sie durchfliegen, zu verändern.«

»Ihre Masse *verändern*? Das ist unmöglich.«

»Dieser Tunnel kann sich innerhalb weniger Minuten mit Milliarden generierter Teilchen füllen. Sie sind unsichtbar, nicht fühlbar und scheinbar ohne Gewicht, wirken aber zusammen wie eine ungeheure Masse.«

Cosimo zeigte auf die orangeroten Rohre, die dazu dienten, diese Teilchen auszustoßen.

»Mit Hilfe der Rotationsgeschwindigkeit kontrollieren sie auf diese Weise ausgezeichnet die notwendige Schwerkraft für die Passagiere.«

In diesem Augenblick flog ein anderer Brocken zischend an ihnen vorbei.

»Diese Abfälle werden von den Passagieren oder unbemannten Flugkörpern abgeworfen«, erklärte Cosimo. »Am Ende der Reise landen sie im Weltraum. Ein Größensensor hilft ihnen, die richtige Richtung einzuschlagen, und verhindert, dass sie aufprallen oder die Wände durchbohren. Da unsere Gürtel aber die Teilchen, die die Informationen der Schwerkraft transportieren, zurückdrängen, existieren wir für ihre Detektoren nicht. Wir müssen aufpassen.«

»Wohin gehen wir?«

»Wenn deine Informationen über Grand-Cellier richtig sind, sollten wir uns dorthin begeben.«

Cosimo zeigte auf einen Teil der Wand, der weit vor (oder unter oder über?) ihnen lag.

Der Durchmesser der Müllauswurfrohre betrug etwa fünfzehn Meter. Sie hatten alle eine auf den Abgrund gerichtete Öffnung. Cosimo und sein Freund betraten eines in entgegengesetzter Richtung. Das Rohr war kurvenreich. Lautes Zischen informierte sie über die Ankunft eines Abfallteiles. Sie pressten sich an die Wand, um eine Kollision zu vermeiden.

Kurz darauf flogen sie über eine Reihe unterschiedlich geneigter Gitter hinweg, die über den Aufenthaltsräumen, den Speisesälen, Hallen und Gängen lagen, wo es von Pilgern und Wachen wimmelte.

Oberhalb eines Gitters hielten sie schließlich an. Sie standen senkrecht über einem hohen Raum, in dem etwa ein Dutzend Männer in weißen Kitteln an verschiedenen Werkbänken arbeiteten. Der Raum glich einem Labor oder einem Operationssaal.

»Wo sind wir?«, murmelte Croitendieu.

»In den Privatquartieren von Jean du Grand-Cellier. Schau hier.«

Einer der Männer hielt einen Gegenstand in der Hand, als er sich erhob. Es war eine Kugel. Eine leicht grünlich schimmernde Kugel.

»Smaragd?«, überlegte Cosimo.

Der Mann schaute auf einen Arbeitsplan. Er ergriff ein Werkzeug und begann, die Oberfläche der Kugel zu fräsen. An seiner Seite arbeitete ein anderer Wissenschaftler an seinem eigenen Werkstück. Er schien die Größe und das Gewicht zu überprüfen. Cosimo betrachtete aufmerksam die Werkbänke. Alle Männer feilten diese seltsamen Smaragdkugeln.

Eine Tür wurde geöffnet. Croitendieu starrte durch das

Gitter. Der Mann mit dem rasierten Schädel war groß und trug einen blauen Kittel.

»Das ist ein enger Mitarbeiter von Grand-Cellier.«

Der Neuankömmling sprach kein Wort. Er schritt zwischen den Werkbänken hindurch. Ein Gelehrter erhob sich, als der Mann zu ihm trat, und zeigte ihm sein Werkstück. Der Mann nahm es in die Hand und legte es auf einen Scanner. Er schien zufrieden zu sein.

»Was sie wohl berechnen?«, fragte Cosimo sich.

Die beiden Männer schritten mit der Kugel auf einen bogenförmigen Durchgang zu. Der angrenzende Raum war in Dunkelheit gehüllt. Sie verschwanden und tauchten etwa eine Minute später wieder auf. Ohne Kugel.

»Wir müssen herausfinden, zu welchen Zeiten diese Männer welchen Tätigkeiten nachgehen«, flüsterte Cosimo seinem Freund zu. »Und ihr Sicherheitssystem überlisten.«

Er zeigte auf die Bewegungsmelder, die an der gesamten Decke des Raumes angebracht waren.

Croitendieu wollte die Koordinaten des Raumes auf seinem Pocket-PC speichern. Er versuchte, eine Tasche seines Schutzanzugs zu öffnen, um das Gerät herauszuholen. Dabei stützte er sich mit den Knien an einer Wand oberhalb des Gitters ab und beschloss, seinen Gürtel kurzfristig auszuschalten, um einfacher in seine Tasche fassen zu können.

»Nicht!«, flüsterte Cosimo.

Es war zu spät. Croitendieu, der sich aufgrund der Neigung der Wand und der Illusion des Gleichgewichts, die ihm die Schwerelosigkeit vorgaukelte, hatte täuschen lassen, wurde von einem starken Sog erfasst. Ihm wurde förmlich der Boden unter den Füßen weggerissen. Durch die hohe Geschwindigkeit rollte der Gürtel sich zusammen, und die

Schnalle mit den Tasten landete auf seinem Rücken. Croitendieu konnte den Schalter nicht erreichen.

Im ersten Augenblick war Cosimo wie vom Donner gerührt. Doch er fasste sich schnell und schaltete seinen Gürtel ab, sodass er sich ebenfalls im Zustand des freien Falls befand.

Croitendieu wurde mit dem Bauch gegen die Wände des Rohres gepresst und rutschte mit Schwindel erregender Geschwindigkeit auf den Abgrund zu.

Cosimo spielte an seinem Gürtel, um ihn einzuholen. Indem er ihn Bruchteile von Sekunden aktivierte, um nicht gegen die Wände gepresst zu werden, und dann erneut abschaltete, stürzte er schneller als sein Freund in die Tiefe.

Doch Croitendieu war schon weit entfernt. Cosimo wusste, dass er ihn nicht einholen würde, ehe er die Öffnung erreichte. Er hörte das Zischen von Abfall. Als er seinen Gürtel wieder einschaltete, schwebte er schwerelos durch die Mitte des Rohres. Ein schwarzer Punkt schoss wie ein Ungeheuer auf ihn zu. Mit einer akrobatischen Drehung schaffte Cosimo es, sich an den Brocken zu klammern. Der Aufprall entriss ihm einen Schrei. Der junge Mann wurde mit unbeschreiblicher Gewalt mitgerissen.

Croitendieu wurde aus dem Rohr geschleudert und stürzte in den Abgrund. Kurz darauf folgte Cosimo ihm. Er war schneller als Croitendieu. Als er ihn überholte, sah er, dass sein Freund sich verzweifelt bemühte, seinen Gürtel zu fassen zu bekommen, doch seine Anstrengungen waren vergebens.

Erst als Cosimo seinen Freund überholt hatte, ließ er den Brocken los, aber aufgrund der Trägheit entfernte er sich trotz seiner Schwerelosigkeit weiter von Croitendieu. Er kämpfte gegen den Luftsog an. Allmählich zeichnete sich unter ihm der Grund des Schlundes ab: riesige, sich drehende Rotorblätter, die die Abfälle des Asimos zerkleinerten, ehe sie in den Weltraum geschleudert wurden. Die Zeit lief ihnen davon. Cosimo begab sich auf die Flugbahn seines Freundes. Er wusste, dass es einen entsetzlichen Aufprall geben würde. Er veränderte seine Position, breitete die Arme aus und stieß mit voller Wucht gegen Croitendieus Körper.

Erneut wurde er in die Tiefe gerissen. Obwohl er den zweiten Gürtel aktiviert hatte, rasten die beiden Freunde auf die Rotorblätter zu. Cosimo spürte den starken Wind gegen seinen Körper peitschen. Die Glieder seines Freundes waren vollkommen verkrampft. Cosimo kämpfte, bis ihr Tempo schließlich gedrosselt wurde und sie auf der Nabe in der Mitte landeten, an der die Rotorblätter saßen. Bei diesem Luftzug stand es außer Frage, wieder aufzusteigen. Von den Rotorblättern wurde der Müll in tausend Teile zerkleinert. Dabei entstand ohrenbetäubender Lärm.

Croitendieu bekam kaum noch Luft. Seine Sinne schwanden. Cosimo sorgte mühsam für ihr Gleichgewicht. Er zog seine Waffe aus der Tasche und schoss, ohne zu zögern, auf die orangeroten Rohre, die am Abgrund entlangführten, und durchsiebte sie. Die Mündungen der Abfallrohre schlossen sich auf der Stelle. Cosimo wusste, was jetzt geschah. Sobald die Teilchen freigesetzt wurden, wurde das Müllentsorgungssystem abgeschnitten, und der Abgrund verwandelte sich in einen riesigen, hermetisch abgeschlossenen Hohlraum. Indem Cosimo die Röhren durchsiebt hatte, hatte er eine automatische Alarmreaktion ausgelöst. Die Rotorblätter des Zerhackers verlangsamten ihr Tempo. Als sie sich nur noch schwach drehten und den Aufstieg der beiden jungen Männer nicht mehr behindern konnten, nahm Cosimo Croitendieu an die Hand und zog ihn mit sich nach oben.

Unter ihren Füßen machten die Andreiden sich schon daran, die Schäden zu reparieren und die Ursache des Unfalls zu suchen.

Obwohl die Batterien nur noch eine geringe Leistung aufwiesen, gelang es Cosimo, den Eingang zu erreichen, durch den sie gekommen waren. Er deaktivierte die Gürtel und schob Croitendieu waagerecht in das Rohr. Es dauerte mehrere Minuten, bis sein Freund die Besinnung wiedererlangte.

»Wir sind nicht in Gefahr«, sagte Cosimo. »Die Nachforschungen werden auf keinen Fall auf unsere Spur führen.«

»Kennt niemand deine Antigravitations-Gürtel?«, fragte Croitendieu.

»Das würde mich wundern. Ich bin mit dieser Erfindung nicht an die Öffentlichkeit getreten, und Studien über die Schwerelosigkeit werden seit Generationen nicht mehr betrieben.«

In den nächsten Stunden beobachteten Cosimo und Croitendieu gewissenhaft die Personen, die die Quartiere von Grand-Cellier besuchten und verließen. Mit Rolands Unterstützung protokollierten sie die Essenzeiten, die Zeitpunkte der Wachablösung, und später wechselten sie sich ab, um die nächtlichen Aktivitäten zu überwachen.

Nachdem sie diese Informationen gesammelt hatten, kehrten Cosimo und Croitendieu auf dieselbe Weise wie zuvor in den Bauch des Asimos 5 zurück.

Sie montierten das Gitter vor dem Labor ab, in dem die Smaragde bearbeitet wurden, ohne die geringsten Geräusche zu verursachen.

Cosimo drang in das Labor ein, schwebte durch den Raum und hielt sich vorsichtshalber dicht unter der Decke auf. Er musste warten, bis die drei Wissenschafter, die noch an ihren Werkbänken arbeiteten, den Raum verließen. Erst wenn sie die Tür hinter sich schlossen, konnte er sein Feld der Schwerelosigkeit ausdehnen, bevor das Sicherheitssystem eingeschaltet wurde. Die Zeit zog sich endlos in die Länge. Die Männer verließen das Labor nicht zur vorgesehenen Zeit. Cosimo kam es vor wie eine Ewigkeit.

Jean du Grand-Cellier betrat persönlich das Labor, als nur noch ein einziger Wissenschaftler dort arbeitete.

»Auf welchem Genauigkeitsniveau arbeitet Ihr?«, fragte er.

»Bei einem Vierunddreißigstel im Durchmesser und beim 72. Versuch bei der Masse und beim Gewicht«, erwiderte der Mann in dem Kittel.

»Gut.«

Jean ging auf eine Tafel zu, auf der in großer Schrift eine Gleichung geschrieben stand: S4 = (13x13y)4. Eine Anmerkung erklärte, dass x ein Wert des Durchmessers und y eine Unbekannte war.

»Uns bleiben nur noch wenige Wochen, um die höchste Präzision zu erreichen«, sagte Jean.

»Habt Ihr Zweifel, Herr?«

»Unsere Auswahl wird immer kleiner. Wir stellen immer weniger Kugeln her.«

»Die Fertigung wird immer schwieriger. Unsere Wissenschaft hat Grenzen. Unsere Technologien auch. Uns fehlt eine Angabe aus Hincmars Gleichung. Wir tun alles, was in unserer Macht steht.«

»Das beunruhigt mich. In Hincmars Schriften hört es sich immer so an, als hätte er die vollständige Gleichung der Kugel gelöst.«

»Das ist wirklich seltsam. Man könnte meinen, er habe

diese Angaben verschwinden lassen, um uns daran zu hindern, die perfekten Kugeln anzufertigen.«

Jean antwortete ihm nicht.

»Wie dem auch sei«, sagte der Wissenschaftler, »auf jeden Fall hat die erste Gruppe schon eine Präzision erreicht, die höher liegt als von Hincmar Ibn Jobaïr empfohlen. Ich kann mir nicht vorstellen, dass ein mechanisches System Unterschiede in der Größenordnung, in der wir uns jetzt bewegen, überhaupt feststellen kann.«

»Wer hat denn von einem *mechanischen System* gesprochen?«, fragte Jean.

Die beiden Männer gingen mit der Kugel in den Nebenraum und verließen dann schweigend das Labor.

In dem Augenblick, als der Werkraum in Dunkelheit gehüllt wurde, vergrößerte Cosimo sein Magnetfeld. Plötzlich hatte er das Gefühl, eingesperrt zu sein und zu ersticken. Er senkte sich zum Boden hinab. Das Kontrolllicht des Bewegungsmelders an der Decke war eingeschaltet. Rings um Cosimo wirbelten Instrumente, Stifte, Smaragdsplitter und verstreute Blätter durch die Luft, als sie von der Schwerelosigkeit erfasst wurden. Offenbar funktionierte der Plan. Cosimo konnte den Standort wechseln, ohne Alarm auszulösen.

Croitendieu setzte mit der Leichtigkeit eines Schattens auf dem Boden auf, als er sich mit einer Taschenlampe zu ihm gesellte.

Cosimo handelte in aller Eile. Er untersuchte die Geräte, die die Wissenschaftler benutzten. Alle hatten mit Pyrogravur zu tun. Überall fand er winzige Smaragdsplitter.

»Was hat diese Gleichung zu bedeuten?«, fragte Croitendieu und richtete den Strahl der Taschenlampe auf die Tafel. $S4 = (13x13y)4$?

»Möglicherweise brauchen sie vier Kugeln mit einem Durchmesser des Faktors 13, und der andere Teil der Gleichung hat mit der Masse und dem Gewicht zu tun. Aber was ist das für ein Faktor? Ich weiß es nicht. Und sie offenbar auch nicht.«

Cosimo ging zu dem Durchgang, den die Wissenschaftler zwei Mal passiert hatten.

»Ist das nicht zu gefährlich?«, fragte Croitendieu. »Ist der Wirkungsbereich groß genug, um den Raum zu verlassen?«

»Uns bleiben ein paar Meter Spielraum.«

Die beiden Männer näherten sich dem Durchgang.

Wie erstarrt blieben sie stehen.

Vor ihnen erstreckte sich ein langer Gang. Kleine Lichter erhellten aneinander gereihte Regale wie in einer altertümlichen Bibliothek. Doch Cosimo und Croitendieu erblickten keine Bücher, sondern unzählige, auf Samt gebettete Smaragdkugeln.

»Unglaublich!«

Ganz in ihrer Nähe verließen Kugeln ihre Plätze. Cosimo ergriff eine, die vor seinen Augen durch die Luft flog. Sie war geriffelt und von innen ausgehöhlt.

»So erreichen sie die richtige Masse, ohne den Durchmesser verändern zu müssen. Die Nuten auf der Oberfläche dienen vermutlich dazu, das Gleichgewicht und das Gewicht zu vervollkommnen. All diese Kugeln haben ein unterschiedliches ›y‹. Aber wozu dienen die Kugeln?«

Croitendieu beleuchtete mit der Taschenlampe eine Nische in dem Gang. Die beiden Freunde entdeckten einen großen Block, der mittels grüner Strahlen erhellt wurde. Er ähnelte einem Stein oder einem Felsen. Da der obere Teil fehlte, konnte man den inneren Aufbau mit den vier Zugängen erkennen, die spiralförmig in eine kleine, leere Kammer führten.

»Dazu dienen die Kugeln. Die vier Zugänge haben eine große Bedeutung«, murmelte Cosimo.

»Was kann das sein? Ein Block, ein Panzer, ein Schrein? Und diese Lücke? Der Born?«

»Der Born. Das Hologramm soll einen Gegenstand simulieren, der im Heiligen Land zu finden ist«, sagte Cosimo. »Als ich auf Tabor war, vertraute Ruysdael mir Schriften meines Onkels an. Auf den Blättern, die dieser Hincmar signiert hat, von dem der Wissenschaftler sprach, waren ebenfalls Skizzen von Kugeln abgebildet. Aber keine Gleichung.«

»Dann wusste Ismale davon?«

»Ismale wusste es.«

Cosimo, den das schwerelose Schweben erschöpfte, verließ den Raum.

»Jetzt kennen wir Grand-Celliers Aufgabe«, sagte er. »Er fertigt diese Smaragdkugeln an.«

Cosimo schaute ein letztes Mal auf die unzähligen Kugeln.

»Und die Miliz hat wahnsinnige Angst, dieser Teil ihrer Operation könne misslingen.«

Die beiden jungen Männer stiegen den Auswurfschacht hinauf und montierten das Gitter wieder. Croitendieu ging Cosimo voraus. Um keinen Alarm auszulösen, deaktivierte Cosimo seinen Gürtel. Alle in der Luft schwebenden Gegenstände im Labor fielen herunter. Einige zerbrachen, als sie sich in der Luft drehten und auf dem Boden aufprallten. Die Sirenen begannen zu heulen.

Cosimo aktivierte erneut sein System und verschwand mit seinem Freund in dem Schlund.

VI

Der Planet der Denker

Einem Melancholiker kann ich nur eines sagen: »Schau in die Ferne.« Der Melancholiker ist fast immer ein Mensch, der zu viel liest. Für diese Distanz ist das menschliche Auge nicht geschaffen. In der Ferne ruht es sich aus.

ALAIN, Worte über das Glück

Ein kleines Raumschiff näherte sich dem Mond Eerl. Die Maschine flog im Blindflug. Alle Bordinstrumente waren ausgeschaltet. Ihre Ankunft erfolgte so unmerklich wie die eines Schiffswracks.

Plötzlich lösten sich drei Kapseln. Sie hatten eine längliche Form von der Größe eines Menschen. Ohne Antrieb »fielen« sie in den Weltraum und verschwanden in der Atmosphäre des Mondes. Sie übertraten das galaktische Gesetz, das allen Raumschiffen verbot, auf einer bewohnten Kolonie zu landen, ohne eine Raumstation zu durchlaufen.

Als die Kapseln außer Sichtweite waren, sendete das Raumschiff ein Notsignal aus. Der Alarm wurde von der Raumstation empfangen. Das Raumschiff legte an der Brücke an, die für Raumschiffe in Not installiert worden war.

Niemand auf Eerl hatte von dem Abwurf der drei Kapseln etwas bemerkt.

Sie landeten an drei verschiedenen Punkten auf dem Mond.

Eerl bestand aus drei Kontinenten, die durch Flüsse, in denen grünes Wasser floss, voneinander getrennt waren. Einer bestand aus einem tiefer gelegenen, bewaldeten Gebiet, einer aus Sumpf und Torf und der dritte aus trostlosen Ebenen, auf denen Heidekraut und Stechginster wuchsen. In dieser Gegend zerschellte eine der Kapseln. Sie zerbrach in zwei Teile, ehe Alp Malecorne ausstieg. Seine Glieder waren ein wenig steif, und seine Knochen schmerzten von dem Aufprall. Er trug einen Schutzanzug und einen schwarzen Mantel. Auf seinem Kopf saß ein Hut mit breiter Krempe. Er war blass; eine Prothese in der Mitte seines Gesichts ersetzte die fehlende Nase.

Unter seinem Mantel zog Alp einen Signalempfänger hervor. Zwei leuchtende Punkte wiesen auf die Position der anderen Kapseln und auf die Lage der einzigen bewohnten Ortschaft auf Eerl hin. Ohne sich länger aufzuhalten, lud Alp seine Waffe und ging in diese Richtung davon.

Eerl war eine besondere Kolonie in der Galaxie. Die Gemeinde hatte von ihrer Oberfläche alle elektronischen Anlagen verbannt. Waffen waren strikt verboten. Dieser Mond war eine Zufluchtsstätte für Pazifisten und Träumer. Der Planet lebte in vollkommener Autarkie und ohne Regierung. Jeder Bewohner blieb so lange hier, wie es ihm gefiel, und richtete sich nach den Regeln der Gemeinschaft.

In der kurzen Phase der Abenddämmerung erreichte Alp die Palisade der Stadt. Am Himmel hingen dunkle Wolken; es regnete. Am Rand seiner Hutkrempe bildete sich plötzlich eine Eisschicht. Das Wetter hatte sich innerhalb weniger Minuten geändert. Die Jahreszeiten wechselten hier nicht nach einigen Wochen oder Tagen, sondern innerhalb von Stunden. Trotz seines Schutzanzugs litt Alp unter der Kälte und Hitze, bevor er die Stadt erreichte. Er war erschöpft. Der Regen trommelte auf die Dächer; die Pfützen wurden zusehends größer. Die weißen Fahnen, das Symbol des Friedens auf diesem Mond, wehten im Wind.

Alp trat ans Tor. Die Palisade war so hoch, dass er von dem Ort nichts sehen konnte. Mit dem Türklopfer schlug er gegen das Holz, dann läutete er die Glocke. Er war nervös und fror wie ein Schneider. Ein Fenster im Tor wurde geöffnet. Im Licht einer Fackel erschien ein bärtiges Gesicht. Der Torwächter hielt eine Art Strohsack über seinen Kopf, um sich vor dem Regen zu schützen.

»Was wollt Ihr? Um diese Zeit kommt niemand mehr in die Stadt. Woher kommt Ihr?«

»Ich habe mich aus einem Kreuzer in Not gerettet. Ich suche einen Freund, der hier wohnt.«

»Sein Name?«

»Cosimo Gui.«

Der Torwächter zögerte.

»Das ist gegen den Brauch«, sagte er schließlich. »Gäste müssen von der Raumstation angekündigt werden.«

»Soll ich bezahlen?«

»Bezahlen? Was glaubt Ihr, wo Ihr seid? Hier gibt es kein Geld. Komm ein Stück näher, damit ich dein Gesicht sehe.«

Die Nasenprothese aus Emaille leuchtete im Licht.

»Was ist denn das?«, wunderte der Torwächter sich, der das Fenster zuschlagen wollte.

Doch Alp zog seine Waffe und schoss zweimal durch die Holztür. Ein Laserstrahl durchlöcherte den Mann. Das Prasseln des Regens dämpfte den Knall der Schüsse und das Röcheln des Verletzten. Malecorne streckte seine Faust durch das entstandene Loch und umklammerte den Gürtel des Wächters, damit er nicht zu Boden sank. Die Fackel entglitt den Händen des Sterbenden und fiel in eine Pfütze. Die beiden Männer wurden in Dunkelheit gehüllt. Alp suchte den Schlüsselbund, fand ihn aber nicht. Er ließ den Wächter in den Schlamm sinken und tastete mit den Fingern über das Tor, bis er den Riegel fand und ihn aufschob. Das Tor öffnete sich.

Es war keine Menschenseele zu sehen. Hinter den Fenstern der niedrigen Häuser brannte Licht, aber niemand hatte etwas von dem Mord gesehen oder gehört. Alp holte tief Luft und schleifte den Leichnam zu einem Wasserfass. Er öffnete den Deckel und warf den Toten hinein. Dann kehrte er zu dem Eingangstor zurück, in das er ein vier Zoll großes Loch geschossen hatte. Die Dunkelheit verbarg den Schaden, doch sicherheitshalber flickte Alp das Loch provisorisch mit den Holzsplittern. Anschließend ließ er seine Blicke schweifen und suchte den Schornstein, aus dem der meiste Rauch entwich.

Wenige Minuten später betrat er die Taverne der Denker.

Die Wirtsstube war recht geräumig und wurde von einem gemischten Publikum frequentiert. Es war bekannt, dass es auf Eerl keine »Besiedelungspolitik« gab. Alle Rassen wurden auf diesem Boden toleriert. Alp entdeckte unter den vom Genuss des hiesigen Biers betrunkenen Gästen mehrere Gesichter von »Mutanten«. Es gab krumme Riesen, Zwerge mit nach innen gebogenen Stirnen, Oberkörper mit mehreren Armen, Augenhöhlen, die mit transparenter Haut bedeckt waren, gefleckte Haut. Alle ließen ihre Gläser klingen und rauchten ein Gras minderwertiger Qualität. Bei den Mutanten der Galaxie handelte es sich um menschliche Wesen, die von der ersten Generation abstammten, die das Land des Ursprungs verlassen hatte. Damals hatte man angenommen, dass die physischen Bedingungen der neu besiedelten Planeten das Knochengerüst und die Physiognomie der Pioniere erst nach einigen Generationen verändern würden. Doch innerhalb weniger Jahre hatte man einem noch viel schlimmeren Phänomen ins Auge sehen müssen: den genetischen Unregelmäßigkeiten. Der menschliche Organismus, der von Wellen getroffen wurde, die es auf der Erde nicht gab, mutierte von den ersten Kindern an. Man versuchte, diese Anomalien zu bekämpfen. Durch die Einführung strikter Gesetze konnten die Baumeister der Kolonien diesen Launen der Natur vorbeugen, und die Menschen ähnelten glücklicherweise wieder »seinem Ebenbild«. Doch die Nachfahren der ersten Mutanten hatten überlebt, und die Gestalten, die sich hier aufhielten, gehörten dazu. In der ganzen Galaxie wurden die Mutanten als Ausschuss angesehen, als minderwertige Wesen. In ihren Reihen erhob sich der stärkste Protest gegen die herrschende Ordnung, und es war keine Überraschung, sie hier auf dem Randplaneten Eerl in so guter Stimmung anzutreffen.

Die Ankunft von Alp wurde nicht zur Kenntnis genommen. Jeder konzentrierte sich auf sein Glas, seine Pfeife, sein Gespräch oder seinen Monolog. Der Gast ging auf den Wirt zu. Dieser hatte das, was man einen »Stammkörper« oder ein Erdaussehen nannte.

»Trinken oder rauchen?«, fragte er.

»Ich suche jemanden«, erwiderte Alp.

»Ich kenne hier jeden.«

»Cosimo Gui.«

Der Wirt überlegte.

»Lebt er im Wald?«

»Weiß ich nicht.«

»Die Leute aus dem Ort kenne ich ausnahmslos. Nun, seit Eurer Ankunft nicht mehr, Unbekannter. Die Denker kommen allerdings nie zu mir. Da müsst Ihr den da fragen.«

Er zeigte auf einen Mann, der abseits an einem Feuer saß und seine Pfeife mit einem Pfeifenreiniger säuberte. Ohne sich zu bedanken, ging Alp auf den Mann zu.

»Ich suche einen jungen Mann namens Cosimo Gui«, sagte er.

Der Mann hob den Blick. Er war blass und hatte von Natur aus müde Gesichtszüge.

»Gui? Der ist neu hier, scheint mir.«

»Wisst Ihr, wo ich ihn finden kann?«

»Bei den anderen im Wald. Wer seid Ihr?«

»Ein Verwandter von Gui. Und Ihr?«

»Boabtel, der Kommandant.«

Boabtel war der Kommandant der Garde von Eerl: drei Männer, zwei Waffen und ein einziges Pferd. Dieser Mond der Denker und der Strohraucher war so friedlich, dass das Militär zu einer betrüblichen Ruhe gezwungen war.

»Könnt Ihr mich zu ihm führen?«, fragte Alp.

Boabtel setzte die Reinigung seiner Pfeife fort.

»Ich habe meine Runde gestern beendet. Ich breche erst im nächsten Jahr wieder auf.«

Ein Jahr auf Eerl entsprach acht Wochen auf der Erde.

»Ich kann Euch bezahlen«, bot Alp an.

Der Kommandant runzelte die Stirn.

»Bezahlen? Hier gibt es kein Geld. Eine Welt ohne Geld ist beschwerlich, wenn man aus einer normalen Gesellschaft stammt, glaubt mir. Ich habe lange gebraucht, um mich daran zu gewöhnen.«

»Ihr führt mich nicht zu ihm?«

»Nein. Ich kann den Wald der Denker und der Gelehrten nicht mehr ertragen.«

»Welchen Weg muss ich nehmen?«

Boabtel schüttelte lächelnd den Kopf.

»Allein macht Ihr nicht einen Schritt, ohne Euch zu verlaufen. Wendet Euch lieber an den Kerzenlieferanten. Er heißt Légiéo. Ein braver Junge. Er fährt durch den Wald, um die Denker zu versorgen. Ihr findet ihn am Nordtor. Der Tag bricht an. Er wird bald aufbrechen.«

Boabtel wies mit dem Kinn auf eine Wanduhr. Alp sah, dass sich die Zeiger schnell drehten. Die Bewohner von Eerl hatten ihre Uhren so eingestellt, dass eine Minute hier sechs Sekunden auf der Erde entsprach.

Alp verabschiedete sich beim Kommandanten und machte sich auf den Weg nach Norden. Der Morgen brach schon herein. Der Himmel war vollkommen wolkenlos. Eine zweite Sonne ging auf.

Unterwegs traf Alp die beiden Söldner, die aus den anderen Kapseln gestiegen waren. Dank ihrer Positionsdetektoren hatten sie ihn gefunden. Alp, der nun sicher war, dass Cosimo Gui sich auf Eerl aufhielt, schickte eine codierte Nachricht an sein Raumschiff in der Raumstation. Dann ging er auf einen jungen, braunhaarigen Mann zu. Im Gegensatz zu den Gestalten in der Taverne war er munter und hatte einen frischen Teint. Der Zwerg lief um einen mit einer Ölplane bedeckten Wagen herum, der mit Kerzen und Fackeln in unterschiedlichen Größen und Formen beladen war.

»Bist du Légiéo?«, fragte Alp.

Der Junge nickte. Er wunderte sich über die finsteren Mienen der Fremden.

»Ich suche Cosimo Gui. Mir wurde gesagt, nur du allein könntest mich zu ihm führen.«

»In der Regel bringe ich keine Fremden in den Wald. Die Denker sehen es nicht gerne.«

»Cosimos Onkel wurde ermordet. Ich muss ihm wichtige Nachrichten überbringen. Es ist dringend.«

Der Zwerg kratzte sich die Stirn.

»Tatsächlich? Ich weiß nicht. Verzeiht. Ich bin nur ein Kerzenlieferant.« Er lief wieder um seinen Wagen herum. »Wir brechen gleich auf.«

Alp setzte sich neben den Kutscher auf den Bock. Die Söldner folgten zu Fuß.

Der Mond Eerl beherbergte nicht nur trinkfeste Mutanten und Utopisten, sondern er war auch der bevorzugte Zufluchtsort der Denker. Diese Männer waren Eremiten, Gelehrte, Poeten, die in größter Armut lebten. Sie konzentrierten sich ausschließlich auf die Arbeit ihres Geistes oder die mystische Kontemplation. Sie lebten in einsamen Hütten mitten im dichten Wald von Eerl.

»Ich bin der Einzige, den sie in ihren Zufluchtsstätten dulden«, erklärte Légiéo, als sein Wagen sich dem dunklen Wald näherte. »Sie brauchen nichts. Sie ernähren sich von der Jagd und sammeln Waldfrüchte. Das einzige unverzichtbare Hilfsmittel, das sie brauchen, bringe ich ihnen: Kerzen. Der Wald ist dunkel. Ohne Kerzen können sie nicht arbeiten, nicht lesen und nicht schreiben. Die Bewohner des Ortes legen zusammen, um ihren Freunden im Wald dieses Material zu liefern.«

Alp stellte fest, dass es seit seiner Ankunft nicht richtig hell geworden war. Die Sonne stand noch immer tief am Horizont, wodurch sich die Morgendämmerung beharrlich hielt.

»Wir haben hier ein sehr gleichförmiges Klima«, sagte Légiéo. »Wir nennen es den Morgen der Denker oder den tiefen Tag. Bald werdet Ihr einen wunderschönen Planetenaufgang erleben.«

Der Wald war beinahe undurchdringlich. Ein Pfad war quer über die Wurzeln gehauen worden, damit Légiéo und sein Gespann passieren konnten. Unter dem dicken Geäst wirkte der Tag noch unbeständiger und geisterhafter.

Ein Stück von der ersten Hütte entfernt hielt der Zwerg an. Er erklärte, dass es die Hütte eines Musikers sei, der an der Rekonstruktion einer perfekten Harmonie arbeite, wobei er sich vom himmlischen Gleichgewicht inspirieren lasse. In einer anderen Hütte versorgte er einen Denker mit langen Kerzen. Dieser wollte beweisen, dass die Seele und der Geist des Menschen sich in Wahrheit nur durch Gesten des Körpers manifestierten. Denken und Sprechen betrachtete er als fehlgeleitete Ausdrucksformen.

»Ich glaube, Euer Freund Cosimo arbeitet an einer Abhandlung über die Schwerkraft«, sagte Légiéo, »oder an einer Übersetzung dieses Themas. Er gehört zu den jüngsten Denkern hier auf Eerl.«

Der Aufstieg des Planeten war in der Tat so Aufsehen erregend, wie der Kerzenlieferant vorhergesagt hatte: Mitten am Vormittag tauchte ein riesiges, dunkles Gebilde auf. Es sah aus wie ein schwarzes Auge. Légiéo hielt unter Bäumen mit lichten Kronen an, damit Alp und seine beiden Söldner den Anblick genießen konnten. Plötzlich vernahm er seltsame Geräusche in der Nähe seines Wagens. Er war beunruhigt.

»Hier gibt es kaum Tiere«, murmelte er. »Was ist das?«

»Fahrt einfach weiter«, sagte Malecorne.

Die Geräusche waren verstummt.

Légiéo fuhr weiter.

Als der schwarze Planet nach einer Stunde untergetaucht war, blieb die Gruppe vor der Hütte stehen, die der Denker Cosimo Gui bewohnte.

»Soll ich ihn über Euren Besuch informieren?«, fragte Légiéo.

Alp schüttelte den Kopf und stieg vom Wagen. Plötzlich sprangen zehn Söldner aus dem Wald. Légiéo riss den Mund zu einem Schrei auf, doch er wurde gefesselt und auf seinen Wagen geworfen.

Diese Truppe stammte aus Malecornes Raumschiff. Nachdem die Männer die Bestätigung erhalten hatten, dass Cosimo sich auf dem Mond aufhielt, hatten sie die Raumstation unter ihre Kontrolle gebracht und die Bediensteten ermordet.

Die Männer stürzten sich auf die Hütte, aus deren Schornstein eine dünne Rauchfahne aufstieg. Ein Söldner blieb neben dem Wagen des Kerzenlieferanten stehen und bewachte den Gefangenen. Alp folgte seinen Männern.

Die Tür zersplitterte.

In der Hütte war niemand. Sie war dürftig eingerichtet. Kaum Bücher, wenige Manuskripte und stattdessen Lebensmittelvorräte, Kräuter und Bier, was für einen Denker ungewöhnlich war. Felle und Kleidungsstücke lagen herum.

Alp ärgerte sich, dass er nicht überprüft hatte, ob der Junge zu Hause war.

»Wenn er etwas ahnt, verlieren wir kostbare Zeit«, sagte er.

Der Söldner, der vor der Hütte Wache hielt, rief: »Kommt her!«

Er zeigte mit dem Finger auf einen Punkt zwischen den Bäumen. Zweige bewegten sich. Ein Mann lief durch den Wald.

Die Söldner wollten die Verfolgung aufnehmen, doch Malecorne hielt sie zurück.

»Wartet.«

Die Sonne ging wieder unter. Es würde kühler. Alp nahm zehn Fackeln von Légiéos Wagen und entzündete sie.

»So werdet ihr ihn finden, selbst wenn er sich in der Dunkelheit versteckt«, sagte er. »Ich will ihn lebend.«

Sobald alle Söldner mit einer Fackel ausgerüstet waren, drangen sie in den Wald ein, auf den sich die Dämmerung senkte.

Bald waren die Männer nur noch an dem Licht ihrer Fackeln zu erkennen, das zwischen den Bäumen verschwand und wieder auftauchte.

Malecorne verfolgte einen Moment die Lichter, ehe er die Hütte betrat und überall nach Ismale Guis Schriften suchte.

Als ein schriller Schrei die Stille zerriss, wusste Alp, dass seine Männer das Opfer geschnappt hatten. Langsam näherten sich die tänzelnden Flammen der Hütte.

Alp trat hinaus.

Die Söldner warfen den Denker Alp vor die Füße. Dieser hob mit seiner Stiefelspitze das Kinn des Jungen. Alp verzog keine Miene, doch seine Augen funkelten wütend.

Das war nicht Cosimo Gui.

Der Fremde mit den Pausbacken hatte runde, helle Augen und kurz geschnittenes, rotes Haar. Die Temperatur war rapide gesunken, und der Junge war nur dürftig bekleidet. Er zitterte; seine Hände färbten sich blau.

Das war Jason, Cosimos dritter Freund von der Universität.

»Helft ihm auf die Beine!«, befahl Alp.

Seine Männer zerrten ihn zu Légiéos Wagen und zogen dem Kerzenlieferanten den Knebel aus dem Mund.

»Kennst du diesen Mann?«, fragte Malecorne.

Verwundert musterte der Zwerg den keuchenden Denker.

»Das ist Cosimo Gui. Das ist der Mann, den Ihr sucht.«

Alp knurrte wütend. Er ließ den Gefangenen in die Hütte bringen.

Als dieser saß, fragte er: »Wo ist Cosimo Gui?«

Der Denker starrte ihn verständnislos an.

»Wer bist du? Was machst du in der Hütte von Gui?«

Der Befragte blieb stumm. Seine Miene ließ erkennen, dass er zu schweigen beschlossen hatte.

»Gut.«

Alp ging hinaus. Der Junge wurde auf den Tisch geworfen und von den Söldnern festgehalten. Sie zerrissen seine Kleidung.

Mit einer Ladung Kerzen kehrte Alp in die Hütte zurück und ließ die Tür weit offen stehen.

Er zog ein glimmendes Holzstück aus dem Ofen und entzündete die erste Kerze. Dann ließ er das heiße Wachs auf die Stirn des Jungen tropfen. Dieser war vollkommen wehrlos. Allmählich rann das Wachs über die Augenbrauen ins rechte Auge. Der Junge hatte die Augen geschlossen, doch aufgrund des Schmerzes blinzelte er unwillkürlich, und das Wachs tropfte auf die Pupille. Er begann zu brüllen.

»Sprich«, befahl Malecorne, »oder wir machen weiter, bis dein Körper nur noch eine eiternde Blase ist und du dich schon in der Hölle wähnst.«

»Ich weiß nichts.«

»Ach ja?«

Wütend stieß Alp eine brennende Kerze in eines der Nasenlöcher des Jungen. Die Haut verbrannte so stark, dass ein schwarzer Punkt hindurchschimmerte.

Der Junge brüllte vor Schmerzen.

»Ich hab nichts gegen dich«, sagte Alp. »Du interessierst mich nicht. Warum gibst du dich für Cosimo Gui aus? Hat er es dir befohlen? Wo ist er? Sprich, dann lassen wir dich in Ruhe.«

Der Junge hörte auf zu schreien, sprach aber kein Wort.

Alp zuckte mit den Schultern. Er drehte sich um und ließ in einem Kübel, der auf dem Ofen stand, zehn Kerzen schmelzen. In der Hütte wurde es immer kälter. Der Gefolterte war wie zu Eis erstarrt. Seine Haut war leichenblass, und die blauen Adern traten hervor. Seine Glieder waren vollkommen taub. Selbst die Söldner hatten Mühe, die kalte Luft zu ertragen.

Ohne eine weitere Frage zu stellen, schüttete Alp Malecorne Wachs aus dem Kübel auf den nackten Leib des Jungen. Als das heiße Wachs das eiskalte Fleisch berührte, zerriss die Haut. Die Schmerzen waren unerträglich.

»Redest du?«

Der Unglückliche begann zu weinen. Doch da das rechte Lid mit Wachs verklebt war, rannen nur aus dem linken Auge Tränen.

Alp verpasste ihm eine Ohrfeige.

Der Junge starrte mit verzerrten Zügen an die Decke und murmelte unverständliche Worte.

Alp verpasste ihm eine zweite Ohrfeige.

»Nein«, stammelte der Gefolterte schließlich. Sein Gesicht war krebsrot, als würde er gleich ersticken.

Malecorne zuckte mit den Schultern. Auf ein Zeichen von

ihm versetzte einer seiner Söldner dem Jungen einen entsetzlichen Faustschlag, der den Kieferknochen zerbrach. Malecorne setzte sein schändliches Werk unerschütterlich fort und goss das kochende Wachs in den gespaltenen Knochen und die klaffenden Wunden. Es floss auf das Zahnfleisch, die Zunge und die blutverschmierten Zähne.

»Du lebst nicht mehr lange, mein Junge«, sagte Alp. »Dann wird der Tod durch deine Kehle in deinen Körper dringen und deine Lungen ertränken, als würde geschmolzenes Eisen hineinfließen.«

Der Gefolterte schüttelte sich und hob verzweifelt einen Arm.

Alp nahm ein Stilett und zog das weiche Wachs aus dem Mund des Jungen.

»Bist du bereit, mir zu antworten? Gib mir ein Zeichen, und ich gebe dir ein Blatt und einen Stift ... Dein Leben hängt davon ab.«

Der Denker wandte Malecorne sein Gesicht zu. Seine Stirn war rot, und zwischen seinen blauen Lippen quoll Blut hervor.

»Und?«, murmelte Alp.

Mühsam hob der Junge den Kopf und spuckte ihm ein dickes Stück seiner Zunge ins Gesicht.

Er würde kein Wort sagen.

Allmählich verlor Alp die Geduld. Er zog seine Laserwaffe und richtete sie auf den Schädel des Jungen.

Einen Moment herrschte Stille.

»Deckt ihn zu«, befahl er plötzlich und steckte seine Waffe ein. »Ich weiß, wie wir diesen Narren zum Sprechen bringen. Lasst ihn am Leben. Er kommt mit uns.«

Er verließ die Hütte. Im Wald ging der Winter zu Ende.

Alp zuckte mit den Schultern. Die unerwartete Entwicklung der Ereignisse zwang ihn zu einer neuen Entscheidung.

»Du verflixter Bengel! Der Mann wird sich mit deinem Fall beschäftigen.«

Alp hatte beschlossen, den Jungen mitzunehmen. Er dachte nach. Cosimo war ihm entwischt. Es war ihm ebenfalls nicht gelungen, Ismales Dokumente auf Tabor in seinen Besitz zu bringen. Er konnte es sich nicht leisten, mit leeren Händen vor seinen Herrn zu treten. Dessen entsetzliche Wut hatte er bereits einmal zu spüren bekommen, und das hatte ihm gereicht. Dieser Gefangene war immer noch besser als gar nichts.

Vor der Rückkehr zum Raumschiff ließ Alp mehrere Bewohner von Eerl niedermetzeln, die sich über die Morde und das seltsame Verschwinden gewisser Personen empörten. Er ließ einen verwüsteten Mond der Denker hinter sich zurück.

Sein Kreuzer drang mit dem Gefangenen in den Weltraum ein und steuerte auf die von Hugo de Payns begleitete Pilgerschar zu.

VII

Longue-Bois, das vergessene Dorf

Als er zwischen den hohen, schwarzen Häusern, die sich wie Betrunkene stützten, als hätten sie Angst zu fallen, eines erkannte, das schwärzer, verfallener und verwitterter war als die anderen, mit Fenstern voller schmutziger Lumpen – offenen Bäuchen gleich, aus denen die Gedärme herausquollen –, bog er in die dunkle Gasse ein, die als Zugang zu dieser Höhle diente.

GAUTIER, Der Kapitän Fracasse

Die Büßer machten in der Nähe eines Dorfes namens Grousset Halt.

Nachdem die Freunde die Smaragdkugeln bei Jean du Grand-Cellier entdeckt hatten, hatte Croitendieu Cosimo verlassen und sich dem nächsten Zug angeschlossen.

Cosimo blieb mit Roland zurück.

Vor Einbruch der Nacht wurden die Lager aufgeschlagen. Jeden Abend entstand eine unglaubliche Hektik, wenn Tausende von Menschen wie eine marschierende Stadt oder eine Heuschreckenwolke jäh anhielten. Doch heute wurden die beiden Freunde Zeugen einer ihnen bislang unbekannten Szene: In der Nähe floss ein kleiner Fluss. Wie auf Kommando stürzten Frauen und Männer in das friedliche Wasser, um den Staub und den Schweiß abzuspülen und ihre Kleider zu waschen. Es dauerte nicht lange, bis der Anblick des fröhlichen Spektakels kaum noch zu ertragen war. Das klare Wasser trübte sich zusehends; Ekel erregende Gerüche stiegen in die Luft. Die Pilger erleichterten sich, ohne sich zu schämen. Für sie war es hier im Fluss angenehmer, als die furchtbaren Abortgräben zu benutzen, die nach wenigen Stunden überquollen. Die ungeheure Anzahl der Pilger vervielfachte alles überall. Sie ließen das Land, durch das sie marschierten, stets in einem unbeschreiblichen Chaos zurück.

In der Abenddämmerung wurde Rolands Plan in die Tat umgesetzt. Cosimo sollte in die unter dem Befehl des Ritters Pierre de Montdidier stehende Truppe eingegliedert werden, ehe diese zur nächtlichen Expedition aufbrach.

Barkilphédron, der Werber der Garde, nahm den von Roland vorgestellten Neuling in seine Truppe auf.

»Wenn er so stark ist, wie du behauptest, ist er willkommen. Kannst du schweigen?«

»Wie ein Grab«, erwiderte Cosimo.

Barkilphédron gab ihnen ein Pferd, einen Bogen, einen Köcher mit Pfeilen und ein Schwert.

»Haltet euch bereit.«

Das Treffen vor der mysteriösen »Operation« fand in einem dichten Waldstück abseits der Büßer statt. Pierre de Montdidier tauchte in der Nacht auf einem Pferd auf, das für den Kampf gerüstet war. Es war das größte Pferd, das auf dieser Pilgerreise mitgeführt wurde. Das war auch gut so, denn Montdidier hatte eine beeindruckende Statur. Der Mann war so groß, dass er den Spitznamen »Meister Sechs-Fuß« erhalten hatte. Er ritt mit unbedecktem Schädel. Sein schwarzes Haar fiel bis auf seinen Bart hinab. Der Ritter hatte einen

Blick wie ein Stier und sprach wenig. Seine barschen, aber präzisen Gesten genügten als Befehl.

Montdidier schaute gen Himmel und knurrte. Der Mond schien zu hell. Die Schatten der Männer wurden auf die Erde geworfen. Die linke Schulter des Ritters zierte ein gesticktes Kreuz. Er band ein Taschentuch darüber, um es zu verdecken. Auf der Brust trug er ein Kreuz aus Olivenholz, das er abriss und in seine Tasche steckte.

»Macht es wie ich«, befahl er. »Ich verbiete, dass irgendein Symbol unseres Herrn bezeugen kann, was wir heute Nacht tun werden.«

Diese finstere Vorwarnung traf die Männer wie ein Urteilsspruch. Sie warfen sich misstrauische Blicke zu.

Montdidier forderte von einem Mitglied seiner Truppe, dass er den Kreuzanhänger versteckte, der an seinem Handschuh hing. Einem anderen befahl er, seinen Brustharnisch abzulegen, auf den ein Kreuz graviert war. Ein Bursche hatte sich wie ein paar andere überspannte Pilger ein Kreuz auf die Stirn brennen lassen. Er wurde von der Operation ausgeschlossen. Als Montdidier seine Inspektion beendet hatte, ritt er mit seinen Männern in den Wald.

Das Mondlicht verwandelte die Schatten in bedrohliche Gespenster. Das unheimliche Knistern der Zweige beunruhigte die Männer. Die Atmosphäre erinnerte an einen Zauberwald, in dem es von behaarten Faunen und bösen Geistern wimmelte.

Cosimo und Roland kannten die anderen Männer nicht. Alle machten verbissene Gesichter und pressten die Zähne aufeinander. Die Truppe ritt etwa eine Stunde und entfernte sich immer weiter von der Route der Pilgerreise, bis Montdidier das Tempo drosselte.

Die Männer, die ihm folgten, erblickten ein Schild. Schweigend bekreuzigten sie sich. Auf der Tafel standen rote Buchstaben auf schwarzem Grund: »Über jeden, der in dieses Land eindringt, wird der Bann der Kirche verhängt. Über jeden, der den Befehl des Erzbischofs missachtet, wird der Bann der Kirche verhängt. Kehre um, Christ. Gott möge dich behüten.«

Montdidier folgte dem Befehl nicht.

Cosimo entdeckte noch eine Reihe von ähnlichen Schildern. Die Truppe hatte eine von der Kirche exkommunizierte Diözese erreicht – verflucht und gefürchtet wie die Hölle.

Kurz darauf hielt Montdidier bei einer Gruppe von Männern an, die ihn erwarteten. Cosimo rückte ein Stück vor und musterte sie. Es waren vier Männer. Er kannte sie nicht. Einer von ihnen war ein Priester.

Sie wechselten ein paar Worte, ehe sie ihren Weg gemeinsam fortsetzten.

Nachdem sie noch eine halbe Meile zurückgelegt hatten, erreichten sie den Rand eines Dorfes.

Es hieß Longue-Bois.

Das war das Dorf, auf das sich die Ankündigungen der Exkommunizierung durch das Erzbistum bezogen.

Cosimo bemerkte, dass sich trotz der fortgeschrittenen Stunde in den ersten Häusern etwas regte. Feuer brannten. An den Fenstern zeigten sich Gesichter. Als die Truppe die Mitte des Dorfes erreichte, bestand nicht mehr der geringste Zweifel, dass die Einwohner über den Besuch unterrichtet waren und auf die Männer warteten.

Der Priester ersetzte Montdidier an der Spitze der Gruppe. Er machte schwülstige Gesten und stimmte sakramentale Reden an.

Cosimo verstand die Welt nicht mehr. Ein Geistlicher auf dieser verfluchten Erde? Roland schaute ihn verständnislos an.

Dörfler liefen dem Geistlichen entgegen und küssten seine Hände; andere versteckten sich. Cosimo und seine Kameraden wurden aufgefordert, die Augen offen zu halten, falls es zu »Protesten« der Menge kam.

Der Priester und Montdidier hielten auf dem Kirchenvorplatz an. Das Portal war durch zwei gekreuzte Balken und eine Warnung des Erzbistums versperrt: der Beweis der Exkommunizierung. Ohne zu zögern, riss der Priester die Bekanntmachung ab, entfernte die Balken und öffnete den Zugang zum Altar weit. Für diese kühne Geste hätte ihn jede Autorität Roms auf den Scheiterhaufen werfen können.

Der Priester stellte sich vor die Dorfbewohner und zeigte ihnen ein anderes Blatt, das er in der rechten Hand hielt. Es war eine päpstliche Bulle. Diese berechtigte die neun Ritter, in Gebieten, die die Kirche mit dem Interdikt belegt hatte, Messen zu lesen und Almosen zu sammeln. Das war ein außergewöhnliches Zugeständnis, das Hugo de Payns geschickt ausgehandelt hatte. Es erlaubte Rom, die Miliz mit Geldern zu unterstützen, ohne die Schätze des Papstes anzutasten oder sich durch eine sichtbare Unterstützung zu kompromittieren. Sie öffnete der Miliz den Zugang zu verbotenen Gebieten, »außerhalb der Welt«.

Der Priester ließ die Glocken läuten. Das Dorf nahm an der ersten Messe seit vier Jahren teil. Der Eifer der Exkommunizierten erlebte einen Höhepunkt. Und das hatte einen guten Grund. Cosimo und Roland erfuhren ebenso wie die anderen Soldaten, was sich in Longue-Bois zugetragen hatte.

Vor vier Jahren hatten diese Gläubigen einen ihrer Heiligen verbannt: Antonius. Er wurde aus der Gemeinde »ausgestoßen«. Das war an sich kein ungewöhnliches Vorgehen. Eine christliche Gemeinde hatte das Recht, einen Heiligen abzulehnen, wenn dieser sich weigerte, den Bitten zu entsprechen. Longue-Bois wurde seit langer Zeit vom Antoniusfeuer heimgesucht. Die Gläubigen beteten unzählige Novenen, aber da keine Heilung eintrat, beschlossen sie mit dem Einverständnis ihres Priesters, dem Heiligen ein Ultimatum zu stellen. Als auch dieses Datum verstrichen war und die Epidemie noch immer wütete, wurden alle Bildnisse von Antonius abgebaut und von dem Territorium der Gemeinde verbannt. Diese Aufsehen erregende Zeremonie wurde in der Regel von der Kirche geduldet, aber nur für eine gewisse Zeit. Es wurde stillschweigend vorausgesetzt, dass der Heilige später mit großem Pomp zurückkehrte und noch mehr verehrt wurde als zuvor. Doch in Longue-Bois war dies nicht der Fall. Die Kirche weigerte sich, die Erlaubnis für diese generelle Ablehnung des Antonius zu geben. Ein Streit entbrannte. Die Bevölkerung wurde gezwungen, den Heiligen, den sie verbannt hatte, wieder aufzunehmen. Die Dorfbewohner übertrugen ihre Wut auf andere Repräsentanten der Kirche. Doch je verbissener sie Widerstand leisteten, desto unerbittlicher zeigte sich das Erzbistum. Als die Dorfbewohner mit ihren Nerven am Ende waren und alle Heiligen ihrer Kirche verbrannt hatten, blieb den Gläubigen aus Longue-Bois nur noch ihr alter Priester, an dem sie ihre Wut auslassen konnten. An dem Tag, nachdem er den Feuertod gestorben war, belegte die Kirche das Dorf für ein Jahrhundert und einen Tag mit dem Bannfluch. Kein Gläubiger durfte die Diözese betreten oder verlassen. Die Türen der Kirche wurden versperrt. Kein heiliges Sakrament durfte auf diesem Boden vollzogen werden. Es durfte weder eine Taufe gespendet noch eine Absolution erteilt werden. Seit dieser Zeit wartete die Bevölkerung, die in stoische Ruhe versunken war, dass die Kirche das auf dem Dorf lastende Verbot aufhob.

Daher war der nächtliche Besuch von Montdidier und seinem Priester nicht nur ein Glücksfall, sondern die Dorfbewohner erlebten ihn wie eine Befreiung. Die Miliz Christi hatte sich diese Expedition gut überlegt. Die Messe war von Erfolg gekrönt. Die arme Gemeinde leistete ungewöhnlich großzügige Spenden. Die Dörfler brachten ungeheuere Opfer. Sie gaben ihr Getreide und ihre Wäsche. Cosimo beobachtete das Geschehen mit einem gewissen Unbehagen. Die Bulle des Papstes hob die Exkommunizierung keineswegs auf. Die Unterbrechung sollte nur diese eine Nacht andauern und der Miliz als Möglichkeit dienen, sich zu bereichern.

An der Seite von Barkilphédron ritt Cosimo an den Häusern vorbei, die während der Messe verschlossen und dunkel blieben.

In einem trafen sie auf eine Familie, die im Dunkeln wartete. Eltern und Kinder waren für eine Reise gekleidet und hatten Gepäck vorbereitet, das auf ihren Knien stand. Sie hofften, mit der Truppe von Montdidier aufzubrechen.

»Wir werden die Pilgerreise machen wie die anderen. Wir wollen unsere Sünden sühnen«, jammerte der Vater. »Seht Euch unsere Kinder an. Sie können nichts für das Drama in diesem Dorf. Der hier ist erst vier Jahre alt. Warum muss er auf einer Erde ohne Gott aufwachsen?«

Doch Barkilphédron wiederholte Montdidiers Befehle: Eine Flucht war den Exkommunizierten verboten. Die Miliz durfte sich auf keinen Fall mit Ketzern belasten. Dieser Punkt war in der Bulle des Papstes ausdrücklich betont worden. Auf dem Rückweg würden bewaffnete Soldaten alle Dorfbewohner zurückdrängen, die ihnen folgen wollten.

Als der Priester am nächsten Morgen den Segen erteilt und das Dorf von seinen Sünden losgesprochen hatte, verkündete Montdidier den Aufbruch.

Während des Rückzugs bemerkten Cosimo und Roland unerwartete Vorkehrungen. Nicht alle Soldaten Montdidiers verließen Longue-Bois. Der Ritter ließ zwei Männer dort zurück.

Cosimo fragte einen Kameraden.

»Warst du beim letzten Dorf nicht dabei?«, sagte dieser. »Montdidier lässt immer ein paar Soldaten zurück. Die Miliz errichtet an der Route der Pilgerreise Komtureistationen. Dadurch sollen zukünftige Reisen oder vielleicht die Rückkehr erleichtert werden.«

Die Truppe machte sich auf den Rückweg.

Unterwegs kam es zu einigen Zwischenfällen. Dörfler auf der Flucht mussten zurückgedrängt werden. Um sich hervorzuheben, vertrieben Cosimo und Roland erbost einige Verfolger. Der Werber lobte sie nach der Rückkehr ins Lager.

»Ich brauche Männer wie euch«, sagte Barkilphédron. »Tüchtig und verschwiegen. Wir zahlen nicht gut, aber es ist ein frommes Unternehmen. Bleibt ihr, oder kehrt ihr in die Reihen der Pilger zurück?«

Cosimo dachte nach. Er würde mehr über die Manipulationen der Miliz erfahren, wenn er eine Zeit lang an Montdidiers Operationen teilnahm. Daher nahmen er und Roland das Angebot an.

Die Pilger im Lager waren schon auf den Beinen. Die

Morgengebete wurden gesprochen, und die erste Milch wurde gemolken.

Cosimo sagte zu seinem Freund: »Montdidier ebnet für seine Miliz einen Weg durch die exkommunizierten Gebiete. Wenn die Ritter im Heiligen Land etwas suchen, haben sie vermutlich vor, es auf sichere und diskrete Weise in den Westen zu bringen. Und ein Gebiet, das mit dem Bannfluch der Kirche belegt ist, kann sicherer nicht sein. Niemand geht dorthin, und niemand weiß, was dort geschieht.«

»Stimmt.«

»Ismale, der Baumeister; Craon, der Anführer des Heeres in Jerusalem; Grand-Cellier, der Lieferant der Smaragdkugeln; Montdidier, der Werber und Begründer der Komtureien für die Rückkehr. Bald haben wir sie alle entlarvt.«

VIII

Glaubensbekenntnisse

»… Was könnte es außerhalb der Welt geben?« Und Demokrit ergriff das Wort: »Es existieren, Hippokrates, unendlich viele Welten. Hüte dich, mein Freund, den Reichtum der Natur, so wie er nun einmal ist, herabzusetzen.«
»Diese Fragen, Demokrit, kannst du im rechten Augenblick anschneiden. Ich möchte verhindern, dass du anfängst zu lachen, wenn du die Unendlichkeit erklärst. Zunächst einmal solltest du wissen, dass du der Welt die Gründe für dein Lachen erklären musst.«

PSEUDO-HIPPOKRATES,
Über das Lachen und die Dummheit

Am selben Morgen stand vor dem Wohnwagen des Bibliothekars Flodoard in Grousset seit ein paar Minuten geduldig ein Junge. Er regte sich nicht, bis die Tür geöffnet wurde.

Flodoard, der einen örtlichen Würdenträger hinausbegleitete, zögerte, als er die zarte Gestalt sah, die einen Schritt auf ihn zuging. Ohne ein Wort zu sprechen, reichte der »Junge« ihm ein Blatt. Die Mitteilung war auf Hebräisch geschrieben.

Das war Anx Columban.

Sie hatte sich selbst das Haar gekürzt und die blonden Locken mit Schlamm getönt, sodass sie nun so dunkel waren wie Borke. Sie trug ein Männergewand, das ihrem Bruder und ihrem Vater gemeinsam gehörte. Der Meister war darauf hereingefallen.

Er bat sie herein.

»Mein Vater stimmt Eurem Vorschlag zu«, sagte sie. »Er erlaubt, dass ich bei Euch studiere. Seid Ihr noch immer einverstanden? Womit soll ich beginnen?«

Flodoard lächelte über ihre Ungeduld.

»Setz dich«, sagte er.

Das Antwortschreiben von Létald Columban war bewundernswert. Er erklärte die Umstände seiner Jugend, als Waisenjunge, der von einer jüdischen Familie adoptiert worden war, die in Irland Zuflucht gesucht hatte und die später zum Christentum übergetreten war. Der Vater praktizierte weiterhin seinen alten Glauben und lehrte diesen auch seinem Adoptivsohn. Diese erstaunliche Verbindung zweier Konfessionen förderte die Neugier des jungen Létald. Er interessierte sich für alles. Eine kleine Klostergemeinschaft seines Landes, die großherzig und aufgeschlossen war, erlaubte ihm den Zugang zu alten Manuskripten, obwohl er ein Bauer war. Davon profitierte auch seine älteste Tochter. Létald berichtete über die Liebe, die er für Anx empfand, und seine Hoffnung auf eine neue Welt in Jerusalem. Er sprach über seine Sorgen und seinen Kummer, dass »Socratine« ihn verließ. Schließlich beendete er den Brief mit dem herrlichen Zitat des Griechen Demodokus, der über sein eigenes Kind sprach: *»Seit seiner Kindheit habe ich mich bemüht, ihn mit Tugenden und allen Gaben der Musen zu bereichern, denn wir müssen un-*

sere Seele bei ihrer Ankunft in unserem Körper wie einen himmlischen Fremden behandeln, den man mit Düften und Kronen empfängt. Aber fürchtet die Übertreibung, die den gesunden Menschenverstand zerstört …«

»Was hat dein Vater für einen Beruf?«, fragte Flodoard.

»Tagsüber arbeitet er auf dem Feld, und abends schreibt er Bücher ab. Dies betrachtet er als die ehrwürdigste aller Beschäftigungen.«

»Er ist sehr weise.«

Flodoard legte das Blatt auf seinen Schreibtisch.

»Du solltest dennoch wissen, dass der Teil des Zuges, für den ich die Verantwortung trage, morgen oder übermorgen die Strecke der Pilgerreise verlässt. Wir werden Jerusalem auf einem anderen Weg erreichen. Du siehst deine Familie erst bei der Ankunft im Heiligen Land wieder.«

»Wir haben über unsere Trennung gesprochen. Wenn es sein muss, wird es so sein.«

»Gut.«

Anx verschränkte die Arme und starrte ihren Herrn an.

»Was erwartet Ihr von mir?«, fragte sie.

Flodoard schüttelte den Kopf.

»Ich muss dich zuerst einmal kennen lernen«, sagte er. »Wissen, wie du denkst.«

Das Mädchen sah auf dem Tisch den Tabari, den sie in Troyes gestohlen hatte. Der Bibliothekar nahm ihn in die Hand.

»Genau«, sagte er. »Hast du in den *Annalen* gelesen?«

»Ich habe die Genesis überflogen. Und die Episode mit Adam.«

»Die verschiedenen Schöpfungsgeschichten. Und? Was hast du behalten?«

Anx erinnerte sich an die zahlreichen von Tabari geschilderten Entstehungen der Welt. An die poetischen und oft widersprüchlichen Quellen.

»Es war ein Gefühl der Verwirrung«, sagte sie. »All diese Schilderungen, ob sie nun von Propheten, Philosophen oder Poeten stammen, wollen dem Menschen den Anbeginn der Welt erklären. Doch es ist unmöglich zu sagen, welche der Theorien ›richtiger‹ ist als die anderen. In jeder Version, ob sie aus der Bibel, von Hesiod, Ovid oder den Persern stammt, erschafft ein Gott das Universum auf unterschiedliche Weise. Das ist verwirrend. Außerdem verweigert jede Offenbarung den anderen das Recht, ebenfalls richtig zu sein. Das ist ein kritisches Zeichen ihrer Schwächen.«

»Tatsächlich?«

»Es beweist, dass es sich um Kunstgriffe handelt. Man kann sich auf keine Version verlassen und sagen, diese schildert die ›Wahrheit der Entstehung der Welt‹. Es sind alles nur Interpretationen, die ihr Alter und ihre unterschiedlichen Herkünfte charakterisieren.«

Das junge Mädchen schien mit seiner Antwort zufrieden zu sein.

»Du glaubst also, dass diese Schriften alle unrichtig sind und dass sich die Wahrheit *anderswo* verbirgt?«

Anx nickte.

Der Meister legte das Buch auf den Tisch und nahm einen Pergamentbogen in die Hand, den er kurz überflog, während er fortfuhr.

»Ich verstehe deine Denkweise«, sagte er. »Aber sie ist zu einfach und führt dich in die Irre. Glaubst du wirklich, Tabari hat sich so viel Arbeit gemacht, um dieses Gefühl zu erwecken?«

Beleidigt ließ das Mädchen die Arme sinken.

»Wollt Ihr mir sagen, dass eine Version der Wahrheit näher kommt als die andere?«

»Nein, nein, so sicher bin ich mir nicht. Das wäre Dummheit.«

»Und wo habe ich mich geirrt?«

Flodoard hob den Blick.

»Von Beginn deiner Überlegungen an. Siehst du, das war die erste Lektion, die ich von meinem Meister, Nébo von Tarsus, erhielt, als ich kaum so alt war wie du. Eines Tages stellte ich ihm diese Frage: ›Meister, woran glaubt Ihr?‹ Das war eine Frage, die mich damals quälte, weil ich sie mir ängstlich stellte. Er hat mir geantwortet: ›An alles‹.«

Der Bibliothekar lächelte.

»Ich brauchte sehr lange, bis ich verstand, was er mir damit sagen wollte. Und dann begriff ich es. Eines Tages ertappte ich mich dabei, die Dinge genauso zu betrachten wie er. Das Gilgamesch-Epos? Ich glaube daran. Die Sintflut? Ich glaube daran. Jupiters Lieben? Ich glaube daran. Es gibt keinen Glauben und keinen Mythos, dem ich nicht aus tiefster Seele beipflichte. Ich neige dazu, all diesen Geschichten zu glauben. Mir geht es nicht mehr darum, zu wissen, woran ich glaube, sondern zu wissen, woran ich nicht glaube! Und da strauchle ich wie der leidenschaftlichste Ungläubige. Die erste meiner Lektionen lautet: Man muss an alles glauben. Alles ist wahr und wirklich, alles hat einen Einfluss auf die Wesen, die wir sind. Kein Glaube zerstört oder bestreitet einen anderen. Sie häufen sich, verbinden sich und lösen sich auf wie die Blume im Wein.«

Er zeigte mit dem Finger auf die Bände, die verstreut auf seinem Tisch lagen.

»Die Genesis der Hebräer? Der Koran der Mohammedaner? Die Theogonie der Griechen? Mein Glaube an das eine ist so gefestigt wie an das andere. Und das soll nicht heißen, dass ich ihre Bedeutung auf diese Torheit reduziere, die sagt, *dass alles auf dasselbe hinausläuft!* Nein. Ich sage, alles ist unterschiedlich, verschieden, veränderbar, variabel, und dennoch bleibt alles in der Wahrheit.«

Mit gerunzelter Stirn und gekräuselter Nase lauschte Anx seinen Worten, als wäre sie beschimpft worden.

Einen Moment herrschte Schweigen.

»Du sagst nichts dazu?«, fragte der Meister.

Widerspenstig zuckte das Mädchen mit den Schultern.

»Ich verstehe nicht«, sagte Anx. »Ist das nicht ein wenig zu einfach? Die Schwierigkeit besteht darin, das Richtige vom Falschen zu trennen, die Illusion und die Wahrheit zu unterscheiden. Und nicht, aus Prinzip alles zu akzeptieren!«

Flodoard lächelte wieder.

»So lautet deine Antwort, weil du die Auswirkung der Ideen, die ich dir soeben dargestellt habe, noch nicht richtig einschätzen kannst. Zu einfach? Das ist eine natürliche Reaktion. Man muss sich immer vor dem Gedanken, der sich aufzwingt, in Acht nehmen. Es ist selten der richtige. Ich habe dir gesagt, dass ich den Schreibern, die für mich arbeiten, nicht vertraue. Selbst die intelligentesten und die begabtesten unten ihnen können nicht in die Richtung gehen, in die ich sie führen will. Sie haben diese falsche Denkweise, die auch du in diesem Augenblick zeigst und die aus ihnen Hohlköpfe macht. Dich halte ich noch für fähig, zu *verlernen*. Bei ihnen habe ich aufgegeben.«

»Verlernen? Was denn verlernen? Und wie?«

»Was ich dir gerade gestanden habe, ist nur ein Teil des

Rätsels. Sei geduldig. Merke dir nur, dass du deinem natürlichen Urteilsvermögen misstrauen solltest. Der Mensch ist ein beschränktes Wesen. Das gilt für seinen Körper ebenso wie für seinen *Verstand*. Es gibt unendlich viele Themen, unendlich viele Geheimnisse, die er nicht denken kann. Er ist sogar unfähig, sich eine Vorstellung von ihnen zu machen, ohne auf Widersprüche zu stoßen. Aber eine Geschichte oder eine Legende ist nicht richtiger oder falscher, besser oder schlechter. Diese klassischen Begriffe, die unsere Intelligenz leiten, werden plötzlich auf eine zweite Ebene verwiesen. Es ist nicht wichtig festzustellen, was der Mensch von Natur aus entdecken kann, sondern herauszufinden, was er von Natur aus nicht verstehen kann.«

»Der Mensch ist beschränkt?«

»Du kannst dir nicht vorstellen, in welchem Maße. Und das werde ich dir als Erstes systematisch erklären. Wenn du meine Lektionen beherzigst und mir zu gegebener Zeit während dieser Pilgerreise nützlich sein willst, ist es höchste Zeit, dass du …«

Flodoard kritzelte ein paar Worte auf ein Blatt.

»Jetzt gehst du zuerst einmal zu Erich und bringst ihm diese Anweisung. Er soll dir alles geben, was du für die weitere Reise brauchst. Du wirst hier in meinem Wohnwagen wohnen. Das ist sicherer. Du bist mein Vorleser.«

Er überprüfte eine Notiz auf seinem Schreibtisch.

»Das Lager der Gelehrten befindet sich zurzeit im so genannten ›Spinnenwald‹, eine halbe Meile von hier entfernt. Dort gehst du hin.«

Anx wandte sich zum Gehen.

»Warte«, sagte der Bibliothekar. »Wie soll ich dich in Zukunft nennen?«

Das Mädchen zuckte die Schultern.

»Nennt mich weiterhin Anx.«

Flodoard lächelte über ihre kühne Art. Das lag in ihrem Charakter.

Als Anx aus dem Wohnwagen stieg, stürmten tausend Fragen auf sie ein.

»An alles glauben?!«

Sie lief auf den Spinnenwald zu, dessen Lage der Meister ihr erklärt hatte.

Hugo de Payns hatte zwei oder drei Tage Pause in Pansses befohlen, um die Aufteilung des Zuges und die Abreise von Flodoards Wagen zu vereinfachen. Anx fragte sich, was der von dem Bibliothekar benutzte Begriff bedeutete: das Lager der Gelehrten. Gelehrte?

Sie lief über einen verlassenen Pfad Richtung Osten. Plötzlich tauchte ein Wächter der Miliz auf, der eine Waffe umklammerte.

»Die Pilger dürfen ihre Züge nicht verlassen«, schrie er.

Das Mädchen ließ sich nicht aus der Ruhe bringen. Es schaute sich um und entdeckte ein Stück entfernt zwei weitere Gestalten. Die Straße wurde sorgsam bewacht.

»Ich suche den Schreiber Erich«, sagte sie. »Meister Flodoard schickt mich.«

Da sie nicht wusste, ob der Wächter ihr glauben würde, zog sie das Blatt hervor. Der Wächter starrte verlegen auf den Zettel, denn er konnte nicht lesen. Er winkte seinen Kameraden herbei. Dieser näherte sich und las den Brief.

»Ist in Ordnung«, sagte er. »Der Junge kann passieren.«

»Danke.«

Anx setzte ihren Weg fort. Es faszinierte sie, dass die »Gelehrten« so gut bewacht wurden wie ein Schatz. Dann fiel ihr ein, dass sie die Bücherwagen, die sie in Troyes entdeckt hatte, bis jetzt noch nirgendwo gesehen hatte. Sie folgten sicherlich einem anderen Weg, abseits neugieriger Blicke.

Das Mädchen hatte Recht: Am Waldessaum erblickte es Dutzende von Gespannen, die nach römischer Art in einem ordentlichen Karree angeordnet waren und abseits aller anderen standen. Soldaten drehten dort regelmäßig ihre Runden.

»Die Bücher!«

Als Anx im Lager eintraf, liefen andere Wächter auf sie zu. Sie zeigte ihnen den Passierschein und durfte das erste Karree betreten. Es war das größte, das aus mindestens acht Wagen gebildet worden war. Von dem Geschehen in dem Teil des Lagers drang nichts nach außen. Innerhalb des Karrees herrschte eine unglaubliche Unruhe. Anx sah Tische und Männer in blauen Kitteln. Diese Menschen hatte sie nie zuvor auf den Wegen der Pilger erblickt. Kleine, große, junge und alte Männer, die ihre Stirnen teilweise wie Flodoard altmodisch rasiert hatten oder das Haar wie Eremiten trugen, die sich seit langer Zeit von der Welt zurückgezogen hatten. An den Tischen bereiteten sich die Männer auf das Mittagessen vor. Hier war von den kärglichen Mahlzeiten der Pilgerreise nichts zu spüren. Und Anx hörte Menschen griechisch und lateinisch sprechen!

Inmitten dieses Tumultes, dem es an jeglichen christlichen Äußerungen mangelte, erkannte Anx eine imposante, knurrende Gestalt: Das war der Hauptmann Tudebode. Er hielt einen dicken Hühnerschenkel in der Hand. Unwillkürlich drehte Anx den Kopf zur Seite. Würde er sie erkennen? Sie schlich zu den Wagen, und dort entdeckte sie die durchlöcherte Kiste, in der sie gefangen gehalten worden war, bevor der Hauptmann sie zu Flodoard gebracht hatte. Der Anblick einer anderen bekannten Gestalt lenkte sie von den furchtbaren Erinnerungen ab: Das war Erich, der junge, blonde Schreiber mit dem kühlen Blick, der sie zweimal erwischt hatte. Anx schnürte sich die Kehle zu. Dies war eine entscheidende Begegnung. Wenn Erich sie ebenso wie Flodoard nicht erkannte, wusste sie, dass sie sich auf ihre Verkleidung verlassen konnte.

Mit einer Feder in der Hand saß der Junge an einem Tisch und beugte sich über einen langen Pergamentbogen, den er mit kurzen Bemerkungen versah. Anx stellte fest, dass die meisten hier anwesenden Männer immer wieder beunruhigte Blicke in seine Richtung warfen. Die Aufregung, die sie zuerst in dem Karree bemerkt hatte, glich einer Angst, einer Furcht, die mit Erichs Arbeit zusammenhing. Anx holte tief Luft und ging auf Erich zu.

Mit dem Blatt von Flodoard in der Hand stellte sie sich vor ihn hin. Er hob den Blick.

»Ich bin gekommen, um mich in den Zug einzuschreiben«, sagte sie. »Mir wurde gesagt, ich solle mich bei Euch melden.«

Erich senkte wieder den Kopf, ohne ihr eine Antwort zu geben.

Einem Wächter befahl er: »Schafft mir diesen Rotzbengel vom Leib.«

Anx schaute verwundert auf den Wächter, der sich ihr näherte.

»Wartet«, protestierte sie. »Meister Flodoard schickt mich.«

Sie legte das Blatt auf den Tisch. Mit müder Miene las Erich den Brief, ohne ihn zu berühren. Dann hob er den

Blick und musterte den »Jungen« plötzlich mit wütender Neugier.

»Ein Vorleser?«, knurrte er. »Noch ein Vorleser? Was ist denn das für eine Laune? Wir haben schon jetzt nicht genug Platz und nicht genug Material für alle. Noch ein zusätzliches Maul zu stopfen! Gerade heute!«

»Jedenfalls erkennt er mich in seiner Wut nicht«, dachte Anx.

»Ich kann Euch nicht hier behalten«, sagte er kopfschüttelnd. »Tut mir Leid. Ich werde es dem Meister erklären. Kehrt in Euren Zug zurück. Ihr werdet wie alle anderen ins Heilige Land reisen. Lasst mich jetzt allein.«

Anx beharrte: »Der Bibliothekar hat mir gesagt, dass ich bei ihm im Wohnwagen schlafen werde.«

Anx sah Hass im Blick des Schreibers aufflackern. Einen Moment herrschte Schweigen. Das Gesicht des Jungen verdunkelte sich.

»Selbst wenn er meine Verkleidung nicht durchschaut«, sagte sich das junge Mädchen, »muss ich mich vor diesem Mann in Acht nehmen. Er hat das böse Aussehen eines Neiders und Verschwörers. Befürchtet er, dass ich seine Vorrechte antaste?«

Erich legte seinen Federkiel aus der Hand.

»Tatsächlich?«, sagte er. »Bei ihm? Das ist eine Ehre.«

»So verstehe ich es.«

»Aber aus welchem Grund? Woher kommst du? Was hast du für ein Talent?«

Anx spürte, dass ihr Nacken erstarrte. An eine solche Befragung hatte sie nicht gedacht. Natürlich musste ihre Person mit einer Geschichte, einem bestimmten Charakter verbunden sein. Sie ärgerte sich, dass sie sich nichts hatte einfallen lassen, bevor sie zu Erich gegangen war. Was sollte sie ihm antworten? Die Wahrheit über ihre Kenntnisse? Sie wusste nicht, über welches Wissen Erich verfügte. Wenn sie zugab, mehr zu wissen als er, würde sie ihn verärgern und seinen Unmut schüren. Es war wohl besser, ihm gegenüber einen harmlosen Eindruck zu erwecken. Als ein Vorleser, was sie im Grunde ja auch war.

»Ich stamme aus der Bretagne«, sagte sie. »Ich bin ein Waisenkind. Ich kann nur aus der Heiligen Schrift vorlesen. Langsam.«

Erich schüttelte den Kopf. Er schien erleichtert zu sein. Seine Miene hellte sich auf.

»Flodoard trifft vielleicht Entscheidungen!«, sagte er. »Und ich muss mich um die unvorhergesehenen Umstände kümmern. Glaubt er, ich könne an alles denken? Weiß er eigentlich, welch große Ungelegenheiten er mir dadurch bereitet?«

Er nahm seine Feder wieder in die Hand.

»Zeigt ihm den Weg«, befahl er einem Wächter. »Rogatianus soll ihm ein Kreuz, eine blaue Gelehrtenrobe und das notwendige Material geben. Dein Name?«

»Anx …«, sagte sie. »Anx de Banu.«

Banu war der Name eines mittelmäßigen Schülers, der mit ihr von den irischen Mönchen unterrichtet worden war.

Erich schrieb ihren Namen unten auf den Pergamentbogen.

»Und jetzt geh! Ich habe wichtige Dinge zu erledigen.«

Der junge Schreiber wandte sich wieder der Überprüfung seines Textes zu.

Anx durchquerte mit dem Soldaten das Karree. Auch jetzt fiel ihr auf, dass sich auf vielen Gesichtern Angst spiegelte.

Angst? Keiner der Pilger hatte Angst. Ganz im Gegenteil! Die Miliz wachte über die Pilger, und die Priester lasen Messen. Ohne Unterlass stieg das Gemurmel der Gebete auf, um die Unterstützung der Engel und der Heiligen zu erbitten. Wovor konnte man sich fürchten? Es war das erste Mal, dass Anx während dieser Pilgerreise ängstliche Mienen sah.

Der Soldat blieb vor einem übergroßen Wohnwagen stehen, der ebenso wie der des Bibliothekars geschlossen war. Ein Podest mit Stufen führte zu den beiden weit geöffneten Türen hinauf. Ein kleiner, sympathischer Mann saß dort wie ein Händler, der mit seinen Auslagen zufrieden war. An der Wand hinter ihm waren Kisten aufgestapelt. Anx stellte sich vor.

»Ich bin neu«, sagte sie.

Das von Natur aus freundliche Gesicht des guten Mannes hellte sich eine Spur auf.

»Ein Neuer? Ah, dann bist du der erste Neue seit dem Aufbruch. Ich heiße Rogatianus. Sei willkommen, mein Junge. Weißt du, was du brauchst, wenn du in unserer Mitte reist?«

Anx wusste es nicht, doch sie lächelte über die Freundlichkeit des Mannes. Der Soldat ließ sie allein. Rogatianus beugte sich über den Tisch und zog zwischen zwei zusammengefalteten Blättern ein kleines Stück Stoff hervor, das geweiht und mit einem gestickten Kreuz verziert war. Ein ähnliches Kreuz hatte sie mit ihren Eltern mitgebracht, damit sie den richtigen Zug in Troyes fanden. Doch dieses hier war unglaublich prachtvoll, mit einem Goldfaden aufgenäht und mit dem Wappen des Grafen der Champagne versehen.

»Damit«, erklärte Rogatianus, als er ihr das Kreuz reichte, »kannst du dich in unserem Zug frei bewegen.«

Dann beugte er sich vor und musterte Anx von oben bis

unten, um ihre Größe einzuschätzen. Aus einer Kiste zog er zwei blaue Roben, wie sie die Männer hier trugen. Das war sicherlich das Unterscheidungsmerkmal der Schreiber und Gelehrten Flodoards. Nun reichte Rogatianus ihr noch eine kleine Schachtel mit Schreibutensilien.

»Was ist dein Fachgebiet?«

»Mein Fachgebiet?«

»Ja. Deine Wissenschaft. Was arbeitest du, Junge?«

Anx zuckte mit den Schultern.

»Ich bin nur ein einfacher Vorleser im Dienste des Meisters Flodoard.«

»Ein Vorleser. Gut. Dann habe ich etwas für dich.«

Er drehte sich um und wählte vier dicke Kerzen aus, um die eine Schnur gewickelt war.

»Hier nimm. Komm wieder, wenn sie heruntergebrannt sind.«

Erst jetzt warf Anx einen Blick auf die Kisten, die hinter Rogatianus aufgestapelt waren. Verwirrt betrachtete sie Lineale, leere Rollen, Waagen, Vergrößerungsgläser, Glasbehälter mit Pigmenten zum Zeichnen und sogar ein Astrolabium.

»Was sind denn das für Sachen?«, fragte sie.

»Das da? Was glaubst du, wo du hier bist, mein Freund? Das sind die Instrumente, die diese Männer brauchen, damit sie ihre Arbeit fortsetzen können.«

Er zeigte auf die Männer in der Wagenburg.

»Wir nehmen alles mit, was wir nicht mehr finden, sobald wir die Länge von Rom passiert haben. Diese Männer sind sehr umsichtig.«

»Ihre Arbeit fortsetzen?«, fragte Anx.

»Der Gelehrte teilt mit der Frau die Angst, sich von seinen

Dingen zu entfernen, und er fürchtet den Mangel fast ebenso sehr wie den Tod. Das ist jedenfalls meine bescheidene Meinung. Ich bin da, um sicherzustellen, dass es ihnen an nichts mangelt, weder unterwegs noch im Heiligen Land. Die Miliz hat an alles gedacht, verstehst du?«

»Dann sind das also wirklich Gelehrte?«

Diskret wies Rogatianus mit dem Kinn auf einige Gesichter unten an den Tischen.

»Der da, das ist Goldmund, der große Mediziner, der aus Luxeuil kommt. Von dem da hinten kenne ich den Namen nicht, aber das ist ein berühmter Mathematiker. Hier vorn, Victor Bée, der Astrologe; ganz in seiner Nähe sitzt ein Logiker neben Fabius, dem Historiker der Pharaonen. Zu ihrer Rechten findest du Eudore, den Geometer, der sich mit Bérulle, dem Astronomen, unterhält. In diesem Zug gibt es mehr Gelehrte, als du dir vorstellen kannst. Und alle reisen mit den Pilgern ins Heilige Land. Ist das nicht aufregend?«

Anx bemerkte wieder die misstrauischen auf Erich gerichteten Blicke.

»Einige sehen sehr besorgt aus«, meinte sie. »Was ist der Grund?«

Rogatianus strich über seine Stirn.

»Man merkt, dass du neu bist! Weißt du, dass wir in weniger als zwei Tagen, vielleicht schon morgen, den Pilgerzug verlassen und bis Jerusalem einer Nebenstrecke folgen?«

Anx nickte.

»Und?«, fragte sie.

»Nun, der Schreiber Erich, den du da sitzen siehst, überprüft die von Flodoard erstellte Liste mit den Namen derer, die in unserem Zug bleiben. Die anderen reisen mit den gewöhnlichen Pilgern weiter.«

»Haben sie Angst, entlassen zu werden?«

»Nein, sie haben Angst, weiter dazuzugehören! Nach der Trennung stehen wir nicht mehr unter dem starken Schutz der Miliz, sondern unter dem Schutz des Bataillons des Dicken da.«

Er zeigte auf den Hauptmann Tudebode.

»Jeder glaubt, die Reise würde dann zu viele Gefahren bergen, und niemand will dabei sein.«

»Das ist der Grund?«

»Ja. Aber wir werden sehen«, sagte Rogatianus. »Warum sollen wir uns Sorgen machen? Pilgern wir nicht, um unserem Herrn zu begegnen? Er entscheidet über alles. Diese Gelehrten haben ein Problem: Sie vergessen die Wonnen des Glaubens. Und dann wundern sie sich, dass sie wie Kinder zittern.«

Mit diesen Worten verabschiedete er Anx und widmete sich wieder seinen Kisten.

Das Mädchen steckte das Kreuz unter seine Kleidung, nahm die Sachen und stieg die Stufen hinunter. Jetzt hatte sie die Wahl, zu Flodoard in seinen Wohnwagen zurückzukehren oder noch eine Weile zu bleiben, um zu erfahren, wer den Zug verlassen musste. Anx beschloss, zu einem Feuer zu gehen, wo man ihr eine Kelle Suppe und zwei Hühnerschenkel gab. Anschließend näherte sie sich einem Tisch, der eingeklemmt zwischen zwei Bänken stand. Fünf Männer beugten sich über ihre Näpfe. Aller Blicke wandten sich ihr zu. Anx spürte sofort ihre feindselige Haltung. Vier von ihnen standen mit ihrem Essgeschirr auf und nahmen anderswo Platz, wo sie ihr Mahl fortsetzten. Sie hatten kein einziges Wort gewechselt. Anx begriff, dass sie sich große Mühe geben musste, wenn sie in dieser Gemeinschaft anerkannt werden wollte. Die Gruppenbildungen und die gegenseitige Beeinflussung waren hier sicherlich viel ausgeprägter als in den Reihen der unschuldigen Pilger. Ein Platz bedeutete immer einen Platz unter wichtigen Leuten. Anx stellte ihren Napf ab und setzte sich an den Tisch, ohne sich durch die Zurückweisung beirren zu lassen. Nur ein einziger der fünf Männer hatte sich nicht geregt. Er saß am Rand einer Bank und rückte nicht auf, nachdem die anderen Platz gemacht hatten. Nicht ein einziges Mal wandte er sein Gesicht dem Neuen zu. Anx legte ihre Sachen auf den Schoß und beobachtete ihren Tischnachbarn. Er hatte das Profil eines römischen Senators kurz vor dem Niedergang des Reiches. Sein Kopf mit dem aufgedunsenen, blassen Gesicht saß auf den dicken Schultern, ohne dass ein Hals erkennbar war. Sein Gewicht lastete schwer auf dem äußersten Ende der Bank. Auf seiner hellen Haut glitzerten Schweißperlen. Er war kurzatmig, und seine Lippen bewegten sich unmerklich. Nach einer Weile war Anx überzeugt, dass er einen Psalm rezitierte: *Die Erde hat ihre Ernte gegeben. Gott, unser Herr, segnet uns.* Inmitten dieser Gelehrten war er der Erste und der Einzige, der sich gottesfürchtig verhielt. Sein Blick war starr geradeaus gerichtet. Wie viele andere auch hatte er Angst. Als Anx seinem Blick folgte, entdeckte sie eine Lücke, einen offenen Durchgang zwischen zwei Wagen. Dahinter erstreckte sich der düstere Spinnenwald. Zwei Wachen, die außerhalb der Wagenburg ihre Runden drehten, waren den Bruchteil einer Sekunde zu sehen. Im selben Augenblick senkte der Fremde den Kopf, als markierte er auf diese Weise eine bestimmte Zeitspanne. Dann sprach er wieder seinen Psalm und wiederholte ihn ohne Unterlass. Anx verstand das Gebaren des Fremden nicht. Sie wollte ihn gerade ansprechen, als der Hauptmann

Tudebode mit einem neuen Fleischbrocken an den Tisch trat und ihr gegenüber Platz nahm. Anx versteifte sich. Tudebode stützte seine Ellbogen auf dem Tisch auf und begann zu essen. Er warf seinem Banknachbarn einen Blick zu.

»Pah, Ignatius«, brummte er mit einem zerbrochenen Knochen zwischen den Zähnen. »Noch immer dieses Gesicht wie sieben Tage Regenwetter.«

Der besagte Ignatius neigte leicht den Kopf, ohne den Hauptmann anzusehen oder den Rhythmus seiner Rezitation zu verändern.

Tudebode fuhr fort: »Unnötig, wie eine junge Nonne zu beten. Über dein Schicksal ist längst entschieden. Ich habe die Liste jener gesehen, die den Zug verlassen, und du gehörst dazu, mein guter Ignatius. Vielleicht wird dich diese Reise ein bisschen Mut lehren. Pah!«

Der arme Mann erblasste noch mehr. Anx verfolgte den Wortwechsel, ohne etwas zu sagen. Plötzlich bemerkte der Hauptmann sie.

»Wer bist denn du?«, fragte er.

»Ich bin ein neuer Vorleser im Dienste des Meisters Flodoard.«

Tudebode hörte jäh auf zu kauen. Den Mund halb aufgerissen, musterte er sie. Er runzelte die Stirn, als kramte er in seinem Gedächtnis. Dann zuckte er die Schultern und biss kräftig in das Fleisch. Anx atmete erleichtert auf. Länger wollte sie sich hier nicht aufhalten. Sie verzichtete darauf, auf Erichs Bekanntgabe zu warten. Stattdessen nahm sie ihre Sachen und machte sich auf den Weg zu dem Wohnwagen des Bibliothekars, ohne ihren Napf angerührt zu haben.

Die Abreise von Flodoards Männern samt Material wurde für den übernächsten Tag angekündigt. Anx war nicht dabei, als die von Flodoard ausgesonderten Männer in den anderen Zug wechselten. Sie blieb bei ihrem Meister, verbrachte die Nacht jedoch nicht bei ihm im Wohnwagen. Aufgrund der milden Witterung zog sie es vor, in eine Decke gewickelt im Freien zu schlafen.

»Morgen geht das Abenteuer weiter. Eigentlich beginnt es erst jetzt«, sagte sie sich.

Anx hatte noch geschlafen, als sie im blaugrauen Licht der Morgendämmerung hörte, wie zwei Männer an ihrem Lager vorbeischritten und sich auf Flodoards Tür stürzten. Sie sprang auf. Es waren Erich und Tudebode. Sie weckten den Meister.

»Ignatius ist geflohen!«, knurrte der Hauptmann. »Er ist nicht mehr im Lager. Er ist verschwunden.«

Anx ging auf die Männer zu. Sie sah, dass der Bibliothekar erblasste.

»Wie konnte er den Kontrollposten entwischen?«, fragte er.

»Es ist unerklärlich«, erwiderte Erich. »Wir haben ihn sorgsam überwacht. Wie all die anderen auch.«

Flodoard klatschte in die Hände.

»Und morgen brechen wir auf! Wir müssen ihn finden. Weit kann er nicht sein. Weckt alle auf und ruft Verstärkung. Ich hole Montdidiers Soldaten.«

Die drei Männer machten sich auf die Suche nach dem Entflohenen.

»Geflohen?«, sagte sich Anx und sah im Geiste diesen dicken Mann vor sich, der gestern mit gequälter Miene an ihrem Tisch gesessen hatte. »Dann reisen diese Männer nicht freiwillig ins Heilige Land?«

Sie faltete ihre Decke zusammen und stieg in den Wohnwagen. Auf dem Arbeitstisch des Meisters brannte eine Kerze. Flodoard hatte in der Eile vergessen, sie zu löschen. Anx blies sie aus und öffnete eine Luke im Dach, durch die der dicke Rauch des kleinen Kamins entweichen sollte. Dieser hatte die ganze Nacht gebrannt. Anx ging auf das einfache Lager zu, das neben der hölzernen, an zwei Ketten hängenden Pritsche des Meisters für sie hergerichtet worden war. Nachdem sie ihre Decke in eine Tasche gelegt hatte, überprüfte sie sorgfältig den Sitz ihrer blauen Robe. Dann drehte sie sich zu einem Regal der Bibliothek um, auf dem sie einen polierten Bronzestein gesehen hatte, der als Spiegel diente. In dem dünnen Lichtstrahl, der durch das Dach eindrang, überprüfte Anx, ob die Tönung ihres Haars sich noch nicht aufgehellt hatte. Die Methode war unzuverlässig und darum riskant, und außerdem musste sie sich vor Regen hüten. Andererseits gewährte sie ihr aber die beste Tarnung. Niemand vergaß so schnell das natürliche Blond ihres Haars. Anx wusste, dass sie sich auch vor Bädern in Acht nehmen musste. Sie durfte sich lediglich waschen und musste ihre Blöße verbergen. Als sie die Bronzekugel wieder ins Regal stellte, sah sie ein paar schräg stehende Bücher, die mit einem Stoffstreifen zusammengebunden waren, damit sie nicht herunterfielen, wenn der Wagen über holperige Wege fuhr. *Das große System der Welt* von Demokrit, der *Timaios* von Platon, die *Ordensregel* von Benedikt. Flodoard hatte ihr gestern erklärt, dass sie verlernen müsse und dass der Mensch ein beschränktes Wesen sei. Was wollte er damit sagen? Anx kehrte an seinen Tisch zurück, wagte es aber nicht, die Schriften zu berühren. Sie stellte sicher, dass sie ihr Stück Stoff mit dem goldenen Kreuz nicht verloren hatte. Das Wappen der Champagne war entschieden zu prächtig. Ein guter Bischof hätte dies als gottlos betrachtet.

Das erste warme Licht des Morgens drang in den Wohnwagen. Der Tag brach an. Wie alle Pilger kniete Anx nieder und begann ihr Gebet. Sie suchte auf den Wänden ein Kreuz, vor dem sie sich verneigen konnte, fand aber keines.

»Kein Kruzifix?«

Sie zog ihr gesegnetes Stoffkreuz aus der Tasche, umschloss es mit ihren gefalteten Händen und sprach den ersten Psalm, der ihr einfiel: »Die Völker mögen dir danken, Herr! Alle Völker mögen dir danken! Die Völker singen ihre Freude, denn du herrschst gerecht über sie, und auf der Erde lenkst du ihr Geschick. Die Völker mögen dir danken! Die Erde hat ihre Ernte gegeben, Gott, unser Herr, segnet uns. Möge Gott uns segnen und die ganze Erde ihn fürchten!«

Anx verstummte jäh und schlug die Augen auf.

»Die Erde hat ihre Ernte gegeben, und Gott segnet uns?«, wiederholte sie.

Sie sprang auf.

»Ignatius!«

Die Erkenntnis traf sie wie ein Schlag. Der Geflohene, der gestern neben ihr gesessen hatte. Er war nicht wie die anderen aufgestanden, als sie an den Tisch getreten war, weil er sich nicht bewegen wollte. Der von ihm ausgewählte Platz erlaubte ihm, die für ihn wichtige Lücke zwischen zwei Wagen zu beobachten, die in den Wald führte. Und er sprach immer denselben Psalm. Natürlich: die gleichmäßige Betonung der einzelnen Silben. Diese Rezitation lieferte ihm ein so präzises Zeitmaß wie eine Sanduhr. Ignatius prägte sich ein, wann die Wachsoldaten seinen Platz passierten. Er zählte! Er zählte die Sekunden, in denen er gefahrlos fliehen konnte. In den Wald!

Anx hatte den Wohnwagen schon verlassen und lief auf die Wagenburg der Gelehrten zu.

Auf der Straße spürte sie die Eile der Wachen, die die Verfolgung des Geflohenen aufnahmen. Als Anx auf der Lichtung ankam, erkannte sie nichts wieder. Die Wagen standen nun in einer langen Reihe und waren zum Aufbruch bereit. Anx lief auf der Suche nach der Lücke, die Ignatius im Auge gehabt hatte, hin und her. Aus allen Richtungen strömte Verstärkung herbei, die den Mann aufspüren wollte. Montdidiers bewaffnete Truppe traf ein. Anx verstand nicht, warum so ein großer Wirbel wegen eines verschwundenen Mannes veranstaltet wurde. Wer war dieser Ignatius? Sie hörte einen berittenen Wächter zu einem Kameraden sagen, dass er nicht weit sein könne, da sein Gesundheitszustand schlecht sei, er nur langsam laufe und in der Dunkelheit nicht geflohen sein könne.

Auf der Erde sah Anx die Spuren der Räder und Hufe. Schließlich erkannte sie die Anordnung der Wagen vom Vortag. Sie suchte eine Lücke im Wald und lief hinein.

An den ersten Wurzeln scheuerte sie sich die Knöchel auf. Der Wald war beinahe undurchdringlich. Sie schaute sich um und war sicher, dass sie sich geirrt hatte. Ein Stück weiter links erblickte sie einen Weg, der sich durch den Wald schlängelte. Dort war es. Über diesen Weg hatte er zu fliehen vorgehabt. Anx sprang durch den Wald und kletterte über umgefallene Baumstämme, bis sie den Pfad erreicht hatte. In der Ferne hörte sie die Rufe der Verfolger.

»Sie suchen auf den Wegen nach Grousset«, dachte sie. »In den Wald werden sie ganz zum Schluss eindringen. Dort ist es ihnen zu mühsam.«

Anx lief ein paar Hundert Meter weiter. Es war noch früh

am Morgen, und nur wenige Lichtstrahlen durchdrangen das Geäst. Es herrschte wieder Stille. Anx war schon ganz außer Atem. Und er? Der dekadente Römer mit dem unförmigen Körper? Als sie sich hinhockte und die Hände auf die Knie legte, um zu Atem zu kommen, hörte sie ein Geräusch. Spitz und durchdringend. Einen Klagelaut. Ein Jammern. Anx stand auf und ließ ihre Blicke schweifen. Es war niemand zu sehen. Nachdem sie ein paar Sekunden reglos verharrt hatte, hörte sie das Geräusch wieder. Langsamen Schrittes näherte sie sich der Quelle des Geräusches. Das Knacken der Äste unter ihren Füßen übertönte das Jammern. Anx wusste, dass es nicht mehr weit sein konnte. Ein paar Meter weiter entdeckte sie ein Loch.

Eine Tierfalle.

Ignatius war nicht entkommen. Anx schlich leise weiter, bis sie ihn auf dem Grund der Fallgrube entdeckte. Sein Gesicht war aufgelöst und von Tränen überschwemmt. Als Ignatius sie sah, begann er wieder zu jammern und hämmerte mit den Fäusten gegen die Erde.

»Pst«, sagte Anx. »Macht nicht so einen Lärm.«

Erstaunt hob Ignatius den Kopf. Am Rande des Kraters sah Anx die Spuren seiner Finger. Er versuchte schon eine ganze Weile, sich aus seinem Gefängnis zu befreien, doch er war nicht groß genug und außerdem viel zu schwer. Anx wich zurück, ergriff einen langen, abgestorbenen Ast und schob ihn in die Grube.

»Zieht Euch an dem Ast hoch.«

Sie zogen an beiden Seiten. Ignatius klammerte sich an den Ast. Schließlich stützte er einen Unterarm auf die Oberfläche, und dann gelang es ihm, aus der Grube zu klettern. Mühsam stand er auf.

»Danke«, sagte er, als er sah, dass Anx allein war. »Danke. Ich kenne dich. Du bist der Neue von gestern.«

»Ich will Euch nichts Böses. Sagt mir, warum Ihr geflohen seid.«

»Das würde zu lange dauern, mein Junge. Viel zu lange. Als Dank will ich dir nur einen Rat geben: Mach es wie ich! Geh weg. Du musst diese Reise auf jeden Fall abbrechen. Jetzt oder nie.«

»Ich verstehe nicht.«

»Diese Männer wissen nicht, was sie tun. Sie glauben, alles gelesen und alles studiert zu haben. Und dabei haben sie nur die Texte ausgewählt, die zu ihrer Utopie passen, und nicht die, die ihnen widersprechen. Sie irren sich! Und jetzt kann sie niemand mehr aufhalten. Verstehst du? Sie haben mehr an die Mittel als an das Ziel gedacht. Niemand kann sie zurückhalten.«

»Wovon sprecht Ihr? Von wem? Der Miliz?«

»Ich will nicht ...«

Sein volles Gesicht und seine runden Augen verliehen ihm das Aussehen eines Verrückten. Seine Unterlippe zitterte nervös. Mit dem verschmutzten Ärmel wischte er über seine Stirn.

»Mach, was du willst«, sagte er. »Ich verschwinde auf jeden Fall.«

Er wollte seine Flucht in den Wald fortsetzen, doch Anx hielt ihn zurück.

»Ihr werdet nicht weit kommen. Sie sind alle hinter Euch her. Folgt mir.«

Anx schlug die Richtung des Lagers ein, doch Ignatius blieb unschlüssig stehen.

»Kommt!«

Anx wich vom Weg ab und kehrte an die Stelle zurück, in deren Nähe sie in den Wald eingedrungen war. Sie zeigte auf einen dicken, hohen, belaubten Baum.

»Klettert da hinauf«, sagte sie. »Im Augenblick könnt Ihr nicht fliehen. Die Verfolger werden Euch einholen. Versteckt Euch dort und wartet, bis die Gelehrten aufgebrochen sind.«

Ignatius folgte dem Rat und zog sich die Äste hinauf. Anx unterstützte ihn, indem sie ihn wie einen schweren Sack nach oben drückte. Als er sich schließlich in dem Laub versteckt hatte, fragte sie ihn: »Warum seid Ihr ihnen böse? Was studiert Ihr?«

Nach einem Moment des Zögerns antwortete er: »Ich übersetze Texte aus dem Hebräischen. Ich habe mich mit Salomons Oden beschäftigt. Sie suchen mich, weil sie nicht wollen, dass ich über das spreche, was sie herausgefunden haben.«

»Salomon?«

Anx hätte gern mehr erfahren, doch sie konnte nicht länger hier verweilen. Männer näherten sich. Sie wünschte Ignatius viel Glück und kehrte zu den Wagen zurück.

Als sie den Wald verließ, traf sie drei Wächter, die soeben in den Wald eindringen wollten. Es handelte sich um Cosimo Gui mit seinem Freund Roland und einem dritten Soldaten aus Montdidiers Truppe, die Flodoard um Hilfe gebeten hatte.

Cosimo musterte den Jungen lange, der gerade aus dem Wald gekommen war.

Anx hatte das Gefühl, seine Blicke würden sie durchbohren. Sie hielt es für das Beste, das Wort zu ergreifen.

»Es kam mir so vor, als hätte ich zwei Personen in den Wald laufen sehen. Ich dachte sofort an den Geflohenen. Seht selbst nach, aber ich habe niemanden gefunden.«

Die drei Männer drangen in den Wald ein.

Anx kehrte zu Flodoard zurück.

Der Meister saß im Wohnwagen an seinem Schreibtisch.

»Wo warst du?«, fragte er.

»Ich war im Spinnenwald, um bei der Suche nach dem Geflohenen zu helfen.«

»Pah«, sagte der Bibliothekar und hob wütend den Arm. »Den werden wir jetzt nicht mehr finden. Mittlerweile ist er bestimmt schon über alle Berge, und wir müssen aufbrechen.«

Mit diesen Worten brach er die Spitze seines Federkiels ab. Seine Augen funkelten wütend.

Anx setzte sich hin und beobachtete ihn heimlich. Er schrieb, strich etwas durch, warf das Blatt ins Feuer und begann ein neues. Eine dumpfe Wut begleitete seine Gesten.

»Wer ist dieser Mann wirklich?«, fragte sich das Mädchen.

IX

Das Ungeheuer der Sümpfe

In Bezug auf den Kosmos (die gesamte moderne Physik erklärt es uns) hat nur das Phantastische die Möglichkeit, wahr zu sein.

TEILHARD DE CHARDIN

Erichtôs Privatquartier im Asimo 5 war in ein Halbdunkel getaucht. Der bescheidene Raum war mit schwarzen Stoffen verhangen, das Licht gelöscht und die Eingangstür sorgsam verriegelt. In der Mitte des Raumes nahm der Oberkörper des Mannes ohne Hände und ohne Gesicht fast den ganzen Platz ein. Er war über zwei Meter groß und bestand aus grünen und weißen Strahlenbündeln. Jede seiner Bewegungen ließ die leuchtenden, schwarzen Falten seiner Kapuze flattern. Der Meister war undurchdringlicher denn je, die einzige Lichtquelle des Raumes, die sich wie ein Feuer auf Erichtôs Gesicht spiegelte.

Die Kurtisane stand vor dem Hologramm ihres Meisters. Alp Malecorne stand neben ihr. Vor ein paar Tagen war er zu den Pilgern gestoßen, nachdem er von seinem Ausflug auf den Mond Eerl zurückgekehrt war. Jetzt war er wie ein einfacher Pilger gekleidet. Ein Verband verdeckte seine Narbe. Sein erbärmliches Aussehen hatte das Mitleid der Büßer erweckt. Mit knapper Not war es ihm gelungen, die Wachen am Schalter, die nach den neuen Befehlen von Payns hart durchgriffen, milde zu stimmen.

»Wie weit sind wir?«, knurrte der Mann ohne Hände und ohne Gesicht.

Alp trat einen Schritt näher an ihn heran.

»Ich war auf dem Planeten Tabor«, sagte er. »Ismale Guis Dokumente, die in der Gilde verblieben waren, wurden offenbar vor meinem Besuch von seinem Neffen Cosimo Gui entwendet. Ich habe versucht, von den Bewohnern etwas über den Verbleib zu erfahren, aber die Dokumente blieben ebenso wie der Junge unauffindbar. Auf dem Mond der Denker, wohin er fliehen wollte, hat ein Unbekannter seinen Platz eingenommen, und zwar unter seinem Namen. Er schützt ihn noch immer durch sein beharrliches Schweigen. Ich habe ihn mitgebracht. Ihr könnt ihn verhören, Herr, sobald wir uns sehen.«

Nach einem langen Moment des Schweigens erwiderte der Mann: »Alles, was mit Ismale Guis Arbeiten zu tun hat, kann für uns von Nachteil sein. Wir wissen nicht, was der Neffe von den Machenschaften seines Onkels erfahren hat. Wenn du ihn findest, Malecorne, töte ihn.«

»Wirklich? Cosimo töten?«

Sein Herr antwortete ihm nicht und wandte sich der Frau zu.

»Erichtô?«

Die Kurtisane schritt auf ihn zu.

»Ich hätte nicht gedacht, dass eine Pilgerreise meinen Mädchen eine so günstige Gelegenheit bieten würde, sich unters Volk zu mischen. Man könnte meinen, diese Seelen auf der Suche nach Vergebung möchten noch ein paar letzte Sünden begehen. Dank Lÿs, die die Gunst eines Mitglieds der Miliz genießt, habe ich die neue Aufteilung der Pilgerkolonnen bis zum venezianischen System erfahren.«

Die Frau drückte auf eine Taste, worauf mitten in dem Raum, genau vor dem Bild des Mannes, eine Karte aufleuchtete.

»Was? Die Züge trennen sich schon?«, fragte Alp, der die Informationen über die Abspaltung eines Zuges nach Konstantinopel las.

»So haben sie es offenbar geplant«, sagte Erichtô. »Die nächste wichtige Zwischenstation für uns ist die Einschiffung der Pilger am Meer.«

»Wie viele Schiffe sind es?«, fragte der Mann.

»Fast dreißig«, erwiderte die Frau. »Die Prognosen ändern sich nicht. Sie bestätigen unsere Vermutungen.«

»Aber Payns verändert in letzter Zeit seine Pläne«, sagte der Mann.

Erichtôs Karte erlosch.

»Sollen wir die Pilger weiterhin begleiten?«, fragte Alp. »Es wird gefährlich. Ich habe einen Gefangenen bei mir. Es besteht die Gefahr, entdeckt zu werden.«

»Verlasst die Pilgerzüge auf keinen Fall«, sagte der Mann. »Reist mit den normalen Pilgern weiter und haltet mich über die Route und Veränderungen auf dem Laufenden. Seid geduldig. Unsere Flotte steht bereit. Schon bald werde ich diese Pilgerzüge in Asche verwandeln. Lange bevor die Pilger Palästina erreichen. Sie werden in Kürze mit unseren Streitkräften zusammenstoßen.«

Er dachte einen Moment nach.

»Habt ihr Informationen über Ruy und Saint-Amant? Ihr wisst, dass diese beiden Ritter für unsere Rückkehr nach Jerusalem am interessantesten für mich sind.«

»Wir reisen in Ruys Zug«, antwortete Erichtô. »Aber es ist im Augenblick unmöglich, sich ihm zu nähern. Er versteckt sich.«

»Das haben wir befürchtet. Begnügt euch damit, immer zu wissen, wo er sich aufhält. Das gilt auch für Saint-Amant. Im geeigneten Augenblick werden sie mir nicht entwischen.«

»Ja, Herr.«

Es herrschte Schweigen in dem Raum.

Die große, teuflische Gestalt löste sich auf. Alp und Erichtô blieben allein in der Dunkelheit zurück.

Als Herr der Miliz hatte Hugo de Payns nur Grund zur Freude: Die Versorgung erfolgte ohne Verspätung, und die Sicherheitsmaßnahmen waren so erfolgreich, dass die Pilger sich bereitwillig der strengen Disziplin beugten. Schon bald beherzigte ein jeder den Rat, seinen Nachbarn zum Wohle aller zu überwachen. Die Schurken in den Zügen, die sich lediglich eingeschrieben hatten, um sich zu bereichern, gingen leer aus und mussten sich mit der Hoffnung begnügen.

Als Hugues de Champagnes Stellvertreter, der die Aufgabe hatte, mit seinen Rittern den Born aus Salomons Schrein zu befreien, war Hugos Euphorie allerdings gedämpft. Die Ermordung von König Balduin, die Routenänderung in letzter Minute, die Abspaltung von Flodoards Bibliothek – all das beunruhigte ihn.

Nachdem die Männer des Bibliothekars einen anderen Weg eingeschlagen hatten, setzte Hugo seinen Plan, die Pilgerzüge zu trennen, in die Tat um. Jeder Zug der Pilgerreise, den zwei Ritter begleiteten, sollte unabhängig und in einem Abstand von einigen Tagen reisen. Jeder Wechsel zwischen den einzelnen Zügen war verboten. Wenn einer die Reise abbrach, konnte er unter keinem Vorwand zurückkehren. Neue Pilger wurden nicht mehr zugelassen, auch die nicht, die sich schon lange vorher eingeschrieben hatten. Die Züge waren jetzt isolierte kleine Welten.

»Jetzt sollen die Verräter sich mal zusammenschließen!«

Die Durchführung von Cosimos Ermittlungen erschwerte sich durch diese Vorsichtsmaßnahmen erheblich. Er konnte nicht mehr zwischen den Zügen wechseln.

Die Jagd nach Ignatius in Grousset hatte zu keinen Ergebnissen geführt. Cosimo war mit Roland in das Lager von Montdidiers Garde zurückgekehrt. Noch am selben Morgen hatten sie die Abreise von Flodoards Wagen überwacht. Einige freuten sich, die Wagen abfahren zu sehen, da die schweren, mühsamen Transporte das Vorankommen seit Troyes behindert hatten. Andere befürchteten, sie nie wieder zu sehen. Diesen Befürchtungen wurde entgegengehalten, dass der Hauptmann Tudebode zwar ein Dummkopf, aber auch ein gefürchteter Krieger war und dass die Ritter ihn bestimmt nicht ohne Grund ausgewählt hatten.

Cosimo sah dem Zug hinterher und fragte sich, was wohl in den abgedeckten Wagen transportiert wurde. Seine Neugier wuchs, als er vier Gefährte erblickte, die vollkommen verbarrikadiert waren. Auch seine Kameraden wussten es nicht.

»Meinst du, einer von uns sollte den Wagen folgen?«, fragte Roland.

»Nein. Wir wissen nicht, wohin sie wirklich fahren. Es ist nicht gut, wenn wir uns alle drei aus den Augen verlieren. Ich glaube, es ist Zeit, Croitendieu im nächsten Zug zu treffen.«

»Wir scheiden aus Barkilphédrons Garde aus?«

»Ja. Die Erfahrungen reichen aus.«

Die beiden Männer verabschiedeten sich von Montdidiers Werber, der sich ärgerte, dass er so gute Soldaten verlor. Wie beim letzten Mal verkündete Cosimo, dass er die Reise ins Heilige Land aufgab. Sie gaben ihre Waffen und ihre Pferde zurück. Am Schalter ließen sie ihre Decknamen von den Listen streichen.

Erst als die beiden bei dem von Bisol und Saint-Amant geführten Zug ankamen, stellten sie fest, dass sie ungeahnten Problemen gegenüberstanden. Infolge der neuen Befehle von Payns wurde niemand mehr aufgenommen. Sogar die bereits registrierten Pilger nicht, also auch Cosimo und Roland nicht, die sich in Troyes unter Pseudonymen eingeschrieben hatten. Alle Versuche der Freunde blieben erfolglos. Die Soldaten der Ritter waren auf der Hut. Das Kommen und Gehen aller Personen wurde überwacht. Als am Mittag zum Aufbruch geläutet wurde, eilten Cosimo und Roland zu dem Zug, den sie verlassen hatten, um sich erneut einzuschreiben, doch auch da wurden sie zurückgewiesen. Es gab keine Hoffnung auf eine Rückkehr.

Die beiden Männer standen am Straßenrand und waren gezwungen, zusammen mit den Räuberbanden und den Unglücklichen, die das Ende des Zuges bildeten, dem letzten Pilgerzug ohne jeden Schutz zu folgen. Dort warteten die Plünderer geduldig darauf, dass erschöpfte Pilger die Reise aufgaben.

Alle Versuche, in die Züge zurückzukehren, scheiterten. Tagelang folgte für Cosimo und seinen Freund eine Niederlage auf die andere. Sie verloren den Mut. Es gab keine Möglichkeit, Croitendieu zu treffen oder Kontakt zu ihm aufzunehmen.

Cosimo traf eine Entscheidung. Er änderte seine Pläne

und beschloss, sich einer Sache zuzuwenden, die er bis jetzt zurückgestellt hatte.

»Ein Mann allein ist vier oder fünf Mal schneller als die riesige Pilgerschar, nicht wahr?«

Roland nickte.

»Wir wissen, dass die Pilger einen Hafen ansteuern: Genua, Venedig oder Pisa. Es genügt, vor ihnen dort anzukommen, um es zu erfahren.«

»Richtig.«

»Ich bitte dich, hier zu bleiben und dem Pilgerzug und Croitendieus Route zu folgen. Ich treffe dich am Hafen.«

»Was hast du vor?«

»Ich muss etwas überprüfen, was bisher noch nicht geklärt ist. Aber ich beeile mich. Ich werde Genua oder Venedig rechtzeitig erreichen.«

Mit diesen Worten drehte Cosimo sich um und lief zu Fuß zum nächsten Dorf. Dort kaufte er ein Pferd und galoppierte davon.

In Richtung Westen.

Cosimo durchquerte unbekanntes Land. Er fragte mehrmals nach dem Weg und besorgte sich sogar eine einfache Karte. Als Erstes suchte er Reims. Die Einheimischen waren recht scheu und wenig entgegenkommend. In den Nächten hielt er in bescheidenen Herbergen an, wo die Gespräche der Gäste sich häufig um die berühmte Pilgerreise drehten.

Nach Reims waren die nächsten Ziele Couturier und Picarello, dann zwei Tage später Cassan. Von dort wurde ihm der Weg durch eine verlassene Gegend mit Wäldchen und kleinen Bauerngehöften gewiesen. Cosimo ritt einen ganzen Tag, ohne einer einzigen Seele zu begegnen.

Am Spätnachmittag erreichte er das Dorf Soindres.

Dort lebten ein Dutzend Familien. Das war auf den ersten Blick nichts Ungewöhnliches. Die in dem Ort herrschende Stimmung irritierte Cosimo gleichwohl vom ersten Augenblick an. Es lag eine Fremdheit, eine Anomalie in der Luft, die er sich nicht erklären konnte.

Kinder umringten sein Pferd und lachten laut, sodass die Bewohner angelockt wurden. Doch nur ein einziger Dorfbewohner schritt ohne Furcht auf ihn zu. Es war ein alter, misstrauischer Griesgram, der sich auf einen Stock stützte, der wie ein Hirtenstab geformt war. Als er sich näherte, sah Cosimo, dass die rechte Wange des Alten Brandnarben aufwies und mit glatter rötlicher Haut überzogen war. Seine blauen, wachsamen Augen ähnelten einem Relikt des Lebens im Gesicht eines Toten.

»Habt Ihr Euch verirrt?«, fragte er.

»Ich suche das Land von Carl de Ruy. Bin ich auf dem rechten Weg?«

»Sicher. Es gibt nur einen Weg, der von hieraus dorthin führt. Wir sind das letzte Dorf, das Ihr durchquert, bevor sein Land beginnt.«

»Wie weit ist es noch?«

Der Mann zögerte.

»Höchstens eine Stunde. Das Land ist verlassen. Dort trefft Ihr niemanden.«

»Wenn es so ist, kehre ich später zurück und verbringe die Nacht hier.«

Cosimo schaute sich um. Plötzlich begriff er, was ihn so verwirrt hatte: die Reinlichkeit des Ortes. Das Dorf war makellos sauber. Nirgendwo liefen Hühner herum; es gab nirgendwo Abfallhaufen oder überlaufende Gräben und keine

Gerüche, wie man sie in einem Dorf auf dem Lande normalerweise antraf. Die Häuser waren in bestem Zustand, die Dörfler sorgfältig gekleidet. Ihre Hemden waren so weiß, wie sie nur Bischöfe an Festtagen trugen. Rund ums Dorf hatte Cosimo kein einziges Feld gesehen, das für die Ernte bestellt wurde, sondern geschlossene Gärten, kleine Holzbrücken und Blumen. Die Gesichter der Dorfbewohner waren frisch und strahlten. Sie schienen sich immer satt zu essen. Einige Männer hatten ebenso vernarbte Gesichter wie der Alte: Kratzer, Verbrennungen, Abdrücke von Schlägen. Andere hinkten.

Ohne Fragen zu stellen, verließ Cosimo das Dorf.

Hinter sich hörte er das Geschwätz der Bewohner, die lebhaft über seinen Besuch diskutierten. Eine Stunde später sah Cosimo die Spitzen zweier Türme hinter den Bäumen aufragen.

Das war das Schloss von Carl de Ruy, dem unsichtbaren Ritter der Miliz.

Der Weg, den Cosimo zu dem Anwesen einschlug, war vollkommen mit Unkraut überwachsen und seit Jahren nicht mehr benutzt worden. Als Cosimo die Fassade des Schlosses erblickte, war er sich dessen ganz sicher.

Das Anwesen war verlassen und von Kletterpflanzen überwuchert. Hier schien die Zeit stehen geblieben zu sein: Pflüge, Werkzeuge, Hinweise auf ein reges Leben waren noch erkennbar. Die Menschen mussten überstürzt aufgebrochen sein.

Cosimo ritt um den Nordturm herum, um sich die Rückseite des Schlosses anzusehen. Dort auf der dreistöckigen Mauer war ein schwarzer Kreis zu erkennen, wie die Spur eines riesigen Feuerballs, der die Steine nur an diesem Punkt geschwärzt hatte. Alle Fenster waren zersplittert.

Cosimo richtete seinen Blick auf das Land, das vom Schloss überragt wurde. Es gab eine Wiese, die ebenso verwildert war wie der Rest des Besitzes. Unterhalb des Schlosses erstreckte sich ein dichter Wald. Der junge Mann entdeckte eine weitere Absonderlichkeit. Die gleichmäßige Baumkette, die sich von Osten nach Westen zog, wies in der Mitte eine Schneise von mehreren Metern Durchmesser auf, als hätte eine riesige Axt sie gespalten. Dieser Graben mitten im Wald war viel zu gleichmäßig geformt, um natürlichen Ursprungs zu sein.

Cosimo stieg vom Pferd und betrat ihn.

Rings herum waren die Bäume hoch und kräftig und ragten wie zwei Schutzhecken in die Höhe. Kein einziger Baum war in der Schneise nachgewachsen oder überragte die freie Fläche. Der Boden war schwarz und feucht. Dort wuchs kein einziger Grashalm, als wäre die Erde frisch umgegraben worden. Das Pferd des jungen Mannes hatte geschnaubt, ehe es auf den sonderbaren Pfad eingebogen war.

Cosimo war verblüfft und wusste nicht, was er davon halten sollte.

Er ritt weiter und drehte sich zum Schloss um. Von dem Graben fiel der Blick genau auf die Fassade des Schlosses und den schwarzen Fleck, der wie die Zielscheibe eines Turnierschützen aussah.

Die Spur führte tief in den Wald hinein.

Cosimo erreichte das Ende des Weges und stieg vom Pferd.

In der Natur herrschte vollkommene Stille.

Eine Weile stand der junge Mann dort und ließ seine Blicke schweifen.

Er konnte es nicht fassen.

Cosimo stand am Rande eines Abgrunds, der ihm in dieser Form vollkommen unbekannt war. Nie zuvor hatte er etwas Ähnliches gesehen oder gehört, dass jemand einen solchen Krater beschrieben hätte. Ein rundes Loch von vielleicht vierhundert Metern Durchmesser und einer Tiefe von mehr als zwanzig Metern. Ein makelloser Kreis. Und auch hier war auf der gesamten Fläche kein einziger Grashalm gesprossen. Nichts. Nur die schwarze Erde.

Cosimo hockte sich hin. Er strich über den Boden und entdeckte eine gallertartige, farblose Schicht. Die Substanz löste sich von den Fingern, ohne kleben zu bleiben oder Spuren zu hinterlassen.

Er stand auf. Die Größe dieser toten Fläche hatte etwas Beunruhigendes an sich. Eine Herausforderung des Verstandes. Cosimo wagte es nicht, sich weitere Fragen zu stellen, und kehrte zum Schloss zurück.

Das gesamte Mobiliar in dem Gebäude war umgeworfen und zertrümmert worden. Die Türen waren zerschmettert, die Balken durchgebrochen. Hier hatte eine Schlacht stattgefunden, ein furchtbarer Kampf. Und es sah noch genauso aus wie unmittelbar nach der Schlacht. Spinngewebe und Staubschichten bedeckten die Leuchter und Kerzenstummel. In jedem Raum spürte man noch heute die Brutalität und die Gewalt des Kampfes. Cosimo erinnerte sich an den Artikel, den er während der Pilgerreise in der Bibliothek einer Abtei gelesen hatte: das Syndrom Ruy! Ein Trauma, ein Schock. Und die Gabe des Hellsehens?

»Was ist hier geschehen?«

Cosimo trat hinaus und machte sich auf den Weg zum zweiten Turm.

Neben seinem Pferd stand ein Mann.

Er streichelte das Tier.

Das war der alte Griesgram aus Soindres. Trotz seines Schlapphutes erkannte Cosimo ihn an seinem Stock wieder. Ein Pferd sah er nicht. Der Mann war zu Fuß gekommen. Vermutlich hatte er vorhin gelogen und das Schloss über eine Abkürzung erreicht.

Der Alte mit dem verbrannten Gesicht drehte sich zu ihm um und sagte: »Wir haben im Dorf lange diskutiert, und ich spreche nun im Namen meiner Brüder. Eine einzige Frage: Er kehrt nicht zurück?«

»Er kehrt nicht zurück? Wer?«

»Carl. Unser ehemaliger Herr. Wir wissen, dass er die Pilgerschar durch das Abendland ins Heilige Land begleitet.«

»Ich komme von dieser Pilgerreise, die der Ritter begleitet.«

»Seid Ihr sein ›Gesandter‹?«

Cosimo entschloss sich zu einer Lüge.

»Nicht sein Gesandter, sondern der seines Herrn.«

Der Mann ging zwei Schritte auf ihn zu.

»Seines Herrn?«

»Hugo de Payns. Ich bin gekommen, um Fakten zu sammeln. Mein Herr wünscht eine Bestätigung für die Aussagen Carls.«

»Eine Bestätigung? Wofür?«

»Sein Leben.«

»Steckt er in Schwierigkeiten?«

»Vielleicht. Mehr kann ich Euch nicht sagen. Erklärt es mir. Ich möchte es verstehen.«

»Verstehen?«

Der Alte starrte Cosimo mit seinen hellen Augen an und stützte beide Hände auf den Hirtenstab.

»Verstehen? Bemüht Euch nicht, junger Mann. Es sind

schon ganz andere als Ihr daran gescheitert. Hier gibt es nichts zu verstehen, wie Ihr es ausdrückt. Es bleiben auf seine alten Tage nur unzählige Fragen ohne Antworten.«

»Nennt mir die Fakten. Das ist alles, was mein Herr wünscht.«

Der Alte schüttelte den Kopf.

»Damit Ihr sie verbreitet und die Leute wieder über unseren Aberglauben spotten? Es reicht. Diese Geschichte gerät in Vergessenheit, und das ist auch gut so. Ich glaube kaum, dass Carl öffentlich darüber gesprochen hat.«

»Das hat er«, widersprach Cosimo. »Und das solltet Ihr auch tun, wenn Ihr nicht wollt, dass man *ihn* für verrückt hält.«

Nachdem Cosimo noch weitere Argumente dieser Art angeführt und zahlreiche geschickte Lügen hinzugefügt hatte, stieg der alte Mann schließlich hinter Cosimo aufs Pferd. Auf seine Bitte kehrten sie zu dem Abgrund im Wald zurück.

»Lange Zeit«, begann der Mann, »kehrte unser Herr, Carl de Ruy, nicht auf sein Gut zurück. Wie seine Vorfahren wurde er hier geboren, doch schon bald wurde er am Königshof erzogen, wo er den größten Teil seines Lebens verbrachte. Carl war ein großer Ritter, der immerzu in die Schlacht zog. Sehr mutig und hoch geschätzt, hieß es. Hier auf Ruy ging das Leben seinen Gang, ohne dass etwas Besonderes passierte. Und eines Tages kehrte Carl mit seiner Familie zurück. Er war bei Hofe entlassen worden. Wir waren alle überrascht. Von einem Tag auf den anderen entwickelte sich auf dem Gut eine unvorstellbare Betriebsamkeit. Carl de Ruy war ein lebhafter, entschlossener Mann. Er nahm sich vor, das Schloss instand zu setzen und die Bewirtschaftung auszuweiten. Er ließ aus der ganzen Gegend Arbeiter kommen, damit wir alles bewältigen konnten. Unsere erste Aufgabe bestand darin, die Sümpfe trockenzulegen, die unterhalb des Schlosses lagen. Unser Herr wollte die Felder vergrößern, um die Einnahmen zu steigern.«

»Eine gute Idee«, sagte Cosimo.

»Neue Ideen, ja, die hatte er jeden Tag. Von seinen zahlreichen Reisen, die er unternommen hatte, als er noch in die Schlacht zog, hatte er neue Techniken mitgebracht. Auf jeden Fall begannen wir, *hier* zu arbeiten.«

Der Alte zeigte mit dem Finger auf den Abgrund, den Cosimo vorhin entdeckt hatte.

»Damals fand man hier nur brackige Tümpel, die von Schilfrohr und Schwertlilien umgeben waren.«

Nachdem der Mann vom Pferd gestiegen war, nahm er ehrerbietig seinen Hut ab.

»In der Mitte dieses Kreises machte einer meiner Neffen die erste Entdeckung. Nachdem der Boden wochenlang entwässert worden war, verteilten wir den Schlamm, damit der Grund schneller trocknete. Mit einer Kelle schlug mein Neffe gegen einen Gegenstand. Das war kein Stein. Bei dem Aufprall erklang ein spitzer Ton. Wir schaufelten neugierig die Erde weg und entdeckten einen Deckel. Eine Truhe? Das dachten wir jedenfalls. Wir waren alle sehr aufgeregt. Vielleicht ein Schatz?«

Der Mann schüttelte den Kopf.

»Wir versuchten, die ›Kiste‹ aus dem Schlamm zu ziehen. Doch das, was wir als Deckel angesehen hatten, war unendlich groß. Das Ding erstreckte sich schon über mehrere Meter, und da es gewölbt war, versank es zu tief, als dass wir es aus dem Schlamm hätten ziehen können. Und dann machte eine andere Gruppe Arbeiter ein Stück von uns entfernt eine ähnliche Entdeckung. Diesmal war es eine Spitze, die aus dem Grund des Moores hervorlugte. Wir stellten fest, dass sie von derselben Machart war wie unser ›Deckel‹, grau und schimmernd.«

»Seltsam.«

»Meint Ihr? Erst in der Nacht begriffen wir, dass wir es mit etwas ausgesprochen Ungewöhnlichem zu tun hatten. Mitten in den Sümpfen begannen rote Punkte in der Dunkelheit in regelmäßigen Abständen wie Leuchtkäfer zu leuchten. Man konnte sie über zehn Meter weit sehen.«

»Rote Lichter?«

»Und es wurden immer mehr.«

Cosimo ließ seinen Blick schweifen.

»Was sagte Carl de Ruy dazu?«

»Er nahm die Sache sehr ernst und bat das Bistum um Hilfe. Doch zunächst war er wie wir alle nur neugierig, was werden würde. Angst hatte keiner, aber wir hatten ein mulmiges Gefühl. In der dritten Nacht …«

Der Mann setzte seinen Hut wieder auf.

»… begannen die ›Erscheinungen‹.«

Er runzelte die Stirn wie ein Mann, der sich an einen Albtraum zu erinnern versuchte.

»Wir spürten hier eine Wärme, die aus dem Boden aufstieg. Der Schlamm trocknete ganz von allein. Wir begriffen, dass jede frei gelegte Parzelle, die den Sonnenstrahlen ausgesetzt war, auf sonderbare Weise ›Leben‹ entwickelte. Es stand fest, dass diesem Ungeheuer seit langer Zeit Licht gefehlt hatte und dass wir es geweckt hatten, als wir es von dem Schlamm der Sümpfe befreiten. Abends erzählten die Leute des Gutes, dass seltsame Gestalten sich in dem Wald rund um die Sümpfe versteckten.«

»Gestalten?«

»Tiere aus unseren Herden verschwanden. Wir fanden ihre blanken Knochen. Rings um das Schloss entdeckten wir Spuren. Es waren rechteckige Abdrücke. Diese Dämonen liefen mit Schwindel erregender Geschwindigkeit. Bald spürten wir sie überall. Sogar Carl bekam Angst. Während dieser Zeit verschwand der Schlamm. Das gesamte runde Feld, das Ihr hier seht, nahm dieselbe Form an wie unser ›Truhendeckel‹. Eine riesige Kuppel mit Tausenden von leuchtenden Punkten. Wir hatten ein Ungeheuer geweckt.«

»Was habt Ihr gemacht?«

»Gebetet ... Die Gesandten des Bischofs ließen auf sich warten. Carl beschloss, einen der Dämonen zu fangen. Er wollte Gewissheit haben. Da unsere Falle aber nicht funktionierte, töteten wir die Kreatur in unserer Tiergrube. Das Wesen hatte zwei Arme und zwei Beine und war vollständig mit einer harten, weißen Haut überzogen. Den Kopf konnte man nicht erkennen. Er war wie ein Spiegel. Das Wesen blutete auch. Sein Blut war warm und rot.«

»Und was taten die anderen Dämonen?«

»Das, was die Menschen auch getan hätten. Sie haben seinen Tod gerächt.«

Cosimo drehte sich um und sah in der Ferne die verkohlte Fassade des Schlosses.

»Es geschah in der folgenden Nacht«, fuhr der Alte fort. »Sie haben alles zerstört. Viele von uns kamen ums Leben. Diese Wesen schienen Flammen zu produzieren. Feuerzungen züngelten aus ihren Fäusten und überwanden unglaubliche Entfernungen. Es waren wahre Teufel, glaubt mir. Schreckliche Teufel.«

Cosimo schaute auf die Narben des Alten.

»Und Carl?«

»Er kämpfte im Schloss, um die Seinen zu verteidigen. Dort wütete der Kampf am schlimmsten. In den frühen Morgenstunden trat eines der Monster vor den entwaffneten Herrn. Ich war nicht dabei, aber man sagte mir, dass das Wesen eine Art leuchtender Kappe abzog und sein Gesicht zeigte. Das Gesicht eines Menschen.«

»Unglaublich!«

Der Alte lächelte.

»Das haben alle gesagt. Unmöglich, dass Menschen Jahrzehnte oder sogar Jahrhunderte in einem Sumpf in einer Eisenschale warteten. Hört, wie es weiterging! Carl und die letzten Überlebenden wurden verschont, und die Gestalten verschwanden für ein paar Tage. Und dann begann die Kuppel zu vibrieren.«

»Seid Ihr nicht geflohen?«

»Wir blieben bei unserem Herrn. Seit der Begegnung mit dem Mann war er vollkommen verstört, als hätte ihn der Blitz getroffen. Wir erkannten ihn nicht wieder.«

»Was geschah dann?«

Der Alte zeigte mit dem Stock auf die Mitte des Kraters.

»Die riesige Kuppel verschwand.«

»Sie verschwand?«

»Es steht Euch frei, mir zu glauben oder nicht, aber ich sage Euch, dass diese riesige Masse sich in die Luft erhob und die restliche Erde mit sich herausriss. Der untere Teil brannte. Es sah aus wie eine zweite Sonne am Himmel. Der Lärm war ohrenbetäubend. Wir haben gesehen, wie das Ding langsam am Schloss aufstieg. Und dann verschwand es blitzartig und mit einem Schrei, dessen Echo wir noch lange vernahmen. Die Monster waren abgereist.«

Eine Weile herrschte Schweigen.

»Damals«, setzte der Alte seinen Bericht fort, »blieb diese Substanz hier zurück, die nichts mehr wachsen lässt. Der erste gelehrte Mönch des Bischofs kam hierher und versuchte, es zu begreifen. Er konnte die Substanz jedoch ebenso wenig identifizieren wie die Experten, die nach ihm kamen.«

»Das Bistum ist über alles im Bilde?«

»Nun ja, sie haben versucht, unserer Version der Geschichte zu glauben. Aber heute spricht niemand mehr darüber. Es wurde auch diesbezüglich ein Befehl erlassen.«

Die unglaubliche Geschichte des Alten verwirrte Cosimo. Doch er verstand die mögliche Verbindung zu dem Syndrom Ruy, das in dem Buch erwähnt wurde. Den Schock.

»Und Euer Herr?«

»Dieser gefürchtete Krieger wurde zu einem Eremiten, einem störrischen, zitternden, von Albträumen geplagten Wesen. Wir haben lange versucht, ihm zu helfen, den Schock zu überwinden. Da wir ihn gut beobachteten, konnten wir feststellen, dass er nicht im wahrsten Sinne des Wortes besessen war. Carl hatte vielmehr durch seine Begegnung mit der Kreatur eine Gabe des Hellsehens geerbt – oder des Hellhörens. Ich weiß nicht. Er hörte Geräusche, Worte und erkannte Zeichen, die niemand sonst wahrnahm.«

»Ich verstehe nicht. Diese Kreaturen waren Menschen? Oder Teufel in der Gestalt von Menschen?«

»Vielleicht beides. Menschen aus einer anderen Welt? Im Laufe der Monate wurde Carl bewusst, über welche Fähigkeiten er verfügte und wie er sie einsetzen konnte. Er heilte Kranke, trieb Frauen den Teufel aus und sagte die Zukunft voraus. Es sprach sich in der Gegend herum. Und eines Tages kamen diese drei Männer. Ein Graf aus der Champagne, ein Ritter und ein Baumeister.«

Cosimo zuckte zusammen. Das Trio aus Jerusalem: Hugues, Hugo und Ismale.

»Wann war das?«

»Vor zehn Jahren. Sie kamen, um Carls Fähigkeiten zu ›überprüfen‹. Doch er war misstrauisch. Sie forderten ihn auf, ihnen zu einer alten gallischen Grotte zu folgen. Unser Herr bat mich, ihn mit zwei anderen Dorfbewohnern zu begleiten. Aus Vorsicht.«

»Was war das für eine Grotte?«

»In einer Legende hieß es, dass eine Rüstung von Brennus dort vergraben sei, sie aber von den Geistern seiner ehemaligen Leutnants so gut bewacht werde, dass kein Lebender sich ihr nähern könne, ohne ihren Zorn zu spüren zu bekommen. Carl betrat die Grotte allein. Er sprach mit den Toten und kehrte mit der Reliquie zurück.«

»Er ›sprach‹ mit den Geistern?«

»Das hat er selbst gesagt. Die drei Männer waren stark beeindruckt. Anschließend sprachen sie stundenlang miteinander. Ich weiß nur, dass er um ein Jahr Bedenkzeit bat. Doch nach einem Jahr, auf den Tag genau, verließ er das Schloss und schenkte sein Vermögen den Bediensteten des Schlosses. Darum fehlt es uns im Dorf an nichts. Wir sind reich und frei. Aber wir sind allein. Allein mit diesem Krater und ohne jemanden, der unsere Geschichten versteht. So eine Erinnerung lastet schwer auf den Schultern.«

»Und Carl ist niemals zurückgekehrt?«

»Niemals. Es heißt, er sei Mönch geworden oder eine Art Mönch. Wir haben erst wieder von ihm gehört, als die Pilgerreise des Hugues de Champagne verkündet wurde.«

Nachdem die beiden Männer eine Weile geschwiegen hatten, ritten sie zum Schloss hoch.

Cosimo dachte, wenn Carl mit Geistern kommunizieren und Türen öffnen konnte, die von Dämonen bewacht wurden, bestimmten diese Fähigkeiten zweifellos seinen Platz in dem geheimen Abenteuer der Miliz.

»Danke für Eure Geschichte. Gott segne Euch«, sagte er.

»Gott?«

Der Alte zuckte die Schultern und warf dem jungen Mann einen betrübten Blick zu.

»Versteckt Gott seine Engel unter dem Schlamm? Nein, nein, rechnet nicht damit. Gott ist in dieser Welt wohl abwesend.«

Cosimo bat, die Nacht im Dorf verbringen zu dürfen. Am nächsten Morgen wechselte er sein Pferd, verabschiedete sich von den Bewohnern und stellte dem Alten eine letzte Frage: »Dieser mysteriöse Mann, der seinen Helm vor Carl abgenommen hat, wisst Ihr, ob er gesprochen hat? Wisst Ihr, was er gesagt hat?«

Der Alte lächelte.

»Er hat zu unserem Herrn gesagt, dass er einfach ein Mensch aus einer anderen Zeit sei. Dass er die Zeit erforsche und dass er in dieser Gegend einen Unfall gehabt habe.«

»Die Zeit erforschen?«

Das war wundersam.

Darauf verließ Cosimo Carl de Ruys Land und ritt davon.

In Richtung Süden.

Drittes Buch

Die Geschichte ist keine Aufeinanderfolge von Epochen, sondern das unmittelbare Nebeneinander derselben.

HEIDEGGER

I

Der Schleier der Isis

Charron: *Wir werden ihn also nicht so bald bekommen?*

FÉNELON, Dialog der Toten

Die Pilgerreise hatte Venedig erreicht. Die Flotte, die in der Lagune vor Anker lag, hatte sich vorschriftsmäßig formiert. Der Tag war um diese Mittagsstunde im Oktober klar und warm. Die Sonne spiegelte sich auf den feuchten Rümpfen der Schiffe, die soeben die Werft verlassen hatten. In der Handelsstadt herrschte reges Treiben. Im Konkurrenzkampf mit Pisa und Genua hatte Venedig den Sieg errungen, und daher würden die Schiffe, die die Pilger ins Heilige Land bringen sollten, von diesem Hafen ablegen. Für die Händler und Gastwirte war es ein Grund zum Jubeln. Tausende von Pilgern, die der Marsch erschöpft hatte, drängten sich in den Straßen und genossen diese Ruhephase in einer Stadt, in der es an nichts mangelte.

Jeweils drei Schiffe lagen an den Kais nebeneinander, sodass sie mit Material, Wasser und Lebensmitteln beladen werden konnten. Anschließend kehrten sie auf die Reede zurück und warteten dort auf den Tag des Aufbruchs.

Hugo de Payns war wütend. Bei seiner Ankunft war nichts für die Einschiffung der Gläubigen vorbereitet. Die Obrigkeiten, die soeben einen wichtigen Auftrag für die Stadt Caesarea bekommen hatten, hatten es vorgezogen, sich ihren Geschäften zu widmen, anstatt die Überfahrt der Pilger voranzutreiben.

Die ersten Pilger hatten zwar einen Vorsprung von mehr als zehn Tagen vor dem letzten Gläubigen gehabt, aber da sich die Pilgerreise beträchtlich in die Länge gezogen hatte, versammelte sich die gesamte Pilgerschar heute in Venedig. Auf einen Vorsprung vor Eustache de Boulogne konnte Hugo de Payns nun nicht mehr hoffen. Daran änderte seine Wut gar nichts. Er musste sich mehrere Wochen gedulden, bis die Flotte auslaufen konnte.

Carlus Magnus, *Johanna Baptista* und *Francesca Maria* waren die Namen der Schiffe, die am Kai lagen und auf deren Brücken sich Zahlmeister und Wachen drängten, die das Kommen und Gehen der Träger kontrollierten.

Plötzlich war ein lautes Aufplatschen zu hören, worauf Schreie von der *Francesca Maria* folgten.

»Haltet den Dieb! Hilfe!«

Geschützt vor den Blicken der Schaulustigen, die der Lärm angezogen hatte, schwamm Cosimo, zwischen Schiffsrümpfen und Booten hindurch, lange Zeit unter Wasser. Er lenkte die Aufmerksamkeit der Leute von der Schaluppe ab, in der Roland sich mit der gestohlenen Beute, die sicher zwischen seinen Füßen lag, von der *Francesca Maria* entfernte.

Etwa fünfzig Meter weiter schwamm Cosimo am Kai an einer Stelle ans Ufer, wo unzählige Heringsfässer standen. Unter einem Korb lag eine Tasche, die er zuvor dort deponiert hatte. Er öffnete sie, zog seine nasse Kleidung aus und streifte trockene Sachen über. Mit der Tasche auf den Schultern tauchte er in der Menge und dem Labyrinth enger, dunkler Gassen der Stadt unter.

Cosimo lief auf ein Haus zu, das an einem stinkenden Kanal mitten im Händlerviertel lag. Häuser dieser Art beherbergten normalerweise Großhändler, die nach Venedig kamen, um sich für ihre Geschäfte in Schaffhausen, Ravensburg, Nürnberg oder Köln mit exotischen Produkten zu versorgen. Roland hatte für das baufällige Haus das Vierfache des regulären Kaufpreises bezahlt.

Cosimo trat ein.

»Ist dir niemand gefolgt?«, fragte sein Freund ihn.

»Ich glaube nicht.«

Aus Cosimos Haar tropfte nach der Flucht im Hafen noch das Wasser.

»Hier«, sagte Roland.

Er reichte ihm eine dicke Mappe, die von zwei Hanfgurten zusammengehalten wurde. Auf dem Deckel stand in großen Buchstaben: ISMALE GUI.

Während seiner Nachforschungen über den Ritter André de Montbard war es Roland gelungen, die Truhe zu finden, in der diese Mappe lag. Er hatte entdeckt, dass Montbard während der Pilgerreise eine geheime Zelle eingerichtet hatte, in der Zeugenberichte und Denunzierungen jeder Art aufgenommen wurden. Dank des Vorwands, mehrmals leise Gespräche belauscht zu haben, in denen der Name Ismale Gui erwähnt worden sei, war Roland von Montbards Vertreter empfangen worden. Dieser hatte seine Aussage gewissenhaft aufgenommen, ehe er sie in eine Truhe gelegt hatte, in die bereits der Name der *Francesca Maria* geritzt war. Als Cosimo wenige Tage nach dieser Entdeckung in Venedig ankam, hatten beide den Diebstahl auf dem Schiff organisiert.

Als Cosimo die Mappe nun öffnete, las er zuerst Rolands Falschaussage.

»Das hast du wirklich gesagt? Einer der Pilger hätte behauptet, die Macht zu besitzen, mit Toten zu sprechen, und dir soll er anvertraut haben, mit der verblichenen Seele von Ismale Gui gesprochen zu haben?«

Roland zuckte mit den Schultern.

»Irgendwie musste ich doch seine Aufmerksamkeit erregen«, erwiderte Roland selbstbewusst. »Es hat ja auch bestens funktioniert.«

Cosimo verteilte die handgeschriebenen Seiten auf dem Tisch.

Er fand die Aufzeichnung seines Gesprächs wieder, das er mit Montbard auf Tabor geführt hatte. Eine kurze, aber präzise Biographie von Ismale, die mit den ausführlichen Angaben über den Mord auf Draguan abschloss. Die Umstände des Mordes wurden geschildert, ohne einen Hinweis auf die Identität der Mörder zu liefern. Während der weiteren Durchsicht der Dokumente erkannte Cosimo plötzlich die enge Handschrift seines Onkels.

»Das sind die Antwortschreiben von Ismale an Hugo de Payns! Die Ergänzung der Korrespondenz, die ich in dem Geheimfach auf Tabor gefunden habe.«

Neugierig las Cosimo die Briefe. Ismale ging ausführlich auf Hugos Nachforschungen über den »Verräter« ein, den sie alle verdächtigten, den neuen Orden der Miliz vernichten zu wollen. Der Baumeister führte systematisch Beweise gegen seinen ehemaligen Schüler, Alp Malecorne, an, der ein Jahr zuvor aus der Gilde ausgeschlossen worden war. In Ismales Augen war Malecorne, ohne dass ein Irrtum möglich war, mit der neuen Gestalt mit dem Namen »der Mann ohne Hände und ohne Gesicht« verbunden, die Payns so große Sorgen bereitete.

Cosimo erinnerte sich an Hugos Briefe, in denen er Ismale zu seinen Resultaten gratulierte.

»Alp Malecorne«, murmelte Cosimo. »Ist das der Name des Verräters, der uns fehlt?«

Doch Montbards Untersuchungsergebnisse deckten sich keineswegs mit denen des Baumeisters. Cosimos Verwunderung steigerte sich zusehends. Die Ermittlungen im Mordfall Ismale führten zu einer anderen Theorie über die Identität des Verräters. Roland sah seinen Freund erblassen.

»Was ist los?«, fragte er ihn.

»Ich verstehe das nicht«, antwortete Cosimo. »Sie glauben … sie glauben, dass Alp Malecorne aufgrund seiner Verbindungen zu dem Mann ohne Hände und ohne Gesicht aus der Gilde ausgeschlossen wurde.«

»Das hast du doch selbst vermutet.«

»Ja aber … sie glauben, mein Onkel sei aus denselben Gründen ermordet worden.«

»Wie bitte?!«

»Nach Montbards Meinung ist der Verräter der Miliz kein anderer als Ismale Gui selbst!«

Es herrschte eine Weile Schweigen. Cosimo las die Dokumente noch einmal.

»Er soll Malecorne ausgeschlossen haben, um sich zu schützen«, fuhr er fort. »Indem er ihn verschwinden ließ, servierte er Hugo de Payns einen Verdächtigen. Es sieht aber so aus, als hätte dieser Schachzug nicht die gewünschte Wirkung gehabt. Payns führte andere Ermittlungen durch und fand andere Beweise für Ismales Verrat. Und es bestand die Gefahr, dass die Beweise gegen meinen Onkel auf die Spur des Mannes ohne Hände und ohne Gesicht führten. Aus diesem Grunde ließ Letzterer Ismale auf Draguan ermorden. Der Mann schaltete Ismale aus, damit dieser nichts verraten konnte und er selbst nicht enttarnt wurde.«

»Aber warum? Warum sollte Ismale in die Dienste des Mannes getreten sein? Warum sollte er die Ritter verraten haben?«

Wieder herrschte Schweigen.

»Um das zu verstehen«, erwiderte Cosimo, »müssen wir wissen, *was es zu verraten gab*. Wir müssen herausfinden, welche Absichten die Miliz verfolgt. Ich kannte meinen Onkel, und der handelte niemals ohne Grund. Wenn der Mann ohne Hände und ohne Gesicht Ismale brauchte, dann, weil er sich auf dieselbe Suche begeben hat wie Payns' Männer. Warum sollte Ismale die Seite gewechselt haben? Welche Vorteile hätte es ihm bringen können, sich in die Dienste eines Gegners der Christen zu stellen? Was hat es mit diesem Born auf sich, den alle an sich reißen wollen?«

»Was machen wir nun?«, fragte Roland.

Cosimo überlegte.

»Zuerst einmal versuchen wir herauszufinden, wem daran liegen könnte, diese Dokumente wieder in seinen Besitz zu bringen.«

»André de Montbard?«

Cosimo schüttelte den Kopf.

»Ich denke eher an jene, die durch Ismales Vergangenheit in Schwierigkeiten geraten könnten. Wer wusste davon? Beging er den Verrat allein? Könnte es für jemanden gefährlich werden, wenn diese Akte in falsche Hände gerät? Sollte es so sein, möchte ich wissen, für wen. Schließlich werden wir die Verbindungen durchschauen und erkennen, welche Idee, welche Person dahinter steckt, sodass unsere bruchstückhaften Informationen zu einer Erkenntnis verschmelzen. Irgendwie wird es uns gelingen, das Rätsel zu lösen.«

In Venedig gelang es Cosimo, Barkilphédron zu finden, den Werber von Pierre de Montdidier. Dieser hatte den tüchtigen, jungen Mann nicht vergessen, der in Longue-Bois gute Arbeit geleistet hatte. Er wunderte sich zwar über dessen Rückkehr, freute sich aber, ihn wiederzusehen. Cosimo bat darum, in die Wachmannschaft der *Francesca Maria* aufgenommen zu werden. Der Wunsch wurde ihm erfüllt. Er konnte seinen Dienst umgehend antreten. Seit dem Diebstahl von Montbards Dokumenten war die Sicherheit auf dem Schiff vollkommen neu organisiert worden.

An diesem Abend hielt sich Tirchair, der Vertreter des Ritters Montbard, in seiner Kabine auf. Er hatte ein abstoßendes Gesicht. Große Augen, eine hässliche Stirn und obendrein zwei überzählige Zähne. Dieses hässliche Aussehen schreckte eine junge Frau jedoch nicht ab, die sich auf seine Lippen stürzte und ihm einen leidenschaftlichen Kuss gab.

Das war Lÿs.

»Ist es nicht gefährlich, wenn wir uns hier treffen?«, fragte sie und wich zurück. »Wir könnten erwischt werden. Ich will nicht von der Pilgerreise ausgeschlossen werden.«

Nach dem amourösen Abenteuer mit Oberon de Saintyves war Lÿs Tirchairs Geliebte geworden. Dazu hatte eine Indiskretion des Geistlichen geführt, der es sich nicht hatte verkneifen können, sein »Elend« mit jemandem zu teilen. Von dessen Klagen hatte Tirchair vor allem die Beschreibung der jungen Frau und ihre besonderen Fähigkeiten in Erinnerung behalten. Es war ihm gelungen, die Bekanntschaft der Prostituierten zu machen, die nun unter seinem Schutz stand.

»Mach dir keine Sorgen«, sagte er. »Niemand kommt auf die Idee, sich meiner Tür zu nähern. Diese Kabine gehört zu den bestbewachten Orten der ganzen Flotte. Ich habe die Wachen verdreifacht.«

»Warum?«

»Eine böse Geschichte. Glaub mir, es ist für dich vollkommen ungefährlich. Außer mir betritt niemand meine Kabine.«

»Und dein Wachposten wird nichts sagen?«

»Er wurde sorgfältig ausgewählt. Es sind zuverlässige Männer.«

Lÿs' Blick wanderte über die Regale und die Dinge, die über dem Bett lagen. Tirchair bewunderte ihre Gestalt. Die junge Frau hatte ihr weißes Gewand abgelegt und trug nun nur noch einen verführerischen, durchscheinenden Schleier. Sie veränderte lasziv ihre Posen und inspizierte Tirchairs Kabine.

»Du scheinst ziemlich neugierig zu sein«, murmelte er. »Was suchst du?«

»Es ist das erste Mal, das ich dich an einem Ort treffe, der dir gehört und der dir vielleicht ähnelt. Ich möchte dich besser kennen lernen.«

»Darauf solltest du nicht hoffen.«

»Wäre ich enttäuscht?«

Sie hatte die Angewohnheit, das Ende ihrer Sätze in die Länge zu ziehen, was sie unwiderstehlich machte.

Tirchair lächelte und öffnete die Schnalle seines Gürtels.

Plötzlich hielt er inne.

Neben dem Bett, auf dem Lÿs sich rekelte, stand ein aufgeklapptes Tablett. Darauf lag ein zerknittertes Blatt. Für jeden sichtbar. Tirchair runzelte die Stirn.

»Hast du das mitgebracht?«

Er zeigte auf das Blatt.

Das Mädchen ergriff es und überflog es hastig.

»Nein«, sagte es. »Ich weiß gar nicht, um was es geht.«

Der Mann sprang auf sie zu und entriss es ihr.

Lÿs' Augen strahlten.

Unter dem Schutz eines Decknamens unterrichtete Cosimo ihn in diesem Brief von seiner Absicht, dem Besitzer die »gestohlene Akte« über die Ermittlungen im Fall Ismale Gui auszuhändigen. Ort und Zeit des Treffens wurden genannt. Der Hehler würde seine Forderungen zu gegebener Zeit bekannt geben, war am Ende der Mitteilung zu lesen.

Tirchair rollte den Brief zusammen.

»Dein Wachposten«, sagte Lÿs, »hat noch einiges zu lernen, wenn jeder einen Brief in deine Kabine legen kann.«

Der jungen Frau blieb nicht die Zeit, dem etwas hinzuzufügen oder ihr Büßerhemd wieder anzuziehen. Tirchair warf sie kurzerhand hinaus.

Lÿs machte sich nichts daraus. Durch diesen Brief wurde sie endlich für ihre Mühe belohnt. Seit Tagen gab sie sich diesem hässlichen Mann in der Hoffnung hin, ihm ein paar Hinweise für ihre Herrin zu entlocken. Vergebens.

Doch dieser Abend war von Erfolg gekrönt. Sie hatte Ort und Zeit der heimlichen Übergabe eines Dokumentes erfahren, das Ismale Gui betraf. Erichtô würde entzückt sein.

An Deck bot ihr einer der Wachposten an, sie zurück zum Kai zu begleiten.

Das war Cosimo.

Es war das erste Wiedersehen der beiden jungen Leute seit

ihrem Treffen in dem Pilgerzug des Robert de Craon. Die junge Frau erblasste. Sie war bestürzt, diesen Jungen wiederzusehen, den sie vollkommen vergessen hatte.

»Ah«, sagte er, »ich sehe, du gehst deiner Beschäftigung nach.«

»Du scheinbar auch.«

»Ich bin mein eigener Herr. Aber du? Spielt deine Herrin mit dem Feuer? Sie lässt dir ziemlich viele Freiheiten, scheint mir. Pilgerin oder Spionin?«

»Einmal gibst du dich als Pilger aus, und heute treffe ich dich als Wächter wieder … Hör mit dem Theater auf, dazu fehlt dir das Format.«

Auf der *Francesca Maria* erhob sich Geschrei, das ihr Gespräch unterbrach. Tirchair verließ mit Cosimos Brief seine Kabine.

»Adieu«, sagte Lÿs lächelnd. »Oder auf ein baldiges Wiedersehen.«

Sie verschwand.

Cosimo dachte daran, ebenfalls zu verschwinden, doch er kehrte auf seinen Posten zurück. Er wollte nicht auffallen. Tirchair schimpfte lange über die Unfähigkeit seiner Wächter, ehe er an Land ging und sich zu seinen Vorgesetzten auf den Weg machte.

Am nächsten Tag stiegen Roland und Cosimo die Stufen hinauf, die zum Campanile der Kirche Formantiza führten. Diese überragte einen kleinen Platz, der den Blick auf die Gassen der Stadt, die hier mündeten, und auf die Dächer der benachbarten Häuser erlaubte. Die Glocke war von vier Bögen umringt. Sie schwebte in der Luft, eine leblose Masse über einem Loch, in dem das Seil des Glöckners baumelte.

Eine leichte Brise ließ den Mantel der Glocke surren. Der Küster, der für die Wartung der Glocke zuständig war, lief über einen schmalen Steinweg, der den ganzen Platz einfasste. Hier trafen Cosimo und Roland nun ein.

In kurzer Zeit würde die Dunkelheit die ganze Stadt verhüllen.

In einer Nische brannte in Armhöhe eine Kerze. Cosimo blies sie sofort aus.

Die beiden Freunde versteckten sich hinter den Säulen der Bögen und richteten ihre Blicke auf den Platz und die Gassen. Sie lauerten auf die geringste Bewegung. Dort sollte das Treffen mit Tirchair stattfinden.

Es war eine klare Nacht. Doch einige dicke Wolken tauchten die Stadt zeitweise in Dunkelheit. Ein Höhenwind fegte die Wolken über den Horizont, während unten bei den Männern vollkommene Stille herrschte.

»Sieh da«, murmelte Cosimo.

Er zeigte auf eine Häuserzeile. Etwa zehn Personen nahmen rings um den kleinen Platz schweigend Aufstellung. Roland erkannte Pfeile und Messer. Das waren Soldaten.

»Männer der Miliz?«

»Vielleicht.«

Ein Mitglied der Truppe stellte sich auf eine tiefer gelegene Terrasse, unweit des Campanile der Kirche Formantiza. Er war schwarz gekleidet.

»Sie ähneln eher Söldnern«, meinte Cosimo.

Ein paar Minuten später tauchte ein Mann auf der Piazza auf. Das war Tirchair. Die Stunde des in Cosimos Brief angekündigten Treffens nahte. Der Mann lehnte sich gegen einen Pfeiler und ließ während des Wartens seine Blicke schweifen.

Cosimo spähte auf die Dächer und die Häuser, die den Treffpunkt überragten. Er runzelte die Stirn, als eine Wolke den Mond längere Zeit verdeckte. Auch die Söldner standen im Schatten und verfolgten wachsam das Geschehen. Die Minuten verstrichen. Tirchair regte sich nicht. Roland wies Cosimo auf eine verdächtige Bewegung in einer Gasse hin, die in die Piazza mündete. Die beiden Freunde wechselten ihre Plätze. Cosimo brauchte sich nur vorzubeugen, um einen Blick auf die Stelle zu erhaschen, auf die Roland gezeigt hatte. Dort stand eine Gestalt, die ebenfalls das Geschehen an dem Ort beobachtete, an dem Tirchair ungeduldig wartete. Der Unbekannte trug einen geflickten Pilgermantel mit einer Kapuze mit Bändern und eine Gesichtsmaske.

»Jetzt bin ich aber neugierig, wer sich hinter dieser Maske versteckt«, sagte sich Cosimo.

Die Gestalt rückte einen Schritt vor und trat kurz ins Mondlicht. Sie schob ihre Kapuze ein Stück weit zurück, um die Söldner auf den Dächern zu beobachten. Den Bruchteil einer Sekunde gelang es Cosimo, von seinem Standort neben dem Glockenturm aus einen Blick auf das Gesicht zu werfen.

»Ich fass es nicht!«

Cosimo war wie vom Donner gerührt. Wie versteinert starrte er in die Tiefe.

Die Gestalt zuckte mit den Schultern, drehte sich um und entfernte sich schnellen Schrittes von der Piazza.

Cosimo machte einen Sprung nach vorn. Roland glaubte schon, sein Freund hätte den Verstand verloren. Er sah, wie dieser den Klöppel der Glocke mit der Gabel blockierte, die eigentlich dazu diente, den Klang zu verändern.

»Entweder bin ich verrückt«, sagte Cosimo, »oder die Dunkelheit spielt mir einen Streich.«

Er klammerte sich an das Seil der Glocke.

»Oder ich habe gerade meinen Onkel dort unten gesehen!«

Er rutschte an dem Seil hinunter. Fassungslos folgte Roland ihm. Die beiden Männer landeten in den Gassen von Venedig.

»Wir dürfen ihn auf keinen Fall aus den Augen verlieren«, sagte Cosimo, als er die Verfolgung aufnahm.

Er fand die mysteriöse Gestalt schnell wieder. Der Mantel und die Maske verrieten den Mann. Er stieg in eine kleine Schute mit zwei Ruderern, die ihn in einen Kanal fuhren, der über keinen Fußweg verfügte.

»An der nächsten Ecke holen wir ihn ein«, sagte Roland.

Die beiden Männer liefen los, doch die Sicht war schlecht. Die Dunkelheit führte sie immer wieder in die Irre, mal in Hauseingänge, mal in Sackgassen und dann wieder in die falsche Richtung. Die Schute blieb unauffindbar.

Sie suchten bis zum Morgengrauen.

Vergebens.

Es gab in Venedig keine Spur von Ismale Gui …

»Ich kann es einfach nicht glauben.«

Croitendieu hatte Cosimo und Roland wiedergetroffen. Die drei Freunde saßen in einer kleinen Taverne. Der Anblick von Ismale Gui unterhalb des Glockenturms der Kirche Formantiza ließ Cosimo keine Ruhe.

»Was willst du machen?«, fragte Roland ihn. »Willst du zu Payns gehen und ihm sagen, dass dein Onkel noch lebt?«

Durch ein Fenster der Gaststube schaute Cosimo auf die Kais und die Schiffsmasten. Er betrachtete die Flotte.

»Glaubst du, er hält sich auf irgendeinem Schiff auf? Als armer Pilger verkleidet? Zuerst erfahre ich, dass er ermordet wurde, dann erfahre ich, dass er ein Verräter ist, und jetzt entdecke ich, dass er noch lebt? Ich verstehe die Welt nicht mehr.«

Cosimo dachte an seine Rückkehr nach Tabor, an Ismales Ermordung auf Draguan, über die Ruysdael und der Rat ihm berichtet hatten, an die Geheimnisse des Baumeisters, die verschickten Bücher … Hatte es sich um Vorbereitungen für eine Reise ins Heilige Land gehandelt, oder war es ein geschickt eingefädeltes Manöver, um sein Verschwinden vorzutäuschen? Ein fingierter Mord? Für wen? Und wenn er heute noch lebte, welche Verbindung hatte er dann zu dem Mann ohne Hände und ohne Gesicht und zu Hugo de Payns? War er allein? Handelte er auf eigene Faust? Was wollte er?

»Ich kann Payns nichts sagen, solange ich nicht weiß, welche Rolle Ismale genau spielt«, sagte Cosimo.

»Eine seltsame Geschichte«, meinte Croitendieu. »So viele Spuren, die sich verlieren. Im Grunde haben wir nur ein Wort: den Born. Und was haben wir seit unserer Abreise darüber erfahren? Nichts. Es ist wie ein Traum, ein Phantasma, dem diese neun Ritter hinterherjagen …«

»Du bereust es doch nicht, dich auf diese Sache eingelassen zu haben?«, fragte Roland. »Wer weiß, was uns am Ende dieses Abenteuers erwartet. Wenn dein Onkel dich nicht in seine Absichten eingeweiht und nie mit dir über die Pilgerreise gesprochen hat, hat das sicher einen guten Grund.«

»Je mehr Fragen ich mir im Augenblick stelle«, erwiderte Cosimo, »desto mehr Lust verspüre ich, die Ermittlungen voranzutreiben. Wollte Ismale mich beschützen, als er mir damals verbot, das Kriegshandwerk zu erlernen? Oder wollte er vermeiden, dass ich eines Tages zu sehr in diese Dinge verwickelt werde? Wie es heute im Grunde der Fall ist …«

Einen Moment schwieg er.

»Wir müssen die Sache fortsetzen«, sagte er dann. »Jetzt gibt es kein Zurück mehr.«

»Was machen wir mit Ismales Akte?«, fragte Roland.

»Wir nehmen sie mit. Du behältst sie bei dir.«

Er drehte sich zu Croitendieu um.

»Hast du etwas herausbekommen, mein Freund?«

Seit ihrer Trennung vor der Expedition nach Longue-Bois war Croitendieu allein in dem Pilgerzug marschiert, doch durch Hugo de Payns' Befehl war er ebenso unbeweglich gewesen wie seine Freunde. Erst in Venedig hatten die Freunde dann die Möglichkeit, sich erneut zu treffen und ihre Ermittlungen fortzusetzen. Die durch die Obrigkeiten von Venedig verursachte Verzögerung und das Zusammentreffen aller Pilgerzüge machten Hugo de Payns' Vorsichtsmaßnahmen zunichte. Für die drei Freunde war das ein wahrer Glücksfall. Während Roland sich um Montbard kümmerte, versuchte Croitendieu, etwas über den Ritter Godefroy de Bisol herauszubekommen.

»Ich komme Bisols Schiff nur mühsam näher«, sagte er. »Dieser Mann scheint mir der ›Führer‹ der Pilgerreise zu sein. Ich habe erfahren, dass er der Einzige ist, der die ganze Strecke erkundet hat. Er hat die Versorgungsstationen eingerichtet und die Route mit allen gefährlichen Pässen ausgearbeitet, die die Pilger auf dem Weg ins Heilige Land überwinden müssen. Mir gelingt es aber nicht, einen Fuß auf sein Schiff zu setzen. Ich muss mich als venezianischer Matrose ausgeben. Bald treffe ich den Kapitän der *Élection*, eines Privatschiffes, das den Pilgern folgen wird. Durch ihn oder einen seiner Männer lerne ich vielleicht einen Matrosen kennen, der in der Nähe von Bisol arbeitet und den ich ersetzen kann.«

Hugo de Payns beunruhigte die in Venedig entstandene Verzögerung. Damit es zu keiner weiteren Verspätung kam, hatte er den reichsten Pilgern befohlen, eigene Schiffe zu chartern und den Pilgerweg fortzusetzen. Die Schiffe der unabhängigen Kapitäne von Venedig, wie die *Élection* von Vandeslas Numa, konnten mit weniger Aufwand seeklar gemacht werden und daher schneller in See stechen als die schweren Handelsschiffe.

»Gut«, sagte Cosimo. »Roland und ich setzen die Reise auf Saint-Amants Schiff fort. Wenn wir uns vor der Abreise nicht mehr sehen, treffen wir uns entweder in Brindisi oder in Otranto. In einer dieser beiden Städte werden die Schiffe das nächste Mal anlegen.«

»Gut.«

Sie verließen die Taverne und gingen zum Hafen.

Cosimo betrachtete die Gesichter in der Menge. Er rechnete damit, jeden Augenblick Ismales Gesicht zu erblicken.

II

Der Zenon-Komplex

Die Philosophen sind größere Anatomen als die Mediziner: Sie nehmen alles auseinander, aber sie heilen nicht.

RIVAROL

Während des Aufenthaltes in Aquileia wohnte Anx in einem kleinen Gemach des Schlosses, in dem der ganze Zug untergebracht war. Es lag auf einem Hügel und war von Zypressen und kegelförmig gestutzten Bäumen umringt. Die Wissenschaftler freuten sich über die Atempause. Der Marsch war für die Schreiber, Gelehrten und Übersetzer anstrengend. Sie waren es gewohnt, den ganzen Tag vor einem Pult zu sitzen, und nicht, stundenlang zu marschieren.

Es war tiefe Nacht. Das junge Mädchen saß allein neben seinem Bett an einem Tisch, auf dem eine Kerze brannte. Vor ihr lag ein Exemplar von Platons *Timaios*, das aus der Bibliothek ihres Meisters stammte. Die Seiten waren verständlich geschrieben. Die Sätze, die von farbigen Figuren an den Rändern begleitet wurden, folgten logisch aufeinander.

Mit Hilfe bezifferter rechteckiger Steine und zweier Lederstreifen versuchte Anx, die Algebra-Formel zu rekonstruieren, die Platon benutzt hatte, um die Anordnung des Himmelsgewölbes zu erklären. Sie wollte die beiden Lederstreifen gerade herumdrehen, als jemand laut und hartnäckig an die Tür ihres Gemachs klopfte.

Das Mädchen stand auf. Es zog die Kapuze der Schreiberrobe ins Gesicht und öffnete den Riegel. Vor der Tür stand Flodoard. Der Meister war für die Reise gekleidet. Durch die halb geöffnete Tür warf er einen Blick auf die Kerze, den Arbeitstisch und das aufgeschlagene Buch. Er sah, dass das Bett unbenutzt war.

»Wir brechen auf«, sagte er. »Sofort.«

Es war ein Uhr nachts.

»Die zusätzlichen Soldaten, die uns führen und beschützen sollen, sind soeben eingetroffen«, sagte Flodoard zu seiner Schülerin, die ihre Verwunderung nicht verbarg. »Der Aufbruch soll unverzüglich erfolgen.«

Anx kehrte ins Zimmer zurück, schlug das Buch zu und legte ihre Steine in eine Kiste. Dann richtete sie ihre Kleidung, strich ihr Haar zurück, damit sie wieder wie ein Junge aussah, blies die Kerze aus und eilte durch die Tür, um ihren Meister einzuholen.

Im Schlosshof herrschte trotz der frühen Stunde große Betriebsamkeit. Seit der Gelehrtenzug Hugo de Payns' Route verlassen hatte, stand er unter dem alleinigen Schutz von Tudebode und etwa dreißig seiner besten Lanzenreiter. Anx wunderte sich, als sie nun ein neues Bataillon Soldaten in der sonderbaren Kleidung der Byzantiner erblickte. Sie trugen grün-blaue Überröcke, weiße Umhänge und lange, blanke Säbel.

»Das sind die Soldaten, die der Basileus von Konstantinopel geschickt hat«, erklärte der Bibliothekar. »Sie eskortieren uns bis zu seiner Stadt.«

Flodoard und Anx stiegen in den Wohnwagen, in dem sie

immer reisten. Das Mädchen setzte sich vor seine Schreibgarnitur. Im Kamin brannte ein Feuer. Nach ein paar Minuten waren die Pferde eingespannt und die Holzpflöcke entfernt, und schon spürten sie das Ruckeln des Wagens, als die Reise fortgesetzt wurde.

Eine Stunde später klopfte jemand an die Tür. Der Hauptmann Tudebode trat ein, ohne dass das Tempo des Wohnwagens gedrosselt wurde.

»Wir stehen bereit«, sagte er. »Für die neue byzantinische Garde ist es ein wenig schwierig, meine Befehle zu verstehen, aber im Laufe der Zeit werden wir dieselbe Sprache sprechen. Diese Strecke hier schlagen die Soldaten des Patriarchen vor.«

Tudebode legte eine Schriftrolle auf Flodoards Schreibtisch. Er warf Anx einen Blick zu. Bisher hatte niemand erkannt, dass sich hinter dem Vorleser ein junges Mädchen verbarg.

Flodoard überflog die wichtigsten Etappen: nach Aquileia folgten Trojane, Petrijanec, Sandrovec, Cibalei, Sirmium, Glogovac, Rampiana im Süden von Aleksinac, Serdica, die Umspannstation Soneium an der Grenze von Dazien, Philippopolis, Daphabe, Tunorullum und schließlich Konstantinopel. Diese Liste wich nicht stark von der Route ab, die Bisol in Troyes vorgeschlagen hatte.

»Es sieht so aus, als wäre unsere Strecke durch Ungarn die gefährlichste«, sagte Tudebode.

»Wir werden wachsam sein«, erwiderte der Bibliothekar. »Künftig reisen wir nur noch nachts.«

»In dieser Jahreszeit sind die Nächte kurz. Wir werden nur langsam vorankommen.«

»Wir setzen den Marsch in schnellem Tempo fort. Wir

wollen unser Treffen in Jerusalem nicht gefährden. Ihr wisst, dass Graf Hugues darauf besteht, dass es zu keinen zusätzlichen Verzögerungen kommt.«

Tudebode nickte. Er salutierte und kehrte an seinen Posten an der Spitze des Zuges zurück.

Flodoard überprüfte noch einmal die Schriftrolle der Byzantiner.

»Es ist ein weiter Weg«, seufzte er.

Anx erwiderte nichts. Seit der Abreise von Grousset häuften sich die Fragen, die sie sich über den Bibliothekar und seine Männer stellte. Ihre Unsicherheit verstärkte sich noch, als zwei berittene Soldaten drei Tage später zu dem Zug des Bibliothekars stießen und eine Kiste mitbrachten, in der der abgeschlagene Kopf des armen Ignatius lag. Flodoard hatte Ermittler zurückgelassen, denen es gelungen war, den flüchtigen Gelehrten zu schnappen und zu beseitigen. Erich präsentierte diese traurige Trophäe den anderen Gelehrten. An diesem Tag begriff Anx, dass die gelehrten Männer, die über unterschiedliches Wissen in verschiedenen Fachgebieten verfügten, keine Gefangenen waren, wie es zuerst den Eindruck erweckt hatte. Es handelte sich vielmehr um vor langer Zeit von der Miliz bezahlte Männer, die für eine Aufgabe eingestellt worden waren, die fortgesetzt werden musste und die in Jerusalem abgeschlossen werden sollte. Keiner von ihnen hatte das Recht, das Abkommen bis dahin zu brechen. Ignatius' Ermordung diente als abschreckendes Beispiel.

Seit diesem Drama verging kein Tag, an dem Anx sich nicht den einzigen Rat, den ihr Vater ihr vor dem Abschied gegeben hatte, in Erinnerung rief: Welche Bedingungen sie auch immer antreffen würde und wie günstig diese auch immer sein mochten, sie musste immer eine Möglichkeit finden, um entwischen zu können. Während jeder neuen Etappe und an jedem Ort, den sie erreichten, war Anx' erste Sorge, sich einen Fluchtweg zu suchen. Sie kannte die Zeiten von Tudebodes Wachwechseln; sie erkundigte sich nach dem aktuellen Stand der Reise, nach den Dörfern, in denen sie Zuflucht suchen könnte. Jeden Abend überprüfte sie den Standplatz von Flodoards Wohnwagen und die Umgebung. Immer und überall hätte sie auf der Stelle fliehen und ihre Verfolger abhängen können.

Das geweihte Stoffkreuz des Gelehrtenzuges öffnete Anx zahlreiche Türen. Sie konnte sich sorglos den Bücherwagen nähern und sich sogar die von den Schreibern geführten Register ansehen. Es waren Hunderte von Werken. Fast alle großen arabischen Gelehrten der letzten fünf Jahrhunderte. Im Jahre 1110 hatte Hugues de Champagne mit dem Unternehmen der Übersetzungen begonnen. Anx standen nun bergeweise Bücher zur Verfügung, und Flodoard ermutigte sie, so viel wie möglich zu lesen. Ihre Enttäuschung war allerdings umso größer, als sie feststellte, dass der Zugang zu vier Wagen allen streng verboten war. Sie waren nicht mit Planen abgedeckt, sondern mit Holz und Eisen verbarrikadiert und mit Schlössern versehen. Zwölf Wachen waren eigens zur Bewachung dieser Wagen, über die niemand sprach, abgestellt worden. Anx wagte es nicht, Flodoard zu fragen, doch sie suchte nach einer Möglichkeit zu erfahren, was sie enthielten.

Obwohl sie nur noch von wenigen Priestern begleitet wurden, vergaß Anx nie, dass sie eine Pilgerreise machte, und sie war oft die Einzige, die sich Zeit für ihre Glaubensbekundungen nahm, und das häufig zum großen Missfallen des Bibliothekars, der ihr gerade einen Brief diktieren oder eine

Lektion beenden wollte. Die nachlassende Gottesfurcht beunruhigte das Mädchen ebenso wie Ignatius' alarmierende Worte über das Ziel der Miliz. Gab es da einen Zusammenhang? Und obendrein begleitete seit dieser Nacht die vom byzantinischen Kaiser geschickte Truppe die Reise!

»Das ist alles äußerst seltsam«, sagte Anx plötzlich zu ihrem Meister, obwohl dieser in seine Arbeit vertieft war.

Er hob erstaunt den Kopf.

»Wie bitte?«

»Wir transportieren fast zwei Abteibibliotheken; wir reisen unter dem Schutz von Männern, die die Feinde Roms gesandt haben, und dann auch noch des Nachts! Ich sehe Euch niemals beten; ich sehe Euch niemals zu Fuß gehen. Aus welchem Grunde, großer Gott, machen wir diese Pilgerreise? Was geht hier vor sich?«

Ein Ausdruck der Wut huschte über das Gesicht des Bibliothekars.

»Wenn ich deine Fragen mit einem Satz beantworten könnte, meine Kleine, müsste ich mir die Mühe nicht machen, glaube mir. Du bist ungeduldig. Es ist nicht möglich, den zweiten vor dem ersten Schritt zu tun. Das gilt auch für den Bereich, der uns betrifft. Wir sind seit ein paar Wochen zusammen, und ich bemühe mich, dich in der rechten Reihenfolge zu unterrichten. Alles zu seiner Zeit.«

Flodoard wandte sich wieder der Überprüfung der Reiseroute zu.

Anx enttäuschte die Antwort. Sie tat so, als würde sie sich ihrer Lektüre wieder zuwenden. Platons *Timaios* und seine sonderbare Kugel, die die Seele der Welt repräsentierte, gingen ihr nicht aus dem Sinn.

Seitdem sie in die Dienste des Bibliothekars getreten war,

erteilte er ihr spontan Unterricht, der mit dem sonderbaren »an alles glauben« begonnen hatte. Doch das war nur ein bescheidener Anfang gewesen, und Flodoards Argumente ließen sie nach jeder Lektion verwunderter und fassungsloser zurück.

Eines Tages stieß er hervor: »Das Erbe des griechischen Denkens ist eine Katastrophe. Die christliche Religion hätte einen neuen, herrlichen Weg beschreiten können – den ersten seit Jahrhunderten –, aber die griechischen und lateinischen Väter infizierten sie und verhinderten dies. Das ist eine bedauernswerte Verschwendung.«

Anx stimmte dieser Schlussfolgerung nicht zu. Die Antike? Die gesamte westliche Kultur basierte auf den Säulen dieses Denkens. Es gab nicht genug Worte, um die griechischen Philosophen zu loben, nicht genug Belobigungen für ihre erlesenen Gedanken.

Sie widersprach. »Verdanken wir den Griechen nicht alles? Wir denken, wir studieren, wir dringen tiefer in unsere Welt, in unsere Lebensbedingungen ein, wie sie es uns gelehrt haben. Die Antike, das ist das Licht vor Christus!«

Flodoard schüttelte den Kopf.

»Die Griechen haben nur eine einzige Entdeckung gemacht, mein Kind: dass der Mensch *Spaß* daran hat zu denken. Damit beginnt alles. Die griechische Denkweise suggerierte den Menschen: Ihr könnt selbstverständlich alles verstehen. Sie impfte uns die Idee ein, dass es potenziell keine Rätsel auf dieser Erde gibt, für die sich nicht irgendeine Lösung finden lässt. Das ist auf den ersten Blick schmeichelhaft, und es ermutigt zu denken, aber es ist vollkommen falsch. Der Mensch kann nicht alles verstehen. Der Gipfel ist, dass einige Philosophen aus jener Zeit dies sehr schnell begriffen haben. Aber das wollten die folgenden Jahrhunderte nicht von diesem griechischen Abenteuer in Erinnerung behalten. Sie hielten an der Denkweise fest, ohne die Weisheit zu bewahren. Kennst du Zenon?«

»Den mit den Paradoxien?«

»Das ist wirklich ein richtiges ›griechisches Wunder‹, das bestätigt, was ich gesagt habe. Zenon aus Elea lebte im 5. Jahrhundert vor Christus. Es ist bekannt, dass er eines Tages einem Bogenschützen bewies, sein Pfeil könne das Ziel niemals erreichen. Nach seinen Worten muss der Pfeil *in Wirklichkeit* in der Luft die ersten zehn Meter, die ersten fünf Meter, den ersten Meter, den ersten Zentimeter, den ersten halben Zentimeter und wo weiter überwinden, was sich bis ins Unendliche der unendlichen Bruchteile des Raumes fortsetzt, damit der Pfeil vom Bogen bis zu der Strohscheibe gelangen kann. Für Zenon existierte die Bewegung nicht, und der Pfeil musste bis in alle Ewigkeit reglos verharren, immer Gefangener eines neu zu überwindenden Zwischenpunktes. Der Bogenschütze lachte über die Schlussfolgerung, schoss seinen Pfeil genau ins Ziel und kehrte nach Hause zurück. Die abgedroschenen Paradoxien von Zenon haben Generationen von Denkern unterhalten. Sie sind wie Spiele. Man wundert sich und staunt über ihre unwiderlegbare Logik, ist einen Augenblick beunruhigt, aber so wie wir nun einmal sind, machen wir es wie der Bogenschütze in der Anekdote: Eine kleine alltägliche Handlung reicht, um sich zu versichern, dass all das nur ein Gedankenspiel ist, und man kehrt nach Hause zurück, als wäre nichts geschehen. Ich betone: *als wäre nichts geschehen*. Zenon bestritt die Existenz der Zeit auf dieselbe Weise wie die des Raumes, indem er uns erklärte, dass eine Sekunde, um zu vergehen, die Hälfte, ein Viertel, ein Drittel, die Bruchteile der Tausendstelsekunden und so fort zurücklegen müsse, ohne je die geringste Möglichkeit zu finden, von einem Moment zum nächsten zu wechseln. Kann das wahr sein? Existiert die Zeit wirklich so, wie wir sie erleben? Es spielt keine Rolle. Wir wenden unsere Aufmerksamkeit davon ab. Das nenne ich den Zenon-Komplex. Er kann auf alle Theorien angewendet werden, die der Mensch aufgestellt hat, seitdem er über die großen Zusammenhänge nachdenkt. Wir denken nach und empfinden eine ungeheure Freude dabei. Wir errichten phantastische Denksysteme, aber wenn diese unglücklicherweise das Fassungsvermögen unserer Intelligenz überschreiten und sogar der Tatsache widersprechen, dass wir existieren, begnügen wir uns damit, dumm zu lachen und auf beruhigendere Konzepte zurückzugreifen.«

»Ich kann Euch nicht mehr folgen«, sagte das Mädchen. »Kürzlich habt Ihr mir befohlen, an alles zu glauben, an die ägyptischen, heidnischen, keltischen, griechischen, indischen Riten. Und heute bittet Ihr mich, an allem zu *zweifeln?* Einschließlich der Zeit?«

»Darum geht es nicht. Ich kann glauben, dass das Universum in sechs Tagen erschaffen wurde oder dass die Sonne jeden Morgen aufgeht, weil ein Jupiter sie auf seinem Sonnenwagen zieht. Aber ich muss darauf verzichten zu erfahren, warum dieses Universum da ist; ich muss darauf verzichten, die Existenz des Lichtes zu erklären. Der Mensch will die Geheimnisse des Universums ergründen, als würde er es von außen betrachten und überragen. Er glaubt, die Mechanismen des Lebens erfassen zu können, und dabei ist er eine Substanz, eine Manifestation dieses Lebens. Er ist beschränkt. Ihm stehen nicht alle Angaben des Problems zur

Verfügung. Man kann kein Phänomen erklären, wenn man selbst ein Ausdruck dieses Phänomens ist. Das ist absurd. Auf jeden Fall ist sein Blick dazu verdammt, bruchstückhaft und unvollständig zu bleiben.«

Anx runzelte die Stirn.

»Dann erreicht der Pfeil also niemals das Ziel?«, fragte sie.

Flodoard nickte langsam mit dem Kopf und lächelte.

»Und die erste Sekunde vergeht niemals«, sagte er.

Das Mädchen war verwirrt und überlegte einen Moment.

»Die Zeit und die Bewegung existieren nicht? Werde ich dieses ›Kauderwelsch‹ verstehen, ehe wir Jerusalem erreichen?«

»Ich werde alles tun, um dir dabei zu helfen«, versprach der Bibliothekar. »Aber im Augenblick musst du verlernen zu denken, wie es deinesgleichen dich gelehrt haben. Misstraue der Logik. Sobald man sich mit bestimmten Themen auseinander setzt, ›täuscht‹ sie uns ganz einfach. Und was deinen Verstand empört, wie es heute bei meinen Ausführungen über den Raum und die Zeit der Fall war, ist manchmal näher an der *Realität* als deine Einschätzung der alltäglichen Dinge.«

Nach dieser sonderbaren Lektion stürzte Anx sich auf den *Timaios* und auf alle Werke der antiken Zeit. Sie studierte diese Freude zu denken, die die Griechen auf die Spitze getrieben hatten, und diese Torheiten, die auf einer unwiderlegbaren Logik basierten.

Währendessen suchte sie nach einer Möglichkeit, sich den verschlossenen Wagen zu nähern.

III

Der andersgläubige Pilger

Derjenige, der uns an dem misst, was wir aus unserem Leben gemacht haben, ist derselbe, der uns mit so vielen Schwächen ausgestattet hat.

STEVENSON, Meister von Ballantrae

Schließlich hatte Hugo de Payns' Flotte die Lagune von Venedig verlassen. Ein leichter Wind blies in die viereckigen Segel des Schiffes. In der Ferne verblassten die Umrisse der Küste. Das Meer war schön und hell. Cosimo hielt sich mit Roland auf dem Achterdeck der *Carlus Magnus* auf, dem Schiff des Ritters Étienne de Saint-Amant an der Spitze der Flotte.

Sie hatten ihren Standort so gewählt, dass der Wind ihre Worte keinen neugierigen Zuhörern zutragen konnte. Auf dem Oberdeck herrschte noch immer die Unruhe des Aufbruchs. Aus einem Laderaum waren die Sprünge eines unruhigen Pferdes zu hören, das ungenügend angebunden war. Auf dem Zwischendeck wurden Proteste über die Fortsetzung der Reise auf dem Seeweg laut, denn viele Gottespilger hatten schon die Nase voll von dem Schlingern des Schiffes, das sie zum ersten Mal erlebten.

Am Horizont sah man die bewaffneten Schiffe der Ritter, die die kleineren Schiffe der Pilger begleiteten. Diese segelten in einer strengen Formation. Es war alles bedacht worden, um einen größeren Angriff abzuwehren. Die Privatschiffe der Adeligen blieben ebenfalls in angemessener Entfernung, um von dem Schutz der Miliz zu profitieren.

In Venedig hatte Roland kurz eine Ermittlung über Saint-Amant durchgeführt.

»Das ist eine verdächtige Person«, sagte er. »Den Gerüchten zufolge soll er im Gegensatz zu den anderen Rittern des Ordens kaum gläubig und kaum christlich sein. Niemand hat bisher gesehen, dass er eine Messe besuchte. Er trägt keine christlichen Symbole, weder ein Kreuz noch ein klösterliches Zeichen wie seine Brüder.«

»Was hat das alles zu bedeuten?«, fragte Cosimo.

»Das frage ich mich auch. Der Mann ist nicht sehr beredt. Er beschäftigt sich vor allem mit der ›technischen Seite‹ der Pilgerreise. Nach seiner Ankunft in Venedig nahm er zum Beispiel sofort sein Schiff unter die Lupe und inspizierte alles aufs Sorgfältigste. Innerhalb weniger Tage hat er das System des Tauwerks und die Betakelung perfektioniert. Die venezianischen Matrosen konnten es kaum fassen. Dieser Mann, der niemals zuvor einen Fuß auf ein Schiff gesetzt hatte, verstand nach wenigen Tagen, wie sich die Schiffe im Wind verhalten. Und er listete alle theoretischen Gefahren und Launen des Meeres auf. Jetzt reisen wir auf dem seetüchtigsten Schiff der Flotte. Schau dir diese Auffangbehälter für das Regenwasser an, die an den Rahen angebracht wurden. Bei dem Mann fehlt es uns an nichts.«

»Auffangbehälter für Regenwasser? Dann ist Saint-Amant ein Baumeister …«

»Ich habe bemerkt, dass er sich weigerte, sich während der Überfahrt von seinen Werkzeugen zu trennen. Mir wurde gesagt, dass er seine Kabine vergrößern ließ, um sein ganzes Material unterzubringen. Es bleibt kaum genug Platz für seine Hängematte.«

Kurz darauf tauchte Saint-Amant auf der Brücke auf. Cosimo folgte ihm mit den Blicken. Er war ein kleiner, rundlicher Mann. Sein Schädel war rasiert, und er trug einen langen grauen Bart.

Ein junger Schreiber in einem hellen Gewand begleitete ihn. Sie überquerten das Schiff und stiegen zum größten Zwischendeck hinunter. Cosimo entging die beunruhigte Miene des Ritters nicht.

»Er macht sich sicher Sorgen, weil sein christlicher Glaube bald auf eine Probe gestellt wird«, sagte Roland. »Unter den eingeschifften Pilgern befindet sich eine schwangere Frau. Das Kind soll in wenigen Stunden zur Welt kommen.«

»Na und?«

»Saint-Amant ist die einzige christliche Autorität an Bord. Als er in Venedig von der Anwesenheit der Schwangeren erfuhr, befahl er, einen Priester aufzutreiben. Aber keiner wollte seine Armen oder seine Gemeinde im Stich lassen. Saint-Amant konnte der Frau den Zugang zu seinem Schiff nicht verweigern, ohne einen Skandal heraufzubeschwören. Wenn das Kind lebend zur Welt kommt, muss es getauft werden. Saint-Amant muss die Zeremonie durchführen. Wenn sein christlicher Glaube tatsächlich so wenig gefestigt ist, wie die Leute behaupten, wird die Wahrheit ans Licht kommen.«

»Die Kinder werden getauft?«

»Auf See, ja. Die Chancen, dass sie überleben, sind gering. Es muss schnell gehandelt werden.«

»Wer ist der junge Mann, der ihm auf Schritt und Tritt folgt?«

»Das ist Dieujuste, sein Getreuer. Er weicht nie von seiner Seite und ist bei allen seinen Vorhaben dabei. Nur er allein ist berechtigt, seine Kabine zu betreten. Übrigens ist er auch der Einzige, der einen zweiten Schlüssel für die Kabine des Ritters besitzt.«

»Und über Saint-Amants Vergangenheit ist nichts bekannt?«

»Alles, was man hier über ihn erfährt, sind nur Gerüchte, und diese behaupten, er sei kein Christ.«

»Gut.«

Drei Nächte später machten die Schiffe der Pilger bei völliger Dunkelheit Halt und verharrten beinahe reglos auf der ruhigen See. Alle Geräusche verstummten. Nur das Holz der Rümpfe knarrte ab und zu. Die Nacht war mild. Die Flotte ruhte sich aus.

Eine Ausnahme bildete die *Carlus Magnus* von Saint-Amant.

Alle Passagiere hatten sich an Deck versammelt. Die Mannschaft hatte Laternen an den Rahen und den Wanten aufgehängt. Ein schwaches Licht fiel auf das gesamte Schiff. Einige Matrosen der Nachbarschiffe verfolgten verständnislos das seltsame Spektakel. So ein Licht in der Nacht verhieß nichts Gutes.

Auf dem Oberdeck der *Carlus Magnus* sprach niemand ein Wort. Die Büßer hatten einen Kreis um die leidende Mutter gebildet, die an die frische Luft gebracht worden war.

Saint-Amant wartete ein wenig abseits. Es war das erste Mal, dass man ihn mit einem Brustkreuz sah. Viele beteten für das ungeborene Kind; andere beobachteten die schweißüberströmte Mutter; einige ließen ihren Herrn nicht aus den

Augen. Er bewegte seine Finger und warf kurze Blicke auf die Gebärende.

Cosimo Gui stand ein paar Schritte von dem Ritter entfernt.

Nach zwei langen Stunden erschien das Kind. Sein erster Schrei war ohrenbetäubend und auf mehr als zehn Schiffen zu vernehmen.

Der Kreis der Zeugen teilte sich, um Saint-Amant Zugang zu der Mutter zu gewähren. Die Anwesenden warteten auf seine Reaktion. Saint-Amant atmete tief ein und trat vor. Langsam. Noch hatte sich niemand über die Geburt des Kindes gefreut, selbst die Wöchnerin nicht. Alle warteten auf das Sakrament der Kirche.

Saint-Amant stellte sich neben das Neugeborene. Der Anblick des Blutes, das auf die Planken rann, erregte ihm Übelkeit. Er erblasste, doch er riss sich zusammen und wandte den Blick von dem dunklen Fleck ab, der sich zwischen den Beinen der Mutter bildete. Trotz dieser anfänglichen Schwäche sahen die Leute, dass er seiner Aufgabe besondere Aufmerksamkeit schenkte. Er begann mit der Zeremonie. Nachdem er die ersten lateinischen Sätze gesprochen hatte, die alle hier kannten, wich die Spannung. Allen fiel ein Stein vom Herzen. Dieser Mann war einer der ihren, und er taufte das neugeborene Kind so, wie es der Brauch vorschrieb.

Cosimo beobachtete alles. Nach den Gesängen wurde dem Kind der Name Lazare verliehen. Mit regloser Miene zeichnete der Ritter mit dem Daumen ein Kreuz auf die kleine, gerötete Stirn.

Cosimo erblasste. Saint-Amant hatte kein Kreuz gezeichnet! Niemand sonst hatte es bemerkt.

Nach der letzten Hymne löste sich die Versammlung auf.

Die Mutter wurde mit ihrem Sohn weggetragen. Saint-Amant hatte es am eiligsten, nach der Zeremonie zu verschwinden. Mit beunruhigter Miene und aschfahlem Gesicht kehrte er in seine Kabine zurück.

Cosimo folgte ihm.

Nachdem der Ritter die Tür hinter sich geschlossen hatte, riss er sofort das Kreuz von seiner Brust und schleuderte es von sich.

»Das ist Ekel erregend. Dieses Blut …«

Überall waren riesige Truhen aufgestapelt, sodass man sich in der Kabine kaum bewegen konnte. Der Ritter eilte zu einer Truhe, die einen besonderen Platz hatte und senkrecht stand. Er öffnete das Schloss. Die Truhe sah von innen wunderschön aus: mit Stoff ausgeschlagen, verfügte sie über drei Ebenen, die mit religiösen Figuren, Steinbrocken und kleinen Pergamentstücken verziert waren. In der Mitte thronte eine weiße Statue.

Saint-Amant zog ein Manuskript, einen Spiegel und ein Lineal heraus. Er suchte auch eine Feder oder eine Mine zum Schreiben.

Der Ritter hörte, dass die Tür geöffnet und wieder geschlossen wurde.

»Dieujuste«, sagte er, ohne sich umzudrehen. »Wo hast du meine Stifte hingelegt? Ich muss diese schändliche Zeremonie niederschreiben, ehe ich mich reinige.«

Statt einer Antwort spürte er die kalte Spitze einer Klinge in der kleinen Vertiefung seines Nackens.

»Keine Bewegung«, sagte eine Stimme.

Saint-Amant versteifte sich. Der Spiegel und das Lineal entglitten seinen Händen.

»Was wollt Ihr?«

»Reden.«

Saint-Amant schickte sich an, die Truhe zu schließen.

»Keine Bewegung.«

Die Spitze der Klinge drückte auf seinen Nacken.

»Reden … Worüber?«

»Ich habe gesehen, welches Zeichen Ihr auf die Stirn des Kindes gemalt habt.«

»Zeichen?«

»Das war kein Kreuz, das Ihr auf die Stirn gemalt habt.«

Saint-Amant erstarrte. Er antwortete nicht.

»Und was ich in dieser Truhe sehe«, fuhr die Stimme fort, »bestätigt Eure unvorsichtige Geste bei der Taufe. Würdet Ihr mir wohl den Namen der reich verzierten Figur in der Mitte verraten?«

Saint-Amant öffnete den Mund, doch es drang kein Laut über seine Lippen. Die Statue repräsentierte einen biblischen Herrscher, der mit geballter Faust und einem Wiedehopf zu seiner Rechten vor seinem Thron stand; an dem königlichen Zepter nagte eine Ameise. Das war der König Salomon.

»Die Pilger hatten Recht, als sie an Eurer Gottesfurcht zweifelten«, sagte die Stimme nun. »Wie kann ein Soldat Gottes, der im Dienste der Pilger steht, erklären, dass er einem anderen Kult als dem Jesu Christi frönt? Einem seit langer Zeit vergessenen Kult.«

»Was wollt Ihr von mir?«, fragte Saint-Amant.

»Nichts Böses. Ich beweise Euch meine guten Absichten, indem ich Euch den Druck der Klinge nicht mehr spüren lasse. Aber glaubt nicht, die Gefahr sei gebannt. Wenn Ihr Euch umdreht, steche ich Euch ab wie ein Tier.«

Saint-Amant spürte, dass der Druck der Klinge nachließ.

»Sprechen wir über das ›S‹, das Ihr auf die Stirn des neugeborenen Christen gezeichnet habt. Es gibt also auch heute noch gute Menschen im Westen, die die Erinnerung an einen alten jüdischen König in Ehren halten? Obwohl ich mich früher für Salomon interessiert habe, verstehe ich das Interesse an einem solchen Kult nicht.«

Saint-Amant seufzte.

»Ihr kennt Salomon nicht.«

»Ich kenne nur die Legende.«

»Die jüdischen und christlichen Texte schreiben sehr wenig über ihn. Er wird verehrt, aber es wird nicht alles gesagt.«

»Gibt es einen Salomon, den wir nicht kennen?«

»Weit über das hinaus, was Ihr Euch vorstellen könnt. Aber ich kann unmöglich darüber sprechen, während ich mit einer Waffe bedroht werde.«

»Das spielt keine Rolle. Fasst es zusammen.«

Saint-Amant spürte, dass die Klinge seine Haut zerkratzte. Es dauerte eine Weile, bis er zu sprechen begann.

»Das Buch der Könige in der Bibel beschränkt sich darauf, die Taten und den Reichtum Salomons, des Sohns Davids, aufzuzählen. Sie ehrt den Gründer des Tempels, den mächtigen Herrscher des Friedens, den Verfechter der Gerechtigkeit sowie den Weisen und hebt den Reichtum des Königs hervor, doch das, was ihn wirklich ausgemacht hat, wird verschwiegen. Vermutlich aus Vorsicht, vielleicht aus Argwohn, damit diese Gestalt Moses und David selbst nicht in den Schatten stellt. Auf jeden Fall wird ein seines komplexen Charakters beraubter Salomon präsentiert, der nie an Bedeutung verloren hat.«

»Fahrt fort.«

»Die Araber haben ein vollkommen anderes Bild von ihm.

Die Propheten und die Könige der Vergangenheit waren für sie keine von Gott geweihten Wesen, die die Befehle ihres Herrn an die Menschen weitergaben. Sie besaßen *selbst* die göttliche Weisheit. Gott hatte ihnen die Gabe geschenkt, Wunder zu vollbringen. Von all diesen privilegierten Wesen wurde Salomon am meisten begünstigt. Es gab kein Geheimnis, in das er nicht eindringen konnte. Er wusste alles von dieser Welt, doch auch von anderen Welten, die parallel zu unserer existieren und jenseits unserer Realität liegen. Er beherrschte die Elemente und die Dinge; er kannte die Sprache der Vögel, die Zusammenhanglosigkeit der Träume, den Flug der Teufel über unseren Köpfen. Als Erster zähmte er die Dämonen, diese bösen Wesen, die ihr Unwesen auf der Erde trieben. Als Erster unterwarf er sie seinem Willen. Was glauben die Menschen, wie Salomon so reich geworden ist? Wie konnte er einen so schönen Tempel bauen lassen? Warum konnte dieses Monument trotz aller Kraft und Kenntnisse des Menschen niemals getreu wieder aufgebaut werden? Wer tauchte in die Tiefen der Meere, um ihm das Gold und diese Edelsteine zu bringen, über die man noch immer voller Entzücken spricht? Das waren die Dämonen! Die Teufel mit den übernatürlichen Kräften, deren Rebellion er niederschlagen konnte. Die Dschinnen.«

»Ihr verehrt einen König, der seinen Ruhm dank der Kräfte des Bösen begründete?«

»Nein. Wir verehren den ersten der Gebieter, der in seiner großen Erhabenheit verstand, dass das Gute und das Böse dazu bestimmt sind, sich zu verbinden, und nicht dazu, einen Gegensatz zu bilden, dass sie einander ergänzen und dass allein ihre Unterwerfung unter denselben Willen dieser unvollkommenen Welt erlaubt, sich zu vervollkommnen.

Er benutzte die Dschinnen, um das zu vollbringen, was die Menschen nicht zustande bringen konnten. Er nahm die Menschen, damit sie das dachten, was die Dschinnen nicht verstehen konnten. Er nahm die Engel, damit sie in die Realität umsetzten, wovon diese beiden Arten von Wesen nur träumen konnten. Salomon war der König der Menschen, der Engel und der Dämonen. Vor ihm und nach ihm gab es niemanden, der über diese vereinten Kräfte herrschte.«

»Das ist ein Märchen.«

»Ein Märchen? Wartet, bis wir in Jerusalem ankommen. Ein Märchen? Ihr werdet sehen.«

»Wie alle Welt kenne ich die Legende von Salomons Siegel, dem Ring, der ihm seine Weisheit verlieh … Ist es das, was Ihr sucht? Den heiligen Ring?«

»Pah!«, stieß Saint-Amant hervor. »Keineswegs. Das Siegel ist ein vages Symbol, ein Spielzeug, das dazu diente, die Aufmerksamkeit der Neugierigen abzulenken. Nein, es geht um etwas, das viel stärker, viel erhabener ist.«

Der Ritter hatte Mühe, seine kniende Haltung beizubehalten.

»Auch wenn Ihr mich zwingen würdet, Euch mehr zu sagen«, fuhr er fort, »so könnte ich es nicht. Ich bin nur ein Baumeister. Seht Euch die Werkzeuge an.«

Es herrschte Schweigen.

»Wir kehren zu Salomon zurück, und die Wahrheit wird ans Licht kommen. Das ist gewiss. Wir werden endlich das wissen, was er wusste.«

Keine Reaktion.

»Seid Ihr noch da?«

Keine Antwort.

Saint-Amant nahm seine Schultern zurück. Er spürte nicht mehr den geringsten Druck einer Schwertspitze.

Langsam drehte er sich um.

Der Unbekannte war verschwunden. Die Tür war geöffnet.

Saint-Amant sprang auf.

Sein Getreuer, Dieujuste, lag bewusstlos auf dem Gang. Den Schlüssel der Kabine und das Schwert hatte der Angreifer achtlos auf seine Brust geworfen.

Saint-Amant lief aufs Deck.

Der Tag brach an. Die ersten Lichtstrahlen erhellten schüchtern den Horizont. Es waren nur wenige Mitglieder der Besatzung zu sehen.

Der Ritter knurrte innerlich.

»Jetzt muss ich viele Tage auf diesem Schiff verbringen, ehe wir wieder anlegen. Und unter den Hunderten von Pilgern, die wir mitnehmen, versteckt sich mein Angreifer …«

Ein Mann ging an dem Ritter vorbei und grüßte ihn ehrerbietig.

Fortan weckte jeder Blick sein Misstrauen.

Cosimo kehrte zu Roland zurück.

»Und?«

Sie standen abseits von den anderen und sprachen leise.

»Saint-Amant ist ein Anhänger der salomonischen Sekte, wie es Ismale einst war. Auch er spricht von einer *Offenbarung*, die wir in Jerusalem erleben werden. Er ist Baumeister. Seine Werkzeuge und sein Wissen werden vermutlich im Heiligen Land gebraucht. Also sind auch Maschinen notwendig, damit die Miliz ihr Ziel erreichen kann. Dieser Born ähnelt immer mehr einer Reliquie, die von geheimnisvollen Kräften – einem Sicherheitsmechanismus – beschützt wird und deren Entdeckung die Welt in Aufruhr versetzen wird.

Einer Reliquie, die mit einer Geschichte Salomons in Verbindung steht, die wir nicht kennen. Saint-Amant sprach von Engeln und Dschinnen. Das passt zu der Geschichte, die ich über Carl und seine übernatürlichen Kräfte gehört habe. In einer gallischen Grotte drängte er einst Geister zurück! Und dieser nachgebildete Steinblock, den ich mit Croitendieu bei Jean du Grand-Cellier in seinem Labor mit den Kugeln entdeckt habe? Vermutlich sind alle Talente des Baumeisters Saint-Amant notwendig, um ihn zu heben, falls er unter der Erde vergraben ist. An einem unterirdischen Ort, zu dem nur ein genialer Baumeister wie Ismale Gui Zugang finden konnte. Was Oberon de Saintyves mir anvertraut hat, ist richtig: Jeder Ritter hat eine ganz bestimmte Aufgabe zu erfüllen. Jeder verfügt über bestimmte Fähigkeiten, die miteinander verbunden werden. Das ist eine ungemein gut durchdachte Organisation, aber jeder gibt zu, nur einen Teil der Mission zu kennen. Nur wenigen dürfte das letzte Ziel der Expedition bekannt sein. Und all das scheint irgendwie eine Beziehung zu Salomon aufzuweisen. Salomon?«

Cosimo erinnerte sich an das, was er über den König wusste. Er sah das Bild vor sich, das sein Onkel in seinem Arbeitszimmer in der Gilde aufgehängt hatte: Die Verurteilung des Dschinns.

»Natürlich, der Dschinn!«

Dieser seltsame Dämon, der alle Geheimnisse des Königs in vier Büchern aufgeschrieben hatte. Das absolute Wissen. Die in dem Thron versteckten Bücher, die bisher niemand wiedergefunden hatte.

»Ob diese Bücher vielleicht wirklich existieren? Ist die Miliz aufgebrochen, um sie zu suchen? Aber was hat die Bezeichnung ›Born‹ zu bedeuten? Was für ein Born? Welche

Beziehung besteht zwischen dem Born und den Büchern? Die Legende spricht von einem grenzenlosen Wissen.«

»Uns fehlen weitere Hinweise«, sagte Roland. Er schaute auf die Flotte.

»Und irgendwie ist Ismale in die ganze Sache verstrickt.«

»Ja. Irgendwie …«

IV

Das schwarze Meer

Wer auch immer wir sind, wir bleiben doch Ignoranten, ahnungslos von diesem und jenem. Während unseres ganzen Lebens brauchen wir Offenbarungen. Wir benötigen in jedem Augenblick die Erschütterung der Wirklichkeit.

VICTOR HUGO, Das Kap der Träume

Alp Malecorne war allein. Er betrachtete sein blasses Gesicht auf der Fensterscheibe des Raumschiffes. Im Hintergrund seines Spiegelbildes glitten Sterne und Galaxien vorüber, die sich langsam drehten. In der Nähe sah er die anderen Raumschiffe der Pilgerreise des Hugo de Payns. Sie flogen in Formation mit vielfacher Lichtgeschwindigkeit.

Eine Tür wurde geöffnet. Alp regte sich nicht, als einer seiner Söldner eintrat. Dieser hatte ebenso wie sein Herr die Uniform des Mörders gegen ein Pilgerhemd getauscht. Erichtôs Mädchen hatten sich in ehemalige Prostituierte verwandelt, die Vergebung suchten. Aus Alps Soldaten waren Mönche eines Klosters im Norden geworden, das so weit entfernt war, dass es niemand kannte.

Der Söldner stellte einen schwarzen Würfel auf den runden Tisch in der Mitte der Kabine. Alp gab ihm ein Zeichen, dass er sonst nichts brauchte. Der Söldner ging hinaus.

Malecorne betrachtete noch immer die Sterne. Dann wandte er sich ab und erteilte seinen Männern über Funk einen Befehl: »Bringt die beiden Gefangenen aufs Deck.«

Alp drehte sich abrupt zu dem schwarzen Würfel um, den der Söldner ihm gebracht hatte. Auf der Oberfläche war ein roter Kreis. Langsam legte Alp einen Finger darauf. Ein Leuchten stieg aus den Kanten des Würfels auf. Alp wich zurück. Innerhalb weniger Sekunden nahm das Hologramm eines Steinblocks Gestalt an. Es war eine Art Felsen mit vier Löchern, die auf den beiden Längsseiten lagen. Alp betrachtete die kleine Nachbildung von Salomons Schrein.

»Werde ich diesem Heiligtum jemals wirklich gegenüberstehen?«

Er schaute sich den Schrein von allen Seiten an.

»Hincmar erlag wie auch die anderen, die ihm zuvorkamen«, sagte er, »einem zweifachen Irrtum. Erstens wusste er nicht genau, wie viele Kugeln es sein mussten. Und zweitens war er allein.«

Alp trat näher heran.

»Wenn der Mann Recht hat und ein gleichzeitiges Einführen der Kugeln erforderlich ist, bedeutet das in Anbetracht der Anordnung der Öffnungen, dass zwei Personen den Born gleichzeitig befreien müssen. Zwei Personen.«

Alp träumte davon, eine dieser Personen zu sein.

Er runzelte die Stirn und schaltete den leuchtenden Würfel aus, ehe er die Kabine verließ.

Seit er in dem Sternsystem Venedig mit Erichtô an Bord dieses Kreuzers gegangen war, wartete er ungeduldig auf die nächste Zwischenstation bei der Durchquerung des *Meeres*, die auf dem Planeten Otranto geplant war.

»Das Meer«. Das war eine gefährliche Zone. Mit negativer

Materie geladen, nahm diese Ausdehnung des Raums zwei Drittel des bekannten Universums ein. Sie erlaubte, schneller zu reisen, wobei der Energieaufwand gegen Null ging. Aber dieses Milieu war instabil. Die Schiffe konnten in Strömungen und Strudel geraten und verschlungen werden. Die Wracks tauchten niemals wieder auf. Die Kreuzer vom Typ Asimo 5 waren nicht befugt, sich in dieser Zone zu bewegen. Die *schwimmenden Raumschiffe* hingegen waren so konzipiert, dass sie rund um ihre Rümpfe ein Feld mit »neutralen« Teilchen ausbreiten konnten, sodass sie vor der schwarzen Materie geschützt waren. Die Pilger mussten alle in dem venezianischen System umsteigen und an Bord der *schwimmenden Raumschiffe* gehen.

Alp und Erichtô geduldeten sich wie alle anderen in diesem Sternhafen am Ufer des Meeres, der zu jener Zeit eines der größten Handelszentren war. Die beiden Gesandten des Mannes ohne Hände und ohne Gesicht gerieten in Unruhe, als sie keine neuen Befehle ihres Herrn erhielten. Sie mussten sich den Bedingungen der Miliz beugen, die von den vermögenden Pilgern verlangten, eigene Schiffe zu chartern. Alp und Erichtô charterten ein Schiff mit einem Kapitän, einer Mannschaft und Kabinen für die Mädchen und Söldner. Niemand sonst wurde an Bord geduldet. Das Raumschiff, das die Kurtisane aufgetrieben hatte, hieß *Élection*, und der Kapitän war Vandeslas Numa.

Alp betrat Erichtôs Kabine, ohne sich anzukündigen. Er sah, dass eine Gestalt aus dem Bett stieg und durch eine Tür verschwand. Er erkannte einen seiner Männer.

Die Frau hatte sich angewöhnt, die Gesellschaft von Malecornes kräftigen Söldnern zu genießen. Auf diese Weise vertrieb sie sich die Zeit.

»Diese Pilgerreise ist furchtbar langweilig«, sagte sie, als wollte sie sich rechtfertigen.

Erichtô, die auf dem Bauch lag und die Ellbogen aufstützte, rekelte sich unter den dünnen Decken, die nur die Hälfte ihres Rückens bedeckten.

»Sieh dich an!«, sagte sie. »Du machst dir zu viele Sorgen. Du schläfst nicht und isst nichts mehr.«

Alp setzte sich auf den Bettrand, ohne sich von den nackten Schultern der Frau beeindrucken zu lassen.

»Was willst du noch?«, fragte die Kurtisane.

»Wir sollten diese Pilgerreise nicht fortsetzen«, erwiderte er. »Es ist zu gefährlich.«

»Der Mann hat nichts anderes befohlen. Es steht dir frei, seine Befehle zu missachten.«

Ein Bullauge gab den Blick auf das Meer frei. Alp betrachtete den schwarzen Weltraum, als würde er auf den Eingang einer Höhle schauen.

»Seine Flotte steht bereit«, sagte er. »Er wird Payns' Schiffe in Kürze angreifen. Wie soll er uns unter all den Schiffen erkennen können? Wir haben keine Möglichkeit, uns kenntlich zu machen. Sie werden uns mit den Christen massakrieren.«

Erichtô erhob sich lässig. Sie zog eine Decke über ihren Busen, schlang die Arme um die Knie und lehnte sich gegen die Kissen.

»Geht es nur darum?«, murmelte sie. »Mir würde es an deiner Stelle größere Sorgen bereiten, dem Herrn mit leeren Händen gegenüberzutreten. Trotz der Hinweise, die Lÿs uns in Venedig beschafft hat, ist es dir nicht gelungen, Ismales Dokumente in deinen Besitz zu bringen. Die Folter unserer beiden Gefangenen hat zu nichts geführt, und sie könnte uns sogar gefährlich werden, wenn die Miliz in Otranto plötzlich eine Kontrolle durchführt.«

Alp trat vor das Bullauge.

»Ich habe sie aufs Deck bringen lassen«, sagte er. »Sie werden verschwinden.«

»Meinetwegen. Aber über Ismales Neffen haben sie nichts preisgegeben.«

Alp antwortete ihr nicht. Es war alles sehr schnell gegangen.

Die Frau zog an einer Schnur, die am Kopfteil des Bettes hing. Die junge Lÿs trat mit einem Tablett mit heißen Getränken ein.

»Das Elend dieser Reise«, seufzte Erichtô. »Warmes Wasser!«

Alp schaute auf den Weltraum. Ein rötlicher Mond trat immer deutlicher aus dem schwarzen Meer hervor.

»Wir nähern uns Otranto«, sagte er.

»Du solltest dich rasch um die Gefangenen kümmern. Wirf sie ins Meer. Keine Spuren, kein Risiko.«

Alp zuckte mit den Schultern. Dieser Mann ohne Seele empfand trotz allem eine Spur Abscheu, wohingegen die Frauen so grausam waren wie seine Killer.

Er ließ die Kurtisane allein.

V

Der dritte Freund

Wissen Sie, dass die absolute Wahrheit immer unwahrscheinlich ist? Damit die Wahrheit glaubwürdig erscheint, muss man unbedingt ein paar Lügen hinzufügen. Und das haben die Menschen immer getan.

DOSTOJEWSKI, Die Dämonen

Die von der Miliz begleitete Flotte erreichte im äußersten Süden Italiens den Golf von Otranto. Die Schiffe warfen auf der Reede vor dem Handelshafen ihre Anker. Die Obrigkeiten der Stadt hatten ihnen diesen Platz für die Zeit ihres Aufenthaltes zur Verfügung gestellt. Dort begann die Zeit raubende Versorgung mit Trinkwasser und Lebensmitteln. Obwohl die Schiffe eine strenge Reihenfolge einhalten mussten, steuerten viele einfach auf das Ende der Hafenmole zu. Als die *Carlus Magnus*, auf der Cosimo und Roland reisten, in den Hafen einfuhr, herrschte das reinste Chaos.

Sobald der Laufsteg ausgelegt worden war, gingen Cosimo und sein Freund als Erste von Bord. Die Kais waren schwarz vor Menschen. Die beiden jungen Männer schlängelten sich durch die Menge, bis sie vor dem ersten Schiff standen, das den Hafen erreicht hatte: die *Acturus* von Hugo de Payns.

»Das Schiff wird den Hafen nicht verlassen, ehe die Flotte

ausläuft«, sagte Cosimo. »Vermutlich wird der Aufenthalt vier Tage dauern. In dieser Zeit müssen wir eine Möglichkeit finden, an Bord zu gehen. Doch zuerst müssen wir Croitendieu finden.«

Die drei Freunde hatten vor langer Zeit eine Absprache getroffen: Überall, wo sie sich auf fremdem Boden treffen wollten, suchten sie die größte Herberge vor Ort und warteten dort oder hinterließen für die anderen eine Nachricht. Cosimo und Roland hielten sich an diese Abmachung. Sie liefen durch die belebten Gassen. Die Ankunft der Pilger brachte das Leben in Otranto vollkommen durcheinander. Die Nacht brach herein, doch es herrschte ein Betrieb wie an großen Markttagen. In der Taverne Erick war dies noch stärker zu spüren. Dieses Gasthaus betraten die beiden Freunde, nachdem sie Erkundigungen eingezogen hatten. Sie fanden Croitendieu nicht. Der Gastwirt zuckte mit den Schultern, als sie ihn befragten. Er war in keiner guten Stimmung. Seine Gaststube, die normalerweise von Trinkgelagen, Tanz und Gesang erfüllt war, während immerzu neue Fässer angestochen wurden, war zwar auch heute gut gefüllt, aber es saßen größtenteils müde und wenig trinkfreudige Pilger an den Tischen. Cosimo und Roland fragten die Leute nach der *Bastidus*, dem Schiff von Godefroy de Bisol, das Croitendieu in Venedig besteigen sollte. Niemand wusste etwas darüber.

»Wir können nur zum Hafen zurückkehren und überprüfen, ob das Schiff von Bisol schon angelegt hat«, schlug Cosimo vor, nachdem sie bei der Frau des Gastwirtes eine Nachricht für ihren Freund hinterlassen hatten.

Als sie die Matrosen befragten, erfuhren sie, dass die *Bastidus* als eines der ersten Schiffe angelegt hatte. Die beiden Freunde fanden sogar den Gefreiten des Schiffes und beschrieben Croitendieu. Der Mann kannte niemanden, der dieser detaillierten Beschreibung ähnelte. Er war sich ganz sicher, dass ein solcher Mann nicht zu seiner Mannschaft gehörte.

Cosimo und Roland machten sich allmählich Sorgen.

»Wenn es ihm nicht gelungen ist, das Schiff von Bisol zu besteigen, hätte er es auf einem anderen probiert.«

»Hoffentlich ist ihm nichts zugestoßen«, erwiderte Cosimo. »Oder ist er gar in Venedig zurückgeblieben?«

Die Nacht brach herein. An diesem Abend konnten sie nichts mehr ausrichten. Die Freunde erfuhren nur, dass am nächsten Tag noch sechs weitere Schiffe im Hafen erwartet wurden. Sie entschieden sich zu warten und legten sich wie die meisten Pilger auf die nackte Erde in einer der engen Gassen. Diese hatten sich in Schlafsäle verwandelt, in denen die Schlafenden, in Decken der Stadtbewohner eingerollt, dicht an dicht lagen.

Am nächsten Morgen überprüften Cosimo und Roland jedes neue Schiff, das anlegte, in der Hoffnung, Croitendieu von Bord gehen zu sehen.

»Wenn er vor uns an Land gegangen wäre, hätte er auch den Weg zu der Taverne gefunden«, meinte Roland.

Doch ihr Freund tauchte nicht auf. Sie hatten alle Schiffe der Miliz überprüft.

»Vielleicht auf einem der ›privaten Schiffe‹«, sagte Cosimo. »Das ist unsere letzte Chance.«

Die Flotte der Adeligen lag ein Stück vom Mittelpunkt des Hafens entfernt. Zuerst suchten sie das Schiff von Eustache de Boulogne auf. Erneut lieferten sie eine Beschreibung von Croitendieu, doch ohne Erfolg.

Sie schritten die anderen Schiffe ab und befragten Matrosen und Passagiere. Wieder erhielten sie keine positiven Antworten.

Schließlich standen sie am Ende der Hafenmole vor dem letzten mittelgroßen Schiff, das weniger stattlich war und abgesondert vom Rest der Flotte vor Anker lag. Auf den ersten Blick war keine Menschenseele zu sehen, weder Lastenträger noch eine Mannschaft. Unten neben dem Laufsteg saß auf einer Kiste der Kapitän, dessen Arm in einer Schlinge steckte. Eine alte Heilerin aus Otranto versorgte den Verwundeten. Neben ihr wartete ein Kind, das die Tasche der Frau trug. Der Seemann war blass und hatte Fieber. Cosimo las den Namen des Schiffes: *Élection*.

»Croitendieu hat uns in Venedig von diesem Schiff erzählt. Er hat versucht, die Matrosen kennen zu lernen, um Zugang zur *Bastidus* zu erhalten.«

Der verletzte Kapitän hieß Vandeslas Numa.

»Seid Ihr Gesandte der Miliz?«, fragte er die Freunde.

Nachdem er die wenigen Worte gesprochen hatte, verzog er das Gesicht vor Schmerzen.

»Ich möchte nämlich eine Klage vorbringen«, jammerte er.

»Welcher Art?«, fragte Roland.

Numa musterte ihn misstrauisch.

»Derart, dass es Euch nicht zu interessieren hat, wenn Ihr nicht die Männer seid, die ich erwarte. Geht Eures Weges.«

Cosimo nannte nun den von Croitendieu in Venedig benutzten Decknamen.

»Er ist unser Freund«, sagte er. »Ich weiß, dass er mit Euch gesprochen hat.«

Plötzlich gab sich der Kapitän umgänglicher. Die alte Heilerin hatte auf seiner rechten Schulter einen mit Heilsalben durchtränkten Verband angelegt. Ein Dolchstoß hatte dort eine tiefe Wunde hinterlassen.

»Bewegt Euch nicht«, sagte sie. »Regt Euch nicht auf und kommt zweimal täglich zu mir.«

»Kann ich weiterreisen?«

Die Alte zuckte mit den Schultern.

»Wenn Ihr so verrückt seid.«

Sie nahm ihr Bündel mit den Heilmitteln und Verbänden aus der Hand des Kindes, und dann gingen sie gemeinsam fort. Der Verletzte blieb gehorsam auf seiner Kiste sitzen und seufzte. Die beiden jungen Männer warteten auf Informationen über Croitendieu.

»Das Schiff gehört mir.« Der Kapitän zeigte auf die *Élection*. »Ich habe es in Venedig an zwei Herrschaften vermietet, die ungestört ins Heilige Land gebracht werden wollten. Seltsame Pilger, ehrlich gesagt. Ein Mann und eine Frau. Und die Brüder und Schwestern, die sie begleiteten? Ich hätte sofort misstrauisch werden müssen.«

Der Kapitän beschrieb Alp Malecorne und Erichtô, doch ihre richtigen Namen kannte er nicht. Er sprach auch über die Söldner und die Mädchen, die Vergebung suchten. Cosimo ahnte, dass es sich um Lÿs und ihresgleichen handelte.

»Außer meiner Mannschaft wurde niemand an Bord geduldet.«

Jetzt erwähnte Numa Croitendieu.

»Der Mann, der mich bezahlt hat, schiffte in Venedig zahlreiche Kisten ein«, sagte er. »Ich wusste nicht, was sie enthielten, aber ich war gut entlohnt worden und stellte daher keine unnötigen Fragen. Aufgrund der zahlreichen Passagiere heuerte ich vor dem Aufbruch dennoch zwei zusätzliche Matrosen an, damit ich die *Élection* erstens richtig manövrieren konnte und die Mannschaft zweitens groß genug war, sodass ich auf meinem Schiff der Herr blieb. Und so kam es, dass Euer Freund in meine Mannschaft aufgenommen wurde.«

»Er war auf Eurem Schiff?«

»Ja. Er fand kein anderes Schiff, um ins Heilige Land zu segeln. Es ist mir schlecht bekommen, dass ich ihn angeheuert habe. Es war seine Schuld, dass sich die Überfahrt in einen Albtraum verwandelte. Es war die reinste Hölle! Und darum will ich die Herren der Pilgerreise sprechen.«

Nach diesen Worten gab er zu verstehen, dass er es vorzog zu schweigen.

Die Freunde mussten ihm Geld anbieten und über ihre enge Freundschaft berichten, bis er sich schließlich entschloss, seinen Bericht fortzusetzen. Dabei hatte er nur Angst, die Wahrheit zu sagen.

»Während der Überfahrt fielen Eurem Freund ebenso wie mir die verschwörerischen Mienen unserer Pilger auf. Aber anstatt sich weise um seinen eigenen Kram zu kümmern, belauschte der unvorsichtige Bursche ihre Gespräche und schlich um ihr Gepäck herum.«

»Und dann?«, fragte Cosimo, der stark beunruhigt war.

»Ich könnte Euch einen ganzen Roman erzählen. Der Mann, dem ich mein Schiff vermietet hatte, brachte nicht nur Truhen an Bord, sondern auch einen Gefangenen. Er wurde in der Bilge eingesperrt und furchtbar gefoltert. Und dann erklärte Euer Freund mir wie aus heiterem Himmel, dass er den Gefangenen kannte.«

»Er kannte ihn?«

»Es war ein Freund von ihm, der sich seit Wochen in den Händen dieser Ungeheuer befand, die ihn aus mir unbekannten Gründen folterten.«

Cosimo wollte auf der Stelle wissen, wo Croitendieu sich nun aufhielt.

»Euren Freund hat der Teufel geritten, glaube ich. Ja wirklich, das war nicht weise … Er wurde erwischt, als er versuchte, mit seinem Freund in einem Boot zu fliehen. Sie wollten gerade die Leinen losmachen, als sie geschnappt wurden. Sie wurden beide in Ketten gelegt. Ich konnte ihnen nicht helfen. Dann wurden sie tagelang gefoltert.«

»Wie sah der zweite Mann aus?«, fragte Roland.

Numa überlegte.

»Ein großer Kerl. Weil er pausenlos geschlagen und gefoltert wurde, sah er total abgezehrt aus. Aber ich glaube mich trotz des Blutes an einen roten Haarschopf zu erinnern.«

»Jason!«, rief Cosimo. »Das war Jason! Jason wurde auf Eerl entführt!«

Er erblasste.

»Wo sind sie?«, fragte Roland den Kapitän ruhig. »Wo haben sie sie hingebracht?«

Vandeslas Numa runzelte die Stirn.

»Jetzt liegen ihre Leichen auf dem Grund des Meeres. Es tut mir Leid.«

Cosimo setzte sich auf eine Kiste und schlug die Hände vors Gesicht.

»Da Eure Freunde nicht auf die Fragen ihres Folterers antworten wollten«, fuhr der Kapitän mit müder Stimme fort, »beschloss dieser schließlich, sie kurz vor unserer Ankunft über Bord zu werfen. Als ich einschreiten wollte, stach er mich nieder. Vorsichtshalber stellte ich mich tot.«

Cosimo und Roland waren leichenblass.

»Wo sind sie?«, fragte Roland schließlich. »Eure Passagiere, der Mann und die Frau, wo sind sie jetzt?«

»Am Spätnachmittag kam ein Bote an Bord und überreichte ihnen eine Nachricht. Anschließend machten sie sich sofort aus dem Staub. Sie bezahlten meine Mannschaft, damit die Matrosen sich zerstreuten und den Mund hielten. Und ich habe jetzt mein leeres Schiff am Hals.«

»Fahren sie nicht weiter?«, fragte Cosimo.

»Nein. Für sie endete die Pilgerreise in Otranto.«

»Wann sind sie von Bord gegangen?«, fragte Roland.

»Vor einer Stunde. Ich glaube, sie wollen die Stadt verlassen.«

Roland und Cosimo wechselten einen Blick.

»Weit können sie noch nicht sein.«

»Aber es ist eine große Truppe«, gab Cosimo zu bedenken, der die Gedanken seines Freundes erriet.

»Wir dürfen diese Morde nicht ungestraft lassen«, sagte Roland. »Wir müssen sie einholen. Vielleicht sollten wir uns trennen. Du versuchst, auf Payns' Schiff an Bord zu gehen. Zusammen wird es uns nicht gelingen. Also kann ich bis zur Ankunft im Heiligen Land nichts ausrichten. Du setzt die Ermittlungen fort, versuchst Ismale und das Ziel der Reise ausfindig zu machen. Wenn du scheiterst, sind unsere Freunde umsonst gestorben. Ich werde die Mörder finden. Wir treffen uns in Jerusalem.«

Cosimo wollte widersprechen.

»Die Zeit läuft uns davon«, beharrte Roland. »Ich muss mich sputen. Wir müssen uns jetzt trennen.«

Der Kapitän verfolgte sprachlos den Wortwechsel.

Die beiden Freunde umarmten sich und schworen, sich in Jerusalem wiederzusehen.

Roland verschwand am Ende des Piers.

Cosimo starrte ihm hinterher.

»Das ist ein Mann«, sagte Numa nach einem Moment des Schweigens.

Nachdem Cosimo lange für seine Freunde gebetet und versucht hatte, seine Wut zu bändigen, kehrte er am nächsten Tag an den Hafen zurück. Er suchte sich einen günstigen Standort gegenüber der *Acturus* des Hugo de Payns und beobachtete das Treiben in der Nähe des Schiffes, auf dem der Herr der Miliz reiste. Tonnen für Süßwasser wurden von Bord gebracht, damit sie an Land neu gefüllt werden konnten. Zerrissene Segel wurden geflickt. Wachen drehten regelmäßig ihre Runden. Es war undenkbar, sich dem Schiff an diesem Ort zu nähern.

Cosimo suchte eine Lösung für dieses Problem.

»Wenn ich hier am Kai nicht an Bord des Schiffes gehen kann, muss ich eine Möglichkeit finden, es zu besteigen, wenn wir alle *auf See* sind«, sagte er sich.

Cosimo kehrte zur *Carlus Magnus* von Saint-Amant zurück und betrachtete die großen Auffangbehälter für das Regenwasser, die der Baumeister installiert hatte. Er dachte einen Moment nach, verließ dann den Hafen und stieg zur Stadt hinauf. Mehrmals befragte er die Bewohner des Ortes.

»Ich suche einen Quacksalber«, sagte er.

Die Bezeichnung des Quacksalbers bezog sich auf Alchemisten, Heiler und Wahrsager, all die verbotenen Berufe, die überall ausgeübt wurden. Nach einigen Misserfolgen kam ein Kind aus Otranto auf ihn zu. Es folgte Cosimo seit einiger Zeit und lachte über dessen Suche.

»Ich kenne die Person, die Ihr sucht.«

Der Junge lief Cosimo voraus, der ihm durch enge, nicht sehr verlockende Gassen folgte. Schließlich stieg das Kind ein paar Stufen hinunter und öffnete mit dem Schlüssel, den es um den Hals trug, eine kleine Pforte.

»Wir sind da.«

Sie betraten einen Keller. Auf Feuerstellen kochten Kessel mit klirrenden Deckeln. Überall standen mit Balsam, exotischen Kräutern und getrockneten Tierteilen gefüllte Glasbehälter. Blutende Tierkadaver hingen an Haken. Der Junge blieb stehen und wartete, ohne etwas zu sagen. Die Tür eines Nebenraums wurde geöffnet. Eine alte Frau trat ein.

Ohne Cosimo einen Blick zuzuwerfen, sagte sie: »Bezahlt Gringoire!«

Das musste der Name des Jungen sein. Da Cosimo annahm, sein Ziel erreicht zu haben, gab er dem Jungen eine Münze, worauf dieser verschwand. Die Alte drehte Cosimo den Rücken zu und beugte sich über eine ihrer dampfenden Mixturen.

»Seid Ihr nicht der junge Mann, den ich gestern am Pier gesehen habe?«, fragte sie.

Jetzt erkannte Cosimo die Heilerin wieder, die die Schulter des Kapitäns Numa verbunden hatte.

»Was wollt Ihr?«, fragte sie, als sie sich ihm schließlich zuwandte.

»Ich brauche vier Artemisiablüten.«

Die Frau schüttelte den Kopf und drehte sich abrupt um.

»Ich heile, junger Mann, und töte nicht. Kehre dorthin zurück, woher du gekommen bist. An mich musst du dich nicht wenden.«

Ihr Ton duldete keinen Widerspruch.

»Die Artemisia heilt ebenso, wie sie vergiftet«, beharrte Cosimo. »Ich kenne die Kraft der Pflanze.«

»Ein Kenner?«, spottete die Hexe, während sie einen Deckel abhob und eine Prise Gewürze in den Topf warf.

Die Artemisia gehörte zu den seltenen Pflanzen, die als Gift und als ihr eigenes Gegengift eingesetzt werden konnte. Kalt, vergiftete sie. Heiß, heilte sie das Leid, das sie verursacht hatte.

Die Zauberin trat vor Cosimo.

»Setz dich.«

Sie hielt eine Kerze vor sein Gesicht. Mit ihren Fingern, die Tausende verschiedener Düfte verströmten, schob sie seine Augenlider auseinander und überprüfte das Weiß seiner Augen.

»Du bist kein schlechter Kerl«, sagte sie schließlich. »Das Problem ist, dass ich nichts sehen kann. Keine Vergangenheit, keine Zukunft. Du bist ein komischer Vogel. Du bist anders oder wirst es einst sein. Das kommt ganz darauf an.«

»Ich verstehe nicht.«

»Das spielt keine Rolle. Dies ist keine Weissagung, denn ich sehe nichts. Ein unbeschriebenes Blatt! Ein besonderer Fall! In Ordnung. Ich gebe dir deine Artemisiablüten. Sie kosten aber zwanzig Goldstücke.«

Das war ein wahres Vermögen.

Cosimo blieb nichts anderes übrig, als der Alten das Geld zu geben. Er nahm das Theater, das die Heilerin ihm vorgespielt hatte, um den Preis in die Höhe zu treiben, nicht ernst. Es machte keinen Unterschied, denn er brauchte die Pflanzen. Seine Börse war noch mit einem Viertel von Ismales Erbe gefüllt. Er bezahlte die Frau. Darauf öffnete sie einen Schrank und kehrte mit den vier Artemisiablütenstielen zurück.

»Das ist eine Menge«, sagte sie.

Cosimo nickte.

»Es reicht aus.«

Die Heilerin spuckte auf den Boden.

»Mach damit, was du willst. Ich beteilige mich nicht daran.«

Mit diesen Worten wandte sie sich endgültig von Cosimo ab. Die Pflanzen in einer Tüte versteckt, verließ der junge Mann die Hexenküche und kehrte zur *Acturus* zurück.

Als die Dunkelheit hereinbrach, schlich er auf dem Kai zwischen den Kisten und Wagen hindurch, die im Mondlicht Schatten warfen. Doch Cosimo näherte sich seinem Ziel erst, als er den genauen Rhythmus der Wachrunden auf dem Schiff kannte. Stundenlang wartete er auf einen günstigen Augenblick. Endlich gelang es ihm, sich den drei mit frischem Trinkwasser gefüllten Tonnen zu nähern, die an Bord der *Acturus* gebracht werden sollten. Sie standen unten neben dem Laufsteg. Cosimo konnte nur ein Fass öffnen. Eine ganze Weile rieb er ein Artemisiablatt zwischen den Fingern, bis eine breiige Masse entstanden war. Diese warf er in das Trinkwasser. Anschließend spuckte er mehrmals aus und schlich davon.

Am nächsten Morgen kehrte er zur *Carlus Magnus* des Saint-Amant zurück. Auf diesem Schiff würde er seine Reise fortsetzen. Im Morgengrauen betrat er zusammen mit einem anderen Passagier den Laufsteg. Es war ein blinder Alter, der seit Venedig auf diesem Schiff reiste. Cosimo half ihm, an Bord zu steigen.

»Danke, junger Mann«, sagte der Blinde.

VI

AS04

Man spottet über Visionen und übernatürliche Erscheinungen: Einige sind jedoch so gut bezeugt, dass man konsequenterweise alle historischen Zeugnisse zurückweisen müsste, wenn man sich weigert, an Erstere zu glauben.

MÉRIMÉE, Vision Karls XI.

Endlich hatte Anx Columban den *Schlüssel* der vier verschlossenen Wagen des Bibliothekars entdeckt. Eine Weile hatte sie schon geglaubt, der Schlüssel würde bei der Reise vielleicht nicht mitgeführt und von einem anderen Ritter der Miliz aufbewahrt werden. Außer den Wachen näherte sich niemand den vier Wagen. Der Bibliothekar sprach niemals darüber. Dennoch hatten sie die besten Plätze und wurden strenger als alle anderen bewacht.

Als Anx eines Abends im Wohnwagen saß und ein paar Funken aus dem Kamin auf Flodoards Ärmel sprangen, erhaschte sie einen Blick auf eine lange Kette, die auf den Bauch des Bibliothekars fiel. An dieser Kette hing ein Schlüssel.

Anx war sicher, noch nie gesehen zu haben, dass er ihn benutzt hatte.

Natürlich konnte sie nicht genau wissen, wozu der Schlüssel diente, aber es gab nur eine Möglichkeit, das herauszufinden.

Ihr Zug hatte Dalmatien durchquert und steuerte auf Adrianopel in Thrazien zu. Seitdem die aus Konstantinopel gesandte Garde angekommen war, wurde die Reise nur nachts und in schnellem Tempo fortgesetzt. Die Gelehrten hatten nur wenig Zeit für sich, entweder am Abend oder früh am Morgen.

An diesem Abend kehrte Anx eine Stunde vor Einbruch der Abenddämmerung und vor der Fortsetzung der Reise zu dem guten Rogatianus in seinen übergroßen Wohnwagen zurück, in dem das Material für die Gelehrten untergebracht war.

»Da bist du ja wieder, junger Mann«, sagte er mit seiner freundlichen Miene. »Ich sehe dich nicht oft. Was brauchst du?«

Anx bat ihn um vier Kerzen, wie er sie ihr beim letzten Mal gegeben hatte.

»Gut.«

»Einen Pergamentbogen, einen Feuerstein und etwas Zunder.«

»Gern.«

Es war keine Überraschung, dass ein Vorleser oder ein Schreiber diese Materialien brauchte. Rogatianus packte alles in ein Bündel, das er dem Mädchen reichte.

»Danke«, sagte Anx.

Sie ging davon.

Als im Morgengrauen des nächsten Tages wieder eine Pause eingelegt wurde, verließ Anx das Lager und lief zu einem kleinen Bach, um die Gelegenheit zu nutzen, sich allein zu waschen und die Tönung ihres Haars aufzufrischen. Dort sammelte sie acht verschiedene Kräuter, unter anderem drei Passionsblumen, die sie aufgrund der roten Ranken auswählte. Von einem Baum riss sie zwei dicke, runde Borkenstücke ab. Das erste füllte sie mit klarem Wasser und legte ihre Kräuter dort hinein. Während die Kräuter wässerten, nahm sie eine Kerze und schnitt mit ihrem kleinen Messer die obersten vier Zentimeter ab, ohne den Docht zu beschädigen. Die Wachsstücke warf Anx in das zweite Borkenstück. Mit dem Feuerstein und dem Zunder entflammte sie ein paar Zweige und ließ die Wachsstücke sorgfältig schmelzen. Das war eine heikle Operation. Das Wachs musste lange genug weich bleiben, damit sie es mit dem Pflanzenextrakt und dem Holz, das einen Teil des kalten Pflanzensuds absorbiert hatte, vermengen konnte. Als die Mischung fertig war, musste sie der Kerze wieder ihr ursprüngliches Aussehen verleihen. Dazu rollte Anx sie in den Pergamentbogen und begann, die flüssige Wachsmischung langsam aufzufüllen, wobei sie sich an dem Docht orientierte. Das Ergebnis stellte sie zufrieden. Nachdem sie den Rand ein wenig abgefeilt hatte, sah die Kerze unversehrt aus. Das obere Stück Wachs war leicht von Holzsplittern durchstochen, was nicht ungewöhnlich war.

Als Anx zu Flodoard in den Wohnwagen zurückkehrte, schlief der Bibliothekar tief und fest. Sie legte die Kerze auf den Stapel hinter seinem Schreibtisch, wo noch sechs Kerzen lagen.

Daher konnte sie nicht vorhersehen, wann Flodoard die vergiftete Kerze benutzen würde. Anx musste fast zehn Tage warten. Mitten in der Nacht zündete Flodoard sie an, als die Wagen holpernd über eine Straße am Fluss fuhren. Der Kamin brannte, und die Dachluke war weit geöffnet. Das junge

Mädchen gab vor, sich schlafen zu legen. Vorher schloss es die Luke.

»Warum schließt du die Luke?«, fragte Flodoard.

»Es sieht nach einem Gewitter aus. Wenn wir beide einschlafen, könnte das Wasser in den Wohnwagen eindringen.«

»Einschlafen?«

Just in diesem Augenblick sprang der Wagen über ein Hindernis und prallte anschließend wieder auf die Straße.

»Wie willst du denn bei diesem Lärm schlafen?«

»Die Müdigkeit, Herr. Ihr seht selbst sehr erschöpft aus.«

»Das stimmt.«

Besorgt beobachtete Anx die Kerzenflamme. Der Rauch war dicker und weißer als gewöhnlich. Sie wich zurück, um den Rauch nicht einzuatmen, und wickelte sich neben ihrer kleinen Schreibgarnitur in eine Decke. Vorsichtshalber presste sie den Stoff auf die Nase, kniff in der Dunkelheit die Augen zusammen und beobachtete den Meister.

Die Kräutermischung, mit der Anx das Wachs versetzt hatte, war ihr aus ihrer Kindheit auf der irischen Halbinsel gut bekannt. Wenn die Kräuter mit Milch vermischt wurden, half dieses Schlafmittel Kranken, ruhig einzuschlafen. Wenn es jedoch eingeatmet wurde, war die Wirkung überwältigend. Die Schafzüchter, die ihr Vieh in kleinen Booten von einer Insel zur anderen brachten, bedienten sich Jahr für Jahr dieses Mittels, um die Tiere ruhig zu stellen.

Flodoard wischte drei Mal über seine Augen. Ein Mal hustete er. Der Rauch bildete eine Wolke über seinem Kopf. Der Bibliothekar wollte aufstehen, um die Dachluke zu öffnen, aber nachdem der Wagen wieder über eine unebene Stelle gesprungen war, fiel er zu Boden und blieb reglos liegen. Er war bewusstlos.

Anx sprang auf und öffnete die Tür des Wohnwagens weit. Sie nahm eine Kerze aus ihrer Tasche und tauschte sie gegen die vergiftete aus. Nachdem genügend frische Luft in den Wohnwagen gedrungen war, schloss sie die Tür und schob den Riegel vor. Dann führte sie jeden Handgriff geschickt und ruhig aus. Sie zog die Kette von Flodoards Hals und setzte sich an seinen Schreibtisch neben dem Kamin. Als Erstes rollte Anx ihren Pergamentbogen auf. Mit einem glimmenden Holzstück aus dem Feuer schmolz sie eine zweite Kerze, die sie aus ihrer Tasche zog. Nachdem eine ausreichend große Menge geschmolzenen Wachses entstanden war, nahm sie den Schlüssel und drückte ihn einige Sekunden in die weiche Masse. Insgesamt fertigte sie fünf verschiedene Abdrücke an, damit sie Informationen über alle Dimensionen des Schlüssels besaß. Ihr beunruhigter Blick wanderte immer wieder zu ihrem Meister. Das Ruckeln des Wagens hätte ihn wecken können, und manchmal schwankte sein Körper, als wollte er aufstehen. Anx überprüfte sorgfältig, ob sie alle erforderlichen Abdrücke des Schlüssels angefertigt hatte, ehe sie ihren Pergamentbogen wegräumte und die Kette wieder um Flodoards Hals hängte. Das war der gefährlichste Teil der Operation. Sie musste seine Arme anheben, damit die Kette auf seine Brust rutschen konnte. Wenige Zentimeter von seinem Gesicht entfernt und mit klopfendem Herzen erwartete sie, dass er jeden Moment ein Auge aufschlug. Der Meister atmete stoßweise, und seine Gesichtszüge waren im Schlaf verzerrt. Schweißgebadet erhob sie sich. Anx deckte den Bibliothekar mit seinem Bettlaken zu und legte seinen Nacken auf ein zusammengerolltes Hemd. Sie konnte ihn nicht bis zu seinem Bett tragen.

Dann öffnete sie den Türriegel.

Eine Stunde später wachte der Meister auf und konnte sich an nichts mehr erinnern. Anx sagte ihm, er sei an seinem Schreibtisch eingeschlafen und nach einem starken Ruckeln des Wagens zu Boden gesunken. Seitdem habe sie besorgt über ihn gewacht.

Flodoard ärgerte sich nur über die Zeit, die ihm für seine Arbeit verloren gegangen war.

In den nächsten Tagen nutzte Anx jede freie Minute, um einen Zweitschlüssel zu schnitzen. Sie wählte stabile Holzstücke aus und feilte diese geduldig mit der Spitze ihres Messers, bis das Modell genau dem Wachsabdruck entsprach. Der Abschluss der Arbeit war die kritischste Phase. Mehrere Probeschlüssel zerbrachen. Beim sechsten Versuch hatte sie endlich ihren Schlüssel.

Die Sicherheit der vier Wagen profitierte von der Verstärkung durch die byzantinischen Soldaten, die Tudebodes Wachtrupp seit Aquileia unterstützten. Acht zusätzliche Wächter bewachten sie, womit die Wachmannschaft auf zwanzig Personen angestiegen war. Zum Glück kannte Anx die Zeiten der Wachablösung. Sie wusste auch, dass ihr nur eine Zeitspanne von wenigen Augenblicken blieb, in denen sie sich den Wagen unbemerkt nähern konnte. Die kurze Zeit, in der die Wachen ein paar Worte während der Ablösung wechselten. Ihr war sehr wohl bewusst, dass sie nur einen einzigen Versuch hatte. Wenn man sie schnappen würde, wäre es um sie geschehen.

Die Tatsache, dass die Wagen am Tage standen, war in Anx' Augen ein Vorteil. Sie nahm eine Kerze mit, damit sie das Innere beleuchten konnte. In der Nacht wäre dies unmöglich gewesen, da das Licht dann vielleicht zwischen den

Holzplanken hindurchgeschimmert hätte. Tagsüber fiel dieser Nachteil weg.

Wie in Troyes nutzte sie einen Regentag für ihr Manöver. Die vier Wagen bildeten ein Karree. Anx hockte hinter einem Busch, etwa zwanzig Meter vom ersten Rad entfernt. Das Haar mit einem gefetteten Tuch bedeckt, um die Tönung zu schützen, wartete sie auf die Wachablösung. Da die neue Wachmannschaft mit einer geringfügigen Verspätung eintraf, hatten es ihre Kameraden, die seit ein paar Minuten ungeduldig warteten, besonders eilig, ihren Dienst zu beenden. So eine günstige Gelegenheit würde sich nicht noch einmal bieten. Anx sprang aus ihrem Versteck. Sie lief so schnell, dass sie beinahe in dem Schlamm ausgerutscht wäre. Mit dem Schlüssel in der rechten Hand zwängte sie sich zwischen zwei Wagen hindurch und fand auf dem Trittbrett das Gleichgewicht wieder. Außer Atem wischte sie über ihre schweißnasse Stirn. Trotz der Eile hatte sie das Gefühl, die Situation zu beherrschen. Zu ihrer großen Erleichterung drang der Schlüssel mühelos ins Schloss ein. Anx zwang sich, ihn langsam zu drehen. Das war eine richtige Qual. Sie spürte, dass der Mechanismus Widerstand leistete und sich das Holz leicht in ihren Händen verbog. Anx hielt den Atem an und presste die Zähne aufeinander. Der Schlüssel drehte sich um sechzig Grad. Hinter dem Wohnwagen erklang eine Stimme. Der Schlüssel drehte sich um weitere sechzig Grad. Die Stimme näherte sich. Anx hörte nicht mehr hin. Entschlossen drehte sie den Schlüssel ganz herum.

Der Schlüssel brach ab.

Wie versteinert stand Anx mit dem abgebrochenen Holzstück da und starrte auf die verschlossene Tür. Sie musste fliehen. Schnell fliehen. Auf der Stelle. Auf ein Dach klettern oder sich zwischen den Rädern verstecken. Irgendetwas tun. Stattdessen beugte sie sich vor und versuchte mit den Fingerspitzen, die in dem Schloss steckenden Holzsplitter herauszuziehen. Falls es ihr doch noch gelang zu entkommen, durfte sie auf gar keinen Fall Spuren hinterlassen. Während sie an einem Splitter zog, sah sie, dass die Tür sich öffnete. Der Riegel hatte sich gedreht, ehe der Schlüssel abgebrochen war. Die Tür war auf!

Anx verschwand in dem Wagen und schloss hinter sich die Tür.

Als sich ihr Atem beruhigt hatte, überlegte sie, ob die Wächter etwas bemerken könnten: Spuren in dem Schlamm oder Dreck auf dem Trittbrett. Doch dank des Regens war die neue Wachmannschaft ein wenig abgelenkt. Die nächste Ablösung erfolgte in zwei Stunden. Bis dahin durfte Anx den Wagen nicht verlassen. Der Regen prasselte laut auf das Dach des Wohnwagens, der von allen Seiten dicht verschlossen war. Kein Lichtstrahl drang hinein. Unter ihrem Gewand zog Anx eine Kerze, Zunder und den ein wenig feuchten Feuerstein hervor. Es dauerte einen Moment, bis eine kleine Flamme brannte, doch dann erhellte sich alles ringsherum.

Nachdem ihr Blick durch den Wagen gewandert war, dachte sie: »Noch mehr Bücher.«

Das war enttäuschend.

Diese Bücher waren nicht in Kisten verpackt wie die in den anderen Wagen, sondern sie standen auf Regalen und wurden durch Bänder festgehalten. Insgesamt entdeckte Anx nicht mehr als dreißig Werke und eine Eisenkiste auf dem Boden. Die Bücher waren groß und alle in rot gestrichene Holzbretter eingebunden. Anx ergriff das erstbeste Buch und schlug es auf. Sie sah nur große, bunte Bilder, die sich über die ganzen Seiten erstreckten. Außer einigen Anmerkungen enthielten sie keine Texte. Das erste Bild, das sie betrachtete, zeigte eine Art wütenden Dämon, der durch die Luft flog und dessen Fingerspitze erbarmungslos Flammen auf einen armen knienden Mann schoss, der die Arme vor einem Schrein ausgebreitet hielt. Auf dem Goldstreifen, der das Feuer symbolisierte, stand ein lateinischer Satz: »Der Dschinn bestraft Anhour, den ägyptischen Priester, weil er die heilige Kammer Salomons entweiht hat.« Anx blätterte zur nächsten Seite um und fand eine andere Zeichnung, die denselben Dämon und denselben Akt der Bestrafung eines anderen Opfers zeigte. »Der Dschinn bestraft Tarquinius, den Zenturio Mark Aurels, weil er die heilige Kammer Salomons entweiht hat.« Es folgten ein drittes Bild und ein drittes Opfer: »Der Dschinn bestraft Hincmar Ibn Jobaïr, weil er die heilige Kammer Salomons entweiht hat.« Anx schaute sich diese Kammer an. Sie war dunkel und leer. Nur in der Mitte stand dieser sonderbare Steinblock, den der grässliche Dschinn verteidigte.

Anx blätterte zum Anfang des Buches zurück und verharrte bei einem Bild, das sich über zwei Seiten erstreckte und denselben Dschinn zeigte. Er war gefesselt und stand mit gesenktem Kopf neben einem riesigen ehernen Gefäß, vor einem königlichen Gericht. Der Kopf des Herrschers, der sich anschickte, Recht zu sprechen, war von einem Lichtschein umgeben. Das war Salomon.

Anx schaute sich die Bilder nacheinander an und verstand schließlich die Geschichte des mysteriösen Dämons: Als der König Salomon sich von seinem heiligen Ring getrennt hatte, um außerhalb seines Palasts ein Trankopfer darzubringen, ließ er den Ring in der Obhut einer seiner Gemahlinnen zurück. In der Gestalt des guten Königs trat der Dschinn heimtückisch vor die Frau und stahl ihr den Ring. Als Salomon zurückkehrte, ließ der Dschinn ihn wie einen Eindringling verjagen. Der Hof, der sich durch das Siegel, das der Dschinn besaß, täuschen ließ, ergriff Partei für den Betrüger. Der Dämon regierte nun, und Salomon wurde ein einfacher Sünder. Aber der Dschinn wusste, dass der Sohn Davids schlau war und dass seine Zeit der Herrschaft nur von kurzer Dauer sein konnte. Also übertrug er sorgfältig auf Papier alles Wissen und alle Macht, die der Ring demjenigen verlieh, der ihn trug. In vier dicke Bücher schrieb der Dschinn das absolute Wissen, die Lösung aller Rätsel und das Ende der Zweifel, die die Menschensöhne quälten. Er hatte diese Arbeit soeben beendet und die Bücher unten im Thron versteckt, als es Salomon gelang, den Palast zu betreten und den Dschinn vor aller Augen zu entlarven. Als der König die Herrschaft wieder übernommen hatte, verurteilte er den Dschinn zu einer ewigen Strafe: Der Dschinn wurde der Hüter seines wertvollsten Gutes, das er sorgfältig in den vier Büchern beschrieben hatte, die niemand wiedergefunden hatte. Eingeschlossen in einer riesigen ehernen Urne, wartete er geduldig.

Nach den Kapiteln, die dieser Legende des Dschinns gewidmet waren, entdeckte Anx Bilder, die den großen Kreuzzug vor zwanzig Jahren behandelten! Sie stellten auf heroische Weise den Einzug von Hugues de Champagne in Palästina dar, die Entdeckung der Bibliothek des Hincmar Ibn Jobaïr in Aleppo, den Einmarsch in Jerusalem, das Betreten von Salomons Turm und schließlich die Ankunft in der Kammer. Anx beugte sich über das Buch und betrachtete aufmerksam die Bilder: Sie erkannte das Bild des Grafen, den sie in Troyes gesehen hatte, und das des Hugo de Payns!

Was hatte das zu bedeuten? Es ähnelte einer Chronik mit Farbbildern, damit das einfache Volk alles besser verstand. Es waren Propagandabilder.

Anx erhob sich und ergriff ein zweites Buch. Es war wie das erste. Sie schlug ein drittes und ein viertes auf. Sie ähnelten sich alle.

»Für wen sind diese Bücher bestimmt?«, fragte sie sich.

Anx setzte ihre Lektüre fort. Sie fand Porträts der neun Ritter, die alle wie Heilige oder Engel verherrlicht wurden. Ismale Gui, der Entdecker der Kammer; Carl de Ruy, der Magier, der die Dschinnen in Schranken halten konnte; Saint-Amant, der Baumeister, der den Schrein heben sollte, falls die Kugeln von Grand-Cellier den Schrein nicht öffneten, und so fort. Die ganze Miliz wurde mit ihren geheimen Aufgaben dargestellt.

Auf vier Seiten wurde ebenfalls enthüllt, wie die vier Bücher des abtrünnigen Dschinns aussahen.

»Das suchen sie also«, dachte Anx. »Das hat Ignatius, den Übersetzer der Oden Salomons, in so große Angst versetzt. Die Bücher. Das absolute Wissen, die Lösung der Rätsel. Welch eine Macht! Darum haben sie die Bilder gemalt, um sie den Bischöfen, den Patriarchen, dem Volk und aller Welt zu zeigen. Um ihnen das Unerklärliche zu erklären. Die Miliz sucht diese Bücher, und Flodoard weiß Bescheid.«

Nein!

Nein, darum ging es nicht.

Als Anx ein anderer Gedanke durch den Kopf schoss, gefror ihr das Blut in den Adern.

Vier Wagen?

Langsam drehte sie den Kopf und schaute auf die Eisenkiste auf dem Boden des Wagens.

Vier Wagen.

Sie stand auf, trat mit der Kerze vor die Kiste und hockte sich hin.

Die Kiste war mit keinem Schloss versehen.

Anx öffnete den Deckel.

Unten in der Kiste lag ein dickes Bündel Blätter zwischen zwei Holzplatten. Derselbe Anblick wie auf dem Bild der Miliz.

Anx fröstelte.

Die Holzplatten waren mit einem Goldverschluss versehen.

Es genügte, ihn zu berühren, damit er sich mit einem leisen Klicken öffnete.

Vor Anx' Augen blitzte das bedrückende Bild des von Salomon verurteilten Dämons auf.

Sie zog das Manuskript aus der Kiste und legte es auf den Boden.

Sie hörte den Regen nicht mehr und dachte nicht mehr an die Gefahren. Sie war wie verzaubert.

Anx dachte wieder an das Bild der Bestrafung.

Den Feuerfinger des Dschinns.

Anx beleuchtete die erste Seite mit der Kerze.

Nichts.

Leer.

Vorsichtig schlug sie die zweite Seite auf.

Nichts.

Leer.

Verwirrt blätterte sie die anderen Seiten um.

Kein einziges Wort.

»Was?«

Zuerst dachte Anx, sie hätte es mit unsichtbarer Tinte zu

tun oder das Licht spielte ihr einen Streich, doch als sie bis zur Mitte des Werkes vorgedrungen war, begriff sie: Auf den etwa zweihundert Seiten, dem »gewaltigen Werk« der Legende, standen nur vier Zeichen, winzige Buchstaben und Zahlen, in der Mitte des Werkes: A S O 4.

»Das ganze Wissen der Welt?«

Der Dschinn und der heilige Ring, Salomons Abenteuer, um zu diesem einfachen Code zu gelangen? Und die drei anderen?

»Aber«, dachte Anx, »wenn sie die Bücher des Dschinns besitzen und wenn sie das Geheimnis gelüftet haben, was suchen sie dann im Heiligen Land?«

Sie dachte wieder an den seltsamen Steinblock in der Kammer Salomons. An die drei Toten. An den Dschinn.

Auf einer der Zeichnungen, dem Bild des seltsamen Steinblocks in der Kammer, stand auf lateinisch: das Licht Gottes.

Anx setzte sich in dem Wagen und wartete, bis sie fliehen konnte.

Sie verstand nicht, was all das zu bedeuten hatte.

VII

Das Boot zwischen zwei Welten

Das Unbekannte, das ist der Löwenanteil.

FRANÇOIS ARAGO

Als die *Carlus Magnus* in Otranto in See stach, ließ Cosimo sich im Bug des Schiffes nieder und verließ diesen Platz nicht mehr. Er starrte auf den Horizont.

Die Reise bis Korfu verlief ohne Zwischenfälle. Der Aufenthalt auf der Insel war von kurzer Dauer. Anschließend nahm die Flotte Kurs auf Kreta. Diesmal erging der Befehl an alle Schiffe, in enger Formation zu segeln. Die Soldaten der Miliz waren nervöser als gewöhnlich. Es war bekannt, dass diese Gewässer gefährlicher waren, weil sie in Reichweite der im Sold der Mohammedaner stehenden Geschwader lagen. Cosimo lauerte noch immer. Er ließ die Segel der *Acturus*, die an der Spitze der Flotte segelte, niemals aus den Augen. Der Seegang wurde stärker. Ein paar Regengüsse gingen auf die Schiffe nieder; der Morgennebel bildete eine undurchdringliche Wand; Gegenwind drosselte das Tempo.

Doch eines Abends sah Cosimo endlich das, worauf er seit Otranto gewartet hatte. Vom Bug der *Carlus Magnus* aus erblickte er zwei große Fässer, die im Wasser schwammen. Ein drittes gesellte sich bald hinzu. Diese Tonnen stammten mit Sicherheit von der *Acturus*.

Als am nächsten Tag der Morgen hereinbrach und leichter Nebel über der Wasseroberfläche lag, näherte sich ein kleines Boot längsseits der *Carlus Magnus*. Die Flotte hatte die Anker noch nicht gelichtet. Zwei Matrosen vom Schiff des Hugo de Payns stiegen an Bord und baten um Hilfe. Ihre Gesichter waren aschfahl. Sie hatten die ganze Nacht nicht geschlafen und waren sichtlich erschöpft.

»Unser Trinkwasser ist umgeschlagen«, sagte einer der Matrosen. »Viele unserer Männer sind krank. Wir wissen nicht, welche der Tonnen, die in Otranto und auf Korfu gefüllt wurden, dafür verantwortlich ist. Darum mussten wir sie alle über Bord werfen.«

»Payns weiß, dass Ihr das Regenwasser auffangt«, sagte der zweite Matrose. »Er bittet um Eure Güte, unser Schiff zu retten.«

»Selbstverständlich«, erwiderte Saint-Amant, der das wunderbare System entwickelt hatte, dank dessen Regenwasser auf seinem Schiff aufgefangen werden konnte.

Und auf genau diesem System basierte Cosimos Plan.

Es wurden umgehend zwei Fässer gefüllt und angeseilt, damit sie zur *Acturus* transportiert werden konnten.

»Das Wasser müsste zunächst ausreichen, damit ihr die Kranken versorgen könnt. Wir bringen euch später mehr.«

Das erste Fass wurde am Ende eines Hisstaus in den Kahn der beiden Matrosen heruntergelassen. Dann wandte Saint-Amant sich an die Mannschaft der *Carlus Magnus*.

»Wer folgt den Matrosen mit dem zweiten Fass?«

Er wollte auf Payns' Schiff zeigen, doch zu seiner großen Verwunderung sah man nichts als Nebel. Anstatt sich aufzulösen, hatte er sich furchtbar verdichtet, sodass man keinen einzigen Mast mehr sehen konnte, in welche Richtung man den Blick auch wandte. Saint-Amants Frage wurde mit eisigem Schweigen beantwortet. Auch die beiden Matrosen von Payns machten sich Sorgen wegen des Nebels.

»Und?«, fragte Saint-Amant. »Die Flotte ankert noch. Der Wind weht nur schwach. Der Nebel wird euch nicht töten.«

»Ich gehe.«

Cosimo hatte sich gemeldet.

»Gott segne dich, mein Junge. Ein zweiter Mann muss ihn begleiten.«

»Ich gehe auch«, rief jemand, der hinter den anderen Männern stand. Der blinde Alte hatte sich freiwillig gemeldet.

»Meine Arme sind noch stark«, sagte er. »Ein Paar Augen reichen aus, um sich auf dem Meer zurechtzufinden. Ihr könnt es mir nicht verweigern, mich wenigstens einmal nützlich zu machen.«

Saint-Amant ging auf ihn zu.

»Wie ist dein Name?«

»Clinamen.«

»Du kannst ihn begleiten.«

Ein Beiboot der *Carlus Magnus* wurde für Cosimo und den alten Mann ins Wasser gelassen. Das Fass mit dem Trinkwasser wurde in dem Boot vertäut. Der Nebel war noch immer undurchdringlich. Er schien sich wie von Zauberhand auszubreiten. Bevor Cosimo dem Boot mit Payns' Matrosen folgte, starrte er eine Weile auf die Schaumkronen der kleinen Wellen, um den Kurs nicht zu verfehlen.

»Hoffen wir, dass er sich nicht dreht«, sagte der Blinde, als hätte er die Gedanken seines Begleiters erraten.

Nach ein paar Metern verloren sie alles aus den Augen. Selbst das erste Boot war nicht mehr zu sehen. Die *Carlus Magnus* war verschwunden. Langsam ruderten sie durch den dichten Nebel. Das Plätschern des Wassers erzeugte einen dumpfen Hall. Cosimo und der Blinde saßen sich schweigend gegenüber. Der junge Mann betrachtete das feierliche, gerunzelte Gesicht des Alten und sein weißes Haar, das sich in den Nebelschwaden verlor, was ihm das Aussehen eines Priesters verlieh, der sich über ein Weihrauchfass beugte.

»Ich hoffe, das Leid der Männer der *Acturus* rührt von dem Wasser her und uns erwartet keine schlimme oder gar ansteckende Krankheit«, sagte der Blinde.

Cosimo wollte ihm gerade antworten, als er bemerkte, dass sich das Gesicht des Blinden unmerklich *veränderte*. Seine Züge hatten sich verwandelt und waren ihm nun angenehm vertraut.

»Sind wir uns schon einmal begegnet?«, fragte Cosimo, der sich plötzlich unsicher war. »Euer Gesicht erinnert mich an jemanden.«

»Schon möglich. Im Laufe der Jahre bekommen die Menschen ein Gesicht, das zu ihnen passt. Dummköpfe sehen aus wie Dummköpfe, Starke wie Starke; ob Mutige, Lügner, Kämpfer, Helden, Feiglinge, es existiert ein bestimmtes Aussehen für jeden menschlichen Charakter. Wenn die Menschen sich vorstellen, ihr Leben damit zu verbringen, Imperien zu errichten oder die der anderen zu zerstören, so sage ich, dass sie die Zeit damit verbringen, sich ein Gesicht zuzulegen.«

»Und Ihr, welche Gesichtszüge tragt Ihr?«

»Ich hatte immer Interesse an dem Geheimnisvollen. Ich müsste ein geheimnisvolles Gesicht haben. Aber ich bin wohl kaum der Richtige, um es zu beurteilen.«

Es herrschte einen Moment Schweigen. Cosimo war sich ganz sicher, dass sich das Gesicht *verändert* hatte.

Er drehte sich um und hielt Ausschau nach der Flotte und dem anderen Boot. Aber plötzlich zerriss ein Donnerschlag die Stille, ein paar Taulängen von ihrem Boot entfernt. Durch den weißen Nebel zuckten gelbe und rote Blitze.

Der Bug eines riesigen Schlachtschiffes tauchte aus dem Nichts auf, teilte das Wasser und fuhr an den beiden Ruderern vorbei, ehe es verschwand. Es war eine Trireme, vorangebracht durch drei übereinander liegende Reihen von Rudern.

»Piraten?«, sagte Cosimo.

»Nein«, erwiderte der Blinde, ohne den Kopf zu verlieren.

Erneut waren ringsumher donnernde Explosionen zu hören. Holz flog durch die Luft. Laute Schreie vermischten sich mit den schrillen Signalen der Nebelhörner. Cosimo und der Blinde spürten in ihrem kleinen Boot den starken Seegang, den die feindlichen Schiffe verursachten. Eine Flotte segelte geradewegs in die Schiffe der Pilger hinein! Die Nacht und der Nebel hatten den Angriff perfekt getarnt. Seit Tagen hatte der Mann ohne Hände und ohne Gesicht auf günstige Wetterverhältnisse gewartet. Keiner hatte den Angriff vorhergesehen.

Cosimo und der Blinde ruderten mit aller Kraft. Sie warfen das Fass über Bord, um schneller voranzukommen. Mühsam erreichten sie die rechte Seite der *Acturus*. Ein Teil der Brücke stand schon in Flammen. Ein feindliches Schiff enterte die *Acturus*. Ohne zu zögern, krallte Cosimo sich an ein Tau, das an einer Rahe baumelte, und kletterte zur Schlacht hinauf. Er erreichte das äußerste Ende einer Spiere und sprang aufs Deck. Auf dem Wasser sah er den Blinden, der gegen die Strudel rund ums Schiff ankämpfte und das Boot mühsam zurücksetzte. Wie ein Geist tauchte er im Nebel unter.

Cosimo rückte bis zum Mast vor. Von diesem erhöhten Punkt aus konnte er sich ein Bild von dem Kampfgeschehen machen. Über zwanzig feindliche Schiffe griffen die Pilger an. Die unter dem Befehl der Ritter stehenden Schiffe wurden geentert, während die anderen mit einer teuflischen Waffe, von der der junge Mann noch nie etwas gehört hatte, versenkt wurden. Auf dem Wasser breitete sich eine dicke, schwarze Schicht aus, die die Angreifer mit brennenden Pfeilen in Brand steckten. Zum ersten Mal in seinem Leben sah Cosimo brennendes Wasser. Die christlichen Schiffe konnten diesem brennenden Teppich nicht ausweichen. Sie brannten vollkommen aus. Cosimo erblickte sogar Frauen und Männer, die über Bord sprangen, um lebend in den Flammen zu versinken. Das Griechische Feuer färbte den Nebel rot und schwarz.

Auf den Decks der *Acturus* wütete der Kampf, aber es standen weniger Männer als vorgesehen zur Verteidigung zur Verfügung. Einige hatte das Artemisia-Gift außer Gefecht gesetzt. Cosimo suchte eine Waffe. Er glitt an einer Toppnante herunter und landete wenige Schritte neben einem leblosen Soldaten. Er ergriff dessen Schwert und warf sich in den Kampf.

Auf dem Oberdeck stürzten sich zwei wie Damaszener aussehende Angreifer auf ihn. Der erste stieß ihn zur Seite, und der zweite zielte mit seiner blutverschmierten Klinge genau auf seine Kehle.

Cosimo blickte dem Tod ins Auge.

VIII

Ein Abend auf der Terrasse

Zenon! Grausamer Zenon! Zenon aus Elea!
Hast du mich mit diesem gefiederten Pfeil durchbohrt
Der vibriert, fliegt und der nicht fliegt!
Der Klang gebärt mich, und der Pfeil tötet mich!
Ah! Die Sonne … Welch ein qualvoller Schatten
Für die Seele, Achill, unbeweglich großen Schrittes.
Nein, nein! … Auf! In der Aufeinanderfolge der Zeiten!
Zerbrich, mein Körper, diese nachdenkliche Form.

VALÉRY, Der Matrosenfriedhof

Es war seit längerer Zeit der erste milde Abend. Eine terrassenförmige Anlage, die von Mundschenk-Statuen umringt wurde, überragte die Gärten des Schlosses Concini. Auf der obersten Terrasse stand ein Porphyrtisch mit einem roten Tablett, auf dem orientalischer Tee dampfte. Der Sonnenuntergang tauchte den Horizont in rotes Licht. Einige Vögel, die noch auf Weißdornhecken verweilten, sangen ihre letzten Lieder vor der Nacht. Hier saßen Flodoard und Anx allein und genossen schweigend das herrliche Naturschauspiel.

Ihr Zug hatte in der Nähe von Adrianopel auf dem Anwesen eines genuesischen Herrn Halt gemacht, der der Miliz seines Freundes Hugues de Champagne große Summen vermacht hatte.

Auf dem Weg durch Dalmatien war es nur zu unbedeutenden Zwischenfällen mit Einwohnern der Dörfer gekommen. Anx hatte sich nicht dem Risiko ausgesetzt herauszufinden, was in den drei anderen verschlossenen Wagen transportiert wurde. Nun hoffte sie, durch Flodoards Lektionen das Rätsel um die Bücher des Dschinns Salomons zu lüften und das heimliche Ziel der Miliz zu erfahren. Die Äußerungen ihres Meisters blieben rätselhaft: Was verlernen? Wie denken? Warum brauchte er sie? Was versuchte er ihr zu sagen?

An diesem Abend auf der Terrasse stellte er seine Teetasse auf den Tisch und sagte in diesem unbeteiligten Ton, der immer eine neue Lektion ankündigte:

»Das Einzige, was der Mensch zu entdecken fähig ist, sind Gesetze. Das Gesetz der Physik, das Gesetz der Natur, organische Gesetze. Überall Gesetze.«

Anx bewunderte den Garten im Abendlicht, die Blüten, die sich wie Kinderfäuste schlossen, und die Schwindel erregenden Tänze der Insekten, und er sah *Gesetze?*

»Das Einzige, wozu der menschliche Verstand in der Lage ist«, fuhr er fort, »ist, diese Gesetze zu lesen. Nichts anderes. Und das genügt zu seinem Glück. Die Gesetze sind sein bevorzugtes Gebiet. Schaue auf die Entdeckungen der Menschen. Du wirst nur Systeme finden, Theorien, Lehrmeinungen, die auf den Begriffen der Ordnung, des Gleichgewichts und der Harmonie basieren.«

»Einverstanden«, sagte Anx. »Die Natur um uns herum ist offensichtlich gut organisiert, und wir studieren sie.«

Flodoard schüttelte den Kopf. Neben ihm lag ein großes Buch, das er aus der Bibliothek des Schlossbesitzers entliehen hatte und das er nun ergriff. Er legte es auf den Tisch.

»Das sind die Simplicius' Schriften«, sagte er und setzte sich wieder hin. »Das ist ein Buch, das ich seit vielen Jahren auswendig kenne. Ich weiß auch, dass du diese Philosophie nicht kennst.«

Anx nahm das Buch in die Hand. Es war schwer und wunderschön gebunden.

»Wenn du heute das Werk von Simplicius kennen lernen wollest«, sagte Flodoard, »hätten wir keine andere Wahl, als dich das ganze Werk lesen zu lassen. Es gäbe tatsächlich keine andere Möglichkeit, dir die Gedanken von Simplicius ›einzutrichtern‹, keine List, damit sie plötzlich wie ein Schmerz in der Schulter oder eine Gemütsregung, die man verspürt, in deinem Gehirn auftauchen. Bei den Menschen vollzieht sich die Übertragung eines Gedankens nur in Raum und Zeit. Im Raum, weil er eine Materie braucht, damit er übertragen werden kann (ein Buch, ein Bild, den Klang einer Rede), und in der Zeit, weil du viele Stunden brauchen würdest, um all diese Seiten zu lesen. Der menschliche Verstand ist so konzipiert oder vielmehr ist er so beschränkt: Er kann nichts als Ganzes erfassen. Er ist auf eine Aufeinanderfolge angewiesen. Im vorliegenden Fall heißt das: Aufeinanderfolge von Themen, Kapiteln, Seiten, Paragraphen, Sätzen, Wörtern, Satzzeichen, die strengen grammatischen Gesetzen unterliegen. Du siehst, auch hier haben wir wieder ein Gesetz! Durch eine entsprechende ›Unfähigkeit‹ ist es uns unmöglich, zwei Dinge zur selben Zeit zu denken. Versuch es einmal, dann wirst du es selbst erkennen. Es ist sehr aufschlussreich. Der Mensch kann gleichzeitig Dinge tun, aber er kann den Gang seiner Gedanken nicht teilen. Auch wenn sie eng beieinander liegen, handelt es sich immer um aufeinander folgende Gedanken. Beim Menschen reiht sich alles aneinander und nichts überlagert sich. Das ist bei den Gefühlen, dem Willen und dem Instinkt genauso wie bei den Gedanken.«

Anx legte das Buch auf den Tisch. Sie dachte an das allumfassende Wissen, das die Werke des Dschinns enthalten sollten. Die Lösung der Rätsel.

»Wenn der Mensch in seinen Gedankengängen beschränkt ist«, sagte sie, »wenn er aufgrund seiner Wesensart immer auf eine Aufeinanderfolge angewiesen ist, bedeutet das ein Gesetz, wie man es in der Natur findet. Ein weiteres. Ihr habt die Existenz dieser Gesetze bestätigt. Ich dachte, Ihr wolltet sie leugnen.«

»Du musst zugeben, dass ich das niemals gesagt habe. Und dennoch … Du wirst staunen.«

Flodoard stand auf.

Er stellte sich vor das riesige Glasfenster des Raumschiffes Asimo 5. Der kleine, künstliche Mond Concini vor ihm kreiste in der Nähe des Planeten Adrianopel. Anx saß am Tisch. Das Exemplar des Simplicius lag vor ihr. Ihr Meister fuhr fort.

»Folge einmal dieser Überlegung: Der Mensch findet in der Welt, die ihn umgibt, Gesetze. Das ist eine Tatsache. Es handelt sich um unwiderlegbare, perfekt organisierte Gesetze. Gut. Aber die entscheidende Frage ist, ob diese Gesetze der Natur in sich selbst organisiert sind oder ob sie uns so erscheinen, weil es die einzige Möglichkeit für uns ist, sie zu *lesen*.«

»Sie zu lesen?«

»Ja. Genau wie die Seiten dieses Buches. Diese Notwendigkeit der Ordnung und der Aufeinanderfolge. Können wir die Wahrheit, die uns umgibt, anders als in dem unveränderlichen Rahmen unserer Möglichkeiten, unseres Empfindungsvermögens betrachten?«

Anx stützte ihre Ellbogen auf dem Porphyrtisch auf.

»Ich weiß nicht, ob ich Euch folgen kann.«

»Merke dir«, erklärte ihr Flodoard, »dass der Mensch diese Organisation in Gesetzen früher oder später überall findet. Selbst dort, wo er es nicht erwartet. Jahrhundertelang haben die Menschen zum Beispiel geglaubt, dass die Erscheinung des Lebens auf der Erde ein göttliches Wunder sei, ein einzigartiges Wunder im Universum, das ihr Verständnis immer überschreiten wird. Und siehe da, eines Tages entdeckten sie, dass sich dieses Phänomen auf eine Mischung aus Wasser, Kohlenstoff und Aminosäuren reduziert. Wieder ein Gesetz, dem nichts Außergewöhnliches anhaftet. Der Mensch hat es sogar geschafft, für die Herkunft seiner Spezies eine Gleichung aufzustellen. Nichts entzieht sich seinem System: die Chemie, Physik und Genetik ebenso wenig wie die Energie.«

»Worauf wollt Ihr hinaus?«

»Wenn die Gesetze der Natur in diesem Maße im Universum allgegenwärtig sind und wenn wir sie überall erkennen, wo ist dann die Grenze? Greifen sie ins Schicksal ein? Gibt es keine Gesetze der Geschichte, Gesetze der Zeit, so wie es Gesetze gibt, die den Lauf der Sonnen und die Eigenschaften des Lichts bestimmen?«

»Gesetze der Zeit?«

»Ja. Warum sollte sich die Zeit nicht in Regeln zusammenfassen lassen, die uns die Herkunft, die Ursachen und die Wirkungen all dessen erklären, was uns in jedem Augenblick widerfährt? Ein strenges Modell, das ein für alle Mal gilt und reproduzierbar ist?«

Anx erwiderte: »Weil die Zeit nicht fassbar ist. Man kann

das Licht in seine einzelnen Komponenten zerlegen, die Auswirkungen der Schwerkraft vorhersehen, aber niemand kann vorhersagen, was in einer Stunde, in einem Tag oder in einem Jahr passiert, weil ›alles‹ passieren kann!«

»Alles kann passieren oder alles ›passiert‹?«

Flodoard setzte sich wieder hin.

»Nehmen wir einen Tag wie heute. Du und ich in diesem Raumschiff auf dem Weg ins Land des Ursprungs.«

»Ja.«

»Stellen wir diesem Tag unsere erste Idee gegenüber, die man sich von der Zeit macht. Unser Verstand erkennt spontan an, dass die Zeit eine ›unendliche‹ Sache ist. Genau wie der Raum. Der Beweis ist, dass die Hypothese ihres Endes uns mehr Unbehagen bereitet als ihre Ewigkeit.«

»Das stimmt.«

»Verstehe mich richtig. Wenn die Zeit grenzenlos ist, wenn sie bis in alle Ewigkeit in die Zukunft fließt, könnte man vernünftigerweise meinen, dass der Tag, den wir heute leben, eine ›Unendlichkeit an Möglichkeiten‹ bietet, einzigartig in der Geschichte zu bleiben, dass er jedoch auch eine dementsprechende ›Unendlichkeit an Möglichkeiten‹ hat, sich in der Zukunft zu wiederholen oder sich schon in der Vergangenheit identisch ereignet zu haben. Man sagt oft leichthin, ›die Zeit wiederholt sich‹, aber wenn die Zeit *wirklich* unendlich ist, hat sie dann überhaupt die Möglichkeit, sich nicht zu wiederholen? Wenn sie unendlich ist, müsste dieser Tag mehrmals in der Zeit existieren können und sogar *hundertprozentig identisch.* Bis zu den Menschen, den Gesichtern, den Namen, diesem Leberfleck, den du auf der Augenbraue hast. Von dem Moment an, wo das Unendliche existiert, haben wir es mit dem Unendlichen der Verschiedenartigkeiten, aber auch mit dem Unendlichen gleicher Dinge zu tun. Und die Zeit kann sich dem nicht entziehen.«

Anx dachte darüber nach.

»Ist es in der Unendlichkeit der Zeit denkbar«, sagte sie, »dass die Ereignisse übereinstimmen könnten und dass dieselbe Folge von Ursachen und Wirkungen dieselben Handlungen hervorrufen? Ja, man könnte eine solche Idee zulassen. Sie übersteigt unseren Verstand natürlich, aber sie ist *denkbar* – im Kernpunkt. Wenn in dem Leben eines Menschen Koinzidenzen existieren, warum nicht in Hunderttausenden von Jahren?«

Flodoard schüttelte den Kopf.

»Anx, du enttäuschst mich. Ist diese Idee wirklich denkbar? Bist du so sicher? Denn dies ist genau derselbe Gedanke, mit dem wir es bei Zenon zu tun hatten und der besagt, dass unendlich viele Intervalle im Raum den Pfeil eines Schützen davon abhalten, sein Ziel zu erreichen, und unendlich viele Bruchteile von Sekunden in der Zeit verhindern, dass eine Sekunde jemals vollendet wird. Du musst dich entscheiden, meine Kleine. Entweder gibt es das Unendliche oder nicht. Wenn es so etwas gibt, funktioniert es in alle Richtungen. Verschieden und gleich, groß und klein.«

»Gar nicht. Verzeiht mir, aber Eure Widersprüche sind kindisch. Der Pfeil soll nicht fliegen? Also wirklich! Aber er fliegt doch! Es existieren unendlich viele Möglichkeiten in der Zeit, dass eine andere Anx, die mit mir identisch ist, in der Zukunft das lebt, was ich lebe, oder es gelebt hat, und das bis ins kleinste Detail? Einverstanden! Aber dann muss es auch eine ›Unendlichkeit an Möglichkeiten‹ geben, dass ich *niemals erschienen* wäre. Und doch bin ich da. Ich existiere! Was nun? Ich existiere *und* ich existiere nicht. Stimmt das so?«

Flodoard lächelte. Er ging auf Anx zu und tippte mit dem Zeigefinger auf die Stirn seiner wütenden Schülerin.

»Fast!«

Er verließ den Raum, um sich auf den Empfang vorzubereiten, den der Genueser Concini auf seinem kleinen Mond gab.

Am nächsten Tag setzten die Wagen und Pferde des Zuges ihre Reise über die Ebenen von Thrazien nach Konstantinopel und ins Heilige Land fort.

IX

Das Unfassbare in den Angelegenheiten der Menschen

Alles, was die Spezialisten über die Bestandteile des Atoms wissen, alles, was sie mit Hilfe der unwiderlegbaren mathematischen Logik darüber erfahren haben, ist, dass sie in jedem Augenblick weder irgendwo noch woanders sind, weder hier noch da, weder woanders noch nirgendwo noch überall …
Und dennoch sind es diese unfassbaren Teilchen, die sich um das Nichts drehen, aus denen das Papier dieses Buches und Ihre Hand besteht, die es hält, und Ihr Auge, das es anschaut, und Ihr Gehirn, das sich Gedanken macht … Beunruhigende, beängstigende, vagabundierende Teilchen Ihres Körpers …
Sie sind niemals an ihrem Platz und doch niemals woanders. Zwischen ihnen gibt es nichts, und dort wo sie sind, ist nichts.
Also, wer sind Sie?

BARJAVEL, Postscriptum zum ›Unvorsichtigen Reisenden‹, März 1958

Auf der *Acturus* gelang es Cosimo Gui in allerletzter Sekunde, dem tödlichen Hieb auszuweichen und seinem Gegner den Kopf abzuschlagen. Dann wirbelte er herum und stieß seine Klinge in die Brust des zweiten Angreifers. Die beiden Männer stürzten zu Boden. Ihr Blut floss auf den hellen Synthetikboden, mit dem die Gänge des Raumschiffs ausgelegt waren. Durch das Bullauge sah Cosimo die Feuerstrahlen, die durch den Raum zwischen den Raumschiffen zuckten. Entschlossen warf er sich in den Kampf.

Hugo de Payns verteidigte sich mit zwei Schwertern. Das Oberdeck des Schiffes brannte. Als das feindliche Schiff gegen den Rumpf der *Acturus* schlug, begann selbige zu schlingern, und die Kämpfenden verloren das Gleichgewicht. An Steuerbord sah Hugo eine dunkle Masse im Nebel auftauchen. Ein zweites feindliches Schiff. Er befahl: »Wurfgeschütze fertig zum Abschuss.«

Das schwarze Raumschiff, das soeben auftauchte, war ein Clark-1. Es war von Jagdfliegern umgeben, die den Raum mit Laserstrahlen bombardierten, um dem Raumschiff den Weg zu bahnen. Im Inneren saß der Mann ohne Hände und ohne Gesicht in seiner Kommandozentrale vor einem Monitor, der den Verlauf des Kampfes in Realzeit übertrug. Auf dem größten Bildschirm betrachtete er das Raumschiff von Hugo de Payns.

»Ich will die Ritter lebend«, sagte er zu den Leutnants, die hinter ihm standen und auf seine Befehle warteten. »Entführt vor allem Carl de Ruy und Étienne de Saint-Amant. Tötet die Pilger.«

Der Mann befahl den Ausstoß eines Strahlenteppichs. Dieser verwandelte negative Materie in Feuer. Große Teile des Weltraums begannen zu glühen, hüllten die Raumschiffe der Christen ein und verschlangen sie.

Der blinde Clinamen saß noch immer in der bescheidenen Pendelfähre der *Carlus Magnus*. Nachdem er Cosimo vor der *Acturus* abgesetzt hatte, war er um das Schiff herumgefahren und hatte am Heck angehalten. Ohne seinen Posten im Cockpit zu verlassen, ohne sich zu bewegen oder ein einziges Wort zu sprechen, *verschwand* er.

... und tauchte auf einem anderen Schiff der Pilgerreise, der *Retz*, wieder auf. Der Alte nahm in einem der Überwinterungssäle Gestalt an, in den genau in diesem Augenblick sechs Söldner gewaltsam eindrangen, um die Kapseln der schlafenden Pilger zu zerstören. Das Auftauchen von Clinamen überraschte sie zwar, doch aufgrund seines Alters kümmerten sie sich nicht um ihn. Sie schritten voran. Die milchigen Pupillen des Blinden wurden schwarz wie Schächte. Sein Körper verwandelte sich in eine so helle Lichtkugel, dass die sechs Männer erstarrten und bewusstlos zu Boden sanken.

Cosimo klammerte sich an das Ende eines Seils, schwang sich in die Luft und überwand die gesamte Länge des Decks der *Acturus*, wobei er mit einer Hand das Seil umklammerte und sich gleichzeitig mit dem Schwert verteidigte. Einem Angreifer, der sich soeben auf Hugo de Payns stürzen wollte, schnitt er die Kehle durch. Als Cosimo nach einem kurzen Flug auf der Brücke am Heck landete, rammte er einem Ungläubigen beide Füße mit voller Wucht in den Leib, sodass dieser über Bord ging. Unmittelbar danach schnitt er die brennenden Taue durch, damit sich der Brand nicht ausbreitete und nicht auf die Segel übergriff.

Auf einem anderen Pilgerschiff überprüfte der Ire Létald Columban, ob seine Frau und sein Sohn in Sicherheit waren. Auf Anraten des Paters Soffrey hatten die Frauen und Kinder unter der heiligen Glocke, die so in einen Schild verwandelt worden war, Zuflucht gesucht. Die Schlacht hatte ihr Schiff noch nicht erreicht, aber die Explosionen näherten sich bedrohlich.

»Folgt mir«, sagte Soffrey.

Die ganze Mannschaft stieg in die Laderäume hinunter. Dort lösten sie die Knoten und entfernten die Planen, mit denen die Fracht bedeckt war. Sprachlos starrten die Pilger auf Lanzen, Bogen, Säbel, Katapulte und mit Nägeln beschlagene Kanonenkugeln. Es handelte sich um einen Teil der Waffen, die Cosimo in Troyes entdeckt und die Hugo de Payns in Venedig auf die einzelnen Schiffe verteilt hatte. Sie schleppten das Arsenal aufs Oberdeck.

Der Ritter Saint-Amant, der sein Raumschiff dank seiner Fähigkeiten als Baukünstler mit einem magnetischen Schutzfeld umgeben hatte, blieb auf der *Carlus Magnus* in seinem Quartier. Er hatte die Fenster zum Weltraum verdeckt, die Lichter gelöscht und die Türen verriegelt. Mit geschlossenen Augen kniete er vor Salomon, dem Herrscher über die Engel und Dschinnen, und betete unablässig für einen gnädigen Ausgang des Kampfes. In der Ferne hallten die Sternexplosionen.

Pierre de Montdidier stand mit gezogener Klinge im Bug seines Schiffes und kämpfte um sein Gleichgewicht. Er war der Erste gewesen, der bei Beginn des Kampfes befohlen hatte, die Segel seiner *Protée* einzuholen. Der Wind wehte schwach, doch er reichte aus, um das Schiff voranzutreiben. Montdidier wollte bis zur *Acturus* vorrücken, um den Anführer der Pilgerreise zu verteidigen. Er hatte seine Wurfgeschütze an Deck bringen lassen. Als er auf Höhe der *Acturus* ankam und zwei feindlichen Schiffen gegenüberstand, die das Pilgerschiff angriffen, gab er den Befehl zum ersten Schuss. Vier Wurfgeschosse zerrissen den dunstigen Himmel und zertrümmerten die Decks der feindlichen Schiffe.

Es folgte eine furchtbare Erschütterung, die sich auf die *Acturus* übertrug. Cosimo Gui, der den Laserstrahlen eines Söldners auswich, wäre beinahe gestürzt und durchlöchert worden.

Das Schiff der Iren war wie ein Zerstörer ausgerüstet. Létald Columban befehligte nun ein Torpedoraumschiff und feuerte die ersten donnernden Schüsse ab.

Hugo de Payns hörte, dass die Schiffe der Pilger das Feuer erwiderten. Er sprang auf die Wurfmaschine zu, die seine Männer während der Schlacht mit großer Mühe an Deck gebracht hatten. Ohne zu zögern, schoss er eine mit Nägeln beschlagene Kanonenkugel ab, die geradewegs auf das Schiff des Mannes zuraste.

Das Geschoss zerstörte das Bugspriet und tötete eine ganze Reihe Ruderer. Panik spiegelte sich auf den Gesichtern der Leutnants, die den Mann umringten. Sein Schiff war wie alle anderen seiner Armada bis oben hin mit Öl beladen. Bisher hatten sie noch nicht alles aufs Meer gegossen. Niemand hatte damit gerechnet, dass die Christen das Feuer so wütend erwidern würden.

Jean du Grand-Cellier und seine Männer verteidigten ihre Fracht, die Smaragdkugeln. Zwei Schiffe griffen sie an Steuerbord an und bereiteten alles für ihr Griechisches Feuer vor. Die Christen schossen mit allem, was ihnen zur Verfügung stand, um die feindlichen Schiffe zu zerstören.

»Was sollen wir tun?«, fragte, von Entsetzen gepackt, einer von Grand-Celliers Graveuren. »Sie werden das Schiff in Brand setzen. Habt Ihr die anderen Schiffe gesehen? Wir müssen schnell handeln.«

Jean lief vom Deck in den Laderaum hinunter. Mit einem großen Schlüssel, der an seinem Hals hing, öffnete er eine Eisentür. Der Frachtraum war ausschließlich mit Kisten gefüllt, in die die unzähligen Kugeln gepackt worden waren, die seine Männer angefertigt hatten. Die Smaragdkugeln hatten einen unermesslichen Wert.

Als er den Frachtraum betrat, hörte er plötzlich Schreie auf dem Deck und spürte Hitze in die Luft steigen. Das Feuer hatte den Rumpf des Schiffes erreicht! Grand-Cellier wischte sich über die Stirn. Er musste einen kühlen Kopf bewahren, in aller Eile die vier besten Kugeln heraussuchen und die anderen zurücklassen. Es war alles notiert. Notiert. Er musste die Aufschriften auf den Kisten lesen. Doch von den Planken des Rumpfes an Steuerbord begann im Schiffsinneren Rauch aufzusteigen. Der Brand breitete sich mit rasender Geschwindigkeit aus. Jean öffnete mehrere Kisten, um die zuletzt angefertigten Kugeln zu suchen. Der Rauch färbte sich schwarz. Es dauerte nicht lange, bis Jean nichts mehr sehen konnte. Er fand eine Kugel und dann eine zweite. Seine Augen brannten. In wenigen Sekunden würde der Fluchtweg abgeschnitten sein. Er brauchte unbedingt vier identische Kugeln. Identisch, darauf hatte Hincmar bestanden. Wenn es ihm nicht gelang … Er hustete. Die letzte Kiste, die er öffnen konnte, solange er noch genug sah, war die richtige!

Grand-Cellier lief aufs Deck. Eine Feuerwand raste wie ein entfesselter Orkan auf ihn zu. An Backbord sah er ein Boot mit seinen Männern, die nicht auf ihn gewartet hatten. Flammen umzüngelten das Schiff. Er hatte keine andere Wahl. Hektisch suchte er eine Lücke in den brennenden Fluten und sprang ins Meer. Er tauchte unter und schwamm lange Zeit unter Wasser auf das Boot zu. Über seinem Kopf sah er das teuflische Wunderwerk brennender Schaumkronen. Atemlos und einer Ohnmacht nahe, gelang es ihm, außerhalb des Flammenteppichs aufzutauchen. Seine Männer zogen ihn ins Boot.

Als er sich wieder gefasst hatte, sah er, dass sein Schiff auseinander brach und mitsamt den Smaragdkugeln unterging.

Ein roter Laserstrahl peitschte durch die Luft. Cosimo stellte ein Knie auf den Boden und brüllte. Der Schuss hatte ihn in die Schulter getroffen. Sein Gegner schoss auf einen anderen Pilger in der Nähe, bis seine Waffe leer war. Der Körper des Christen zerbarst. Der Mörder näherte sich Gui und drückte den Lauf einer zweiten Waffe auf dessen Stirn. Plötzlich erstarrte er vor Entsetzen und stürzte rücklings aufs Deck. Cosimo, über dessen Stirn das Blut des anderen Pilgers rann, blickte ungläubig auf eine Gestalt, die ein paar Schritte hinter dem reglosen Söldner auftauchte.

Das war der Blinde.

Cosimo verlor die Besinnung.

In der Kommandozentrale verfolgte der Mann ohne Hände und ohne Gesicht die Schlacht und die Wende, die sich abzeichnete. Alle christlichen Schiffe erwiderten das Feuer mit Lasersalven. Kein einziger Ritter konnte entführt werden. Er schüttelte verächtlich den Kopf und gab seinen Truppen den Befehl zum Rückzug.

Robert de Craon verfolgte das Geschehen von seiner Kabine aus, unter dem Achterdeck der *Gabriel*, als ein Schiff explodierte und in Flammen aufging. Holztrümmer flogen meterweit durch die Luft. Fassungslos lief der Ritter aufs Deck. Die feindliche Bireme, die geradewegs auf ihn zusteuerte, änderte den Kurs. Sie drehte ab und tauchte in den Rauchschwaden unter. Allmählich verstummte der Lärm. In der Ferne erklang ein Horn.

Das war das Ende der Schlacht.

An Bord der *Acturus* schritt der Blinde mit Cosimo auf den Schultern zwischen den Trümmern und Leichen hindurch. Der bewusstlose junge Mann verlor Blut. Die beiden feindlichen Schiffe, die sich der *Acturus* längsseits genähert hatten, um das Raumschiff der Pilger zu entern, entfernten sich und tauchten im Nebel der neutralen Teilchen unter. Ihre Triebwerke blitzten kurz in der Dunkelheit auf: Sie verließen diese Weltraumzone.

Hugo de Payns stand am Bug seines Schiffes. Seine Mannschaft versuchte, die restlichen Flammen zu löschen. Nur das Knistern der untergehenden Schiffe, die Schreie der Menschen im Wasser und die Gebete der Verschonten, die dem Herrn mit vereinten Stimmen für ihre Rettung dankten, waren zu hören. Der Anführer der Miliz erfuhr, dass einer seiner Ritter tot war. Benoît Clerc war erschlagen unter einem Mast aufgefunden worden.

Es herrschte große Verwirrung.

Das Ende der Pilgerreise drohte.

X

Die Brüder der Parzen

Da näherte sich der Ritter Unglück,
Er stieg auf die Erde hinab, und seine Hand berührte mich.
Sein Eisenfinger stach in meine Wunde,
Während er sein Gesetz mit harter Stimme bestätigte.
Und siehe, bei der eisigen Berührung des Eisenfingers
Gebar mich ein Herz, ein reines, stolzes Herz.

VERLAINE, Weisheit

Wenige Stunden später erhob sich inmitten des Meeres eine kahle Felsgruppe. Drei einsame Inseln ragten aus dem Wasser hervor und bildeten eine friedliche Bucht. Hugo de Payns' Flotte steuerte geradewegs darauf zu. Dieser Ort des Friedens war vollkommen unerwartet aufgetaucht und auf keiner Karte verzeichnet.

Eine Rast war nach der großen Seeschlacht unumgänglich. Nachdem die Schiffe die Anker geworfen hatten, machten die Pilger sich an die Arbeit. Sie machten sich ein Bild von den Schäden, führten erste Reparaturen durch, verbanden die Verletzten und zählten die Toten und Ertrunkenen.

Die Stimmung der Pilger war umgeschlagen. Auf ihren Gesichtern spiegelte sich Enttäuschung. Sie fühlten sich im Stich gelassen. Zwischen den Gebeten waren ab und zu

Schmerzensschreie und zum ersten Mal seit Troyes Wutausbrüche zu hören. Die Pilger hatten geglaubt, Gottes Hand schütze ihre Pilgerreise. Es war ein furchtbares Erwachen.

Bereits kurz nach der Schlacht äußerten die ersten Pilger den Wunsch, nach Hause zurückzukehren. Die Büßer weigerten sich, die Reise fortzusetzen. Sobald sie die Inselgruppe erreicht hatten, wurde verfügt, dass eines der Schiffe umkehren und alle Pilger aufnehmen würde, die nach Venedig zurückkehren wollten. Es kam zu Streitereien, bis alle Aufbrechenden registriert werden konnten. Die Priester und Ritter, die predigten und an das Bewusstsein der Pilger appellierten, waren untröstlich.

»Das Leid ist Bestandteil dieser Reise«, sagten sie. »Wisst ihr nicht, dass es die Seelen reinigt? Das Heil erwartet euch nicht zu Hause. Setzt den Weg des Kreuzes fort.«

Auf der ungastlichsten Insel mit den steilsten Hängen suchten sich zwei Pilger ein Lager für die Nacht. Der eine trug den anderen auf den Schultern.

Das waren Clinamen und Cosimo.

Der junge Mann war noch immer ohne Bewusstsein. Er hatte viel Blut verloren. Der Blinde achtete darauf, sich abseits der anderen Pilger ein Plätzchen zu suchen, um den Verwundeten auf seine Weise zu heilen. Mit trockenen Kräutern, die seine umhertastenden Hände zwischen den Felsen fanden, entzündete er ein Feuer, das bis zum Morgen brannte. Seine rechte Hand lag lange auf Cosimos Wunde. Sie leuchtete.

Am Morgen schlug der Verwundete die Augen auf. Er wunderte sich, als er den Ort sah, an dem er geschlafen hatte, und den Mann, der über ihn wachte.

»Ihr habt mich getragen?«

Stechende Schmerzen schossen ihm durch die Schulter. Er hatte Fieber.

»Mach dir keine Sorgen«, erwiderte Clinamen. »Jetzt ist nicht die rechte Zeit für Fragen.«

Cosimo verschlang einen Brei, den der Blinde zubereitet hatte. Anschließend schlief er ein.

Erst am Abend schlug er die Augen wieder auf. Jetzt fühlte er sich besser. Er hatte keine Schmerzen und kein Fieber mehr. Die Wunde war geheilt. Nur eine dünne Narbe wies noch auf die Verletzung hin. Cosimo erinnerte sich an den Kampf, den Stich in die Schulter und den Anblick des Blinden, ehe er die Besinnung verloren hatte.

Er wollte sprechen, doch er schlummerte wieder ein und schlief bis zum nächsten Tag. Clinamens Umhang schützte ihn vor der Sonne.

Am zweiten Abend konnte Cosimo aufstehen und ein paar Schritte gehen. Nachdem er noch eine Portion des Breis gegessen hatte, war er wiederhergestellt. Er betrachtete von den Felsen der Insel die Flotte der Pilger, die vor der Inselgruppe ankerte. Die Sonne ging unter. In der Ferne hörte man Hammerschläge und Schreie der Arbeiter, die die Schiffe reparierten. Auf den beiden anderen Inseln waren in aller Eile Lager für die Verletzten hergerichtet worden. Cosimo war mit dem Blinden allein.

»Wer seid Ihr?«, fragte er.

Clinamen wandte sein Gesicht der Abenddämmerung zu. Auf seine milchigen Augen und seine blasse Haut fiel der rote Schimmer der untergehenden Sonne.

»Ich bin dir eine Erklärung schuldig«, sagte er. »Setz dich.«

Cosimo kniete sich auf die Erde.

»Wie soll ich beginnen? Versuchen wir es mit einer Legende. Kennst du die Parzen der antiken Mythologie?«, fragte Clinamen neugierig.

»Das sind drei Schwestern, die am Lebensfaden spinnen, der Vergangenheit, der Gegenwart und der Zukunft eines jeden Menschen«, erwiderte Cosimo.

»Richtig. Die griechische Mythologie erklärt es so: Klotho spinnt die Tage und die Ereignisse der Existenz; Lachesis wickelt den Faden auf und bestimmt den Lauf der Schicksale; Atropos schneidet den Faden ab und nimmt das Leben. *Niemandem ward je das Glück beschert, diese drei Spinnerinnen zu erweichen*, sagt der Poet Martial. Er hat Recht. Die Gebete der Menschen sind in den Ohren der Parzen zwecklos. Sie lassen sich nicht bestechen. Sie wählen das Schicksal nicht aus, sie lassen es ablaufen, das ist alles. Keine von ihnen greift in das Schicksal der Menschen und den Lauf der Dinge ein. Es sind andere ›Entitäten‹, denen diese Aufgabe zukommt.«

»Entitäten?«

»Sie stammen gewissermaßen aus derselben Familie wie diese drei Spinnerinnen. Um es zu verdeutlichen, sagen wir, es sind die *Brüder* dieser drei Parzen.«

Clinamen erklärte nun, welche Macht diese unsterblichen, Mensch gewordenen Wesen besaßen. Sie konnten sich an jeden Punkt der Zeit und des Raumes begeben. Sie waren allwissend und allmächtig in der Geschichte.

»Was haben sie für Aufgaben?«, fragte Cosimo.

»Sie überwachen die *Einhaltung der Regeln*, die rechte Anwendung der Gesetze, die diese Welt regieren, wie sie den Menschen erscheint. Zur Erfüllung dieser Aufgabe besitzen sie enorme Macht. Unerklärliche Phänomene, Wunder, Erscheinungen, die die menschliche Phantasie so sehr anregen:

Es ist immer einer von ihnen, der einschreitet, der einen Menschen führt oder ihn ins Verderben stößt. Sie führen ihn, begleiten seinen Lernprozess und seine Entwicklung. Damit aber die Lebensbedingungen der Menschen andauern, damit diese Welt so bleibt, wie sie ist, ist es wichtig, dass gewisse Gegebenheiten, gewisse Geheimnisse unangetastet bleiben. Und eines davon droht zerstört zu werden. Bald. Zu früh. Und aus diesem Grunde bin ich hier.«

»Und darum seid Ihr *hier?*«

»Ja.«

Die Sonne ging unter. Auf den Schiffen waren Laternen aufgestellt worden. Das Lichtermeer wiegte sich langsam auf dem Meer. Ein frischer Wind fegte über die Berge hinweg. Das Feuer, das Clinamen entzündet hatte, brannte, ohne neu angefacht werden zu müssen.

»*Hier?*«, beharrte Cosimo.

»In meiner Rolle, die mir als ›Bruder der Parzen‹ übertragen wurde, brauche ich einen Mann an meiner Seite. Und dieser Mann bist du.«

»Wie bitte? Wenn Ihr eine so große Macht besitzt, wie kann Euch dann ein normaler Sterblicher hilfreich sein?«

»Es ist unerlässlich. Wir können die Menschen dazu anstiften, gewisse Dinge zu tun oder zu lassen, aber wir können nicht an ihrer Stelle handeln. Wir können sie durch Zeichen zu einer Liebesgeschichte oder einem Mord anregen, aber wir können die Menschen nicht zwingen, die Dinge zu vollbringen. Unsere Macht ist gewissen Grenzen unterworfen, und manchmal verfehlt sie ihr Ziel. Wir sind keine Götter. Einige Wunder, einige Erscheinungen im Laufe unserer Geschichte haben nicht die gewünschten Wirkungen erzielt.«

»Aber warum denn ich?«, fragte Cosimo. »Warum bin ich mit Euch hier? Warum ich?«

Der Blinde schwieg eine ganze Weile, ehe er antwortete.

»Die Helden, *die wir erschaffen*, wissen nicht immer, warum sie zu dem Abenteuer aufbrechen, wer sie führt und wohin sie gehen. Zu dieser Familie der Helden gehörst du. Das Wichtigste für uns ist es immer, auf dem Weg der richtigen Person für den erforderlichen Handlungsablauf, die notwendige Intuition und die richtigen Zusammentreffen zu sorgen. Auf diese Weise habe ich dich seit deiner Rückkehr nach Tabor betreut. Dich und einige andere. Heute tust du das für mich, was ich nicht selbst tun kann. Und alles, was du wissen willst, kann ich dir beibringen. Unsere Wege streben demselben Punkt, demselben Ort entgegen.«

»Wohin?«

»Jerusalem.«

»Was verbirgt sich in dieser Stadt? Der Born? Was ist der Born?«

Cosimo dachte an Ismale und die Miliz. An die Bücher, die Salomons Dschinn versteckt hatte.

»Ist es das, was sie suchen?«, fragte er. »Die vier Bücher des Teufels, die das Wissen des Rings enthalten? Sie wissen, wo sie versteckt sind, nicht wahr?«

Clinamen schüttelte den Kopf.

»Nein. Diese Bücher haben allein keine Bedeutung. Sie dienen nur dazu, den Ort zu verraten, an dem …«

»… der Born versteckt ist?«

»Ja. Jedes Buch enthält eine räumliche Koordinate. Diese vier Parameter geben Auskunft über den geheimen Ort, den Salomon ausgewählt hat. Der Dschinn hat an alles gedacht. Als er Salomons Ring stahl, gelang es ihm, das einzige notwendige und gesamte Wissen zu Papier zu bringen: den Ort des Borns. Diese vier Bücher bekam Salomon nie zu Gesicht. Erst zweitausend Jahre später haben gemeine Plünderer sie gefunden und diese weißen Seiten an die Bibliothek von Tripolis verkauft. Die Bücher wurden einfach irgendwo abgelegt, ohne dass jemand ihren Wert erahnte. Und dann fielen sie einem jungen Mann namens Hincmar Ibn Jobaïr in die Hände. *Zufällig*. Dank dieser ersten Fügung gelang es dem großen Gelehrten, den Weg des Borns und seiner magischen Kraft vollständig zu rekonstruieren. Von Hincmar ging dieses Wissen während des großen Kreuzzugs an Ismale Gui und die anderen Ritter der Miliz über.«

»Aber was ist dieser Born wirklich?«

Clinamen hob eine Hand.

»Muss ich es wissen?«, fragte Cosimo.

»Du wirst es schnell verstehen. Wisse, dass der Born sich nicht *erklärt*. Man muss ihn entdecken und ansehen, das ist alles. Alle Worte, die ihn beschreiben, sind zwecklos.«

»Aber dieser Stein und seine Entdeckung sind es, die die Gesetze, die Ihr verteidigt, umstürzen, nicht wahr? Die Gesetze dieser Welt?«

»Richtig. Wir beide müssen verhindern, dass die Miliz und der Mann ohne Hände und ohne Gesicht ihr geheimes Ziel erreichen. Es steht zu viel auf dem Spiel. Der Born darf nicht angetastet werden. Ich habe dir erklärt, dass das Ungleichgewicht der Dinge, das er nach sich ziehen kann, verfrüht eintreten würde und ungünstig für die Menschen ist. Das darf nicht geschehen.«

Cosimo schaute auf den Mond, der am Himmel aufstieg.

»Das Gleichgewicht der Dinge bewahren. Wo beginnen wir?«

Clinamen lächelte.

»Morgen brechen wir vor allen anderen dort ins Heilige Land auf.«

Er zeigte mit dem Stock auf Hugo de Payns' Flotte, die vor der Inselgruppe ankerte.

»Anschließend wirst du meinen Schritten bis zu dem Schrein folgen.«

»Das ist alles?«

»Nein, natürlich ist das nicht alles.«

Die Passagiere, die fest entschlossen waren, die Pilgerreise abzubrechen, hatten sich zusammengeschlossen, um eines der Schiffe zu beschlagnahmen, das in der Schlacht nicht zerstört worden war. Sie entschieden sich für eines der privaten Schiffe, auf denen die Adeligen gesegelt waren. Der Aufbruch wurde auf denselben Nachmittag festgelegt und sollte zwei Tage vor der voraussichtlichen Weiterfahrt der Flotte erfolgen.

Der Blinde ging Cosimo voraus an Bord und sicherte ihm einen Platz.

Zu seiner großen Verwunderung erkannte der junge Mann das Schiff wieder. Es war die *Élection*.

»Kapitän«, sagte er. »Ihr habt die Pilgerreise fortgesetzt?«

»Ja«, erwiderte Vandeslas Numa. »Als der Mann und die Frau mich in Otranto verlassen hatten, gelang es mir, eine Hand voll Pilger aufzutreiben, die auf den engen Schiffen der Miliz fast erstickten. Zu einem guten Preis konnte ich eine Mannschaft anheuern, und so beschloss ich, die Reise fortzusetzen. Bis heute, als ich neue Pilger fand, die mir mehr zahlen wollen, damit ich sie wieder nach Hause bringe. Mir ist es egal, ob ich im Heiligen Land meinen Anker werfe. Mir geht es nicht um die Pilgerreise, sondern um Geschäfte.«

Er ging auf den jungen Mann zu.

»Habt Ihr Nachricht von Eurem Freund erhalten?«

»Noch nicht«, erwiderte Cosimo. »Aber ich werde Roland in Jerusalem treffen.«

»Jerusalem! Was wollt Ihr dann hier an Bord? Mein Schiff fährt nach Korfu.«

»Wir werden sehen.«

Noch am selben Tag wurden die Segel gesetzt, und die *Élection* ließ die anderen Schiffe hinter sich zurück.

Während der Überfahrt herrschte zunächst Ruhe an Bord. Die ehemaligen Pilger zogen ihre strenge Kleidung aus, steckten ihre Kreuze ein und begannen zu lachen und zu scherzen. Sie freuten sich über ihre Entscheidung und waren überzeugt, dass ihre Brüder und Schwestern, die zurückgeblieben waren, auf den unsicheren Meeren nicht weit kommen würden.

Doch wenige Stunden später passierte etwas Unerwartetes. Eine Stimme erhob sich auf dem Oberdeck und rief die Passagiere zusammen.

Das war Roger Marcabru.

Er war auf eine Strickleiter gestiegen und schaute auf die Pilger hinunter, unter denen sich auch Cosimo und Clinamen befanden.

Der gute Mann aus Troyes, der jahrelang einen Orientalen verkörpert hatte, um Pilger anzuwerben, und der sich, durch den Schutz der Miliz gestärkt, auf seine erste Reise begeben hatte, war einer der Ersten gewesen, der nach der Schlacht ungeheure Lust verspürt hatte, zu seinen Bühnen in der Champagne, seinem perlenden Wein und seinem Lohn des Erzbistums zurückzukehren.

Ohne sein Gesicht zu verlieren, begann er nun, für eine

schnelle Umkehr ins Heilige Land zu werben. Marcabru rief die Pilger nicht mehr dazu auf, ihr Glück zu machen, und er schwärmte nicht mehr von den syrischen Frauen, sondern er beschwor den Geist der Buße und den Mut des wahren Glaubens. Seine Fähigkeiten als Marktschreier waren von einer sagenhaften Wirkung gekrönt. Wie in der Champagne erhielt der Mann nach und nach den Beifall seiner Zuhörerschaft. Die armen Gläubigen, die von den Feinden des Kreuzes in Angst und Schrecken versetzt worden waren, verwandelte er wieder in überzeugte Pilger, die weder Schlachten noch den Tod fürchteten. Das war seine Stunde des Ruhmes.

Durch diesen Sieg wuchs er über sich hinaus. Als Komödiant, der niemals den Sinn für die Realität verlor, hatte Marcabru plötzlich den Eindruck, dass er »in die Geschichte eingehen« und dass man noch lange über diesen Komödianten sprechen würde, der den Glauben der armen, auf Abwege geratenen Gläubigen wieder entfacht hatte.

Das Schiff drehte.

Und nahm Kurs auf den Orient.

Vandeslas Numa war besorgt.

»In dieser Situation wird man mir nicht mehr denselben Preis bezahlen«, knurrte er. »Rückkehr zum Tarif der Pilgerreise?«

»Geduld!«, erwiderte Marcabru, der nicht mehr zu bremsen war. »Kapitän, denkt an die Belohnung, die Euch erwartet, wenn Ihr uns vor allen anderen ins Heilige Land bringt. Welch ein Empfang für die ›ersten Pilger‹ in Jerusalem! Der König wird Euch mit Gold überhäufen, und der Patriarch wird Euch wie einen Erlöser segnen. Die Menge wird Euch in den Himmel heben.«

»Ja? Gut. Wenn das so ist …«

Also segelte die *Élection* zwei Tage vor den Schiffen des Hugo de Payns' ins Heilige Land.

Cosimo stellte sich an den Bug und starrte auf den Horizont.

Um die Pilger zu beglückwünschen und zu trösten, formte Clinamen am Himmel ein Wolkengebilde in Form eines Kreuzes, das von Engeln begleitet wurde. Das Licht der Abendsonne erstrahlte wie ein Heiligenschein rund um diese Erscheinung. Alle Pilger knieten vor diesem eindeutigen Beweis des göttlichen Dankes zum Gebet nieder.

Inzwischen zählte Marcabru die Münzen, die Cosimo ihm als Dank für seine verdienstvolle Rede geschenkt hatte.

Schwach war er, und schwach würde er bleiben.

Viertes Buch

Die Zeit ist ein großer Meister, heißt es. Das Unglück ist, dass sie ihre Schüler tötet.

BERLIOZ

I

Kein neuer Gedanke

DIE GRENZEN
DES MENSCHLICHEN VERSTANDES

Sie sind überall, die armen Doktoren. Willst du wissen, warum dein Arm und dein Bein deinem Willen gehorchen und warum deine Leber dir nicht gehorcht? Willst du wissen, wie der Gedanke sich in deinem schwächlichen Verstand bildet und das Kind sich in dem Uterus dieser Frau? Ich lasse dir Zeit für deine Antwort. Und wie steht es mit der Materie? Deinesgleichen haben zehntausend Bände über dieses Thema geschrieben. Sie haben einige Eigenschaften dieser Substanz gefunden: Die Kinder kennen diese wie du. Aber was ist diese Substanz eigentlich? Und für das, was du nach dem lateinischen Wort spiritus, das Atem bedeutet, Geist genannt hast, ist dir nichts Besseres eingefallen, weil du dir keine Vorstellung davon machen kannst?

VOLTAIRE, Philosophisches Lexikon

Am 16. Januar 1119 kamen Anx und Flodoard in Konstantinopel an. Das junge Mädchen sah zum ersten Mal das ehemalige Byzanz.

»Im antiken Rom sah es bestimmt ähnlich aus«, schwärmte Anx, als sie die Gesichter und die Gewänder betrachtete und die Düfte der ganzen Welt einatmete, die in diesen Straßen Einzug hielten.

Der Bibliothekar und seine Schülerin wohnten in einem Palast in der Nähe von Konstantins berühmtem Meilenstein. In den ersten Tagen organisierte Flodoard dort allein die Umverteilung seiner Bücher, seiner Manuskripte und seiner wissenschaftlichen Geräte. Ein Großteil sollte hier vor Ort bleiben, wie es Hugues de Champagne in Troyes vorgeschlagen hatte, damit die Reise nach Jerusalem schneller voranging. Anx nahm an, dass ihr Meister nur die unentbehrlichen Dinge mitnahm, damit seine Herren ihre Mission im Heiligen Land erfüllen konnten: hundertneun aus dem Arabischen übersetzte Handschriften, drei Manuskripte über chaldäische Zaubereien, die in einer ehernen Truhe lagen und mit siebzig Leinentüchern bedeckt waren; Instrumente, um den Himmel zu lesen, und ein vollständig demontierter Flaschenzug mit einem Seilbündel, das mehr als vierzig Pfund wog. Anx sah in den Wagen, die sie mitnahmen, auch bebilderte Bücher und die vier Manuskripte des Dschinns.

Flodoard war nervös. Ihn quälte die Angst, wichtige Dinge zurückzulassen, und die Sorge, die Bewachung für die unzähligen Werke könne unzureichend sein. Er versuchte, den Hauptmann Tudebode zu zwingen, bei seiner Bibliothek zu bleiben, doch dieser protestierte.

Anx geduldete sich im Palast. Auf Flodoards Befehl studierte sie die historischen Parallelen zwischen der jüdischen und der arabischen Figur Salomons. Mehrmals störte Erich sie, der ehemalige erste Schreiber Flodoards, den sie in ihrer Verkleidung als Junge ersetzt hatte. Er war auf ihre enge Zusammenarbeit mit dem Meister eifersüchtig und gab ihr die Schuld für seine Zurückweisung. Anx musste seine hinterhältigen Fragen ertragen, doch es gelang ihr, ihn auf Distanz zu halten und sich niemals zu verraten. Die Schülerin blieb im Palast und wartete auf ihren Meister. Sie spürte, dass das Ende der Reise nahte. Mit ein wenig Geduld würde sie endlich alles begreifen und eine Beziehung zwischen dem, was sie entdeckt hatte, und dem, was der Meister ihr beizubringen versuchte, herstellen können.

Flodoard kannte den Palast sehr gut. Er gehörte dem Grafen Hugues, der ihn nach seiner Rückkehr vom Kreuzzug gekauft hatte. Der Bibliothekar hatte sich hier schon sechs Mal längere Zeit aufgehalten, um Vorbereitungen für die Pilgerreise zu treffen. Am Tag vor dem Aufbruch, als alles vorbereitet war und Flodoard endlich einmal durchatmen konnte, führte er Anx in ein unterirdisches Gewölbe, dessen Zugang in einem Saal mit Statuen versteckt hinter einem großen Pythagoras aus Onyx lag.

»Ich möchte dir etwas zeigen«, sagte er.

In dem unterirdischen Gewölbe schritten sie durch Säle mit großen Toren, die mit Eisenkreuzen verriegelt waren. Im Schein einer Fackel drangen sie in einen großen, leeren Saal ein, dessen Mauern bis zur Decke mit Fresken verziert waren. Anx nahm die Farben, die Maßlosigkeit und schließlich die Themen der Bilder wahr. Jedes war eine Allegorie. Dort die Wissenschaft, die Kunst, die Religionen, der Kreislauf der Natur, hier die Anordnung der Elemente, die tierischen Rassen und so fort.

»Ich sehe eine Aufeinanderfolge von Bildern«, sagte sie zu ihrem Meister.

»Suche eine Person heraus«, sagte er. »Egal, welche.«

Er zeigte auf einen Mann inmitten einer Darstellung, die die Welt der Physik veranschaulichte.

»Wenn du diesen Mann intensiv betrachtest«, sagte Flodoard, »wirst du erkennen, dass der Physiker nach rechts schaut, über den Rahmen seines Bildes hinaus. Und wenn du dich wieder umdrehst und seinem Blick folgst, siehst du, dass er auf die Allegorie der Mathematik schielt.«

Er schritt auf dieses Bild mit den Gleichungen zu und fuhr fort: »Dort schaut eine der Hauptgestalten auf die Darstellung der Logik, dort in dem Winkel zu deiner Linken.«

Anx drehte sich um, folgte mit dem Blick dem Lichtstrahl der Fackel und erkannte die Logik, ein junges Mädchen mit traurigem Blick, das zu Füßen eines erhabenen Aristoteles saß.

»Wenn du dich anstrengst, entdeckst du, dass alle Personen, die auf diesen Dutzenden von Bildern dargestellt werden, eine einzige Blick-Kette bilden. Der Blick reist wie ein Lichtstrahl, der von Spiegeln reflektiert wird, durch den Raum. Wenn du eines betrachtest, betrachtest du sie gewissermaßen alle gleichzeitig. Die Geschichte, die Musik, die Medizin, die Rechtswissenschaft, alle Disziplinen, die der Mensch sich vorstellen kann, sind durch diesen ununterbrochenen Faden vereint.«

Anx entdeckte neben den Posen und Blicken der Personen Symbole und perspektivische Spiegelungen, die es erlaubten, feinere Verbindungen herzustellen.

»Alles, was der Mensch verstehen und denken kann, all seine Kreationen und seine Intuition findest du in diesem Raum. All das, meine Kleine, ist das Denken des Menschen.«

Anx drehte sich im Kreis.

»Es hat bestimmt Jahre gedauert, um so viele Dinge aufeinander abzustimmen«, meinte sie.

»Und diese Arbeit wird immer wieder ergänzt. Sobald etwas Neues entdeckt wird, kommt ein Künstler hierher und fügt ein Detail oder eine Person hinzu.«

»Das ist faszinierend«, sagte Anx.

Sie schritt von einem Bild zum anderen.

»All diese Disziplinen! Ein Leben wird nicht ausreichen, um sie alle kennen zu lernen.«

»Du siehst glücklich aus«, sagte Flodoard.

Er schaute sie von der Seite an.

»Du wirst enttäuscht sein.«

Anx wirbelte herum.

»Enttäuscht? Enttäuscht, wo ich endlich ermessen kann, was ich noch alles *lernen* und *entdecken* muss?«

Flodoard zuckte mit den Schultern.

»Ich habe dir gesagt, dass wir bei jeder neuen Entdeckung hier ein Detail hinzufügen. Ich habe nicht gesagt, dass wir ein Bild hinzufügen. Vergiss das nicht. Du kannst es übrigens sehen. Die Wände dieses Saales bieten keinen Platz mehr für ein zusätzliches Thema. Wenn der Mensch denkt, ist er überzeugt, diesen Kreis hier zu vergrößern, die Grenzen seines Daseins zu erweitern. Er hält seine Neugier und seine Fähigkeiten des Denkens für Werkzeuge der Befreiung, während sie lediglich zu einer Überladung der Bilder führen. Er wird nichts wissen, niemals irgendetwas von dem erfassen, was *außerhalb dieses Raumes* existieren könnte.«

»Außerhalb?«

Anx erinnerte sich an den Tag, als sie sich eine der von Gott erschaffenen Welten, über die Tabari geschrieben hatte, vorstellen wollte, die nichts mit der Welt der Menschen gemein haben sollte. Sie erinnerte sich an ihre Unfähigkeit, etwas *Neues* zu denken. Sie erschuf nur Varianten, Verzerrungen dessen, was sie bereits kannte.

»Das Denken des Menschen ist beschränkt«, sagte der Bibliothekar. »Erinnere dich an das, was ich dir am ersten Tag gesagt habe. Erinnere dich an das Buch von Simplicius. Erinnere dich an Zenon. Wir haben das unbestimmte Gefühl, dass er mit den Bruchteilen der Sekunden Recht hat. ›Theoretisch‹ dürfte die Minute nicht vergehen, und doch gibt es die Zeit ›tatsächlich‹. Ich habe dir gesagt, dass der Verstand des Menschen nur ein zerstückeltes und gestaffeltes Wissen aufnehmen kann. Darum wäre es zwecklos, heute zu versuchen, dich davon zu überzeugen, dass die gesamte Realität, die uns umgibt, nur eine ›zusammengesetzte‹ Realität ist, ein winziger Teil eines Ganzen, genau wie die Zeit tatsächlich nur die ›zerstückelte‹ Reproduktion der Ewigkeit ist. Ich kann dir diese Ganzheit nicht erklären, weil wir ganz offensichtlich nicht über die erforderlichen Sinne verfügen, um das zu verstehen. Aber ich kann etwas Besseres tun. Ich kann es dir *beweisen*.«

»Es beweisen? Das ist unmöglich.«

»Glaubst du? Wir werden sehen. Wie beweist du die Bewegung?«

»Die Bewegung?«

»Die Antwort ist einfach. Damit die Bewegung wahrnehmbar ist, muss sie einen Fixpunkt besitzen, der für die Beobachtung als Referenz gilt. Wenn dieser Anhaltspunkt nicht existiert, hätte die Bewegung die Eigenschaften der Bewegungslosigkeit. Nichts würde erlauben, sie wahrzunehmen oder zu messen. Wenn nun später andere Bewegungen rund um die erste stattfinden, stehen wir dem Paradoxon gegenüber, dass diese nun plötzlich als Referenz gilt. Und die Bewegungen rund um diesen Bezugspunkt werden spürbar.«

»Damit bin ich einverstanden.«

»Gut. In unserem alltäglichen Leben passiert genau das. Bewegungen rings um eine Bewegung, die man nicht wahrnimmt. Die Zeit, in der wir über die Zeit nachdenken, diese Zeit vergeht. Die Zeit, in der wir die Realität studieren, diese Zeit erfährt ihren unaufhaltsamen Verlauf und wir mit ihr. Kann man die Zeit anhalten, kann man sich an einen Punkt außerhalb der Zeit begeben, um sie kennen zu lernen? Niemals. Wir sind gezwungen, ein Phänomen zu studieren, dessen Manifestation wir sind, was die Schlüsse verfälscht. Wir können die wahre ›Bewegung‹ nicht kennen lernen; wir können noch nicht einmal sicher sein, dass sie *existiert*, weil uns insgesamt ein Fixpunkt fehlt. Ein Fixpunkt!«

Anx schwieg. Der Meister fuhr fort.

»Um dieses Element zu suchen, machen unsere neun Ritter diese Reise ins Heilige Land. Um diesen *Beweis* zu finden, von dem ich gesprochen habe.«

»Einen Beweis?«

»Oh, das ist scheinbar nichts Außergewöhnliches. Sie suchen einen Stein. Einen leuchtenden Stein. Der einzige Unterschied zu allem, was du kennst, ist, dass der Born *keinem der Gesetze gehorcht, die unsere Realität bestimmen.* Wenn man ihn anschaut, dreht sich alles um ihn herum, sogar man selbst als der Zeuge, sogar die Gedanken dieses Zeugen über das, was er beobachtet. Sein Anblick scheint ein unerträgliches Schwindelgefühl auszulösen, ein Gefühl des Fließens, und man sieht, dass man in dieses Fließen eingebunden ist. Dieser Stein ist der einzige Fixpunkt, den wir in unserem Universum kennen. Derjenige, der neben vielen anderen Dingen beweist, dass unsere Zeit eine hartnäckige Illusion ist, die alles, was wir wissen können, mit sich davonträgt.«

Er zeigte auf die Bilder.

»Der Born ist der einzige feste Körper in dieser Welt, der sich all dem im Laufe der Jahrhunderte mühsam angehäuften Wissen entzieht. Man braucht gar nicht erst zu versuchen, ihn zu verstehen oder zu definieren, man muss ihn einfach *erfahren*.«

Anx war erblasst.

»Das wolltet Ihr mir beibringen?«, fragte sie. »Diese ganzen Einleitungen, um mir die Realität des Borns zu erklären?«

Flodoard schüttelte den Kopf.

»Natürlich nicht. Das wäre zu einfach, nicht wahr? Sogar enttäuschend nach all diesen Bemühungen.«

Er lächelte.

»Nein, das wahre Geheimnis ist nicht so sehr das Wesen des Borns als vielmehr der Grund seiner Anwesenheit hier. Warum ist er auf der Erde, und vor allem, woher stammt er? Das ist die Frage. Die Suche nach diesem Objekt dauert seit Jahrhunderten, meine Kleine. Sie ist bedeutender als die Suche nach allen Gralen, allen Bundesladen, allen Kreuzen unseres Erlösers, weil allein durch seine Existenz all diese Dinge zu unbedeutenden Spielzeugen werden.«

»Verratet es mir!«

»Das kann ich nicht. Du musst dich noch ein wenig gedulden.«

Am nächsten Tag setzte die Wagenkolonne die Reise fort. In schnellem Tempo marschierten sie nach Tarsus in Kleinarmenien. In dieser Stadt, die Flodoard wie seine Westentasche zu kennen schien, gab es eine kleine, geheime jüdische Gemeinde. Der Bibliothekar führte Anx mitten ins Armenviertel. Ohne jede Vorankündigung ließ er sie in einem kleinen, dunklen Verschlag zurück und befahl ihr zu warten, bis jemand zu ihr kommen würde.

»*Er* wird es dir erklären«, sagte er.

II

Der Planet des Ursprungs

Ich stelle mir vor, dass die Leute, die sagen, man könne in der Welt Erfahrungen sammeln, erstaunt sein müssten, dass man ihnen glaubt. Die Welt besteht nur aus Wirbeln, und zwischen diesen Wirbeln besteht keine Beziehung.

MUSSET, Beichte eines Kindes des Jahrhunderts

Cosimo erblickte vom Cockpit aus im Weltraum eine leuchtende Sichel, die sich langsam drehte, als sich sein Raumschiff näherte. Dieser Teil des Planeten leuchtete wunderschön.

Es war das erste Mal, dass er das Land des Ursprungs sah.

Dieser Planet war nicht mehr im eigentlichen Sinne kolonisiert – vielmehr war er Gegenstand jahrhundertealter Kämpfe zwischen den Religionen, die das Privileg, über »die Wiege der Menschheit« zu herrschen, für sich beanspruchen wollten.

Auf Höhe des Jupiters hatten Cosimo und Clinamen den Kapitän der *Élection* zurückgelassen, der auf die Miliz warten wollte für das letzte Stück der Reise. Cosimo und der Blinde hatten ein kleines Schmugglerraumschiff bestiegen und reisten allen anderen voran nach Jerusalem.

Sie passierten die Kontrollen auf dem Mars ohne Zwischenfälle und gaben als Grund für ihre Reise eine Fracht Batterien für die auf dem Mond lebenden Erdbewohner an.

Und dann tauchte die Erde auf.

»Es ist schade, dass Ihr dieses Schauspiel nicht sehen könnt«, sagte Cosimo zu Clinamen.

»Ich kenne diese Welt«, erwiderte der alte Mann. »Ihre ruhige, weibliche Erscheinung ist trügerisch. Auf diesem Planeten herrschen die größten Unruhen.«

Als sie sich näherten, sah Cosimo verlassene Raumstationen, die zerstört oder stark beschädigt waren. Das waren die Narben des ersten Kreuzzugs, Ruinen des Kampfes, der hier vor zwanzig Jahren gewütet hatte.

Cosimos Raumfähre wurde von einem Wachtrupp empfangen, der von der Zollstation Jehoshaphat geschickt worden war. Diese Zollstationen umringten den gesamten Planeten Erde und überwachten die Einreise. Clinamen hatte darauf bestanden, dass sein Freund über den »Kontinent des Judenviertels« einreiste.

»Das Jehoshaphat-Tor wird am strengsten bewacht, aber auf diesem Weg erreichen wir unser Ziel am schnellsten.«

Cosimo wies sich als Pilger aus, der Hugo de Payns' Zug vorausgereist war. Es wurde eine Identifikationsprüfung vorgenommen, die mehrere Stunden dauerte, doch schließlich wurde ihm ein vorläufiger Passierschein ausgestellt, der von den Autoritäten der Pilgerreise erneuert werden musste, sobald sie eintrafen.

Cosimo und Clinamen ließen ihr Raumschiff in der Station zurück und bestiegen eine Pendelfähre, um auf der Heiligen Erde aufzusetzen.

Weit hinter ihnen verließ Hugo de Payns' Flotte das Meer. Die Pilger reisten nun wieder durch eine normale Weltraumzone und bestiegen vor dem Eintritt ins erste Sonnensystem neue Asimos 5.

In der Nacht erkannten die Pilger aus Troyes endlich den schwachen Schein der »ersten Sonne«. Die Erde des Ursprungs näherte sich. Die Erde! Die ersten Menschen! Jene, die in den Kolonien oder auf galaktischen Raumschiffen geboren worden waren, freuten sich über diese Rückkehr zu den Wurzeln.

Während des Eintritts in das erste Sonnensystem herrschte feierliche Stille. Die meisten Gläubigen glaubten sich bereits am Ziel und dankten dem Himmel. Nur die acht Ritter wussten, dass die überstandenen Gefahren im Vergleich zu denen, die sie erwarteten, unbedeutet waren.

Und aus Jerusalem trafen beunruhigende Nachrichten ein.

Die Ritter hatten sich auf einem künstlichen Mond in der Nähe des Planeten Neptun versammelt. Soeben hatten sie erfahren, dass im Heiligen Land ein neuer König gesalbt worden war. Es handelte sich um Balduin von Bourcq, den Bruder des in Ägypten ermordeten Gründers. Der andere Bruder, Eustache de Boulogne, der sie begleitete, würde also nicht zum König gekrönt werden.

»Das ist gut«, sagte Hugo de Payns. »Dieser Hohlkopf hätte uns nur im Weg gestanden.«

»Die drei Personen, die die Nachricht überbracht haben, können uns über die ersten Taten des neuen Königs von Jerusalem unterrichten«, sagte André de Montbard. »Ihr Bericht wird viel sagend sein, glaubt mir.«

»Sie sollen eintreten«, sagte Hugo.

Es waren Christen aus Syrien. Der erste kannte den König aus der Zeit, als er über seine Grafschaft Edessa geherrscht hatte; der zweite lebte seit vielen Jahren in Jerusalem, und der dritte hatte an der Krönungszeremonie teilgenommen.

»Balduin II. unterscheidet sich stark von seinem Vorgänger«, begann der erste Mann. »Im Gegensatz zum Gründer, der gewalttätig, bigamistisch, pompös und ein geselliger Heerführer war, ist er ein beispielhafter Gatte, ein sanfter Mann und ein guter Stratege, sparsam für sich und die anderen und ein vorbildlicher Christ. In Edessa errang er die Liebe und den Gehorsam der Menschen, was einem König gegenüber auf dasselbe hinausläuft.«

Doch im Heiligen Land erbt Balduin geschwächte Kolonien, die im Norden vom Atabeg von Damaskus und im Süden vom Heer der Ägypter bedrängt werden. Die mohammedanischen Truppen werden von Tag zu Tag bedrohlicher, angestachelt durch die geheimnisvolle Gestalt des Mannes ohne Hände und ohne Gesicht. Balduin II. weiß, dass er Jerusalem verlassen und an der Spitze seiner Streitkräfte aufbrechen muss, um sein Recht auf den Thron zu sichern und seine Untertanen zu beruhigen.

Vor seinem Aufbruch ließ er verkünden, dass er neben dem Grab Christi einen königlichen Baldachin aufstellen lassen und dort persönlich die Klagen seines Volkes entgegennehmen werde. Allein diese Idee machte ihn beim Volk beliebt.

»An dem besagten Tag«, berichtete der dritte Zeuge, »war der Platz vor der Basilika schwarz vor Menschen. Hunderte kamen, um einen Schiedsspruch des Königs zu erbitten oder um ihm die Hand zu küssen und ihm bei all seinen Unternehmungen gutes Gelingen zu wünschen. Die Sonne brannte gnadenlos. Der König hörte sich alle Klagen an und quittierte alle Komplimente mit einem wohlwollenden Lächeln. Am Abend wollten seine Leutnants ihn zu einer Ruhepause zwingen, doch er weigerte sich. Die Audienz wurde bis spät in die Nacht im Schein riesiger Fackeln, die rings um den Platz entzündet wurden, fortgesetzt. Um vier Uhr morgens trat der letzte Mann vor Balduin II. Er war alt, gebeugt, elender und schmutziger als alle Vagabunden, die bis zu dem Zeitpunkt vor den König getreten waren. Das war der Bettler des Heiligen Grabes.«

»Diesen zerlumpten Mann darf man nicht nach seinem Äußeren beurteilen«, warnte der Zeuge, der in Jerusalem lebte. »Das ist eine der bedeutendsten Persönlichkeiten der Stadt. Er steht mit seiner Bettlerschale vor dem Grab Christi. Seit Jahren weiß er alles, was die Menschen sagen und was in den Straßen ausgeheckt wird. Er wird gefürchtet und ist der unumstrittene Anführer alle Bettler Jerusalems. Jeder weiß, dass es in dieser Stadt von Bettlern wimmelt. Sie strömen aus der ganzen Welt herbei, um von den großzügigen Spenden der Pilger aus dem Westen zu profitieren. Sie sind überall, in Verstecken, in unterirdischen Gewölben und an jeder Straßenecke. Ein einziges Wort dieses Mannes würde ausreichen, damit sich dieses Heer der Armen erhebt.«

Hugo de Payns signalisierte durch ein Nicken, dass er die Warnung verstanden hatte.

»Was hat er zum König gesagt?«, fragte er.

»Der alte Bettler trat vor den Thron.

›Was wünscht du?‹, sagte der König.

›Oh, ich wünsche nichts. Ich glaube, heute Abend bin ich es, der etwas für Eure Majestät tun kann.‹

Bei jeder anderen Gelegenheit hätte eine solche Unverschämtheit eines Bettlers einem König gegenüber einen Skandal heraufbeschworen.

›Gut‹, sagte Balduin belustigt. ›Ich höre.‹

Der Alte schlug seinen verschmutzten Mantel auf und zog eine große Tasche hervor, die er auf die Erde stellte. Diese Geste rief Verwunderung hervor. Ein Wächter ergriff die Tasche und stellte sie vor Balduins Thron. Sie schien sehr schwer zu sein. Als der König sie öffnete, entdeckte er Gold und Edelsteine. Die Tasche enthielt genug Münzen, um mehrere Heere auszurüsten. Genau das, woran es dem König mangelte.

›Woher hast du diesen Schatz?‹, fragte Balduin.

Der Bettler verzog bedeutungsvoll das Gesicht.

›Das sind die Tränen der Armen dieser Welt, Hoheit. Das Gold gehört Euch.‹

›Einfach so?‹

Der König stellte die Tasche auf die Erde.

›Sprich.‹

›Wenn Ihr es befehlt. Wisst Ihr, Euer Vorgänger, der große König Balduin war sehr grausam zu uns.‹

Tatsächlich hatte der Gründer vor zwei Jahren alle Bettler, die die alten Pferdeställe des Tempels besetzten, verjagt. Es waren riesige, verlassene, verschmutzte Räume, in denen sie seit Jahrzehnten Zuflucht gesucht hatten. Dort lebten sie unter sich. Auch wurde dadurch vermieden, dass sie sich in der Dämmerung in den Straßen herumtrieben.

Der Bettler flehte den König an: ›Wir möchten in die alten Pferdeställe zurückkehren. Wie früher. Dort sind wir in Sicherheit. Wir stören niemanden. Seitdem ich in dieser Stadt lebe, hat sich niemals jemand über meine unglücklichen Brüder beklagt, Herr.‹

Und das entspricht der Wahrheit«, sagte der Zeuge, der den Rittern der Miliz Bericht erstattete.

Jetzt warfen die Ritter sich besorgte Blicke zu. Hugues de Champagne persönlich hatte es geschafft, den Gründer zu überzeugen, die Pferdeställe zu räumen und sie ihm bei der Ankunft seines Ordens im Heiligen Land zu überlassen. Die Ställe lagen in unmittelbarer Nähe von Salomons Schrein. Die Ritter hatten vorgehabt, den Schrein dort aus dem unterirdischen Gewölbe herauszuholen, falls er sich durch die Kugeln nicht öffnen ließ. Sie mussten diesen strategisch wichtigen Ort unbedingt wieder in ihre Gewalt bringen.

Der Zeuge fuhr fort: »Unter dem königlichen Baldachin in Jerusalem schaute Balduin II. auf die Tasche und dachte über die Bitte des Bettlers nach. Er dachte an die Schlachten, die er schlagen musste, an die Stadt, die er für lange Zeit verlassen würde. Seine Weisheit riet ihm, die Bitte dieses alten Bittsteller zu erfüllen, um Radau und Verschwörungen in den Straßen zu vermeiden.

›Gut‹, sagte der König. ›Die Ruinen des alten Tempels sollen für die Unglücklichen wieder geöffnet werden.‹«

Rund um Hugo de Payns herrschte lange Zeit Stille in dem Saal. Die Gesichtszüge des Herrn der Miliz waren erstarrt. Seine Mission wurde ihm zusehends erschwert.

An diesem Tag waren die Straßen von Jerusalem in gleißendes Licht gehüllt. Als die Sonne zur Mittagszeit ihren Höhepunkt erreicht hatte und keine Schatten warf, war die Stadt wie ausgestorben. Die Bewohner Jerusalems hielten sich im Schutze ihrer Häuser auf.

Clinamen und Cosimo schritten um den Teich herum, wo Jesus Christus den Lahmen geheilt hatte.

»Seltsam«, sagte Clinamen. »Ich glaubte zu sterben, ehe ich hierher zurückkehre.«

Er dachte an seinen letzten Aufenthalt hier, als Abel Gui ihm folgte und er dem Grafen der Champagne, Payns und Ismale den Zugang zur Stadt ermöglicht hatte. Abel war damals in demselben Alter wie heute sein Sohn.

»Sterben?«, wunderte Cosimo sich. »Ich dachte, Ihr wäret eine unsterbliche Entität. Wie kann ein Wesen sterben, wenn es nicht an die Zeit gebunden ist?«

Clinamen antwortete: »In dem Sinne, den ihr der Zeit verleiht, sind wir in der Tat unsterblich.«

»Und über welchen ›Tod‹ sprecht Ihr?«

»Den wahren. Nicht über den Tod, den ihr wie den Teufel fürchtet, was recht amüsant zu beobachten ist. In eurer Welt stirbt ein Mensch niemals *wirklich*. Eine einzige Handlung in seinem Leben, die noch so unbedeutend sein kann, reicht aus, um sich auf die Nachwelt auszuwirken. Eine Geste kann durch die Verkettung von Ursachen und weitreichenden Folgen weiterleben, und das weit über den Tod desjenigen hinaus, der die Geste ausgeführt hat. Obwohl es so aussehen mag, verschwindet ein Mensch nicht, der auf der Erde erscheint. Schau dir diesen Mann dort drüben an.«

Ohne den Kopf zu drehen, zeigte Clinamen auf einen Händler, der seine Auslagen überprüfte.

»Heute Morgen gab er einer jungen Mutter ein paar getrocknete Früchte auf Kredit. In einer Woche wird ihr Sohn erkranken, und sie wird sein Leben retten, indem sie die Früchte verkauft, um den Arzt in ihrem Viertel zu bezahlen. Gleichwohl wird der Ururenkel dieses Jungen einer der schlimmsten Tyrannen werden, den das Morgenland je erleben wird. Dieser Händler könnte für den Tod Tausender verantwortlich gemacht werden, die auf das Konto dieses Nachfahren gehen. In ihren Wunden, in den Herzen der trauernden Familien wird dieser Händler, den du heute siehst, in einem Jahrhundert noch immer *lebendig* sein. Ich gebe zu, dass es vergnüglichere Beispiele gibt. Einem Unbekannten einen Weg zu weisen, einem Kind einen Rat zu geben, ein ungerechtes Urteil zu korrigieren, über eine Erinnerung zu berichten: Das kann ausreichen, um das Gesicht der Welt zu verändern. Vielleicht schon morgen, und warum nicht in einem Jahrhundert? In jedem Menschen existiert bereits das unbekannte Erbe seiner Taten.«

»Und Ihr?«

»Wir *sterben*. Wenn einer von uns stirbt, verlässt er die Zeit. Vollständig. Das gilt für sein Handeln in der Vergangenheit, in der Gegenwart und in der Zukunft gleichermaßen. Die Menschen, denen er begegnet ist, vergessen augenblicklich, dass er gelebt hat. Seine Handlungen werden durch eine andere Kausalkette ersetzt, die zu denselben Ergebnissen führen kann, aber ohne ihn. Glaube mir, das ist der wahre Tod. Ein Vergessen in diesem Ausmaß, eine Verdrängung des Ganzen ist kein schöner Gedanke. In eurer Realität geschieht dies niemals, selbst jenen nicht, die sich leer und überflüssig vorkommen. Hier ist niemand unnütz, und niemand kann ersetzt werden. Wir, die Brüder der Parzen, wir leben die Zeit so, wie sie ist: vollständig und unmittelbar.«

»Und wie sterbt Ihr? Und warum?«

»Wir sind Bevollmächtigte. Sobald wir Fehler machen, sterben wir.«

»›Fehler‹?«

»Wir sind Gesetzen unterworfen. Regeln. Besonders in unseren Beziehungen zu den Menschen. Ich habe es dir erklärt: Wir können sie beeinflussen, aber wir können nicht an ihrer Stelle handeln. In dem Fall werden wir bestraft.«

Cosimo blieb jäh stehen.

»Seid Ihr darum blind? War das eine Strafe?«

Clinamen nickte.

»Ja.«

»Warum? Was habt Ihr getan? Sagt es mir.«

Der Blinde schritt weiter.

»Du würdest es nicht verstehen«, sagte er. »Es ist noch nicht geschehen.«

Clinamens Anweisungen folgend, stieg Cosimo eine schmale Treppe hinunter, die von der Krypta der Kirche Saint-Siméon in einen riesigen unterirdischen Saal mit unzähligen Säulen führte. Er stützte den Arm des Blinden.

»Zur Zeit König Salomons«, sagte der Blinde, »dienten diese Hallen als Pferdeställe des Tempels. Hinter diesen alten Mauern würdest du interessante Kartuschen entdecken.«

Cosimo sah vor allem unzählige, auf unterschiedliche Arten geformte und verzierte Varianten des Buchstabens »S«.

»Salomon? Was tun wir hier? Was gibt es an diesem Ort zu sehen?«

»Dies ist das einzige Relikt seiner Herrschaft, das durch die Jahrhunderte hinweg unversehrt blieb. Die Höhe des Bodens hier ist mit dem des ersten Tempels identisch.«

Er ließ seine Sandale über den feinen Sand gleiten.

»Was wir hier suchen, ist irgendwo unter unseren Füßen.«

»Wisst Ihr wo?«

Clinamen nickte.

»Ja, aber darum geht es nicht. Wir müssen noch einen Weg finden, wie *du* erfährst, wie du dorthin kommst.«

Plötzlich blieb er stehen.

Cosimo schaute sich um. Nach und nach erhoben sich geisterhafte Gestalten vom Boden. Die Schatten schritten auf ihn zu. Cosimo begriff schnell, dass es sich um eine Bande armseliger Bettler handelte, die hier lebten und sich durch ihn gestört fühlten.

Er wollte den Blinden verständigen, doch als er sich umdrehte, sah er, dass sein Begleiter verschwunden war. Er hatte sich in Luft aufgelöst.

Ein Dutzend verschmutzter Bettler in dunklen, geflickten, dreckigen Lumpen umringte den jungen Mann.

»Bist du verrückt, ganz allein diese Worte zu sprechen?«, fragte einer der Bettler.

Es war der älteste der Gruppe. Der Anführer. Der Bettler des Heiligen Grabes.

»Allein. Nein, ich …«

»An diesem Ort spricht niemand ungestraft den Namen Salomons aus«, fügte er hinzu.

Cosimo wollte einen Schritt gehen, doch die zerlumpten Bettler griffen augenblicklich mit beiden Händen unter ihre Mäntel und zogen Waffen hervor, die sie auf ihn richteten. Es handelte sich um Laserwaffen, deren Strahlen zur vollständigen Auflösung der Opfer führten. Cosimo hob die Arme und ergab sich.

Sie stülpten ihm einen Sack über den Kopf und banden diesen zu.

Am nächsten Tag wurde er auf einen mit Abfall und Tierkadavern beladenen Wagen geworfen, der Jerusalem durch das Davidstor verließ. Der Verwesungsgestank verpestete die Luft so stark, dass alle Passanten einschließlich der Wachen zurückwichen. Zweimal pro Woche verließen die Abfälle auf diesem Weg die Stadt. Das war der sicherste Weg, einen Spion oder verräterische Leichen verschwinden zu lassen.

Cosimo, über dessen Kopf noch immer der ölige Jutesack gestülpt war, war in einem mit Häuten zugedeckten Käfig eingesperrt. Er wusste nicht, welches Schicksal ihn erwartete, und er verstand die Sprache seiner Entführer nicht.

Auf der Straße hinter Jerusalem drangen nur die tanzenden Strahlen der untergehenden Sonne durch die Ritzen seines Käfigs, was ihm half, die eingeschlagene Richtung zu erraten. Sie zogen nach Osten.

Am nächsten Tag wurde Cosimos Käfig aus dem Dreck gehoben und auf einen Wagen bewaffneter Beduinen umgeladen. Er siechte dahin und trank nur das Wasser, das seine Peiniger ihm ins Gesicht schütteten. Die Tage waren lang; die Hitze war unerträglich.

Sie wurden mehrmals aufgehalten. Einmal ging ein Sandsturm auf sie nieder, und ein anderes Mal hielten seine Entführer an, um eine herumstreunende Löwin zu jagen.

Am achten Abend spürte Cosimo ein emsiges Treiben und einen ungewohnten Wortwechsel. Er rollte sich mühsam zu den Stangen, hob eine Ecke des Sackes und erblickte ein seltsames Gebilde inmitten der Wüste. Hoch und rund ragte das Gebäude in den Abendhimmel. Es war eine Festung. Eine riesige Festung. Man hätte sie für eine Fata Morgana oder die Kulisse eines orientalischen Märchenerzählers halten können.

Es war ein Gefängnis mitten in der Wüste.

Es hieß »Baphomets Schädel«.

III

Das andere Ende der Unendlichkeit

HERMES
O mein Sohn, die ideale Weisheit ist in der Stille, und die Saat ist das wahre Gut.
TAT
Sagt mir, wer sie sät, mein Vater, denn ich muss alles lernen.
HERMES
Gottes Wille, mein Sohn. Das Ganze ist in allem enthalten und aus allen Kräften zusammengesetzt.
TAT
Das ist ein Rätsel, mein Vater, und Ihr sprecht nicht, wie ein Vater zu seinem Sohn spricht.
HERMES
Diese Art der Wahrheit kann man nicht lernen, mein Sohn. Man erinnert sich daran, wenn Gott es will.

Hermes Trismegistos

Geduldig wartete Anx in dem schmutzigen Verschlag im Judenviertel von Tarsus, wo Flodoard sie zurückgelassen hatte.

Der Schein einer Kerze fiel auf ein Sammelsurium von Töpfen, Pergamenten und Federn. Neben einem handgroßen

Vergrößerungsglas entdeckte das Mädchen eine Bibel in hebräischer Sprache.

Schließlich hörte sie Schritte. Schleppende Schritte. Die Tür wurde geöffnet, und ein alter Mann trat ein. Er war beleibt und klein und hatte einen struppigen Bart. Seine Augen lagen in dunklen Höhlen unter buschigen Augenbrauen. Er räusperte sich und spuckte auf die Erde, ehe er sich auf einen Stuhl fallen ließ.

»Ich höre dir zu«, sagte er, ohne das junge Mädchen anzusehen.

Anx zögerte.

»Wie bitte?«

Der Mann schwieg. Das Kinn ruhte auf seiner Brust; sein Blick war auf seine Sandalen gerichtet.

Im ersten Augenblick war Anx verblüfft.

»Ich weiß nicht, was Ihr meint«, sagte sie schließlich.

»Beginne am Anfang. Lass dir Zeit. Ich höre dir zu.«

Anx glaubte, der Mann würde sie vielleicht mit einer anderen Person verwechseln.

»Wer seid Ihr?«, fragte sie.

»Ich bin Nébo. Der Herr deines Herrn.«

Darauf schwieg er wieder.

Das junge Mädchen fuhr fort: »Warum bin ich hier?«

»Weil Flodoard glaubt, dass seine Unterweisungen beendet sind, und nun erwartet er von mir, dass ich deine letzten Fragen beantworte.«

Sie runzelte die Stirn.

»Kennt Ihr die Fragen?«

»Es kann nur eine offen geblieben sein. Wenn dein Herr dir den Begriff des Unendlichen und die Konflikte der Logik ausreichend vor Augen geführt hat, die dieser Begriff in uns auslöst, wenn er dir erklärt hat, dass Zenons Paradoxien alles verschlingen, die Zeit und den Raum, dann ist die letzte Frage, die unbeantwortet bleibt: Warum sind wir hier? Warum leben wir dieses Leben und kein anderes? Warum sollte es etwas an Stelle von nichts geben? Und wie erfolgt die Wahl? All das führt zu ein und derselben Frage.«

»Aber wie könnt Ihr eine Antwort auf die Frage haben, während Flodoard wiederholt geäußert hat, dass wir ein Phänomen, dem wir angehören, nicht verstehen können?«

Der alte Mann lächelte.

»Genau das ist mein Thema. Die Tatsache, dass wir Teil dieses Phänomens sind, verhindert, dass wir es vollständig sehen können, es zu überragen, doch sie erlaubt auch, die Wahrheiten zu erkennen, die außen stehenden Zeugen entgehen. Flodoard hat mit dir über Grenzen des ›äußeren‹ Verständnisses des Menschen gesprochen. Ich werde dir den ›inneren‹ Teil eröffnen.«

Anx verschränkte die Arme und lächelte verhalten.

»Und mir auf diese Weise erklären, warum es im Universum Materie statt nichts gibt?«

Nébo nickte.

»Ich kann es wenigstens versuchen. Du wirst sehen, ob du mit meinen Argumenten etwas anfangen kannst.«

Der alte Weise griff das Thema des Unendlichen auf: »Wenn man das Unendliche in seiner ganzen Bedeutung erfassen will, besteht das Problem, dass es sich selbst annulliert. Allen Argumenten, die die Existenz einer Sache beweisen, können *ebenso viele* Argumente entgegengehalten werden, die ihr Nicht-Vorhandensein beweisen. Das Unendliche verschlingt sich selbst. Du hast es eines Tages selbst gedacht, hat mir dein Meister gesagt: ›Wenn es unendlich viele Möglichkeiten gibt, dass ich die bin, die ich bin, gibt es auch unendlich viele Möglichkeiten, dass ich niemals existiert habe. Und doch bin ich da!‹ Das Unendliche ist ein schwer zu fassender Begriff, den die Menschen wie einen geläufigen Terminus benutzen, ohne die Fremdartigkeit und die Fallen zu berücksichtigen.«

»Ja, und?«

»Wenn du da bist und wir da sind, heute, in diesem bestimmten Universum, mit dieser im Weltraum verteilten Materie, dann müssen wir uns irgendwie geirrt haben.«

»Geirrt?«

»Unser Verstand regt uns wagemutig dazu an, den Begriff des Unendlichen zu ›konzipieren‹. Bravo! Aber: Da wir nun hier sind, um über das Unendliche nachzudenken ...«

Er beugte sich zu Anx hinüber.

»... muss dieses Unendliche *begrenzt* sein.«

Ein breites Lächeln erhellte das Gesicht des jungen Mädchens.

»Ist das Unendliche denn nicht unendlich?«, rief Anx. »Das fehlte noch!«

»Ja. Es ist begrenzt oder in sich selbst zusammengezogen, wenn du so willst.«

»Meister Nébo«, sagte Anx. »Flodoard hat mir beigebracht, mit gewagten Begriffen umzugehen, aber jetzt bin ich wirklich mal gespannt.«

»Um mich verständlich zu machen, werde ich den Begriff des ›Unendlichen‹ durch den Begriff ›Gott‹ ersetzen. Das tue ich nicht aus religiöser Überzeugung, sondern weil es für uns einfacher ist, einem Gott Taten und einen Willen zuzuschreiben, als einer so abstrakten Idee wie dem Unendlichen. Greifen wir den Begriff ›Gott‹ auf. Vor der *Schöpfung aller*

Dinge ist Gott in sich selbst endlos und unzeitlich. Nichts kann außerhalb von ihm existieren, kein Abgrund, keine Materie. Er IST im wahrsten Sinne des Wortes. Er ist ALLES. Durch einen gewissen Widerspruch seines Wesens ist der Allmächtige buchstäblich unfähig, etwas zu *erschaffen*. Gott kann nichts *selbst* erschaffen, weil es schon ist. Das war der Gedanke, den ich vorhin bereits erwähnte, als ich sagte, dass ›das Unendliche sich selbst verschlingt‹. Wir stehen in den biblischen Berichten einem Gott gegenüber, der mit der Materie und der Leere, mit dem Tag und der Nacht, den Gestirnen und den Wesen so umgeht wie ein Künstler mit seinen Werkzeugen. Doch das würde eine Sackgasse für die erste der notwendigen Bedingungen dieser Schöpfung bedeuten.«

»Und die wäre?«

»Um etwas zu erschaffen, musste Gott die Leere verursachen, einen ›Raum‹ außerhalb von sich. Die erste ›Handlung Gottes‹ war also keine schöpferische Handlung, wie man annimmt, sondern eine Handlung des Widerspruchs, des Rückzugs in sich selbst. Er musste sich begrenzen, auf einen Teil seiner Fülle verzichten, sich aufteilen. Das ist wichtig: Gott erschafft nicht durch seine Anwesenheit, sondern durch seine Abwesenheit, durch seine Flucht. Und es ist dieser Rückzug in sich selbst, der das uns unbekannte Universum hervorgebracht hat.«

Anx runzelte die Stirn.

»Dann wären wir also hier, weil Gott nicht mehr hier ist?«

»Richtig. Indem Gott die Leere erschuf, gab er den Weg für die ›Möglichkeiten‹ frei. Man fragt sich oft, warum das Böse zu Gott und seinen Geschöpfen gehören kann, wenn Gott in dem Maße gerecht und unendlich ist. Aber so ist es nicht. Um etwas erschaffen zu können, öffnete Gott einen

Raum diesseits von sich, wo alles möglich ist, einschließlich des Bösen. Das Universum ist ein Produkt der Abwesenheit Gottes. Wenn du jetzt wieder den Begriff des Unendlichen durch den Begriff ›Gott‹ ersetzt, wirst du verstehen, was ich vorhin mit dem ›begrenzten Unendlichen‹ bezeichnet habe. Das Unendliche hindert die Materie daran, zu sein, hindert die Zeit daran, zu vergehen. Es muss sich zurückziehen, es muss aufhören, damit du und ich hier diskutieren können, damit diese Welt ist, was sie ist, damit unsere Tage unerbittlich vorübergehen und Zenons Pfeil schließlich sein Ziel erreicht.«

Anx dachte lange darüber nach.

»Das ist eine Theorie«, sagte sie dann. »Auch sie kann nicht bewiesen werden.«

»Meine Kleine, die ganze Wahrheit ist nicht zwangsläufig an eine Deduktion des Geistes gebunden. Das Thema der Abwesenheit Gottes, seiner Leere, ist nicht unbedeutend. Wenn der Mensch dies offensichtlich nicht ›verstehen‹ kann, so kann er es dafür ›spüren‹.«

»Spüren?«

»Die Leere, von der ich spreche, ist nicht um uns herum, sie ist kein Gegenstand der Betrachtung: Wir sind aus dieser Leere *gemacht*. Wir existieren durch diese Leere. Sie ist in uns. In den tiefsten Winkeln unseres Bewusstseins spüren wir sie alle, wenn auch nur kurz. Dieses vertraute Gefühl der Unvollständigkeit, des Mangels, der Abwesenheit, diese Gewissheit, einem unbeständigen, feindlichen Leben ausgesetzt zu sein, diese Zerrissenheit, die nicht heilt. Wir spüren in uns einen Raum, den nichts ausfüllen kann. Ja, man vergisst es manchmal. Dann gibt man sich der Illusion hin, sich davon befreit zu haben, aber es verlässt uns nie und tritt immer wieder heimtückisch zutage. Von Gott verlassen zu sein. Wie du ganz richtig gesagt hast, kann man die Grenze des Unendlichen nicht beweisen, nein, man *spürt* sie.«

»Gehört dieser Stein«, sagte Anx, »dieser Born, der sich allen Gesetzen unserer Welt entzieht und den die Ritter suchen wollen, zu dieser ›Natur‹, die sich zurückgezogen hat?«

»Du hast es verstanden. Der Born gehört zu dem Unendlichen, das die Menschen sich vorzustellen versuchen, von dem sie aber nichts wissen können, weil sie von Anfang an davon zurückgedrängt wurden.«

Diese Erklärung klang wie eine Schlussfolgerung. Nébo erhob sich.

»Was?«, fragte Anx. »Mehr wollt Ihr mir nicht sagen?«

»Normalerweise sind meine Schüler nach dieser Lektion zunächst einmal damit beschäftigt, das Erlernte zu verdauen. Und du hast noch immer Fragen?«

»Eine einzige! Natürlich. Warum? Warum *wollte* Gott etwas erschaffen? Plötzlich? Warum hat er die Leere und die Materie hervorgebracht?«

Nébo zog seine buschigen Augenbrauen hoch.

»Weil er wie wir alle ist. Oder vielmehr, weil wir alle sind wie er. Ohne Ausnahme. Du weißt es genau.«

»Das heißt?«

Er hob müde die Hand.

»Er wollte geliebt werden.«

IV

Die Bedrohung

Auf dieser Erde, auf der wir leben, kündigt die Welt künftig nicht ihr Ende an, sondern sie zeigt es.

GREGOR DER GROSSE, Dialoge

Alp Malecorne war entsetzt. Die lange Reise, die seit Otranto hinter ihm lag, setzte sich heute auf finstere Weise fort: zu Füßen des Sargs, in dem die sterblichen Überreste Erichtôs lagen. Ihr Mörder hatte ihren Bauch und ihr Gesicht mit Messerstichen durchbohrt. Trotz aller Bemühungen, ihr eine Spur Schönheit zurückzugeben, ging sie mit den Zügen eines Ungeheuers, das sie im Grunde ihres Herzens war, in die Welt der Toten ein.

Die beiden Gesandten des Mannes ohne Hände und ohne Gesicht hatten in Otranto den Befehl erhalten, die Pilgerreise abzubrechen und sich nach Brindisi zu begeben. Dort bestiegen sie mit den Söldnern und den Mädchen ein leichtes Schiff, das zur Flotte des Mannes stoßen sollte. Dieser hatte alles für einen Angriff auf die Pilgerschiffe vorbereitet und wartete in kretischen Gewässern. Von Beginn der Überfahrt an fühlte Alp sich bedroht und beobachtet. Er glaubte, sein Leben sei in Gefahr.

Erichtô und Alp nahmen an der großen Seeschlacht nicht teil. Sie beschrieben dem Mann ohne Hände und ohne Gesicht nur die Schiffe von Ruy und Saint-Amant und eilten dann voraus. Nachts gingen sie im Heiligen Land, in Latakia, heimlich von Bord. Von dort begaben sie sich nach Chayzar, wo sie ihren Herrn treffen sollten.

Jetzt fühlte Erichtô sich bedroht. Es blieb ihr nicht die Zeit, über ihre Ängste zu sprechen. Mitten in der Nacht wurde sie ermordet und nahm in ihrem erstarrten Blick das Bild des Mörders mit. Selbst Alp wich vor dem Anblick der verzerrten Züge zurück. Er wusste, dass es auf der Erde teuflische Wesen, Hexerei und unerklärliche Mysterien in Hülle und Fülle gab. Dieses böse Omen gefiel ihm nicht.

Der Mann ohne Hände und ohne Gesicht kam ein paar Wochen später in Chayzar an.

Er ging über Erichtôs Verscheiden schnell hinweg.

»Sie war eine sinnliche Frau«, sagte er. »Mehr als einmal hielt sie einen Liebhaber bis zu seinem Tod aus reinem Vergnügen zwischen ihren Schenkeln gefangen. Ihr letztes Opfer ließ sich das offenbar nicht gefallen.«

Auch Alp hatte diese Hypothese in Erwägung gezogen, doch sie überzeugte ihn nicht.

»Hast du die Kugeln mitgebracht?«, fragte der Mann.

Nach seiner Ankunft in Chayzar war Alp zu einem Friedhof geeilt und hatte dort eine unter einer alten Stele versteckte Eisenkiste ausgegraben. Alp stellte sie vor den Mann und öffnete sie. Sie enthielt vier Smaragdkugeln, die vollkommen identisch und wie die Kugeln von Hincmar Ibn Jobaïr und von Jean du Grand-Cellier mit Riffeln versehen waren.

»Ich will sie mir genau ansehen«, beharrte der Mann.

Alp verstand den Befehl seines Herrn und gab ihn an die Wächter weiter. Diese verließen den Saal, worauf Alp den Zugang verriegelte und zurückwich.

Jetzt schritt der Mann langsam zu einer Trittleiter mit fünf Stufen, die vor einem großen Metallgerüst in einer Ecke des Saales stand. Die riesenhafte Gestalt von drei Metern näherte sich rückwärts diesem Gestell, worauf ein lautes Klicken erklang. Einen Augenblick stand der Riese reglos da. Dann tauchte ein Bein aus seinem schwarzen Gewand auf, das er auf die erste Stufe stellte. Das zweite erschien. Ein kleiner Mann befreite sich vollständig von dem dunklen Gewand und stieg auf den Boden hinab. Er war etwa fünfzig Jahre alt, sein Haar kurz und grau. Er hatte sein unglaubliches Gestell aus Rohren und Gelenken abgelegt, das ihm die Gestalt eines Riesen verlieh. Dieses blieb wie eine Rüstung hinter ihm stehen.

Der Mann ging auf die Kiste mit den Kugeln zu. Er nahm sie in die Hände und betrachtete sie mit gierigen Blicken.

Das war Ismale Gui.

»Ich bin zufrieden«, sagte er, als er die Kugeln unter die Lupe nahm. »Sie sind perfekt.«

»Unsere Handwerker haben gute Arbeit geleistet«, erwiderte der ehemalige Schüler der Gilde von Tabor. »Sie haben uns bereits vor ein paar Wochen benachrichtigt, dass sie an ihrem Platz liegen und abgeholt werden können.«

»Ich habe mich vergewissert, dass *ihnen* Hincmars Informationen über die Struktur der Kugeln, die zur Öffnung des Schreins notwendig sind, vollständig zur Verfügung standen. Trotz all seiner Anstrengungen konnte Jean du Grand-Cellier seine Smaragdkugeln nicht hundertprozentig vollenden, da ihm von der Gleichung eine Unbekannte fehlte. Ich habe die Seiten aus Hincmars Manuskript gestohlen, obwohl dadurch beinahe meine Tarnung aufgeflogen wäre.«

Es war in der Tat der Diebstahl dieser Blätter gewesen, der

Hugo de Payns auf Ismales Spur geführt und die Vermutung nahe gelegt hatte, dass er die Miliz im Auftrag des Mannes ohne Hände und ohne Gesicht verriet. Nachdem Hugo einen eindeutigen Beweis für den Diebstahl gefunden hatte, hatte er seine Männer beauftragt, Ismale zu verhaften. Dieser war jedoch rechtzeitig gewarnt worden. Alp hatte ihm das Täuschungsmanöver auf Draguan vorgeschlagen. Ismale Gui hatte Tabor überstürzt verlassen und dafür gesorgt, dass man ihn nach der fingierten Ermordung durch seinen »Herrn« für tot hielt. Jetzt verfügte er wieder über die notwendige Handlungsfreiheit.

Ismales erster Plan hatte vorgesehen, an der Spitze einer der Pilgerzüge der Miliz zu reisen, ihnen bis Jerusalem zu folgen und sie, kurz bevor er in die unterirdischen Gewölbe unter dem Turm Salomons eindrang, mit Hilfe seiner Verbündeten zu vernichten. Dieser Plan konnte jetzt nicht mehr realisiert werden. Ismale wusste, dass Hugo de Payns ein guter Stratege war, der versuchen würde, das Ausmaß seines gemeinsam mit dem Mann begangenen »Verrats« aufzudecken, und der seine Pläne ändern und sich ihm in den Weg stellen würde. Aber jetzt hatte er die Situation trotz allem unter Kontrolle.

»Noch ein paar Wochen, und der Born gehört mir«, sagte Ismale. »Wenn ich daran denke, dass ich allein die Entdeckung in Hincmars Bibliothek in Aleppo gemacht habe. Ich war es, der die vier Bücher des Dschinns und die arabischen Kommentare von Hincmar gefunden hat. Ich habe den Turm gefunden und sie gewarnt, nichts zu überstürzen, ehe wir alle notwendigen Informationen gesammelt haben, um zu versuchen, den Schrein zu öffnen. Und das alles gemeinsam mit der Miliz, damit dieser Dummkopf Hugues de Champagne diese Reliquie an sich nimmt? Eine solche Macht!«

»Welche Macht, Herr?«, fragte Alp neugierig.

Ismale warf ihm einen finsteren Blick zu. Er mochte es nicht, wenn er über seine Geheimnisse befragt wurde. Alp senkte den Kopf. Als er kurz nach seinem Ausschluss aus der Gilde zum ersten Mal die Wut seines Herrn entfacht hatte, hatte dieser sein Gesicht zertrümmert. Seitdem wagte Alp es nicht mehr, ihn zu verärgern.

»Du wirst es zu gegebener Zeit sehen, Malecorne.«

Er schloss die Kiste mit den Kugeln.

»Mir ist es nicht gelungen, Carl de Ruy und Saint-Amant auf dem Meer zu entführen, damit sie mir im Tempel dienen«, sagte er. »Sie sind aber unentbehrlich, falls die Kugeln nicht wie vorhergesehen funktionieren.«

»Unentbehrlich?«

»Wenn ich auch alles weiß, was die Miliz heute über den Born Salomons weiß, so weiß ich nicht, welche Informationen ihnen fehlen. Das Öffnen des Schreins ist ein kritischer Augenblick und steckt voller unbekannter Gefahren. Ich habe nicht umsonst all diese Jahre damit zugebracht, die Miliz mit Hugues de Champagne aufzubauen, sondern weil ich all ihre Hilfsmittel brauche, um mein Ziel zu erreichen. Und daran hat sich nichts geändert. Die Werkzeuge und die Bücher der Miliz könnten sich als der alles entscheidende Faktor erweisen. Einen Frontalangriff gegen unsere Feinde ziehe ich nun nicht mehr in Erwägung. Der neue König hält sich weit von Jerusalem entfernt in Damaskus auf. Er hat kein Heer mehr. Wir werden die Stadt heimlich betreten, auf die Ritter warten und sie kurz vor dem Ziel angreifen.«

»Das ist sehr riskant, Herr. Ich dachte, Ihr hättet diese Strategie verworfen.«

»Darum werden wir die Stadt *an der Stelle anderer* betreten.

Zuerst werden wir uns dem Bibliothekar, diesem guten Flodoard, in den Weg stellen. Ich weiß genau, welche Strecke Bisol vorgeschlagen hat, und ich weiß auch, über welchen Weg sie nach Jerusalem reisen. Wir nutzen die Gelegenheit, um seine Manuskripte, seine magischen Formeln und den Flaschenzug in unseren Besitz zu bringen und die Gewänder der Pilger zu stehlen. Wir werden die Stadt als Christen betreten.«

Alp senkte zustimmend den Kopf.

»Informiere deine Söldner«, befahl Ismale Gui. »In einer Stunde brechen wir auf.«

V

Die Macht der Märchen und Legenden

Warum sollten wir uns um all diese Dinge sorgen? Da es das Leben ja gibt, und da wir diesem angehören, leben wir doch einfach!
Natürlich ... Wir müssen nur leben ... Das tun wir alle, und das tust du in der Regel auch. Aber es genügt ein Augenblick ... Du sitzt dort, auf einem warmen Stein oder auf dem Sand des Strandes oder auf dem polierten Holz des Stuhls, oder du setzt dich Tag für Tag hin, um zu arbeiten. Das Leben vergeht rings um dich herum. Und du mit ihm.
Und plötzlich, zwischen dem Wind, den Gezeiten und der Sonne schwebend, reglos schwebend, allein gelassen, plötzlich ein grausamer Augenblick der Klarheit, ein Aufblitzen, und du gehörst nicht mehr dazu ...
Geboren werden, leben, sterben? Leben? Leben? Warum? Warum?
Du findest keine Antwort darauf, und die finde ich auch nicht.
Aber wenn du keine Hoffnung auf eine Antwort hast und wenn du diese Frage nicht in die Welt hinausschreist, bist du nichts als ein Knochen ...

RENÉ BARJAVEL, Der Hunger des Tigers

Nach dem Besuch bei Meister Nébo erreichte Flodoards und Anx' Zug die Stadt Antiochia. Jerusalem rückte immer näher. Doch zunächst warteten sie ein paar Tage in Antiochia, ehe sie den Weg fortsetzten, damit die Garde sich erholen konnte. Auf dem Weg über Saint-Siméon, Baniyas und Tortosa lauerten zahlreiche Gefahren. Auf dieser Strecke gab es weniger Siedlungen, und der Boden war unfruchtbar. Es herrschte ein ständiger Mangel an Wasser, und es war unmöglich, auf Unterstützung zu hoffen. Obwohl die Strecke durch christliches Gebiet führte, waren die Feinde überall, und das nicht, weil sie so viele waren, sondern weil sie sich rasch von einem Ort zum anderen bewegten, agiler und besser als die Franzosen an das Klima gewöhnt waren. Flodoard folgte den Ratschlägen, die Godefroy de Bisol hinterlassen hatte, doch einen richtigen Schutz gab es nicht. Ein schwieriger Pass zwischen Latakia und Chayzar war für seine Gefahren bekannt. Tudebode zögerte ebenso wie Flodoard, aber aufgrund einer erneuten Plünderung in einer Nachbarstadt, dem einzig möglichen Umweg, entschieden sie sich für den Pass und die zeitraubende Überquerung.

»Hugo de Payns wird die Heilige Stadt bald erreichen«, sagte der Bibliothekar. »Er wird uns Verstärkung schicken.«

Wenn Flodoard nicht mit der Organisation des Zuges beschäftigt war, weihte er seine Schülerin weiterhin in die Geheimnisse des Borns ein: Sein Versteck in Jerusalem, die beiden Zugangswege – über den Turm und die alten Ställe des Tempels –, die ins Auge gefassten Möglichkeiten, den Smaragdpanzer zu zerbrechen, ohne den Stein zu beschädigen.

»Wir wissen nur sehr wenig über das, was passieren könnte, wenn wir Salomons Schrein öffnen«, sagte er. »Wir glauben, dass der Born von den Dschinnen bewacht wird und sie auftauchen werden, um uns daran zu hindern, den Stein aus dem Schrein zu befreien. Carl ist bei uns, um sie in Schranken zu halten. Aber ihn herauszuholen? Ihn zu ergreifen? Das sind sonderbare Vorstellungen. Dazu werden wir Zeit benötigen. Zudem ist Jerusalem ein unsicherer Ort. Wenn der Versuch, ihn zu öffnen, misslingt, wird Saint-Amant uns helfen, den gesamten Schrein herauszureißen und ihn an einen sicheren Ort zu transportieren, damit wir ihn dort studieren können. Saint-Amant hat fast zehn Jahre damit zugebracht, einen gewaltigen Flaschenzug zu entwickeln, mit Hilfe dessen das ungeheure Gewicht gehoben werden kann, ohne dass die geringste Erschütterung entsteht und ohne das Gleichgewicht zu stören.«

Anx dachte an die lange Reise seit Troyes, an die erste Begegnung mit Flodoard, als er sie in seine Dienste nahm, und an seine erste Lektion, »man müsse an alles glauben«.

»Warum sagt Ihr mir das?«, fragte sie plötzlich. »Warum habt Ihr mich eingeweiht?«

»In der Miliz gab es nur drei Personen, die alles über den Born wussten: Hugo de Payns, meine Wenigkeit und Ismale Gui, der ermordet wurde. Nach seinem Tod mussten wir eine dritte Person finden, um unserem Protokoll treu zu bleiben. Doch seit vielen Monaten vermuten wir, dass uns ein Verräter beobachtet, vielleicht sogar Ismale selbst. Es gab zu viele betrübliche Zwischenfälle. Wir wussten nicht, ob nach seinem Tod noch immer Verräter unter uns sind. Daher hielten wir es für das Beste, einen unschuldigen Menschen zu suchen, der nichts mit dieser Sache zu tun hatte. Ich sollte jemanden auswählen. Meine Wahl fiel auf dich.«

Der Bibliothekar fuhr mit seinen Erläuterungen über die

Dinge fort, die in der Heiligen Stadt beachtet werden mussten. Er sprach über die Bücher, die noch einmal gelesen werden, und die Formeln, die im Falle einer Gefahr gesprochen werden mussten, sowie über Saint-Amants Flaschenzug.

»Jetzt weiß ich also, was der Born ist«, sagte Anx. »Ich kenne seine Herkunft und weiß, was er hier bei uns bedeutet. Nébo hat mir aber nicht gesagt, *warum* er hier ist.«

»Oh …«

Flodoard lächelte.

»Als ich jung war«, sagte er, »beantwortete Nébo meine Fragen durch Parabeln. Eine davon handelte von der ersten Zeit der Schöpfung. Als Gott sein Werk des ›Rückzugs‹ beendet hatte, beschloss er, einen kleinen Hinweis auf seine Fülle zu hinterlassen, ein Licht, und dies irgendwo in unserer Welt zu verstecken. Er wusste, dass die Geschichte möglicherweise in einem Blutbad enden könnte, dass Männer wegen unbedeutender Streitereien und unheilvoller Lehrmeinungen ihren Frauen und Kindern die Kehle durchschneiden und dass sie Gottheiten und Teufel nach ihrem Bild erschaffen könnten. Gott wollte, dass ihnen dieser versteckte Hinweis auf ihn, der dank der Geduld eines Weisen gefunden würde, am Ende ihres blutrünstigsten Tages erscheint, um all ihre Überzeugungen zunichte zu machen. Dieses einfache Licht wird genügen, um alles, was die Menschen im Laufe der langen Jahrhunderte konstruiert haben, einstürzen zu lassen.«

»Aber warum erscheint Gott nicht selbst, um die Menschen zur Wahrheit zurückzuführen?«

»Gott ist nicht mehr da, meine Kleine. Gott ist *nicht* bei uns. An dem Tag, an dem wir ihn ›wiedersehen werden‹ (aber du weißt, dass das Wort unpassend ist), wird der Augenblick gekommen sein, da er ›entschieden haben wird‹, in die Leere zurückzukehren, die er uns überlassen hat. Du siehst«, fuhr er fort, »eine kleine Geschichte kann deinem Verständnis mehr dienen als ein langer wissenschaftlicher Kommentar. Wir kommen nun wieder auf meine erste Lektion zurück: Legenden, Religionen, Träume: Man muss an alles glauben. Alles drückt dasselbe aus, dieselbe Notwendigkeit: Jedes Götzenbild, jeder Prophet, jeder Messias, jedes Straßenlied versucht, *die Leere zu füllen.* Das Gras, das wächst, der Mensch, der denkt und liebt, die Zeit, die vergeht, alles handelt, um die Leere zu *beleben.* Wir breiten uns aus, das Leben breitet sich aus, es hat keine andere Bestimmung.«

Flodoard lächelte wieder.

»Ich weiß nicht, ob meine Geschichte deine Frage beantwortet hat«, sagte er, »aber es genügt, wenn du daran glaubst.«

Anx dachte an Ignatius, den sie während seiner Flucht getroffen und der ihr entsetzt verkündet hatte, dass die Männer der Miliz nicht alles verstanden hätten.

Am Ende ihres blutrünstigsten Tages wird der Born genügen, um alles zu zerstören, was die Menschen im Laufe der langen Jahrhunderte erschaffen haben. Anx spürte die große Gefahr, die dieses Abenteuer barg. Wussten sie überhaupt, was sie taten?

Die Gelehrten standen mit ihren Wagen vor dem gefährlichen Pass. Es war ein langer, schmaler Gebirgspfad zwischen zwei Felswänden – das ideale Versteck für Bogenschützen und Mörder. Der Hauptmann Tudebode wirkte dieser Bedrohung entgegen, indem er seine besten Soldaten auf dem Gipfel des Berges platzierte. Doch der Pass blieb bedrohlich. Auf den Felsen lasen Flodoard und seine Männer Inschriften, die die Großtaten der Plünderer dieser Gegend rühmten. Eine düstere Auflistung der Morde und der Frauen, die vergewaltigt und anschließend auf Sklavenmärkten verkauft worden waren. Die Schreiber und Gelehrten schritten zögernd voran.

Auf halber Strecke zerriss plötzlich ein Donnerschlag die Stille. Einem Hagelschauer gleich prasselten Steine auf die Christen nieder. Sie sahen, dass die Felswände sowohl vor als auch hinter ihnen zusammenbrachen und Tudebodes Wachen und deren Pferde mit sich in die Tiefe rissen. Der Konvoi war zwischen den Gerölllawinen eingeschlossen. Pfeile und Wurfspeere schossen durch die Luft. Hinter diesem Angriff konnten unmöglich gewöhnliche Räuber stecken, die niemals über ein solches Waffenaufgebot verfügt hätten.

Dutzende Angreifer stürzten aus ihren Verstecken hervor und fielen mit ihren Säbeln über die Verletzten her.

Anx und Flodoard wurden von Panik erfasst. Die Schülerin ergriff das Schwert eines erschlagenen Soldaten. Sie verteidigte ihren Meister und versuchte, ihm einen Fluchtweg zu bahnen. Das Mädchen hatte auf den irischen Ebenen gelernt, sich zu verteidigen. Es führte die Klinge erstaunlich flink und geschickt. Ohne zu zögern, stach Anx zu und streckte mehr als einen Gegner nieder. Flodoards Blick wanderte auf der Suche nach einem Ausweg umher. Schließlich entdeckte er einen dicken Felsblock, der ihnen Deckung bieten konnte. Entschlossen liefen sie darauf zu. Anx war erschöpft. Flodoard zwängte sich hinter den Felsblock. Seine Schülerin folgte ihm.

Unweit dieses Verstecks verteidigte Tudebode sich mit zwei Schwertern und zwang alle Gegner zum Rückzug. Er zerschmetterte mehrere Schädel, und einen Angreifer spaltete er der Länge nach. Fünf Söldner stürzten sich auf ihn, um ihn zur Strecke zu bringen. Tudebode warf einen Blick zurück auf seine Nachhut, um sich zu vergewissern, dass er von einem Verbündeten gedeckt wurde, und beschloss, unbeirrt vorzurücken. Doch plötzlich erstarrte der Hauptmann mitten in der Bewegung. Er erblasste, und aus seinem Mund schoss das Blut. Jemand hatte ihm einen Dolch in den Rücken gestoßen. Als er zusammenbrach, konnte er das Gesicht von Erich, dem Schreiber des Bibliothekars, nicht erkennen, der seine Klinge zufrieden aus der Wunde zog.

Nachdem Flodoard und Anx sich versteckt hatten, entdeckten auch andere verzweifelte Gelehrte den Zufluchtsort und liefen darauf zu. Dieser Andrang machte die Gegner aufmerksam. Die Söldner stürzten sich auf sie. Köpfe rollten, Blut floss in Strömen. Ein Söldner riss Flodoard brutal aus seiner Felsspalte und schlug ihm, von blinder Zerstörungswut erfasst, vor Anx' Augen den Kopf ab. Das Mädchen brüllte. Der Mörder hob soeben sein Schwert, um auch ihr einen tödlichen Schlag zu versetzen, als ihm eine Stimme Einhalt gebot.

Es war Erichs Stimme.

Anx wunderte sich, dass der Söldner ihm gehorchte.

In diesem Augenblick tauchten zwei schwarze Pferde auf der Anhöhe auf, die eine Sänfte zogen. Der Mann ohne Hände und ohne Gesicht traf ein. Alp Malecorne stieg zu dem Passabschnitt herab, wo die Schlacht mit dem Sieg der Söldner endete.

»Du solltest den Bibliothekar nicht töten!«, brüllte Erich den Mörder an. »Der Befehl lautete, Flodoard lebend zu schnappen!«

Alp schritt auf den Söldner zu. Als er den unverzeihlichen Fehler seines Mannes erkannte, zog er seine Klinge und schnitt ihm die Kehle durch. Der Söldner stürzte zu Boden, worauf sich augenblicklich eine Blutlache zu Alps und Erichs Füßen bildete.

»Wir haben die Texte und die Geräte, und das ist das Wichtigste«, sagte Alp zu Erich, als er die Wagen mit dem Material betrachtete. »Und der da?«

Er zeigte auf Anx.

»Das ist ein Mädchen.«

»Ein Mädchen?«

Anx zuckte zusammen. Sie hatte nicht gewusst, dass Erich, der Verräter, sie enttarnt hatte. Malecorne ging auf sie zu und riss ihr die Schreiberrobe herunter.

»Warum sollten wir sie verschonen?«, fragte er.

»Flodoard hat sie eingestellt und sie mir seit Troyes vorgezogen. Vor dem Aufbruch hatte er begonnen, mich in alles einzuweihen, und ich hätte mühelos von allen neuen Vorkehrungen, die nach Ismale Guis Tod getroffen wurden, erfahren, doch dann wies er mich unversehens zurück. Dennoch bin ich ganz sicher, dass der Bibliothekar mich nicht durchschaut hat. Ich weiß nicht, wer dieses Mädchen ist. Wir müssen es verhören. Es wird wissen, was der Meister wusste.«

»Nehmt sie mit! Wir werden sie an Stelle von Flodoard verhören«, knurrte der Mann. »Zieht die Kleider der Pilger an, verbrennt ihre Leichen und nehmt die Werkzeuge und Manuskripte mit. Wir brechen nach Jerusalem auf.«

Anx wurde gefesselt. Sie warf einen betrübten Blick auf den Leichnam ihres Herrn und einen mörderischen Blick auf Erich. Ein Mann hob sie auf sein Pferd, und dann ritten sie, von zwei Wachen begleitet, los.

Am Ende eincs wilden Rittes erreichten sie nach mehreren Zwischenstationen ein Gefängnis mitten in der Wüste.

Anx Columban wurde ebenso wie Cosimo Gui in dem Gefängnis »Baphomets Schädel« gefangen gesetzt.

VI

Die unterirdischen Gewölbe

Im unendlichen Raum zahllose leuchtende Kugeln, um welche je etwa ein Dutzend kleinerer, beleuchteter sich wälzt, die, inwendig heiß, mit erstarrter, kalter Kruste überzogen sind, auf der ein Schimmelüberzug lebende und erkennende Wesen erzeugt hat – dies ist die empirische Wahrheit, das Reale, die Welt. Jedoch ist es für ein denkendes Wesen eine missliche Lage, auf einer jener zahllosen im grenzenlosen Raum frei schwebenden Kugeln zu stehen, ohne zu wissen, woher noch wohin, und nur eines zu sein von unzählbaren ähnlichen Wesen, die sich drängen, treiben, quälen, rastlos und schnell entstehend und vergehend, in anfangs- und endloser Zeit: dabei nichts Beharrliches als allein die Materie und die Wiederkehr derselben verschiedenen organischen Formen mittels gewisser Wege und Kanäle, die nun einmal da sind. Alles, was empirische Wissenschaft lehren kann, ist nur die genauere Beschaffenheit und Regel dieser Hergänge.

SCHOPENHAUER, Ergänzung zum ersten Buch »Die Welt als Wille und Vorstellung«

Endlich erreichten Hugo de Payns' Pilgerzüge unversehrt Jerusalem. Tausende von Gottespilgern strömten in die Stadt, während die Soldaten der Miliz außerhalb der Stadtmauern zurückblieben. Eine solch große Streitkraft konnte nicht in der Stadt einquartiert werden. Die Ritter betraten Jerusalem nur mit ihren besten Wachen. König Balduin II. führte fern der Stadt in Damaskus Krieg. Daher traten Hugo und seine Männer vor den Patriarchen Gorimond. Der alte Geistliche war wie benommen, als er die riesige Pilgerschar sah, die die Ritter wohlbehalten ins Heilige Land geführt hatten. Er versprach ihnen, sie bei der Unterbringung der Pilger nach Kräften zu unterstützen und zum Gedeihen ihres Ordens beizutragen.

»Ihr bringt uns neue Gläubige«, sagte er. »Dank Eurer Mühe wird sich das Königreich endlich ausdehnen und neu bevölkert werden. Da es Euch gelungen ist, die Pilger zu beschützen und die Räuber und Ungläubigen von den Straßen fern zu halten, gebührt Euch allein die Anerkennung für das Überleben des Königreiches.«

Hugues de Champagne und Hugo de Payns hatten sich vorzüglich getarnt. Wenn sie allein gekommen wären, hätten sie ihr Vorhaben kaum ungestört ausführen können. Als Herren der Straßen und Retter des Heiligen Landes hingegen konnten sie ihr Werk heimlich vollbringen.

Jerusalem feierte die Ankunft seiner neuen Brüder und Schwestern. In den überfüllten Straßen herrschte unbeschreiblicher Jubel. Der Patriarch ließ die ganze Stadt mit einer frommen Beflaggung schmücken. Die Freude der Bewohner der Heiligen Stadt war ebenso groß wie die der Neuankömmlinge. Die Pilger aus dem Abendland schluchzten. Der Komödiant Marcabru war mächtig stolz, als er ein

Jerusalem entdeckte, das dem Bild entsprach, das er auf seinen Fässern in Troyes entworfen hatte. Der junge Chronist Polybus sammelte Szenen für sein Epos. Die Familie Columban betete für ihre Tochter.

Es sollte eine große Messe gehalten werden. Die Kirchen füllten sich. Allerorts läuteten die Glocken. Feierlich ließ der Abt Soffrey die große Glocke der Iren aufhängen. Der herrliche Klang wurde von Hochrufen und Lobpreisungen begleitet. Man hätte meinen können, die Zeit wäre für die Aufführung einer biblischen Szene stehen geblieben.

Nach dem Gespräch mit dem Patriarchen eilten die Ritter mit ihren Wachen in das Viertel des alten Tempels, auf ein zweistöckiges Haus zu, vor dem Payns zwanzig Jahre zuvor mit Hugues de Champagne, Ismale Gui und dessen Bruder Abel gestanden hatte. Der Eingang hätte von einem Wächter von Balduin dem Gründer bewacht werden sollen, aber dieser hatte seinen Posten verlassen. Hugo zog einen Schlüssel aus der Tasche und öffnete die schwere Tür.

Sie traten ein.

Einige der acht Ritter erblickten zum ersten Mal die Überreste von Salomons Turm.

Erneut erfüllte sie ein Gefühl der Gnade und der Andacht.

Hugo de Payns betrachtete den Turm wie an jenem Tag im Februar 1099. Er erinnerte sich an alles: die Entdeckung des Heiligtums; die vergangenen Jahre, in denen sie Hincmar Ibn Jobaïrs Schriften entschlüsselt hatten; die unzähligen Manuskripte, die sie aus dem Arabischen übersetzt hatten, um zu überprüfen, was ihm wohl entgangen sein könnte; die Rekrutierung der Soldaten der Miliz; die sorgfältige Anfertigung der Kugeln; alle anderen Maßnahmen, die die Entdeckung des Borns erforderlich gemacht hatte. Zwanzig

Jahre beschwerlicher Arbeit, und heute sollte sich nun endlich die Mühe auszahlen.

Hugo näherte sich dem Eingang des Turms. Er beschloss, sofort hineinzugehen, um sich zu vergewissern, dass sich in den unterirdischen Gewölben nichts verändert hatte. Ein Teil der Ritter blieb mit ihren Wachen außerhalb des Turms zurück. Gefolgt von Robert de Craon, Pierre de Montdidier und Jean du Grand-Cellier, der seine letzten vier Kugeln bei sich trug, stieg Hugo die Stufen zur Plattform des Turms hinauf.

Mit Hilfe von Hincmars Markierungen aktivierte er den Mechanismus der Sterne. Der Ritter trug eine Fackel bei sich. Nach wenigen Augenblicken ertönte das Klicken, und die Mitte der Plattform senkte sich langsam ab.

»Kommt«, sagte er.

Hugo und seine Begleiter waren jedoch kaum einen Schritt gegangen, als der sonderbare Eindruck entstand, die Nacht bräche unversehens herein. Alle Zugänge zum Haus verdunkelten sich, einschließlich der schmalen Lücken in den mit Tüchern verstopften Fenstern. Außerhalb des Hauses erhob sich Lärm. Das Rasseln von Schwertklingen und einige Schreie waren zu hören. Dann traten Dutzende mit Fackeln und Waffen ausgerüstete Gestalten vor den Turm: Innerhalb weniger Sekunden war der Bettler des Heiligen Grabes mit seinen zerlumpten Männern in das Haus eingedrungen. Die vor dem Turm zurückgebliebenen Ritter zogen ihre Schwerter und verteidigten sich mit Hilfe ihrer Wachen, so gut es ging, doch die große Anzahl der Gegner zwang sie aufzugeben.

»Beeilung!«, rief Hugo.

Er führte seine drei Ritter hinab in den Turm. In größter

Eile passierten sie den Durchgang, um dem Hinterhalt zu entfliehen. Hinter ihnen schloss sich die schwere Steinplatte.

Im Licht von Hugos Fackel stiegen sie die Treppe hinunter, die zu den unterirdischen Gängen führte.

»Wer kann das sein?«, fragte Montdidier. »Es ist unfassbar.«

»Draußen stehen alle meine Wachen«, sagte Craon. »Ich verstehe das nicht.«

»Jetzt ist keine Zeit, nach Erklärungen zu suchen«, sagte Payns. »Wir müssen irgendwo Zuflucht suchen. Eine Weile müssten wir hier in Sicherheit sein.«

Doch kaum hatte er seinen Satz beendet, als erneut ein Klicken ertönte und die Plattform sich absenkte. Ihre Verfolger wussten, wie sie Zugang zum Turm erlangten! Hugo und seine Männer erblickten das Licht mehrerer Fackeln, die sich ihnen näherten.

Sie ergriffen die Flucht.

»Aufgepasst! Sobald wir von Hincmars Weg abweichen«, warnte Hugo die anderen Ritter, »könnten wir in noch aktive Fallensäle geraten. Seid wachsam.«

Die Ritter erreichten die Mauer mit dem Stern. Hugo schob sie auf. Sie traten hindurch und befanden sich in dem ovalen Saal mit den zahlreichen Durchgängen, die unterschiedliche Namen trugen: *der Berg Oâf, Djâboulsâ, Magog, das Königreich der Vögel, die Mauer von Dsou'l-Qarnaïn, Djâboulqâ, die Insel der Smaragde.* Hugo wollte den Knauf seines Schwertes in einen Spalt stoßen, um zu verhindern, dass sich die drehbare Mauer erneut öffnete, doch das Schwert blieb nirgendwo stecken. Mit der Methode hatten er, Champagne und die beiden Gui-Brüder es vor zwanzig Jahren geschafft, der Falle des Heiligtums mit dem Erdöl zu entkommen: Alle Durchlässe unter dem Turm, die sie passiert hatten, waren von ihnen blockiert worden, um sich nicht hinter ihnen zu schließen. Doch war es ihm umgekehrt nun nicht möglich, den Zugang durch eine Blockade zu verhindern.

Die Männer, die ihnen folgten, näherten sich der Mauer.

»Es gibt nur einen Ausweg«, sagte Hugo. »Wir dürfen den Weg, der zu Salomons Schrein führt, den der *Insel der Smaragde*, nicht einschlagen.«

Er warf seine Fackel auf den Boden und löschte sie.

»Jeder von uns schlägt eine andere Richtung ein. Sie werden uns nicht alle vier einholen. In der Dunkelheit wird ihnen das nicht gelingen.«

Es herrschte vollkommene Finsternis, als die Ritter sich trennten und an den Mauern der verschiedenen Gänge entlangschlichen.

Pierre de Montdidier passierte den Durchgang *der Mauer von Dsou'l-Qarnaïn*. Er hatte sein langes Schwert gezogen. Montdidier war ein Riese, ein tapferer Krieger. Normalerweise wich dieser Mann vor keiner Gefahr zurück. Er hörte, dass die Mauer sich drehte. Die Unbekannten kannten den Weg offenbar genau. Montdidier sah den Schimmer der Fackeln auf sich zukommen. Da sich der Gang schlängelte, verschwanden die Lichter und tauchten sofort darauf wieder auf. Der Ritter presste sich in eine Nische, als er ringsherum Lichter aufleuchten sah.

»Sie kennen jeden Weg des Gewölbes«, murmelte Montdidier.

Er erkannte, dass er in der Falle saß. Er entschloss sich, einen gewaltsamen Ausbruch zu wagen und seine Gegner zu Fall zu bringen, doch es war zu spät. Fünf bewaffnete Bettler stürzten sich auf ihn und fesselten ihn, ehe er sein Schwert erheben konnte.

Robert de Craon hatte den Durchgang *Djâboulqâ* passiert. Er hörte den Lärm des Kampfes und Montdidiers Gefangennahme. Dort, wo er sich aufhielt, herrschte noch immer tiefste Nacht. Vorsichtig schritt er weiter und hielt sich an Payns' Ratschlag bezüglich der Fallen. Plötzlich hörte der Ritter nicht weit von seinem Standort entfernt eine Kette klirren und einen Schrei. Sofort darauf sah er den vagen Widerschein eines Lichtes in einer Mauerecke. Der Schrei verwandelte sich in ein Jammern. Das Schwert in der Faust, näherte Craon sich dem Geräusch. Ein flüchtiger Blick genügte, um die Situation zu erfassen: Ein Bettler war in eine Falle geraten und sein halber Körper im Boden versunken. Er war allein. Auf seinem Gesicht spiegelte sich panische Angst. Entschlossen schritt Craon auf ihn zu. Als der Bettler ihn erblickte, öffnete er den Mund, doch ehe ihm ein Schrei entfuhr, schnitt der Ritter ihm kurzerhand die Kehle durch. Hastig riss er die Leiche hoch und zog ihr den stinkenden Mantel aus und die Mütze vom Kopf. Dann schlüpfte er in den Mantel, setzte sich die Mütze auf und nahm die Fackel in die Hand. Dem Toten versetzte er einen Tritt, sodass er vollständig verschwand. Darauf setzte er seinen Weg langsam fort.

Vor einem von zwei Pfeilern gestützten Durchgang zu einem anderen Saal blieb er stehen. Craon hatte einen Verdacht. Er zog sein Schwert aus der Scheide und warf diese in den Saal hinein. Augenblicklich schossen Pfeile aus der Mauer auf die Scheide, ehe diese den Boden berührte. Craon wich soeben zurück, als er ein Stück entfernt die Umrisse zweier Bettler erkannte, die seine Richtung eingeschlagen hatten. Er konnte ihnen nicht entkommen. Kurz entschlossen drehte er ihnen seinen Rücken mit dem Bettlermantel zu und kehrte zum Eingang des Fallensaals zurück. Dort legte er seine Fackel auf den Boden, kauerte sich wie ein Verletzter auf die Erde und wartete. Schließlich entdeckten ihn die beiden und näherten sich ihm. Sie sprachen arabisch. Bevor sie sich auf ihn stürzen konnten, schoss Craon in die Höhe, erschlug den ersten und schleuderte den zweiten in den Fallensaal. Sogleich schossen Pfeile aus den Wänden und durchlöcherten ihn, ehe ein mit Nägeln beschlagenes Holzgitter auf ihn stürzte und ihn zerquetschte. Craon zog sein Schwert aus dem Leib des anderen Bettlers und versetzte ihm einen kräftigen Tritt, sodass er seinem Kameraden folgte und dasselbe Schicksal erlitt.

Der Ritter holte tief Luft und nahm die Fackel in die Hand. Ringsherum war alles in Dunkelheit getaucht. Er wollte seinen Weg fortsetzen, als ein Wurfpfeil in seine Kehle eindrang. Er brach zusammen.

Der Bettler des Heiligen Grabes trat mit drei Männern aus der Finsternis hervor.

»Nehmt ihn mit«, befahl der Anführer der Bettler der Heiligen Stadt.

Hugo de Payns hatte den Durchgang *Magog* gewählt. Er wartete in der Finsternis. Bisher hatte sich ihm noch keine Fackel bedrohlich genähert. Von den Niederlagen seiner Ritter hatte er nichts vernommen. Um sich nicht zu verirren, hielt er es im Augenblick für ratsam, sich nicht weiter vorzuwagen. Er richtete sein Schwert auf die Erde.

Plötzlich hörte er ganz in der Nähe gedämpfte Schritte und das Knirschen von Sand. Geisterhafte Gestalten irrten durch die Dunkelheit. Sekunden später leuchtete eine Fackel auf. Dann eine zweite, eine dritte und eine vierte. Ehe er sich's versah, landeten alle Fackeln vor seinen Füßen. Das helle

Licht blendete Hugo de Payns so stark, dass er seine Angreifer nicht erkennen konnte. Dennoch hob er sein Schwert und schlug wütend um sich. Er spürte den Widerstand der anderen Klingen. Ohne einen seiner Gegner zu erkennen, stieß er zu. Er erahnte fünf Gestalten in der Finsternis. Seine Augen hatten sich immer noch nicht an die Lichtverhältnisse gewöhnt. Payns spürte, dass seine Klinge in einen Körper eindrang, als ihn zwei Schläge auf die Oberschenkel lähmten. Als er endlich wieder klar sehen konnte, hatten die Bettler ihn schon umzingelt und gefesselt.

Jean du Grand-Cellier presste die Kiste mit den Kugeln an seine Brust. Er schwitzte stark. Seine Augenbrauen zuckten. Aus allen Richtungen näherten sich ihm Fackeln. Er wusste, dass es kein Entkommen für ihn gab. Nur noch wenige Sekunden der Freiheit. Er musste sich entscheiden. Entscheiden ... Er riss die Kiste auf und schüttete die vier Smaragdkugeln, die ihm nach dem Untergang seines Schiffes geblieben waren, auf den Boden. Der Ritter warf einen letzten Blick auf seine Kugeln, die ihn beinahe schon einmal das Leben gekostet hätten. Er schloss die Augen und zertrampelte sie wütend mit der Ferse. Eine nach der anderen. Bei jedem Tritt hatte er das Gefühl, seine eigenen Eingeweide zu zerstampfen. Die Smaragdkugeln, die von innen ausgehöhlt waren, zerbrachen wie Glas. Genugtuung stieg in ihm auf. Niemand würde Salomons Schrein öffnen können.

Die Bettler umzingelten ihn.

Der Angriff war vollkommen überraschend erfolgt und sorgfältig geplant gewesen. Die Wachen, die die Ritter begleitet und die Straßen rund um das Haus, in dem sich Salomons Turm erhob, bewacht hatten, waren hilflos gewesen, als sie entdeckt hatten, dass sowohl alle Bettler als auch die Menschen in den Straßen, die sie umringten, bewaffnet waren und sich alle gleichzeitig auf sie stürzten. Da die acht Ritter der Miliz innerhalb des Hauses gefesselt worden waren und die Hungerleider die Umgebung des Hauses und die angrenzenden Straßen kontrollierten, konnte von der Aktion, die sich in den unterirdischen Gewölben abgespielt hatte, nichts nach außen dringen.

»Ihr werdet uns nicht lange gefangen halten können«, knurrte Payns, als er mit seinen Freunden ins Haus gebracht wurde. »Der Patriarch wird sich über unser Verschwinden wundern.«

Der Bettler des Heiligen Grabes lächelte.

»Er wird bald viel zu beschäftigt sein, um an Euch zu denken.«

Gleichzeitig hatten Hunderte von Bettlern die Straßen überflutet und Diebstähle und Bosheiten, die den neuen Pilgern in die Schuhe geschoben wurden, ersonnen, um kleine Krawalle anzuzetteln. Die Bettler hatten einen so großen Erfolg mit ihren Schändlichkeiten, dass innerhalb von zwei Stunden in Jerusalem an allen Ecken gekämpft wurde. Der Patriarch befahl, die Stadttore zu schließen, und sperrte dadurch Hugo de Payns' Heer aus, das draußen geblieben war.

»Du bist sicher der Mann, der mit den Geistern spricht?«, sagte der Bettler des Heiligen Grabes zu Carl de Ruy, der die Augen geschlossen hatte. »Und du bist der, der die Maschine ins Gewölbe bringen soll, um den gesamten Schrein herauszureißen, falls er sich durch die Kugeln von diesem Herrn dort nicht öffnen lässt?«

Er hatte mit Saint-Amant gesprochen und auf Jean du Grand-Cellier gezeigt.

»Und? Wo sind denn Eure exzellenten Wachen?«, spottete er mit Blick auf Craon und Montdidier. »Euer Heer kann gegen meine Bettler nichts ausrichten. Wirklich traurig.«

Alle Bettler von Jerusalem, die auf sein Kommando hörten, waren in Wahrheit ausgebildete Söldner, die seit langer Zeit dem Befehl des Mannes ohne Hände und ohne Gesicht unterstanden. Seit Monaten waren sie nacheinander in die Stadt geschleust worden. Mit dem äußeren Erscheinungsbild von Christen waren sie im alltäglichen Leben der Stadt untergetaucht, ohne dass die Franzosen jemals dieses langsame Eindringen der falschen Bettler durchschaut hätten. Nach und nach hatten sie alle ehemaligen Bettler aus der Stadt vertrieben oder ermordet. Der Bettler des Heiligen Grabes hatte sein Heer und die Rückkehr seines »Herrn« bestens vorbereitet.

VII

Die Nacht, die nicht hereinbrach

Die Natur vollbringt ihr Werk also mittels unsichtbarer Körper.

LUCRETIUS, Von der Natur der Dinge

In dem Gefängnis »Baphomets Schädel« war Cosimo Gui in einer kleinen, dunklen Zelle eingesperrt. Seit seiner Ankunft meditierte er in einem Dämmerzustand auf einer Binsenmatte. Mehrmals fluchte er über den blinden Clinamen, der ihn im Stich gelassen hatte, und schlug mit seiner kraftlosen Faust auf den Boden. Obwohl ihn der lange Transport in dem Käfig geschwächt hatte, verweigerte er jede Nahrungsaufnahme.

Eines Morgens wurde die schwere Eisentür geöffnet. Zwei Wächter brachten ihm seine Essensration. In dem Gefängnis herrschte seit der Ankunft eines jungen Mädchens ungewöhnliche Aufregung.

»Weißt du, dass jetzt ein Mädchen hier bei uns ist?«, fragte ihn ein Wächter.

»Es wird sehr unglücklich sein«, erwiderte Cosimo.

Jeden Tag wurde er zu einer Sandgrube geführt, in der die verstorbenen Gefangenen vergraben wurden. Dort wurde er stundenlang splitternackt verhört und gefoltert.

»Was weißt du über den König Salomon?«

»Wenig.«

»Was hast du in den Pferdeställen des ehemaligen Tempels gemacht?«

»Nichts.«

»Wir haben in deiner Tasche Briefe von Hugo de Payns gefunden. Bist du ein geheimer Gesandter der Pilger?«

»Nein.«

»Wer hat dich an diesen Ort der Stadt geführt? Mit wem hast du gesprochen, als du ihn betreten hast?«

»Mit niemandem.«

Die Peitschenhiebe prasselten immer brutaler auf ihn nieder.

Es dauerte nicht lange, bis Cosimo nach der Folter stets die neue Gefangene erblickte. Sie wechselten sich in den Händen der Folterer ab. Der Anblick der Wunden des anderen Gefangenen sollte sie zermürben. Wenn ein Gefangener erneut die Folterqualen erleiden musste, spürte er noch das warme Blut seines Vorgängers auf der Peitsche.

Anx wurde genauso schonungslos behandelt. Der Auspeitscher hatte zuerst gezögert. Er hatte sich noch nie an einem Mädchen vergriffen. Doch der Gefängnisaufseher riss ihm die Peitsche aus der Hand und schlug ebenso unbarmherzig auf Anx ein wie auf Cosimo.

Sie wurde dem Verhör unterzogen, das Flodoard hätte erleiden sollen. Trotz der Schmerzen blieb sie bei ihrer Version, »Vorleserin des Bibliothekars« gewesen zu sein.

»Was hat er Neues über das Wesen des Dschinns erfahren?«

»Weiß ich nicht.«

»Welche Texte sind in Konstantinopel geblieben? Welches Material?«

»Weiß ich nicht.«

»Wurden Carl de Ruy neue Dinge enthüllt?«

»Weiß ich nicht.«

»Hat Payns die Unterstützung von Bernard de Clairvaux erhalten?«

»Weiß ich nicht.«

Der Folterer verstand den Sinn seiner Fragen nicht. Anx hingegen ahnte, dass ihr Entführer, der Mann ohne Hände und ohne Gesicht, wusste, welche Informationen unentbehrlich waren, um den Born aus dem Schrein zu befreien. Bei dem Gedanken, ihm möglicherweise in die Hände zu fallen, fröstelte sie, und allmählich verlor sie die Hoffnung.

Cosimo glaubte seinerseits, dass er das Gefängnis nie mehr verlassen und den Blinden niemals wiedersehen würde.

Für die Gefangenen verging ein Tag wie der andere, bis dieser außergewöhnliche Abend begann, den die Nomaden niemals vergessen würden, *diese Nacht, die nicht hereinbrach.*

Das Licht war blauweiß und sanft wie feiner Wasserdampf. Irgendwo hatte es sich gebildet und hüllte das Gefängnis seit der Abenddämmerung ein. Eine rätselhafte, leuchtende Wolke, die offenbar ein eigenständiges Dasein führte. Sie war *überall*, glitt unter Türen hindurch, drang durch Ritzen und Mauerspalten und überflutete den Raum wie Rauch ein Räuchergefäß. Es war ein beängstigender Anblick. Die Kerkermeister beobachteten gebannt den »Nabel«, wie sie ihn später nannten. Es war ein hellerer Punkt, eine leuchtende Feuerkugel, die sich langsam über die Gänge des Gefängnisses bewegte. Die Gaskugel durchdrang dicke Wände, ohne anzuhalten oder ihre Form oder ihren Glanz zu verlieren. Sie lebte, und sie suchte etwas.

Der »Nabel« verschwand in Cosimo Guis Zelle.

Dieser kauerte auf seiner Matte. Er hob leicht den Kopf. Die Lichtkugel verharrte reglos. Sie war makellos und hell, aber kalt. Mit einem Schlag begriff Cosimo.

»Ich weiß, dass die Zeit für dich keine Bedeutung hat«, sagte er. »Trotzdem kommst du zu spät.«

Er wusste, dass Clinamen das Licht war.

Der nebelige Stern schwoll ungeheuer an. Cosimo schloss die Augen. Das Licht überschwemmte ihn, und er spürte, wie es in seine Glieder fuhr. Eine angenehme Frische durchdrang seinen Körper. Das Licht verwandelte sich in eine feste, fassbare, weiche Masse. Noch einmal öffnete Cosimo kurz die Augen, doch der grelle unförmige, unbegrenzte Schein blendete ihn. Er konnte nichts erkennen.

Cosimo wusste nicht, wie viel Zeit vergangen war, als die Wärme zurückkehrte. Viel intensiver als in der Zelle. Auch das Licht hatte sich verändert. Es hatte einen rotgoldenen Schimmer angenommen.

Verwundert stand Cosimo Gui am helllichten Tag allein mitten in einer Wüste.

Sein Körper war wieder so kräftig wie vor der Gefangenschaft. Er fühlte sich frisch, ausgeruht und stark. Auf seiner Haut war nicht die geringste Narbe zu erkennen. Doch Cosimo begriff beim besten Willen nicht, was ihm widerfahren war.

Auf einer kleinen Sanddüne in der Nähe tauchte eine Gestalt auf. Das war Anx. Sie wirkte ebenso verloren wie Cosimo.

Fassungslos bewegte sie sich auf ihn zu. Ihr Körper wies ebenfalls keine Narben der Folter mehr auf.

»Wo sind wir?«, fragte sie.

»Ich weiß es nicht. Aber die Frage ist, *wann* sind wir.«

Sie stiegen auf den Gipfel einer Sanddüne und ließen ihre Blicke schweifen.

»Da unten«, sagte Cosimo.

Sie liefen auf einen Brunnen zu, an dem Nomaden mit ihren Kamelen Halt gemacht hatten.

Die Männer schrien, als sie die beiden jungen Menschen aus dem Abendland aus den Dünen kommen sahen, die weder Wasserbehälter noch Reittiere bei sich führten und dennoch frische Gesichter hatten.

Neben dem Brunnen stand ein prachtvolles Zelt. Es gehörte dem Karawanenführer. Cosimo und Anx wurden in das Zelt eingeladen.

Auf wertvollen Teppichen saß dort drinnen ein Mann vor einem Silbertablett, auf dem Kräutertees und Hammelfleisch dampften. Cosimo erkannte seinen Begleiter Clinamen und Anx den blinden Alten, den sie im Wald am See der Dole-Quelle im Gespräch mit Hugo de Payns getroffen und der sie während der Pilgerreise beschützt hatte.

»Da wären wir«, sagte er entzückt, als die beiden eintraten. »Jetzt dürfen wir keine Zeit mehr verlieren. Stellt mir keine Fragen. Heute habe ich meine Pflichten schon genügend verletzt. Trinkt und esst. Ich habe euch Führer und Kamele mitgebracht, die euch nach Jerusalem bringen. Beeilt euch.«

»Uns beeilen? Aber warum?«, fragte Anx.

»Der Born wartet auf euch. Ihr müsst verhindern, dass ihn irgendjemand ergreift. Jeder von euch weiß, was er zu tun hat.«

»Aber wir brauchen die Kugeln«, beharrte Anx, »um den Born zu befreien.«

Clinamen lächelte.

»Mach dir keine Sorgen. Alles zu seiner Zeit.«

»Welchen Weg müssen wir einschlagen?«, fragte Cosimo.

Anx antwortete ihm.

»Mein Meister Flodoard hat mir die beiden Wege erklärt: den Weg durch den Turm Salomons und den durch die Pferdeställe des Tempels, die unweit des Heiligtums liegen. Aber wir beide allein werden es nicht schaffen.«

Der Blinde zuckte mit den Schultern und reichte Anx ein Blatt mit einer Zeichnung der Umgebung von Jerusalem.

»Der Turm und der Tempel? Diese beiden Wege sind die der Geschichte und der Archäologie. Es gibt noch einen dritten.«

»Welchen?«

»Den der Legende.«

Die beiden jungen Leute schauten sich verständnislos an, folgten aber dennoch dem Befehl des Blinden. Sie aßen und brachen auf.

Unterwegs beobachtete Cosimo Anx. Clinamen hatte beschlossen, seine himmlischen Verbote zu übertreten und in das Schicksal der Menschen einzugreifen, damit sie zueinander fanden. Er hatte akzeptiert, alle Bilder der »Welt«, die er heute und von allen Zeiten in Erinnerung hatte, einzubüßen und der blinde Bruder der Parzen zu werden, damit dieses Mädchen und dieser Junge einander kennen lernten und sich gemeinsam in die Heilige Stadt begaben. Warum ausgerechnet sie?

Anx beobachtete den Jungen ebenfalls. Ihre Begegnung, die wie ein Blitz aus heiterem Himmel erfolgt war, verwirrte sie. Sie war misstrauisch und verspürte eine gewisse Scheu in seiner Nähe. Vage erinnerte sie sich, ihn am Eingang des Spinnenwaldes gesehen zu haben. Aber nichts zog sie zu ihm hin.

Sie betraten Judäa. Als sie am Abend eine Oase erreichten, begannen sie schließlich zu sprechen. Anx erzählte von ihrer Reise aus Irland; Cosimo berichtete über seine Abenteuer seit seiner Rückkehr nach Tabor. Es stand fest, dass jeder von ihnen einen Teil der Wahrheit kannte, der dem anderen unbekannt war: Anx kannte dank ihres Unterrichts, den sie bei Flodoard und Nébo erhalten hatte, den Born und seine Eigenschaften. Cosimo hatte von dem Blinden erfahren, dass der Born weder dem Mann ohne Hände und ohne Gesicht noch Hugo de Payns' Miliz in die Hände fallen durfte.

Sie beobachteten und beäugten sich. Noch zeigte sich in ihrem Verhalten weder Komplizenschaft noch Vertrautheit. Sie lächelten sich nicht an und sprachen nur das Notwendigste. Sie warteten, bis sie es verstanden.

Sie erreichten Jerusalem durch das Kidrontal, das sich vor dem Goldenen Tor erstreckte. Anx hielt sich genau an Clinamens Plan.

Sie näherten sich einem kleinen Tempel, der auf einem Berghang unweit des Gartens Gethsemane hinter mannshohen Büschen verborgen lag.

»Hier ist es«, sagte Anx.

Eine verwitterte Holztür war einen Spalt geöffnet. Als sie eintraten, erhoben sich zwei Personen. Sie trugen lange, orangerote Gewänder mit einem roten Streifen. Ihre Gesichter waren ungewöhnlich fahl, ihre Schädel und die Augenbrauen rasiert, die Augen hell.

»Habt Ihr uns erwartet?«, fragte Anx.

Sie nickten.

»Wir sind die Wächter«, sagte einer von ihnen.

»Die Wächter? Welche Wächter?«

»Wir bewachen den Smaragdschrein.«

Diese Priester lösten sich seit ewigen Zeiten ab, um den Schrein in den unterirdischen Gewölben von Salomons Turm zu bewachen. Ihnen fiel die Aufgabe zu, den Smaragdblock zu erhalten. Sie sorgten dafür, dass er uneinnehmbar blieb, und sie erneuerten die sonderbare Schicht aus Erdöl und Lehm in der Kammer am Ende der endlosen Treppe. Sie waren es ebenfalls, die über den Moment entschieden hatten, wann der Born zu seinem Schutz einen neuen Platz erhalten sollte. In der ganzen Welt wiesen sie auf seine »Existenz« hin: durch geheimnisvolle Worte, durch Symbole auf Fassaden oder durch den verstaubten Abdruck einer Hand auf der Schulter der Bronzestatue, um einen Gelehrten aus Aleppo in die Irre zu führen.

»Warum ergreift *Ihr* den Born nicht *selbst?*«, fragte Anx.

Die Priester lächelten.

»Das können wir nicht.«

Sobald die Wächter etwas sagten, wandten sie sich immer sowohl an Anx als auch an Cosimo. Sie unterschieden nicht zwischen *ihr* und *ihm*. Cosimo spürte diese Beharrlichkeit deutlich. Auf ihren Befehl öffnete sich der Steinboden des Tempels wie eine Schleuse. Eine Treppe führte in die Dunkelheit hinab.

Im Licht einer Fackel drangen sie in ein Labyrinth aus Gängen ein.

Die beiden Priester führten sie ans Ufer eines unterirdischen Sees. Das Wasser war schwarz wie Tinte. Die Höhle war in Dunkelheit getaucht. Ein kalter Wind fegte zwischen den viele Meter hohen Steinwänden hindurch.

»Jetzt findet ihr den Weg allein«, sagte einer der Wächter.

Sie steckten ihre Fackel in den Sandboden und stiegen zum Tempel hinauf, ohne dem etwas hinzuzufügen. Cosimo verstand nicht, was sie damit meinten. Er drehte sich zu Anx um, die ebenfalls zögerte.

»Der blinde Clinamen sprach von der Legende, nicht wahr?«, sagte sie.

»Das hat er gesagt. Der dritte Weg.«

Anx ergriff die Fackel und betrachtete die Wände ringsherum. An dem Gewölbe der Grotte hingen Tropfsteine; am Ufer des Sees lag Geröll. Das Licht der Fackel schien die Steine zu beleben.

»Da!«, rief Anx und zeigte mit dem Finger auf ein Felsstück, das eine andere Form als der Rest der Felswand aufwies. »Dort ist es.«

Cosimo trat näher heran. Der Felsen war rund wie ein Bauch. Als er ihn im Licht der Fackel betrachtete, zeichnete sich die Form deutlicher ab. Das war kein Stein im Urzustand, sondern er war poliert und gemeißelt. Das war ein Gefäß. Ein riesiges Gefäß. Ein Steingefäß, das in die Felswand eingelassen worden war.

»Und? Worauf wartest du?«, fragte Anx.

Sie wies Cosimo auf einen Steinbrocken hin, der vor seinen Füßen lag.

»Zerschmettere es.«

Ohne recht zu begreifen, was er tat, hob der junge Mann den Stein auf und schmetterte ihn mit voller Wucht gegen das Gefäß, worauf ein schriller, metallischer Ton erklang. Das laute Echo hallte durch die Grotte. Zwei Tropfsteine stürzten ins Wasser.

»Mach weiter«, sagte Anx.

Cosimo schlug erneut zu. Ein zweites und ein drittes Mal. Immer kräftiger und immer wütender. Ein Spalt öffnete sich. Er hielt inne. Es trat Stille ein. Kurz darauf drang aus dem Gefäß ein leises Rauschen, ein kaum wahrnehmbarer Hauch.

»Das Gestein wird zerspringen«, befürchtete Cosimo.

Sie wichen zurück.

Das Gefäß zerbrach in tausend Stücke. Anx und Cosimo wurden auf die Erde geschleudert; die Fackel erlosch im Sand. Die Höhle wurde in Dunkelheit gehüllt. Der gewaltige Gesteinsregen hallte lange durch die Grotte, ehe eine Stille eintrat, die noch beängstigender war.

»Anx? Wo bist du? Bist du verletzt?«, fragte Cosimo.

»Mir ist nichts geschehen«, erwiderte Anx aus der Dunkelheit.

Die beiden sahen nichts. Sie blieben auf der Erde liegen und schwiegen.

Plötzlich vernahmen sie ein Geräusch.

Zuerst leises, hektisches Flügelschlagen. Es folgten silberne Klänge, als würden Hände über Wellen streichen oder Fische aus dem Wasser springen. Schließlich hörten sie ein heiseres Grollen und Knochenknacken. Gleichzeitig spürten sie einen heißen Atem und die Nähe einer unfassbaren, gewaltigen Masse in der Luft.

»Er ist da«, sagte Anx.

Ein roter Punkt leuchtete im Hintergrund der Grotte auf. Zuerst unscharf und reglos, doch dann näherte er sich den beiden langsam.

Das war ein Auge.

»Was ist das?«, fragte Cosimo mit ausdrucksloser Stimme.

Nachdem Anx die blutrote Pupille, die sich ihnen näherte, einen Augenblick betrachtet hatte, murmelte sie: »Das ist der Dschinn, der in Salomons Legende verurteilt wurde.«

VIII

Die Rache

Kehren wir um.

VICTOR HUGO, Han d'Islande

Vor dem Davidstor in Jerusalem wurde die Ankunft neuer Pilger aus dem Abendland verkündet. Es handelte sich um den Mann ohne Hände und ohne Gesicht mit den Wagen und seinen verkleideten Männern, die die Plätze von Flodoard und seinen Schreibern eingenommen hatten. Der Patriarch erlaubte ihnen, die Stadt zu betreten. Der Mann eilte sofort zu dem Haus, in dem sich Salomons Turm erhob.

Alp Malecorne hatte von seinem Herrn den Befehl erhalten zu warten, ehe er ihm nach Jerusalem folgte. Er sollte die Kiste mit den Kugeln, die er auf dem Friedhof in Chayzar ausgegraben hatte, mit seinem Leben verteidigen. Alp wartete geduldig, bis der Mann und seine Söldner ohne Schwierigkeiten empfangen worden waren. Besorgt schaute er auf das Heer der Miliz, das vor den Stadttoren lagerte. Schließlich betrat er die Stadt durch das St. Stephanstor.

Seit der Ankunft der Pilger herrschte in den Straßen reges Treiben. Die von den Bettlern des Heiligen Grabes angezettelten Krawalle lösten starke Spannungen aus. Alp hatte vier seiner besten Männer bei sich, als er die verschiedenen Viertel durchquerte. Straßen, in denen sich zuhauf Unbekannte tummelten, waren ihm zuwider. Bei jedem Schritt wanderte sein Blick misstrauisch umher. Auch er schlug den Weg zum Haus des Turms ein. Als er sich einer Furcht erregenden Menschenmasse näherte und einem seiner Wächter befahl, ihm vorauszugehen, stellte er fest, dass er nur noch drei Wächter hatte! Einer war vermutlich in der Menge stecken geblieben. Alp wartete einen Augenblick, doch der Mann tauchte nicht auf.

Alp setzte seinen Weg fort. Als er das Armenierviertel verließ und das Viertel der Hospitaliter betreten wollte, warf er einen Blick zurück. Er hatte nur noch zwei Wächter! Wie vom Donner gerührt, blieb er stehen. Die beiden Männer wussten nicht, wo ihre Kameraden steckten. Auch sie kamen ihnen nicht nach.

Malecorne beschleunigte seine Schritte. Er wollte den Pöbel so schnell wie möglich hinter sich lassen, in eine Gasse fliehen oder in ein Haus eintreten – Hauptsache, er konnte sich irgendwo in Sicherheit bringen. Alp erinnerte sich an Erichtôs entstellten Körper und ihre hervorquellenden Augen. Schweißüberströmt und atemlos suchte er Zuflucht unter einem Portal, um sich zu beruhigen.

Doch nun war ihm nur noch ein Wächter geblieben!

»Wo sind sie?«, schrie er. »Wo sind sie? Das gibt es doch nicht! *Du* bleibst hier und beschützt uns!«

»Ich bleibe, Herr«, sagte der Söldner mit ernster Stimme.

Alp warf dem Wächter einen seltsamen Blick zu, und dann sah er in dessen rechter Hand eine blutverschmierte Klinge.

»Wer bist du?«

»Mein Name spielt keine Rolle.«

Roland schritt vor und schnitt dem ehemaligen Schüler Ismale Guis die Kehle durch. Darauf ergriff er die Kiste mit den Kugeln und schleifte den Leichnam auf die Straße, wo sich die Menschen drängten.

»Ein Spion!«, rief er.

Er riss seinem Opfer den schwarzen Kragen ab. Die Passanten entdeckten das hässliche Gesicht und eine aus Knochen gefertigte Brosche, wie sie nur von Ungläubigen getragen werden konnte. Alp Malecorne fiel dem Volkszorn zum Opfer. Sein Leichnam wurde windelweich geschlagen, an Seilen aufgehängt, die zuvor mit Urin und Spucke getränkt worden waren, und in der Luft zerrissen. – Nach christlicher Art.

Roland tauchte in den Straßen von Jerusalem unter.

Nachdem er seine Mission erfüllt hatte, hoffte er, Cosimo zu finden.

Gemäß ihrer Vereinbarung begab er sich auf die Suche nach der Herberge in der Stadt, die den größten Zulauf hatte. Er fand jedoch nur eine miese Absteige, die wenig besucht wurde. Jerusalem war nicht berühmt für seine Herbergen.

Dort setzte Roland sich an einen Tisch und wartete.

IX

Vergebung für Satan

Der islamischen Überlieferung nach schuf Allah Engel aus Licht, Dschinnen aus Feuer und Menschen aus Staub. Einige bestätigen, dass das Material der Teufel ein dunkles Feuer ohne Rauch sei. Sie wurden zweitausend Jahre vor Adam erschaffen, aber ihre Rasse wird den Tag des Jüngsten Gerichts nicht erleben.

BORGES, Das Buch der Phantasiewesen

Cosimo stand am Ufer des unterirdischen Sees und starrte auf das Auge, das sich auf dem Wasser näherte und der schwarzen, spiegelglatten Oberfläche einen roten Schimmer verlieh. In dem immer größer werdenden Lichtschein zeichnete sich Anx' Gesicht wieder neben ihm ab. Sie lächelte, ohne die Erscheinung aus den Augen zu verlieren.

Plötzlich tauchte am Ufer ein Kahn auf. Er war leer und hielt wenige Schritte von dem Jungen und dem Mädchen entfernt an.

Das Auge war nun ganz nahe. Die entflammte Pupille war mehrere Meter groß. Sie wurde heller, nahm eine blendende weiße Farbe an und verschwand. An ihrer Stelle stand ein Mann auf dem Wasser. Er trug eine lange, helle Robe und hatte ein gleichmäßiges, ausdrucksloses Gesicht, einen starren Blick und einen leuchtenden Körper, als würden ihn Tausende Funken erhellen.

»Ein Dschinn?«, fragte Cosimo.

»Wir haben ihn aus seinem legendären Gefäß befreit. Der berühmte Dschinn, der Salomons Ring gestohlen und der alle magischen Geheimnisse des Königs und die Mysterien der Welt zusammengetragen hat.«

Cosimo betrachtete den Geist. Er sah traurig aus.

»Der König hat ihn zu ewiger Verdammnis verurteilt«, sagte Anx. »Er sollte bis in alle Ewigkeit über sein wertvollstes Gut wachen.«

Cosimo dachte an das Bild seines Onkels in dem Arbeitszimmer auf Tabor.

»Aber ich verstehe nicht«, fügte Anx hinzu, »warum er uns nicht in Asche verwandelt, wie es bei unseren Vorgängern in der Vergangenheit immer der Fall war.«

Die Erscheinung streckte einen Arm aus und zeigte auf den Kahn. Dann drehte sie sich langsam um und kehrte in den hinteren Teil der Höhle zurück.

»Was sollen wir tun?«, fragte das Mädchen.

Sie warteten. In der Ferne verblassten die Umrisse des Dschinns allmählich.

Cosimo ging einen Schritt auf den Kahn zu.

»Wir dürfen nicht warten. Wir sollten tun, was er sagt.«

Er ließ Anx einsteigen und folgte ihr. Wie von Zauberhand löste der Kahn sich vom Ufer und fuhr über die reglose Wasseroberfläche.

Langsam holte das Boot den Dschinn ein. Sie fuhren unter den riesigen Tropfsteinen hindurch, die herabzustürzen drohten. Nur der gedämpfte Schimmer, den der Dämon ausstrahlte, durchbrach die Dunkelheit. Es herrschte Stille.

»Vielleicht führt er uns zum Born«, meinte Anx.

»Warum sollte er das tun?«

»Vielleicht ist es seine Art, seine Pein fortzusetzen oder … um Vergebung zu bitten?«

»Um Vergebung zu bitten? Wen?«

Anx zuckte mit den Schultern. Es war nur eine Vermutung.

Plötzlich hielt die Barke vor einem unsichtbaren Hindernis in dem schwarzen Wasser an.

Der Dschinn flog nach rechts und verharrte dann ein paar Meter weiter reglos am Ufer, ohne sich umzudrehen. In der Nähe des Kahns erblickte Cosimo schwimmende Holzlatten, die eine Art schwebender Brücke bildeten. Diesen gefährlichen Steg überquerten sie beide und schritten auf den Dämon am Ufer zu.

Der Dschinn setzte seinen Weg schweigend fort und drang in einen langen Tunnel ein, der in einen Felsen gehauen war.

Anx und Cosimo blieben ihm dicht auf den Fersen und betrachteten auf den Wänden ringsherum den irrealen Schein des Dämons Salomons …

X

Die Augenblicklichkeit desselben

Das ist unmöglich, Gilgamesch.

Der Mann ohne Hände und ohne Gesicht erreichte das Haus des Turms Salomons. Seine Arbeiter hatten den Durchgang der Plattform geöffnet, Fackeln in der Tiefe verteilt, Tunnel gegraben und Mauern niedergerissen, damit er bis zu der Kammer vordringen konnte, in der die Bronzestatue Salomons stand. Alles war vorbereitet.

Er schritt an den gefesselten Rittern vorbei. Sie schauten mit Grauen auf diese dunkle Gestalt, von der sie so oft gehört hatten. Vor allem Hugo.

Der Mann näherte sich ihm. Ohne seine Kapuze abzuziehen, sagte er: »Du hattest Recht, Hugo. Welch ein Abenteuer, nach zwanzig Jahren hierher zurückzukehren.«

Payns' Gesichtszüge erstarrten. Er brauchte das Gesicht des Mannes nicht zu sehen, denn er hatte Ismale Guis Stimme erkannt. Er runzelte die Stirn, und sein Blick verlor sich in der Ferne, als würde er mit einem Schlag alle Rätsel seines Lebens durchschauen.

Alp Malecorne war noch nicht eingetroffen, aber der Herr wollte den Ort seines Triumphes inspizieren und die Öffnung des Schreins vorbereiten.

Allein betrat er das unterirdische Gewölbe und legte seinen

hinderlichen Umhang ab. Ismale Gui schritt an der Mauer mit dem Pentagramm entlang, durchquerte den Bogen zur *Insel der Smaragde*, drang in den Fallensaal ein und betrat schließlich die Kammer, in der die Statue Salomons stand.

Wie ein Mann, der sich seinem Ziel nahe wusste und der jede Minute genießen wollte, ließ der Baumeister seine Blicke schweifen.

Er streckte den Arm zu der Bronzestatue aus und legte seine Hand auf dieselbe Stelle wie Hincmar Ibn Jobaïr.

Salomon und sein Thron versanken, und der Durchgang öffnete sich in einer dicken Staubwolke.

Ismale wartete, bis die Luft sich klärte.

Er spürte, dass seine Brust anschwoll. In diesem Augenblick fühlte er sich unbesiegbar.

Er wollte gerade einen Schritt gehen, als er oben auf der Treppe, unter den gespannten Schwingen des Geiers, eine Gestalt erkannte. Ismale Gui wich zurück.

Das war Cosimo.

Dieser sprang auf ihn zu und stieß sein Schwert in den Leib seines Onkels, der auf der Stelle zusammenbrach.

»Wie …?«, murmelte Ismale.

Im selben Augenblick wartete Roland in der Taverne auf seinen Freund. Er fürchtete, ihn niemals wiederzusehen und ins Abendland zurückkehren und den Verlust seiner drei Freunde beweinen zu müssen. Nachdem er sich am Hafen von Otranto von Cosimo getrennt hatte, war es ihm gelungen, Alp Malecornes Söldnertruppe einzuholen. Da er bei der Plünderung einer Herberge geholfen hatte, wurde er in dessen Mannschaft aufgenommen. Während der Überfahrt, auf den kretischen Gewässern, hatte er mit den Ermittlungen über Alp Malecorne begonnen, doch der Mann war misstrauisch. Daher konzentrierte sich Roland zunächst auf die mysteriöse Erichtô, die kein Geheimnis aus ihrer animalischen Begierde machte. Roland gelang es schließlich, in ihr Bett eingeladen zu werden. Und auf dem Lager dieses liederlichen Frauenzimmers erfuhr er von den Umständen des Todes seiner Freunde Croitendieu und Jason. Die Frau lachte, als sie über Alps Folter berichtete, die die beiden hatten erleiden müssen. Roland ergriff eine der Klingen, die der Kurtisane zu ihren lüsternen Spielen diente, und stach blindwütig zu. Er floh aus dem Zimmer der Toten, ohne in Verdacht zu geraten.

Später gehörte er zu der bewaffneten Truppe, die Flodoards Konvoi in dem Bergpass angegriffen hatte. Dort erfuhr er, dass Alp und der Mann auf dem Weg nach Jerusalem waren. Da Roland stark und zäh war, wurde er Malecornes persönlicher Garde zugeteilt. Auf diese Weise erfuhr er nun von dem großen Wert, den Alp einer auf einem Friedhof ausgegrabenen Kiste beimaß. Roland wartete auf eine günstige Gelegenheit, Alp umzubringen und ihm den wertvollen Besitz zu entwenden.

Als er seine selbst gestellte Aufgabe erfüllt hatte, blieb ihm nur die Hoffnung. Seine Chancen, Cosimo in dem hektischen Treiben Jerusalems zu finden, waren gering. War er hier eingetroffen? Lebte er noch?

Roland saß schon eine Weile in der Taverne, als er sich plötzlich fassungslos erhob. Cosimo schritt langsam auf ihn zu. Ein junges Mädchen begleitete ihn. Beide waren von einem sonderbaren Licht umhüllt. Ohne ein Wort zu sagen, zeigten sie beide gleichzeitig auf die Kiste, die Roland bei sich hatte – die Kiste mit den vier Kugeln.

Im selben Augenblick verließ ein kleines Raumschiff von der Raumstation Jehoshaphat aus das Gebiet des Planeten des Ursprungs. Es drang in die Hypersphäre ein und verletzte alle Vorschriften. Die Spürjäger des ersten Systems nahmen die Verfolgung auf.

Im Cockpit des Raumschiffes saßen Anx Columban und Cosimo Gui, die aus dem Heiligen Land flohen.

Im selben Augenblick verfolgten sie in dem düsteren Tunnel noch immer den Dschinn. Verschiedene Wände vor ihnen drehten sich, um ihnen Durchlass zu gewähren.

Vor einer riesigen, ehernen Doppeltür blieb der Dämon stehen. Er wartete. Es herrschte Stille.

Anx schrie auf. Bestürzt drehte sie sich zu Cosimo um. In den Händen hielt sie eine Eisenkiste, die soeben dort aufgetaucht war. Anx öffnete sie und entdeckte die vier Smaragdkugeln von Alp Malecorne.

»Unfassbar!«, sagte Cosimo.

»Unfassbar … Ich verstehe nicht … Das entbehrt jeder Logik.«

»Mal sehen, was jetzt passiert«, sagte Cosimo und zeigte auf den Dschinn.

Dieser hob eine Hand, worauf sich der riesige Durchgang geräuschlos vergrößerte.

Die beiden jungen Menschen waren auf den märchenhaften Anblick der »Kammer des Borns« nicht vorbereitet. Der Raum, der sich vor ihnen auftat, zog sich mehrere Hundert Meter in die Länge. Es gab nicht einen einzigen Pfeiler, der die Decke des gigantischen Raums stützte. Überall auf den nackten Lehmwänden schimmerte das Licht, das der Dschinn ausstrahlte.

Inmitten der Leere senkte sich von der Decke ein langer Weg hinab. Er war schmal, sonderbar geschwungen und führte in die Mitte des Saales, wo er in einigen Stufen endete. Diese standen in einem feuchten, ovalen, schwarzen Fleck, der deutlich begrenzt war.

Darüber hing an Tauen eine Halbkugel in der Luft, aus der Petroleum tropfte. In der Mitte des Fleckes saßen drei verkohlte Leichen auf der Erde.

Neben ihnen stand der *Smaragdschrein*.

Anx' und Cosimos Verwunderung ging weit über das hinaus, was sie bei ihrer Flucht aus dem Gefängnis oder bei der Erscheinung des Dschinns verspürt hatten.

Dieser drehte sich zu ihnen um.

Sein Aussehen hatte sich verändert. Er wirkte nun kleiner und hatte das Gesicht eines Kindes, dessen traurige Miene sich verflüchtigt hatte. Er schaute Anx und Cosimo dankbar an, ehe er in einer Dunstwolke verschwand. Obwohl er die einzige Lichtquelle gewesen war, blieb sein Schimmer in dem ganzen Saal erhalten und leuchtete überall mit derselben Intensität.

Nach einem Moment des Zögerns trat Cosimo einen Schritt vor. Der Boden war gefliest, sauber und glatt wie polierter Marmor. Der Tritt seiner Stiefel erzeugte keinen Widerhall.

»Wo sind wir hier eigentlich?«

Auch seine Stimme erzeugte kein Echo.

Sie schritten auf den Born zu.

Anx schwieg. Sie erreichten die Mitte des Raumes. Ein Ölgeruch stieg auf. Die Substanz aus der Halbkugel über ihnen tropfte auf den Boden, ohne das geringste Geräusch zu verursachen. Sie begriffen, dass der riesige Saal aufgrund dieser Vorrichtung rund um den Schrein für jene, die über die lange, schmale Treppe eintraten, unsichtbar war.

Das war die Verteidigungsanlage der »Hüter des Schreins«.

Die beiden schritten durch die Öllache.

Der riesige, von der verkohlten Schicht überzogene Smaragdfelsen war ganz nahe.

Cosimo erinnerte sich an die Simulation, die er in dem Labor von Jean du Grand-Cellier gesehen hatte, umringt von Hunderten von Kugeln, die wie Bücher in einer Bibliothek aufgereiht waren. Genau so sah dieser Schrein aus.

Anx dachte an die Bilder in den Büchern, die sie in dem verschlossenen Wagen gefunden hatte. Den Dschinn mit dem Feuerfinger. Sie betrachtete die drei verkohlten Leichen auf dem Boden: Anhour, der Priester Amons; Tarquinius, der Zenturio Mark Aurels, und Hincmar Ibn Jobaïr, der Gelehrte aus Aleppo.

Sie öffnete Rolands Kiste und reichte Cosimo zwei Kugeln. Dann trat sie auf die andere Seite des Steins. Sie standen beide vor zwei Öffnungen des Schreins.

»Wir müssen sie gleichzeitig einführen«, sagte Anx.

Sie wiederholte Flodoards Erläuterungen: »Der Smaragdblock ist unantastbar. Es würde dermaßen viele Schläge erfordern, ihn zu zerschmettern, dass die Splitter unweigerlich den Born beschädigen, seine Reinheit zerstören und ihn seiner Eigenschaften berauben würden. Die Ritter haben sehr lange gebraucht, um diesen Teil in Hincmars Schriften zu verstehen. Da man diesen Panzer nicht zerstören kann, muss er von innen geöffnet werden. Dafür sind die Kugeln da.«

Der Junge und das Mädchen schoben ihre Kugeln in die Öffnungen.

Cosimo schaute Anx an.

»Daher sind unbedingt *zwei* Personen erforderlich, um den Born zu befreien«, sagte er mit Blick auf ihre Standorte.

Zwei Personen? Anx dachte an Flodoard, der darüber nie mit ihr gesprochen hatte.

Auf ein Zeichen des Mädchens ließen sie ihre Kugeln los. Sie verschwanden sofort.

Zunächst geschah nichts.

Dann hörte man eine allmählich stärker werdende Vibration von unglaublich klarem Klang. Es hörte sich beinahe so an, als würden Insekten mit Eisenfüßen in den Stein eindringen. Die Vibration erfolgte in einem gleichmäßigen Rhythmus; die Wellen breiteten sich aus, und der Block begann zu beben. Es war ein langsamer Prozess, den nichts aufhalten konnte. Der Schrein hallte immer lauter. Da das Dröhnen kein Echo in dem Saal erzeugte, entstand der Eindruck einer dumpfen Klangfolge. Die Vibration verwandelte sich in ein Beben, das Beben in eine Kraft, eine freigesetzte Kraft …

Der Schrein explodierte.

Die Druckwelle schleuderte Anx und Cosimo meterweit durch den Saal, in entgegengesetzte Richtungen. Doch sie landeten sanft auf dem Boden und hatten das Gefühl, dort *hingelegt* worden zu sein.

Das Licht in dem Raum war erloschen. Oder vielmehr konzentrierte es sich nun auf einen einzigen Punkt.

Den Born.

Er leuchtete.

Cosimo und Anx standen auf.

Der junge Mann schätzte, dass er etwa vierzig Meter von dem leuchtenden Block entfernt war. Dunkelheit hüllte ihn ein. Das gleißende Licht hatte einen bläulichen Schimmer, der sich veränderte. Er durchlief unmerklich die gesamte Farbskala. Der Schein leuchtete, ohne zu blenden. Cosimo glaubte, eine Art Würfel mit scharfen Kanten zu erkennen. Einen Kristallwürfel.

Er wollte einen Schritt auf den Born zugehen, doch als ihn ein ungeheurer Drehschwindel erfasste, wäre er beinahe zusammengebrochen. Es war ein abscheuliches Gefühl. Er versuchte es erneut und scheiterte wieder. Die geringste Bewegung seiner Füße oder seines Kopfes löste unerträgliche Übelkeit aus. Cosimo glaubte, der Boden würde sich seinen Füßen entziehen oder das Gewölbe stürze weit hinter ihm herab. Sobald er den Blick von dem Born abwandte, ließ der Schwindel nach.

»Der Born bietet immer denselben Anblick«, sagte Anx schließlich. »Wenn du ihn umkreist, zeigt er dir immer dieselbe Seite. Ob du vorschreitest oder zurückweichst, es bleibt immer dieselbe Entfernung. Ob du hier stehst oder tausend Meilen entfernt bist, für deine Augen ändert sich der Anblick niemals. Es ist ein einzigartiges Phänomen in einem einzigartigen Zustand.«

»Und wie kann man ihn erreichen?«

»Streck den Arm aus.«

Cosimo streckte den rechten Arm aus und sah, dass seine rechte Hand nicht weit von dem Born entfernt war. Er konnte ihn beinahe berühren. Er war fern und nah *zugleich*. Anx stand vor ihm, auf der anderen Seite der strahlenden Erscheinung. Auf ihrem Gesicht spiegelte sich das Wechselspiel der Farben. Auf dem Boden erkannte Cosimo ein grünliches Pulver. Das war der zu Staub zersplitterte Smaragd.

Cosimo näherte seine Hand langsam dem Born. In dem hellen Lichtschein entstand der Eindruck, sie würde durch enge Tüllmaschen oder eine Staubwolke greifen. Sie bildete sich fortwährend neu und löste sich auf, zerstückelt in Milliarden kleinster Körner, die Konturen fließend und unvollkommen. Wieder hatte er das Gefühl, sich übergeben zu müssen.

Cosimo ließ den Arm sinken und drehte den Kopf zur Seite.

Dort sah er zu seiner Rechten, ein paar Schritte entfernt, einen anderen Cosimo Gui.

Auch auf ihn fiel der Lichtschimmer des Borns.

Er schluckte bestürzt. Der Cosimo Gui, der dort stand, war mit ihm vollkommen identisch. Die Gesichtszüge, der Blick, das Alter, alles. Außer der Tatsache, dass er Kleidung des 12. Jahrhunderts trug, wohingegen er in einen Raumanzug gehüllt war. Er drehte sich zu Anx um. Neben ihr stand eine zweite Anx.

Cosimo schlug das Herz bis zum Hals. Er drehte sich nach links um.

Ein dritter Cosimo Gui tauchte auf. Er trug denselben Anzug, aber durch sein Gesicht zog sich eine Narbe. In dem Lichtschimmer tauchte eine vierte Person auf, dann eine fünfte, eine sechste, eine siebente … Der riesige Saal füllte sich mit unendlich vielen Cosimo Guis und Anx Columbans. Überall. Eine riesige Anhäufung ihrer Personen. Das Wunder nahm die Ausmaße einer Menge, eines Volkes, einer Welt an. Die Ankunft der Inkarnationen war exponentiell. Schon bald sah es aus wie ein Herabstürzen, eine Lawine von Menschenkörpern.

»Verstehst du das?«, fragte Gui.

Als er sprach, stellten alle Cosimos dieselbe Frage zur selben Zeit.

Anx stand wie angewurzelt da und schüttelte den Kopf. All

ihre Inkarnationen führten mit erstaunter Miene dieselbe schüchterne Bewegung aus.

All diese Bilder von ihnen hatten dieselben Eigenschaften, die Cosimo an seiner Hand bemerkt hatte: unmerkliche Zerstückelung und fortwährende Unvollkommenheit.

Erneut verspürte Cosimo ein Schwindelgefühl. Er schloss die Augen.

Er brüllte.

Aus tiefster Seele.

Doch kein einziger Ton erklang.

Cosimo öffnete die Augen. Er war nun viele Meter entfernt und stand in einer Reihe weit hinter den anderen Cosimo Guis. Er riss die Augen auf. Er war nicht mehr wirklich er selbst! Etwas hatte sich verändert. Plötzlich hatte er Erinnerungen an ein »anderes« Leben. Keine Sekunde später befand er sich an einer anderen Stelle des Raumes. Sofort darauf hatte er wieder einen anderen Platz eingenommen. In dieser kurzen Zeitspanne hatte er seinen Schmerzensschrei ausgestoßen, der trügerischen Zeit zwischen einer Inkarnation von Cosimo Gui und der anderen. Dieser unkontrollierbare Lauf verwandelte sich in ein Rasen, das schmerzhaft und unerträglich war und durch Schreie unterbrochen wurde, die nicht zu hören waren. Cosimos Bewusstsein war zwischen den Körpern zerrissen. Jedes Mal, wenn er die Augen öffnete, sah er den Born unverändert daliegen, an derselben Stelle, in derselben Größe. Die Unbeweglichkeit gegenüber der ewigen Bewegung. Nur er veränderte sich.

Bei jeder »Reise« verstand er es ein wenig besser. Er verstand *sich* ein wenig besser.

All diese Wesen waren zerstückelte Repräsentationen von *Cosimo Gui in der Zeit*. Nicht in der chronologisch aufeinander folgenden Zeit, wie wir sie Tag für Tag empfinden, sondern in der ganzen, vollständigen, gesamten Zeit. Diese unendliche Zeit, die unsere Wahl in einem Leben nicht mehr berücksichtigte, sondern alle möglichen Wahlen und alle möglichen Leben. Das war nicht mehr die Ewigkeit, Stunde um Stunde betrachtet, sondern die »Summe« aller Ereignisse. Die Zeit war plötzlich ganz und unmittelbar. Rings um den Born beobachtete Cosimo die Entscheidungen, die er während seines Lebens *getroffen hatte*, und jene, die er in diesem Leben *nicht getroffen* hatte. Der dort war er, als er beschlossen hatte, den gefährlichen Weg nach rechts einzuschlagen; der dort drüben war er, als er es vorgezogen hatte, den vernünftigeren Weg nach links zu nehmen, und er hatte alle Konsequenzen dieser Entscheidung getragen: auch ein anderes Leben. Und ab und zu hatte *er* es auf sich genommen, das zu vollenden, was *er* nicht vollendet hatte. Immer er. Immer Cosimo. Immer Anx. Es existierte also keine einzige Welt, sondern eine Unendlichkeit paralleler Welten, eine Unendlichkeit von Dimensionen, wo wir ebenfalls existierten und wo alle Entscheidungen gefällt wurden. Und in diesem Ganzen gab es keinen Unterschied zwischen den Ereignissen und keine Wiederholung der *Ereignisse*. Es gab nur *Gleichzeitigkeit*. Alles war gleichzeitig. Keine Vergangenheit, keine Zukunft.

Cosimo Gui sah sich, wie er mit den neun Rittern an Bord der Raumschiffe durch die Weite der Galaxie flog. Doch er sah sich auch, wie er wie ein Pilger des Mittelalters von Troyes nach Jerusalem marschierte. Gleichzeitig hatte er unendlich viele *andere Wege* aus unendlich vielen *anderen Gründen* eingeschlagen. Doch jede Inkarnation Cosimos behielt nur das Bewusstsein einer einzigen Reise, einer einzigen Pilgerreise, einer einzigen Existenz.

Im Lichtschein des Borns begriffen Cosimo und Anx, dass die Zeit, so wie sie diese in der Welt mit dem gesunden Menschenverstand bei der Betrachtung alltäglicher Dinge erlebten, wie ein Rahmen wirkte, ein Gesetz der Physik, das sie davon abhielt, die anderen Realitäten zu entdecken, und ihr menschliches Verständnis bestimmte wie die Schwerkraft die Bewegung der Himmelskörper.

Also ergriffen sie die phänomenalen Chancen des Borns!

Er erlaubte nicht nur, die Gesetze zu übertreten und in der Zeit und im Raum zu reisen – was ihnen eine unüberwindbare Macht in jedem Leben verlieh –, sondern er erlaubte vor allem, *die Gesetze zu verändern.* Gesetze zu verändern! Die Gesetze außer Kraft zu setzen, die der Blinde unbedingt verteidigen wollte. Ein neues Universum zu erschaffen, alle bis dahin in der von Gott hinterlassenen Leere entstandenen Gegebenheiten umzustürzen. Den Lauf der Zeit umzukehren und Menschen rückwärts leben zu lassen! Die Gesetze der Natur neu zu definieren! Die Möglichkeiten waren grenzenlos. Sie machten aus dem Menschen einen Gott.

Während sich diese schwer anzuerkennende Macht entfaltete, störte sich Cosimo dennoch an den unglaublichen Widersprüchen, die zwischen der »klassischen« Zeit und der Zeit des Borns entstanden – bis zu dieser Reise in eine andere Existenz, wo es ihm gelang, Roland in einer Taverne in Jerusalem zu treffen und ihm die unentbehrliche Kiste mit den Kugeln abzunehmen, damit er die besagte Reise überhaupt antreten konnte!! Seine Fähigkeiten gestatteten ihm sogar, aus der bloßen Betrachtung seines Lebens herauszutreten. Er erforschte die Zeit und ging bis zu dem großen König Salomon zurück, dem letzten Mann, der das schillernde Licht des Borns gesehen hatte. Dieser Monarch hatte sich des Borns in gemäßigter Weise bedient und nur das Wunder vollbracht, die Kräfte des Bösen und des Guten zu verbinden, um einen Tempel zu Ehren des »abwesenden« Gottes zu errichten. Cosimo sah ihn auch den Smaragdschrein bauen. In seiner unendlichen Weisheit hatte Salomon ein System ersonnen, bei dem zwei Personen notwendig waren, um den Schatz zu befreien. Zwei Personen in dem Licht, zwei Personen, die dieselben unendlichen Fähigkeiten erlangten. Wenn der Born in die falschen Hände geriet, vernichteten die Besitzer gegenseitig ihre Macht.

Cosimo verließ die Zeit Salomons, um andere »mögliche« Ausgänge seines Abenteuers zu suchen. Er entdeckte einen schrecklichen Ausgang, bei dem der Mann ohne Hände und ohne Gesicht den Born vor ihm und Anx erreichte!

Wie in einem Traum sah er den Mann in Begleitung seines Verbündeten, des Bettlers des Heiligen Grabes, wie er den Schrein des Borns öffnete. Doch sobald das wechselnde Farbenspiel sie beleuchtete, spürte der Mann die Gefährlichkeit eines starken Rivalen und versuchte, ihn zu vernichten. Der Bettler verfügte über dieselben Mittel und konterte jeden Schlag. Sie kämpften wie zwei Götter, die die Gesetze der Welt immerzu umstürzten, um die Mittel zu erschaffen, den Gegner zu besiegen. Keiner wollte dem anderen weichen, bis es zu einer vollkommenen Vernichtung kam und die Leere sich vollständig auflöste und zu Gott zurückkehrte. Das Ende der Zeit. Das Ende von allem.

Cosimo suchte sofort nach einem anderen Ausgang: Jetzt ging die Miliz als Sieger über den Mann aus dem Wettlauf und Kampf hervor und erreichte den Born zuerst. Carl de Ruy und Jean du Grand-Cellier eilten zu dem Schrein – der eine, weil er Macht über Geister besaß, der andere, weil die

Kugeln in seinem Besitz waren. Doch es spielte sich dasselbe Schema ab. Sobald sie das Ausmaß ihrer Macht erkannten, weigerten die beiden Ritter sich, den Born wie verabredet zu Hugues de Champagne zu bringen, und stritten sich bis zur endgültigen Vernichtung.

Cosimo fragte sich, warum diese Apokalypse nicht stattgefunden hatte.

Er hörte Anx' sanfte Stimme antworten: »Weil *wir* es unmöglich gemacht haben.«

Auf den Rat des jungen Mädchens beschlossen sie, diese vier Personen aus der Zeit verschwinden zu lassen. »Sterben«, wie der blinde Clinamen es genannt hatte. Der Born verlieh ihnen die Macht, sie aus der Geschichte und aus der Erinnerung aller Menschen auszulöschen. Der Mann ohne Hände und ohne Gesicht nahm niemals mehr an den Aufständen der Mohammedaner im Heiligen Land teil, und Grand-Cellier und Ruy gehörten niemals zu den neun ersten Rittern, aus denen der Templerorden entstand.* Alp Malecorne *existierte* nicht. Kein Historiker könnte jemals über sie sprechen.

Auch Anx hatte *all ihre Leben* besucht. Sie hatte die Ursachen und Wirkungen in ihren Leben beobachtet, eine Unendlichkeit von Ähnlichkeiten und eine Unendlichkeit von Verschiedenartigkeiten von einer Existenz zur anderen betrachtet. Besonders fesselnd war es, die letzten Leben zu erforschen. Sie trat sogar in die Schicksale ein, die niemals diesen Saal des Borns durchlaufen hatten. Im Bruchteil einer

* Carl de Ruy, Jean du Grand-Cellier und Benoît Clerc gehörten nicht zu den ersten neun Templern. Die Geschichte hat die Namen von Rosal de Sainte-Croix, Gondemar und Godefroy de Saint-Omer überliefert.

Sekunde erfasste sie vollständige Leben, denn sie war nicht mehr an diese Natur gebunden, die nur in einer »Aufeinanderfolge« lernen konnte, von der Flodoard gesprochen hatte. Sie hatte das Gefühl, außerhalb des »Wissenskreises« zu stehen, den er ihr in Konstantinopel gezeigt hatte. Sie lebte alle Leben aller Inkarnationen Anx Columbans, die sie *war*.

Und da manifestierte sich die ANOMALIE.

In der Unendlichkeit der Unendlichkeit ihrer Inkarnationen der Seelen *begegneten Anx und Cosimo sich immer*.

Es gab kein gelebtes Leben, in dem sie sich nicht begegnet wären.

Alles führte unweigerlich dazu, dass sie sich trafen.

Bald betrachteten sie nicht mehr die Leben von »Anx« und von »Cosimo«, sondern IHR LEBEN.

Die Unendlichkeit ihrer Handlungen hatte keine Bedeutung mehr. Sie hatte nur Sinn und Wert durch die Realisierung ihres permanenten Zieles: ihre Verbindung.

Sie trafen sich bei jeder Wiedergeburt, unschuldig und ohne Erinnerung, um ein neues Mal zu erlernen, sich zu entdecken.

In dem diffusen Schein des Borns sahen sie ihre Leidenschaft in ihrer ganzen Fülle, dieselbe Leidenschaft überall und immer neu beginnend.

In dem Saal des Borns waren alle Bilder von ihnen verschwunden. Sie waren vereint, verschmolzen in ihr und ihm, die sie von nun an alles *gesehen*, alles *gelebt* und alles *in Erinnerung behalten* hatten.

Durch ein noch recht verwirrendes Gefühl, das sie trotz ihrer neuen Weisheit nicht ganz verstanden, spürten sie, dass *die Liebe eine »Anomalie« war, die einzige zerbrechliche Verbindung zwischen der schöpferischen Leere und diesem Gott, der sich zurückgezogen hatte.*

Die einzige Brücke.

Sie begriffen, dass sie nicht die Einzigen waren. Jedes Paar, jede auf dieser Erde gelebte Liebe war auf mysteriöse Weise für die betroffenen Männer und Frauen unvermeidlich geworden. Die Liebe, immer und überall.

Als sie sich zuvor in der Wüste getroffen hatten, unentschlossen, gleichgültig und beschämt, wussten Anx und Cosimo nicht, dass sie diese »Anomalie« im Raum und in der Zeit in höchster Vollendung repräsentierten.

Cosimo beugte sich vor, um den Born zu ergreifen.

Doch Anx hatte ihre Hände zur selben Zeit auf den Stein gelegt wie er.

Der Born leistete keinen Widerstand. Da er nicht von der Leere hervorgebracht worden war, konnten ihn nur Wesen, die diese Distanz erreicht hatten, berühren.

Das war bei ihnen nun der Fall.

Dieser leuchtende Würfel hatte kein *Gewicht*.

Sie verließen das Heiligtum mit dem Born.

Den verurteilten Dschinn, den grässlichen Hüter des Heiligtums, sahen sie nicht wieder. Salomon hatte ihn für alle Ewigkeit bestraft, bis ein neues Wesen in das Licht des Borns trat und dieselbe Ewigkeit umstürzen konnte.

Cosimo und Anx hatten verziehen.

Der Dschinn der vier Bücher war frei …

XI

Die vagabundierenden Teilchen

Die heroischen Jahrhunderte sind wie geschaffen für die Poesie, weil ihnen das Alter und die Ungewissheit der Tradition anhaften, die die Musen mit ihren Verschleierungstendenzen verlangen. Jeden Tag sehen wir vor unseren Augen diese ungewöhnlichen Dinge geschehen, ohne ihnen je Interesse entgegenzubringen. Doch wir lieben es, Geschichten über unverständliche Dinge erzählt zu bekommen, die weit zurückliegen. Im Grunde sind die großen Ereignisse dieser Welt in sich selbst klein. Unsere Seele, die diesen Mangel in den menschlichen Angelegenheiten spürt und die immerzu an der Unermesslichkeit hängt, sorgt dafür, sie nur verschwommen zu sehen, um sie größer erscheinen zu lassen.

CHATEAUBRIAND, Genie des Christentums

In den unterirdischen Gewölben des Turms, am Boden, wo die Statue Salomons den geheimen Durchgang freigegeben hatte, wimmerte Ismale Gui noch immer unter den Blicken Cosimos, dessen Schwert in seinem Leib steckte.

Der junge Mann riss es heraus.

»Es ist deine Ermordung auf Draguan, die dich verraten

hat«, sagte er. »Es lief einfach alles zu glatt. Es war zu offensichtlich. Keine möglichen Zeugen. Kein einziger Hinweis, keinerlei Spuren. Der perfekte Mord. Das *passte* zu gut zu dir. Und doch wagte ich nicht daran zu glauben.«

Ismale knurrte unverständliche Worte, während er an dem Blut in seiner Kehle zu ersticken drohte.

»Du hättest mich als Kind töten sollen«, fuhr Cosimo fort. »Zusammen mit meinem Vater, als er dich und deine Gier in den ersten Tagen in Jerusalem enttarnt und begriffen hatte, dass du den Born für dich allein haben wolltest. Die Ermordung meiner Eltern hast du hinterhältigen Feinden in die Schuhe geschoben, und deine eigene Ermordung hast du selbst inszeniert.«

In all den Realisierungen seiner unendlichen Leben rund um den Born hatte Cosimo alles über die Machenschaften seines Onkels erfahren.

In genau diesem Leben hatte er beschlossen, sich an die Tür des Gewölbes zu stellen, um ihn zu überraschen.

»Ich habe dich lange beschützt«, stammelte Ismale.

»Ja, die Kosmologie, die alten Wissenschaften, um aus mir einen ungefährlichen Gelehrten zu machen. Jetzt verstehe ich deinen Zorn, als ich die Waffenkunde erlernt habe. Hatte ich zu viel von dem Temperament meines Vaters geerbt? Aber eines verstehe ich trotz allem nicht. Du hast an alles gedacht, nur nicht daran, die Briefe mitzunehmen, die ich auf Tabor gefunden habe. Sie wurden dir zum Verhängnis. Stand Hugo de Payns kurz davor, dich zu enttarnen? Wegen des Diebstahls von Hincmars Schriften über die Kugeln? Du hast überstürzt gehandelt, nicht wahr? Du musstest sofort verschwinden. Was wäre aus dem Mann ohne Hände und ohne Gesicht geworden, wenn man dich geschnappt hätte?

Du bist geflohen und hast nichts unternommen, um zu verhindern, dass deine heimliche Identität aufgedeckt werden könnte. Es genügte, Alp anschließend zur Gilde zu schicken, um diesen Fehler gutzumachen. Aber ich war vorher da. Du bist gescheitert.«

Ismales Mundwinkel zuckten.

»Nur in diesem Leben …«, murmelte er.

Cosimo hob seine Klinge.

»Nein, in all deinen Leben.«

Er schnitt Ismale Gui die Kehle durch.

Und der Leichnam des Baumeisters verschwand auf der Stelle kraft Cosimos Willen.

Aus der Zeit ausgelöscht.

Cosimo kehrte in den Westen zurück.

Er reiste allein.

Alle Wege standen ihm offen.

Von nun an würde er immer wissen, welchen Weg er einschlagen musste.

Er war der Vertraute der Zeit.

Er wusste, dass die Weisheit nur denen gehörte, die es geschafft hatten, *all ihre Leben zu besuchen*.

Mit dieser Lehre lernte Cosimo, ganz in dieser Welt zu leben, in der Gott fehlte.

Er war einer dieser Weisen geworden, die Fremden in jeder ihrer Inkarnationen unendlich viele Fabeln erzählen und die Wahrheit hinter der Maske eines Schelms, eines geschwätzigen Vogels oder einer Prinzessin aus dem Morgenland verstecken konnten.

Wer ihm tief in die Augen schaute, fand dort diesen sanften Schimmer unterschiedlicher Farben, der den Auserwählten aller Zeiten und aller Welten eigen war.

Cosimo war kein Mensch mehr …

… er war dieser »Menschentyp des Borns« geworden, dessen antike Definition er in einem Artikel der *Encyclopœdia Galactica* gefunden hatte.

Der Born. Der Quell des Wissens.

Er beschloss, in das abgelegene Land Draguan zu reisen.

Dieser Planet, den Ismale einst gekauft hatte, glich einer Baustelle. Balthéus und die Arbeiter seiner Sekte schufteten seit Monaten. Sie waren die einzigen Überlebenden des Massakers, dem die gesamte Gilde von Tabor zum Opfer gefallen war. Der Bau der Kirche und der dreizehn Gemeinden stand kurz vor der Fertigstellung. In dieser neuen Diözese fand Cosimo Anx wieder, die ihm vorausgeeilt war und den Born Salomons zu seinem neuen Heiligtum gebracht hatte. Die jahrhundertealten Priester in den orangeroten Gewändern waren ihnen gefolgt. Anx hatte ihre Familie aus Jerusalem kommen lassen. Auch Roland war eingetroffen.

Die »erste Gemeinde von Draguan« war endlich vereint.

Anx und Cosimo hatten sich seit der Offenbarung der Anomalie nicht wiedergesehen.

Doch sie brauchten sich nicht zu sehen oder miteinander zu sprechen. Sie spürten schon, dass sie bald zu einer zweiten Geschichte aufbrechen würden.

Feierlich verschloss Balthéus das Heiligtum des Borns.

»*Hier* ist er in Sicherheit«, sagte er.

»Ja, aber wir wissen nicht, wie lange«, betonte Roland.

Anx und Cosimo lächelten.

Sie wussten es.

Epilog

HILARION

Wird uns das Wort Gottes nicht durch die Wunder bestätigt? Doch die Zauberer der Pharaonen vollbringen ebenfalls Wunder. Andere Betrüger auch. Man irrt sich. Was ist denn ein Wunder? Ein Ereignis, das uns außerhalb der Natur zu liegen scheint. Aber kennen wir seine ganze Macht? Und wenn uns eine Sache nicht weiter erstaunt, folgt daraus, dass wir sie verstehen?

ANTONIUS

Egal! Wir müssen der Heiligen Schrift glauben!

HILARION

Der heilige Paulus, Origenes und viele andere haben sie nicht wortwörtlich verstanden. Aber wenn man sie durch Allegorien erklärt, verstehen sie nur wenige, und die Eindeutigkeit der Wahrheit verschwindet. Was soll man tun?

ANTONIUS

Sich an die Kirche halten.

HILARION

Dann ist die Heilige Schrift überflüssig?

ANTONIUS

Nein! Nun ja, was das Alte Testament betrifft, so gebe ich zu, dass sie … Unklarheiten enthält … Aber das Neue Testament erstrahlt in einem reinen Licht.

HILARION

Doch im Evangelium des Matthäus erscheint der Engel der Verkündung Josef, während er bei Lukas Maria erscheint. Die Salbung Jesu durch eine Frau geschieht nach dem ersten Evangelium zu Beginn seines öffentlichen Lebens und nach den drei anderen wenige Tage vor seinem Tod. Das Gebräu, das man ihm am Kreuz anbietet, ist bei Matthäus Essig mit Galle, bei Markus Wein mit Myrrhe. Nach Lukas und Matthäus dürfen die Apostel weder Geld noch die Tasche nehmen. Noch nicht einmal die Sandalen und den Stock. Bei Markus hingegen verbietet Jesus ihnen irgendetwas zu nehmen, außer Sandalen und Stock. Ich bin verwirrt! …

ANTONIUS (verblüfft)

In der Tat … in der Tat.

HILARION

Als die blutende Frau ihn berührte, drehte Jesus sich um und sagte: »Wer hat mich berührt?« Er wusste also nicht, wer ihn berührt hatte? Das würde der Allmacht Jesu widersprechen. Wenn das Grab von Wachen bewacht wurde, brauchten die Frauen sich nicht um jemanden zu sorgen, der ihnen hilft, den Stein des Grabes zu bewegen. Also gab es keine Wachen, oder die heiligen Frauen waren nicht da. In Emmaus isst er mit seinen Jüngern und lässt sie seine Wunden berühren. Es ist ein menschlicher, stofflicher Körper mit einem Gewicht, der dennoch durch Mauern geht. Ist das möglich?

ANTONIUS

Ich würde viel Zeit brauchen, um dir zu antworten!

FLAUBERT, Die Versuchung des heiligen Antonius